imaginist

想象另一种可能

理
想
国

imaginist

勘 误 表

页	行	误	正
70	5	p^2aa^3	$p^2 \propto a^3$
134	17	$\Phi(x, p)=e\text{-}\int_o^x p(y)\mathrm{r}(y)dy$	$\Phi(x, p)=e^{-\int_o^x p(y)r(y)dy}$
321	17	TF1+TF2 = K	$TF_1+TF_2 = K$

A Doubter's Almanac

怀疑者年鉴

Ethan
Canin

〔美〕伊桑·卡宁 著
张鲲 译

河南文艺出版社
·郑州·

献给芭芭拉、阿梅莉亚、艾拉和米沙，

还有我的父母——斯图尔特和弗吉尼娅。

要想追求真理，我们必须在一生中尽可能地把所有的事物都怀疑一次。

——勒内·笛卡尔

目 录

第一部分

第二部分

第一部分

1 归纳法

姗姗来迟

透过厨房窗户，迈洛·安迪特望着小溪上的桥。看到厄尔·比特曼的白色雪铁龙从桥上疾驰而过，他急忙走出门，拿起一把短柄锄。比特曼开得太快了。应该用鲁莽[1]来形容——不过他向来如此。傲慢自大。漫不经心。碰巧走对了路、选对了职业、找对了女人，那是他运气好。能活到现在都算他走运。从桥到小屋的那段路，换成其他人开车总得要个五分钟。安迪特估计比特曼只需要三分钟。

到了屋外的树下，他尽可能加快步子朝园子走去，今天这两只脚还算听使唤。他弯腰坐进草莓地旁的折叠椅，在盘曲的水管下掬了几捧水，打湿衬衫和头发。太阳正高。他应该出点汗才对。

他听到了汽车拐上车道时崩起碎石的声音。引擎熄火了，冷却风扇转动起来。法国车都是这样。没准儿比特曼特别喜欢那风扇。一扇车门砰地关上。安迪特继续等待。

---

1 原文为斜体，表强调，本书中均为仿宋体，下同。

然后是另一扇。

他由着他们去敲木屋的前门。有人在喊他 :“教授！教授！”这是在装模作样。接着，脚步声在通往屋后的蓬乱小路上响起，他在草丛中俯下身，费力地拽着一株疯长的五叶地锦的根。

“安迪特教授！”

他转身向来客致意，眯着眼抹掉了眉毛上的自来水。他大吃一惊 : 厄尔 · 比特曼坐在轮椅上。他觉得自己好像听说过这事儿。也许是听她说的?

他记不得了。

不过，她来了——重要的是这个——此刻她正扶着丈夫的轮椅，推着身前的他走过坑洼不平的地面，仿佛是在献祭。这本该是个让人难受的场面，但他立即发现并不至于。

他又猛地一惊，意识到刚才开车的是她。

不可能

迈洛·安迪特在密歇根州北部的希博伊根附近长大，那儿地处休伦湖西岸，近岸的湖水黑黝黝的，深不可测。休伦湖水的颜色更接近苏必利尔湖的色调，一如波涛汹涌的大西洋，而不像本州另一侧的密歇根湖那样风平浪静、层次分明，绿松石般的湖水拍打着观光沙滩。迈洛的父亲在第二次世界大战期间当过海军军官，他是驱逐舰上的领航员，梦想着有朝一日能指挥一艘军舰。不过二十四岁那年经历过所罗门海事件后，他便放弃了自己的抱负。事情发生在一九四三年的十一月，就在迈洛出生前一年。驱逐舰在布干维尔岛附近向北驶出海峡时，被一连串日本鱼雷击中，舰上发生多起爆炸，救生筏漂到了未知的海域。迈洛的父亲和一个水兵爬上了其中一只救生筏，天黑前他们又救起了另外两个人。不过，一周之后，一艘英国巡洋舰在巴布亚新几内亚沿岸发现救生筏时，上面只剩下迈洛父亲一个，其他人都喂了鲨鱼。

迈洛出生时，父亲已经退役回到希博伊根。他在镇上的近岛高中谋了份教职，教科学。此后的三十九年，他始终在同一个岗位上工作，没人给他升职，他自己也从不要求。

迈洛的母亲本是密歇根州立大学建校以来第一位以最优成绩从化学专业毕业的女生，不过她心甘情愿地放弃了自己的梦想。迈洛上学前她一直在家带孩子，后来在阿尔皮纳县政府的治安官办公室找了份工作，当秘书。在阿尔皮纳，她用打字机打打报告，煮煮咖啡，跟一帮比她大几岁的男人开开无伤大雅的玩笑。他们总的来说都挺客气，其中不止一个人既不识字，也不会写字。

关于父母的生活，迈洛知道的大概也就这么多。

迈洛的父亲放学后就在办公室改作业，母亲时不时会跟大楼里的几个女秘书一道，去外面喝一杯。迈洛下午放学后从校车站走上山回到家，屋子里通常空无一人。当时是二十世纪五十年代中期。

那时候，希博伊根已经成了个类似度假小镇的地方，虽说迈洛长大后才意识到这一点。童年的大部分时光里，他所熟识的只有屋子后面茂密的森林——三百五十英亩的糖枫、山毛榉和常绿树在大规模的采伐中幸免于难，当时州里的许多地方都被砍秃了。迈洛每天都会在森林里待上很长时间。林间的土地上铺着厚厚一层落叶，腐烂的树叶和松针在他鼻端混合成一股清凉、芳香的气味。置身其中的时候，他不大会注意到这种味道的存在；反倒是离开这里以后，他才会清楚地意识到它的消失。不管是在学校、家中，还是在其他任何得待上一会儿的建筑里，他都会觉得好像有什么东西被清洗掉了。

在他独有的这片土地上，林荫笼罩的山谷里居住着许多浣熊、臭鼬、负鼠和猫头鹰，偶尔还会有一两只狐狸或是豪猪。小片小片的草地边围着倒伏的老桦树，它们被后长成的树挤得没了生存空间，倒下的树干纵横交错，架出了许多隐蔽处和桥梁，等着他去发现。这片林子正在转变，父亲曾对他说。一棵大树倒下时发出的巨响在几英里外都能听见，树干窸窸窣窣地扯开周围的枝条，噼里啪啦的断裂声渐次增强，最后是砰的一声闷响，就像一把大锤猛砸在苔藓上。每当这时，迈洛就会动身去寻找大树的尸骸。他对林中的光线和阴影有着精确的记忆，哪怕只发生了一丁点儿变化，他都能立即分辨出来。他的头脑里似乎有着某种对变动极为敏感的构造。

他在森林里度过了多少时间啊！他是家中的独子，从小就琢磨出了许多一个人玩的游戏——到林中远足时要遵守自己定的规矩。（每向左拐一个弯就得向右拐两个弯；从出去到回来正好走一千步；只在小溪蜿蜒向西的地方过河。）孤独的游戏陪着他度过了每天最宝贵的一段时光，那是段太过短暂的间歇，从校车在山脚处把他放下来开始，到晚上六点结束——那时母亲会拿着垃圾桶的盖子走到树林边，用扫帚柄敲上三下，示意他回家吃饭。

安迪特一家住的地方离休伦湖畔只有十五英里，不过跟住在一百英里开外也没什么区别。密歇根州那一带的人都爱往湖边跑，他父亲却总是待在岸上。毫无疑问，这是父亲在所罗门海的经历使然，不过当时迈洛的年纪还太小，无法理解这样的事情。周末时父亲会跟朋友们出去打猎，或是在家里四处敲敲补补。要是天气不好，他就会坐在壁炉旁边的椅子上，玩杂志里的字谜游戏。安迪特一家从来不会想着要全家一起出游——划独木舟、骑车兜风、到岸边漫步，这类娱乐活动对他们来说仿佛是另一个宇宙的事。他们家里不养宠物，仅有的游戏用品也不过是几套扑克牌和一副用菲律宾象牙做的旧象棋，是他父亲从海军部队里带回来的。安迪特先生在家时不是批改作业，就是修修这个补补那个，挂着工具腰带在家里走来走去，或是把梯子架到屋檐旁边。他干完一样活就接着干下一样，从来都不告诉家里人他究竟在干什么。迈洛的母亲如果在家，就会坐在厨房窗边的小桌子旁，手里一本书，桌上一杯酒。迈洛只要不上学，就会待在森林里。

安迪特家的房子是一栋老旧的维多利亚式建筑，涂着暗色的油漆，从里到外都装饰得非常华丽。房子是一位富裕的农场主在十九、二十世纪之交修建的，看样子是希望它有朝一日能坐落在城镇中心广场的显要位置。楼高三层，陡峭的斜坡式屋顶上铺着扇贝形的瓦片，透着古雅而严肃的意味。不过对迈洛来说，这种严肃之中总带着一丝令人失望的感觉。从小他就觉得这房子孤零零的，犹如一个身着舞会盛装却坐在公交车站的女人（这话倒不是迈洛说的，而是多年之后他的妻子第一次走上山顶时的形容）。房子的外墙和内墙都是暮蓝色，外墙饰条则是深红褐色。所有东西的色调都显得太暗了些。房前有一条人行道，不过只修到地界桩为止。车道起始处的一根柱子上竖着个黄铜信箱，房后以扶壁加固的屋檐下方有个车库，油漆刷得一丝不苟。房前屋后的所有细节都表明，这本该是美丽小镇里一处精致的居所，只不过小镇本身从未出现过。

方圆几英里内，只有安迪特家这么一座房子。

从小迈洛就意识到，自己在很大程度上是父亲的翻版。这个孤独的中年人和妻儿住在同一座屋子里，却似乎执意要和所有人保持距离，即便在家时也是如此。安迪特先生不是在改作业，就是在他的领地里不停地走来走去，修补着各种各样老旧破损的东西。至于究竟旧在哪里，破在哪里，只有他自己才能注意到。

和父亲一样，迈洛从小就学会了雕刻木头。说实在的，他做出的东西非常精美。但他从来不会把自己的作品拿给别人看，这一点也随父亲。他削出纹饰华美的哨子，却很少拿来吹；小巧精致的动物雕像被丢弃在灌木丛中；刻着复杂天体图案的护身符被他藏在枫树疤节的凹坑里，或是露在腐殖土层外的树根缝隙中，盘曲的树根就像一条条钻出地面的蛇。如果要雕刻特别精细的东西，他会用到一把放大镜。

有一天，用一小块落叶松木料刻哨子时，他碰巧把放大镜转到了某个角度。他看着灼热的黄色光点在树皮上带起了一缕缭绕的青烟。

其他人知道会这样吗?

他又把镜片转到刚才的角度，稳住不动。看到木头开始冒烟，他舔湿大拇指，摁灭了余烬。接着他削掉刚刚的痕迹，小心翼翼地在那个地方烧出一个小小的星形。从那以后，他每刻好一样东西都会烧上这么一颗小星星，当作签名。倒不是说他对自己的作品有多得意，而是那个微缩的太阳本身，那颗倒置的、闪闪发亮的光珠在他的引导下游走于木纹之上，就像是一种只肯向他展示的力量。青烟升起，随即消失：无中生有。不可思议。他意识到，宇宙之中或许还存在着其他类似的力量。那天早晨，他把刚刻好的哨子留在一片羊齿蕨丛中，感觉自己是在向某种莫可名状的存在致敬。

十三岁那年的夏季，有一天夜里，风暴侵袭了峡湾，他被森林里传来的一声巨响惊醒。第二天早晨，在一条沟旁，他看到了一个和拖拉机轮胎差不多粗的大树桩。那是棵山毛榉，在齐腰高的地方折断了。倒下的树干躺在几码外，整整齐齐地断成三截，就好像有人把这庞然大物剪成了几段，再搬到旁边安全的地方摆好，只等他来检查。他在断根的边缘处坐了下来。整个上午他都坐在那儿，琢磨着这块送上门来的材料，直到终于有了灵感。

接下来的整个夏天，他都在努力把自己的想法变成现实。

七月的漫长白日之后，是稍短一点的八月和九月，但只要天亮着，他几乎都待在林子里不出来。他发现自己可以一口气干上十个甚至是十二个小时。于是，秋天来临的时候，他意识到自己做出了一样奇迹般的东西。那是一圈环环相扣、连续不断的木头链条，长度超过二十五英尺，用树桩的顶部镂空雕出，下方留有几百个细如纹钉的尖脚，与基底相连。链条循着螺旋线向树桩中心盘曲，又折返回去绕向外缘，最后回到起始处，与第一环扣在一起。他把每节链环都刻成了拧转的形状，产生了一种令人惊叹的效果：他用手指顺着任意一节链环的表面滑动，都得绕上两圈才能回到原点，而不是一圈。对他而言，这个奇异的现象就像是另一个秘密。

终于，一九五七年和暖的十月，在一个弥漫着腐殖土气息的傍晚，迈洛意识到他完成了。他要让自己的作品完美无缺，而现在它就是这样。最后一次，他用双手抚过整根链条，摸索瑕疵之处。然后，他切断那些尖脚，再小心地磨去断茬。最后，他把整根链条拎在手里，一圈圈地盘到肩膀上，直到松弛的链条在身上缠紧。现在的它仿佛是个活物，但又像石头一样光溜溜、沉甸甸的。吸气的时候，链子在胸膛处绷紧。远处的屋子亮起，他站在天色渐暗的寂静森林中，觉得自己像个准备表演拿手绝活的逃脱大师。

那天晚上回家之前，他把链条藏进了一棵枫树的树干。曾遭雷击的枫树上有个空洞，他用锉刀把树洞打磨光滑，还加上了精心雕刻的木头盖子，盖子是用钢丝锯锯出来的，和枫树上一个疤节的环纹恰好吻合。盖子的螺纹他是反着刻的，这样一来，即使有人发现了他藏东西的地方，链条也不会有事：谁都想不到盖子要反着才能拧开。

在他看来，这事就到此为止了。他不会把自己做的链子拿给父母看，正如他不会问梯子上的父亲在修什么东西，或者桌旁的母亲在读什么书。小时候有一次，他撞见母亲在厨房的角落里哭泣，手上拿着一张旧报纸，但他从来没问过她究竟出了什么事。从那一天开始，沉默就成了他们家的常态。他很爱自己的父母，也知道他们很爱他，但一家三口很少会互相过问，也几乎从不对彼此透露任何重要的事情。

然而，在终于把木链条封进树洞的那一天，他意识到自己越过了人生中的一座里程碑：很久以来，他都想创造出一样值得藏匿的东西。

不过，后来迈洛还是把链条拿给别人看了——是一位老师。法拉格特先生是近岛高中的手工艺指导老师，一年之后，他讲到黑色金属、有色金属、粗纹木材、细纹木材在工业上的应用时，顺便举了个例子，说谁都不会拿木头来做链子。

“这玩意儿是从哪儿搞来的？”第二天下午，看到迈洛从麻袋里一圈圈地往外扯那条长长的山毛榉链子时，法拉格特先生问道。

“自己做的。”

法拉格特先生轻笑一声，随即注意到迈洛的表情，便不作声了。他俯下身来，仔细检查起链条上的一环。

迈洛知道他要找什么。“一点都没有。”他说。

“没有什么？”

“胶水。”

法拉格特先生又仔细查看了几分钟，最后说道：“我看出来了，孩子。你叫什么名字来着？”

“迈洛·安迪特。”

“好吧，迈洛，我一时看不出这链子是怎么做的。我真的不想这么说，不过我绝对不相信这是你自己做的。”他把一圈圈盘起来的链条推回桌子对面。接着又加了一句，不带任何恶意：“我还得告诉你，恐怕你的朋友们也不会相信。”

这倒不成问题。迈洛没有朋友。

不是因为别人不喜欢他。事实上，有许多人挺喜欢他的。他们经常主动接近他。但他身上却总有某种拒人于千里之外的东西——从小他就意识到了这个无可更改的事实——似乎是一种排斥力，任何想接近他的人都会被推远。也不是因为他不喜欢别人。一般而言，他还是喜欢他们的。

他只是不知道该跟他们说些什么。

木链条和他一起回了家。他盘起链条，塞进打过蜡的麻袋，又把它藏到了那棵枫树的树干里。

事实上，他的确有一位朋友。也许还算不上朋友，不过学校里有个孩子给他的感觉挺不一样的。韦纳·惠尔赖特是希博伊根湖岬灯塔看守人的儿子。这孩子不同寻常。什么事都靠自己，这一点像迈洛。每天一放学就走，这点也像迈洛。身材瘦小（又和迈洛一样），在森林里如鱼得水，这是希博伊根一带几乎所有男孩子的共同点。不过跟迈洛不同的是，韦纳的心里仿佛有一团热情的火。他的长相很普通，瘦骨伶仃的模样活像只野兔，可不管他待在哪里，人们都会围拢到他身旁。他说话不多，却总是很得体。韦纳是个攀爬高手，转眼之间就能从一帮同学里冲出来，爬上校园高高的围墙，兴高采烈地坐在墙头。有一回，迈洛看着他拽着院子里旗杆的升降钢索往上爬，最后用胳膊抱住旗杆顶端的小圆球，就那么挂在上面。他还举起另一只胳膊朝大家挥手。

韦纳和迈洛有时会说说话，不过往往也就是一两句而已。他们一块儿上的课不多，但两个人只要在过道里碰上，韦纳都会跟他打招呼，说句“迈洛，最近怎么样？”之类的，朝他伸出手。

迈洛会跟他握手，说："还凑合吧，韦纳。你呢？"

可让迈洛惊奇的是，韦纳每次见到他时似乎都很高兴。

有一个星期天，韦纳去教堂做过礼拜后骑车出去玩，一路骑到了镇外迈洛的家里。安迪特太太把迈洛从林子里叫回来，给他们俩烤了点饼干。就像别人总爱围着韦纳一样，她也在小客人身边转来转去，还劝他留下来玩。吃过饼干，韦纳和迈洛走进了屋后的森林，整个下午都在林子里轻松自在地转悠，几乎没怎么聊天。他们把山核桃树的树苗削成长矛，赶得一只浣熊蹿上了树；借着旁边枫树的粗枝，从一棵山毛榉的树杈爬了上去。从半空横跨而过的时候迈洛吓得够呛，不过韦纳显然并不害怕。等他们俩又下到地面，一起朝家走时，迈洛感受到了一种和别人相处时从未有过的宁静。他跟韦纳在一起的时候，两个人都丝毫没有非得说些什么的压力。这一点解决了迈洛的大难题。

"名字挺奇怪的。"那天下午晚些时候，他们看着韦纳骑车下山，安迪特太太说了这么一句。随后她又坐到桌旁，搅了搅杯里的酒，不过迈洛注意到她的眼睛一直盯着窗外，直到自行车在转弯处消失。

平心而论，韦纳不管见到谁都很开心。不过迈洛发现韦纳喜欢和他玩，还是觉得惊讶万分。他总以为韦纳的友情会渐渐消退。这种预想并未成真，迈洛对此也大惑不解。在他们俩有交集的日子里，韦纳对他始终都非常热情。

尽管如此，严格意义上说韦纳还不算是他的朋友。他们在学校能见到对方，每次碰到时总会聊上几句，在过道里照常握握手，偶尔还一起在食堂吃上几次饭。但韦纳再也没去过迈洛家。

不过，迈洛总觉得，如果他再发出邀请，韦纳还是会去的。

至于迈洛自己，他跟谁在一起都不觉得有多开心，哪怕是韦纳。

按照他的理解，世界就是这个样子。

他的童年不算幸福，也谈不上不幸，这两种感觉他几乎都从未体会过。他像一只动物似的生活在自己的森林里，仅仅会注意到那些层次分明、需要去了解的信息——傍晚或拂晓即将来临；闷热潮湿的天气意味着有大暴雨；冬季时盛行风的风向会反转；十月到来年五月间，如果有一种厚重的静寂之感从西南方逼近，那就说明要下雪了。他用一只旧的金属工具盒装了几本书，藏在一棵树弯曲的残枝下面，还搭了几个避雨的棚子，就算下起倾盆大雨他也能躲进去看书。他喜欢看杰克·伦敦、薇拉·凯瑟和马克·吐温的书，偶尔也会翻翻关于棒球运动员或犯罪头目的传记作品。他不知道给孩子看的书和给成年人看的有什么区别，那时他读这两种书都乐在其中。

他生活中其余的部分也和森林一样孤寂。母亲时不时会在家里举办餐会，不过他对这类活动没什么兴趣，总是沉默不语地一边吃东西一边回避别人的眼光，和他父亲一样。学校里依然有霸凌的老问题，每年他也会挨上一两次揍——不算太狠——而且总是在秋天。然后就没人找他麻烦了。这是一种惯例，似乎在近岛高中立下了某些该立的规矩。其他许多孩子也被人欺负过。迈洛的父亲希望他能奋起还击，但他却怎么也做不到。被人欺负后，他会一个人跑进森林，就像受伤的动物会找个熟悉的地方躲起来一样。在那里，他受到的屈辱会自行发生转变。他会捡起一根掉落的树枝，大步往前走，猛力抽打一排排树干，直到树枝折断。然后他会拿着半截断枝继续抽，再断之后再抽，直到最后再没东西可挥，只剩下震得生疼的手和手里紧攥着的一小块碎片。离开森林时他会觉得如释重负。

要是母亲知道了迈洛这种孤独的仪式，一定觉得这样总比打架好。但父亲却认为名誉最要紧。如果他知道了，准会觉得很丢脸。

不过，除了这些发生在秋季学期的小小羞辱——顶多就是裤子被撕破，脸上多出几道印子，有时候衬衫前襟还会沾上几滴血——学校里的小霸王们都和他相安无事。也许是因为他们知道他父亲是学校的老师。对此，迈洛心里还是挺感激的。

欢迎来到这个世界

后来有一年，情况发生了变化。

那是一九五八年的十二月。不见阳光的冬季把湖岸地区变成了一片没有阴影的灰色。新闻里，校车载着肤色各异的学生驶入公立学校，又一枚先驱者火箭未能成功绕月飞行。感恩节前不久，当地一艘往返于五大湖地区的货轮卡尔·D. 布拉德利号在加尔岛附近遭遇狂风沉没湖中，船员大都溺水身亡。近岛高中的十几个孩子从此没了父亲。

学校在教室里举行了几场悼念仪式，有时还会占用上课的时间。接下来的几个星期，校园被一片静寂笼罩着，迈洛觉得有点像是森林中坏天气即将来临时的感觉。有一天下午放学铃响之后，他经过走廊时突然被一个高年级的波兰裔男生拦住了。学校波兰裔的孩子多得数不清，他们的父亲有的是货轮上的船员，有的在采石场干活，货轮的内倾式船体里运的方解石矿就是从那些采石场装船的。素不相识的同校学生主动找上他，这对迈洛来说倒不是头一回。高年级男生拍了拍他的肩膀，轻声说："听说你刻了条链子？”

迈洛往前凑了凑才听清。“是啊。”

“刻那玩意儿干吗？”

迈洛想了想。“我也不知道。就是想看看能不能做成吧。”

男生的脸上毫无表情。这会儿另外几个男生也凑了过来，在旁边晃来晃去。

“花了很长时间？”

“好几个月，”迈洛说，“你怎么知道的？”

“法拉格特先生说你想把链子交出来。”

“怎么会呢？”

男生瘦得皮包骨头，衬衣松松垮垮地堆在腰带上方。他低声咕哝了一句。

迈洛又往前凑了凑。“你说什么？”他问道。

“我说，你猜我这儿有什么？”男生把手举过头顶，去拽电灯的拉线开关。迈洛抬起头，朝他举手的方向望去。

走廊颠倒过来的时候，迈洛记得他注意到天花板上根本没有拉线开关，只有一排排的松木板，生锈的钉头露在板子外面。在那之后，就只有拳打脚踢了。

学校的护士剃掉了他太阳穴周围的头发。她揭开纱布敷料，上面的血滴滴答答地落进了托盘。“是我的血？”迈洛问。

他还没照镜子。

“一帮小混蛋，”她回答道，“你干什么了，至于吗？”

“我不知道啊。我做了一样东西。”

“什么东西？”

迈洛耸耸肩。“是条链子。”

“你用链子抽他们了？”

迈洛勉强笑了笑。

护士看着他，态度柔和下来。“好吧，”她说着扶住了他的胳膊肘，“不管怎么说，他们可把你揍得够呛。”

她用碘酒给他擦拭伤口。他竭力忍着，不想让她看出碘酒烧得有多疼。然后她掀起他的衬衫，检查了肋骨。那个男生当时也掀起了迈洛的衬衫，猛地拽起衣襟蒙住他的脑袋，接着绊得他仰面摔倒。这样一来他们开始揍人的时候，躺在地上的迈洛就像是给套进了麻袋，两只胳膊被绑在身侧动弹不得。护士轻轻地把衬衣从他头上脱下来，疼得他直咧嘴。她递给迈洛一面镜子，随即给他处理背上的伤。在他的脊背中间，从上到下都是一个个鲜红色的长方形肿块。

“钢头鞋。”她说。

“他干吗要问你链子的事情？”站在水槽边洗碗的母亲转过身问道。

“大概是他们想要吧，”他耸了耸肩，“链子是我做的。”

于是，父母让他把链条拿给他们看看。迈洛出门去了树林，回来后父母都以各自的含蓄方式表达了赞赏——母亲盯着它看了好久，嘴角带着笑意；父亲把它拿起来，检查了几节链环。那天晚上他父亲还喝了杯酒，这是很少有的事。

链条搁在桌上了。迈洛盯着它出神，母亲又接着去洗碗。他能在脑海中把链环一节节地复原出来，细到每一个木纹弯曲处的色泽变化。

父亲哐当一声放下酒杯，朝壁橱走去。回到桌前时，他一边穿猎装外套一边说：“人们的拳头总瞄着上面。瞄着比他们优秀的人。没有人喜欢能把事情做好的孩子。就是这么回事。”

这是在夸奖他。迈洛听明白了。

迈洛凝视着壁炉上方镜子里自己的脸。护士处理过后，他额头上方的头发剃得参差不齐，一侧太阳穴上的纱布绷带渗出了暗红色的血迹。脖子上满是纵横交错的伤痕，被暗淡的灯光一照，活像是在皮肤上拱来拱去的毛毛虫。他的眼睛看到这些伤痕就移不开了。

他和以前不一样了。他能感觉到。那帮孩子开始踢人的时候，他扭着身子要躲开，还想回敬几脚。可接下来他们踢的部位从脊背转到了脑袋，他只得蜷起身子放弃抵抗。在那个时刻，他反倒觉得自己变强了。问题是，他在那过程中感到了快意。

这种事他没法告诉任何人。

"下一次，"父亲说道，"你也揍他们。抢在他们动手之前。就得这么干。不管手里拿的是什么东西，往他们身上招呼就是了。"

"这样不行，迈洛，"母亲捏着滑溜溜的盘子说道，"对付这种事情有更好的法子。"

"鼻梁就很好。用额头去撞，照准两眼之间。"

"他可以——"

"用棒子敲他们，迈洛。踢他们的裤裆。拿书往他们脸上拍——有什么招就使什么招。动作得快。听到了没？让他们瞧瞧你的厉害，要不然他们这辈子都不会放过你。就是这么回事。明白了吗？"

"亨利，"母亲说，"你这是在教他——"

"明白了吗？"

"明白了。"迈洛答道。

父亲站起身，差点儿把椅子带翻。然后他绕过餐桌，俯身在迈洛耳边悄悄说了一句话。

"你说什么？"母亲问。

"我在跟儿子说话。"

“你跟他说了什么？”

父亲走到了门口。“我要是想让你知道，就会大声说了。”

晃动的门带得铰链咯咯作响。

父亲的脚步声渐渐远去，母亲在他身旁坐下来。她喝完桌上的酒，伸出手搭在他的胳膊上。过了一会儿，她把手拿开，又回到了水槽边。水龙头哗哗地开着，冲得水槽里的锅碗瓢盆哐啷啷直响。

“对了，”过了一会儿她问道，“他刚才说什么了？”

“不知道，”迈洛回答说，“我没听清。”

不过，伤口很快就愈合了，比他原以为的要快得多。他知道自己和以前不一样了，但他也知道在学校里的其他孩子眼中，他很可能还是老样子。别人对他的关注一如往常，既没增多也没减少。出事之后没多久，韦纳带着几个朋友在食堂找到他，想帮忙把打人的家伙揪出来。迈洛劝韦纳算了，说他不记得那几个家伙的长相了。话说回来，波兰裔孩子的模样看起来都差不多。近岛高中里这样的孩子有好几百呢。

事实上，他学到了一些东西。感觉到自己在拳打脚踢下屈服时，他明白了一个道理：在这个世界上，他完全是独自一人。他独自生活在这世上，而在那一刻，他也有可能独自离去。

事实上，想明白这个道理让他觉得很安慰。这就是他学到的东西。

韦纳没再提这事。没过多久，迈洛自己都不把它放在心上了。他的生活又恢复到了乏味的老一套。每天早晨，走下长长的山路去搭校车；每天下午回来时，爬上山朝黑灯瞎火的家走去，把书本往厨房一放，就出门到森林里去了；晚上回到自己的房间，赶在上床睡觉之前做一会儿作业。

可奇怪的是，他从来都不觉得孤独。

他的母亲只要有点空闲就会捧着小说看，他的父亲还是个老师。可迈洛跟其他许多孤僻的孩子不一样，并不是个特别出色的学生。他喜欢看自己挑选的书，学校布置的阅读任务却让他不胜其烦，就好比让他用镰刀去割屋子和车库之间的杂草，或是到父亲的工作棚里扫地。像社会研究、公民学、手工艺、历史这些课程，他都只是勉强及格。

有一次上艺术课的时候，老师说他很有天赋，但他对这门课程没什么兴趣。出于对父亲的礼貌，他的科学课成绩还不错，但也仅此而已。他觉得数学很无聊。

当然，迈洛听清了父亲跟他说的话。父亲在他耳边低声说的是："欢迎来到这个世界。"

奇点理论

六月的一个星期六，母亲在晚餐时间敲响了垃圾桶盖子。可是等他走出森林，却发现父母都坐在家里的普利茅斯车上。父亲招手让他坐到后面去。他一上车，一家人就出发了。父亲穿着法兰绒衬衫，戴了顶软呢帽。车再停下来的时候，他们已经到希博伊根镇中心了。安迪特一家很少来这儿。虽说一个街区之外可以免费停车，父亲还是付钱把车停到了码头边。这就够奇怪的了。软呢帽也不同寻常。天气暖洋洋的。湖边的木板路上，一辆载人三轮车咯噔咯噔地骑过去，还有个卖棉花糖的正在转糖球。夕阳低垂，黑沉沉的湖面上，被船只扰动的地方闪着刺眼的波光，仿佛船一边走一边在船尾撒下了碎玻璃。迈洛发现那天是父母的结婚纪念日。不过，他能看出他们之间好像起了什么争执。母亲不停摆弄着野餐篮。

他们在公共码头租了只船。这可是件了不得的事。宝蓝色的小木船大约十五六英尺长，桨架旁边装着板条座椅，后面是高靠背的长椅，上方有凉棚可以遮阴，看起来简直像是皇室出游时国王乘坐的小艇。父亲仔仔细细地把船检查了一遍，这才脱下帽子夹在身侧，跳进船里。小船晃动起来，龙骨拍击平静水面的声音就像是往桌子上撂了个平底锅，船身随即贴着码头稳住了。父亲在划桨的位置上坐定，板着脸等迈洛和母亲缩身钻到凉棚下面。野餐篮就搁在舱底。不一会儿，他们的船朝港口的北边驶去，从那儿穿过湖湾是条捷径。父亲划桨很有节奏，已开始映出夕阳暗金色余晖的水面在飞快地缩短。桨架嘎吱嘎吱地响着，板条做的椅背一松一紧地贴着迈洛的脊背。过了防波堤，就是开阔的湖面。他们从木头屋顶的码头的另一边驶过，这时教堂敲响了八点的钟。

大约十五年之后，迈洛在加州伯克利分校参加研究生院的面试。著名的汉斯 · 博兰博士（博兰不变量的发现者）问他，最早是怎么对数学产生兴趣的。

"当时我和父母在湖上。"迈洛说了起来。他和以前不同了。二十多岁的时候，他发现自己很会讲故事，即便讲很长的故事也轻松得出奇，尽管如此，在这世界上他仍然和以往一样孤独，对于别人的行为他既无法预知，也无法理解。他记得博兰博士当时往前凑了凑，精明的眸子在金边眼镜的三光镜片上方朝他一瞥。

"那是个傍晚，"迈洛说道，"我们走得迟了。在休伦湖，湖的北边。"

"休伦湖，"博兰博士透过眼镜盯着他，"那可是一片被小瞧了的水域。"

有人笑出了声。

"我父亲不怎么喜欢船。"迈洛说。

"这在休伦湖上可不是什么好事，对吧？"

"他自有他的原因。"

迈洛等待着更多回应。如果有人问起，他就会说说所罗门海的事情。

“接着刚才的说，小伙子，”房间后面的另一位教授开口了，“湖上发生了什么事？”

“当时是十一月中旬，”迈洛说道，“在我们州那里，差不多已经是冬天了。我父亲划着船驶过了港口，但他没考虑到水流和天黑的因素。”说到这儿他打住了，看到大家都在静候下文，觉得很得意。“日落时我们还在离岸很远的地方。接着起风了。湖水翻腾得像大海一样。浪头足有两三英尺高。我们的小船被大浪托起来又狠狠地掉下去。我父亲的左臂比右臂粗——我们家都是左撇子——不知不觉船就掉转了方向。”

“哦，”博兰教授说，“有意思。你也是左撇子吗？”

“是的。”

“接着说。”

“这样一来，他划着我们的船，”他又停了一下，“往湖心深处去了。镇子北边的群山挡住了灯光，在离岸那么远的湖上你什么都看不见。那时的休伦湖跟大海没什么两样。我父亲是个出色的领航员，他当时肯定在用其他的地标辨别方向——也许是东北方向那些捕鲑船上的灯光。我以为他知道自己是在往湖心深处划，所以什么都没说。至少有挺长一段时间我没开口。但最后我意识到，他没发现自己划错了方向——没发现我们的船在朝大海深处走。”

“可你是怎么知道的呢？”博兰博士向前倾了倾身。

“我一直都能做到。”

“做到什么？”

“确定自己的坐标。知道自己在哪儿。”

“白天还是晚上？”

“都可以。我觉得这和能不能看见没什么关系。”

“你父亲做什么？”

“他划着船又往前驶了四分之一英里——”

“我的意思是，你父亲是做什么工作的？他的职业是什么？他应该还健在吧。”

“他在高中教书。就是我上的那所学校。教化学和物理。”

“这孩子的本领也许就是这么来的。”博兰博士转过身对其他老师说。有几个人点了点头。“不过，按理说父亲本人也应该有准确定位的天赋。显然他没有。”

迈洛能看出故事给面试的老师留下了深刻的印象，便打定主意不再多说。比如，他故意没提自己的母亲，她乘车时不用看地图就能指出方向。还有她的哥哥，此人有一套记牌的窍门，在拉斯维加斯靠玩二十一点谋生。

此外，他讲的故事里还有别的问题。十一月这个时间点就是其中之一。与事实相去甚远。还有起风的事。他们的确在一个没有月光的晚上迷失了方向，但事情发生在六月，天气和暖，湖面平静。其实在休伦湖那一带的夏季，黄昏时分风往往都会平息下来，而不是越刮越猛。另外在十一月，鲑鱼会洄游到河里，捕鱼船都停在干船坞。不过迈洛敢肯定，在场的人对这些细节都一无所知。事实上那天的湖面平滑得跟油一样，风吹在他身上暖洋洋的，舒服得很。尽管如此，湖岸在黑暗中隐没时母亲还是变得很焦虑，而父亲对此的回应则是冷着脸一声不吭，憋足了劲儿不停地划桨。按照迈洛的估计，在繁星密布的夜空下，他们一直朝湖心深处划了半英里。迈洛才开始指引他们往回走。

“事实上，”博兰博士又回过头对其他人说，“能像这样凭着头脑标定空间位置的人少之又少。”有人低声说了些什么，博兰的眼睛又盯住迈洛。“这件事标志着你开始对数学产生兴趣？”

“应该是的。”

“那天夜里你给父母指明了回家的方向，因为你能够想象出地表平面的形态，还能估算出你们在平面上的所有位移。”

“对，教授。是的。”

其实，一直以来他都能从六个方位上想象出周围世界的形貌，并确定自己在任何一个三维地形中所处的精确位置。也许这本领是他多年来在无路可循的森林里渐渐掌握的。记事以来，周围的事物始终都会在他的脑海中自然而然地形成一个倒扣的、坡度缓和的碗形。在这个由稳定变化的坐标构成的半球形中，他作为球心的位置会不断地重新校正。这部分是真实可信的。其他细节只不过是为了让故事更吸引人而已。

“真令人惊叹。”博兰博士说着，又从镜片上方瞥了他一眼。

“博兰教授，其实我觉得应该是地表的碗状形态，不是平面形态。就像是一个倒扣过来的碗。或者是球冠，用你们的话说。”

“我接受你的指正。”

房间里笑声四起。博兰举起一根手指示意大家安静。“年轻人，跟我们说说，”他问道，“你的名字该怎么读？[1]”

“迈洛。类似 silo。”

“姓呢？”

“安迪特，”他说着，低头看了看，“和 bandit 差不多，不过中间还有个 r。”

“哦，”教授转身对同事们说，“原来是中西部。”

笑声又响了起来，这次没那么密集，不过又在博兰举起的手指下平息了。他朝房间里的其他人转过身。“你们中间有些人也许注意到了，”他一本正经地说，“这位应试者并没有参加通常的考试。由于一位同事的推荐——他来自伟大的密歇根州，”说到这儿，他半开玩笑地朝着迈洛鞠了一躬，“我请他给这位考生寄了几道测

1 迈洛的姓（Milo）和名（Andret）均有多种发音方式。

试题，是我自己出的。”他转向听众：“诸位，我得告诉你们，这些题目跟研究生入学考试里的标准化试题可不一样。”然后他又转向迈洛：“年轻人，知不知道这些题目你答得怎么样？”

“不知道，先生。我不知道。”

“姑且这么说——”他摘下了眼镜，“这么说吧，我认为你有极大的潜力。”他说着又戴上眼镜，抬起了头，“诸位，我认为你们都应该记住迈洛·安迪特这个名字。”

有人咳了几声，接着是一片沉默。迈洛不知道这意味着什么。大约十年前在密歇根州立大学读大一的时候，他选修的线性代数拿了满分，比班上所有研究生的分数都高，而且作业他一天都没做过。但是在拿到学士学位之后的五年间，他一直在兰辛的一家海湾石油加油站工作。

“年轻人，”博兰博士说，“你在入学资格测试中的表现非常出色。”他摘掉眼镜，低下头盯着迈洛，“真的非常出色。”

迈洛没吭声。他有一两门人文学科的考试得的是 C，社会学还拿了个 D。

“三十岁之前你一直在加油站上班？”

“其实是个服务站。我干过许多修理发动机的活儿。想增加点经验。”父亲提醒过他，面试时可能会被问到这类问题。

“嗯，你大学期间的学业也很出色，只不过稍微有点波动，”博兰博士说，“我们希望毕业后的经历已经让你走向成熟。”他让低声议论的人们保持安静。“也希望我们在寻找你的过程中没有浪费太多时间。我敢肯定，你在加州大学伯克利分校的数学专业将会如鱼得水。顺便说一句，在我们看来，”说到这儿，他的眼睛一下子转向了其他人，“伯克利的数学专业可是全世界最好的。”

2 演绎法

自然从不说谎

研究生院给他指定的导师是博兰博士。当时，汉斯·博兰是全美国最著名的数学家。他的办公室足有起居室那么大，加利福尼亚的阳光斜切在墙面上，把石膏装饰板映得红彤彤的，花卉图案的长条形波斯地毯耀眼生辉，简直像是在羊毛里缝进了真的花瓣。迈洛从来没见过殖民时代的古董家具，也没见过装着花格玻璃门的书橱。阳光照在教授藏书的书脊上，散射出一道道竖直的彩虹。一扇长窗框出了外面钟楼下如茵的草地，远处高高的云层下面，海湾像一大片水银似的闪闪发亮。

至于教授本人，怎么看这都是一位成功人士。熨得平平整整的短绒衬衣上有着不同颜色的竖条纹，领结打得很饱满，镶着三光镜片的眼镜派头十足。不过，面试之后再见到教授时，他好像变老了。他边说话边在办公室里紧张兮兮地踱步——从桌旁走到窗前，又从窗前走回来——仿佛是想打消某种身体上的冲动。地毯中央摆着一把弧形靠背的雕花木椅，迈洛小心翼翼地坐在椅子上。

“知道吗，你的那个本事我也有，”博兰说着终于在办公桌后的椅子上坐定，“最起码有过。我一下子就认出了你。”

“您认出了我？”

“认出你就像我一样。你——一个年轻的汉斯·博兰。”

“啊——谢谢您，教授。”

“我们都有法子确定自己在环境中所处的位置。这种本领很罕见。”坐下来之后，博兰的动作似乎缓和了许多。“除此之外，我们俩还都是左撇子。”他举起那只手，另一只手朝桌上塞着瓶塞的玻璃醒酒器一挥。“来点干雪利酒？”

“不用，不用，谢谢。”

教授自己倒了杯酒，从抽屉里抽出一沓文件夹拿在手里，在吸墨台上方晃了晃。“我得补充一下，我们回绝了好几百个成绩比你更出色的申请人。而且显而易见，他们的院校也比你的好得多。”他举起雪利酒送到唇边，合上了眼睛。“为什么？因为我觉得我们应该把赌注押在你身上，安迪特先生。”眼睛又睁开了，从水晶酒杯的杯沿上方朝他望过来。“年轻人，我跟你实话实说：你的测试结果非常出色。有可能是我所见到的最出色的。不，肯定是最出色的。安迪特，在你身上我窥见了成就伟大事业的潜质。告诉你，我的父亲也是个化学老师，和你父亲一样。你知道吗？在东斯克兰顿高中。你对拓扑学有什么了解？”

迈洛觉得脸颊直发烧：“啊？”

“你对拓扑学这个领域有什么了解？”

“我看过一点弗雷歇[1]。好像还有欧拉。还有一点点豪斯多夫[2]。”

博兰瞪着他：“这就好比一个英语专业的博士说他看过一点莎

1 Maurice-René Fréchet（1878—1973），法国数学家，率先提出抽象空间的定义，奠定了抽象空间理论。

2 Felix Hausdorff（1868—1942），德国数学家，拓扑学的开创者。

士比亚、一点梅尔维尔，可能还有一点点托尔斯泰。”

迈洛满脸通红。

“既然你看过一点点豪斯多夫，那你学到了什么？”

“教授，我觉得我看得还不够仔细。”

“没错，的确如此。”老头把摊在桌子上的文件夹收了回去，“但是我得告诉你——拓扑学就是你的前途所在，年轻人。我来列个书目，让秘书送到你的信箱。回去好好学。”

加利福尼亚。城市扑面而来。公园里打鼓的人群。挂架上减价出售的衣服在街角随处可见。天空中总闪动着海面上的波光，仿佛晾衣绳上啪啪作响的床单。

他在北奥克兰找了一间公寓。房子在地下室，采光靠的是墙上远远分开的两扇高窗，格罗夫街上的行人往来不断，影子透过窗户投射进来。从白天到黑夜，每时每刻都有成群的长裤和裙子来来去去，靴子和高跟鞋咔嗒咔嗒直响，烟头、咖啡杯和三明治包装纸扔个不停。每天早晨他都得撑起玻璃窗，清掉堆积在天井里的垃圾，活像在打理一座脏污不堪、一条鱼都没有的水族馆。但与此同时他也意识到，从公寓里望出去的景色和小时候遍布枫树和山毛榉的森林有着某种相似之处。他觉得这两者虽说都只是一片有限的天地，却能让人想象到无边无垠的世界。刚住进公寓的几个星期，他经常连续几个小时盯着那两扇高高的玻璃窗。总是一成不变。总是变动不居。一条条快速移动的腿把阳光剪切成了摇摆不定的火焰。

这是一种思考的方式。

起初他在系里并不顺利。当然，他仍然深深地被数字吸引着。这部分始终没有动摇。数论。素数和半素数的独特性是那么富有魅力。什么都逃不出数值函数的规律，它们对世界的分析和描述令人惊叹——从小他就爱看大雁飞行时排成的V字队形，现在，透过那两幅镶着玻璃的图表，他盯着高空中流散的云朵渐渐变得混乱无序，一瞅就是几个小时。数字符号犹如一套更为完美的词汇，仿佛是专为阐释世间造化的种种微妙之处而创造出来的。他想把这些念头告诉别人。然而，他却总是坐在从便利店买来的椅子上，看着从窗前经过的腿：不同的步幅，偶然的交错，汇成人流的可能性。数学不仅能够描述所有的现象，还能在大体上对它们做出预测。躺在床上，他有时会胡思乱想，不知道能不能通过数学改变这些现象。

他对拓扑学以外的其他领域也感兴趣。比如交换代数，以及高斯、凯莱[1]和拉斯克[2]的相关著作。可是每次他和汉斯谈起这些，老头好像都很恼火。

“安迪特，拓扑学才是适合你的领域，”两人下一次见面时，教授直截了当地说，“我跟你保证。忘掉代数吧。忘掉高斯。拉斯克只不过是个装腔作势的棋手。拓扑学最能让你发挥自己的天赋。你我都能够以那种方式去感知世界。其他领域都只会浪费你的时间。”他疲惫地呼出一口气，“而且荒废天赋。”一杯雪利酒放在锃亮的桌子上。他又夸张地举起左手，仿佛这么做能证明他的结论似的，“我自己就应该当个拓扑学家。”

“您现在当也不晚呀，教授。”

“那只能是白费心思。”他从细长的酒杯中啜了一口，然后小心翼翼地放下杯子，像是在竖鸡蛋，“书目上博特[3]、库拉托夫斯基[4]

---

1 Arthur Cayley（1821—1895），英国数学家，纯粹数学的近代学派带头人。

2 Emanuel Lasker（1868—1941），德国国际象棋选手、数学家及哲学家，曾连续二十七年夺得世界国际象棋冠军。

3 Raoul Bott（1924—2000），匈牙利数学家，在几何学和拓扑学领域做出了许多开创性贡献。

4 Kazimierz Kuratowski（1896—1980），波兰数学家，主要研究点集拓扑学和集合论。

和其他人的著作，你都看了吗？”

“看过了。”

“有没有找到自己研究的课题？”

“还没定下来。至少还不是特别明确。”

“好吧，”他大声吸了口气，“集中精力。把课题定下来。”

时不时会有同系的研究生来找他商量作业的事，或是探讨某个问题。谈话起初还挺有意思，然后就变得支支吾吾、犹犹豫豫，他跟别人聊天时向来都这样。迈洛看着一个个同学反身走上他公寓门口的楼梯，走进明亮而又忙碌的天光下。书包在他们的身侧晃荡着。弹簧门呼地一下打开，又砰然关上。

他得找点事情来打发时间。博兰的告诫不停地在耳边响起，让他心惊肉跳。不知为什么，他竟然没意识到研究生必须得撰写毕业论文。连这样的要求都懵然无知，简直是蠢得离谱。他得做点什么，好解开思维上的束缚。

有一天在埃文斯楼的图书馆，他注意到有个姑娘在看他。她坐在临窗的桌前，他远远地站在房间另一头靠墙的书架旁边，正在看一本关于十六世纪著名天文学家第谷·布拉赫的著作。他又瞥了一眼，发现那姑娘还在往他的方向看。黑头发，穿着件男式系扣衬衣。他只能看出这么多。他移开了眼睛。

布拉赫曾用一台四分仪观测行星运行的轨道。迈洛翻过一页，发现书中有这台仪器的插图，看起来有点像海员用的六分仪，但体积要大上好几倍。他在手掌上草草画出了仪器刻着轮齿的支撑臂，还有那几个带刻度的细条形圆环。

等到他从书堆后面转出来，她已经不见了。

那天下午在海湾边的一个木材堆置场，他低价买下了几根从废料堆里找到的长枫木条。在一家廉价品商店后面的垃圾桶里，他翻出了一捆轻木。接下来就很简单了。几个星期之后，枫木变成了弧形的支撑臂和中轴，轻木变成了带刻度的圆环。这活儿他做得一丝不苟——不过，木头链条和数学证明也同样如此。都是向上天发起的微不足道的挑战。

它们也都是消遣。他非常清楚，他得想法子让自己放松放松。

那个学期他学的是代数几何学、李群[1]，还有数论中的几个特别课题。每周有六组问题，每轮计算都要做出说明，每个求解方法都要经过再次推导以保证其准确性。同样，这些也都是消遣。他还教着两门本科的微积分课。与此同时，精心调校的四分仪摆在他公寓的门边，随着不断添加上去的零件而渐渐成型。迈洛回到堆满还没批改的试卷的桌前，想象着自己所处的世界尚未揭开天体运行的奥秘，在这个世界之中，仅凭观察就可以大大改变人类的命运。

这台占星仪将会让他有所发现。他这么对自己说。发现并非一望而知，而是隐而不显。太阳经过昼夜平分点之后渐渐爬升，不靠这台仪器几乎难以察觉。每天他都要记录刻度上不断出现的数值变化。出乎意料地，观测天象让他感受到了记忆中的平静。做这件事能让他得到自由。

孤身一人，窗外的城市像肮脏的河水般奔流而去，有生以来他第一次发现自己很渴望友情。这可能也会让他的思维得到自由。

“来一杯？”博兰端起了醒酒器。

“好的，当然啦。”

1 Lie group，由挪威数学家 M. S. Lie 创立的一类群，是对空间对称性的数学刻画，在数学分析、物理和几何中都有非常重要的作用。

那是十一月一个阳光明媚的下午。远处有个淡蓝色的飞盘从窗框下方升起，像飞碟似的盘旋着，又在一片喊叫声中坠落下去。

博兰倒了杯雪利酒，从桌子上推过来，他朝着迈洛刚才看的方向望去。飞盘又冒了出来。“一组并不完美的抛物线坐标，”他说道，“主要取决于空气动力学，而不是二次方程式论。不过呢，确实还挺好看的。”

“还伴随着有多普勒效应的喊叫声。”迈洛说。

博兰轻声笑了起来，端着杯子往后一靠。他似乎很享受这番谈话。“克里斯蒂安·多普勒应该算是一位数学家，而不是物理学家，”他说，“他父亲是泥瓦匠。”

“真的？”

他的眼睛盯住了迈洛的眼睛：“真的。”

有什么事让老头不悦。

“我的意思是，我不知道这回事。”

“多普勒的研究其实没什么了不起，”博兰断然说道，“和他的名气并不相称。”

“我对他的事情不是很了解。”

“显然如此。”

“可我想去了解。我想多读些。”

“自然从不说谎，”博兰说着倾身向前，把他的杯子加满，“这是历史告诉我们的。”

“我明白了。”

“人却会说谎。”

“是啊。”迈洛喝了一小口雪利酒。他觉得腮帮子烧得慌。

“你知不知道数论学家拉尔斯·霍恩格伦？”

迈洛努力回想：“我好像知道。”

“好像知道？”

“您给点提示。”

博兰的双眼紧盯着他：“千万别不懂装懂，安迪特。千万不要这么干。我们应该渴求知识，而不能把它当成用来交易的货币。”

“对不起。”

“那么，你到底有没有听说过霍恩格伦？”

“没有。”

“你当然没有。拉尔斯·霍恩格伦是我们学校最优秀的学生。这就是他的身份。最优秀的学生，仅此而已，”他喝了口酒，“他曾想用一种新的途径来证明卡特兰－梅森猜想。”

“双梅森数均为素数。”安迪特主动说道。

博兰挥手打断了他的话。“当时他即将找出证明方法。是个非常有才华的年轻人。他的毕业论文让大家兴奋不已。我给斯坦福大学和普林斯顿大学打电话推荐他。可后来呢？”

迈洛迎上了教授的目光：“后来怎么了？”

“后来，我发现了他究竟干了什么。”

迈洛等着他往下说。

“回想起来都叫我恶心。”博兰闭上了眼睛，“我太相信他的话了，根本没去核查他的研究。这么说吧，拉尔斯·霍恩格伦如今在某地的一家银行上班，整天忙着拉贷款。”

老头睁开眼，房间陷入了沉默。

“这是个悲哀的故事。”过了好久迈洛才开口。

“这是个重要的故事。拉尔斯·霍恩格伦的研究是窃取来的，年轻人。不告而取。他对我们所有人撒了谎。要让我说，这个故事还远远不够悲哀。他该去蹲监狱。跟你说，我想过把他送进去来着。但你们国家似乎并不把这种行为视为犯罪。”

“是吗？”

博兰往前倾身。“听着，”他说，“你有才华，安迪特。极为出色的才华。也许和霍恩格伦一样。也许和我一样——顺便提一句，只要才华是真的，你就完全可以跟别人这么说。你同意吗？”

“我不太确定。”

“安迪特，这就是我一直想告诉你的事。我能确定。年轻人，是上帝选择了你。是人类。是宇宙的秩序。无论你认为是何种力量在主宰世界，它选择了你来翻译一门语言。我想告诉你的就是这个。拓扑学是上帝的法则，安迪特。上帝召唤你来翻译这些法则。”他敲了敲桌子，“你的才华就是如此重要。”

“谢谢您，教授。我很感激。”

博兰的目光又从桌子对面投了过来，这一次眼神有些闪烁。他又给自己倒了一杯雪利酒。“如果你真的感激，”他说着又笑了一声，忙起了自己的事，“那你有可能是误会了。”

诗人

有天早晨，他在埃文斯楼的公共休息室翻看杂志，发现了一个问题：马洛什猜想。二十世纪早期，卡米洛·马洛什在给友人的一封信中提出，某些数学等式在复射影空间中可能会得到解答。多年来，这个问题逐渐演变成了一个越来越复杂的猜想。至今还没有任何一位数学家能够得出证明。迈洛在《数学文摘》杂志上看到，历年来有许多人做过尝试。

迈洛意识到，这恰恰是他正在寻找的难题：这样的难题能够赢得汉斯·博兰的敬意。

那天下午晚些时候，他蹲在四分仪旁边，开始考虑一些实际的问题。即使他最终无法证明这个猜想，博兰也肯定能注意到他所付出的努力。甚至可以从猜想的一个小分支着手，他看到《数学杂志》上有其他数学家就是这么做的。以此为基础，研究本身很容易就能够扩展开来，也许能形成一篇毕业论文。甚至成就一番事业。

当时，他的大部分同学找工作时都想进入帕罗奥多的施乐公司、怀特普莱恩斯的IBM，或是西海岸那些崭露头角、由行业基金资助的智库。但对迈洛而言，这些抱负都有点动机不纯。他不是个实际的人，但在那一天他打定主意要让自己变得实际起来。马洛什猜想。他心下安定了。在办公室，博兰教授说："不妨从顶层开始。"

"您的意思是？"

"复射影空间的子流形——这可是个出了名的难题，年轻人。"

"对，我在书上看到过，确实很难。"

"哈！你在书上看到过！"今天博兰的心情似乎比较轻松。他摆弄着系在脖子上的宽领带。不知为什么，那一刻两个人都转向了窗户。在窗外青灰色海湾的映衬下，阳光突然把大桥的悬索变成了两组亮闪闪的银色抛物线。

"啊，"老头说，"说不定我们正好看到了某种预兆。"

"是啊，真的很像。"

博兰回过身。"年轻人，"他的声音又严厉起来，"我得告诉你，在这些石头上撞沉的船可有不少。许多人终其一生都没能击败卡米洛·马洛什。"他往下拉了拉眼镜，直盯着桌子对面的迈洛，眼神冷冷的，但那双眼睛下面的嘴唇却透着一丝狡黠。迈洛判断不出老头的提醒究竟是出于善意还是恶意。

一天下午在数学系图书馆，他刚跑到门外的台阶上喝了瓶汽水，回来就发现有人坐到了他的位置上。他绕过桌子，从另一头朝那人迎面走去：是那个打量过他的姑娘。

"没有。"她说。

"没有什么？"

"没有。你没弄错。"

"我怎么——"

“你有时间吗？”

“干吗？”

“我。”

“呃——”

“跟我聊聊。”

深色的眼睛，看样子整夜没睡。她穿的还是男式衬衣，黑头发掖在领口里。“那得看情况了。”他回答。

“什么情况？”

“看你想聊什么。”

他们约在酸橙玫瑰见面，那是她去过的一家咖啡馆，开在地下室，离校园不远。他提早到了。她到得更早。

“博兰很看重你嘛。”他刚在桌对面坐下，她就开口了。她毛衣的肩膀部位沾着几滴雨水。隔着一张小桌子，她的脸比他记忆中还要漂亮。还是那双彻夜不眠的眼睛，但眼神里充溢着一种不知是哀伤还是兴奋的神情。她的名字有点奇怪：克莱·韦尔斯。

“你怎么认识博兰的？”他说。

“所有人都认识博兰。数学圈的所有人。”

“你也是数学圈的？”

“严格说不是，不过我认识许多搞数学的人。我爸就算一个。”

“哦？”

“他是个教授。教数学分析的。”

迈洛咽了一口咖啡：“好吧，那他是怎么说的？”

“他说，博兰到处跟别人讲你很有前途。”

迈洛笑了。

“跟你说，博兰出名可不是因为不吝赞美。”她冲着他抬起了下巴，“你应该知道，对吧？”

“我听说过这个传言。”

“那你笑什么？”

“博兰怎么评价我，我早就知道了。”

她举起咖啡杯凑到唇边，得意一笑：“好啊，还真没错。”

“但他说的到底对不对，我就不知道了。”

“你不知道他对你的判断是否正确？”

“说实话，我不知道——真的不知道。”

她放下杯子。“嗨，”她说，“他说得对。”

“那你又是怎么知道的呢？”

她朝窗外望去：“这也算是个小秘密，对不对？”

“我觉得你在这个问题上不至于比我更有发言权。”

“嗯，那你可就错了。”

“不管怎么说，我们俩肯定有一个。”

她转回视线看着他。

“肯定有一个搞错了。”他说。

“好吧。”她从手袋里摸出一包骆驼烟。“马洛什猜想。”她边说边弹出一根烟，“子流形，对吧？在某种古怪的数学空间之中。出名的难题。”摸索火柴的时候她打住了，“难得要命。”

“是啊，”他说。“可以这么说吧。那又怎么样？”

“这仅仅是个开头。”

“关于什么的开头？”

“关于我对你的了解。”

她朝着他的头顶喷出一口烟，他闪身让烟雾飘了过去。

“顺便说一句，”她说话时直盯着桌对面的他，“可别以为我是在勾引你。”

完工后的四分仪有厨房桌子那么大，四根雕刻繁复的轮辐精确地把仪器的球面分成几块。在深冬季节一个晴朗无云的夜晚，他等着最后一层清漆晾干，然后把整台仪器搬到了公寓房间中央的一个三脚架上。在那个位置，仪器的视野恰好把两扇窗户一分为二。

就在日出之前，他从床上爬起来。冷冽的空气从门缝下方漫进房间，他坐下来，开始记录太阳在那两片四方形的天空中划出的轨迹。这之后，他匆匆赶到图书馆，集中精力演算课程中积压下来的一大堆问题。

第二天他又待在家里没出门，一边不耐烦地草草批改作业，一边记录下第二组坐标，认真追踪冬季阳光在他框出来的小小宇宙中划出的低垂轨道。

那个学期他担任了两门不同课程的助教。一门是微分方程，来上课的大都是数学专业和工程专业的学生；还有一门是诗人的微积分[1]，选这门课的以女生居多。至少课堂上能看到好些女生。微分方程课上一个女生都没有。

快到年末时，他把一门期中考试的成绩发了下去。罗斯沃特教授出的试卷向来以难著称，这次考试出了一大堆 D 和 C，得 B 的人寥寥无几。总坐在教室后排的那个无精打采的小伙子得了满分，迈洛原先还以为他是个不务正业的家伙。

测试卷上写的名字是厄尔·比特曼。

迈洛把厄尔·比特曼的卷子留到了最后。他已经向数学系的秘书了解过此人的情况。小伙子摊开手懒洋洋地坐在教室后面的一把椅子上，脚蹬一双磨损的机车靴，两只脚踝搭在一起。

“你是数学专业的。”迈洛从桌面上把他的卷子推了过去。

1 Calculus for Poets，大学中为文科专业学生开设的微积分课程。

“那又怎么样？”

“你干吗要选这门课？你都已经在上偏微分方程和实分析了。”

“所以呢？”

迈洛有点生气。“所以说，你为什么要选诗人的微积分？”

“因为我恰好是个诗人。”比特曼说道。

“厄尔说话就是这样。”克莱·韦尔斯说，他们又去了酸橙玫瑰。“完全是他会说的话。”

“估计你什么人都认识。”

“估计是什么人都认识厄尔吧。”

“交换律。”

她皱了皱鼻子：“我觉得应该是结合律。”

“不对，”他说，“我不认识他，而且我也不想认识他——所以这不能算结合律。”

听到这句话，她露出微笑。她伸出手在他鼻尖上轻轻一点，好像是在逗小孩子。“好吧，”她说，“结合律的特点很快就会体现出来。”

北奥克兰的牛顿

到了第二年的秋季学期，迈洛已经形成了自己的习惯。他越来越熟悉伯克利——卖三明治的立式柜台、迷幻品店、小轿车、巴士，还有川流不息的人群。傍晚时他经常待在埃文斯楼的图书馆，一心研究马洛什猜想。他花了许多时间钻研其他数学家写的论文。这些人当中有日本京都的一位教授、加拿大麦吉尔大学的一个研究生，还有苏联基辅的一个业余拓扑学家。他们的论文中都没有明确提到马洛什猜想，但迈洛能看出来他们想干什么。他们把营地扎在了这个猜想周围。

当时迈洛和博兰教授又谈过一次，这个猜想已正式确定为他硕士毕业论文的题目。

拓扑学方面的杂志送到埃文斯楼时都用纸包着，活像从高级百货商店买来的东西。图书管理员从借书处的柜台后面把杂志递给他。他一边翻开封面，一边想象自己的竞争对手们在世界各地的其他图书馆里也正干着同样的事情。竞争对手不仅有他知道的那几位，还有许多他只能凭空想象的人：来自孟买、莫斯科或者台北的研究生。这些人和他一样专注——甚至比他还全神贯注——一心只想着从宇宙中挖掘出掩藏已久的骸骨。

坐在温暖而安静的借阅室里，他通常会翻翻期刊，再静下心来干自己的活。一头扎进几何学精确的渐进式逻辑中。有时候他干得很顺利。有时候，流逝的一个又一个小时本身变成了数字，随即又分化成其他的数字。多少分钟。多少个星期。他不断地向前推进。在刚开始的这个阶段，马洛什猜想似乎并不是无法破解的。它仿佛是一座距离他非常遥远的高山。

有一天他的活干得很顺利。完事儿之后他走夜路回家，不知不觉间在公寓附近的酒吧门口停了下来。那家酒吧名叫工棚，连窗户都没有，只在人行道旁挂了个锯木架作为标志。他走下陡直的楼梯，在靠里的一张桌子旁边找了个位置。走上前来的酒吧侍者弄得他措手不及，只好结结巴巴地点了一杯雪利酒。这是他有生以来第一次买酒喝。

不过，不管侍者送过来的是什么，肯定都不是干雪利酒。

几分钟后，他挪到收银台旁边的一把凳子上，又点了第二杯。

渐渐有了流言。克莱都会告诉他。说他是个怪人。森林里来的大学者。北奥克兰的伊萨克·牛顿。“反正都是些类似的话。”她边说边用指尖搅了搅杯子里的热巧克力。又一家咖啡馆，又一个下午。“你出名啦，”她说，“我总能听到你的名字。”

后来，他们扣好外套准备出门，她又问：“听我这么说，你挺得意的吧？”

他脸红了：“没有的事。”

她微微一笑，用手指轻轻点了点他的嘴唇。“行吧，”她说，“没有的事。”

下一次见到厄尔·比特曼的时候，他们几个人坐在同一辆小轿车里。比特曼在开车。后排座位上的迈洛发现车子只要猛地一拐弯，比特曼帽檐下露出的长发就会飘起来。他开得太快了。暴雨过后的街道湿漉漉的，冰面似的闪闪发亮。但这是在加利福尼亚，和暖的风从车窗直灌进来。他们刚在校园后面的山顶参加了一个聚会，正沿着下坡路往回开。车子是一辆老旧的手动挡庞蒂亚克 GTO，没装消音器。比特曼像滑雪运动员似的开着车斜冲进弯道，刚拐进直道就猛然加速。后排座位上的迈洛紧贴着车门，跟几个不认识的姑娘挤作一堆。克莱坐在他前面的位置上，就在厄尔旁边。迈洛的肠子都揪紧了。车每换成高速挡，他的肠子就又得再紧一回。比特曼根本不看路。他老是斜着眼睛，看着身旁仰起头哈哈大笑的克莱。

“你不喜欢那样。”第二天迈洛在酸橙玫瑰找到克莱的时候，她说道。他本不该走进那家咖啡馆的，可他还是进去了。他应该待在图书馆才对。

“不喜欢哪样？”他问。

“厄尔开车的样子。”她在桌子对面望着他。

“说实话，”他说，“我都没注意他是怎么开车的。”

她笑了。“啊，”她说，“我能看出来你不喜欢。”

她转述的流言确有其事。没过多久，他无意中在休息室听到有人称他为大学者。

有人听说过他的那台四分仪，但谁都没见过，而且似乎谁都不知道他真正在从事什么研究。谁都没瞧见他一个人坐在书堆里看小林昭的论文，那是关于希策布鲁赫－黎曼－罗赫定理的深奥推演。看论文的时候他的脸直发烫。小林正准备向马洛什猜想发起进攻。这是确定无疑的。迈洛抬起头，看了看在自己周围的一个个小隔间里专心用功的其他研究生，他们的脑袋就像是一排排钻油井架。后来，他还仔仔细细地读了马拉特·季莫费耶夫的一篇预印稿，写的是代数同痕。又一次进攻。

他看不见这些对手。说不定什么时候，他们中的任何一个人，就有可能让他的所有研究都变成无用功。

然而，关于他的传言还在继续。说他未经训练却才华横溢。说他野心勃勃。他教的本科生里不断有人问起那台四分仪，他们非常渴望在课业之外找到一点有趣的事。就连他在研究生院的同学偶尔也会问同样的问题。迈洛回答时他们噘起嘴唇频频点头，又侧过脸喷出嘴里的烟。为了得到老师们的关注，大家都在暗中较劲。讨论起毕业论文题目来简直像是在排兵布阵。

大家都知道了，他是汉斯·博兰的得意门生。

这一评价并非出自博兰本人，而是迈洛有一天晚上在数学系的休息室无意间听到的。说话的那个研究生他甚至都不认识。又有人把脸转向了旁边。香烟的烟雾喷了出来。

她的父亲是卡尔顿学院的教授。在迈洛床上醒来的第一个早晨，她说到了这件事。

“没听说过。”他说。

“那是因为你基本上就是个文盲。”

“嗯，谢谢你。”

“学校在明尼苏达州的诺斯菲尔德。孩子们都搭拖拉机去上课。”

他转过身看着她。

“离明尼阿波利斯就半小时车程，你这个笨蛋。是一所非常好的学校。别看你在这儿能蒙混过关，到了那边可不行。”

“你觉得我是文盲？”

“嗯，基本上是。你真是个笨蛋，知道吗？就社交而言。这也是我喜欢你的原因之一。”

“喜欢我？因为我是个笨蛋？”

“你挺迷人的，”她说，“不过是那种傻乎乎的迷人法。”

她在他嘴上亲了一口。她的舌头有股味道——是昨晚床柱边上那杯加白兰地的热巧克力，他们从酸橙玫瑰散步回家后就把杯子搁在那儿了。一进公寓门她就把杯子放到地上，扯掉扎头发的发绳跟他亲吻。“你竟然连笨蛋的意思都不明白，”这会儿她仰起脸说道，“这本身就证明你是个笨蛋。”

“被人叫笨蛋还刺激的。”他说。他想再亲她，可她却倚着床头坐起身，拉过被单盖住肩膀。他看着她就这么躲在自己的床上。“你父亲是数学教授，这可不太好。”他说。

“怎么了？”

“你会比较的。”

“拿你跟他比？”她哈哈大笑，这模样他并不喜欢。他已经注意到了，她的脸说变就变。“我父亲是个混蛋。”她说。

这句话竟然让他转开了视线。

“要是这样的话，也许我就不会介意你去比较了。”

“也许你应该介意。”

上午晚些时候，等他从外面买了甜甜圈和咖啡回来，她总算起床了。她只穿着他那件底特律老虎队的T恤衫，蹲在地上仔细查看四分仪上用来校准的零件。“喂，”他问道，“你没动过它吧？”

“我可不敢。”她眯起眼，透过仪器上的一道沟槽往外瞧，“真不可思议，对吧？”

“对笨蛋来说还算不错。”

“不错，很不错。”

“就是个消遣。所以我才做的。”

“这可不是什么消遣。太了不起了。你给别人看过吗？”

“只有你一个。”

“真的？只有我？知道吗，我说你笨蛋是开玩笑的。”

“半开玩笑。”他说。

“好吧，这么说也差不多。半开玩笑。”

她站起身朝他走来。说实话，他心里还是不太舒服，但他没办法揪着这么点事不放。她从他手里接过甜甜圈，拉着他走到床边，身子紧紧地贴了上来。

当然，昨晚他还是个处男。

后来他们靠着枕头吃甜甜圈，把床弄得乱七八糟。“是真的吗？”她又问，“只有我一个？”

过了一会儿他才反应过来，她指的是只有她一个人看过那台四分仪。

那个星期晚些时候，他从没去过的一栋房子。房间很大，墙上满是用图钉钉住的海报。还有包着天鹅绒的长沙发椅。他跟着她穿过一道道走廊。旧金山繁星闪烁的瀑布在杯子里闪闪发光。他想把她带到随便哪间卧室去，却总是落后一步。活像一只被链子牵着的狗。

不管看到什么小玩意儿她都要停下来。鲍鱼壳形状的烟灰缸。香炉。楼梯间黑乎乎的，他跟着她毛衣下摆晃晃悠悠的饰环往上走。在斜顶阁楼靠里的那面墙边，十几个研究生模样的人横七竖八地坐在靠枕和床垫上。

那个人是厄尔吗？

是他。厄尔坐在对面窗户下的一个垫子上，细长的脑袋靠着墙。迈洛那个班小组讨论时他就是这么坐的，一模一样，总是在最后一排，长头发贴在背后的墙上，穿靴子的两脚搭在一起。嘴角总是一副似笑非笑的模样。

克莱走了过去，比特曼想要亲她。“伊萨克 · 牛顿。”她别过身做了个手势。迈洛从她身后走上前。“向您介绍戈特弗里德 · 莱布尼茨。”

一点都不好笑。她很紧张。“很荣幸，戈特弗里德。”比特曼说。

迈洛想不出该说些什么。比特曼歪歪脑袋，盯着迈洛的眼睛，然后主动朝他伸出手：兄弟握手[1]。看样子他嗑了药。“厄尔 · 比特曼，”他说，“我在你的微积分班上，说不定你都忘了。”

“我没忘。厄尔，你就在这地方写诗吗？”

把东西拿给他的人是克莱。比特曼走了还不到十分钟。她的掌心里有个小小的方块。红蓝两色的微型米老鼠。还没他小指的指甲盖大。

“张嘴。”她说。

房间里只剩下他们俩。

“来嘛，”她边说边用鼻子蹭他，“打开舱门。”她踮起脚尖亲了他一下。

一股烟味儿。久久不散。

“来嘛，”她把那东西送到他唇边，“快打开。”

那个年代伯克利校园里的正常剂量：大概是二百五十毫克。LSD。在公园就能买到。迈洛对待这类东西的态度很开放，但他的经验却是零。克莱舒展身子，躺到床垫上，拽着他躺倒在自己身边。缀着金色饰环的毛衣，柠檬香皂的气味。比特曼不见了。现在是几点都搞不清。他眼里映出了她双腿和臀部的轮廓，犹如

1　Soul shake，二十世纪六十年代美国流行的一种握手方式，先是传统的掌对掌握手，接着迅速勾住两只拇指，最后两人各用其余四只手指抓紧互握。

山峦起伏的黑色地平线。正是他想要的一切。

什么也没发生。

天花板：冲压成型的马口铁皮。不断重复的维多利亚式花饰，同样的方块中套着更小的方块。现在好像有点变化了，他眼前有个浪头一卷而过——他的注意力在涣散。好吧，又来了——转着圈往上爬啊爬。楼下闹哄哄的人群吵得地板都在震动。比特曼又出现了，在房间的另一边。然后又消失了。黑色的光线犹如看不见的太阳，把一张张海报映得活灵活现。

然后他一下子陷了进去。

他发现自己跌到了最底部。他好像在什么东西中间。某种微微发亮的结构。它震动起来，就像一台埋藏在地底的引擎。他立即确定了方位。他意识到自己的脑子要烧起来了，但也知道火灭之后它还会安然无恙。他只要往上爬就行。火做的墙壁滑溜溜的，倾斜的坡度在不断变陡。现在是吊在床垫上，他转过身，她躺在他身边，变成了一具木乃伊。包裹着黄金。黄金开始闷烧，接着就腾起了火焰。她在烟雾中蜷起身，滚到了旁边。他放弃了，又掉进了更深处。他意识到有一道边界悬在上面，不停地伸展、翕张，在他身周涌动。风中的一顶帐篷。黄、橙两种颜色。边界一会儿变成一个点，一会儿又向下坠落。它下落的角度越来越陡，速度越来越快，最后只剩下他困在边界的顶端。海洋中的一块巨石，有个人站在上面。

他伸出手，却碰不到她。接着他意识到自己根本没移动过。他刚才的各种行动竟然毫无记录。它们都消失在了一个无底洞中。池塘黑乎乎的水面把它们全吞噬了，没泛起丝毫涟漪，接着水面变成了无数波浪。波浪自己把自己吞下去。然后又冒了出来。

一个看不见的维度在边界处蠢蠢欲动。

然后他意识到还有别的形状，没等他看清就飞走了。没有容量的内里。向内折叠的雉堞。一个圆形，是一个球体的二维切面；接着是那个球体本身，是包裹着它的光芒的三维切面。圆球震动起来。光芒本身也在收缩。各种看不见的形状在吞噬其他看不见的形状。约束它们的上界，是许多正向他视野边缘飞奔的复杂算法。墙的另一边有动物在呼吸。

他又把手伸过去，抓住了她的手。

“是数学的感觉，”第二天他说道。他们待在一家酒吧。“这才是最有意思的。我看到的都是数学。”

她大笑起来：“那是嗑药之后的幻觉，安迪特。”

“不对。是马洛什猜想。我敢肯定。”

“搞艺术的人都会产生这类想法。”

“我看到了数学理念。”

“那只不过是你记得的东西。”她倒了杯啤酒，“因为你研究的就是这个。如果你跟我们其他人一样，你肯定会说你看到了许多颜色。我记得的就是颜色。”

他又看到了那些形象——模糊不清、不同色调的黄色，还有蓝红相间的颜色。

不过他也知道自己领会了某种东西。跟几何学有关。但它现在不见了。藏在了什么东西的后面。

有一天夜里他点了两根蜡烛，在跳动的烛光下查看一个月以来用四分仪记录下的全部数据。然后又看了上个月的数据。他一页接着一页地翻看记录，两手直发抖。他脑海中有什么东西站立起来。那是个形状。在他的想象之中，四百多年前布拉赫本人在哥本哈根的一个阁楼里也看到过同样的形状。

他晚上睡得越来越少，常常计算到深夜，然后还得批改作业。

这样他就可以在白天记录数据了。

历史上曾有过这样的一个时代：他在记录本一栏又一栏的数据之中发现的规律，将会颠覆整个世界。

从他住的公寓到学校得走半个小时，即便这样偶尔还是会响起敲门声：有的本科生想来看看四分仪。有时候他们干脆就蹲在外面的人行道上，从窗户那儿往下瞅。他养成了拉紧百叶帘的习惯。昏黄的光线透过帘子廉价的布料照了进来。

克莱的敲门声很特别——三长，三短，三长。“这是 SOS 的摩斯密码。”

“干吗要用 SOS？”他问。

“因为你是我的拯救者。”她哈哈大笑。他们俩都知道实际情况恰恰相反。

他本该在马洛什猜想上多花些时间——博兰肯定希望看到他有所进展。可他得上课，教书，用四分仪观测，现在又有了克莱——每隔一天她都会在下午过来，端着茶，带着书——他毫无办法。他本来是想专心干活的，但她只要随便做点什么——摸摸自己的小腿，或是解开盘好的发髻——两个人就会火急火燎地上床，边走边扯彼此的衣服。他们能一直躺在床上，直到有谁觉得肚子饿了。两个人就会爬上楼梯，到街对面的印度餐馆吃饭。五花八门的调料把她的嘴唇变得通红。他几乎都下不去口。

与此同时，他能感觉到博兰在等待。

有一天下午，她把门敲得砰砰直响。她冲进公寓，猛地关紧身后的门，又放下百叶帘。她手上端着一杯土耳其咖啡，蓝色的陶瓷杯在托盘上直晃。“是街角那家中东咖啡馆，”她上气不接下气地低声说，“我本来打算过一会儿就送回去。”她掀起一片百叶帘，又把它放了下来，“可他们竟然跑出来追我。我估计他就在外面。”

“谁在外面？”

“服务员啊。”

他注视着她：“克莱，你偷了人家一杯咖啡？”

“去你的，安迪特。”她又从帘子缝里偷偷往外瞅了瞅。

接着那感觉就出现了，他觉得有点莫名其妙。在那一瞬间，似乎有两个念头同时涌进了他的脑海。在那一瞬间——极短的一瞬间——他产生了错觉。她好像待在很远很远的地方，她的声音不知道是从哪个房间传来的。

然后那感觉又消失了。

“好吧。”他说。他接过咖啡杯，拉出一把椅子让她坐下。“那咱们就是同伙了。你觉得怎么样？”

“你可不是这种人。”

“我不是吗？那这个呢？”他从壁橱里拿出一瓶一品脱装的威士忌，是他那天早晨刚买的。他把瓶子包装好了，准备在圣诞节送给博兰，可现在，他扯开包装纸，往咖啡里加了点酒。他需要平静下来。“为非同一般的体验干杯。”他说。克莱喝的时候，他也给自己倒了一小杯威士忌。

圣诞节时他坐大巴回了希博伊根。通往屋子的山路上积满了厚厚的雪，山坡上一排排云杉的枝条都被冬雪压得低垂下来。在伯克利上车的时候，他穿的还是件 T 恤。现在他穿着厚厚的法兰绒睡衣，闷闷不乐地在熟悉的房间里转悠，瞧着窗外的风景。母亲还坐在桌前看书，父亲在外面敲敲打打地修着东西。而他，有时看看自己的课程作业；有时在床上一睡就是十几个小时；有时他出门去森林，却觉得自己和这片林子已经生疏了；有时他会翻开汉斯·博兰借给他的那本薄薄的示性类教科书，是佩拉多和哈克尼斯写的。他抱着书坐到暖气片旁边，一边看书一边想着克莱。

他觉得打电话像是在示弱。

只有在入睡之后，他才不会苦苦地想念她。他晚上睡得并不踏实，老做从高处猛然坠落的梦。每天早晨天亮后没多久，不管晚上有没有下雪，父亲都会穿上靴子出门，到外面的步道上撒融雪盐。接着会响起大块积雪扑通扑通掉落在篱笆上的声音，那是父亲在用扫帚清理车库的屋檐。迈洛会翻过身面朝墙壁，想再睡一会儿，回忆着几天前的夜里，他蜷起腿贴在克莱腿上时那温软的感觉。

她回家探亲去了，她的家人都住在明尼苏达州。现在把他们分开的虽说只是窄窄的一小块陆地，但地图之外的某种东西却让它变得无法逾越。回家的第一天晚上他就给她打了电话，她似乎有些冷淡，线路那边的房子里不时响起一阵阵尖声大笑。她有几个姐妹。他等着她回电话，可她一直都没回。两天之后他让步了，晚上又打给她，但接电话的姐姐犹豫片刻却说她不在家。他发誓再也不打电话了，下个星期之前绝对不打。

他心想，不知道厄尔·比特曼这个假期在干什么。

时间仿佛无穷无尽。他知道自己应该继续研究马洛什猜想，但一看到沉浸在小说中的母亲和摆弄着工具的父亲（他又开始了一项新的维修工程），迈洛就变得懈怠起来。他需要借助某种力量，才能把头脑提升到足以钻研问题的水平。现在这种力量已离他而去。

假期结束前几天的一个早晨，父亲带着他来到屋外的车库旁边。老头弯下腰，吃力地转动十字形的铁门闩，嘎吱嘎吱地升起了大门。车库里头，他们家那辆灰蓝色的旧普利茅斯勇士擦得亮闪闪的，光洁如新。

“这是干吗？”迈洛问。

“我们买了辆新车，”父亲说道，“明天送上门。”

“我不明白。”

“普利茅斯归你了。”

迈洛不知道该说什么好。他绕到驾驶座一侧的车窗边，看着里面熟悉的座位。两把车钥匙放在仪表板上，用一根细绳拴在一起。他走到父亲身旁，跟他握了握手。

老头说：“这种天气用 30 号机油。夏天热的时候换成 40 号。”

“好的。谢谢您。”

“你妈在屋里。这是她的主意。她肯定想知道你喜不喜欢。”

“喜欢。我非常喜欢。”

当天晚上他又给克莱打了电话。这一次她姐姐把话筒递过去了。迈洛跟她说了新车的事。她说起了自己的假期。韦尔斯家里有一架平底雪橇，她们姐妹几个带着雪橇去了诺斯菲尔德附近的山里，还架起篝火烧了晚饭。过圣诞节时她们准备了烤鹅大餐，假期剩下的日子都待在明尼阿波利斯，到湖上去溜冰，或者买买东西。

电话那边沉默下来。

最后她说：“想不想知道我有没有给你买东西？”

“我应该想吗？”

“嗯，我也许买了点。”

这句话推倒了他在心里竖起的墙。他说他要驾车穿越上半岛，把普利茅斯勇士一直开到她家门口，然后送她回学校。

“我都买好机票了，傻瓜。”

“那我就跟在飞机下面开。”

她笑了。

“真的。”他说。

“你这是犯傻。我刚才都说过了。”

“你什么时候动身？”

“后天。”

“哪一趟航班？”

“你问这个干什么？”

“我好让上帝保佑它。”

“一两趟航班上帝才不会操心呢。”

沉默。然后她说：“说真的，听了你这话真叫人开心。”

两天后在明尼阿波利斯的美国航空候机楼，他在走廊里边跑边挥舞着手里的亮橙色猎人帽。乘客已经在门口排好队准备登机了。

“天哪，”她说，“我不是在做梦吧？”

“没有，是我在做梦。”他接过她的小提箱。“克莱，车就在外面。来吧。我一路开过来的，发动机差点儿烧坏了。我准备一直把你送到学校门口。”

她四下里看了看。“但你得把那顶帽子扔掉。”

三天的路程他们走了五天。路况很好，但放眼望去到处都是深可及膝的积雪。前一百英里内，他们停了三次，急不可耐地脱掉对方的衣服——从明尼阿波利斯到艾伯特利有两个停车休息点，他们把车停到后面，她用自己那件天主教学校的毛衣遮住车窗，从他身上爬到后排；第三次是在高速公路下面的涵洞旁边的一张野餐桌上，他扯下裤子，她撩起裙子，经过的小车司机什么都看不到，从卡车上却能一览无余。大型牵引拖车呼啸而过的时候把喇叭按得震天响。当时还是大白天。

车开到艾伯特利，稀稀落落的雪花懒洋洋地飘了起来。他们转而向西，然后又往南在沃辛顿上了60号公路。到了苏城附近，阴云终于渐渐散开，他们在傍晚时分的一片晴空下开到了密苏里河边。

一艘巨大的驳船行驶在黑乎乎的水道中，从船头到船尾灯火通明。“我们独有的星座。”他说。

“从天堂向我们漂来。”

他们走下车，盯着船出神。她把脑袋靠在他的肩窝里。他们在平静无风的夜色中站了有半个小时，默默地看着溯河而上的灯光从身边经过。四周又陷入一片黑暗。那也许是他有生以来最幸福的时刻。

继续向前。室外的气温是零下四度，他们在小加油站买了点乐之饼干和斯帕姆午餐肉当晚饭，把车停到奥纳瓦附近的一条支路旁睡了一夜。两个人蜷着身子躺在后排座位上，身上盖着大衣，还有他从后备箱翻出来的羊毛毯，原本包在一罐巧克力棒外面。早晨她把他捅醒了。车窗玻璃结了霜，她指了指刚才抹出来的一小块：一群麋鹿慢悠悠地从车子旁边经过。

“这是个预兆，”她说，“谢谢你。”

“谢我干什么？”

“谢谢你来接我。你好像弄明白女孩子想要的是什么啦。”

“真的？”

“最起码明白了一部分。我想你其实并不是笨蛋。不管怎么说，不是百分之百的笨蛋。”

他们在曙光下吃掉了巧克力棒，又到车旁边几码远的一条小溪里喝了点水，他用靴子跟踩破了薄薄的冰面。中午的时候到了奥加拉附近，她从包里摸出一个小瓶子，把里头的东西倒进两只保丽龙咖啡杯。前一天晚上他们在加油站停过后，这两只空杯子就一直在轿厢底板上滚来滚去。

“这是什么？”他问。

“爱尔兰咖啡。”

“咖啡在哪儿呢？”

“早喝进我们肚子里了。”

他小口小口地喝着酒，用一只手扶住方向盘。是田纳西威士忌。他当时感觉整个世界仿佛一下子打开了，面前空无一人的公路穿过白霜覆盖的田野，烈酒像一股暖流慢慢渗进血管。车开到朱尔斯堡附近时，他侧头看了看克莱，发现她也正凝视着他，微微张开了嘴唇。

“那就是你的礼物。”她说。

“什么？”

她举起了杯子。

他在下一个出口下了高速，沿着土路开到一片农田后面，停好车，没熄火。她骑到了他的身上，但他刚想插入，她却把他推开了，翻身往副驾驶座上一躺。她放下椅背，拉着他的手放在自己的两腿之间。他挪动身子想压上去，又被她推开了。“亲亲我，认认真真地亲。”她说。她用嘴唇蹭着他。“慢慢来。”

他照办了。暖风从空调里呼呼地吹出来。她握住他的手，往下推到两腿之间，指引着他。她喘息起来。她拉着他的另一只手按在乳房上。她使劲张开双腿，扶着他的头埋在下面。她低声呻吟。她弓起脊背，浑身颤抖，拉着他压到自己身上。

车接着往前开。到了怀俄明州界东边一点的地方，他们停车吃饭。在一家灯光亮得出奇的卡车司机餐馆，他们俩点了一份大麦浓汤分着吃，身材壮实的中年女服务员盯着他们瞅了半天。服务员再转回来的时候拿了满满一盘热乎乎的面包，放在他们的汤碗旁边。没吃完的面包都被他们塞进了口袋。

吃完饭他把车钥匙交给克莱，走到餐厅后面去上厕所。他站在水槽边洗手，在开裂的镜子里仔细打量着自己的脸。他从来都不喜欢自己的长相，现在镜子里的模样看起来也没什么差别，除了那一层黑得有点异样的胡茬。他的额头还是太宽，整张脸还是显得太柔和，并不是他希望的模样。

尽管如此，他又一次改变了。他能感觉到。

他回到车子旁边，看到后备箱开着，她坐在前排，腿上搁着那个麻袋。

“我的天哪，”她说，“这是什么东西？”

“链子啊。”他关好后备箱，从车后绕过来坐进驾驶座，“这还看不出来？”

“天哪，迈洛。你从哪儿搞到这东西的？”

“我做的。”

“你做的？”

“是啊。”

“亲手做的？”

“对。”

“肯定做了好几年吧。”

“几个月而已。”

“全是木头做的？”

“对。”

“过来，”她说，“让我好好瞧瞧这双手。”她从座位上侧过身，攥住了他的手。她抚摸着他掌心处的皮肤，触碰每一块棱角分明的黄色老茧，用她的指甲轻轻划过粗糙不平的关节——在她的爱抚之下，他简直像是第一次意识到自己手上这些部位的存在，和她坐在一起时，这些手指已不仅仅是他个人意志直接、有效的延伸，而是各种迥然不同的细长形态，忽而缩小，忽而变大，忽而隐藏起皱纹，忽而又让皱纹显露出来。在高平原柔和的午后阳光下，她把他的手指一根根送到唇边，亲吻起来。然后托起他的双手，久久地贴在自己的脸颊上。

等到她终于放开他的手，他发动引擎，驱车向加利福尼亚方向驶去。

恶魔的音叉[1]

回到伯克利，他坐在埃文斯楼图书馆的老位置上，低头看着那一堆期刊，很长时间以来，翻阅它们的目录已经成了一桩让他焦虑不安的烦心事。每个星期至少有十几份送过来的刊物，它们都有可能登载着其他人在马洛什猜想上取得的突破。

他把胳膊放在《数学学报》的封面上，花了几分钟时间想集中注意力。最后他放弃了，直接翻到了第一页。幸运的是，《学报》上没有任何令他沮丧的文章，整堆期刊翻完了也没有。他把它们都放到了一边。

那个时候他的习惯是闭上双眼。他有一项独特的本领——为自己的思维逻辑绘图，从小到大他总能记住自己的思维停留在什么地方，第二天还能从昨晚思维暂停的确切位置重新开始。他的内心有明确的方位指向——此刻他正在心里（不用手）解开许多

1 Devil's Fork，利用人的视错觉绘制的一种图形。图形的一端有三个圆柱形的叉脚，另一端却只有两个矩形的拐角，不可能在三维世界中存在。

三维的结，再重新把它们系上——犹如一本配着插图的书，他在书页上随便折出一个角就能做好标记。

但这次的情况却有所不同。他脑海里的认知画面突然微微闪烁起来。一时间他竟然没法重新调出昨晚的思维地图。那一片空白持续的时间非常短暂。

最近他睡得实在太少了。

有一天晚上大雨如注，比特曼主动提出从数学系大楼顺路捎他回家。这次只有他们两人坐在那辆隆隆作响的旧 GTO 跑车里，通往学院大道的柏油路面湿漉漉的，映出了摇摆不定的红色尾灯。他们的车在车道之间穿来插去，很快蹿到了车流的前面。喇叭声在他们身后渐渐远去。

“你就不能把这玩意儿再开快点吗？”迈洛说。

比特曼从鼻子里哼了一声。

比特曼让他感到紧张不安，但说实在的，他觉得此人身上也有可喜之处。散乱的长发下是一双极其热切的眼睛。厄尔脸上总是一副渴求的神情，像动物似的毫不掩饰。他前倾的身子凑近挡风玻璃，一只手把住方向盘，另一只手在换挡杆上敲个不停。迈洛认识的聪明人——他记得厄尔那次微积分测试拿了满分——他们的行为举止都和身边这个家伙迥然不同。他们开起车来不会这么猛，就好像前方挥起了赛车冲线的方格旗。GTO 的轮胎发出刺耳的尖叫，从车流中间的缺口冲了出去。他们的车跑到了前头，向着南方的奥克兰飞驰，雨刷把窗外模糊的景象刷成了一个个短暂而清晰的半圆形。

“我说再开快点是开玩笑的，”迈洛说，“还是当心点吧。”

“我知道你在开玩笑，老兄。我不是笑了吗？”

车在湾区地铁新站路口的红灯前停下，雨变小了，挡风玻璃上，雨刷画出的韦恩图[1]变个不停。

“说真的，安迪特，”比特曼说，“该当心的人是你。”

“我？当心什么呢？”

“当心她。”

车子又猛地冲了出去。

“你说的是克莱。”

“没错。”

“我对她一向都很上心，厄尔。”

“我不是这个意思。”

“那你是什么意思？”

他们又碰上一个红灯。在离市区这么远的南边，街上要安静得多，只听见挡风玻璃上的雨刷吱吱作响。厄尔直视前方：“不是上心，迈洛。是当心她。”

“你怎么能这么说？”

“她很危险，伙计。”

“好吧。”

“我嘛，”比特曼说，“我就喜欢危险人物。”这时他转过身盯着迈洛，眼神里很有点同情的意味，“但你不是这样。”

信号灯变了，厄尔这次的起步要缓和一点。他扭头看向迈洛的方向，问道：“为什么呢？”

“什么为什么？”

“你为什么不喜欢危险人物？你怕什么？”

很有意思的一个问题。数学家们就喜欢拿这类问题问来问去，对显而易见的事追根究底。迈洛想了想。“不知道，”他说，“我得想想。”

1　Venn sets，亦称“文氏图”，用于显示元素集合重叠区域的图示。

两人在他的公寓楼前握手告别——又是兄弟握手——迈洛溜下车走进细雨中。打开公寓门的时候他听到了 GTO 的尖啸。在冰冷的地下室里，他放好自己的东西，烧了点水准备泡茶，然后给她打了电话。没人接。水开了，他往茶杯里加了一指威士忌，把杯子放在床头柜上。他又打了一遍。还是没人接。

躺在床上，听着雨滴敲打窗户的声音，他思考起了厄尔的问题。街对面的灯柱上有一盏孤零零的街灯，透过每一滴掉落在窗户玻璃上的雨点，他看到街灯的圆形光晕转得越来越快。这景象本身就是个谜。如果你认真思考，不管从什么角度看上去，这世界都是个谜。他为什么那么怕它？

接下来不得不问的就是：他为什么想要活着呢？

快要睡着的时候他想到了答案，或者至少是想到了推论：他想要活着，因为这样才有可能证明出伟大的猜想。

有一天，他和克莱正在茶馆喝茶，比特曼走进来亲了她一下。这回她没有借故躲开。比特曼坐了下来，三个人就这么坐在茶馆窄小的椅子上聊了一上午。杰弗森飞机乐队的老歌从隔壁传来，震得桌子直颤。比特曼随着音乐节拍点着头，眼睛上方的长发跳动不停。“数数能给我们带来快乐，”他喃喃地说，“哪怕我们都没意识到自己在数数。”

“你在说什么？”克莱问道。

他抬眼一瞥：“音乐。”

她大笑起来。

迈洛摇了摇头。“这话是莱布尼茨说的，厄尔。”

“的确是他说的，伙计。的确是他说的，”他朝迈洛点点头，“好吧，第一局算你赢。”

迈洛转开了视线。

整个上午他们都坐在茶馆的藤条椅子上，有一搭没一搭地聊着天。迈洛很瞧不起这种无聊的活动，但他并不打算离开。聊到后来，比特曼突然说了个陌生的词儿。过了几分钟，就在他离开茶馆去上课之前，他又说了一遍。

比特曼一走迈洛就问道:“他刚才说的那鬼东西是什么意思？”

“什么鬼东西？”克莱说。

“就那个装腔作势的词，他总挂在嘴边的。”

“你是说 entheogen[1]？”

他把单词记在一张餐巾纸上。

“去查字典呗，安迪特。”她冲他眨了眨眼。

“行啊，我会去查的。”

“慢着，”她凑近了些。“慢着——这也让你不舒服，是不是？他会的单词你竟然不知道。”

“我对知识一向很感兴趣。”

“噢，那当然啦。”

沉默。

她露出了微笑。“既然你要去查字典，”她说，“再查一个单词好了，theodicy[2]。这也是莱布尼茨用过的词儿。反正你都要把字典翻出来了，干脆把这两个词都查查。”她啜了一小口茶，“实际上，他以这个词为主题，写了整整一本书。”

“好吧，”他说，“我会查的。我喜欢学习。”

她朝他凑过来，手轻轻蹭着他的腿。“顺便告诉你，”她说，“我也喜欢学习。”她的双唇掠过他的脸颊，停在了耳边。“还有，

1　意为“宗教致幻剂”，指的是在宗教、巫觋宗教或者精神领域使用的精神药品。

2　意为“神正论”，亦称“神义论”，系 1710 年莱布尼茨在《神正论》（*Théodicée*）中首次提出的一个神学术语。这部著作旨在揭示世界上的罪恶与上帝的美善并不冲突。

你可别犯糊涂，”她低声说道，“厄尔说反了。他是莱布尼茨。你才是牛顿。”

后来，在十二月一个寒冷的夜晚，他不得不坐到了另一张桌子旁边——他平时干活的那间屋子正在重铺地毯——他短暂地感应到了某种东西的存在。某种力量，甚至是某种生命，就在他身后。空气中的电荷。一瞬间他恍然觉得，仿佛有一张网要紧紧地缠住他的双臂。他对抗着那种感觉。凭借着自制力，他始终没有回头。

当然了，什么都没有。但那个念头还是会时不时毫无征兆地突然浮现——从他肩膀上传来的感觉。

他坚决不回头。

当然，即便是在他回过头，屈服于冲动的时候，他也什么都没看见。只有一排排空荡荡的阅读隔间，还有欧几里得大街上那一排被灯光染上色彩的店面。它们一直延伸开去，最后消失在黑暗之中。

他会转回头，闭上双眼。他想换换环境，不想一直待在埃文斯楼的图书馆里，便开始到学校的总图书馆干活。不过，在那儿也可能会碰到数学系的学生。如果迈洛 · 安迪特睁开了眼睛，其他学生都会注意到。迈洛 · 安迪特干活时眼睛总是闭着的。他是博兰的得意门生。大学者。

到了这种时候，他当天晚上的活一般也就干不下去了。

偶尔他也会省掉装腔作势的那一套，径直走到图书馆的大窗户旁边，眺望远方的海湾。从海湾吹来的风带着雾的气息，把街灯变成了一串串昏黄的小月亮。有时候这么休息一下就行了，但通常他都得离开。他会绕远路走回家，好让自己平静下来。一对对遛狗的夫妇。一排排被门廊灯照亮的小木屋。这一切都随着他节奏稳定的脚步慢慢向他靠近。一回到公寓他就会翻开笔记本，本子上已经写满了密密麻麻的数字。他可以忘我地投入到这种简单直接的工作当中。

值得庆幸的是，夜晚始终可以洗刷掉他的疲惫。第二天清晨他会早早醒来，又开始记录数据。按照哥白尼或列昂纳多·斐波那契的传统，他做出推断的唯一依据就是自己的数据。他透过那两扇窗户观察到的完美宇宙。一行又一行的数字。

在这些逐渐递增的数字的间隙中，他对自己观察到的现象已很有把握：显然存在着某种协调一致的规律。一栏又一栏整整齐齐的数字支撑着他，推动着他前行。

没过多久，比特曼的掌心里又摊开了一排小小的长方形。刚过中午的时候，克莱把其中的一个放在了他的舌头上。那东西的劲头好几个小时之后才过去，那时她已经不见了。厄尔也不见了。这次的感觉不太一样——没出现数学，他的灵感之源也没来造访。

不过，他还是明白了一些事情。

最近她来公寓找他的规律：每隔一天的下午。

他的房间里黑乎乎的。窗帘边缘有几道细细的、日冕般的光芒在闪动。地毯和沙发椅上的身体。麻醉品带来的兴奋感让他觉得有点恶心。他认出了一个好像在哪儿见过的年轻姑娘，便站起身走过去，轻轻碰了碰她的肩膀。

到了外面，那姑娘挽起了他的胳膊。她臀部的曲线。他的脑袋乱作一团，麻醉品的影响还没有完全消失：各种各样的色彩在他眼前迸发。几个街区开外一丛蜀葵花深深浅浅的黄色。闪闪发光的水绿色海湾。他的注意力在不停地跳来跳去。克莱。身旁这个新的姑娘，她说话的声音时高时低。过了一个又一个街区，各种色彩从远处向他袭来。他们还没觉得累就天黑了，好像已经走到了奥尔巴尼，在山坡下的不知什么地方。一家小小的酒吧，光线暗淡，挺安静。色彩终于消失了，但麻醉品残留的效力还在他意识的边缘打游击。码头工人的地盘——铁制的圆凳，自动点唱机。有一丝威胁的意味。她点了伏特加，他点了波旁威士忌：双份的。

威士忌的橡木味刺激着他的喉咙，让世界恢复了本来面目。

然后，他独自在陌生的床上醒来。房间里明晃晃的：到早晨了。熏香腾起的烟气像一条条灰蛇在天花板上扭动。地上散落着几件衣服——是他自己的。牛仔裤，靴子。门边的钉子上挂着一件带流苏的牛仔外套。他移开了视线：克莱不会穿这种东西。

不管那姑娘是谁，她已经离开了。掀开的被单。枕头上凹陷的痕迹。他在房间里找了一圈，看看有没有留下的字条。然后他又透过窗户往外看，想找个路标。

不知道自己身在何处的感觉实在是太奇怪了。

他什么都不记得了：怪就怪在这里。他的世界中仿佛冒出了一个空洞，从酒吧那儿开始。街道。楼梯。他身下她的体温。但在那之前，他什么都不记得。

他意识到，自己很可能是在吉尔曼街附近某个地势低洼的街区。他收拾好自己的东西离开了。

一片又一片低矮的房屋，一条条狗在铁丝网做的围栏后面狂吠。一条条街上的景致都显得模糊不清。终于，他走到一个街角公园的时候看见了水面，整个世界唰地一下回到了原位。他拐了个弯朝家的方向走去，一路上都在琢磨昨晚究竟发生了什么。

太阳系仪

那个想法要么是唤醒了他，要么就是在他醒来的一刻浮上心头。夜色还是黑沉沉的。他起床又查看了一遍记录本，把当月的坐标录了进去。然后他开始演算。

他工工整整地写道：

1. 所有行星围绕太阳运动的轨道都是椭圆，太阳处在椭圆的一个焦点上。

$$r=\frac{p}{1+\varepsilon\cos\theta'}$$

下面是：

2. 行星的向径在相等的时间内扫过相等的面积。

$$\frac{d}{dt}\left(\frac{1}{2}r^2\theta\right)=0$$

再下面是：

3. 所有行星轨道半长轴的三次方与公转周期的二次方的比值都相等。

$$p^2 \alpha a^3$$

它们就这么出现了，没有借助任何外力，靠的完全是他自己的专注。《哥白尼天文学概要》。靠着埋头苦干，他重新推演出了伟大的约翰尼斯·开普勒在三个半世纪之前率先推算出的成果。

行星运行的定律。

下个星期一，他来到上课的教室，他带的学生已经在看那篇报道了。《加州日报》[1] 头版。他事先根本不知道。文章配的插图是十七世纪开普勒本人那张著名的肖像画，迈洛总觉得那幅画作同时展现了开普勒温和顺从和冷酷无情的两面。报纸上作者的署名唰地跃入他的眼帘。

克莱一个字都没跟他提过。

整天都有人恭喜他。教授们。其他的研究生。

当天晚上，汉斯·博兰端起了桌上的醒酒器："来点干雪利酒？"

"谢谢。"迈洛回答说。他从架子上拿起一只玻璃杯，从桌上推过去。"好像是可以庆祝一下。"接下来就是一句彻头彻尾的谎话，"我的毕业论文有了点进展。"

博兰摆弄着衬衫上的袖扣："有了点进展？"

"是的。"

---

1 *Daily Californian*，加州大学伯克利分校学生独立印行的一份报纸，始于 1871 年。

“有意思。照我今天在报纸上看到的情况，你可一直在浪费时间。”

“呃——”

“整天摆弄你那台过时的六分仪。”

“是四分仪，教授。不过确实是在海员用的六分仪的基础上演变而来的。”

“我知道什么是四分仪，安迪特。”他的眼神冷冷地投向吸墨台对面，“傻小子想要哗众取宠。这跟马洛什猜想哪有一丁点儿的关系？”

“先生，这只是我的一个爱好。我对第谷 · 布拉赫的研究产生了兴趣。”

博兰的表情仿佛凝固了。“博兰不变量，”他说，“发现这个不变量的时候我只有十八岁。刚过完生日还不到一个月，你知道吗？当时我在加州理工学院，已经在做硕士阶段的研究了。”他瞥了迈洛一眼，“一年之后我就留校任教了。”

“教授，您也知道，我起步比较晚。”可怜兮兮的回应。

博兰根本没理会。“第谷 · 布拉赫，”他拿起了一沓文件夹，“第谷 · 布拉赫认为地球是太阳系的中心。”

“他是个天才。”

“他根本不是什么天才，安迪特。他的研究是错误的。”

“但也没人是完全正确的啊。”

“你说什么？”

“几乎没有人是完全正确的。也许开普勒能算一个吧。”

“听我说，安迪特。别再胡说八道了。废物才会到处找借口，这种风气把我们学校弄得乱七八糟。说到这个，整个国家都被这种恶劣的风气弄得乱七八糟。你不是废物，安迪特。明白了吗？”

“不管怎么样，我努力不做废物吧。”

“废话，安迪特。听我说。你在听我说话吗？”

博兰好像真的在等他回答这个问题。

“是的，我在听。”迈洛说。

“你得和潮流背向而行。你必须始终和潮流背向而行。知道这意味着什么吗？你以为当年的开普勒在干什么？伽利略在干什么？只有这样才能有所发现，安迪特。不能跟着一大帮人，随波逐流。”

“嗯，我知道，但是——”

“现在回去做你该做的研究吧。你只不过是把一个古老的演算重新推演了一遍罢了。你有才华，有自制力，我觉得这两样天赋现在都被你荒废了。”他把文件夹丢回桌上，“可别让我怀疑选择你是个错误。”

“喂，”她说，“那篇文章你喜不喜欢？”

已经过去了好多天。他一直在埋头工作，想要做出突破。“你跟比特曼在一起。”他说话时眼睛都没抬。

“什么？”

现在他抬起了头。

她吐出一口烟。“是又怎么样？”

“最起码你可以告诉我一声。”

她又点了根烟。“别那么庸俗。”

“这和庸俗根本没关系。”

“别在意你父母那辈人的道德观念，安迪特。你的档次没那么低。”

他移开了视线。也许克莱根本不知道他干了些什么。他还是想不起那个姑娘的名字。

“别这么讨人厌。”她说。

“谢谢了。很高兴知道你对我的评价。”

“安迪特，你真想听听我对你的评价？”

“不想。”

“我觉得你很了不起。”

“狗屁。”

她朝远处望去。“我想拯救你，”她说，“我觉得就是这么回事。把你从你的才华那里拯救出来，”她又抽出了一根烟，“或者是把你的才华从你那里拯救出来。”

“什么？”

“你听见了。”

“我不需要谁来拯救，克莱。这么说太荒谬了。”

现在他已经整整两天没合眼了。见过博兰之后他一直随身带着个小硬皮本，不停地在上面写写画画。吃饭的时候。上课的时候。走到哪儿都带着本子。他渐渐深入了问题的核心。有一天傍晚他独自走在海边，看着货船从大桥下慢慢向南驶去。水面上一座座由闪烁的灯光组成的小小城市。又像是许多装满了星星的瓶子，在黑暗中越漂越远。难以置信的是，在那一刻他突然发现了一道裂缝。很窄的裂缝。有个念头重新冒了出来。外围发着光。没有容积的形状。他故意把思绪转向其他地方，再让它重新集中起来。那道裂缝还在。它是真实的。

马洛什猜想并不是无法征服的。可以从更高的维度解开这个难题。

答案就是在这里自己冒出来的——在埃默里维尔潮滩上方垃圾遍地的码头，在散发着污泥气味的黑暗之中。空气中有一股腐烂的味道。时值寒冬，车头灯汇成的光流无休无止地从西边涌来，在海岸边划出南与北的分界。在世界黑纸般的底色中勾勒出一道道复杂的亮白色曲线。下方缓缓行驶着的航船。猜想可以在另一个维度得到证明。这就是路径。他的对手们是肯定想不出来的，因为这完全违背常理。然而他越仔细琢磨就越清醒地认识到，这条路径会简单好几个量级。

他找到了。

他站在一片涂满沥青的桩基上，把香烟弹进了气味刺鼻的沙地。他摸出裤子后袋里的扁酒壶喝了一小口，回家睡觉去了。

“厄尔和我都是凡人。”她说。

这次是一家甜甜圈店。在沙特克大道上。

“胡扯。”

“凡人跟凡人一起玩，安迪特。干平凡的事。”

“你这是胡扯，克莱。”

“我们聊天。散步。有时候还出去玩。我们不去操心那些至今都没人能解开的难题。”

“你在跟他睡觉。”

“也许吧。”

“什么？克莱？”

“我说也许吧。”

“我这是在求你。”

“别这样。”

“求你了，克莱。”

“我说了，别这样。”

“我操。”

“太棒了。谢谢。”她透过泛黄的窗户往外看，狠狠地吸了口烟，“知道吗，如果你想操我，还是能操到的。随时恭候。”烟雾久久不散，“以后一直都行。”

“谢啦。”

沉默。

“安迪特，你以为我不知道你干了什么？”

“对不起。”

“用不着。没什么大不了的。”

“不是的，不能这么说。对不起。”他一直在等待道歉的时机，“对不起，克莱。”

他抓住了她的手。那是一只别人的手。

“你觉得我会在意，对吧？我不在意。我才不管她是什么货色呢。”

“我也不在意。求你了。”

“看着我，安迪特。只有凡人才会苦苦哀求。你不许这么干。”她捧住他的脸，拉近了些，停在那儿不动，“你不能这样，安迪特。不要去遵循别人的规矩。你比它们高级。”

那天晚上，另一场聚会。比特曼又来了。笑得像条鳄鱼。他身边有个姑娘，聚会上人多得要命。

比特曼说：“中国白[1]。”

那姑娘举起了拳头。她的指节上盘着一条蓝色的龙。

“中国什么？”迈洛问。

比特曼哈哈大笑。那姑娘也笑了。比特曼捏住她的下巴，吻她饱满的双唇。那姑娘看着迈洛。她吻的是比特曼，却在看迈洛。他转开了头。等他回过头来，她还在盯着他看。嘴唇还跟比特曼的贴在一起。她点了点头，把拳头伸向他，张开了手掌。龙喷出的火焰盘绕在她的掌心。

---

1 China White，高纯度合成阿片类毒品的代称，因相传产自中国而得名。在二十世纪七八十年代的美国，“中国白”多指海洛因。

这时，有个人从她身后走了出来。是克莱。

接着比特曼也吻了她，就当着他的面。他张开胳膊搂住了她们俩。克莱闭上了眼睛。

迈洛瞠目结舌。

“白，”比特曼说，“中国白。”

他们都大笑起来。

然后比特曼张开了自己的手掌，是一根针管。“要不要嗨一下，伙计？”

后来他总是想自己为什么要拒绝。最起码他能留下来，待在她身边。可他却独自离开了，一路走回了家，在公寓附近的酒吧里打发掉了整个晚上。

一个月零两个星期。再见到她时已经过了这么久。他在日历上划掉的那些日子。

中国白

解答任何一个问题，都至少有两种方法：从问题的开端着手，这是通常采取的途径；或者从问题的结尾着手，这就不同寻常了。同样，每一个定理都可以通过直接的方式得到证明，利用的是渐进式的逻辑推理过程；也可以通过间接的方式去证明，即先推测出定理假想的对立面，再通过论证将其推翻。这样一来，就有了至少四种可供选择的排列组合。

他就是这么开始的。

一个本子。一间屋子。一片窄小的视野。不是数字，而是几何。你不可能画出第四个维度。这是数学意义上的至理名言，毫无疑问，他向它发起了挑战。他花了许多天，想去推翻这句至理名言，但最后还是不得不接受了它的真实性。不过，你仍然可以做出推断。

晚上他会做实验。他闭上双眼，在脑海中构建出一个一维的世界，把自己关在里面。在这个空间中，他继续想象出第二个维度——一个更高级的宇宙以不可思议的方式侵入。这之后过了许多天，他又把自己囚禁在二维世界里，开始想象第三个维度。经验和知识在分崩离析。这种实验很费劲。简直像是在干体力活。他必须强行约束自己的思维。像这样的凭空想象，他每次都只能维持几分钟。这种努力让他觉得饥肠辘辘。

从某种意义上说，这的确有点像笨蛋的行为——克莱说得没错。但与此同时他也意识到，他所做的这种尝试是非常困难的。必须动用极大的自制力，才能彻底忘掉早已司空见惯的世界，再从基本原则开始一点点将其重新构建起来。

直觉也很重要。没有直觉，他根本无法向前推进。

最后他减少了思维实验的频次，开始专注于问题本身，首先从普通的维度发起冲击。这只是基础性的工作，目的是为了确立他的研究路径。京都的小林昭显然也在从事这样的研究。一个月之后他意识到——虽说他无法明确表达具体的原因——这条路行不通。在自己犹如迷宫的理性思维深处，他瞥见这条路是一个无穷无尽的循环，就像一条有许多分叉的逻辑链，最后又归结到了发端的那几个原则上。逻辑上的死胡同。这个发现给他带来了潮水般的如释重负之感。小林昭不会对他构成任何威胁。

另一方面，基辅的马拉特·季莫费耶夫似乎正在尝试通过推翻反面假设来解决问题——他用的是反证法——也就是现在安迪特采取的途径。季莫费耶夫连续发表了几篇关于复流形的论文，还一丝不苟地证明了几个次级猜想：这个人正在打基础。但没过多久，他对季莫费耶夫的态度也变得乐观起来。这位对手正在一条长达数英里的道路上，一英寸一英寸地向前爬行，除非他的那些论文都是在声东击西。有天晚上迈洛在埃文斯楼图书馆，刚拆开新寄到的一包刊物，便意识到季莫费耶夫是个一心追求名利的家伙。此人唯一的兴趣就是拿到教授职位。

意识到这一点之后，他放任自己休息了一个周末。买了瓶波旁威士忌。在公寓用咖啡杯小口小口地喝。

他没给克莱打电话。他不想从悬崖上掉下去。

然后他继续干活。他的首要任务是在季莫费耶夫成果的基础上将其超越。他先设想出一个结果，然后以这个被证实的猜想为起点往后倒推，一步步填上空白。如果这一点是正确的，那一点必然也是正确的；那一点如果要成立，这一点也必须要成立。这些步骤分开来看都很简单，每个步骤也只需要做出一点点推论。但如果把它们综合在一起来考虑，其复杂性就会令人筋疲力尽。就好比他每天早晨得用一千张扑克牌搭起一座房子（完全是在自己的头脑之中），下午的时候得挑一张牌抽掉。第二天早晨，他又要用九百九十九张扑克牌重新搭房子。季莫费耶夫在干的就是这样的事情，只不过步骤恰恰相反。一天早晨，他意识到用这种办法，得花上许多年才能求出证明。

他也意识到自己的毛病消失了。那种刹那间的失神已经有好几个星期没再发作了。

他又买了一瓶波旁威士忌，放在桌子上。呷上一两口似乎可以帮助他理顺思绪。有一次，在头脑中进行构想的时候，他转瞬间想象出了一条直通终点的途径——它突如其来地呈现在他眼前，犹如一块在池塘水面上弹跳而过的石子。然后就不见了。

他努力回忆着刚才脑海中具体的细节，但重建起来的形象只维持了很短的时间。不过他已经意识到，这条稍纵即逝的道路很快就会被繁复的计算淹没。带着不断增强的信心，他转向了自己起初悟出的方法——更高的维度，虽然有着不可见的复杂性，但答案的确可以从中产生。

一天夜里，再次漫步在埃默里维尔潮滩，他确定无疑地感到这就是正确的路径。他面前的海湾黑沉沉的，航船在夜色的映衬下投射出缓缓移动的光芒。他要把自己的未来押在这条路径上。

他找到了自己的方向。他对此非常确定。

但他没办法在图书馆继续干活了，那里过于安静的气氛会让他的思绪飞奔起来，连自己都跟不上。他开始把工作场所转移到咖啡馆，甚至公寓附近的一家三明治店，店里的噪声能放缓他的思维。他的大脑需要在某个特定的速度上运转。而且它得独自运转。他身上属于迈洛·安迪特的其他部分都得撇到一边。

一个雨夜，他迷迷糊糊地刚要睡着，突然被电话铃惊醒。凌晨一点二十三分。他在床上坐起身。

“安迪特——”

克莱。简直是灾难。

他听不清她说的话。他什么都不想说，但就是狠不下心挂断电话。他把听筒放在床单上。现在她干脆不说话了。他只能听到音乐声。别人在说话。他强迫自己保持沉默。分针啪地跳过了一格。

最后他开口了：“你想干吗？”

没有回答。透过她那头闹哄哄的噪声，能听到有几个人简短地说了些什么。是在聚会。

“我要挂电话了，”他说，“我不想挂的。但我还是得挂了。”

他没挂电话——他没把电话放回机座，而是把它放在枕头上，贴着耳朵，让听筒继续低声响着——没挂电话，是因为当时他有种直觉。多年以后，在他被无休止的怀疑折磨得痛苦不堪的时候，没挂电话的那个夜晚都能给他一丝安慰，支撑着他继续前行。

分针走过五格之后，她说话了，声音还算清楚：“救我。”

她很轻。简直轻若无物。奔跑。她软绵绵的身子被他横抱在胸前。人群。议论声。

杜兰特大道上，一辆尖声呼啸的警车猛地一拐弯，从街角处冲了过来。现在他们坐在后面，她仰着苍白的脸。车在夜色中疾驰而过。闪烁的灯光飞速旋转，劈开了世界。

钢制的轮床。双开门。灰色的面具紧贴在她嘴上。

“你到底干了什么？”他问道。他们总算让他进去了，那已经是第二天的下午。一大早他回了趟家，打着手电在公寓外面摘了些鲜花。天亮之后他一直在大厅里等着。

她的鼻子里插着一根管子。

“里面可能掺了其他东西。”她说。

“掺了什么？”

她看了看周围：“我怎么知道？”

“你从哪儿弄来的？”

她打起了瞌睡。

“克莱，那东西你是从哪儿弄来的？”

“你觉得呢？”

“是什么东西？”

“不——”她又迷糊过去了。

“不什么？”

他捏捏她的手。她脸色煞白。她手上写着名字的腕带沾着污痕，不是血迹就是呕吐物。她的臂弯处用胶带固定着一根静脉滴管。

“谢谢。”她喃喃地说，手朝着鲜花歪了歪，“谢谢你照顾我——”

“不客气。”

她好像露出了微笑。她的胳膊抽搐了一下，他拉过毯子帮她盖好。她睡着了，但他还是说出了那句话："看来，需要拯救的人并不是我。"

迈洛在走廊尽头的一间病房找到了比特曼，他正靠坐在床头看《滚石》杂志。不知什么声音在滴答作响。安迪特把床帘拉到了后面。比特曼鼻孔里的插管已经拿掉了，不过白色的胶带还粘在鼻子上。

"是什么东西，厄尔？"

"我怎么知道。"

"你真行。"

"谢了，兄弟。"

迈洛绕到了病床的另一边。原来是被拔掉的静脉滴注针头往地上滴水的声音。"这个疗法很有趣，厄尔。"

比特曼有气无力地微微一笑："哦，开个玩笑。"

"你们俩说不定都会死。"

"是啊——你说得对。"他抖抖杂志，翻过了一页。然后他瞅了瞅书页，装模作样地看起来。他的眼睛是闭着的。

"好吧，碰巧我对她很上心。"迈洛说。

"你真是个好人。"

"你给她用了什么？"

"我给她用了什么？我什么都没给她。"他又晃了晃杂志，但书页就是翻不过去。安迪特弯下腰掀开被单。另一只手腕被手铐铐在床栏上。

"天哪，厄尔。你犯了什么事？"

"显然是有点事。"

"你自己都不记得了吧？"

"听着，安迪特。我买的都是最好的货。"

“你说什么？”

“我一向都很照顾我的朋友。我也照顾了你的朋友。”

“你给她用了什么？”

“你干吗不去问她？”

“我刚才问过了。”

“然后呢？”

“她不知道。”

比特曼哼了一声。

“她真的不知道。”

“听着，安迪特。是她求我的。我从来不会强迫任何人嗑药。她可不是你想象中的白雪公主。你也不是什么白马王子。”

“这童话驴唇不对马嘴。”

“道理总归是一样的。你以为靠你的一个吻就能拯救她？”

“我想救也救不了。她当时都没呼吸了。”

“那你为什么不把我也扛走？你为什么不回到楼上来救我？”

“要我说，你该庆幸我叫了辆救护车。”

“好吧，也有人叫来了警察。”比特曼盯着他，“是你干的，对吧？”

“是我叫的就好了。”

“听着，安迪特，我们可不是瘾君子。那玩意儿能给我带来灵感。”

“什么玩意儿，厄尔？”

“我不想说这个。”他往前一倾身，又抖抖杂志。然后他说道：“不过如果你什么时候想好了要尝试一下，跟我说就是了。”

到了三月，离春季放假还有三个星期，他离开了学校。一袋三明治，满满一箱汽油。一座座塔楼上响起了钟声，银色的月光照耀在山间。他沿着 80 号公路向北开，身旁放着扁酒壶。他停车休息的地点和他们俩开车回学校时停的地方一样——里诺、埃尔科、盐湖城、罗克斯普林斯。他在两人并肩走过的小路上踽踽独行。在他们停过的卡车司机餐馆打盹。在同样寒冷的晴空下缩成一团，看着牵引拖车轰隆隆地驶过。他得在自己的头脑中彻底将她摧毁。他曾在车后座上蜷起腿，拥着她温暖的身子入眠，现在他躺在后座上打起了瞌睡，胸口搭着一件厚呢短大衣。

他要想着她，不停地想着她，直到她最终消失。

罗林斯附近荒无人烟的小径上，他沿着去年冬天他们经过的一段路往前走，在凛冽的寒风中眨着眼。在夏延以东那条河的岸边，他们曾手牵着手坐在一块巨岩上，往覆盖着白雪的冰面扔石头，现在他坐在那儿，把石头扔进奔涌的水流。每块石头都溅起了水花，旋即消失无踪。她也随着那些石头消失了，隐没在幽深的河水之中。旅途中的第三晚，车子刚过内布拉斯加州界，他又在那家灯光明亮的餐馆停了下来。中年女服务员给他添了一次大麦浓汤，但没再端面包过来。

吃完饭，他去了厕所，摸出扁酒壶喝了一大口。他站在同一面破裂的镜子前，审视着自己的脸。他的脸庞变得坚毅了。变成了一块岩石。

那张脸上似乎也少了些什么。剩下的只有勃勃的野心。

他又喝了一口。回到餐厅的时候，女服务员已经在擦桌子了。他站到桌子旁边，直到她抬起眼看了看他，露出了微笑。“你的朋友呢？”她问，“没带她一起来啊？”

他拿起搭在椅背上的夹克外套，把胳膊伸进袖筒。“她在加利福尼亚。我们俩已经掰了。”

她抄起桌上的餐具。“你还会找到别的姑娘的。”

“我可不敢说。”

“嗯，我敢，”她往前一靠，把椅子推了进去，“你会找到的。”

他赶到希博伊根时，父母刚好在桌旁坐下来，正准备吃主日晚餐。母亲举起手掩住了嘴。父亲从瓷器柜里又拿了个盘子出来。

离学校开学差不多还有一个月。第二天早晨，电话响了。是教务主任办公室打来的。他带的课没人教。警察都跑到他的住处去了。他是不是想退学？四天之后又来了封挂号信，问的是同样的问题。他的奖学金可能会被取消。最后系主任打来电话，他父亲把事情应付过去了。

他的活都是在森林里干的。天寒地冻。晃眼的积雪。他在这世上已度过了三十二个年头——说实话，这年纪对于成为数学家来说有点晚。羊毛大衣。线圈笔记本。扁酒壶。那根木头链条被他带回了家。走进森林的第一天，他就把链条放进了枫树洞里的老地方。那以后的一个月，他几乎整天都在外面，待在自己小时候在树丛下搭的一个棚子里。他不觉得饿，也不怎么睡觉。

他要让她后悔。

“你看起来太糟糕了。”这是汉斯·博兰看到他走进办公室时说的第一句话。假期还剩下一天。校园里很安静，学生们刚开始三三两两地返校。

“我一直在和卡米洛·马洛什战斗。”安迪特说。

“好，很好。我能看出来。”教授这回没倒雪利酒，而是从壁橱里翻出一瓶威士忌，还特意在办公桌上清出一块地方。两只杯子，满到了杯沿。“那么你打败他了吗？”

安迪特一口灌下威士忌，然后把他的笔记本放到杯子旁边。“是的，”他说，“我觉得我已经打败他了。”

3 换质位法

法恩楼[1]

普林斯顿大学。迈洛到的那天下起了冰雹——无数个口香糖球大小的白色球体在新泽西州中部的草坪和街道上弹跳，他拎着崭新的公文包穿过了院子。简直是个奇迹。当时晴空朗朗，热得像烘干机一样。突然间，冰雹就噼里啪啦地落到了人行道上，反弹起来竟然比他的腰带还要高——活像爆米花机里的玉米粒。才几秒钟，他那顶软呢帽的帽檐上就积满了冰粒。

接着，冰雹又突然停了。

他买那顶博尔萨利诺帽子的时候还买了一套深色西装，因为他即将开始担任教职。博兰的建议：穿着打扮不要和别人一样。要和潮流背向而行。他现在就是这么做的——大步从留着长发的学生中间走过，时不时弯下腰，捡起宇宙正在融化的微小碎片。在他身边，好几个邋里邋遢的教师踢起自行车的脚撑，骑上车走

1 Fine Hall，现为美国普林斯顿大学数学系和统计系所在地，因纪念该校数学系创始人法恩（Henry Burchard Fine，1858—1928）而得名。

了。一帮本科男生从屋檐下冒出来，在冰雹过后明亮的晴空下继续踢沙包。

迈洛·安迪特博士，哲学博士学位。

他思考了很长时间。以前的生活——四分仪，放纵的聚会，关于克莱的那些模糊不清而又过分苛求的幻想——如今已全部被他抛在脑后。从这一刻开始，他要彻底换个活法。他卖掉了那辆勇士，扔掉了以前穿的旧衣服。现在他穿着一身定做的西装，还搽了香型内敛的古龙水。迈步向前的时候，世界仿佛都在为他分开道路。所经之处，再小的微粒他都没有放过。

公文包是博兰在他论文答辩时送的礼物，答辩非常成功。到了法恩楼，他放下公文包，摘下帽子，把里面的冰雹倒进掌心。来自平流层的小小讯号，从天而降的不规则椭圆体。

数学系的办公室里有三个秘书——两个金色头发的穿着毛衣，正坐在靠前的办公桌旁打字；还有一个黑色头发的坐在后面，低着头。他摊开了手掌。

其中一个金头发说："你给我们带糖啦。"

"要是糖就好了，"他答道，"事实上，这都是冰雹。天上掉下来的樟脑丸。这种东西在伯克利可看不到。真的很奇妙。"

"没那么夸张吧。"另一个金头发说话时还在打字，头都没抬。第一个金发尖声大笑起来。

"也许是挺奇妙的呢，你连看都没看。"坐在后面的黑头发说，头还低着。

"也许吧，"一个金头发说着瞟了瞟墙上的钟，"不过我倒希望是糖。"

一片沉默。那是星期五的下午，再过几分钟就到五点了——他这才想起来抬眼看了看钟。大楼里的人好像都下班了。"好吧，"他说，"我就是想来取一下办公室的钥匙。我是迈洛·安迪特，学校新聘的老师。我刚到。”他把融化的残冰丢进了垃圾桶。

两个金头发继续打字。其中一个又看了看钟。

“好吧，”坐在后面的黑头发说，“既然没人愿意帮安迪特教授，那就我来好了。”

“我不是教授。”几分钟之后他说道。这时她已经陪他乘电梯上了楼，打开了他办公室的门。办公室很宽敞，两扇窗户下方是一条弯弯曲曲的步道，还能看到环绕着常绿植物的体育场。普林斯顿聘请他时开出了很优厚的条件。不过，眼前的景象还是让他喜出望外。“我是助理教授。”他说。

“我也是，”她撩开眼前的一绺头发，“我的意思是，我是助理秘书。”

几个月前，他给博兰看过证明之后没过几个小时，有关这项重大成就的消息就流传开了。没过多久，《数学年刊》选用了他的论文。十月正式刊登：这么短的审稿周期是前所未有的。在三十二岁的年纪，他为数学史上最伟大的难题之一找到了解答。下个月，论文将会出现在世界各地的图书馆：由于迈洛·安迪特的贡献，马洛什猜想从此以后成了马洛什定理。

有那么一会儿，他不禁想到了小林昭和季莫费耶夫。

在普林斯顿校园的第一天，他四处走了走，没人知道他是谁。熨过的西装。软呢帽。他觉得自己似乎成了另外一个人，仿佛有谁给他披上了一层伪装。即便是在数学系，注意到他的人似乎也只有那位黑头发的女秘书，她名叫海伦娜·皮尔斯。

那个星期一是迈洛上班的第一天，她带着他在大楼里转了转。还有一周才开学，但他的信箱里已经塞满了信件。“估计系里有一大堆事儿要我做。”他主动说道。

“是啊，”她说，“哦，其实不是的。”她脸红了，“可能也没那么多事，至少目前还不会太多。海伊主任总想给资历浅的老师们多留点时间做研究。”她又撩了撩眼睛上方的头发，接着把迈洛名牌两侧的信箱指给他看。“不过您的资历可不浅。”她的脸更红了，“可能只是职务略低一点而已。我得跟您坦白，我看过马洛什理论的文章。祝贺您，安迪特教授。”

“安迪特助理教授。”

她没理会这句调笑。“您有几位同事的信箱在这儿，”她说，“他们也是新来的老师，这个，这个，还有这个。信箱都没您这么满——我觉得您能看出来。”

这时她打住了，仿佛觉得自己有些失言。

“谢谢你。”他回答道。他抽出了一沓信封。有几封信的地址是手写的。他又抽了一沓出来。离开伯克利之前，他已经接到了十几场讲座的邀请。

“教授，您的信件很多啊。比有些高年资的老师收到的信都多。”

“这是每月一书俱乐部的广告。”

她的脸又红了。

“估计其他老师也都能按时付清账单。”他说着瞥了她一眼。她有点拘谨，但还是挺漂亮的——长长的脖子，肤色白皙。宛如弗拉芒派画作上的姑娘。她的短上衣是酒红色的，把眼睛衬得很好看。

他把注意力转回到信封上。

“好吧，”她小心翼翼地说，“我本来就准备告诉您——系里的新闻通讯上有一篇关于您的文章。显然，对您评价很高。”

“真的吗？”

“说的是马洛什理论。实在太高深了。当然啦，您对这个最清楚。我现在该闭嘴了。”

“也许我并不是很清楚呢。”他说着转过身，对她微微一笑。

当天晚上，在银行街附近的城区俱乐部，一家铺着白桌布的高档餐厅。他好不容易才说服她来这儿喝一杯。谈话间短暂的沉默之中，她主动问起了他的研究。“跟我说说拓扑学的知识吧，”她说，“给我上上课。我上班时也喜欢学点东西。”

“没问题，没问题。”从另一头的房间传来了弦乐四重奏乐团的音乐声。他拿起手边叠好的餐巾，取下锡铅合金的餐巾环放在桌子中央。然后他微微弯下腰，凑近了一点。“拓扑学课程导论，”他说，“授课者是迈洛 · 安迪特助理教授，为了庆祝他这份无比幸运的新工作。”

她脸红了。

“在我看来，”他说着捻起餐巾环，“这个餐巾环和我的咖啡杯是一样的。”他把大拇指伸进餐巾环，接着又把同一只手的小指伸进咖啡杯的把手。“你看。”他把两样东西都举了起来，“都是圆环结构，我可以把手指伸进去。不过呢，咖啡杯的圆环上连着一个小小的气泡，那是用来盛咖啡的。而餐巾环只是个圆环，此外什么都没有。”

“我明白了。”

“再举个反面的例子，咖啡杯和高玻璃杯则有着根本上的不同。”他用另一只手举起那杯波旁威士忌，一饮而尽。“波旁威士忌酒杯上没有把手，没办法让你把小指伸进去。事实上，”他说，“就拓扑学的意义而言，咖啡杯和高玻璃杯简直是大相径庭。”

“是的，”她说，“就拓扑学的意义而言。”

她身上有些东西很吸引人。

“我举这些例子是想说明，咖啡杯和餐巾环在拓扑学意义上是等价的。其中一个是单纯的圆环，另一个很容易就能变形为圆环。还可以换个角度来看：如果餐巾环是黏土做的，你可以把它挤一挤，捏一捏，让它变成咖啡杯。明白了吗？”他用手指比画着，假装在餐巾环的侧面捏出一个小碗，把它变成杯子的形状，再举到嘴边，“你不需要在上面打洞，不需要把它切断，也不需要拿胶水来粘。但是用高玻璃杯却做不到这一点，对不对？你无法把高玻璃杯变成一个带着把手的咖啡杯，费多大劲都不行。明白我的意思了吗？”

“因为做不出圆环？”

“完全正确。除非在什么地方再钻个洞出来，好让我把手指伸进去。”

“对，是这样的。我好像明白了。”

他又从公文包里拿出厚厚的一沓信件。他扯掉扎信的橡皮筋，把它放在她手里。“对拓扑学家而言，”他说，“橡皮筋是最基本的研究对象。因为我们这个领域研究的是所谓的*连续变形*。橡皮筋你想怎么扯就怎么扯，扯到什么程度都行，就像我刚才捏餐巾环那样，但你不能把它切断，不能用胶水来粘，也不能在上面钻洞。”他朝着她笑了笑，微微一弓身。“结束啦，”他说，“拓扑学的基本规则就是这些。”

“拓扑学肯定没您说得这么简单。”

“也许是越学越难吧。”

他们沉默了下来。弦乐四重奏的音乐声更响了。海伦娜·皮尔斯心不在焉地小口喝着水，若有所思的样子。“我也不能把餐巾环变成威士忌酒杯，”她说，“除非把它粘起来，对吧？餐巾环变不出杯底，除非我用胶水把它的什么地方粘起来。”

“对极了。咱们现在是同事啦。”

她咯咯地笑了起来。

“顺便说一句，我也是个餐巾环，”他说，“和你一样。”

她的脸颊泛起一片绯红。

“我的意思是，”他说，“就拓扑学的意义而言，所有的人类都是餐巾环。这是我们的共同特点。”

这时候他的第二杯波旁威士忌端了过来。他接过酒，点头示意侍者再来一杯。准确地说人并不是餐巾环，而是双圆环体，但此时此刻解释起来未免有点太复杂了。他心满意足地喝了一大口带着橡木味的酒液。她的脸还红着。他问：“能否请你帮忙处理一封信件？”

“没问题，教授。”

他拿起了那叠信里最上面的一封。

“亲爱的安迪特教授，”他读信时又朝她凑近了些，放低了声音，“您请原谅，我的英语不是很好。然而，我要选择并请求教授今年来我们第一次举行的讲座上课，命名为莱奥纳尔多·斐波那契，比萨大学数学系，在意大利的比萨。日期将在下一年，在比萨市，或者四月或者五月，时间您的选。”

他很快念完了其余的内容。“看来不是英语系的人写的。”他最后说道。

“应该不是。不过写得很诚恳。”

“我觉得他们这是在邀请我到什么地方去讲课。”

“对，教授。在托斯卡纳。”

侍者又走了过来。迈洛先冲着他端来的酒致意，然后把空酒杯递了过去。

“我要不要接受邀请呢？”

“我觉得您应该去。”

“也许吧。不过，如果我能够说服另一个餐巾环陪我同行，这件事就会有趣得多。”

这下她的脸红成了短上衣的颜色。

“我收回刚才的话，”他说，“想了一下，我不是那个意思。”

“当然不是，教授。”

“我们继续吧。”

“好的。”

两人面前的桌上，她的那杯波旁威士忌根本没动。让他惊讶的是，现在她端起酒杯喝了起来。不过她小口喝酒的样子就像个小女孩在用勺子喝药。喝下第一口之后，她杯子里的冰块都没露出来。说实话，这样子挺可爱的。她又喝了一口，噘起了嘴唇。很快他意识到，他得帮她喝掉那杯酒。

那天深夜在她住的公寓楼门前，她转过身说：“谢谢您为我讲解了那么多知识，安迪特教授。我学到了很多。”

“助理教授。”

“好吧，谢谢您。”

“不客气，皮尔斯助理秘书。”

她住的那栋楼是一座窄窄的联排式建筑，屋后有一棵巨大的悬铃木。她站在大门口砖砌的楼梯上，比他高出几个台阶，正伸手在钱包里摸钥匙。

“让我来，”他说着伸出了手，“我来给你开门。”

他倒是没摔跤，但等到他再次站直身子时，她扶住了他的胳膊肘。

“你不要紧吧？”

“完全没问题。”

“你确定吗？”

“当然确定。不过，今天晚上安迪特助理教授后悔没到比萨的城区俱乐部讲课——日期是我的选，你知道，别客气。”

她笑了。

他躬身去拿帽子，直起腰来的时候发现自己又靠在了她身上。

她向上走了一级台阶。

“好吧，助理秘书。莱奥纳尔多·斐波那契助理教授本人好像真的要——我好像得坐一会儿，海伦娜。我想喝点水。”

“行。你上来吧。不过只能坐一会儿。”

他们沿着楼梯朝她的公寓走去。一路上她不停地回头问：“你真的不要紧吗？”

“不要紧。”他跟在她后面，拽着楼梯的栏杆往上爬。楼梯没完没了。“不过你们这儿的扶手有点松。”他说着晃了晃扶手，可现在它似乎又非常牢固。“海森堡[1]。”他喃喃自语。

她的公寓在顶楼。两个人终于爬上了楼，他摘掉软呢帽贴在胸前，活像一位到教区居民家里做客的牧师。她刚打开门锁，他就跟着她走了进去，把帽子挂在了衣钩上。

“请吧，”她说着，从小小的餐桌下面拉出一把椅子，“你坐。上到这儿是够高的。我去给你倒水。”

“水是我的敌人。”他严肃地说。

听到这话她不作声了。他根本不知道自己想表达什么。但他知道，她肯定不会要他做出解释。到了这个时候，就算他刚才说的是希尔伯特流形，她也不会让他解释的。在窄小局促的厨房里，她从橱柜里拿出一只玻璃杯，在冰箱里摸了半天才找到冰格，又费了好大功夫把里面的冰块弄出来。她抽出来的椅子他连看都没看，一屁股就坐到了长沙发上。他面前的咖啡桌上有一本美术书。前几页是油画——莫名其妙的美术作品，也可能是抽象的风景画。他放下书，看了看四周。公寓本身小得出奇。砖砌壁炉顶部的壁炉架上支着几张装了相框的照片。一张书桌把门厅塞得满满当当。

1 Werner Heisenberg（1901—1976），德国物理学家，量子力学创始人之一，提出了著名的不确定性原理：一个运动粒子的位置和它的动量不可被同时确定。

他发现桌肚里有一只毛发蓬乱的小猎狗，趴在垫子上瑟瑟发抖。他讨厌狗。透过卧室半开着的门，他看到了里面的床：是张单人床。

“嗯，”他说，“你刚才说什么来着？”

她走出厨房，把水递给他，自己坐到了一只小圆凳上。他惊讶地发现凳子是从墙面上翻出来的，就像是地铁上的那种活动式长椅。他坐的长沙发并不算长，却很深，他坐在最里面，感觉自己都要陷到坐垫里去了。过了一会儿，他挪到了沙发中央。他喝水时弄洒了一点，干脆坐到了水迹上。她坐在墙边的凳子上，大腿交叠着，交握的双手放在膝盖上，好像在说系里几个秘书的什么事情。他意识到她有些害怕房间陷入沉默。这恰恰是他最喜欢的一点。

他的视线落到了卧室门边的十字架上。系着链子的十字架挂在电灯开关上方的钩子上。

好吧。

他的心情一下子恶劣起来。宗教这种不合逻辑的东西总是让他很恼火。他意识到这个夜晚可能纯粹是在浪费时间。

但就在那一刻，她起身朝橱柜走去，回来的时候拿着一瓶红酒。

“要我帮你打开吗？”他摇摇晃晃地从沙发上站起来。他来到餐桌旁边，又仔细瞅了瞅那个十字架。是廉价品商店买的便宜货。挂钩其实只是根旧钉子。这就要好一点了。他转过身，擦掉酒瓶标签上的浮灰仔细看了看。是勃艮第产的。

他从来没尝过勃艮第葡萄酒。

“好啊。”她终于回答道，不过他已经撕掉了瓶口的锡箔，正拿着启瓶器往瓶塞里钻。“你把它打开吧。恐怕不是什么好酒。不过比起你在酒吧里帮我点的东西，我喝这个可能更习惯一些。”她坐回了地铁座上。过了一会儿又站起身，朝墙角的那台电唱机走去。片刻的停顿之后，房间里回荡起了钢琴奏鸣曲开头的几个音符。

清晨时分，他自己早早地溜了出去。他关好公寓门，把脚伸进放在走廊的鞋子里，那时候太阳都还没升起。虽说在新泽西州的普林斯顿他谁都不认识，但他还是拉低帽子遮住脸，匆匆往家赶去。走到她住的街区边上时，他拐了个弯，钻进了树林。他不该拿走十字架的，但现在那东西就攥在他手里。在最靠近路边的树丛里，伴着枝条间透出的曙光，他忽地弯下腰，把十字架丢进了腐烂的落叶堆中。

奥卡姆剃刀[1]

那一年全体教师第一次开会的时候，系主任克努森·海伊向大家介绍了所有新来的助理教授。在海伊那间巨大的办公室，几位新人坐在他对面沿着墙摆开的第一排折叠椅上。迈洛的椅子摆在正中间。说到他名字的时候，他也跟前面几个同事一样，微微点了点头。但就在这时，后排的什么地方有个声音响了起来："祝贺你，安迪特。"

他回过头，但没看出刚才说话的人是谁。不过他注意到有几位新来的同事涨红了脸。

停顿了片刻，能听到线路那边隐约有人清嗓子的声音。电话响起时他正在准备晚饭。下午六点钟。他听出了老头一本正经的腔调。

1 Occam' s Razor，由十四世纪逻辑学家、奥卡姆的威廉（William of Occam，约1285—1349）提出的问题解决法则，强调"如无必要，勿增实体"，亦称简单有效原理。

“听着，安迪特，”汉斯·博兰干脆利落地说，“我打电话是想跟你说件事。对了，你的那个朋友怎么样了？”

“您说的是谁？”

“韦尔斯家的姑娘啊。吉姆·韦尔斯的女儿。克莱奥帕特拉。”

“哦，她啊——我们已经掰了，教授。”

“真遗憾。”

“没什么，”透过窗户，他看着一个穿短裤的姑娘走了过去，“已经过去了。”

“不过听到这个消息我还是觉得挺遗憾的。”汉斯停顿了一会儿，“听着，安迪特，你的工作可是我推荐的，这你知道，对不对？”

“我知道，教授。我非常感激。”

“在那边一定要好好表现，听到了吗？把你的能力发挥出来。你干得好，我们两个人都光彩。”

“我会的。”

“你带公文包了吗？”

他能看到过道另一头的房间里倒扣在床边的公文包，一沓学生作业从夹层里滑了出来。“就在我手边呢。”他说。

“工作上的事应该怎么处理，我跟你聊过，你是那么做的吗？”

“是的。”

“现在你可是教授了。不是研究生。别人会注意你的。”

“我只是助理教授。”

“嗯，是的。但只是暂时而已。”

这时博兰咳嗽起来，他咳得很凶，自己捂住了话筒。接着说话时他又清了清嗓子。“马洛什定理，”他说道，“安迪特，如果我没记错的话，你觉得它是个侥幸得来的成就。你认为自己不配得到这份荣誉。”

安迪特说这些话时真的是这么想的。

"你也许会觉得自己像是个骗子，"老头接着说，"这完全正常。相信我，这种事情我以前见得太多了。拉尔斯·霍恩格伦是个骗子。"他停了一下，"你，迈洛·安迪特，你不是骗子。"

窗外穿短裤的姑娘拐了个弯不见了。就在那一刻，傍晚变成了黑夜。安迪特注意到了窗玻璃上自己的影子，注意到那根白色电话线穿过黑暗，从他杂乱的办公桌出发，越过书架，抵达他月色般苍白的脸庞，如悬链线[1]一般。

"对，我知道，"博兰说，"现在听好了，安迪特。你的时间很有限。我打电话给你就是要说这件事。让你警醒起来。我曾拥有的时间大概也只是十年。然后一切都会慢慢变得模糊不清。我昨天去看医生了。我今年已经六十二岁了，你知道吗？谁都别指望能永远拥有重新来过的机会。"

迈洛听到了玻璃杯叮当作响的声音。

"医生检查的情况还好吗，教授？"

"呃——谢天谢地——都还好。不过我确实吓了一跳。你知道的，我每天都慢跑五公里。坚持了二十多年啦。"

"这样的话，您都快绕着地球跑完一圈了。"

老头大笑起来："绕着赤道的话，是快了。在伯克利的纬度上，我其实已经开始跑第二圈了。跟你说这事，是因为它让我陷入了沉思。你现在多大了，安迪特？不介意我问吧？"

"三十二。"

"这么说你很可能还有五到十年的时间，可能还得算上标准差。偏差值最多是两年。"

"是的，先生。"

"你得利用这段时间去成就你的事业。"

---

1 Catenary，一种曲线，形态近似于一根两端固定、在均匀引力作用下下垂的绳子。

“我明白。”

“成就你毕生的事业，安迪特。你要开始寻找新的方向。得和你已取得的成就一样伟大。更伟大，最好是。”

安迪特停了一下。“有个方向我已经开始研究了。”

他能听到老头呼吸的声音。

“我想告诉你，”博兰说，“在迈洛·安迪特所能取得的成就之中，马洛什定理只不过是个开始。迈洛·安迪特必将取得极大的成就。”

安迪特说不出话来。

“只不过是个开始。”博兰重复道。

“好的，我听见了。”

他没想到自己的语调会那么刺耳。

“好吧。”教授说。片刻之后，他又笨拙地加了一句，“我想跟你说的就是这些。再见，迈洛。”

在办公室的时候，他觉得自己有点不敢面对海伦娜·皮尔斯。很快他就发现，她对他的态度也是一样。

他上班的第一个月结束了，他们俩甚至都没有再说过话。她生气了吗？他不知道。还是觉得受到了伤害？在她眼里，那一晚会不会只是无关紧要的小事？他毫无头绪。会不会是因为十字架的事？不会的——如果困扰她的是那个十字架，她肯定会说点什么。也许她只是有点害羞而已。显然她没什么经验，而且很有可能是喝醉了。他们俩那天晚上都喝醉了。

每次他来到数学系的办公室，她都坐在自己的桌前。不过她总是靠后坐着，低着头在打字机上忙活。从过道到办公室之间有两道混凝土墙壁，一间铺着地毯的接待室，还有两扇毛玻璃门，她仿佛能隔着这重重阻碍感应到他。每当他走进办公室的时候，坐在前面的那两个金色头发的女秘书还是会大声笑闹，旁若无人地咬耳朵，但海伦娜·皮尔斯再也没有站起身替他说话。

他可以继续研究与马洛什定理有关的课题，有许多和他处境相似的数学家都是这么做的。但汉斯·博兰说的没错：他必须去追求更伟大的成就。

那年冬天仔细阅读刊物时，他的注意力被乌尔里希·阿本德罗特的研究吸引住了。此人生活在二十世纪中期的奥地利，十九岁时提出了一个著名的数学难题。阿本德罗特是个非常早熟的数学家，这本身就极富传奇色彩：十六岁时，他同时被剑桥大学和巴黎综合理工学院聘请为教师；十八岁时，他跟分处英吉利海峡两岸的两个女人生下了两对双胞胎；二十岁时，他提出猜想刚过一个月，人们就发现他死在了一家咖啡馆里。他的难题伴随着许多不解之谜，进入了数学经典的行列。事实上，数学家们但凡有一丁点儿迷信，都很可能会认定这个猜想受到了诅咒。它是个出了名的难题——很可能和马洛什猜想一样难——问世之后过了这么多年，所有破解它的尝试都徒劳无功。

这一切都很合安迪特的胃口。事实上，他的确是个迷信的人——不过和传统意义上的迷信恰恰相反，所谓被诅咒的东西对他特别有吸引力。

阿本德罗特猜想的核心问题涉及怀特海[1]提出的CW复形中一个特定的子集。这类CW复形是无穷的，但都处在有限维空间之中。非常清楚。虽然这个核心问题被视为代数拓扑学的一部分，但安迪特却觉得要想解答它（如果真的能够解答的话），要依靠的不是等式，而是一种把各种奇怪的、甚至超自然的形状具象化的能力。

这方面他相当擅长。

1　Alfred North Whitehead（1861—1947），英国数学家、哲学家，过程哲学的创始人。

当时，广义上的拓扑学学科恰好处在上升阶段的顶峰。自从《位相分析》[1]在世纪之交发表以来，这门学科变得越来越重要了。随后的几十年间，拓扑学的重要性与日俱增，持这种观点的不仅仅是数学家，也包括自然科学几乎所有分支的学者。就在迈洛来到普林斯顿之前的几年间，一大批研究这门新兴学科的学者抓住了大好机会，跻身大学学术圈的上层。他们已不再囿于符号体系的限制，而是整天忙着构建各种复杂的、并非实际存在的形状——人类从未见过甚至未曾想象过的形状。拓扑学家凭借自己的想象力构建出无法绘制的图形，再加以扭曲或折叠。在他们兀兀穷年创造出的思维体系之中，普通人所知的世界——由大地、海洋和天空构成的世界——只不过是无穷高维度空间的三维投影，犹如一块看似容纳着三维场景的二维电影银幕。在这种新的研究范式下，感官上的经验根本就无足轻重。纯粹的数学天赋——将普遍的认知抛在脑后、完全凭借推断出的原则来构建世界的能力——已开始取代经验主义。

这门学科本身就需要一种独特的思维模式。不仅仅要具备出色的数学技巧，还需要视觉上的灵活性——能够在脑海中长时间地保存各种复杂的结构，改变部分参数的同时保持其他参数不变。这是非常艰苦而苛刻的脑力劳动，大脑需要在这种思维的急剧变化中完成多维度的绘图作业。通过想象，有些拓扑学家能构建出各种各样的建筑结构，还能将它们倒置，从里到外翻过来，转上几圈，把它们打开，再走入其中。

对安迪特而言，他本人在思维绘图方面的天赋似乎源于以前就有的方位感——靠这个，他能够在森林中确定自己的方位。现

1 “Analysis Situs”，法国数学家庞加莱（Jules Henri Poincaré，1854—1912）的系列论文，第一篇发表于 1895 年，后五篇补充发表于 1904 年，创立了用剖分研究流形的方法，为组合拓扑学的发展奠定了基础。

在，这种感觉不仅能指引他在脑海中想象各种物体，还能帮助他拿起铅笔把它们画出来。他发现无论是什么拓扑学结构，他都可以随便拿起一张纸，沿着对角线方向把它画出来，从一端的边角开始一直画到另一头。不管结构有多复杂，不管前景、中景和背景上有多少不同的层次错杂在一起，他都可以沿着对角线方向一气呵成，有条不紊地把理论结构完完整整地展现在纸面上，并且用大量的纹理和点画表现出结构中的阴影、体积和变形。的确是一种令人瞠目结舌的能力。据他所知，系里除了他没有任何人能办到。

当然了，在伯克利的那几年他同样也具备这种能力，但当时他几乎没有把它派上用场的机会，他的研究生同学和老师，甚至包括汉斯·博兰都不知道他有这样的本领。对安迪特自己而言，这种本领也没什么了不起，就像每天早晨他都能在镜中看到的脸一样平平无奇。

可是在普林斯顿，学期过去一半的时候，学校里的一位讲席教授在户外咖啡馆找到他，请他帮忙画一个完全反转的施泰纳曲面[1]，这种曲面由三个双曲抛物面平滑地组合而成。安迪特马上照办——他把一张用来垫鸡尾酒杯的餐巾纸拽到桌子中间，从外套口袋里摸出钢笔，从纸巾的左上角开始，不假思索地朝右下角画了起来。画好之后，教授的评价只有一个词：不同凡响。两个人又寒暄了一会儿。然后教授收起那张餐巾纸，告辞了。

然而，同样不同凡响的还有另一个事实：在那一刻之前，安迪特从来没觉得自己需要展现这种天赋。他从来没有描绘过自己周围的世界。没画过树木。没画过风景。没画过人物。没画过大地、湖泊，也没画过伴着他长大的那片森林。没画过他熟识的面

---

1 Steiner surface，也叫罗马曲面，是实射影平面到三维空间的自相交映射，具有非常高的对称性。

容。小时候他对艺术没有丝毫兴趣，长大成人后对视觉世界也完全无动于衷。普林斯顿有一家艺术博物馆。他从来没想过要到那儿去待上一个下午。

仲冬时节，他已经把研究范围缩小到了阿本德罗特猜想和另外两个备选问题上。一个是哥德巴赫猜想，这是数论领域由来已久的一个难题，最早是哥德巴赫向欧拉提出的。问题的表述很简单——任一大于 2 的偶数都可写成两个素数之和——然而经过了十几代数学家的努力，至今仍没有人找出证明方法。

至于另一个问题——库尔特曼第一猜想，它的提出者当时还是柏林自由大学的一位老师。安迪特第一次听说这个猜想，还是因为偶然在数学系办公室的咖啡桌上看到了一本《明镜》周刊，封面上是迪特里希 · 库尔特曼的脸。

一位数学家竟然上了国际杂志的封面。他有点愤愤不平。

不过他最后得出了结论：哥德巴赫猜想和库尔特曼第一猜想都是数论领域的问题。他喜欢数字，但他并不是数论学家。他是个拓扑学家。汉斯 · 博兰看出了他在这方面的潜质。

现在他需要的是有条不紊。他需要做出明智的选择。

一月末，正是深冬季节最冷的时候，他把关于哥德巴赫和库尔特曼第一猜想的笔记收了起来。他清理了自己的办公室。他把靠墙那张小桌子上的杂物全扫进一只抽屉，然后用纸板和胶带粘了个文件盒。文件盒的封面上用印刷体写着**阿本德罗特猜想：1979—19??**[1]。他有种预感，乌尔里希 · 阿本德罗特提出的难题也许得花上几十年才能解开。不过他还是把小桌子拉到办公桌旁，把文件盒放了上去。

1　原文为大写，本书中均为黑体，下同。

斜率公式

坐在暖洋洋的办公室，他会在头脑中一层层地把图形想象出来。思维建构完成之后，他就从抽屉里拿出本子，放在墨迹斑斑的皮质吸墨台中央，画出他所想象的结构。绘制这些阿本德罗特图形倒不是为了便于以后查证，而是因为他能够永远记住自己描绘过的图形。这就是他头脑的工作方式。

系里每月举行的鸡尾酒会渐渐成了他暗自期待的活动。在这些酒会上，时不时会有人请他展现自己的艺术技巧。通常请他画画的人都是同事的妻子。某个还算漂亮的女人，端着一杯色彩斑斓的鸡尾酒，一手指向窗外由树木和尖顶房屋构成的明媚风光——那是从数学系大楼所在的高层望出去的景象。他能不能帮她把这景色画出来呢？好吧，也许他可以试试。戴着戒指的无名指。涂着厚厚的睫毛膏的眼睛。如果当时他鸡尾酒喝得刚好，就会欣然同意，然后一幅图画就会在信封、餐巾纸或是索引卡片上慢慢呈现出来，仿佛有人从边角处撕开了遮在照片上的一层纸。他知道这些图画会被四处展示，在聚会的内室或在回家的车上，最后它们也许会被叠起来收进影集，或是镶好镜框挂到办公室的墙上。他觉得自己不配得到这些举动所表现出的赞赏，也不太理解人们为什么要这么做。他能够体会到围绕在自己身边的赞赏之情，尽管他不是很理解，但还是感受到了其中的乐趣。

其实他有时会觉得，对这种乐趣的渴求成了让他继续向前的唯一动力。

事实上，在他自己看来，他真正的天赋简直近似于某种形式的愚笨。克莱说得没错。画画的时候，他看到的并不是自己所画的物体，而是它所处整个空间的全部细节——所有的一切既是这个物体，也不是这个物体——他不分主次地看到了全部的细节。他从小就意识到了自己的这种倾向——他无法正常地认识自己感知到的东西，无法像普通人那样在本能的指引下走过生命的历程。他不明白别人为什么没发现他的问题。

他自己心里很清楚，这是混乱的表现。

有时候他对阿本德罗特猜想的研究进行得并不顺利，偶尔也会一整天都不敢去面对它，在这些日子里他会去市里的拿骚街散步，逛逛商店。街上有一家勃兰特药店他挺喜欢，因为这家店让他想起希博伊根可能会有类似的地方。店堂后面的墙上开了个口，顾客需要的东西会通过滑轮从里面送出来。药备好之后，铃声一响，一只鸟笼大小的黑色铁篮子会从柜台上方的墙洞里滑出来，里头装着一只用订书钉封好的白色纸袋。篮子从一条通道上方经过，两旁的柜台展示的都是些弹力护腿长袜、折叠起来的助步器，还有泛黄的塑料加湿器。拉绳每拽一下，篮子就往前滑一段，最后停在店堂前面的收银台旁边。他很少在勃兰特药店看到大学里的人。这种又脏又旧的商店地处老城区的后街背巷，光顾者大都是普林斯顿市的次等公民——秘书、修理工，还有底层的市政工作人员，多年来他们为居住在这座城市里的教授和专家们提供了生活保障。教授们都是些独来独往的人物，和他一样的男男女女。他们来到这座不问渊源、不论出身的小城，在各自的领域中留下印迹——也可能留不下——再把他们的儿女送出小城，或是自己离开。在小城上演的话剧中，他们都是局外人，这一点让安迪特觉得很宽慰。

冬季的一天，他正准备离开勃兰特药房装着双层玻璃门的前厅，便替一个往店里走的女人扶住了门。看样子她也属于次等公民群体，也许是个秘书、旅行社职员或者是商店里的店员，穿着棕色的羊毛大衣，戴着厚帽子，深色的羊毛围巾把脸遮得严严实实。她的肩膀上沾着雪花。她匆匆走进药房，用力跺跺脚，解开了围巾——这时他认出了她。

他的心仿佛被猛地撞了一下。

他不知道该说些什么，只好继续从门口走了出去。他在寒风中快步穿过街道，系围巾时故意遮住了自己的脸。这条街对面有一家快餐馆，他找了个临街的位置。大雪纷飞，勃兰特药房的窗户上蒙着一层白花花的雾气，不过他还是能看见她。她在收银台旁边停了下来。

是海伦娜·皮尔斯。

他倾身向前，擦了擦玻璃。这时她朝他的方向转过身，重新系上了围巾。真是他以为的那个人吗？他又仔细瞅了瞅，但还是不能确定。

太奇怪了：他随便什么时候走进系办公室就能看到她，但此刻他在镇上看到了她，心里却觉得很乱。不知道她是不是也有同样的感觉。他伸出戴手套的手，又擦了擦玻璃。

接着，仿佛在街对面远远地感应到了他似的，她朝门口走去。她摘掉帽子，直接向他这边望了过来。她没垂下眼睛。

过了一会儿，他抬起手朝她挥了挥。

她没有反应。

等到她再次转过身，朝店堂深处走去，他才意识到那根本就不是海伦娜。

他没回办公室，而是在克里普酒吧待了一下午。酒吧里装着深色的护墙板，客人大都是警察和巡回乐队的工作人员。他坐在吧台旁喝波旁威士忌，望着外面人行道上形形色色的购物者、职员和背着书包的学生匆匆在雪中走过。五点钟过后人群越来越密，到了吃晚饭的时候才安静下来。街灯亮起后过了好久，他还待在那儿。在街灯昏黄的光线下，有几次他都以为自己又看到了海伦娜，正踩着人行道上融化的积雪朝他走来。可每回等到那个身影走近一些，他才意识到是别人。

每次开教师会的时候，克努森·海伊都要先整理一番领带，把面前的一沓纸摞齐，提醒与会者注意，这才宣读议程。但开始之后过不了多久，会议就会陷入一片争吵之中。安迪特那些老资格的同事不论碰到什么事都会争执不下，从学校的荣誉规章应不应该允许本科生把试卷带出教室，到秋季学期的联谊会上应该提供何种饮品。每个问题都被他们当成国家大事来讨论。有些人彬彬有礼，态度平静，还有些人说起话来就像是外国人在骂街。处于这片喧闹中心的海伊，始终把手搁在一本《罗伯特议事规则》上。

不论问题多么琐碎，他们都能不依不饶地吵上半个小时。应不应该再开设第三门初等微积分课程？需要在所有的过道上放置长椅吗，还是只在紧邻女洗手间的过道上摆？出于某种自律，坐在大会议室中央金属折叠椅上的几位新人一般都不太说话，与此同时终身教授们都坐在房间周围的皮质扶手椅上。显然存在着各种小团体和同盟，但安迪特分辨不出这些关系。他和其他新老师一样，坐在那儿一声不吭。

学期进行到一半的时候，会上讨论到了数学学院的院子应该种橡树还是悬铃木的问题。种这棵树是为了纪念系里一位刚去世的退休讲席教授，此人原来干过细木工，手艺非常高超。老资格的教师们翻来覆去地吵个没完，房间中央的克努森·海伊坐在办公桌前，不停地做着记录。讨论大部分问题的模式都是这样，讨论过后，大家通常会投票表决。

最后安迪特实在憋不住了。“干吗不种棵山毛榉呢？”他脱口说道，“没有比山毛榉更气派的树了。”

一时间谁都没作声。过了一会儿，出乎安迪特意料的是，克努森·海伊开口了——“好，那就种山毛榉。”

真的是这样：有时候他好像也会在别的地方看见她。有一次他站在一群行人中间，等着路口亮起绿灯；还有一次是下午，在干洗店的停车场，他冒着雨朝自己的车跑去；甚至还有一次是一个春天的傍晚，在他那栋楼外面的人行道上。整个冬天他都没开窗通风，那天一推开窗户就能看到有个女人朝远处走去，身后跟着一只拴着皮绳的小狗。

但他并不能确定这几次看到的人究竟是不是海伦娜·皮尔斯。

每次看到她的时候，他心里都会涌起一种难以言说的情绪。羞愧？失望？还是渴求？他意识到自己内心深处有种东西想要表达出来，但他搞不清那究竟是什么。

“你看起来有点紧张，”他身后有个声音说道，“干什么坏事了吗？”

安迪特转过身，装模作样地笑了笑：“有这么明显吗？”

“没有，不是很明显。”

她很漂亮。栗色短发，紧身的裙子。面孔略带东方人的特征。他正好站在桑格利亚汽酒缸的旁边，便拿起长柄勺帮她舀酒。那是新学期举行的第一次联谊会。

“谢谢，”她说，“我发现您找了个最有利于钓鱼的位置，安迪特教授。”她垂下眼睛，看着他为自己添酒。

“是吗？”

“正如我所料。您可是击败了卡米洛 · 马洛什的人。”她呷了一小口，皱起了眉头，“但您干吗要在这么一缸脏水里钓鱼呢？”

二十分钟之后，他和奥尔加 · 帕特里诺娃分头穿过了校园——她坚持要去开自己的车。又过了十分钟，在城郊一家关门歇业的拍卖行二楼，他们俩并排坐在胶合板做的吧台前。两个人面前放着两杯双份的波旁威士忌，没加冰块。

她是来自圣彼得堡国立大学的访问学者，美苏关系解冻之后刚来普林斯顿不久。她从事的研究也很时髦：双曲线几何学与椭圆几何学。她喝起波旁威士忌就像是在喝水。

喝完第二杯，她不再称呼他为教授了。

第三杯之后，他感觉到她的膝盖贴在了他的大腿上。

他借故离开了一会儿。在洗手间的小镜子里，他看到了自己每天都会见到的脸——长长的脸庞上神色漠然，额头很宽，鼻子的棱角过于分明，黑色的眼睛被粗大的眉骨衬托得格外突出。这张脸上刻着过于努力的痕迹，就他的年龄而言看着还算年轻。他总是会为自己的容貌感到一丝羞愧。

不过，自从马洛什定理之后，这张脸上似乎增添了一种新的魅力。

他抽紧领带上的结，波旁威士忌慢慢让他抛下了自己的思绪。他又照了照镜子，觉得领带还是系得松点好。他一边松开领带结，一边朝吧台走去。

那个学期，系里安排他教微积分的中级入门课程。每周三天，他都得站在阶梯教室前面一块灰扑扑的绿色黑板旁边，向坐得满满当当的一年级学生解释微积分原理。他们学的不是数学专业，也不是电气工程，他们不是伯克利分校罗斯沃特老师班上那帮富有诗人气质的学生，他们都将成为医生、会计师或银行家，这些还算聪明的小伙子——安迪特没看到几个女生——成了同龄人当中的翘楚，但还没聪明到能够改变世界的程度。他意识到自己很羡慕他们。

那一年他接受了信箱里收到的所有讲座邀请，也发现自己是个很有口才的演讲者，不过，教室里这帮貌似很听话的青少年对他的口才好像并不在乎。他观察着讲台下一张张略有些心不在焉的面孔，意识到无论促使他们走向各自宿命的是些什么因素，这些因素至今都尚未出现。有时他会把声音放得很低——这是他在巡回讲座时学到的一个窍门——或是故意停顿很长时间，等着他们把注意力收回来。

上课前他总要喝上一两杯，思绪时不时会把他带回在东兰辛读大学本科的那几年。大二的时候他就已经在上更高级的课程了。坐在教室后排，他有时会想到自己和在希博伊根时的高中同学的区别，当时，他们中的大部分都正在越南度过第二或第三个服役期。他自己倒是没被征兵入伍，因为他的两只脚都患有足弓塌陷——他有时还会疑心医生是不是夸大了病情——后来他到了伯克利，征兵这事又被缓了四五年。现在战争已经结束，征兵也停止了。他看着自己教的几个班，当年严峻的局面似乎与面前的这些学生毫不相干，简直像亚述人的古老史诗一样遥远。在二十世纪六十年代的兰辛，大学男生——几乎每一个人不是要去当兵，就是当过兵——上课时会戴领带，那种沉重的气氛后来他就再也没体会过。伯克利分校的研究生院也没有那样的气氛。有一天站在学生面前时，他想起了酸橙玫瑰店堂深处的角落里点燃的熏香，随之而来的关于伯克利的回忆，让他变得很沮丧。讲台对面一排排新装好的阶梯式座位上，坐着的都是些律师或金融家的儿子。他讲课的时候，他们把运动鞋跷在前排的椅背上，在通道里把纸条传来传去，还砰砰地打开易拉罐喝汽水。有几个学生在摆弄自己带来的滑板。

一天早晨他在信箱里看到一个粘好的信封，上面写着他的名字。

那天我是在买办公室用的加湿器。（我自己从来不去那家店买东西，价格太离谱了。）如果你需要任何系里能提供的东西，找我就行，我也希望你能来找我。我并不为发生的事感到羞愧，但也不会引以为荣。不管那一晚到底算什么，最好还是把它忘掉，就当它没发生过。（当然，我的意思是我们俩最好都这样。）

狗与马

无可否认：时间过去了，但他在阿本德罗特猜想上几乎毫无进展。他不可能像征服马洛什猜想一样征服这个难题。

策略，而非蛮力：这才是他所需要的东西。

初看上去，这个问题几乎是轻而易举就能解答的，但问题的实质很快就把自己隐藏起来了。他渐渐觉得证明就像是一座防守严密的城堡，城墙上留着一万扇色彩鲜明的门，每一扇门都是为了把他引入歧途。所有的门都能打开——这不成问题——但到目前为止，还没有任何一扇门向他敞开。

也许永远都不会。

经过一年半的努力，他意识到合乎情理的做法是把自己的期望降低一些。也许应该干脆放弃证明猜想的念头，转而集中注意力找出它的薄弱环节。

带着一种隐隐约约的预感，他也明白了为什么近一个世纪以来这个问题能迷住如此多的数学天才。在他们所有人眼中，它肯定就像是一个勾魂摄魄的情人。现在他已经习惯了这样的生活：

半夜突然被令人兴奋的灵感惊醒，摸黑匆匆赶到数学系大楼，独自一人在凌晨时分埋头苦干，房间周围的暖气片时不时发出哐当的声响，仿佛乌尔里希·阿本德罗特本尊傲慢的鬼魂在到处乱敲。然而，随着淡弱的初阳透过树林渐渐升起，他的办公室从蓝灰色转成了暗橙色，又变成一片亮得叫人难受的明黄，那些令他激动不已的灵感最终也全都消失无踪。他找不到进入城堡的途径。

他在普林斯顿度过的第二年年末，一天下午，有人敲响了办公室的门。他没理会，但过了一会儿门又响了。他打开门的时候，一个女人说："哦！原来你在啊。"

"不好意思。"安迪特说。

她的穿着打扮讲究得简直有几分拘谨——年纪和他差不多，也许略小一点。深红色高跟鞋，同样色系的套装显得有点老气。尽管他对自己记人的本事没什么信心，但他还是能确定自己从来没有见过她。"刚才我肯定是干活干得入迷了。"他说。

"我要是能像这样该多好！"

他又仔细看了看。脸长得很漂亮。眼神似乎有点桀骜不驯。没有。他们以前肯定没见过。"真的吗？"他说。

"你一定特别忙。我只想来看看能不能跟你约个时间。我下次再来好了。"

这位女士是不请自来的，但她却显得特别害羞。而且她也没有任何打算离开的意思。事实上，她站在他面前的时候仿佛是在平静地展现自己的意志力，犹如把手指放进火中的神秘主义者。

他从给客人坐的椅子上抱起一盒研究资料，示意她进屋。"问题是，"他说着坐到办公桌旁，"下一次我说不定更忙。你也得考虑这种可能性。我可以帮你做些什么？"

"你能确定吗？"

“不能。”他摇了摇头，“没有什么是完全确定的。”他微微一笑，“不过现在这个时间也还不错。”

她在对面坐下来，迎着他的目光看了过去。她名叫安娜贝勒·迪特迈耶，是教历史学的助理教授。“我丈夫叶夫根尼·迪特迈耶，”她顿了一下，“我丈夫是经济系的系主任，还兼着政治经济学系的副系主任。”

“啊。双重的威胁。”

她开心地笑了起来。她的笑声可没那么老气。

“我能帮你什么忙呢？”

“就是想了解一下数学家平时都在做些什么，”她说，“这个职业和我的差别太大了，而且我听说过许多你的事情。我看过一篇关于马洛什定理的文章，觉得特别好奇。我真的想好好看来着。我的意思是，把证明过程本身看懂。”她笑了，“我大概只看懂了半个句子。”

“哦，恐怕我对历史也是一窍不通。”

“对于我这个领域的人来说，你的研究显得很神秘。我来就是这个原因。就是想看看像你这样的人整天都在做些什么。我研究的是历史，我知道自己在忙什么。”

“你都忙些什么呢？”

“到处旅行，考证资料，做记录。还得教课。写作。最近我卷进了一场小小的争论，是关于波兰的西格蒙德三世的。不过，我估计你不会为了这样的琐事烦心。”她站了起来，“好吧，你确实很忙。我下次再来好了。”

在那套老气的衣服下面，他能隐约看出她身体的轮廓。和她的笑声一样，这身体一点也不老气。“别，可别，”他说，“说实话，我挺喜欢有人来打打岔，而且下一次我肯定会更忙。巧的很，刚才我自己正好也在琢磨同样的事情。”

“同样的事情？”

他往椅子上一靠。“像我这样的人整天在忙些什么。”他说。

她是个乡下姑娘。童年时待在一家养牛的牧场，从那儿去图书馆开车得花上半天。如今却能在常春藤名校教十七世纪历史，她始终觉得这是件非常有趣的事。

从某种意义上说，她和他很像。

这些都是她在第二天的下午告诉他的。他们约好到钱伯斯街那家酒吧的露台上喝几杯。她要了杯红酒。春天来了。他们坐在人行道上，不时有自行车、婴儿推车和穿着旱冰鞋的学生慢悠悠地从旁边经过。春季最好的日子，下午最好的时光。他们俩聊天的时候，她跟先后走到桌旁打招呼的几位教授寒暄了一番。那几个教授看起来资历都很深——戴着袖扣，打着领结——而且每个人都请她代向她丈夫问好。

又一位教授离开之后，安迪特端起他的波旁威士忌，从酒杯上沿仔细打量着她。“你丈夫显然是个重要人物。”他说。

“是的，的确如此。”她往旁边瞥了一眼，撩了撩头发。然后她喝了一大口红酒。

“是啊。”安迪特说。两个人有一阵子都没说话，沉默之中天气似乎变得更暖和了。“我们换个没那么多人的地方怎么样？”最后他提议道。

研究做到将近第三年的时候，有一天他碰巧看到了保罗·埃尔德什[1]的一篇论文。埃尔德什和一位名叫乔治·布雷维尔的同事

1 Paul Erdös（1913—1996），匈牙利著名数学家，一生共发表论文一千四百七十五篇，与五百一十一人合作过，论文数量居史上数学家之最，被誉为二十世纪最多产的数学家之一。

在文中证明了组合拓扑学中一个较早期的定理，证明过程非常精彩，也有点异想天开——他们采用的分析模式原型竟然是小孩子玩的一种游戏。游戏名叫 Kutyák és Lovak，翻译过来的意思大致是苹果和橘子。埃尔德什小时候在布达佩斯玩过这种游戏。

玩游戏时一个孩子得说出一样物品——比方说柠檬，柠檬是酸的——另一个孩子则需要说出另一样具有某种相反特性的物品——比方说方糖，方糖是甜的。接下来第一个孩子就要再说出一样和方糖相对的物品，但得换一种特性——比如说，方糖是立体的，而纸则是平面的。然后再像这样继续下去，直到哪个孩子不小心说出了一样具有和已经提到过的柠檬相同特性的物品。埃尔德什和布雷维尔指出，这个游戏很简单，孩子们都可以玩，但如果有多位玩家，并且一次要说出多个物体，游戏就比较难了。游戏中还存在着其他的变数。比如说，在游戏开始几个回合之后，玩家可以通过偷偷变换列举的方向，让一部分人说出的物品越来越远离柠檬，与此同时另一部分人说出的物品越来越接近柠檬，如此一来，游戏就会变得复杂无比。后一种变体就是埃尔德什大学时代常跟朋友们在酒吧玩的游戏，他们会拿酒钱做彩头。

论文刊载在一九七八年第一季度的《组合数学杂志》上，位置比较靠后。安迪特是在星期一快到傍晚的时候看到的。在数学系存放文献的小休息室，他盯着杂志上印得模糊不清的几页纸看了好久。塔楼敲响了整点的钟声，但他根本没听见。有人走进房间，倒了杯咖啡又离开了。安迪特翻回到论文的第一页，又仔细看起来。

埃尔德什在文中提到了一种方法，他可以借此判断出对手玩家在游戏中变换方向的可能性。安迪特闭了会儿眼睛，然后又看了一遍论文。

就是这个。这就是突破阿本德罗特防御的途径。他啪地合上杂志，把它放回书架原来的位置，又四下里瞧了瞧，好像干了什么坏事怕被人捉到似的。

又一个屋顶，又一个证明

现在他开始搜寻。他要搜寻的战利品是具有指导意义的理论实例。到了办公室，他会把前一天的笔记从桌上清空，然后利用上午的时间苦思冥想——在脑海中构建起一个形状可能得花掉三到四个小时。下午的时候他就画图，靠绘画的过程把构思出的形状牢牢地记在脑子里。起初，他试图想象出一种有可能推翻自己从埃尔德什那儿学到的途径的形状，但后来他发现这些形状无一例外都存在着缺陷，便开始转而想象能够支持这一途径的例子。他家里的床头柜上总是放着纸笔，万一半夜想起什么就可以随时记下来。

接连好几个月，他都在不停地搜寻。也许还得再苦干三年才能完成证明，或许四年——那又怎么样？在一生中解开两个重大的数学难题，这将让他登上职业生涯的巅峰。他请一个女秘书帮忙买了五六箱实验室用的笔记本。笔记本送来之后，他在本子的封皮上逐一编号，然后在页面上画出某些理论图形的各种变化形态——用他能想到的所有赫加德分解和环面分解方式，去分解不同的三维流形。

接下来，他开始慢慢地在环绕猜想的护城河上架桥，最初用的是反证法。这项工作非常单调乏味，但只有过了护城河才能爬上城堡的高墙。一天之内他就能画满一个笔记本。工作时他觉得身上暖洋洋的，暖意能一直蔓延到双手和双脚，仿佛他是在从事剧烈的体力劳动，而不是连续几个小时端坐在办公桌前，一动不动地考验自己的忍耐力。他总会开一扇窗户透气。不过有时他还是会激动得喘不过气，起初是因为他觉察到自己正渐渐向护城河的边缘靠近，后来则是因为他开始跨越这条河。他坚持不懈地工作着。他把编了号的笔记本放进编了号的文件盒，然后再按照数字顺序把文件盒堆在办公室空着的几面墙边。他不像某些略逊一筹的同事，得靠着自己画的图形来思考，但他知道自己今后还会用这些图形做参考——再过一年或者五年，等到他翻过高墙，进入城堡。

奥尔加·帕特里诺娃的公寓在地下室，暖气片的温度设得很低，她在家里也得穿毛衣。但她总在毛衣底下穿一条赏心悦目的紧身裙，里面还有件样式古怪的手缝内衣，这件布尔什维克风格的内衣现在可是他的心爱之物。内衣从膝盖到胸部之间是厚厚的灰色羊毛，但边缘处都点缀着波浪形的黑绸花边，看起来简直像出自巴黎的服装店。

他的研究起死回生了，这让他欲火中烧。

他总在下午去看她。到她的公寓得下一段台阶，她会站在门口迎接他，两手搭在屁股上，毛衣下面的双乳挑逗而又嗔怪地挺得老高。这难道只是他的想象？他们坐在冰箱旁那张从便利店买的小桌子旁，喝上两杯波旁威士忌，然后把椅子拖到房间中央，等着阳光照进来。她的手上有茴香的味道，头发的颜色也让人觉得不太真实，但那种骨感的美总会让他心动。两点半左右，等到阳光和波旁威士忌让她暖和起来，她就会眯起双眼。

上床时她喜欢说话，事前和事后都会跟他聊几句。他刚喝过威士忌，也并不反对这种出于礼貌的交谈。她先得一本正经地和他谈上几分钟苏联政治或是理论数学，就像其他女人谈起玫瑰花或者房子那样，然后才允许他上下其手。她似乎把这些时刻视作对自己意志的考验。她说话的时候，安迪特会轻轻地用两根手指一点点掀开她的裙摆，露出内衣带花边的部分，就像个从生日蛋糕周围一根根把蜡烛拔掉的小孩。然后他会开始亲吻她内衣的褶边。她觉得这个举动很有诱惑力。开始做爱的时候她不再说话，还会像扑倒猎物的母狮一样猛地翻到他身上。她始终大睁着双眼。安迪特喜欢闭着眼睛，不过每当他睁开眼睛的时候，都会看到她在上面瞪视着他，黑色的瞳孔像停转的陀螺仪一样凝滞不动。这模样也很像狮子。他禁不住想，她的眼神其实是一种控诉，即使在她俯下身子压住他，像被项圈拴住的野兽似的紧紧绷起肩膀的时候。

过程本身非常热烈。像是一场你来我往的网球赛，又像是盛夏时节的田径运动会，总之是那种在光天化日之下、在竞争对手之间进行的比赛。廉价的床垫颠动不停。她喜欢再做一次，他一般也都能满足。波旁威士忌就是他的燃料。中场休息的时候，他在厨房柜台边倒酒，她躺在床上喘息。被汗水濡湿的身体闪闪发亮。颀长的脖颈。丰满得叫人吃惊的乳房。他会再喝掉一杯威士忌，然后回到床上。比赛在她毫不停歇的凝视下继续进行，那双眼睛从不休息。有时他们甚至还会做第三次，勃发的情欲让她的眼神先是变得锐利，随即又迷离起来，但即便在此时，那双眼睛还是不停地控诉着：他是个混蛋；他只是在利用她；他不关心任何人。

当然，他自己很清楚：这些控诉全都是对的。

安娜贝勒·迪特迈耶则会在迪特迈耶宅邸供用人出入的门边迎接他，两眼水汪汪的，套着一身好脱的衣服。厨房里已经备好了午餐。铸铁罐子里热着香气浓郁的炖菜，旁边是两只撒了欧芹的碗。热过的面包上盖着一块亚麻方巾。迪特迈耶夫妇有两个女儿，一个五岁，一个九岁，但他们住的房子光二楼就有六间卧室，再上面还有整整一个顶层。屋后有一大片森林保护区。靠着森林的掩护，他从镇上的停车场后走进林子，然后像间谍似的从靠近房子的另一头钻出来，对面就是遮住迪特迈耶家车库后门的那棵美洲落叶松。安娜贝勒喜欢让他在上午的时候过来，就在两个孩子上学之后。除了森林和落叶松枝条外缘之间几英尺长的草地，他走的整段路线都十分隐蔽，不过他还是会穿上大衣，戴着墨镜。她丈夫几乎每个星期都要出门旅行。

房子里靠墙的地方到处摆着书架，不光是图书室和书房，连起居室、厨房和每个卫生间里都有。在安迪特看来，这种布置让整个一楼变成了一幅杂乱无章的几何图画。图画中成千上万本书的彩色书脊在不经意间形成了各种颜色的庇护所——这一片大都是绿色，那一片大都是红褐色——随机的图案常常会产生这样的效果。其实，书房里摆放数学书籍的架子上——叶夫根尼·迪特迈耶也教计量经济学——恰恰就有关于此类随机图案的专著。这些专著的标题让安迪特觉得很开心。

安娜贝勒对数学一无所知。不过她爱喝波旁威士忌，自从他们在镇上第一次见面以来，他们就经常在她家喝这种酒。孩子们去了学校，他们俩可以一起懒洋洋地躺在二楼那张奢华的欧式大床上。光二楼一层就有三间客房，但令他惊讶的是安娜贝勒却喜欢待在主卧，尽管那儿的梳妆台上摆着一只装满各式袖扣的碗。

他也纵容着她的偏好。主卧的宽度和整栋房子相同，从房间的两边望出去，除了森林什么都没有。因此，事毕后他就可以从容地起身，远眺窗外的风景，宛如坐拥大宅的男爵。

在这样的时刻，他的脑海中一片平静，整日缠身的工作总算能消失片刻。他觉得安娜贝勒就像个避难所，只要有可能，每个工作日的上午他都会到她那儿去躲一躲。

她有点任性，算不上特别聪明——不过这只是就普林斯顿的标准而言——但不论什么时候都非常慷慨大方。

作为情人，她略有些拘谨——也许这跟她在牧场长大有关——而且和奥尔加一样，她也需要话语的交流。不过，安娜贝勒谈话的主题永远都围绕着他。他的工作。他的计划。详细地讲述他付出的各种努力，不光是在专业上，也包括日常琐事。这个习惯让他想起了克莱·韦尔斯。她好像总是在不停地调整他，让他去适应某种目标，可那个目标不知怎的却变成了她自己所追求的东西。

在床上，她喜欢以俯卧的姿势开始。他会先隔着裙子亲吻她脊背的中央，一边回答关于他生活的各种问题，一边慢慢移向邻近的区域——光滑的肩胛，弯弯的、湿润的后颈，还有从他解开的内衣两侧袒露出的炽热双乳。她的皮肤带着薄荷的香气。他在背后移动的时候，她还会接着问问题。直到他的回答全变成了含混不清的咕哝，她才会闭上双眼，抬起手去抚摸他的头发。她真正兴奋起来之后才会安静下来，轻叹一声，换成仰躺的姿势，就像一只在落叶上翻过身子的母鹿。

他简直太喜欢那张床了！叶夫根尼·迪特迈耶出国非常频繁，总是东京、苏黎世、伦敦、萨格勒布地到处跑。叶夫根尼喜欢抛头露面，是魅力十足的公众人物、备受推崇的宏观经济学家，也是炙手可热的国际政治顾问。有一天下午，安迪特在此人的厨房翻看《普林斯顿日报》时发现，这家伙竟然也常常被称作诺贝尔奖的候选人。

诺贝尔奖！

这就是普林斯顿所能带给你的。这个事实让他性欲勃发。

有一天快到午餐的时候，他从卧室的侧窗瞥见迪特迈耶家的两个女儿背着书包，咯噔咯噔地跑上了前门廊的台阶。安娜贝勒听到动静，惊呼一声从床上坐了起来——她忘了女儿那天参加研学旅行，会提前放学。她慌慌张张地在壁橱里翻找外套，而他边穿衣服边冲出卧室门，从屋后的另一道楼梯匆匆跑了下去。

从那以后，她就坚决不肯让他在上午十一点后过来。不过这倒不成问题。事实上，这反而让事情变得更简单了。那一天他发现，如果他沿着对角线穿过森林，从足球场旁边的树丛里钻出来，就有时间先到克里普酒吧喝上一杯提神的东西，然后在下午的阳光照进奥尔加·帕特里诺娃家的窗户之前赶过去。

时间与机会

然而，正如研究工作变幻无常的特性一样，他的乐观态度很快也开始消减了。大多数早晨，他醒来的时候都已经把当天要做的事设想得清清楚楚了，但他逐渐意识到，这种满怀希望的新状态也表明自己很焦虑。焦虑让他深感疲惫。

现在，他待在普林斯顿的时间已经超过了在伯克利的。每年九月的联谊会上，新来的教师都会按照惯例请迈洛为他们画像，这个做法似乎已渐渐成了数学系欢迎仪式的一部分。他把展示画技当成一种玩笑：他会抬头端详请他画像的新任助理教授的脸，再低头看看画纸；然后又抬起头看看脸，再低下头看看纸，与此同时不停笔地画起来，直到把一张完美无缺的肖像画递给对方，具体内容得取决于这位新人的研究对象——笛卡尔、帕斯卡，或者是格罗滕迪克[1]。法恩楼里有五六间办公室的墙上都挂着这种用

1 Alexander Grothendieck（1928—2014），著名数学家，其创立的概型理论奠定了现代代数几何学的基础。

镜框装裱起来的肖像。

他不停地工作。在校园中漫步的时候，他总是在为那些从埃尔德什的论文里学到的东西发愁，仿佛肋部受伤的人不停地用手指拨弄伤口。现在看来，对于他向阿本德罗特猜想发起的最后攻势而言，埃尔德什论文的结论恐怕也和他看过的其他十几篇论文一样，起不到多少关键性的作用。但这还是让他备受打击。虽说无法言明，但他能肯定，论文中埋藏着某种线索。数学的本质就是如此。你照着某个预感的指引不断挖掘，直到最终证明你的预感究竟是对是错。目前为止，他还无法判断。

与此同时，他在克里普酒吧交到了一个朋友。德威特・特雷德，以前也是数学系的老师，后来不知是没能获得终身教职还是主动辞了职，如今在工程学院当装配工。这对安迪特来说并不重要。重要的是（至少一开始是这样）特雷德爱喝酒。特雷德出身于东海岸的贵族家庭，相貌俨然是一位戴着白色假发的殖民地总督。不过，他这辈子总是无法摆脱毒品、酗酒和种种见不得光的交易，其后果就是嘴里两颗断掉的大门牙。和安迪特一样，他到克里普酒吧喝酒时也穿西装。不过和安迪特不同的是，他那身西装已经穿得油光发亮了。他在普林斯顿火车站附近有一所破败的大房子，里头堆满了各种各样他买来或是准备卖掉的破烂儿。大多数晚上他会一直喝到酒吧打烊。安迪特开始跟他一起消磨时光。

关键在于，安迪特可以跟特雷德聊阿本德罗特猜想。为什么非得解答阿本德罗特猜想？全世界能理解这个问题的人最多恐怕也不过十几个。然而，迷迷糊糊的酒鬼特雷德偏偏就是其中之一，酒吧的侍者每次都得先收了钱才肯给他斟酒。简直是荒谬。一个流浪汉，在这家距离安迪特办公室半英里、工薪阶层出入的下等酒吧。没错，他是个数学家；没错，以前也是数学系的；没错，据称此人的埃尔德什数[1]是2——照这么说的话，安迪特的埃尔德什数就是3——但他终究只是一个有一天在酒吧碰巧坐到安迪特旁边的人，衣衫不整，几乎一言不发。

在克里普酒吧，安迪特会先简单介绍一下自己当天的工作，有时还会在小小的餐巾纸上画出图形，特雷德在旁边听着，留意安迪特在论证过程中有没有做出任何毫无根据的假设。整个过程都伴随着双份威士忌，不加冰。安迪特付账。特雷德喝起酒来抵得上两个他，但安迪特还是甘愿掏钱，因为他发现这位朋友的分析很有帮助。有时甚至是一针见血。在任何情况下，阅读一篇数学论文都是很困难的事，而要对另一位数学家的思路进行即时分析，这简直绝无可能。但特雷德能够办到。有时候安迪特觉得他真是个天才。

此外，特雷德对自己的进步似乎也毫不在意。数学家们庆祝成绩的时候，总喜欢说他们是共同付出努力的——像埃尔德什那样擅长与别人合作的大人物更是深受全世界数学家的爱戴——但安迪特从来不愿参与任何形式的合作。他要完全凭借自己的力量来征服阿本德罗特猜想。如果有朝一日能取得成功，他才不会和任何人分享这份荣誉。

安迪特谈论问题的时候，特雷德总是塌着腰坐在他旁边的凳子上，微张的嘴唇间露出一颗断掉的牙齿，瞪着吧台的边缘发呆。看样子他好像什么都没听进去。然而，迈洛的讲述中只要出现哪怕一丁点儿在数学上不够严谨的迹象，他都会立即抬起头，血丝密布的双眼里闪动着精光。他甚至都不需要开口，他的表情就够了——此外，安迪特自己也有类似的天赋，即便是再细微的逻辑

1 Erdös number，数学界习语，用以表示与数学家埃尔德什合作的密切程度。如某位学者的埃尔德什数为1，表明此人曾直接与埃尔德什合作发表论著，以此类推，某位学者的埃尔德什数为2即表明此人曾与埃尔德什数为1的学者合作发表论著。

谬误他都能感应出来——他的表情足以指出错误所在。两人下一次见面的时候，安迪特肯定已经对错误做出了精心的修正。

但特雷德从来都没提过合作的事。他从来没提过要跟安迪特合著论文。

特雷德还有一个特点：等到两人再次见面的时候——通常是一两天之后——他已经把上次讨论的事情忘得一干二净。这是特雷德身上深受安迪特欣赏的另一种品质。

春季的一天，克努森 · 海伊打电话到他家，让他去办公室一趟。当时已经快到傍晚，安迪特本来不想回学校，但最后还是答应了。他一到法恩楼，海伊就走到酒柜旁边，倒了两杯加冰的苏格兰威士忌。安迪特刚才在克里普酒吧打发了几个小时。“工作进展如何？”海伊开口问道。

“还是老样子。有什么事不能在电话上说？”

“安迪特，我觉得有些事情最好还是当面谈。请坐。”海伊的脸绷紧了，朝门口瞥了一眼，“我并不情愿开这个口，所以请你听仔细了。我希望最好只讲一遍。”他似乎组织了一会儿语言。然后他用平稳的语调说道：“但愿你没有和帕特里诺娃教授乱搞。”

安迪特回望着他，表情没有丝毫变化。

“你务必要明白，”海伊接着说道，“要是真有什么事，国务院准会要我的命。她丈夫是苏联空军的一名上校。这个情况你了解吗？”

“嗯，我知道。”

“你有没有跟她乱搞？”

“我什么？”

“你有没有跟她乱搞？”

安迪特晃了晃酒杯里的冰块。喝苏格兰威士忌他不喜欢加冰。

“怎么？”他说，“你担心她是克格勃？”

“我得提醒你，奥尔加·帕特里诺娃是数学系邀请的贵客——国务院那边就更不用说了。郑重起见，我这是在警告你要谨慎处理和她的关系。你在跟她乱搞吗？”

“我还以为你只打算问一遍呢。”

“迈洛，我再强调一遍——我是在警告你。”

“好吧，我希望只需要回答你一次，”安迪特说，“所以请你听好了。”他意识到自己醉了，头晕乎乎的，还憋着一肚子火。他从酒杯里挑出冰块，扔进了垃圾箱。然后他一口喝干了剩下的一点威士忌。“有，”他坐回椅子上，说道，“我确实搞了她。我搞过的女人里她算不上最棒的，不过也相当不错了。说实话，确实蛮有搞头的。”

“上帝啊。”海伊的下巴直抖。

“可别告诉我你很吃惊。”

“我的确很吃惊。我都不知道该说些什么。”

然而，吃惊的其实是安迪特自己——她从没告诉过他自己已经结婚了。

你永远理不顺椰子上的毛[1]

研究进入了第五个年头，他的精力显然在逐渐衰退。现在，早晨喝的酒往往会让他觉得疲倦，而不是精力充沛，有课的日子里，他吃过午饭就得回家小睡一会儿。在这样的下午，他有时干脆就不回办公室，直接去找德威特·特雷德。

证明悬而未决的部分仍然十分艰难——简直让人望而却步。他觉得自己现在发起的进攻变得更灵活了——他的方法已经从单纯的想象变成了想象与计算兼顾——但不可否认的是，他的工作中出现了某种重复的迹象。不知为什么，有条不紊的工作方法本身已变成了一种目标。越来越多的规划和绘图。仿佛他只要不停地规划、绘图，哪怕只是做上一小会儿，他就可以井然有序地完成几个步骤，而无数这样的步骤最终总会让他得出证明。就像是独自用小推车搬运满满一卡车碎石。他知道这么做很可笑。他知

1 代数拓扑学中用以说明毛球定理（Hairy Ball Theorem）的著名例证。我们无法把椰子这类球体表面的毛全部梳平理顺，毛必然会在某个点上堆积起来。

道自己指望福至心灵的想法是异想天开，那样的福气光靠笨办法是招不来的。还得靠才气。好运。片刻间闪现的、神奇的想象力。这些他全都需要。但他毕竟和所有的凡人一样，无法召唤它们。迈洛沉默不语地坐在办公桌前，只希望某一天他需要的某种东西能够悄然来到身边。他意识到，自己所要前往的彼岸有可能永远无法到达。

直觉——他需要的就是这个。他的直觉总是很管用。

他偶尔还会想到第谷 · 布拉赫，以及他所处的时代。当时，科学领域中任何说得过去的探索似乎都能得出重大的发现。太不公平了。他知道汉斯 · 博兰绝对不会容忍这样的胡思乱想，但他却总是禁不住用一个念头安慰自己：他生错了时代。

与此同时，他办公室里的光线开始变暗了，而他自己却几乎没觉察到。这种变化起初还挺奇妙，后来就有点令人讨厌了。他注意到窗外的那棵铁杉长得越来越茂盛。有一天早晨他拉起百叶窗，发现铁杉的枝叶已经高过了他办公室的房顶。他买了一盏台灯。后来又买了一盏。但电灯的光线给不了他所需要的感觉。高高堆起的纸箱遮挡住了他视线的下半部分，整个房间都充斥着纸箱内容物的气味——成千上万张满是手绘的假想图形的纸页，悄无声息地躺在纸箱里度过了一个又一个潮湿的夏天。墙边的一个角落，他的笔记本已经堆到了屋顶。

一天傍晚，他正在办公室工作，又被敲门声打断了思路。他把门开了一道缝，发现海伊站在门口，一脸意味深长。安迪特知道，上次谈话时他对海伊非常无礼，但具体细节他已经记不清了。“啊，”他说着敞开了门，“海伊主任——你又亲自来啦。”

“真有点难以启齿，”海伊摘下眼镜，揉了揉鼻梁，“不过我得请你帮个忙。”

“我当然会帮你的忙，克努森。”

海伊又把眼镜戴上了：“迈洛，你没事吧？”

“我挺好的啊。没事。”

“五角大楼需要我们的帮助。”

“你说什么？”

“五角大楼。军方需要做战时情况的模拟。轰炸机和战斗机交战的情景。他们请我们在军方真正投入力量之前，先做出理论上的情景模拟。其实就是关系非常重大的风险收益分析，他们需要一个统计、代数都很强的人来做这件事。我在普林斯顿的这些年里，他们对我们一直很关照。”

“一个小小的*博弈游戏*。”

“完全正确。”

“也是个小小的*交换条件*。”

“也许吧。不过这事我想让你来做，迈洛。他们急着要结果。虽说并不属于你的领域，不过你有这本事，而且动作快。估计你两天就能做出来。你父亲以前在军队干过，对吧？”

“对。海军。”安迪特考虑了一会儿，“克努森，你这是在考验我吧？”

“我考验你干什么？只是想请你帮个忙。这个活儿得找咱们系里的人。我敢肯定，你的某些同事对这种合作会有不同意见。说不定你也这么想，谁知道呢？当然，想不想做完全由你自己决定。”

“真的？”

“当然。”

“如果是这样的话，”安迪特说，“我愿意做。”

第二天下午他走回家时带了本小册子，封在标着**机密**的信封里。小册子上是需要模拟的情景。得保密。一架携带数量有限的弹药的轰炸机与一架战斗机交火，而战斗机上挂载的火箭弹只够发射一轮。博弈论。他花一晚上温习了冯·诺依曼和摩根斯顿的著作，然后暂时把阿本德罗特猜想放到一边。感觉就像是在长途跋涉之后脱掉了靴子。

他先在脑海中设想出各种各样的可能性，再把它们分解开来。他为轰炸机设定了几种不同的情况：连续射击、间歇射击、远程攻击、抵近攻击。模拟的过程竟然很有乐趣，这让他非常意外。他一直干到第二天早晨。

那是他长大成人之后几乎从未体会过的乐趣。两天之后，在海伊的办公室，他把十几张打印稿放到桌子上。工作期间他基本没怎么睡觉。海伊拿起第一页纸，用手指点着开头的段落，边看边轻声读了出来，这是他思考问题时的习惯。

1. 初步判断。在设想的交战情景中，取胜前提为：

$$V(x, p)=A(x)\Phi(x,p)$$

其中：

$$\Phi(x, p)=e-\int_{o}^{x}p(y)\mathrm{r}(y)dy$$

他接着又仔细看了其余的内容，没再出声。看完之后，他站起身走到酒柜旁边，倒了两杯不加冰的苏格兰威士忌。“谢谢你，安迪特，”他说，“你办到了。”

“好像是这样。”

“顺便说一句，你的气色也很不错。好久都没见到你气色这么好了。有点疲倦，这是自然的——但很开心。看起来你好久都没有这么乐在其中了。我说的对吗？”

“只是帮你的忙。”安迪特回答。

不过，那天下午回家的路上，他又琢磨起了海伊的话。你好久都没有这么乐在其中了。真的是这样，不是吗？这么多年来，他终于又一次感受到了数学本身的乐趣。

那年春天他到帕罗奥多出差,《纽约时报》派了一位记者来采访。当时他在斯坦福大学参加"杰出学者讲坛"系列讲座,刚发完言她就找了过来。他注意到,《纽约时报》报道数学新闻时就像报道国家大事或场地赛车一样——都是为了向读者群传递某种暗示。杂志通常会派负责人文类新闻的记者来做这类报道。不过这位记者——她是个神情严肃的年轻女人,穿着灰色条纹的西裤套装——似乎真的对他所说的话很感兴趣。她提出要做一次专访。

她叫特尔玛·纳斯特鲁姆。当天晚上她走进旅馆酒吧准备向他提问的时候,脸上完全没有讲座现场的严肃神情,看起来也没那么年轻。她换掉了西裤套装。

"你的名字很美。"侍者刚离开他就说,"听起来像是一种花。来自中西部的娇柔花朵。"

"其实是斯堪的纳维亚的一种速生杂草。"她回答道。她掏出小本子和钢笔,喝了一大口马天尼酒。"那就开始吧,"她说,"数学家们每天都忙些什么?"

"显然大家都喜欢问这个问题,"他答道,"我们整天都忙着思考。"

她搅动了一下鸡尾酒,挑出杯中的橄榄含进嘴里。

"还有喝酒。"他补充说。

她在本子上记了一句。"一边喝酒,"她说,"一边吸收知识。"

他喜欢她。

采访开始几分钟后她问道,他觉得马洛什猜想能让自己获得诺贝尔奖吗。她拿起小本子,微微一笑:"去年秋年我采访过你的一位同事。叶夫根尼·迪特迈耶。"

安迪特极力控制着脸上的表情。

“在他获得诺贝尔奖之后。”她又说了一句。

“对，对，我知道。这事我很清楚。”他又朝侍者指了指他们的杯子，“诺贝尔奖中没有数学奖。”他尽可能把话说得像汉斯·博兰一样简练。他恼火地意识到自己已经喝醉了。但他也想拯救这个夜晚。

“哦，这我还不知道呢，”她回答说，“为什么不设数学奖呢？”

“有人说是因为阿尔弗雷德·诺贝尔妻子的情人是个数学家。”

“这样啊——应该是个很充分的理由，对吧？”她又在本子上记了一句，“但肯定有地位相当的奖项。数学界最具吸引力的大奖是什么呢？”

“菲尔兹奖。”

“这么说的话——你证明了马洛什定理，很有可能获得菲尔兹奖。你觉得自己会不会获奖？”

“不是没有可能。”

“啊，”她说，“双重否定。”侍者来了，她爽快地喝起了第二杯马天尼。她举起四面体形状的酒杯，微笑的脸透过杯子被折射成了三个。

“没错，”他说，“不过，对数学家而言，双重否定是一种可以接受的命题。”

“负负得正，我说得对吗？”

安迪特笑了：“说得太对了。最起码在单位元为 1 的运算中是这样。”

这句话她也记在了采访本上。然后她说声抱歉，去了洗手间。回来的时候，她的毛衣搭在了胳膊上。他看着她把外套挂上椅背。她的年纪比他想象中要大几岁，但身材依然保持得非常好。

后来在旅馆的房间里，她说自己跟两位普利策奖得主上过床。“但跟菲尔兹奖得主还是第一次。”她说。

他从床上爬起来，往自己的杯子里加了点酒："我还没拿到奖呢。"

"那又怎么样？"她说，"他们当时也没拿到。"

毛病是那年秋天开始出现的，只有短短的一瞬间。有一天早晨他步行去上班，经过了一盏灯罩掉落的路灯。他抬头一看，灯泡的光芒突然爆炸开来，变成了一圈由冒火的星星组成的耀眼光环。他眨了眨眼再看，灯泡却恢复了正常。

那天晚些时候他望向办公室窗外，发现一辆自行车的挡泥板也出现了同样的情况。一瞬间，挡泥板变成了一个熊熊燃烧的、由无数个顶点组成的多边形，火焰吞吐不定。紧接着又恢复了正常。

"坐，安迪特。"

"又不打电话了？"

"恐怕是这样，"海伊说，"这次我要告诉你的事也不能在电话上说，我的朋友。"

我的朋友。安迪特坐到办公桌对面的椅子上，接过一杯苏格兰威士忌。海伊又没给他加冰。

"顺便说一声，我已经原谅了你和帕特里诺娃女士之间的事情。"海伊说着拧好瓶塞，把瓶子收进抽屉，"当然了，你对她做的事是不可原谅的，不过我们谈话时你的态度我就不再计较了。这件事过去了。"他紧紧抿住嘴唇，拽掉了袖口上的一个线头，"迈洛，那是去年——我们在办公室谈话的时候。"

"克努森，你需要什么？"

"我这个人很实际。我不会让别人受煎熬。我做事都是为系里着想。"

“对，我知道。”

“帕特里诺娃女士的事，我帮了你一个忙。”

“五角大楼那件事我也帮了你的忙。这样咱们就扯平了。”

“确实如此，迈洛。确实如此。”他又揪掉了一个线头，然后交叠起双手，“请你过来，是想告诉你一件事：系里刚得到一笔捐赠。非常优厚。”他往前一倾身，“甚至可以说，简直优厚得不像话。这笔资金将用来设立一个新命名的分支机构。玄氏实验数学分部。这将是我们系全新的一个分部——当然还归我管辖，不过是新的。玄万植是韩国汉城玄氏电气公司的老板。公司现在还开到了新泽西州的卡姆登。他本人是几何学家。”他恰到好处地笑了笑，“说真的，他本想把这个分部命名为玄氏电子分部[1]来着。不过捐赠部有人向他说明了这个问题。”

安迪特轻声一笑。

海伊朝着酒杯一扬手：“再加点？”

“好的，谢谢。”

“迈洛，你是系里考虑的分部主任候选人之一。”

“我连终身教职都还没拿到呢。”

“你会拿到的。”

“克努森，我从事学术研究以来只解开了一个猜想。”

海伊举起了他的酒杯：“但这个猜想很了不起，迈洛。”

“好吧，谢谢夸奖。”

“不管怎么说，这事我说了算。他们给了我这种自主权。你知道，我说的可是提前评上终身教授，还有升职。在系里担任一个分部的主任，还有一大笔新拨的基金。”

安迪特坐直了身子。

1　原文为 Hyun Electrics Chair，Electrics Chair 也有电椅的意思。

海伊放低了声音："最近你在研究什么？"

"还不是该死的阿本德罗特猜想。"

海伊往椅背上一靠，吹了声口哨："乖乖，看来没人能指责你有轻言放弃的毛病。"

"没错。"

"不过，跟我说说，你接近了吗？"

"接近什么，克努森？"

"别不好意思。玄教授肯定很乐意看到某个得到证明的猜想能挂上自己的名字。某个伟大的、著名的猜想。"他举起了杯子，"比如阿本德罗特的最后一个猜想。"

安迪特不慌不忙地盯着他。"可能吧。"他答道。

"再过一年？"

"也许吧。"

海伊端详了他一会儿。"我得告诉你，"他喝掉杯子里的酒，继续说道，"系里有人反对。"

"哦。"

"他们觉得你——让我想想，该怎么跟你说呢？"他低头瞧了瞧办公桌上的一沓纸，"态度粗暴。傲慢自大。这两个词我都听到过。"

"你想让我怎么回答？"

"我不想让你做出任何回答，安迪特。只是把情况告诉你而已。我在做决定时会碰到这样的困难。知道吗，其实你可以帮帮我。"

"我怎么样才能帮到你呢？"

海伊放下杯子，摞齐了那叠纸。"首先，"他说，"你的行为举止可以稍微礼貌一点儿。"

那个星期快结束的时候，他的信箱里有张字条。办公室用的粉红色便笺，是叠起来的，最前面写着海伦娜·皮尔斯姓名的首字母。电话留言旁边的小方框上打了个勾。来电者：厄尔·比特曼教授。

那个兔崽子已经当上教授了。奇怪，他根本都没听说。

他打开便笺纸，看到了电动打字机打出的黑色字迹：

不幸的消息。汉斯·博兰去世了。

生前嘱咐要告知你。

天哪。他到现在仿佛都还能听到老头闷闷不乐的声音。他把胳膊撑在信箱上，恍然觉得自己又和老头玩起了唇枪舌剑的游戏，像骑士比武一样你来我往，毫不留情。他的导师虽然已经死了，还是用长矛给了他沉重的最后一击。他摇摇头，转向了墙壁。

他身后办公室的门吱呀一声响了。他还站在那儿盯着墙发呆，这时有只手轻轻拍了拍他的肩膀："安迪特教授？"

她已经好几年没这么和颜悦色地跟他说话了。

"我没事。"

"安迪特教授——"

"真的——我挺好的。"

脚步声退开了。片刻之后，一盒纸巾递了过来。他抽了一张。

"我知道，他在你心目中肯定非常重要。"

"是的，是的。是这样的——我简直不敢想象。"他没想到自己会说出这样的话。"哦，"他说着转过身来，"哦，海伦娜。"

"安迪特教授，其实今天上午我一直在找你。自从接到电话之后。"她眼里似乎闪烁着泪光，"比特曼教授跟我说了，这可能会让你深受打击。不过我估计博兰教授嘱咐过他，去世时要把消息转告你。我知道他病了很久，可是突然间得知噩耗肯定很令人震惊。我很为你难过，迈洛。"

他仔细看了看她：没错，她眼里是有泪水。“我能到这儿来，全都是因为他。”他轻声说。

她冲着他点点头，双手捂住了嘴。

“他的教导一直激励着我继续向前走。”

“迈洛，实在对不起。我不该只给你留个字条。我应该找到你，当面和你说的。发生了这些事，我真的很抱歉。”她把手搭在了他的胳膊上。

他轻轻碰了碰她的手，重新抬起了眼睛：是的，他能看得出来——她的确很难过。不管怎么说他都不配得到这样的同情，但她真的是在为他伤心。

当天下午晚些时候，他家里的电话响了。海伊的声音显得有些简慢：“安迪特，我们需要你马上过来。有很重要的事。”

推开系主任办公室的毛玻璃门时，几张惊讶的面孔抬起眼看着他。是系里资历最深的九位老师，坐在造型典雅的橡木会议桌周围。

海伊从桌子上首的椅子站起身：“我以为你会敲门。不过还是得谢谢你，这么快就赶来了。”

得到博兰去世的消息后，安迪特整个白天都待在克里普酒吧。他们那儿的波旁威士忌不知怎么卖完了，上的是黑麦威士忌。现在他感觉周围黑乎乎的。黑乎乎，紧绷绷，就像是被装进了麻袋。海伊说了几句话，但他过了一会儿才明白，房间里的几张面孔在等着他做出回应。窗户上的光芒分解成了一排排交错排列的棱镜。“哦，我没有。”他说着别开了脸。

一片沉默。有几个脑袋四下张望着。

“我没敲门。”他又解释了一下，眼睛盯着地毯。

“好吧。”海伊说。他清了清嗓子，“今天的情况不太寻常。不过呢，系里有些人想和你当面谈谈。我就直说了——你也知道，你被提名为玄万植实验数学分部主任的候选人。当然了，分部主任也将获得终身教职，以及数学系副主任的行政职位。你有什么想说的吗？”

“想说的？”

“想对委员会说的话，迈洛。”

他抬起了眼睛。“先生们，我的工作将会是一流的。”他朝那几张面孔点头致意，然后严肃地说道，“我是个非常棒的数学家，我很感谢你们能给我这个机会。”

海伊露出了微笑。安迪特叠起了双手。他又朝窗户瞥了一眼，发现它们又恢复了正常。他把视线转向房间里那几张熟悉的东欧面孔。坐在桌旁的同事们看起来就像是一艘沉没了的立陶宛渡轮上的幸存者，除了海伊，他是前来搭救他们的北欧轮船的船长。蹩脚英语系——这是学校里的人给他们起的绰号。这一溜人墙的模样出奇地相似，圆滚滚的大鼻子，清一色的闪米特人面孔，半新不旧的运动外套，灰不溜秋的领带。强烈的厌恶之感猛地攫住了他——他憎恨他们所有人。

他站在那儿，极力想摆脱这种感觉，却突然间意识到了一件显而易见的事：他们也憎恨他，而且恨意同样强烈。在书籍组成的杂乱背景中，一张张面孔变得鲜明起来。无足轻重的专横人物，一心想往上爬的无耻之徒，再怎么努力也注定是二流货色——每个人都是这样。而且他们都想把他彻底毁掉。这个念头变得越来越强烈。一句话从他嘴里迸了出来：“阴险的目光阻挡不了我。”

“你说什么？”

“你们什么都不是。坐在这张桌子旁边的全是他妈的一帮废物。”

有人笑出了声。然后整个房间陷入了沉默。窗户又放射出了一片闪烁的色彩。

“咱们就当没听到吧，”海伊说，“请各位尽量不要理会。”

“这恰恰证明了我刚才的话。”有个声音说道。

“安迪特，”海伊说，“我问点具体的事。你最近在研究什么？能不能向委员会介绍一下？”

安迪特又垂下眼睛盯着地毯。那种不祥的预感渐渐消失了。他眨了眨眼：“阿本德罗特的最后一个猜想。克努森，你知道我在研究什么。”

“我这是代表委员会在问。有人提出了一些问题。你还要多久才能给出证明？”

“这个问题很无知。”

“他说得对。”有人说道。

“我的意思是，按照你大致的估计。”海伊轻声一笑，仿佛觉得这番谈话很有趣。他摊开了双手。“迈洛——就是我们几天前在这儿探讨过的问题。你还有多久才能证明出来？”

安迪特又抬起了眼睛。房间还是那个房间。但现在那些面孔有了变化。有人在点头。有人转开了脸。这些细节的意义不太容易解读。他渐渐觉得，也许自己面前的这些人并非敌人，而是朋友。他有可能做出了错误的判断。刚才笑出声的人似乎是几何学家恩里科·佩蒂，接着佩蒂又替他说了话。赖尼·伯茨菲尔德怒气冲冲的眼睛转来转去，但他的怒意针对的显然是海伊。劳尔·肖特科普夫（此人是数学系小有名气的专横人物）一边不由自主地做着计算，一边笨拙地轻敲着短短的手指。海伊自己还保持着微笑。

“只是大致的估计，”海伊又开口了，“安迪特教授，请告诉我们你大致的估计。”

“一年。”他回答道，接着他又说，“也许两年。”

有人吹起了口哨。

“谢谢，”海伊说，“我们需要的就是这个信息。谢谢你专门赶来。”

一只手扶住了他的胳膊肘。有人带着他往外走去。到了门口，那只手松开了。他站在过道里别人看不到的地方，捂住了眼睛。再睁开眼睛的时候，世界又恢复了平平无奇的样子。暗色的地板。插满图钉的软木板。他向前走了一步。收发室的毛玻璃窗户。他意识到海伊还站在身后。他回过头，系主任从门边往前凑了凑，低声说：“迈洛，结果我会告诉你的。”

房间里响起了说话声。有人说：“最肥的猪总能吃到最好的苹果。”

安迪特直勾勾地盯着海伊的眼睛。“我他妈的才不管你们这帮人怎么想呢，”他说，“这些破事对我来说根本就无所谓。”

海伊似乎吃了一惊。不过，他的表情紧接着就变了。“迈洛，这就是你我的不同之处，”他说，“对我来说，这件事很重要。非常重要。”说着他疲惫地带上了门。

“我说不好，”她回答时电话线路里传来了回声，“路很远啊。”

“这对我非常重要。”

停顿。背景里能听到古典音乐的声音。他想象着那张窄窄的床。

“我们各住各的房间，对吧？”

“对，那当然。房间是分开的。”

“我的意思是，如果我答应去的话。”

“对，如果你答应的话。知道吗，系里可能会给我升职。”

“嗯，我听说了。太好了。恭喜你。”

“谢谢你。”

“呃——”她说，“我还是不太确定。”

“飞机上我们也分开坐，不在一排。”

轻轻的笑声。

“海伦娜。”

“我考虑考虑吧。”

“太好了。一切都按你的意思来安排。真的。不用说，所有的费用都由我来承担。”

“我星期一就能赶回来上班？”

“你想待多久都可以。只要你愿意，我帮你在那边多付几天房费就是了。我的意思是，让你一个人多住几天。就当是去度假。我来跟克努森说。我只求你陪我出席一下追悼会，仅此而已。你在加利福尼亚有熟人吗？”

“我不太确定。也许吧。”

“求你了，海伦娜，”他说，“求你了。除了你我还能求谁呢？”

回归均值

伯克利。和他离开的那天简直一模一样。将近六年的时间，在一个完美无缺、超自然的无底洞之中消失无踪。还是那个高声叫卖的街头小贩，还系着那一方红色的扎染印花大手帕。跳起来接飞盘的还是那只黑嘴巴的狗。电报大道上，一排嬉皮士脚穿废轮胎做的凉鞋，伸开腿坐在店门口的水泥地上。海伦娜挽住他的胳膊，跨步从人腿之间走了过去。她穿着一条百褶裙。“我们就打算在这地方打发时间吗？”她说。

他带着她朝班克罗夫特街走去。追悼会还有几个小时才开始。他们在学院大道叫了辆出租车。他在老地方的街角付了钱让司机等着，然后和她一起沿着破败的街区往前走。最后他停住脚步，站在熟悉的窗口向下望。透过两扇黑乎乎的窗框，他能隐约看到一张带流苏的地毯轮廓。突然，他看到克莱·韦尔斯穿着他的T恤从淋浴间走了出来。

“怎么了？”海伦娜问。

“哦，天哪。”

“是这儿吗？你以前就住在这儿？”她侧过身，仰头看了看大楼。

“全变样了。”

他带着她走回出租车旁。这次他们在罗克布里奇区下了车。咖啡馆、三明治店，都和以前一模一样。酸橙玫瑰的窗户上还贴着同一张印度红茶特饮的广告。还是那个肤色苍白的服务生，以前给他们端来土耳其咖啡的总是他。

他为什么还在想她？

他得喝一杯。

在街角的市场，乘着海伦娜去上洗手间的时候，他喝掉了一小瓶酒样。然后他扶着她的胳膊，从克莱尔蒙特区向山上走去。这一带的房子要大一些，蓝色的糖胶树和桉树拱卫在屋顶上方。精心打理的庭院里，一个个柠檬像耳环似的垂挂在枝头。雄伟的悬铃木高耸在所有树木的上方，伸展着大理石般的枝条。“汉斯·博兰以前就住在这儿，”他说，“在其中的一栋宅子里，能看见海湾。”

“他是个什么样的人？”

“其实我也说不清。我始终都没弄明白他是个什么样的人。都不知道他究竟是我的朋友还是敌人。”

“他是你的朋友，”她说，“他一直支持着你。”

“真的吗？”

“真的。”

她加快了脚步。也许是脸红了。安迪特追了上去。街道的坡度越来越陡，他们沉默不语地往山坡上走去，她的高跟鞋选了一条路。百褶裙在窸窣作响。她没有奥尔加那么漂亮，也不像安娜贝勒那么热情，但她身上自有一种不同的动人之处。她的胳膊有节奏地摆动着。

靠近山顶处有个石砌的平台，从那儿可以看到远处的风景。他们坐在一道石块剥落的矮墙上，两个人离得远远的。“跟我说说你自己吧。”他说。

她的脸又红了：“啊，没什么好说的。”

“没关系，就跟我说说嘛。你喜欢做些什么？”

“都是些很平常的事情。”

“比如说？”

“园艺。我那栋楼后面的玫瑰就是我打理的。我有时还会画画。”

“画什么呢？”

“大都是风景。画得不好。真的，大部分时间我都在帮姐姐带孩子。不过我在系里上班时挺认真的。我做什么事都喜欢认真。园艺也是这样。”现在她似乎放松了一点，脸上甚至露出了笑容，“我得照料二十五株玫瑰，还有一棵很少见的芍药。”

“你喜欢吗？”

她抬头看了看他：“我喜欢认真工作，如果你问的是这个的话。我喜欢当一只小蚂蚁。”

他很吃惊。

“真有意思，”他说，“不过，这种想法还是挺可爱的，对不对？”

“什么想法？”

“当一只蚂蚁。放弃其他的一切。”他弯腰系紧了鞋带。坐直身子的时候，他意识到自己说错了话。“那你自己呢？”他说，“你想要自己的孩子吗？”

她正眺望着远处的风景。从这么高的地方，能看到金门大桥的两座桥塔。

“当然啦。”她终于回答。他跟随着她的视线，望向旧金山的一幢幢高楼，还有弯弯曲曲、宛如黑色丝带的高速公路。海湾的水面平整得像一块灰色的黏土。船只在海面上划出一道道浅浅的印迹。这正是让他在马洛什猜想上取得第一个突破的景象，仿佛已经过了一千年。他的论文答辩会。博兰不停地点着头——这样的赞许非常少见。普林斯顿的工作。他闭上了眼睛。

“那你呢？”她问。

“我怎么了？”

“你想要吗？”

他瞪着她。“哦，”他反应过来了，“孩子——天哪，我才不想要孩子呢。”接着他又加了一句，“那么做太残忍了。”

追悼会的时候，她的脸上似乎真的有悲痛的印迹——仿佛失去了生命中至关重要的一个人的是她。教堂窄窄的长椅上，她坐在他身旁，不停地擦着眼睛。

来的人很多。好几百名悼念者坐满了教堂的木质长椅。数学系的人好像全都来了，分散在讲坛最前方十几排用绳子围起来的座位上。这很让人困惑——博兰的确是个大人物，但他的名声并不好，而且脾气非常暴躁。然而，教堂里似乎充斥着无比真切的悲痛之情。从海伦娜身上也能感受到。

安迪特觉得这很可疑。这帮人里面有许多人应该觉得如释重负才对。

他怎么也捕捉不到自己心里的感受。他事先在旅馆喝了几杯，但酒精带来的舒适安逸之感此刻已经消退，变成一种淡淡的、令人恼火的忧郁情绪。一直在他周围盘旋的痛苦终于降临了。头脑深处有个地方在隐隐作痛，他揉了揉脑袋。有一阵子，铺着马赛克的地板仿佛在晃动，他闭上双眼。他突然想到，这儿的系主任肯定已经开始物色能取代博兰的人了。好吧，反正他是不会接受的。普林斯顿还欠他一个终身教职，不管那帮心怀嫉妒的家伙会有多难受。再说还有当上玄氏分部主任的可能性，如果这事儿没被他自己彻底搅黄的话。

还在继续。

一篇又一篇长长的悼词，人们悲痛的脸庞仿佛汇成了海洋，这景象仍然让他困惑。这些人的真实感受究竟是什么？毫无意义感让他在长椅上缩成一团。他们的脑袋里到底在动什么念头，这帮装出一副学者派头的骗子？这帮领带都系不好的贫民？这帮穿着深色衣服的悲悲切切的女人？他把穿着拷花皮鞋的脚搁在膝盖正前方，轻轻拍打着地板。地砖又鼓了起来，接着又平复下去。整个世界都在摇摇晃晃。海伦娜戴着手套的一只手进入了他的视野。蒙着花边的黑色小动物，躺在她的大腿上休息。他伸出手去抓住了它。

在那一刻，他的视线终于捕捉到了一直在寻找的目标。

仪式过后的招待会上，他道了声失陪，把海伦娜一个人留在前面的吧台旁。他到后面的吧台要了两杯波旁威士忌，然后在转来转去的人群后找了个位置坐下来。是的，他没看错：她在那儿，在一架三角钢琴旁边，望着窗外的瓦恩街。换作没那么了解她的人，说不定根本都认不出来：花费不菲的发型，深色的亚麻套裙，脖子上挂着珍珠项链。不过在他眼中她就像这座城市一样，其实没有丝毫改变。

他心想，不知她是不是特意来见他的。

他朝她走去，在几步开外低声说："在这种场合，偶然遇到鬼魂恐怕是预料之中的事。"

她转过身："迈洛？"

"其实我是戈特弗里德·莱布尼茨。带着礼物来的。"

她接过酒杯，亲了一下他的脸颊。“不对——莱布尼茨跟我在一起。我早就告诉过你了。”她笑了起来，“不过看到礼物我还是很高兴。”然后她抬起头，亲了亲他的嘴。

“啊哈。”他说。

她的眼圈周围略有点肿，但没错，除此之外还是老样子。她指了指远处站在门旁边的男人。

“啊，”安迪特说，“他还活着呢。”

比特曼的样子也老了些，而且从表面上看也和克莱一样有了变化。晒黑的皮肤。深色的领带一直拉到领口。但即便是在房间的另一头，这种傲慢的神情也如信号灯一般闪耀夺目。克莱拽住了迈洛的胳膊。两人快走到厄尔身边时，他转了过来，一闪而过的不安表情让那张面孔显得有点僵硬。然后换上了一副笑脸。

安迪特和他来了个兄弟的握手。两个人穿着同样昂贵的西装，不过比特曼油光水滑的头发中已经冒出了几缕银丝。“正中要害。”安迪特干巴巴地说道。

“正中要害，兄弟。”比特曼回答时的语气也同样干巴巴的。

克莱站在他们俩中间，微笑着。

那天晚上在旅馆大堂，安迪特叮嘱了海伦娜一番。她不可以提起任何跟自己有关的事，她的具体情况都由他来介绍。他们只是朋友。她是物理系的，正在读研究生。不行——比特曼可能会问她问题，那她就说自己是艺术史系的好了。她挨着他坐在旅馆中庭舒服的长沙发上，咯咯直笑。他帮她点了一杯夏布利酒。

“我干吗要去学艺术史呢？”她说。

“说实在的，你真的可以考虑考虑。对你有好处的。你说你喜欢画画，对吧？”他一口干掉了自己的酒，“而且厄尔对艺术一无所知。”

片刻之后，他的老朋友来到了街边。造型优雅的欧洲轿车。宽大的皮质座椅。着色的车窗玻璃。和往常一样，比特曼开车还是那么冲动。他在拥堵的街道上不断变换车道，刹车时总是离前车很近。一路上冬天的雨还下个不停。

到了餐厅，手撑象牙柄雨伞的门房陪着他们走进大门。在摇曳着暗淡灯光的休息室，领班侍者接过了他们的大衣。“迈洛·安迪特教授，”他说着鞠了一躬，“您能光临，我们非常荣幸。”

肯定是比特曼打的招呼。讽刺之意显而易见。

刚在桌旁坐定，他的宿敌就急不可耐地介绍起自己职业生涯的种种细节。现在比特曼又换了一套西装，这身衣服的剪裁比他白天穿的那套还要讲究。克莱的两只手腕上都套着好几个闪闪发光的手镯。说不定是镶钻的。安迪特刻意不去看那些东西。在他旁边，海伦娜还穿着参加追悼会时的那身衣服，不过她好歹把头发稍微收拾了一下。现在她束了个高高的发髻。比特曼唠唠叨叨地讲个不停。他在伯克利数学系毕业后，接到了所有顶尖研究生院的录取通知——哈佛、斯坦福、麻省理工、普林斯顿——但后来他改变了主意。

侍者送了一瓶葡萄酒过来，是维加·西西里亚出产的。比特曼尝了一口就让侍者拿走了。桌上出现了另一瓶酒。然后是几道开胃菜——卡西诺式烧蛤、意式蒜烤面包，还有一盘层层叠放的甜椰枣。瞧比特曼的模样，他简直像是被机器拆开来再重新组装过。古铜色的双手。亮闪闪的牙齿。安迪特毫无顾忌地盯着他瞧。他听到旁边的海伦娜一边吃着小碟子里满是蒜末和胡椒香气的热面包，一边低声说话。比特曼从侍者手里抢过新上的葡萄酒，给大家斟了一轮，看起来很满意。一九七一年的拉图红酒。克莱接着讲起了故事。他们是四年前在洛杉矶海角结的婚——“婚礼规模很小。”她看到安迪特瞥过来的目光，又加了一句。然后他们搬到了曼哈顿，厄尔的父亲帮他在迪安·威特公司找了份工作。

安迪特把嘴里的酒吐了出来："股票经纪公司？"

"在那儿只待了不到一年，"克莱说，"现在他已经在派珀·贾弗雷·霍普伍德公司独当一面啦。"

"那是什么？"

"投资专家。都是些极富经验的人物。厄尔负责的是套利业务。迈洛，他们可是花了重金才把他从迪安·威特公司挖过来的。"她打开手包，递给他一张印着公园大道地址的名片，"才五个月，他们就让他当上了头儿。"

"套利？"安迪特问，放下了杯子，"是一种宗教致幻剂吗？"

克莱笑出了声。

"其实呢，"厄尔答道，"还真有可能是。"

"这么说，你不再写诗了吧？"

克莱哈哈大笑，这让安迪特觉得很快意。

安迪特转向了她。"那你呢？"他问。

"我？"她答道，"我怎么了？"

"这些年你都做了些什么？"

"哦，我嘛，从伯克利毕业后我什么都没做。"

"亲爱的，才不是呢。"

"当然是的。"

"首先，你读了研究生。现在你是基金会董事局的成员。还有，别忘了——"

"天哪，"她说，"研究生院简直是糟糕透顶。我的毕业论文都没写完。"她看了看桌旁的几个人，目光最后停留在海伦娜身上，"事实上，我根本没动笔。"

海伦娜怯怯地笑了笑。

沉默了片刻。比特曼说："说实话，那还真的就是诗。"

“你说的是什么？”海伦娜问。

“我的工作。套利交易。既然这位朋友问到了，我觉得它的确就是某种类型的诗歌。如果要归类，我觉得应该是未来主义。不过也有形式主义的特点。它的韵律规则非常明确。”他笑了笑，显然觉得自己很机智，“我们做的工作是权衡其他实体的风险。公司。组织。国家。我们自己无需承担相应的风险。这就是基本的韵律和音节。诗人可以拿他在这世上发现的任何东西当作主题。”他转过身。“我负责的只是套利业务的一个分部。”他对妻子说。“还算不上独当一面，亲爱的。不过说真的，”他举起了酒杯，“金融还真的是一种宗教致幻剂。当代的宗教致幻剂，是从丛林法则中提取出来的。”

“太有意思了。”海伦娜说。

“最肥的猪总能吃到最好的苹果。”安迪特说。

“没错。”克莱说。

“等等，”安迪特对厄尔说，“我还以为你已经当上教授了呢。”

比特曼瞪着他。

克莱突然哈哈大笑。笑声就像是一曲短短的、上扬的咏叹调，以一声压抑的咳嗽告终。

“反正你在电话留言里是这么说的——厄尔 · 比特曼教授。你让我的秘书转达的那条留言。”

海伦娜窘得身子一缩。

“我开玩笑的，安迪特。”他给大家添了酒，“估计你是没看出来。你对笑话的反应总是慢半拍。”然后他举起了酒杯，“不管怎么说，敬汉斯 · 博兰。伟大的数学家。伟大的老师。伟大的人。”

“敬汉斯 · 博兰。”海伦娜低声说。

“我明白了，”安迪特说，“原来你是在开玩笑。真有意思。”

“好了，好了，迈洛。”克莱说。

“你瞧，”比特曼说，“其实呢，现在我经常得雇教授来工作。此时此刻，就有好几位教授在为我干活。他们活像是弹射座椅上的飞行员，急不可耐地要逃离学术界。”说这三个字的时候他拖长了声音，“物理学、数学，还有哲学。任何需要用到严密逻辑的学科——这是我定的规矩。说实话，安迪特，你可以考虑考虑。我们做的可是开创性的工作。”

“那当然啦。”

“加杠杆的衍生产品。无人涉足的领域。”

“听起来太有趣了，简直是精彩绝伦。”

“的确如此，”克莱说，“所以它才有个法国名字。”她喝光了红酒，又自己倒了一杯，“拉图酒庄。拉扎德兄弟公司。套利。凡是有趣的东西全都带着个法国名字，你们注意到了吗？敬汉斯·博兰教会你们两位的所有东西。Tout de quel.[1]”

“够了。”比特曼说道。

海伦娜垂下了眼睛。克莱在傻笑。

“任何一种可能的状态下都不会出现负现金流，”比特曼现在说话的声音很低，他向前倾身，把脑袋偏向安迪特那边，“而且至少在一种状态下会出现正现金流。”

安迪特转动着手指间酒杯的细脚。“换言之，”他说，“就是毫无风险的利润。”

“我的朋友，你得把狗想吃的东西放在盆里。”

“是啊，我的朋友，我估计你就是这么干的，对吧？”

“迈洛，这工作你也能做，”克莱说，“你要是做了厄尔的这份工作，就等于开了家造币厂。”

“不必了，谢谢。”

1　法语，意为“所有的一切”。

“亲爱的，”比特曼说，“你得记住，即便是在我负责的套利业务分部里干，你也得喜欢风险才行。靠着风险你才能发达。看在上帝的分上，风险是金融业的基础。坐在这儿的迈洛不喜欢风险。我们都知道。”

“我还是听不懂笑话。比特曼，这话你以前说过。老生常谈啦。”

“老得像我们俩一样吗，我的朋友？”

“我们俩算朋友吗？”

“哎呀，哎呀。”克莱说。可她也像安迪特刚才那样，在烛光下慢慢转动起酒杯来。“咱们能不能聊点别的？”她拿起丈夫放在桌上的香烟盒，那东西看起来非常昂贵。“瞧瞧这个，”她说着转向了海伦娜，“雕刻很精美吧？”

“哦，是啊，比特曼夫人。确实很漂亮。”

“也许你能看出是哪个艺术家的作品？”克莱把烟盒举到烛光下，“似乎是弗拉·安吉利科？也许是乔托？或者是丢勒？”

“给我看看。”安迪特说。

“其实是马伊塔尼。”克莱说着朝他妩媚一笑。

她把烟盒递了过来，迈洛盯着她。然后她转向了海伦娜。“是奥尔维耶托主教座堂上的雕刻。在翁布里亚。残暴的景象，你觉得呢？”她放低了声音，“可是看到之后眼睛就转不开了，对不对？”

“这得让我来评判。”安迪特说。他从克莱手里接过烟盒，发现那是用一整块银子做成的。盒子上精心雕出的小人在疯狂地交媾，扭动着伤痕累累的身躯。“不就是地狱嘛。”他说着把烟盒往桌子上一丢，似乎对它毫无兴趣，“当时的人整天都在画这些东西。”

“这是浮雕，迈洛。”比特曼说。

这时克莱放下酒杯，盯住了海伦娜。“你也喜欢冒险吗？”她问，“学艺术史是不是挺冒险的？”

海伦娜眨了眨眼。一只烧蛤在她的叉子上冒着热气。安迪特看出这羞辱让她有点不知所措。“今晚简直太荒唐了。”他说。

“好了，迈洛，”比特曼说，“咱们还是换个话题吧。好不好？”他扣上袖扣，煞有介事地斟了一轮酒。“我拜读了你对马洛什定理的证明，”他说，“非常非常厉害。”

“好吧——谢谢你，厄尔。”

“你知道，我还在跟踪数学研究的进展。你的证明太引人注目了。用意想不到的方法解决了一个出名的难题。”他举起了酒杯，“说真的，太出色了。数学界近十年来最为重大的飞跃。不对，还不光是近十年——也许是我们这辈子最重大的飞跃。”

“我很荣幸。”

“你可别这么想，”克莱说着又拿起烟盒，弹出了一根烟，“厄尔想把它推翻。”

“什么？”安迪特说。

“迈洛，每天夜里他都在研究你的证明。他对这事着迷得很。”

“克莱，亲爱的——请你别再说了。”

“亲爱的，可你的确是这么干的。为什么不面对事实呢？不过，见鬼，你绝对不可能在他的证明里挑出任何毛病。”

“亲爱的，你干吗要说这些？”

“比特曼，你真的想推翻我的研究成果吗？”

迈洛的宿敌放下叉子。“爱情和战争都是不择手段的。”他终于回答说。

“总算等到了，”安迪特说，“这句话还有点诗意。谢谢你。”他站起身抓住海伦娜的胳膊，把自己的酒泼到了比特曼的西装上。

回到旅馆，他心头的怒火升腾起来。他很感激海伦娜也在场，感激她陪着他一起逢场作戏，感激她和他一起离开餐厅，陪着他大步走进夜色之中。他想表达自己的感激之情。他真是这么想的。但他的头脑仿佛脱了线。出租车里，车窗玻璃上亮闪闪的雨点弄得他头晕目眩。这会儿在旅馆大堂，他的视线刚落到一只黄铜罐子上，那东西就鼓胀成了一个旋转椭球体。接着旋转椭球体又拉长了。等电梯时他一直盯着地毯。但是电梯总也不来。他走上前，对着花盆猛踹。泥土洒得满地都是。金属门开始放射出一阵阵闪光。

他点了根香烟，猛抽起来。

“你在干什么？”

“我得平静一下。”

她伸手指了指：“你已经在抽烟了。”

“去他妈的。”

“迈洛，你不能在这儿抽烟。”

“我他妈的才不管呢。”

她拉住他的衣袖，低声说了些什么。哦，那张嘴。他凑了过去。那柔顺的秀发。电梯终于来了。还有别的感觉。电缆拽着电梯猛地升了上去。木质嵌板上的疤节形成了风卷云涌的图案，不停地旋转。一股股烟雾自己编织出一张张渐渐展开的地图。他仰起头，把鼻子伸进一张地图中间。到了她的楼层，他们走出电梯，他在她房间门口的地毯上拧灭了烟头。再抬起头的时候，他一下子感觉到了她的体温。他闭上双眼，在她的脖子上亲吻起来。她退开一步，把钥匙插进了锁孔。

“求你了。”他呻吟着说。

“你喝醉了。”

“我没醉。”

他的手朝下伸去，想抓住她裙子的纽扣。

“迈洛，”她说，“我想关心你，我已经尽了一切努力。”她把他推开了，“可是你不要我的关心。你喝得烂醉。”

“我没醉，海伦娜。我只是迷失了。帮帮我。”

她挣脱他的纠缠，从打开的门缝中挤进房间。门砰地关上了。

“求你帮帮我！”他哀号一声，拼命拧起了门锁，“去你妈的！”他大喊着瘫倒在地毯上，“让我进去！”

沉默。

他脱下一只鞋，拿着它在墙上猛敲：“海伦娜，把这该死的门打开！”

过道另一头有个男人吼道：“闭嘴！”

“去你妈的！”安迪特吼了回去，“去你妈的海伦娜·皮尔斯！”他又用鞋子敲起来，“去你妈的，你们所有的人！”

“我要叫警察了。”那个声音说道。

“你给我闭嘴，要叫警察你就快点叫！”

这时，他听到身后的门锁咔嗒一声打开了。海伦娜探出身子，猛地把两手伸到他的腋下，把他拖进了房间。

欢迎见证未来

“嗯，想不想知道你有没有拿到职位？”

海伊没给他倒酒。“你明天打电话告诉我不就得了？”安迪特说着就去拽门把手。

“好吧，迈洛，好吧——是的，你成功了。你拿到了。祝贺你。”海伊笑得很勉强，“任职函就在这儿，一份是我签的，还有一份是教务长签的。知道吗，你真是一点都不让我省心。”

“我的工作又不是让你省心。”

海伊歪起脑袋。“这就是你自以为的幽默吧，”他若有所思地说，“对不对？”

“这是我自以为的事实。”

“玄氏实验数学分部的主任，迈洛。全美最优秀的数学系的终身教职。副系主任。今天这个日子可真不赖，即便是对于一个完全无所谓的人来说。再次祝贺你，我的朋友。不过，你真的应该再小心一点。”

“小心什么？”

海伊往前凑了凑，眯起眼睛，仿佛是想看出安迪特不愿透露的什么东西。过了好半天他才说：“听说你去参加了汉斯·博兰的追悼会。”

“那又怎么样？”

海伊还像刚才那样审视着他。

“怎么了？”安迪特问。

“我也不太确定，”海伊慢吞吞地说，“你是不是真的总爱和别人争吵？或者说，你真的没意识到自己给同事们留下了什么印象？我的意思是，你给整个世界留下的印象。我听说，你没有跟伯克利数学系的任何一位老师打招呼，也没有问候以前教过你的任何一位教授。你意识到这些了吗？”

“他们根本不是我的朋友。”

“也许吧。不过，你知道我是你的朋友，对不对？我是你的朋友，迈洛。你必须得明白这一点。”

安迪特伸出手：“我能看看任职函吗？”

海伊把函抽了回去：“迈洛，我很欣赏你的才华，这是你的运气。我能应付得了你的才华，这也是你的运气。我明白，你身上除此之外的部分只不过是我们必须付出的代价，这还是你的运气。你知道，我可是竭尽全力地在保护你。我站在你这边。其实有许多人并不赞成我这么做。”

“请把函给我看看。”

“行，没问题。好吧——还有第三份。”他又拿出一个信封，把一张名片塞了进去，“迈洛，这是我的一个熟人。威廉·布林克医生。”

安迪特瞥了一眼名片，哈哈大笑。

“这没什么好笑的。比尔[1]是个心理医生。非常好的心理医生。”

“布林克，精神科。”

“最起码你可以考虑给他打个电话。”

“我可不需要精神科医生。”

“那你到底需要什么呢？”

“克努森，这个问题我不予回答。”他想了想，又加了一句，“不过精神科和布林克确实是押韵的。”

现在他的毛病出现得更频繁了。不仅是那次路灯上爆出的星星，或者旅馆大堂里那个不断膨胀的罐子，他还看到了其他更为复杂的、转瞬即逝的形象。白天忙这忙那的时候，他的目光会偶尔停留在某个普普通通的物体上——铁皮信箱、天空上的风筝，或是冒着烟的砖砌烟囱——他的脑袋里会立刻迸发出各种怪异的几何形状。信箱像太妃糖一样软掉，变成了茶杯；风筝变成了双头的蒜头瓶；烟囱变成了起伏不定的不规则四边形。他根本无法预料到会出现什么形状。有一次在他回家的路上，天空中的一行大雁变成了一片由单面单边螺旋形组成的矩阵，这个矩阵无比复杂，还在不断地变化。远远望去，一个个螺旋的黑色弧边周而复始地旋转不休，好似风车的叶片。可是转瞬之间，整个景象又突然恢复了正常。他眨了眨眼。

没过多久，他又注意到了其他的情况：每次出现幻觉之后，他心里很快就会产生那种熟悉的感觉——有人在背后盯着自己。当天晚些时候他还会头疼，而且疼得很古怪——头盖骨仿佛在不断收缩，最后都有点容不下里面的大脑了。再过一阵子，某种莫名其妙的残留的感觉会集中到某个意想不到的身体部位。有时他

1 Bill，是对布林克（Brink）的昵称。

的手指也有感觉：手指头似乎都颠倒了，常常还互相交换了位置。比如说，他的小指现在变成了拇指——持续的时间极为短暂——或者是手指的关节连到了手掌的另一端。那感觉就像是有个电话接线员把电话线插错了孔，然后，为了纠正错误，接线员赶紧重接，可是又插错了地方，最后干脆把电话线拔了出来。不过，这么形容也并不完全准确。他的这些感觉——实际上，它们更像是关于感觉的记忆——持续的时间都很短，他根本来不及细细体味。从这个意义上说，它们和他的幻觉很相像。如果他在喝下第二杯波旁威士忌之前先喝杯水，这些感觉一般都会消失。第二天早晨他肯定能恢复正常。

不过，他没跟任何人说起过自己的毛病。当然没告诉海伦娜，从加利福尼亚乘飞机回来的时候，她冷若冰霜地一个人坐在他前面三排的座位上，从机场坐出租车回家时还是自己付的钱；没告诉克努森·海伊，海伊现在经常仔细打量他，时不时还要问问他的健康状况；没告诉安娜贝勒，她要是知道了，无疑会逮着他追问更多细节；没告诉奥尔加，她就算知道了也根本不会在乎；当然，也从没告诉过任何一位医生。安迪特从来都没有看医生的习惯。

电话是在他三十八岁那年秋天的一个早晨打来的，那时他刚过完生日没多久。他没精打采地坐在法恩楼的办公桌前，一边备课，一边想理清最近关于阿本德罗特猜想的一大堆头绪。他的心情很糟，似乎无论怎么努力都无法让生活井然有序，这让他深感挫折。他想去克里普酒吧，但最近在酒吧里备课变得很困难。海伊提起了他的教学情况——有些学生向系里提了意见。从前天晚上起他滴酒未沾，电话响起时他还把咖啡泼到了袖子上。

外国口音。可能是法国人。“请问是安德日教授吗？”

“不是。我叫安迪特。”

“您是缪勒·安德日教授吗？”

“我是迈洛·安迪特。请问你是哪位？我正在工作。”

“祝贺您，安德日教授。我有一条很重要的消息。”

他并拢双脚，坐直了身子。

他关上克里普酒吧的侧门，穿过店堂朝后面走去，那儿有张桌子被柱子挡着。毫无疑问，他又看到身穿西装的德威特·特雷德背对着他坐在吧台前。不过，他知道这位朋友哪怕坐上一整夜，都不会放下酒杯转过身来。

那是星期五的晚上。海伊接到邀请时显然有点惊讶，不过还是欣然接受了。安迪特先来喝上两杯暖暖场。他要了一杯双份。约定的时间刚到海伊就走进了酒吧，四下张望。当然，他穿得很讲究。安迪特举起一只手，招呼他到桌边来。

“哎呀，哎呀，”海伊说着一弯腰，溜到了他对面的椅子上，“今天应该很有意思。叫我来有何差遣？”

“你毕生追求的目标是什么？”安迪特问。

“什么追求的目标？”海伊脱掉外套，往挂钩上一搭，“先来杯酒怎么样？”

“那当然。不好意思。”

女招待走过来给他们点单。她问安迪特：“再来一杯一样的？”

等着上酒的时候海伊说起了一件事。他东拉西扯地讲着，安迪特朝吧台那边瞥了一眼，看到德威特·特雷德正在和旁边的一个男人说话。那人和特雷德是同一类型的——疯疯癫癫的学问人，穿着一件起球的运动服——即便从远处看过去，这两个人显然也比流浪汉强不了多少。安迪特很震惊。以前他在克里普酒吧的时候，莫非也是这副模样？特雷德说话时脑袋会一上一下地点个不停，听别人说话时脑袋就会慢慢地垂向胸口。安迪特看着酒吧的侍者弯下腰，从特雷德衬衣的口袋里抽出一张钞票，这才给他倒酒。

桌子对面的海伊满心期待地盯着他。“然后呢？”他说。

“什么然后呢？”

“你刚才问我，我毕生追求的东西是什么。”他敲了敲桌子，“现在轮到你了。你这辈子在追求什么？”

“克努森，我也稍微思考了一下这个问题。最近我得到了一点消息，我觉得它好像让我变得达观了。”

海伊扬起了眉毛：“能问问是什么消息吗？”

“现在还不能透露。”

“也许是关于阿本德罗特猜想的？”

“我说了，真的不能告诉你。反正现在还不行。”

海伊呷了一口酒：“我觉得，我可真是有点吃不准了。”

“吃不准什么？”

“吃不准你这个人，迈洛。有些时候你谨慎得很，也很讨人喜欢。比如说今晚。”

“谢谢你，克努森。”

“还有些时候呢，你对系里所有人都非常无礼。”

“是吗？”

“没错，迈洛，是的——你脱口而出的那些话很伤人。”

“我讲的都是真话，仅此而已。”

“怎么说呢，我们并不一定总得把真话讲出来。”

安迪特想了想。

“你瞧，迈洛，看来你听说的应该是好消息。最起码这一点我说得应该没错，对吧？”

“我不知道。我还没仔细想过这回事呢。有可能吧。”

“瞧瞧你自己——笑得都收不住了。”

“是吗？”迈洛摸了摸自己的脸。是的，海伊说得没错——感觉不一样了。他刚才肯定是在笑。

系里有张根本看不懂的表格要填，迈洛需要主任在表上签名，最后总算在海伊的另一处办公室里找到了他。这个又小又冷的房间坐落在法恩楼一片特别拥挤的办公区，海伊通常在这儿搞搞自己的数学研究。安迪特敲了敲门，然后把门推开了一点。

他的系主任站在办公室另一头的墙边，正全神贯注地琢磨着桌子上的什么东西。身前传来了小型机械装置的咔嗒咔嗒声，有点像崩掉了齿的自行车飞轮。“真是太了不起了。”海伊没转身。过了一会儿他又说：“迈洛，过来看看。”

“看什么？”

“这可是 TI-99[1]。快来瞅一眼。”

安迪特走了过去。“是 99/8 型，”海伊自豪地说，“市面上连影子都见不到。反正 8 型现在肯定是买不到的。还得过上好久。”

安迪特知道自己看到的是什么。他以前看到过计算机，但都是工程系用的那些大家伙。

“你面前的小东西可是目前最强大的便携机，”海伊说，“至少在民用产品里是顶级的。十五兆硅存储器。比这存储量更大的，估计也只有五角大楼某位将军的计算机了。”他拉低了双光眼镜，“他们都不见得有。数学系能用上这种计算机简直是太他妈的拉风了。”

安迪特在工程系大楼里见过的计算机足有整个房间那么大，

---

1 美国德州仪器公司于二十世纪七十年代末八十年代初推出的一系列家用计算机。下文提到的 99/8 型为该系列的最后一个研发型号，并未上市销售。

机子上，一卷卷记录磁带在镜面玻璃后面吭哧吭哧地转个不停。这台计算机的大小和麦片包装盒差不多。键盘看起来有点像系办公室秘书们用的那种米色斜面式电动打字机。机器后面有根电缆，连在一个装着底座的小电视上。海伊敲了几下按键，屏幕上闪动出一行蓝色的字母。

“那又怎么样？”安迪特说，“我又不是没见过计算机。”

“你肯定没见过这么小、功能这么强大的。而且它就在我的桌子上。我愿意的话，甚至可以在家里也放上一台。这玩意儿将会改变一切。”

“可别那么确定，克努森。”

“我的天啊，安迪特。你在说什么呢，老兄？你可别傻了。它已经内置了一种名为 Pascal 的语言[1]——挺讽刺的，是吧？何况我还可以往里面输入任何我想要的语言，随便什么时候都行。这才是它的美妙之处。我已经订购了三种：Fortran 语言、C 语言和 Simula 语言。”他顽皮地笑了笑，然后在办公桌上的一只袋子里翻了半天，找出了一个贴满邮票的厚信封，“我在坎布里奇的老朋友刚把这个寄过来。”

“这又是什么玩意儿，克努森？”

“迈洛，这玩意儿恰恰是目前全世界最强大的编程语言的原型。他们给它起的名字是 C++。”

“听着像是我在学校里到处派送的分数。”

海伊不以为然地呵呵一笑。“听着，迈洛——只要我把它输进去，就能运行出我所能想到的任何模拟程序。”他从眼镜边缘往旁边看了看，“我还得补充一句，过不了多久，其他所有数学家也都

1 计算机通用的一种高级程序设计语言，以十七世纪法国著名哲学家和数学家帕斯卡的名字命名。

可以这么做。”他现在的笑容——似乎充满了胜利的意味，“我的朋友，要是这都不能让你感到担心的话——该死的，你最好赶紧担心起来。”

“克努森，我不是傻瓜。我知道这东西很有潜力。”

“潜力？你在开玩笑吗？我们所有人都得马上学起来，否则肯定会输得一败涂地。否则，我们这一代可怜虫全都会成为这个小硅片盒子的手下败将。”

安迪特用手摸了摸灰不溜秋的塑料机身。“克努森，计算机的确很新奇，这我承认。但我敢向你保证，有许多事情它们永远也做不了。而值得我们这一代可怜虫庆幸的是，抽象数学正是其中之一。实话告诉你，我还是更喜欢老法子。”

海伊瞥了他一眼。然后他打开了台子下方的橱柜，破齿轮咔嗒咔嗒转动的声音变响了。“来，安迪特。别那么自以为是。到这儿来。”

柜门里面的东西有点像打印机：是一台笔式绘图机。纸卷慢慢地向前转动，停顿的间隙会有两只尖针从两侧扫过来，在纸面上留下墨迹。长长的彩色图表被一英寸一英寸地从架子旁边的出纸口里吐出来。一个红色的不规则四边形平面穿过了一根蓝色的二次代数曲线。彩图刚沿着滚筒卷出来的时候，两个图形叠加而成的完美双曲线还是湿漉漉的棕色，晾干后就变成了紫色。

“欢迎见证未来，迈洛。”

安迪特直起了腰。“我没意识到——我没想到它们竟然这么先进了。”彻底站直身子之后，他比海伊还高一点，“不过克努森，我郑重地告诉你，我还是一点都不担心。”

操作顺序

他丢掉了至关重要的时间。

他打发一位秘书去图书馆，但所有 Pascal 语言的操作手册都借出去了，于是他让秘书给发行商打电话直接订购了一份。三天之后，他撕开从信箱里拿出的包裹，沿着过道匆匆朝办公室走去。他坐到办公桌前，往波旁威士忌里加了点咖啡，打开了房里所有的灯。接着又拉上了百叶帘。

第二天早晨他得出了结论：计算机语言用到的技术其实很简单。简单得出奇。编程不仅具有高度的逻辑性，条理性也很强。换句话说就是单调。天亮后没多久，工程学院的阴极射线管终端设备快要对外开放的时候，他冒着冷飕飕的雨匆匆赶了过去。一天之后，他已经按照手册从头至尾地操作了一遍。工程学院的终端设备很简陋，比海伊的那台 TI-99 要大好几倍，而且每台设备不是显示器上有坏点，就是键盘上有无法回弹的按键，但终端连接的主机——他能看到它矗立在镜面玻璃后头，活像个恶狠狠的警察——却强大得可怕：他仿佛瞥见了一个不断逼近的巨人。整个晚上他都坐在椅子上没起身，直到最后清洁工轻轻拍了拍他的肩膀。

第二天早晨他自己去了图书馆，总算找到了关于 Fortran 语言、Simula 语言和 C 语言的书。他需要选择一种语言，而且得尽快。每浪费一个小时，他都会落后别人一个小时。他每天都要往计算机实验室跑。到了要上课的时候，一个秘书会给另一个秘书打电话，接到电话的秘书会把一张纸条放在他那个隔间的桌边。回到法恩楼，他站在班上的学生面前，眯起了眼睛。在他的脑海中，那些记录磁带还在来来回回地转个不停。

现在，他的竞争对手已经领先了好几个月。甚至是好几年。他无比清醒地意识到了这个可怖的事实。他被自己不可救药的固执误导了，浪费了那么多时间一个人闭门造车。

回到办公室，一堆堆纸箱里的绘图本在嘲笑他。他逃也似的离开了法恩楼，又坐回计算机前，在显示屏的微光中拼命敲击键盘，自己教自己用这种新玩意儿。

他敢肯定，某个地方的某个人已经在用笔式绘图机研究阿本德罗特猜想了。

“我估计这篇文章你已经看到了。”海伊说着递给他一篇预印稿。

“是什么？”安迪特说，“没有，我没看到。写的是什么？”

“已经被《数学年刊》采用。”

安迪特先扫了一眼，然后快速地看起来。作者的名字很陌生：塞思 · 科普特。阿本德罗特猜想中 CW 复形与 Hong 单纯复形的共性。再过几周就会正式刊载。

“你怎么不给我打电话？”

“你知道的，我喜欢当面处理事情。”

安迪特走到窗前继续看。几秒钟之中他就明白了：塞思·科普特阐明了一个非常重要的观点。“天哪，”他说，“毫无疑问。”他又翻到了第一页，“他是谁？”

“他在西海岸那边。”

“我从来没听说过他就是因为这个？科普特？”他翻到了最后，“斯坦福的？”

“迈洛，是帕罗奥多——你猜得差不多。但不是斯坦福大学。”海伊扣上了袖扣。

“你想说什么，克努森？”

“请坐。”

“见你妈的鬼。”

“你真的想听吗？”

“你都知道些什么？告诉我。”

“他才十四，迈洛。”

“什么？”

“十四岁。是甘恩高中的三年级学生。”海伊摇了摇头，“学校应该是在帕罗奥多。”

台灯粉碎的时候，海伊疲倦地低头看了看。蓝色和白色的碎瓷片随机散落在地毯上。

“你在笑谁？”安迪特大吼。他大步走到书架前，把一沓杂志推落在地，又踢得到处都是。

“我没笑，迈洛。”

“你笑了，你他妈的正在笑。”

“我的天，”海伊说，“没有，我根本没笑。你刚摔碎了我的台灯。”

“我需要一台计算机，克努森。现在就要。”

“你说什么？”

“我需要一台自己的计算机。今天就要。”

“也许你应该先道歉。”

“我道歉。”

“真感人。”

“我需要一台该死的计算机。”

“好吧，这个要求有点离谱。”海伊整了整领带，“我们系的人都没有自己的计算机。也许工程系那边有，但我们这儿没有。顺便说一句，工程系的那台计算机花了四百万美元。”

“你不是有吗？”

“我是系主任，迈洛。而且那台机器也只是借给我用的。”

“哦，我也是玄氏数学分部的主任！我他妈的可是玄氏分部的主任！我他妈的可是该死的玄氏分部的主任！”

海伊站起身：“你喝酒了？”

“没有。”

“我能问一句吗，用工程系的计算机有什么不行？”

“你屁都不懂。从现在起，我需要每天工作二十四个小时。从现在开始，克努森。一天二十四小时！你明白吗？加利福尼亚的这个小兔崽子打了我一个措手不及。这个该死的八年级学生！”

“听着，迈洛。”海伊站起来，扶住了他的胳膊肘，“你给布林克医生打电话了吗？”

“放开我。”

“你给他打电话了吗？”

“把你那该死的手拿开。”

“迈洛，没事的。把这孩子的研究跟你自己的结合起来就是了。天哪，老兄，要解决这个难题，全世界还有谁能比你快？我对你有百分之百的信心。迈洛，听我说。你得冷静下来。”海伊又搀住了他的胳膊，扶着他朝门口走去。走到一半，他停下来说道：“迈洛，我真的建议你和布林克医生联系一下。你要是愿意，我也可以帮你联系他。他明早就能给你打电话。”

迈洛抽回了胳膊：“克努森，只有他妈的蠢货才会认为我需要看心理医生。我不需要什么该死的心理医生。我需要一台该死的计算机！”

“你刚才说什么？”

“我说我需要一台该死的计算机。顶级的计算机。”

“你刚才说我是蠢货？”

“好了，我都说过对不起了。请帮我弄一台该死的计算机。”

“你说过了？说过对不起了？”海伊打开门，把他送了出去，“哦，那我肯定是没听见。”

特雷德开着那辆破车来接他。安迪特不喜欢这样的安排，但特雷德很坚持。他刚拉开副驾驶一侧的车门，一个鼓鼓囊囊的纸袋子就滚到了马路上。他捡起纸袋，扔进了被其他袋子塞满的后座。

“带钱了吗？”特雷德问。

安迪特点点头。车里面臭得很。

“我能看看吗？”

安迪特把钱给他看了：“德威特，我们上哪儿去搞这东西？”

“到我恰好认识的一只小耗子那儿去。”特雷德从驾驶座上递过来一只扁酒瓶，迈洛喝了一口又递了回去。车子从马路边驶出，消音器拖在柏油路面上。他们很快转向了南方。

车开出几英里之后，安迪特说：“嗨，那你的小耗子又是怎么弄到的呢？”

“我的小耗子可能在一家公司上过班。也可能是他的什么亲戚。”他又喝了口酒。

他们在离伊丽莎白湖还有几个出口的地方下了高速，开上了一条坑坑洼洼的公路。特雷德现在独占着扁酒壶。附近路上跑的全都是卡车。人行道旁边是长长的一溜货仓，窗户上装着百叶帘。过了好久，特雷德总算放慢车速，拐进路边围栏的缺口，在一个脏兮兮的大雪堆后面停了下来。他们面前的货仓和别的货仓没什么两样。没上漆的钢板。坡度很大的金属屋顶。一根根冰锥颇为夸张地挂在房檐下方。安迪特下车时特雷德说："教授，你要上哪儿去？"

"我们不进去吗？"

特雷德两手一摊："伙计，恐怕只有我一个人能进去。"

跟电影上看到的情景一样。安迪特用拇指点了点衣袋里的钞票。他四下瞅了瞅，然后一张张数着钱放进朋友的手里。

特雷德往货仓后面一拐就不见了。安迪特回到车上，搓着双手取暖。几个车道开外，有辆卡车正在往卸货区倒车，一个穿着黑色连身工作服的男人正把箱子往传送带上搬。朝另一个方向望去，除了空无一人的公路，什么都看不到。他面前这栋建筑的所有窗户都是用胶合板封死的。

离开货仓区往回开的路上，他们沿着支路拐进一座镇子，把车停到一条偏僻小街旁。特雷德还坐在驾驶座上，拿着扁酒壶喝酒，安迪特下车绕到了后备箱那里。

他在乎的可不是那台打印机。一台破破烂烂的老式并口打印机，卖家免费赠送的。他把打印机推到一旁，下面的手提箱露了出来。他用冻僵的手指打开了锁扣。泡沫塑料衬板中央放着一个灰色塑料制成的扁盒子，看上去很有未来感。顶盖上拧的螺丝不是原配的。前面板上有个长方形的空洞，是最后要镶嵌商标的位置。安迪特估计自己也许争取到了半年时间，说不定还要更多一点。然后这玩意儿就会面向公众发售了。塞思 · 科普特用的计算机可能只是 TRS-80 或 VIC-20。甚至有可能是 TI-99/ 4 型。

这可是 TI-120 的原型机。

返程时他们都没再说话。特雷德把车停在法恩楼前，没熄火。安迪特言不由衷地说 :“进去坐坐？”

“你觉得我想进去吗？”

这时候还有可能在电梯里碰到同事，于是他拎着沉甸甸的打印机和手提箱，尽可能快地从楼梯跑了上去。天已经黑了，所幸过道里空无一人。他办公室的桌椅上到处堆着纸箱，有些地方甚至堆了三层。他把打印机扔到了一个纸箱上，把手提箱夹在胳膊底下，用手肘把桌面上的东西一股脑扫了下去，纸箱落到地上，开裂了。他踢开纸箱，清出了一块通向插座的空地。

超越自我

他甚至都不愿意休假。这就是讽刺之处。过了这个周末，他生命中的一切都将会截然不同，他明白这一点，但他竟然无法让自己在乎起来。连续三天他都不能继续研究阿本德罗特猜想了——现在工作对他来说就是全部。那台 TI-120 闲置在他的办公室，他没法学习编程，反倒乘上了一班去欧洲的飞机。

波兰，华沙。晴朗无云的早晨。地平线上工厂的浓烟。在机场，一辆黑色的特拉贝特接上他，直接开到了颁奖典礼现场。演讲厅外，来自数学界各个前沿的学者们在天花板很高的中庭里游荡。他遵照海伊的提醒，勉强跟其中的几个打了招呼。不过他赶到时仪式很快就要开始了，没过多久大家就都坐了下来。

演讲厅里寂然无声。

第一个宣读的就是他的名字。掌声响起，他走上演讲台，站到国际数学联合会主席的身旁。风度俨然的主席侧身让出了讲台中央的位置，那一刻他才真正意识到自己遇到了什么事。他的视线模糊了。一时间，他不得不转过头看着窗帘。麦克风里响起了郑重宣读的评语："颁给普林斯顿大学的迈洛·安迪特，他借助拓扑学证明了马洛什猜想，提出了广义上的高维分支结构理论，并开创了将拓扑学、代数与调和分析相结合的崭新途径。"

他站直身子走向评委席，有人把一个精美的盒子交到了他手里。掌声再次响起，很快就变成了席卷全场的热烈喝彩。

总算等到了。

在飞越大西洋的航班上，他一直在思考 Pascal 语言、Fortran 语言、C 语言和 Simula 语言哪一种在结构上最具优越性。就在走上演讲台前不久，他还在琢磨计算机逻辑块序列，想为自己的算法找出行之有效的切入点。然而，就在此时此刻，他的种种思考都成了脱缰的野马。海浪般的掌声向他席卷而来，随即又像海浪似的把他托举起来。伴着掌声落回地面之后，他停顿了片刻，让心情稍稍平静一点，再朝演讲台走去。人们纷纷伸出手来和他握手。

仪式结束后他只去听了一场讲座，主题是面向对象程序设计，参加者寥寥无几。听完讲座，他找了个没人的房间倒头就睡，傍晚时分才醒来。幸运的是，那辆特拉贝特还在外面等着，把他送回了旅馆。他在房间里喝了几杯克鲁普尼克伏特加——酒瓶就放在床头柜上——仔仔细细地洗了个澡，从浴室出来时，他意识到许多年他都没感觉这么好过了。明天他要发表演讲，不过这丝毫没让他担心。他又喝了一杯克鲁普尼克，晚上和大家一起出去了。

庆祝活动的第一场是精心安排的晚宴，设在老城区边缘一家铺着大理石地面的高雅餐厅，后来大家又去了夜总会。数学家们起身准备离开餐厅的时候，年轻漂亮的女侍者在桌旁俯下身，把一件包装好的礼物递给了他。"恭喜你赢得著名的奖章。"她说。

他打开了礼物。是一瓶看起来很昂贵的伏特加，玻璃酒瓶上雕刻着一条身材丰满的美人鱼。有人打了个呼哨。

“这是波兰人民送您的。”年轻姑娘严肃地说。

“谢谢你，”他说着把酒举到空中，“感谢在座的各位同事，感谢华沙这座美好的城市中每一位尊贵的主人。”

灯光闪烁的深夜，一小群人围着他聚在维斯瓦河畔的酒吧。这是一家历史悠久的上流社会酒吧，从老旧的窗户望出去，能看到亮着灯的渡船在黑暗中斜斜地驶过。简直是他童年的完美再现。酒吧后面的私人会客室里，他处在狂欢的中心，有好几次，他发现自己不得不把头转开。

他面前的木质长桌上放着菲尔兹奖章。

会客室里的所有人都拿起奖章仔细把玩了一番。无论拥有多么显赫的终身教职，无论在数学界多么成功，他的这些同事都被奖章高浮雕的表面深深地吸引了。它暗金色的光芒如火焰般吸引着他们的目光。他们一个接一个地在天鹅绒衬里的盒子前弯下腰，用手指轻抚沉甸甸的奖牌，读出蚀刻在边缘处的名字，把奖牌翻过来看另一面雕刻的阿基米德肖像，还有四周的一圈铭文。在他身边的每处地方，他都能感觉到浓得化不开的崇拜之情。这是他生命中的万应良药。他太渴望这种东西了。

他把奖牌捧在手中。Transire suum pectus mundoque potiri：超越自我，驾驭世界。

在普林斯顿醒来时，他的头痛一直延伸到了耳根。回程的航班上，他把所有的手册又看了一遍，确定了打算使用的语言。然后喝了个烂醉，昏然睡去。

现在他起床，飞快地刮好胡子，穿了一身特别讲究的衣服。他在数学系大楼的地下层买了一听橙汁汽水，沿着过道朝海伊的办公室走去。透过镶毛玻璃的窗户，他能瞥见系主任端坐的侧影。门缝下传出了笔式绘图机咔嗒咔嗒的声音。

敲响房门之后，他特意等了一下才进去。

“哎呀，哎呀，哎呀——这不是尊贵的菲尔兹奖得主本人吗？”海伊高兴地说。

“早上好，克努森。”海伊脑袋后面的书架上没有信封。

“这就是那个你不肯透露的消息，对吧？”海伊走过房间握住安迪特的手，紧抓着不放，“你可是藏了个天大的秘密，我的朋友。系里所有人都向你致以衷心的祝贺。”

“我知道，克努森，我知道。谢谢你。”

海伊放开了他的手。“你刚回学校就来找我，有何贵干？”

“我是来道歉的。”

海伊拍拍他的肩膀，视线落到了橙汁汽水上。“好啊，我等着你抖包袱。”

“没什么包袱。我只想说，对那天我们见面时发生的事情，我感到很抱歉。”他上前一步，把公文包放到办公桌旁。桌上也没有信封。“我只想当面向你致歉。还想感谢你关于玄氏分部主任的决定。”

“现在是好的迈洛·安迪特在说话喽？”

“如你所愿。”

“好啊，”海伊说，“看来，得到一点认可对你来说完全没有坏处。实话告诉你，反正我本来也不太喜欢那个台灯。是我的前任留下的。”

安迪特清了清嗓子。“我真的很抱歉，克努森。也非常感激。”

海伊把手伸到了办公桌后面。“说来也巧，”他说，“我这儿恰好也有样东西想送给你。大家共同准备了一样小小的纪念品，向你取得的成就致敬。”他打开购物袋，抽出了一个包装好的盒子，“我的意思是，这是整个数学系的礼物。我觉得现在送给你正合适。”

安迪特打开盒子，心沉了下去：是一本皮质封面的旧书——欧几里得的《几何原本》。

“是海贝格的版本[1]。”海伊说。

“我看到了。哇。太感谢了。”

“这是普林斯顿全体数学家送给你的——向你表示衷心的祝贺。”

安迪特毫无触动。他反而意识到了另一个事实：如果系里为他举行庆祝会，恐怕没几个同事会来参加。所以海伊才在自己的办公室把礼物交给他。“呃，好啊。”他说。他想把精力集中在此行的来意上，但他觉得自己快崩溃了。菲尔兹奖沉重的分量已经压在了他的身上。他说：“克努森，我给你带了点东西。”他从公文包里拿出了华沙女侍者送的伏特加。

“天哪，”海伊说，“你太客气了。”他凑上前仔细看了看，“瓶子可真有意思。”

安迪特微微一笑。“不说这些了，”他朝咔嗒作响的笔式绘图机走去，“最近你在用计算机做什么呢？”

橱柜里也没有信封。只有几本关于 Fortran 语言、Pascal 语言和 Simula 语言的书，和安迪特自己办公室书架上的书一样。

“我还在学习编程，”海伊说，“努力让自己保持领先。”他走到计算机旁边敲进了一行逻辑语句，安迪特故意装作没看懂。他顺从地跟在海伊身后，两眼扫视着房间。几个矮架上也没有信封。海伊又敲进了一行逻辑语句。他得用键盘输入命令，然后显示其执行情况，还得打开排错程序中断正在运行的命令。

一切步骤都非常原始，简直让人难以忍受。

1 指丹麦语文学家、历史学家海贝格（Johan Ludvig Heiberg, 1854—1928）编辑的带有拉丁文评注的权威希腊文版本。

过了一会儿，安迪特的手往前一歪，把橙汁汽水泼到了地板上。“见鬼！”他说，“对不起，克努森。”

“确实很见鬼。”海伊说。

洗手间在楼层的另一头，安迪特看着海伊匆匆出了门，沿着过道走远了。

信封没放在办公室任何一个抽屉里，计算机旁边摞着的文件夹里也没有。最后他发现海伊把信封收在了办公室的另一头，就在一只铁线篮里，压在几本杂志下面。信封里有几张软盘，用两个纸夹子夹在一起。过道里响起了逐渐接近的脚步声，安迪特飞快地按紧公文包上的锁扣，拿起海贝格版的《几何原本》，假装在全神贯注地看等腰三角形定理。

回到自己的办公室，他听着驱动器里传出盘片转动的声音，软驱开始读盘了。TI-120 的阴极射线管显示器亮了起来——这时他吸了口气——屏幕上闪动着一行行绿色的字符，最后盘片转动的声音总算安静下来，计算机在沉默中给了他恩赐——屏幕上显示出了 @ 提示符。他把那口气呼了出来。即便主板上加载了 C++ 语言，TI-120 还是有足够的内存来运行一系列高度复杂的计算。他搓了搓双手，把桌上其余的东西一股脑推到了地上。

成败在此一举。

他知道自己编的程序肯定没问题。这种新的计算机语言还没有使用手册，不过装软盘的信封里附送的一沓影印材料对语法规则做了说明。C++ 语言运用的逻辑本身也并不深奥，和他练习过的 Pascal 语言和 Fortran 语言相比复杂不了多少。而语言的对象——这恰恰是他选择 C++ 语言的原因——它们将使他的任务简单到无以复加的程度。科普特显然也会编程。现在安迪特从那篇论文的结构中意识到了这一点。但科普特目前只能借助某种旧的语言苦苦计算，一时间他甚至觉得这似乎有点不公平。

哼，塞思·科普特，去你妈的。

接下来的几个星期，他日日夜夜待在计算机旁。每次停下来休息的时候，他都竭力不让自己去想帕罗奥多那位十四岁的天才此时此刻在做什么。他的书架上放着一箱美格波旁威士忌，一只大水壶，还有一大堆装满泡面的购物袋。闪动的屏幕免除了他对睡眠的需求。他只见了奥尔加两次——她并不在乎他一完事就急急忙忙地跑掉。安娜贝勒那儿根本没去。每隔两三天他就会回趟家，换掉身上的衣服，刮刮胡子，其他时候他干脆就躺在办公室门边最矮的一排纸箱上打个盹儿。压扁的纸箱上留下了他身体的形状。

第一次试运行的时候，他发现自己编写的程序有许多错误。他花了一个月才写完结构，但程序运行时连编译都进行不下去。代码有将近一万行，他又花了一个星期才把它删减成 TI 能够读取的命令。计算机好不容易接受了他编写的程序，但第一轮运行给出的结果却错误百出，简直到了可笑的程度。

他把程序的对象拆分开来，让它们变得更为具体。这个过程也需要时间，但他没有别的办法可想。每过半个小时左右，TI 计算机就会因内存溢出而宕机。要想让它恢复正常，最快的方法就是伸手扯掉墙上的电源插头。程序本身似乎在不怀好意地和他作对，而他从工程系实验室偷来的打印纸则总是坚持不懈地要卷回原来的圆筒形。他的双眼看到的是模糊一片。他得连续几个小时运行排错程序，中断屏幕上闪动着上翻的海量计算，他看着自己制定的计算策略组合起来，然后又看着自己犯下的错误组合起来，让一切陷入混乱。哪怕是敲错了一个按键，或者出现了再微小不过的逻辑疏忽，他的错误都会被放大一千倍。这台新的机器很是残酷无情。它犹如一个铁石心肠的地牢看守，手持棍棒站在他面前。

时不时地，迈洛会想起布拉赫，想象着他在哥本哈根透过阁楼的窗户，遥望着一片未经探索的天空。

有一天深夜，门又被敲响了。他关掉电灯，坐着不动。钟指向的时间是凌晨两点三十五。敲门声又响了起来。他找出装着 C++ 软盘的信封，塞进了抽屉。

“迈洛，我看见你在里面关灯了。”

他有点莫名其妙。

“有人跟你在一起吗？”

“安娜贝勒，”他说着站起身，打开台灯，开门让她进来，朝凌乱不堪的房间挥了挥手，“不好意思，我这儿实在太乱了。”

“很荣幸来到德库拉城堡。”她说道，退开一步，仔细打量着他，“您一定就是穿刺王弗拉德了。”

他得抓紧时间接着编程。

“在罗马尼亚语里，”她坐到一只塌陷的纸箱上，懒洋洋地说，“德库拉的意思是*恶魔*。也有人说这个名字来自希腊语，意思是*恶龙*。顺便说一句，你看起来糟糕透了。你这模样确实很像恶魔。”

“告诉你，我可觉得自己就是上帝。我感觉欣喜若狂。”

“真的吗？”

“听着，安娜贝勒，我可能有了重大的发现。这是全世界最强大的计算机。我得让它工作起来。”

“就是这台机器吗？”她走到了办公桌旁。

“请你别碰它。”

“我觉得用*疯狂*形容你也许更合适。”她用手指摸索着大衣上的腰带，摘掉帽子，抬手撩了撩头发，“迈洛，你这样子看起来真的很疯狂。难道上次见过我之后你就发疯了吗？”

“恰恰相反。”

“我都好几个星期没见到你了。你知道吗？我有点孤单了。我还以为你想把我甩掉呢。”

“我可没想甩掉你，安娜贝勒。”

“好吧，但我以为你是这么想的。”她噘起了嘴唇，“叶夫根尼不在家。”

“我不知道。”

“我知道你不知道。我想说的就是这个。全世界没几个人比你更自高自大——这一点你意识到了吗？告诉你，想奉承我的人可不止你一个。你上次打电话给我还是四个星期之前的星期二，你知道吗？到明天就五个星期了。不过，你又何必知道这些呢？”

“我现在的工作正处在关键时刻。”

“那当然啦。再说，你又何必要知道我生活得怎么样？迈洛，你是个极端利己主义者。你就是穿刺王。你是极端利己的穿刺王迈洛。”

“你喝酒了。”

“我一个人孤零零地待在那座鬼房子里。”

“安娜贝勒，我一直在工作。”

“就算是这样，你也还是个该死的混蛋，你听到我的话了吗？你那个畸形的脑袋里连一丁点儿感情都没有。”

“安娜贝勒，这段时间对我来说至关重要。我得继续工作了。”

“你连感情是什么都不知道，对不对？问题不在于计算机，而在于你自己。”她提高了嗓门，“你没能力去爱任何人。你明白吗？你。没能力。爱。任何人。”

他坐了下来，现在有必要改变策略。“好吧，我可从来没考虑过这种事情。”

“那你快考虑一下啊！现在就考虑考虑！”

“没必要大喊大叫。嘘。”他说道，举起手指放到嘴边，站起身朝她走去。他一只手拿起酒瓶，另一只手拽住了她大衣的腰带。布料湿乎乎的，是天气的原因。他把波旁威士忌酒瓶斜着凑到她唇边，然后自己又喝了一大口。“我有的，”他低声说，“我真的是有感情的。”

她的大衣里面只穿了内裤和胸罩。还有一条围巾。他把围巾解开了。

“哦，天哪。”他的嘴唇移到她下颌的时候，她说道，“我恨你，迈洛。我恨你。”

她颈上刚才被大衣衣领扣住的地方，冰凉的肌肤热了起来。

“但我想要你。”她喃喃地说道。

“我也好想要你。”

她仰起了脖子。

过了一会儿，就在她高潮之后，她伸手拿起围巾，把鼻子凑上去吸气——犹如从水下发出的低低的呼吸声在他心底勾起了一股意料之外的柔情，让他悚然一惊。他伸出手去拉她的手。可就在两人指尖相触的那一刻，他意识到自己编写的程序中段有两个逻辑运算符颠倒了。等到他在办公桌旁重新输好正确的指令，她已经抽泣了起来。

一天夜里，他输入了另一段总出问题的计算序列的代码，编写好程序，然后靠在椅背上看着机器的计算。这段计算序列他连续写了许多天，辛辛苦苦地完成了每一个细节，却发现自己总是因为疏忽而陷入困境——他已经习惯了每隔几秒就中止逻辑运算，排除其中的某些错误。但不知为什么，今天晚上的命令运行得一直都很顺利。每次他再输入一个逻辑块，小小的绿色提示符都会自动爬升到屏幕左侧，乖乖地按照指令行事。

没过多久，他干脆不再中止程序了。他把剩余的逻辑块命令一股脑儿地添加进去，让计算机自己去运行。屏幕上绿色的小火苗稳定地燃烧了将近一个小时，驱动器和风扇发出了没有规律的转动声——这表明程序运行得很成功——直到最后他的注意力猛然被拉了回来，他意识到计算机运行的节奏又改变了。计算机的驱动器稳定地呼呼转动着，一点变化都没有。这种情况只有一种解释：逻辑电路板在不断地重复运算。

又一次内存溢出。

这是上帝在考验他。

扯掉墙上的插头之前，他靠在椅背上稍微休息了一会儿。可能是迷迷糊糊地睡着了。醒来时他的酒杯打翻了，一摊波旁威士忌酒正在扩散。还没漫到计算机那儿，不过一时间他心想，干脆让酒淌过去算了。照这种速度，塞思·科普特会把他彻底击败。

他在椅子上向前倾身，把一个手指头蘸在酒液里。他先画出了休伦湖的轮廓：乔治亚湾，然后是萨吉诺湾和北海峡。接着又是一轮弯月的形状，希博伊根就在那块半月形的土地上，斜斜地伸入水面。他用小指的尖端蘸了一点酒，标出了小时候那片森林的位置。有那么一会儿，他差点儿又睡着了。

然后他尽可能地把吸墨台上的威士忌从边缘处抹进酒杯，弯腰舔干了剩下的一点点酒。

那天深夜醒来的时候，他的脑袋还枕在办公桌上。他意识到了究竟是什么在干扰自己的睡眠：TI-120 没动静了。他抬头看了看。屏幕上刺眼的光亮暗淡下来，只剩下一点绿色的微光，在顶端安详地闪动着。绿光旁边有什么东西在不停地闪烁。他向前凑了凑。

一个数字。

他把结果做了二十一个备份，又用传统的方法作了校验。

安娜贝勒接电话时的声音还是迷迷糊糊的。“迈洛，”她说，“瞧瞧墙上的钟。告诉我现在是几点。”

他深吸了一口气。“成功了。”他低声说。

橡皮绳上的蚂蚁

现在的一天仿佛是一个星期。仿佛是一个月。

阿本德罗特猜想肯定能证明出来——他对此深信不疑。

早晨他打开办公室的门。他关上门。光线亮起，又暗淡下去。他打开门。关上门。一个星期，又一个星期。睡眠变成了干扰。他的思维像抛物线似的被计算机的逻辑主板聚集在一起，压缩成一个炙热的黄点，就像是他孩提时代雕刻小玩意儿时用来烙上印记的那一点豆粒大的阳光。TI-120 把它接触到的一切都灼烧成了灰烬。数字、多变量绘图函数、曲线几何。它不停地燃烧着。

“迈洛，”海伊说，“计算机只不过是工具而已。没有正确的引导，工具将毫无用处。一点用处都没有。”

他们又来到了克里普酒吧，坐在靠里的一个隔间。这次出来喝酒是海伊的主意。“不过我认为你对另一件事情的看法是正确的。”他清了清嗓子，接着说道，“迈洛，我准备为系里的每一位老师购置计算机。先进的计算机。”他呷了一小口酒，“就跟你办公室里的那台一样。”

“什么？你什么时候进我办公室了？”

“我刚好路过。话说回来，那玩意儿你是从哪里弄来的？我都看不出是什么型号。”

“你去我办公室干吗？”

“丹尼斯在你的办公室里，迈洛。我碰巧经过，就进去瞧了瞧。我是去见你的一位同事的。你办公室的计算机看起来很先进。”

“见鬼，丹尼斯是谁？”

“清洁工，迈洛。丹尼斯·艾伯茨。他在法恩楼的年头可比你长多了。”

“门怎么会是开着的呢？”

“我跟你说了，丹尼斯在里面。”

“你趁我不在办公室的时候进去了？”

“门是开着的。我想跟你打个招呼。”

“什么清洁工？”

“你在故意逗我吧，迈洛？别这样。”

“什么清洁工？”

“丹尼斯·艾伯茨，迈洛。法恩楼的清洁工。我刚才告诉你了。”

“大楼里有清洁工能进我的办公室？”

“迈洛，他在这儿工作都二十年了。你以为你的废纸篓会自动清空吗？”

“他进我办公室干吗？”

“听我说，迈洛。”

“说什么？”

海伊喝了口酒，然后把手搭在迈洛的胳膊上。“我想告诉你一些事情，”他说，“听好了。迈洛，你是个伟大的数学家。真正伟大的数学家。这台电脑也好，那台电脑也好——它们跟你是怎样的人都毫无关系。你是一位世界级的数学家——一位顶级的数学理论家。”他举起了酒杯，“况且这已经是全世界都认可的事实。”他示意女侍者再上一轮酒，“我想说的就是这个。”

“呃，谢谢你，克努森。”

“你知道是谁帮你争取到了玄氏分部的位子，对不对？”

“嗯，我非常清楚。”

“那件事可不容易。”

“你跟我说过了。我也说过感谢的话了。”

“迈洛，我相信你。所以，那些软盘你就留着好了。”

“什么？”

海伊放下了杯子。“没关系的，迈洛。C++ 语言的软盘就留在你那儿好了。”

“我本来打算还给你的。”

“我知道。没关系。反正我又想法子搞了一套。软盘你就留着吧。我真的希望你留着。”

“克努森，我当时太着急了。对不起。”

“好吧，说实在的，你当时完全可以开口向我借。”

“万一你不肯呢？”

“我怎么会不肯呢？”

“我不知道，克努森。那得由你告诉我。”

“迈洛，你在说什么啊？好吧——别再想这些了。都没关系的。我知道，你用那些软盘能干成我根本干不成的大事。现在它们归你了。你肯定能善加利用，对此我绝对有信心。”

又送来了一轮酒。迈洛喝干了他的那杯。

海伊盯着桌子。“我知道自己干不成什么。”他说。

迈洛朝桌子对面瞥了一眼。

“我非常清楚自己的局限。”海伊继续说道。

“我不明白。”

“我不是什么伟大的数学家，迈洛。这一点我心知肚明。”

迈洛转过头朝街道望去：“克努森，你可不能这么说。”

“我能这么说。我能够非常肯定地这么说。我不是个伟大的数学家。我已经接受了这个事实。但我擅长去理解别的数学家。去照顾他们。给他们鼓劲儿，帮助他们发展。”

“克努森，我工作得很努力。”

“我不是这个意思。我知道你很努力。”

“好吧。知道了。”迈洛喝了一口酒。酒吧外面，有辆救护车开进了他们能听到的范围。救护车从窗外经过时，警示灯光在酒吧后墙的一堆酒瓶上爆炸开来。他闭上了双眼。

仲冬时节，他已经准备好了四篇论文。它们是四根逻辑上的支柱，将为他发起“致命的一击”提供依据。安娜贝勒把定稿寄到杂志社之前，恳求他再看看稿子里有没有错误。然而，嗅到最后一战硝烟的他已经全神贯注地开始了新一轮的推导。她只好花钱找了一位助理教授，请他帮忙校对她亲手打的稿件。许多年前，她也曾这样帮助自己的丈夫。“你知道吗？”她说，“他连句谢谢都没说过。”

安迪特抬起头看看她。“哦，”他说，“谢谢你。”

最后，四篇论文都在同一个月里发表了。两篇登在同一期《数学新进展》上，一篇登在《数学学报》上，还有一篇则登在《数学年刊》上。

“最近几个星期很不错，”海伊说，“即便是对迈洛·安迪特来说。”这次他们在海伊的办公室碰面，他示意迈洛坐下，然后用手碰了碰办公桌边的一沓复印件，“毫无疑问，数学领域最好的三本刊物。但这用不着我来说，对不对？来一杯吧？”

“好的。”

“我简直想不出那个叫科普特的孩子现在是什么感受。”

“克努森，我现在满脑子都是还有什么办法阻止他抢在我前头，别的什么都想不了。”

“如果他不加引述就盗用你的研究成果，任何刊物都不会发表他的文章——阻止他抢先的就是这个。”他伸手整理了一下复印件，“而且你已经拿下了所有的顶级刊物。”

“这是个崭新的领域。”

“没你想得那么新。”海伊举起酒杯，“真的，我的朋友，你的工作非常出色。为系里带来了荣誉。上星期我给曼尼·玄打了电话，就是想确定他知道这事。告诉我，你觉得你现在有多接近了？”

“接近什么？”

“迈洛，你干吗总要考我呢？”

安迪特这次喝的波旁威士忌也没加冰。他喝干了杯中剩下的酒。“我都能看到敌人的眼白了。”他回答说。

奥尔加成了他唯一的安慰。她不像安娜贝勒那样喜欢谈起他的成就。她从来不问他进展如何。她没向他表示祝贺，也没鼓励他继续加油。有一天下午，他碰巧在她家窄小的浴室里看到了他的那期《数学新进展》，不过被压在上周的一沓旧报纸下面。

仿佛是疲惫感本身让他如饥似渴。每隔几天他就会去见她。他发现每次会面时他都能要她两三次。

“天哪，”她说道，那天傍晚他到了时间还没走，“我觉得你今天吃的肯定是牛排。”

“你才是我的牛排。”

“真的吗？”

她骑在他上面，黝黑的双眼像X光机镜头似的探进他的身体。他用嘴唇含住了她一边的乳头。

“回答我。”她说。

“回答你什么？”

“你想吃的只有我，对不对？”

“当然啦。”

“那安娜贝勒是谁？”

“什么？”

“她是谁？”

“我不知道。”

声音在他的耳边响起：“你不知道吗？”

“谁都不是。你从哪听到这名字的？”

“我从哪儿听到的？这可不是我要问的问题。问题是，她是谁？”

她深深地吻了他一下，这让他很意外。然后她往上托了托他的屁股。

“这位神秘的安娜贝勒是什么人？”

“我不知道。”

声音又在他耳边响起：“迈洛，你以为我会在意吗？”

“我不知道你会不会在意。”

“我不在意。”

“那你就不在意。”

“对，你说的没错。”现在她加快了动作，双手用力按着他的肩膀。她的身体压向他的胸口又抬起，压向他的胸口又抬起，她的呼吸变得越来越急促。她颤抖着紧紧夹住他的身体，就像那是一棵她非得要爬上去的树。她朝他压下来的时候，他的脸能感觉到她灼热的呼吸，她再抬起身子的时候，他的鼻端能闻到她的汗味，其间夹杂着一股波旁威士忌烟熏般的气息，像神经毒气似的让他变得虚弱不堪。她用俄语喃喃地说着什么。最后她的身体一下子变得僵直，她闭上了双眼。

事后，她在他身旁躺下来。他朝窗外的月亮望去，却只能感觉到她从旁边投来的目光。

“你说得对，我一点都不在意。”她说。她点了根烟。“但我觉得她也许会。”

门又敲响了。这次是清晨。他整夜都在工作。

又敲了一声。

“谁啊！”

“是我，迈洛。”

克努森·海伊。

“迈洛，我们得谈谈。”

“我忙着呢。现在不行。”

“这么说，我估计你还没看到这个。”

迈洛猛地拽开门，门碰到一只纸箱子，弹了回来，撞中了他的肩膀。“该死的，克努森！我他妈的很快就要完成了！现在来找我干吗？！”

海伊手里拿着个信封。“很遗憾，我的朋友，”他说，“我对你仍然非常有信心。”接着他指了指椅子，“不过，你最好还是坐下来听我说。”

安迪特踹上了门。“见鬼，克努森，究竟是怎么回事？”

“是科普特，”海伊说着把信封递给了他，“看来他已经得出了证明。”

克里普酒吧那位主妇般的老侍者在他面前站住了。“我敢肯定，”她一边擦拭柜台一边说，“这儿只有你一个人在看数学论文。”

迈洛让侍者把他喝过的空杯子都留在面前。玻璃杯的切割边在桃花心木的吧台台面上投射出了星星一般闪烁的格纹。他斜过一只杯子，它反射出的光线沿着棱镜组成的矩阵分毫不差地移动起来。自然永远不会打破自己的法则。每一条密码都巨细靡遗地书写在自然创造出的每一个原子之中。只不过是在等待被发现。一个漂亮姑娘穿的皮靴轻轻地磕打着吧台凳，而旁边的一个瘸子正打算向她吐露肺腑之言。他就是那个人——那个瘸子，被一个善意的眼神欺骗了。他把一辈子都搭了进去，做着在错误的时代追求荣耀的美梦。他的追求方式早已过时。直到收银台旁边的台灯在他眼里变成了一个朦朦胧胧的黄色椭圆——这个情况也完全解释得通——他脑海中的一个念头还是挥之不去：光天化日之下，他竟然惨败在了一个十四岁的男孩手里。

塞思 · 科普特用了一种完全不同的方法。他很可能根本不知道安迪特那几篇论文的存在。而且他更充分地利用了计算机。

“我还没喝完，先帮我记账好吗？”他滑下凳子，朝洗手间走去。

“没问题，亲爱的。”

他自己得出证明可能也要不了一个月。

归谬法

芝加哥，漫长冬季冻出的肮脏浮冰还聚集在湖边。乱七八糟的灰白色漂浮物宛如城堡外围的护城河，从岸边延伸出四分之一英里远，随风在湖面上不停地起起伏伏。波浪以缓慢的节奏把大片破碎的浮冰托起又放下，就像女仆在没完没了地抖桌布。他本来是在奥黑尔国际机场等候飞往希博伊根的中转航班，却坐出租车来到了湖边。他现在做任何事还有任何意义吗?

他从码头向湖岸线走去，伸出一只脚踩到一块浮冰上。那块冰足有网球场那么长，一半架在沙滩上，一半漂浮在湖边的浅水之中，冰面上斑斑点点的黑色污渍都来自从他身后呼啸而过的车流。他整个人跨上巨大的冰面时，浮冰甚至都没觉察到他的重量。它干吗要觉察到呢?他向前迈了几大步。透过鞋尖，他能感受到水流冲击的力量。浮冰伸进湖面的楔形边缘撞击在一起，而他的双脚也随着抖动。他继续向前，一直走到冰块与冰块相接的地方——一道锯齿形的黑色缝隙，烟头和水草在水中上下起伏。北风凛冽，他的身后又有许多建筑，湖面更远处浮冰发出的尖锐摩擦声听起来反倒像是来自岸上。

过了好久他才抬起头，看到有个女人坐在码头上。他裹紧大衣，跨过缝隙跳上另一块浮冰，站在那儿转过身朝她挥了挥手。她没有反应。但他能看出她在望着他。于是他向更远处走去，跳过了一条又一条缝隙，直到他离湖岸的距离差不多达到了码头的长度。他现在站立的这块浮冰，面积还不到第一块的一半，不过还是像车道似的从下方稳稳地托着他。他想冲那个女人笑笑，但在寒风中他搞不清自己的嘴唇究竟动了没有。反正她离得也太远，根本看不出来。他想跟她说说话。和一个女人说说话。

她把脸转了过去。

他是个无关紧要的人。

阿本德罗特猜想无关紧要。

连马洛什定理也同样无关紧要。

事实上，所有的一切都无关紧要。

按理说，意识到这个真相后他应该崩溃地跪倒在地，可他却笑出了声——从他嘴里发出了低低的、短促的笑声，它们落向冰面，就像一只从冻僵的手指间滑脱的扳钳。他继续向前，朝湖心更深处走去。不管他怎么努力，还是连一个原子之中最微不足道的力量都无法解释。更别说去改变了。上帝也无法解释。上帝只不过是人们在应对这些难解之谜时的一种尝试而已。

他此刻站立的冰块漂浮在水比较深的地方，不过有一头还落在湖底。冰块的前端翘出水面，仿佛一艘停泊在潮汐中的船。水流冲刷着冰块前方的边缘，发出了咝咝的声音。但当他跨上另一块浮冰时，脚下却突然倾斜了：现在他浮起来了。他的重量让冰块晃动不已，便一边放松髋部抵消缓慢的晃动，一边看着这阵晃动在一大片拼图似的白色冰面上迟滞地辐射开去。茫茫大海中的一个分子。微不足道的一小点。这就是他的全部。他花了大半辈子，想方设法要窥探自然的神圣法则，然而与此同时，他只不过是一个卑贱的奴仆，匍匐在自然无数莫可名状的基本原理脚下。简直是笑话。

而他对笑话的反应本来就比较慢。

接着，他体验到了那种久违的感觉：在冷冽的空气中呼吸的快意。冬季覆盖一切的宁静。他身后的车流还在不停地发出轰鸣，但在离岸这么远的地方，声音都被冰吞没了。这个世界始终都陪伴在他身旁。是他抛弃了世界。

他朝码头转过身，看到那女人还坐在原地。现在她正留心打量着他，脸上的表情带着警告的意味。

一个人很容易就能被拯救，简直可悲。多年以后他唯一的儿子向他征求建议时，他心底浮起的就是这个念头。他朝那个女人挥挥手，可她还是毫无反应。不过，现在他至少算是想通了可笑之处。等到她站起身朝街道走去，他自己也在跨着浮冰往岸边走了。他试着吹了吹口哨，但发出的声音在车辆疾驰而过的轰鸣中根本听不清。

第二天，一辆灰狗巴士载着他走完了到希博伊根的路程。途中停了两站，还换了一辆车。到达希博伊根时，太阳已经沉落到水面附近。停车场街对面杂货店陈列的商品仍旧摆得歪歪斜斜——颜色鲜艳的垃圾桶，一排排重新上过油漆的、深绿色的阿迪朗达克山脉模型，从二十年前他踏上开往东兰辛的巴士的那天起，这些东西就放在橱窗里无人问津。一袋袋化肥。铁铲和泥刀。一摞用绳子扎起来的三色游泳圈。他走下巴士，朝四周看了看。湖面上反射出的阳光。快到傍晚时，这儿的阳光似乎都来自于水面，而不是天空之上。风中有一股铁腥味。

费雷德里克斯太太还在给布朗公司开出租车。

他来到儿时的房前，敲响了门。

一点动静都没有。他意识到，获得菲尔兹奖之后他都没跟父母通过电话。他又敲了一次。

过了好久，靠近厨房的过道里才传出了熟悉的声音——母亲穿着拖鞋的脚步声踢踢踏踏地响了起来。

"天哪，"她说着挠了挠头，"瞧瞧这是谁回来了。"

他走进后面的书房，坐在读书椅上的父亲抬起头，乐呵呵地朝他挥挥手，又接着看书了。母亲站在他身后的门边，说道："看到了吧？"

回到厨房，迈洛说："他一直都这样。"他坐到餐桌旁，母亲拿起调酒器给自己加了点马天尼酒。

"你开玩笑的吧？要我说，你离开家他恐怕都不知道。"

"妈，我离开家都二十年了。"

"好吧，你去问问他还记不记得，"她嗤笑道，"他那个螺丝瓶的盖子可有点松啦。"

她把调酒器放到桌上，坐了下来。然后她把视线转向报纸，假装在看新闻。她的眼泪就像是凝结在水杯上的雾气。他扭头朝别处看去。

他自己倒了杯马天尼。"这酒调得真好。"他说。

"谢谢，"她啜了一小口酒，"亲爱的，加杜松子酒的时候，我还想了一下要不要放苦艾酒呢。"

他们就那么坐着。夕阳沉落到森林后，将最后一丝余晖洒入厨房，他觉得有点刺眼。

过了一会儿，他问道："你觉得我有能力去爱吗？"

那天夜里他一个人进了城。希博伊根还是老样子。时值冬季，码头的停船处空荡荡的。街上几乎看不到什么车。他把车停在湖湾旁边，走进一家空无一人的酒吧。他找了个靠窗的位置，看着海岸警卫队的一艘船沿着湖上的航道缓缓驶来。这艘结实的船有着低矮的舭肋板，船上悬挂的索具就像圣诞树的装饰。船穿过湖湾时慢慢停了下来，随即从侧面进了泊位，甲板上的船员一直忙个不停。门式起重机顶部的钠灯啪啪地亮了起来。岸上还有更多的人在忙碌，他们在突然降临的光亮之中走来走去，有的冲着对讲机大吼大叫，有的在调整滑行台的位置。

他本来也可能会成为这类从业者中的一员。他的父亲在海军待了五年，后来又在公立学校待了四十年。他的母亲每天都得去县政府上班。如今，他把自己的一生都投入到了孤独的追寻之中，追寻着永远无法企及的目标。

在酒吧光线暗淡的门口，他摸出了钱包。那张旧名片还塞在驾照后面。他往公用电话里投了一把零钱。她立刻听出了他的声音，这让他精神一振。

“这会儿我正看着一艘船在黑暗中停泊，”他说，“是艘大船。船上的灯全都亮了。很漂亮。”

她不明白他的意思：“怎么了？”

“就像个星座。像我们在苏城看到的星座。”

沉默。也许打电话是个错误。“克莱，在密苏里河上——你不记得了？”

“你肯定是碰到什么挫折了。”

“什么？”

“迈洛，我能听得出来。出什么事了？是那个证明吗？”

“是的，”接着他又说道，“我只差几个星期。”

“哎呀——太可惜了。”

又一阵沉默。

“我需要你。”他说。

“你才不需要我呢。”

“你相信我。”

“所有人都相信你。现在所有人依然相信你。”

“不是的。只有博兰和海伊。还有你。”

“照这么说，汉斯·博兰会叫你赶紧接着去工作，对吧？”

她说的没错。“那天晚餐时你带来的姑娘呢？她在哪儿？”

他没回答。

“听到这个消息我很难过。但我没法帮你，迈洛。我很愿意帮你，但我不能这么做。你得回去，重新开始。我知道你肯定能做到。生活总得继续。”

湖湾对面，一台滑移式装载机慢慢开下斜坡，前叉中间托着集装架。灯光又啪啪地熄灭了，船在夜色中变成了灰蒙蒙的鬼影。电话嘟地响了一声，但他没零钱了。他抢在通话切断前问道：“你为什么觉得我肯定能做到？”

他的脑子就像个纸袋，被人颠倒过来又疯狂摇晃了一遍。

第二天，他到父母的房子后面去散步。他沿着森林边缘爬上缓坡，再顺着那排巨大的桦树朝山顶走去。一长条一长条卷曲的树皮从树干上掉了下来，犹如旧剧场休息室墙壁剥落的壁纸。等到老桦树最终倒伏的时候——也许再过一两年，也许是十年——下方的大齿杨就会飞快地长起来。只需一个季节，这些长了牙齿一般的杨树就能把它们往日的主人啃噬殆尽。

尽管如此，他以前的这片森林几乎没有任何变化。没有一片叶子因为阿本德罗特猜想而改变。

他沿着缓缓升高的山坡继续往上爬。从第十排树的第十根树干向正东方向走十步，他找到了那棵枫树，但现在他的胸口要比断裂的树干高出几英寸——是他长高了。它也还是老样子。星星的标记还在原处，那是在一片没长好的、奇形怪状的树皮上烙出的苍白瘢痕。他旋开刻着螺纹的木头塞子，拔掉了榫头。树洞底部还很干燥，系紧的麻袋好端端地躺在里面，仿佛这么多年来一直都收在一只装袜子的抽屉里。

他拎起麻袋，小心翼翼地把链条拿了出来。

在黑暗中藏了许多年，但看起来一点都没损坏。他按双手张开的长度把链条在地面上摊开，第一次体会到了二十五年前法拉格特先生的感受——看到刚上了一学期手工艺课的孩子把这东西放在自己的办公桌上。那孩子就是他。他用砂纸一英寸一英寸地打磨链条，一节一节地给链环抹上虫胶清漆。现在他把链条铺在冻硬的腐殖土层上，整根链子发出了木管乐器般悦耳的声音。他感到震惊：做出这东西得投入多少精力啊！从那以后，他所做的任何事都无法与之相比。连马洛什定理都不行。他有时会闷闷不乐地想，证明出马洛什定理其实有纯属运气的成分——而运气就是在这片森林中降临到他身上的。

他双手捧着链条，仔细地检查了每一节链环，然后把长长的链条收进麻袋。每一节链环都毫无瑕疵。他记不清具体时间了，但做出如此巧妙的东西肯定花了他好几个月。他甚至觉得有可能是好几年。这也是他性格中固有的一个特点。他还是个孩子时就是这样。

现在这个特点已离他而去。

为什么脑海中的每一个想法最终都只会给他带来痛苦，此外再无其他？夜色突然降临在森林中，他意识到自己忘了带手电。一只猫头鹰叫了起来，停顿片刻之后，几只小猫头鹰也吵开了。他拢起麻袋，开始朝家走去。脚在一条小沟里的树根上打了个滑，他一屁股坐到了地上，麻袋在他面前散开了。林中响起了叫喊。

猫头鹰不作声了，他在突如其来的寂静中躺了下来。其实这感觉还不坏——静静地躺着，感受着身下刚开始解冻的冬季大地。他把双手插进落叶中，嗅着那酸腐的气息。他曾在这片森林中度过了无数个小时，什么都不想，只感受到森林在欢迎他。他默不作声地躺在那儿，等着猫头鹰继续鸣叫，直到他发现自己脸上都是泪水。

他需要找到前行的方向。可怎么找呢？他现在还能做些什么？

斯堪的纳维亚杂草

回到普林斯顿数学系，他倒空了公文包里的东西，翻遍了书房的所有抽屉，掏遍了卧室壁橱里每一件西装的口袋，摸出了许多乱七八糟的废纸，总算发现了他要找的东西。

第二天下午，威廉 · 布林克医生靠在一把吱吱作响的木质摇椅上，裤腿的膝盖从桌面上露了出来："安迪特博士，有什么可以帮助您的吗？"

"我需要点东西。"

"哦？什么样的东西？"摇椅的前端咔嗒一声落到了地面上，"是心理上的帮助和宽慰吗？"

"不是的。"

"需要点见效更快的东西？"

"我看到了许多东西。"

"看到了许多东西？"

"许多并不存在的东西，医生。莫名其妙、不断增加的几何形状。你知道，我是个数学家。"

“当然，我知道，安迪特博士。”布林克医生彬彬有礼地点了点头，“这个我很清楚。另外再问一句，您是否也听到了什么并不存在的声音？”

“没有。”

布林克从桌子对面凝视了他好一会儿：“您想和我详细地谈谈这些情况吗？是有些不寻常。肯定很令人紧张。”

“不，我不想。这些事我一点都不想谈。我只不过需要一点能解决问题的东西。”

“哦。这么说，是迅速而有效的解决方法喽？”

“对。”

他知道布林克医生明白了他的意思。

“你刚才喝的是什么？”奥尔加·帕特里诺娃在枕边抬头问道。

安迪特低头看了看瓶子。“我也不知道。我只知道这玩意儿挺管用。”她懒懒地在床上翻了个身。性事之后她又穿上了连体裤，虽说那衣服带着花边，但她看起来还是像个半夜起床去上夜班的苏联女工。安迪特在厨房到处找能喝得下口的饮料，好把药片吞下去。第一轮在橱柜的搜索只翻出了红酒。他不喜欢她盯着自己看。

“怎么了？”他说。

“你吃那种东西得小心点。”

“没什么好小心的。”他往掌心里倒了两片药，“你的公寓应该加点暖气。”

“迈洛，”她说着用手肘撑起了身子，“你在这儿都待了两个晚上了。你在吃药。怎么了？有什么事让你害怕吗？还是说有什么人？”

“我什么都不怕。这鬼地方太冷了。”他砰的一声关上柜门，又在另一个柜子里东翻西找。

“你以前从没在我这儿待过一整晚。别跟我说没什么新情况。

是不是因为你那个神秘的安娜贝勒？”

“你这儿要是开点暖气，说不定还能算得上舒服。”

“你干吗总要这么混蛋？我能问问吗？”

“说实话，不能。你不能问。”

他能跟她说什么呢？告诉她，虽然他这会儿跟她待在一起，心里想的却是安娜贝勒——不巧的是叶夫根尼·迪特迈耶刚从英国回来？告诉她，他在女人方面的品味其实很平淡无奇？告诉她，阿本德罗特猜想被彻底击碎了，他现在已经摇摇欲坠？

在水槽下面，他总算找到了：还有点金酒。他倒掉红酒换成金酒，就着它喝掉了药片。他打了个哆嗦，仔细瞅了瞅药方：氯羟安定[1]。

再回过身的时候，奥尔加已经在叫他了。他又喝了一口。

安娜贝勒·迪特迈耶帮他打了论文。在他只差一点点就能完成毕生最完美杰作的时候，她曾陪伴在他身边。她相信他。克莱也相信过他。他有种感觉，连海伦娜都曾经相信过他。现在他却跟奥尔加待在一起，她躺在床垫上期待着他的表现，但公寓里冷得要死，他的睾丸都缩进去了。他又喝了一大口金酒，回到房间。世界从他身旁滑过。她心底的贪婪被巧妙地掩饰了起来。她的那期《数学新进展》被漫不经心地藏在浴室里。奥尔加是个数学家，而一切让他想起数学的事物都会让他想起自己的失败。失败那可恨的火焰，在他的头脑中阴沉地燃烧着。

第二天下午他往迪特迈耶家打电话，电话另一头的安娜贝勒只好假装他是家电维修工。他想象着那位诺贝尔奖得主不耐烦地瞥向电话的样子，欺骗别人的感觉让他兴奋不已。傍晚他又打了

---

1 Ativan，镇静药物，适用于治疗焦虑症及由焦虑或暂时的心理紧张所引起的失眠症。

个电话，这回是迪特迈耶本人接的。暴躁的声音，急吼出的词句。在氯羟安定的庇护下，安迪特本想和他摊牌，但最后还是报了个随口胡编的名字。让那个狗杂种自己纳闷去吧。然后他挂断电话，打给了奥尔加。没人接听。他出门朝克里普酒吧走去，打算喝点能提神的东西。

没一件事让他顺心。

夜色终于来临，他走回了自己的办公室。多年研究留下的残骸都完好无损地保存在那里，像一具尸体似的向他表示欢迎。失败。失败。失败。该死的阿本德罗特猜想，还有每一个与其相关的可恨课题。一堆又一堆的纸箱。白白浪费的十个年头。他又往嘴里扔了一片药，用剩下的一点美格波旁威士忌送了下去。数学家必须得尽早出击——通常一切在四十岁之前就都结束了。现在他已经没有未来可言，除非能再选定一个目标重新开始。这一次，他又得匍匐在另一座高不可攀的大山脚下。

汉斯·博兰会叫你赶紧接着去工作。

哼，汉斯·博兰对这一切又了解多少？

更糟糕的是，遭遇失败后，他的头脑似乎变成一个迟钝的仿冒品，但现在它却重新高速运转起来。他需要氯羟安定让头脑放慢速度。从父母家回来的航班上，他的老毛病又闪现了几次——飞机机身上浮现出扭曲的线条，舷窗里有一片片鳞甲形状的反光物在抖动。

此时，他在凌乱不堪的办公室里转着圈，努力想找到灵感。他需要回归源泉。他笨拙地移动着——就像一头中了麻醉镖之后摇摇晃晃的大象——一遍又一遍地撞在成堆的书籍、纸张和塌陷的纸箱上。壁灯照得他两眼发花，于是他把外套罩了上去。拔掉插头的计算机上蒙着斑斑点点的灰尘，已经变成了不值钱的塑料遗物。他张开手掌狠狠地拍了它一下。机器被拍得直颤，崩掉了一个螺丝。他把计算机踢到了旁边。他绕着像墓碑一样乱七八糟地散放在地板上的纸箱走个不停，箱子里装的全是陷入死胡同的研究成果。他想起了汉斯·博兰的办公桌。清清爽爽的画面。老头也总是把自己拾掇得整整齐齐。

在研究阿本德罗特猜想之前他也考虑过其他的问题，但现在他的头脑连这些问题的基本情况都记不清，更不用说去衡量得出证明的概率了。各种各样的可能性犹如黑暗中的蝙蝠，从他身边飞掠而过。库尔特曼第一猜想。哥德巴赫猜想。还有其他十几个。他冲向墙壁，双手抓住书架。他知道自己再也找不到新的灵感了。永远都找不到了。这就是他脑海里的声音低低说出的话。持续多年的辛苦付出再也无法开始。连开始都做不到。他的头脑裂成了碎片。

过了一段时间，他在地板上醒来，觉得精神振作了些。有那么一瞬间，他的头脑仍旧空空如也，但紧接着，那些梦魇般的触手便伸了出来，把他拖了下去。一个十四岁的男孩，只比他领先几个星期——也许还不到几个星期。他站起身，跌跌撞撞地走到办公桌旁边。就着最后的几滴波旁威士忌，他又吞下三片药。壁灯把他的西装外套烤出了一个洞——难怪他闻到了焦味。他盯着破洞处卷曲发黑的线头，然后卷起烤坏的衣服，扔进了垃圾桶。

接着，他跌坐到椅子上。屁股碰到坐垫的那一刻，氯羟安定也抵达了他的大脑，如同一辆猛然拐向路边的救护车。他拿起电话，不停地翻动名片簿，直到回忆起她的名字。他记得那名字的发音，和一种野草很相像。

她接起电话的时候，他镇定地说道："你说对了。"

现在，美妙的平静之感越来越强烈，涌遍了他的全身。

“请问你是哪位？”

他没说话，慢慢地转动着桌上的酒瓶。

“您是普林斯顿的那位教授吧？”她说，“迈洛·安迪特？”

“是的，是我。这么说你已经知道了——今年我获得了菲尔兹奖。”

“真的吗？说实在的，我还没听说这个消息呢。”

又一次打击。

氯羟安定立刻掩盖了挫折感。

很快他们就随便聊了起来。她辞掉了《纽约时报》的工作，现在住在曼哈顿，嫁给了高盛集团的一位银行家。就像克莱一样——像其他所有人一样。一丝凄凉掠过他的心头。

停顿片刻之后，她说：“迈洛，你是不是想见我？”

“说实话，还真是的。我想见你。”

“这样啊。不过我可不会跑到新泽西去。”

“我到纽约来。”

他听见她在电话那头倒了杯酒，自己也很想再喝一杯。冰块晃动着。然后是啜饮的声音。“三位普利策奖得主，”她说，“现在来了个更厉害的——菲尔兹奖得主。”

那天晚上，他心里突然冒出了一个念头：尽管克努森·海伊始终都对他很有信心，尽管克莱在电话里坚定不移地宽慰他，尽管许多个夜晚奥尔加·帕特里诺娃在床上都对他热情如火，失败带来的悲伤其实只存在于他自己的脑海之中。普林斯顿大学感受不到他的悲伤，宇宙感受不到他的悲伤，他的情人们也感受不到他的悲伤。连他的父母也感受不到。

悲伤是他一人独有的。

现在，每个月他都会翘掉一两堂课。给秘书留张纸条，让她们通知班上的学生他生病了，然后躺到沙发上睡一下午。他的学生好像一点都不在乎。

捉摸不定的残片。零碎散乱的直觉。他再也无法凭借本能找出前行的方向。毁灭性的失败就像个刺客，日日夜夜都潜藏在他的窗外。

发现

“我还以为只有两个普利策奖得主。”第二天下午他掀开被单起身时说道。特尔玛·纳斯特鲁姆的床头柜上摆着一份《建筑文摘》，那期杂志里有张照片就是从床头柜的角度拍摄的。是张全景照，以透视法缩短，拍出了房间的各个角度。斜靠的枕头。白色的书橱。一片片平铺的深灰色大理石。他仔细端详着照片，想看看照片里会不会也有这一期杂志。过了好一会儿，他才意识到不可能出现这样的递归。又一个愚蠢的错误。这是某种症状。毫无疑问，如果现在他转向金融界，照样可以大杀四方。去你妈的，厄尔·比特曼——他绝对不会去求人帮忙。

“哦，那个啊，”特尔玛拖长声音答道，懒洋洋地从梳妆室里走出来，“那已经是——有多久了，迈洛？——五年了吧？现在又多了一个。”

“又多了一个普利策奖得主？”

“还有一位菲尔兹奖得主，迈洛。我可都是精挑细选的。”

特尔玛·纳斯特鲁姆。完美而轻浮。她的躯体仍然像百合花一般玲珑有致。微微上挑的眼角好似尖尖的树叶。除了残留的些许刨根问底的职业习惯，以及正常女人都具备的好奇心，她对他并没有多少兴趣，正如他对她一样。现在他经常跑到这儿来打发时间。花七十五分钟乘一趟新泽西公共交通公司的巴士，然后在曼哈顿洋溢着自负的空气中坐上出租车，短短的一段路程会让他充满活力。她的丈夫每天晚上都不见人影。安迪特甚至会穿上那家伙厚实的绒布浴衣——浴衣都挂在衣帽间靠墙的衣架上，活像一排在台下候场的演员。他感觉自己就像个演员。假装自己有人生可言。特尔玛·纳斯特鲁姆并不是他的观众，而是演员阵容之中的另一名成员。他的观众在普林斯顿。在华沙。他的观众在上东区高楼大厦的石头立面里悄悄说着话，这些建筑组成的咄咄逼人的图景，透过公寓的每一扇钢框窗户耸立在他眼前。其他的都无关紧要。

“告诉我，”有一天下午她问道，“你还在工作吗？”

“我正在重新考虑。”

“重新考虑什么？”

“我的课题。我的事业。”他深深吸了一口烟，“我的人生。”

“请别把烟灰弹在这儿。”

“如果连脑子都没了，你还能干些什么呢？”

“安迪特，请别在这里弹烟灰。把烟头扔到马桶还是哪儿去。”

“好多个星期我连一点灵感都找不到。一点数学灵感都没有。”

“灵感会回来的。”

“要是回不来呢？”

“你不是还得教课吗？”

“我在教课吗？”

“我以为你得上课。听着，安迪特，烟灰已经很长了。”

“我根本不关心教课的事。”

“你都拿到菲尔兹奖了——你这辈子还需要再做什么呢？”

他从床上爬起来，在卧室里踱步。他一边走，一边想着把烟头捻灭在白得刺眼的地毯上。把《建筑文摘》上的照片好好地修饰一下。烧出个焦黑的洞来，以此纪念让他彻底崩溃的绝望人生。没有了数学，这世上也没有任何值得他留恋的东西了。

不过，最后他还是把烟头丢进了垃圾桶——他以后还想再到这儿来——然后坐到沙发椅上又点了一根。“我好像不知道该如何回答这个问题，”他说着吸进了第一口烟，觉得自己又充满了活力。“让我想想。”他边说边揉了揉眼睛，“这个问题的答案是什么呢？”

“迈洛——我觉得这不是个好主意。”

“我不管。来我这边。”

“等到明天吧。明天他要去柏林。我们只要再等二十四小时。你能为了我再等一天吗？”

“他什么时候走？”

“天亮就走。”

“那我九点钟过来。”

“我还得备课。”

“好吧，那就十点。”

“你十点半过来吧。给我四个小时。中午我给你准备大餐。”

“我一点钟要上课。”

“哦，是啊。那你星期四来吧。我们整个上午都可以待在一起。”

“我可等不了那么久。”

“只要等一天半，迈洛。如果我记得没错，你曾经有五个星期没理我，一句话都没说。”

“为什么就不能在明天呢？我想要你，安娜贝勒。我得见你。

我脑子里想的全是你。”

“这话听了可真叫人高兴。”

“我明天上午来。”

“我说了，我得先备好课。”

“你备课要花那么长时间吗？”

“就是得花那么长时间。”

“我上课连讲义都不写。”

“我知道你不写，迈洛。”

“你下午再备课不行吗？”

“迈洛，你知道我不会这样做的。”

“那就到我家来。今天晚上。”

“我的天哪——你到底是怎么了？你这样子就像个十几岁的小孩。”

“我得见到你。”

“真的，你这么说真让我开心。真的。”

“我可以叫辆出租车，然后过来接你。”

“你喝醉了吗？”

“要不然你也可以跟我在汽车旅馆碰头。安娜贝勒，求你了。”

“迈洛，你还真是顽固不化，对吧？但你必须得等等。你实在太——我也说不好。我也等不及要见你——但是我们俩都得等等，一定得等到星期四。”

“不行。”

“你说什么？”

“我都要死了，安娜贝勒。要死了。”

片刻的停顿。然后她低声说道：“你真是不可救药，对吧？”

“太好了。我十一点过来。”

“我的课怎么办？我什么时候备课啊？”

“好极了。好极了。我带好东西给你吃。”

奶油蛋卷。威瑟斯庞街上那家烘焙店的奶油蛋卷。他买下了当天早上做的整批货，还买了两个巧克力泡芙、几个果酱馅的点心，还有个怪模怪样、边缘嵌着椰枣的水果馅饼。他把这些东西一股脑儿地塞进纸袋，又把袋子放进后备箱。然后他又去店里买了个蛋糕。他根本不知道她爱吃什么。

他把车停在树林后面，抱着一堆东西朝树丛走去。一个人在树林里，抱着一包点心和一个蛋糕盒。万一林子里有熊可怎么办？他简直是在跑。街对面的宅子旁边，一辆引擎空转的旅行车停在车道上。十一点二十三。该死，该死。他藏身在阴影之中，看着倚在驾驶座一侧车窗旁边的那个身影在絮絮叨叨地道别，几乎无法自控。

他跺了跺脚。旅行车缓缓地开上了大路，他立即朝屋后的台阶飞奔而去。

他的脑子就像是倒在桌上的一罐弹珠。

他在门口吻她，吻得急不可耐，然后推着她退进了门厅。他把大衣丢到椅子上，拉起她的双手贴在自己衬衫的前襟上，又往裤腰里塞。现在他领着她走过地毯，绕过厨房台面，穿过走廊朝楼梯走去。她虽然拥抱着他，但他还是能感觉到一丝抗拒，这反而让他愈发兴奋。进了二楼的卧室，他踢上门，扶着她靠在床垫上。他舔舐她的脖颈，亲吻她的胸部，用力撕扯包裹着她乳峰的丝绸上衣。她的呼吸变得粗重了。她吐出的气息带着波旁威士忌的气味。威士忌的味道开始从她的肌肤上飘散出来。

“我的天哪，”他低声说，“我想你。我需要你。你根本不知道我有多想你。”

“天啊——你——你身上都是树林里的气味。”

“我一直待在野外。我需要你，安娜贝勒。我需要你。”

他刚来时她还假装抗拒了几下，可现在他注意到床头柜上放着一瓶美格波旁威士忌，还有两只杯子。楼下还在播放那张难听的西班牙唱片。还有她穿的丝绸上衣。信号。都是信号。她扯掉了自己的裙子，然后是长长的吊带内衣和三角裤，把衣服踢到地毯上，与此同时他把她推到了床头的位置。她很少这样匆忙行事，不过好像倒挺喜欢。他爬到她身上，伸手去够波旁威士忌的酒瓶。她拉着他进入自己身体的时候，他笨拙地松开了手，瓶子又掉到了床头柜上。酒瓶晃动了几下就停住了。她大声喘息起来。他喜欢这样。他也在喘气。他能感觉到他的头脑自己释放了自己，不断地抽离、抽离，直到最后旋转着从头骨顶端钻了出来，飞进空中。

事后，有那么一会儿他走神了。

清醒过来的时候，他还能听到楼下低低的音乐声，透过地毯传上来的声音显得有点滑稽。小军鼓敲响的激昂军乐伴着如泣如诉的号声。她正在壁橱里东翻西找。他的视线落在窗户旁边的窗帘杆上，杆子两端亮闪闪的圆头突然泛起了涟漪，紧接着又拉长成了卵圆形。他支起身子，拿起长裤到处找药片。不在裤子口袋里。他脑袋里冒出了一大堆念头。然后他起了床，在宅子里乱转。下楼梯到了厨房。他在装点心的纸袋里乱翻了一通，然后想起了自己的大衣。没错。隔着布料他就能摸出药片装在口袋里。三片滑溜溜的小药片，一下子就被吞了下去。接着他又在厨房的窗边透了透气，直到终于感觉到药片的效力抵达了大脑的底部。啊，我心爱的小东西。庭院看起来很正常：树木和鸟。云朵中间的太阳。他急匆匆地返身跑上楼，一手拿着装点心的袋子。进了卧室，再灌下一杯波旁威士忌。十二点三十五。再过一刻钟他就得离开这儿去上课了。要是他不休息的话，他们还可以再做一次。抓紧时间。她已经躺到了床上。他抖开袋子，递给她一个奶油蛋卷。她笑了，用牙齿叼走了他手上的点心。他也笑了。听到自己的笑声那么平静，他觉得很宽慰。

他爬到床垫上，开始亲吻她的脖子。他低声说道："你丈夫获奖之后都做了些什么？"

"什么？"

他抬起了嘴唇："叶夫根尼获得诺贝尔奖之后都干了些什么？"

"我可不想说叶夫根尼的事。现在不想。原因你应该能想象得到。"

他又把嘴唇贴在了她的肌肤上："就跟我说说他都做了些什么呗。"

"什么意思？他做了些什么？"

"他是怎么继续的？"

她挣脱了他的怀抱。用一只手把他的头从床单上托起来。"亲爱的，这还不容易想象吗？他总觉得诺贝尔奖是他应得的。也许真的是这样。然后他就获奖了。现在他做的还是以前一直在做的那些事：工作。工作，工作，工作。对他来说，什么都没改变。我估计他自己还想着能不能再得一个奖呢。"她又咬了一口奶油蛋卷，松开手让他躺好，"要我说就是这样。"

"真的？什么都没改变？"

"迈洛，你要是真的——"她一下子坐直了。又把他从床上扯了起来，这回动作很粗鲁。她满眼惊恐地望着他，嘴里结结巴巴地说了些什么。然后是沉默。

就在这时，门开了。他站在门口，就像是给他们送客房服务的侍者。粗短的双腿。聚酯纤维的正装衬衣紧绷绷地箍着胸口。油腻的头发。肩膀耷拉着，有点驼背。并不是人们想象中诺贝尔奖得主的模样。坐在床上的安迪特竟然笑出了声。安娜贝勒发出了尖叫，把毯子拉到了脖颈上方。叶夫根尼·迪特迈耶骂了一句，举起双拳朝房间这边冲过来，一脚踢翻了落地灯。

下个星期一，安迪特又和克努森·海伊见面了。这是他们之间的第二次私人谈话，话题却几乎完全相同。迈洛在镜子里看到了自己青紫的脸，两边颧骨一碰就火辣辣地疼，就像是被烫伤了似的。

“你打算怎么样？”迈洛说，“把我们俩都开除？”

“不，安迪特，我不打算这么做。迪特迈耶教授不归我管。”他清了清嗓子，“不过，我倒真挺想把你开除掉。”

“是他先动的手。”

“迈洛，这事让学校很丢脸。你也应该感到丢脸才对。叶夫根尼·迪特迈耶是诺贝尔奖得主。当时你在他家里。你躺在他的床上，如果我听到的消息没错的话。”

“他本来应该在飞往欧洲的航班上。”

海伊瞪着他：“你竟然跟我说这个？”

“克努森，我是菲尔兹奖得主。”

“听着，迈洛。你现在应该做的，就是祈祷这些事别被捅到报纸上去。然后你还要好好想想，怎么才能保证以后不再发生类似的事情。”

“如果他们有数学奖的话，我也会是诺贝尔奖得主——这个大家都知道。他妈的，每个人都知道。海伊，你叫我来到底想干吗？”

“叫你来，是因为我们想帮助你。”他的系主任轻轻地敲了敲桌子，“这就是我们想要做的事。”

门开了：一个穿制服的身影站在过道里。

“克努森，你这是要搞什么鬼？他是警察？”

“是学校的保安，迈洛。我们打算再给你一次机会。”

“你们要干什么？”

“说实话，我都不知道我们干吗要费这个劲。”

存货

迈洛从床上爬起来。他在冬季清冷的光线中走到窗前，朝外面的田野望去。昨天夜里，房间另一头的室友上床睡觉之前把老花镜端端正正地放在了《圣经》上面。这是个爱大惊小怪的家伙，名叫德雷克，在威斯康星州的拉辛做电话黄页广告。德雷克是被老婆送来的。她帮他收拾好东西，早晨去过教堂后把他送上了巴士。迈洛一边凝视着窗外的积雪，一边听着那人平静的呼吸声。

世界上有人爱着你，那会是怎样的一种感觉?

普林斯顿给他买了来这儿的机票。威斯康星州的欧布里奇。瓦尔登公共成瘾戒除中心及住宿治疗机构。这地方是校方联系的，已经付了费用。送他来学校的保安话不多，人很和气，坐飞机时那人挺体谅他，特意换掉了制服，在飞机上也没干涉他喝酒。起飞后，保安甚至还跟他一起喝了点苏格兰威士忌。但到了欧布里奇之后，他们就给迈洛用上了治疗戒断反应的安定，把他打发到自己住的房间，在那儿搜查了他的行李。大块头黑人护理员找到了他藏在运动鞋里的扁酒瓶，还有漱口水瓶子里的波旁威士忌。

他用粗笨的大手拧开瓶子，以夸张的动作把两个瓶子里的东西都倒进了水槽。护理员有个助手在旁边做见证，这家伙是个又瘦又结实的爱尔兰人，身上有刺青，脸色苍白得跟死尸一样。他靠在洗手台边上冷眼旁观，活像某本硬汉派侦探小说的主人公。在搜查、记录、处理违禁物品的整个过程中，他们俩始终一言不发。黑人护理员拿起一副卷好的袜子摇了摇，里面传来了药片哗啦哗啦的轻响，那个瘦子也只是哈哈一笑。两个人以前都在中心住过。绿白两色的棒球帽。绿白两色的运动衫。绿白两色的写字夹板，再小的事都得记在三联单上。另外，这地方看起来就像个职业介绍所。

欢迎来到新兵训练营。

草坪对面，沿着渐次升高的防牲畜护栏，远处一座山坡底部的积雪在耀眼的晨光中积成了一层层越来越小的半椭圆形。

清醒的感觉非常奇怪。全世界所有的刀剑突然间都出了鞘。田野中的阳光。挂着冰锥的树林。在室内，他听到的声音很刺耳，而且他再也意识不到细节的重要性。房间前面医疗机构的咨询师说话的声音，被他身后一张桌子旁的鞋底发出的尖厉摩擦声打断了，紧接着走廊外某个地方又传来了房门被猛力关上的巨响。他的脑子就像是一堆乱七八糟的线。颧骨还火辣辣地疼着。伸出双手的时候，他发现自己的手在颤抖。

安定起效了。它让压力变得缓和了。香烟也一样。他想抽烟想得要命。

叶夫根尼·迪特迈耶。安迪特的头脑被熊熊怒火灼烧成了一整块肮脏的、充满憎恨的焦炭。承载着他怒火的黑色毒烟从头脑中飘散出来。恶狠狠的殴打。在安娜贝勒面前丢尽了脸。早晨的安定能压制住这些念头，但到了中午它们就会重新冒出来，在晚餐之前闹腾得最凶。他的神经仿佛被抻成了一根根在耳中尖叫的电线。

有传言说迪特迈耶已经搬出了自己的家。这条消息竟然一路传到了威斯康星州的森林里——字迹潦草的明信片，地址下方的一点点空隙上留着德威特·特雷德七歪八扭的签名。迪特迈耶一直在跟一个华盛顿特区的女人幽会，已经有好多年了——至少特雷德在明信片上是这么写的。是个出名的交际花。迈洛想到这儿就兴奋不已。那只贪得无厌的猪，穿着流氓才穿的聚酯纤维衬衫，把富婆的奶头咂进嘴里。漫不经心的嘲讽。得了个破奖就整天招摇过市，活像个戴着鸡冠帽的小丑。

他的咨询师鼓励他开口。

安迪特就是不肯。

克努森·海伊干吗要大老远把他送到中西部来？又想侮辱他？还是为了不让他听到种种大快人心的传言，比方说那个可恶的混蛋已经死掉了？

参加集体心理咨询时他很有礼貌。特意穿得很讲究——比那地方的所有人穿得都好。博尔萨利诺软呢帽。西服套装。吃饭时他到处发烟，就像个后勤供应官。沉默不语地抽着烟，他发现其他人也喜欢这样。每天接受治疗的时候，一连串问题被慢慢地提了出来。保持微笑很容易。根本别指望他会去回答。他学起那些新词来有点慢。他以前听过这种大杂烩一般的语言，但从来没说过。与此同时，他那位爱整洁的室友每天晚上都会在房间的另一头高谈阔论一番：一位靠在床上休息的牧师。

十二个步骤。最起码数字能让他感到平静。我很无力。我将相信。我将决定。素数：我将相信。我将决定。我将承认。我将恳请。我将改进。斐波那契数列：我很无力。我很无力。我将相信。我将决定。我将承认。我将甘愿。佩尔数列：我很无力。我将相信。我将承认。我将实践。小组讨论时他垂头丧气地坐在硬邦邦的塑料椅子上，这些数字关系在他的脑袋里嗡嗡作响，活像一窝被掀掉蜂巢盖子的蜜蜂。有时候，他会在脑海中想象母亲皱着眉喝马天尼的样子。

明晃晃的积雪。香烟。宁静。

安定药效减退的时候，他都会怒不可遏地想起迪特迈耶。

来到中心的第六个早晨——那是个星期日——天没亮他就醒了。

他从来没感受过这样的宁静。也许在这样的状态下，他能够找到阿本德罗特猜想的突破口。

不是的。从脑海中冲出的过往又一次撕裂了他的梦。

他走到窗户旁边去抽烟，一只手抚着瘀青未退的脸颊。

他接连不断地遭到痛击。这就是真相。乌尔里希·阿本德罗特。塞思·科普特。厄尔·比特曼。克努森·海伊。叶夫根尼·迪特迈耶。看着他惨遭痛打的观众，是普林斯顿全校所有的上层人物，还有整个东海岸地区那帮生来就是精英的可恶家伙。汉斯·博兰和他的羊绒西装。克莱·韦尔斯和她扬扬得意的宣告。叶夫根尼·迪特迈耶，和他在校园里练出来的下三滥拳术。叶夫根尼·迪特迈耶——在前程之梯上奋力攀登的人群当中，他和安迪特一样处于底层。甚至还要低！这个丑陋的苏联农民奉行的事业观毫无道德可言，和安迪特同样不择手段。是安迪特先出的拳，但迪特迈耶一脚把他踢翻了。两条杂种狗斗得不可开交。狂风暴雨般落下的拳头，最后脸上又挨了一靴子，安迪特的脑袋猛地往后一仰，飞速迎上来的地板又给了他最后的一记重击。就像是被鞭子狠狠抽了一顿的狗。

裹在毯子里的安娜贝勒一直在尖叫。

他记不起事情的具体经过了——她当时是不是想去拉架?

香烟快燃尽了。他又点了一根。

他们给他订了一个月的疗程。小组讨论。心理咨询。健走锻炼。在露台上长时间地吸烟。当众坦白自己的丑事。他感觉这地方就像个劳改营。反复思考他一塌糊涂的事业。还总是让他想起挨揍的不快经历。在梦里，他结下的每一个可鄙的仇敌都在哈哈大笑，笑声让他连站都站不稳。嘈杂的控诉声汇成了不停转动的旋涡。大块头护理员每天给他发四次安定，还凑上前看着他把药片吞掉。绿色，白色。笑嘻嘻，恶狠狠。噩梦中的小丑。让他张开嘴巴，证明没把药片藏在腮帮子里。

第六天上午早餐后，戒除中心把他们那组人带到镇上喝咖啡，以奖励大家付出的努力。那时候大部分病人吃的药都已减量，他的病友们在相互道贺。碰巧的是，他看到街对面杂货店的停车场有辆灰狗巴士正在上客。

那趟车一直把他送到了密尔沃基。

天黑后过了好久，出租车把他送回了自己的公寓。从机场回家的路上，他让司机停了一下，下车去买了鲜花和波旁威士忌。一进门厅，他就看到电话答录机上的灯在闪烁：克努森·海伊和教务长都给他留了言。海伊很担心。沃尔登·康芒斯中心很担心。每个人都很担心。

“哦，那你们都见鬼去吧。”说着他从烟盒里弹出一根烟，兴高采烈地倒了一杯双份的威士忌。

杯里的酒喝光之后，他换了身衣服，吞下三颗药片，用绵纸把鲜花重新包好，然后出了门。正下着雪，他穿的牛津鞋有点打滑，便捡了根橡树枝当手杖。一手拿着花，花瓣上沾着星星点点的雪片，另一只手拿着粗树枝，保持脚下的平衡。无尽而沉闷的寂静笼罩着草坪、树丛和灯光暗淡的房屋，这个地方对他来说已经成了家乡——新泽西州的普林斯顿。他在这里已经待了近十年。他意识到，他唯一的朋友就是自己的头脑。

到了迪特迈耶家，他站在门口，不知道谁会来开门。他准备了一大段话。如果有机会选择的话，安娜贝勒一定会选他——对此他越来越确信不疑。难道叶夫根尼·迪特迈耶真的已经搬出去了？车道上没停车。氯羟安定就像是流淌着希望的瀑布。在药力光芒四射的沐浴下，他毫不畏缩地站在那儿。卧室里亮着一盏灯——在床头她睡的那边。他拎起了门环。在装饰着黄铜的门板上响亮地敲了四声。冷静的手，清晰的声音。那是命运敲响的钟声，坚定不移，从容不迫。安娜贝勒。他退到门廊富丽堂皇的柱子后面，躲在那扇窗户看不到的角落里，抖掉落在鲜花上的雪，用树枝手杖轻轻敲打着地上铺的石板。就在此刻，一头母鹿钻出树林，走进了路灯的光晕之中，抬起头安详地看了看他。

从来都没有什么来自上天的征兆。但这恰恰就是。

啊，安娜贝勒。

看到来开门的人是叶夫根尼·迪特迈耶，实在是太出乎他的意料了。这就是他思维方式的问题所在：不顾显而易见的事实，却死盯着无足轻重的细节不放，最后纠缠着细枝末节，陷入绝境。叶夫根尼·迪特迈耶。诺贝尔经济学奖得主。在街头练出来的拳击手。自吹自擂的恶棍。那家伙从门口探出身子，四下里望了望，然后走到了门廊上。安迪特把准备说的话忘得一干二净。反正说话也没用。他一声不吭地从柱子后面跳出来，在死对头厚实而丑陋的脊背上敲断了那根沉甸甸的橡树枝。

第二部分

4 重述

我坦白

我没说实话。

这个人——迈洛·安迪特——他是我的父亲。

故事还能怎么讲呢？大部分事情都是他自己告诉我的，我只是在必不可少的地方做了点补充。我也没遗漏什么东西——只有很少几处我实在不忍心写下具体细节。我觉得读者应该会原谅我——比如说，我略去了他和海伦娜·皮尔斯的床笫之欢——尽管他讲述这些事情时同样巨细靡遗。一点一滴地，他把自己的毕生经历都告诉了我。这都是后来的事了，当时他还在病中。

我仍然在努力，努力去理解他，真的。尽量把账算清楚——这是我人生中极其艰难的一件事，我觉得。正如那本书[1]中所说："对自己的品德做一次彻底而无惧的检讨。"我们俩都得这么做。我现在的年纪和他刚到普林斯顿时差不多。

1 指的是嗜酒者互诫协会（Alcoholics Anonymous）出版的《十二个步骤与十二条准则》（*Twelve Steps and Twelve Traditions*）。

我们从何处来？我们是谁？我们向何处去？[1]

还不到三十岁，我就被职业生涯中莫名其妙的成就弄得筋疲力尽。不久前我回到家，去照顾爸爸。当时他已经独自在一个泥泞的池塘边生活了将近十年，池塘坐落在一片森林的中央，是密歇根州中部早已被人遗忘的郊野地带。在他住的小屋里，石膏板上鸭子图案的墙纸剥脱成了卷曲的长条，就像他儿时森林里的桦树。现在他的身体状况越来越糟糕了。

他的身体竟然到现在才出问题，这才是真正令人惊叹的地方。小时候，我记得他的早餐总是两个煮鸡蛋、两片培根，外加一杯波旁威士忌。我以为这种早餐是正常的。他碰都不碰煮鸡蛋，我也以为这是正常的。事实上，以前我常在妈妈煎培根时给他倒好威士忌，等他喝完酒，吃掉培根，我就把鸡蛋吃掉。我和妹妹在俄亥俄州的塔平顿长大，我们家离法布里克斯女子学院不远。在我爸爸两次被开除后——先是普林斯顿，接着是安大略湖学院——这所小小的浸会学校不声不响地收留了他。

我回家照料爸爸的时候，妈妈已经和他离了婚。当然，他们的婚姻状况向来非常糟糕，最起码可以说是建立在一架毫无希望的跷跷板上——跷跷板的一头是我父亲，他在这头毫无保留地压上了自己无比出色的逻辑推理、彻头彻尾的傲慢自负、超乎常人的强大思维、尖酸刻薄的冷嘲热讽、近乎自闭的内向性格，还有举世无双的唯我独尊；另一头则是我的母亲，她放在那头的只有两样毫不起眼的东西：乐观主义和关切之情。

也许还有第三样东西：她的幽默感。即便是在他们的婚姻每况愈下的时候，她仍然保持着温文尔雅、不慌不忙的习惯，在长

1　原文为法语：*D'où Venons Nous? Que Sommes Nous? Où Allons Nous?* 系高更传世画作的题名。

时间的停顿之后，用轻描淡写的一句话就打退他的挑衅，犹如在网球第二次着地前成功回击的运动员。

我还能想象出他在那些日子里的模样。个头很高。身材瘦削。对我们漫不经心，但还没有发展到对一切都漫不经心的地步。对房间以外的事物还有兴趣。他背着手走来走去，两脚向外撇开，头朝后仰着，就像个在池塘上溜冰的老派欧洲人。早在身体变坏之前，他就成了个烟鬼，抽起烟来简直跟喝酒一样可怕。说实话，我儿时最鲜明的记忆就是他的香烟味儿，那种气味扎根在家中的每一个角落，在每个人的每一件衣物上徘徊不去。我倒是无所谓，但我妈妈肯定很讨厌烟味儿。她不停地洗了又洗。收拾了又收拾。这只不过是个开始。她没完没了地鼓励，没完没了地道歉，没完没了地努力。我能怎么形容她呢？她这个人天生就是为别人服务的。如果把它当作衡量可爱程度的标准，那么我妈妈无疑是可爱的典范。

而且她全心全意地爱着他。这本身又是个难解之谜。

后来我们才知道，她一直没拿到学位——不过，就在我父亲和她说起艺术史之后不久，她真的照着他的建议去读这个专业了。是她自己去读的，都没跟他说过，但她始终学得非常投入。她就是这样的人。

是的，海伦娜·皮尔斯是我的母亲。

她在法院和迈洛·安迪特结了婚。第二天他们俩一起离开了普林斯顿，前往纽约州的布法罗市。克努森·海伊对我爸爸始终倾力支持，替他在布法罗找了个代课老师的职位。安大略湖学院是一所实验性的文科院校，规模很小却野心勃勃，否则它也不会冒险雇用一位被学校保安扫地出门的老师。当然了，爸爸妈妈根本没度蜜月。不过他们俩上了开往北方的火车，在离尼亚加拉瀑布不远的地方租了一所公寓。不幸的是，全新的开始只持续了短短几个星期——我爸爸把新学校的系主任臭骂了一顿，只得再次卷铺盖走人。这一次去的是俄亥俄州的塔平顿，当地的法布里克斯学院同意给他一份工作——简直是*奇迹中的奇迹*。一九八四年三月，我父母买了一辆二手福特乡绅旅行车，沿着 77 号公路向南开去。那以后的大部分时间里我妈妈都住在塔平顿。

我敢肯定，爸爸更想买双座跑车——至少也得是四门的轿跑——而不是这种家用型旅行车。但他的新娘很讲求实际。这可能是天性使然，也可能是她预感到了今后生活的模样。

我是在那一年年底出生的。一年之后，我的妹妹保莉特也来到了人世。

我和保莉[1]刚到上学的年纪，妈妈就常常拖着我们去艺术博物馆。我要强调的是*拖着去*。在俄亥俄州，我们周边就有许多非常好的艺术博物馆——随便举几个例子，比如在哥伦布、辛辛那提和代顿——但她每年夏天都坚持要拖着我们去两趟芝加哥艺术学院，去那儿得冒着闷热的天气坐五个小时的车，简直是成心让我们受罪。一路上我和妹妹都得在那辆嘎嘎乱响的旧乡绅上苦熬，黑色的聚乙烯内饰散发着一股怪味，活像是遍地枯枝败叶的森林中的狗舍。当然了，爸爸从来不和我们同行。我和保莉在后座上看智力测验书，或透过灰蒙蒙的车窗玻璃盯着外面；家里养的那条非纯种的伯恩山犬伯努利（除了我爸，大家都叫它伯尼）侧躺在行李座上，一根咬得稀烂的尼龙磨牙棒靠在它嘴边；妈妈两手扶着方向盘坐在前排座椅上，脊背挺得笔直，身上微微散发着黛亚沐浴皂的香味，不时用叠好的手绢擦掉脖子上的汗水。车上的

1 Paulie，对保莉特（Paulette）的昵称。

空调早就坏掉了。

实际上，当时安迪特家的旅行车在塔平顿已是闻名遐迩。有一次我爸在法布里克斯学院的一个同事问他是不是在枪战中受过伤——车子左前方翼子板上锈出的几个窟窿恰好连成了一条线，看着很吓人。住在隔壁的邻居每个星期天都自己洗车，也许是喜欢帮忙，也许是出于担忧，以前他还会帮我们冲洗那辆乡绅，然后弯下腰透过磨花的挡风玻璃，瞅瞅车里的情况。一小团一小团黄色的泡沫棉从坐垫的裂缝里冒了出来，行李座上方车顶的布质内衬是用胶带粘在车架上的。有一扇后车门只能从里面打开，天气潮湿的时候电动车窗就不好使了，除非我们像船上发送 SOS 信号的电报员那样，飞快地连续敲击按钮。爸爸总会在杂物箱里放一罐启动液。

当然，爸爸肯定会毫不犹豫地买辆新车。

当然，妈妈绝对不会允许他这么干。

旅行车轿厢的地板上铺着深色的脚垫，就像是长年无人打理的花园，堆满了用过的图画本、干掉的毡头记号笔，还有泡了水的欧洲名画复制品，妈妈每次开车带我们出远门之前都会发这些东西给我们。（小时候最起码有一年时间，一张糊满了泥巴的耶稣画像——来自四月份的挂历，上面印着乔托的画作《基督劝说彼得》——总是在我的运动鞋中间斜着眼抬头望我。）座椅散发出的霉味，再加上一股似乎是从脚下车底板传来的潮湿、发酵的气息，简直难闻得要命。

但每次开车去芝加哥之前，其实是在每次车程超过一个小时的旅途前，妈妈都会向我们简单介绍一位早已故去的艺术家，再发给我们一沓缩微名画，通常都是从艺术馆上一年的年历上剪下来的。（顺便说一句，保莉特的名字取自保罗 · 埃尔德什——当代数学家中不被爸爸鄙视的少数几个人之一——不过她的中间名是阿尔泰米西娅，取自意大利巴洛克时期著名的油画家阿尔泰米西娅·真蒂莱斯基。）妈妈自己一直很喜欢画画，不过我觉得她之所以如此热衷于艺术史，还努力让我们也投身其中，主要是因为艺术史是一门与数学有着天差地别的学科。

艺术史也是不切实际的。事实上，我妈妈能在这段婚姻中坚持这么久，也许恰恰是因为她接受了一门不切实际的教育——她完全是自学的。（我常会想，说不定这也是爸爸建议她去学艺术史的原因：Pluralitas non est ponenda sine necessitate.[1]）妈妈年轻时曾被新罗谢尔学院录取，但由于生活所迫，她没去上学，而是在普林斯顿找了份工作，在那儿遇到了爸爸——你们在前面已经看到了。我觉得她再也不愿当秘书了。靠着在法布里克斯学院拿的薪水，爸爸最起码能够供养全家，即便这意味着我们得待在塔平顿，住在油漆剥落的房子里，开着破破烂烂的旅行车。

我还得补充一句，只要看看妈妈是怎么料理家务的，我就能猜出爸爸拿的薪水大概有多少。每隔一周的星期日她都会坐在厨房桌前，边喝茶边在一本擦了又擦的计算簿上算账，然后让爸爸把付账的支票带到办公室寄走。法布里克斯学院有邮票。学院还有信封，她会把信封上的校址和校徽涂得干干净净（不过涂改时她喜欢把学校尖塔的轮廓保留下来，有时还会留着那对林鸭的剪影），然后写上我们自己的回信地址：卡诺姆路 1729 号。填完了这个星期日要付的支票，她会把下个星期日要用的信封准备好，撕掉已结清的账单，然后小心地把茶包挂到厨房水龙头上晾干。一个茶包她会用两次。

我觉得妈妈如此坚定不移地保持着节俭的习惯，不仅仅是出于本能，也是因为这辈子她都在竭力为我和妹妹铺路。（即便

1　拉丁语，意为“避繁就简”，系奥卡姆剃刀原理的主要内容。

是现在，她还是会为我们担心。）不管爸爸带回家的是什么，她都会让它成倍增加。她干的就是这个：让东西成倍增加。举例来说，星期天是我们吃肉的日子，那么星期一、星期二她就会端上骨头汤。乘以3。当然，再配上米饭和胡萝卜。乘以4。或者是土豆。乘以5。胡萝卜是我们家后面那片无主荒地里长出来的，土豆则是怪模怪样的次品，每个星期天下午由卡车送到塔平顿公共图书馆停车场，一袋足有三十五磅。按照我爸爸以前的说法，这叫农业拓扑学。在那些日子里，妈妈非常明确地告诉我们花钱时必须精打细算，即使爸爸丝毫没有省钱的想法。妹妹的大部分衣服都是妈妈自己做的，而我穿的那些再简单不过的衣服，则是她从万能的教堂义卖场里淘来的，这种义卖就相当于镇上的流动慈善机构。（我爸爸把圣安德鲁纪念教堂称为“安迪特家的裁缝铺”。）

他们俩会为了穿着打扮的事较劲，但不会真的吵起来。这是他们交战时通常会采取的战斗模式，至少一开始是这样。举个例子，我爸爸仍然戴着那顶博尔萨利诺软呢帽，早晨他会用刷子把它精心打理一番；还有那几套被他当成宝贝、经常换着穿的定制西装，也是以前在普林斯顿上班时穿的，他会定期把西装送到干洗店去。穿西装时，他还会郑重其事地配上从纽约市一家邮购商店买来的浅色衬衣。妈妈对此做出的反击则是从圣安德鲁纪念教堂买回自己要穿的各种衣服，然后用她在大甩卖时入手、又自己修好的缝纫机改成合适的尺寸。她很擅长这些。不管家里有什么东西堵住、裂开、烧坏、磨破，或是莫名其妙地不好用了，她一般都能把它们修好——因为我爸爸根本不屑去修修补补。（令人吃惊的是，他干起这些事来却是把好手。）下水管。窗帘。吹风机。地毯。窗户。当然还有各种各样不再合用的东西，比如说衣服。

对于我们的教育问题，他们也是明着不吵却暗中较劲。

只要我们几个人一出门，她就会在厨房台面旁边坐下来，翻开一本关于某位不知名的佛罗伦萨画家的大部头著作，或者是一本配有吓人插图的教科书——从我妹妹上小学的那一年起，她就报了几门护理学课程。这是妈妈本人的自我提升任务。她计划在俄亥俄州的夜校拿到实用护理学的毕业证书。虽说每天光照顾我们三个（更不用说还有伯尼）就得辛苦地忙上许多小时，她还是打定主意要拿下这个学位。她每年修一门课程，照这样的进度，她毕业时差不多也就能当上奶奶了。不过，这种琐碎的细节是不会让她止步的——海伦娜·皮尔斯·安迪特不是这样的人。

我觉得对于妈妈而言，这一切——书籍、图书馆、遥不可及的学位，还有她坚持要用来约束自己的各种一丝不苟、严格自律的习惯——其实是她所能提供的最接近保障的东西。为了她的孩子们。精神上的保障。情感上的保障。话说回来，就经济意义而言，我爸爸的专业是最实用的，妈妈的专业却毫无用处，而如此勤俭持家的一个女人，却偏偏要抵制前者而鼓励后者，除了她已知晓的丈夫的人生经历，还能有什么理由？世界上有许多我和保莉可以从事的职业——她的努力无非是想让我们明白这个道理。艺术史只不过碰巧是其中之一罢了。

我应该补充一点，关于爸爸在视觉艺术上的过人天赋，我能举出的例证并不多。他后来的画作几乎全是为了炫技，画的都是些凭空想象出的图形，以无比复杂的方式叠加在一起——多个旋转的四维超正方体在顶点处重叠，围绕六维空间中的平面旋转的三维流形——而且几乎所有的画都被弄丢了。他给著名数学家画的肖像也没留下来——反正我手里没有。我家厨房墙上的银质相框里镶着一幅画，细致地描绘了儿时家门口的景象，细节精确得惊人，除了画纸左上角留出的一块空白。挂在它旁边的是一张近乎照片的画作，画的是人行道上一块没铺整齐的地砖——从我记事时起，这块砖头就一直凸出在卡诺姆路1729号和通向北方的车道之间的地面上。我爸爸画这块混凝土地砖的时候，用透视法大大缩短了后方冻胀的路面，却把前景处顶上积了厚厚一层雪的界桩放得很大——他画的仿佛是一只蚂蚁眼中的景象。界桩立在地砖翘起的边缘，位置恰好在我们家那一边。这就是他做这件事的目的，他画地砖是出于法律上的考虑。我们的邻居——就是喜欢顺手帮我们冲洗车子的那位——摔了一跤。当时爸爸主动承担了还原这一侵权行为真相的责任，他趴到地上就画了起来，毫无羞耻和歉疚之情（这两种情绪他都无法体会）。当然了，塔平顿这地方从来没闹过什么官司，不过我爸爸对人与人之间的争斗非常熟悉，何况他还在东部生活过一段时间。除了这两幅画，我印象中他再也没有拿起笔描绘过世人眼中的世界，也从来没提起过自己在绘画上的天赋。就好像它根本不存在似的。

尽管如此，妈妈还是一直想发掘我们的能力。

除了数学以外的任何能力。

博物馆成了我父母夏季争斗的前线，他们之间的战争最终变成了一场旷日持久的十五年战争。在我八岁、保莉七岁那年的六月，妈妈把伯尼寄放到养狗场——我爸爸很讨厌狗，就像狗也讨厌他一样——开车带着我和我妹妹去了姨妈在印第安纳州哈蒙德的家。我们撇开他在那儿待了整整三个星期，妈妈每天早晨都会开车把我们送到芝加哥密歇根大道的日间夏令营（是艺术学院的老师们开设的），然后再回哈蒙德。下午她就待在姐姐家，聊聊当时她那肯定已经开始解体的婚姻。在芝加哥的湖边，二十多个七岁到九岁年纪的孩子坐在乔治·修拉的《大碗岛的星期天下午》前，认认真真地用点彩画法临摹画作，但其中有个孩子却把画笔的柄当成经纬仪，想尽可能精确地估算出广告牌那么大的画布上到底画了多少个点。（大约有一百二十万个！）

那个孩子就是我：汉斯·欧拉·安迪特。

失败的数学家。

波动率微笑[1]

当然了，我的名字是照着数学家取的。我来到人世后第九年的那个秋天，爸爸终于在我的数学教育问题上认真起来。在爸爸看来，其他所有的学科——包括自然科学在内，这是他自己的父亲从事的职业，也是他母亲大学时主修的专业——都因为无法摆脱物质世界而遭到了无可挽回的毁坏。生物、化学、工程、地理——更别提妈妈用磨破的**林鸭队加油**！大手提袋为我们装回来的许多其他不入流的课程了——都不够纯粹，它们都得依靠观察，依靠血液、力量或是元素发生的种种变化。全都是些愚蠢的玩意儿。相反，数学并不需要向这世界令人心烦意乱的伪善言辞做出任何妥协。它是纯粹的逻辑，外加一点纯粹的想象力。虽然我承认这么说可能有过分简化之嫌，但我仍然认为爸爸对纯粹之物的热爱带有某种宗教般的虔诚。尽管看不见，数学却无处不在，而

1 Volatility smile，金融业术语，指的是期权的隐含波动率在以执行价为横坐标的图上呈现出的两头高中间低的 U 形图像，因其形态酷似一个微笑的嘴形，故名。

且时时刻刻都发挥着作用，就像万能的上帝一样。

就连物理学都没有这种与生俱来的权利。说实在的，我爸爸这辈子每每想起一件事就会深受刺激：他竟然离开了一所拥有全世界最伟大的数学系的大学，到了数学家和物理学家得共用一条走廊的地方教书。法布里克斯学院数学与物理系。想想看！

我曾不止一次听他说过，这两门学科就好比是板球和棒球，只有对这两种运动的规则都一窍不通的人才会觉得它们相像。他特别喜欢在鸡尾酒会或是系里组织野餐时发表诸如此类的言论，如果有人非得拉着他聊上几句的话。在俄亥俄州的塔平顿，即便是在法布里克斯学院，听到这种言论的人大都也无言以对，最多是冲着他点点头。从某种意义上说，这也许正是他一直以来的问题所在：芸芸众生根本禁不起他那奥卡姆式的剖析。

问题是，以前我和他在一起的时候总是很开心。现在知道许多事情之后，我实在搞不清这是为什么。也许是因为妈妈的影响吧——不管怎样她都坚持要看硬币闪光的那一面。其实在我童年时代的大部分时间，一切都很正常，至少我觉得是这样。

我还记得许多时刻。某年十月的一个下午，我们坐在房前院子里的桑树下（那年秋天，几乎每个工作日的下午我们都坐在那儿），学习爸爸专业领域的基础知识。当时，爸爸还没有完全接受他在人生和职业上的失败——反正据我所知还没有。虽然他已经被普林斯顿开除，但他还算年轻，在我心目中仍然是一个洞悉世界运转规律、令人望而生畏的专家。在院子里，他身上古龙水的柑橘味儿和草丛中散落的野山楂果微酸的气味混在一起，闻着很舒服。保莉特和妈妈待在屋里。我记得那天爸爸刚刚给我讲解了一个微积分基本定理的推导过程（是詹姆斯·格雷果里的版本——他觉得伊萨克·巴罗的推导不值一提，虽说后者的推导在数学史上的地位比牛顿和莱布尼茨还要高）。对于我那个年纪的孩子来说，这样的授课内容似乎有点太离谱了。但我现在可以告诉你，读七年级（我和妹妹上学时都跳了三级）的小孩子只要算得上聪明，哪怕有点不合群，学起微积分来都毫无问题。我还可以举出其他的例子，比如众多东方国家的教育体系，比如许多在家接受教育的儿童的经历，或是有统计资料为证的现象：国内著名大学每年的新生班级中都会有十几个还没到青春期的孩子。但其实我只需要告诉你，在枝干虬结的老桑树下的破木头长凳上，那个年纪的我坐在爸爸身边，已经毫不费力地掌握了每一门先导课程——代数、几何和三角函数。

我还得补充一句：在一大帮今后有望成为数学家的孩子当中，我的全面发展也许真应该说是比较慢的。（造成这一点的还有其他的原因。）举例来说，伟大的匈牙利数学家保罗·埃尔德什刚学会走路没多久，就能靠心算做出三位数的乘法。而我呢，还没迈进初中校门，爸爸就带着我研读了每一项被牛顿和莱布尼茨奉为先驱的数学成就，以及能够在数学证明中各显神通的每一种方法：从看似简单的归纳法，到优雅得体的换质位法，再到蛮不讲理却令人兴奋的归谬法（甚至还有饱受攻击的枚举法，如今这是计算机特别擅长的证明手段。出于某些奇怪的原因，爸爸说起这种方法时总会噘起嘴唇，就像是咬到了柠檬。）我没费什么力气就把这些内容全学会了。而且我觉得这是很正常的事，就像爸爸每天都拿培根和波旁威士忌当早餐一样。

“汉斯，”有一天下午他对我说，“任何形状都可以用越来越小的形状来表述，任何事物都能够以如此简单的方法被估算出来——最早吸引我关注数学的就是这个概念，这个发现。从那以后，我的大部分思想都一直受它的指引。”

他说话时一般都不需要别人回应。

“数学是一门人为创造的科学。”他接着说道。（这是他的一个怪癖：他始终坚持要用数学的英文全称，mathematics，但我认识的其他数学家用的几乎都是简称，math。同样值得一提的是，和我认识的所有数学家一样，爸爸说起“马洛什猜想”或是“马洛什定理”的时候一定会说全名，从来不会像他儿子那样直接称之为“马洛什”。）“可奇怪的是，”他接着往下说，“数学这种完全由思想构建而成的发明，又能够产生出其他新的发明。因此，数学的发明在人们眼中往往更像发现，而不是创造。事实上，该如何定义它们依然没有定论。”他意味深长地转头看了看我，仍旧充满激情的双眼在苍白脸颊的衬托下闪闪发亮，“为什么有许多数学家会觉得自己有幸与闻了上帝的语言？我认为也是出于这个原因。”

“我听过这个说法。”我主动答道。

他想了一会儿。“不过我还是得说，我也曾经试着从其他角度去理解数学。比如说，把它看作思想的语言。甚至是……”说到这儿，他若有所思地转向了我，“把它视为语言的语言。语法的基石。认知的核心。在数学的铁轨上，人类进步的火车喷着气向前开动，爬过了一座又一座山峰。”

就在那一刻，一根桑树的嫩枝掉在了我们面前的草坪上。

“有松鼠。”我说着朝树上望去。爸爸捡起树枝，拿在手里转来转去。他一旦开了头，就很难被打断。“数学就像是在雕刻木头娃娃，”他说，“后来有一天，你看着看着就发现，你雕的木头娃娃又生出了另一个木头娃娃。”

这几句话我一辈子都没忘记。

我们又坐了一会儿。那个时候我已经习惯了他恍然出神的样子。这时我看到了那只松鼠，它正在枝条间蹦来蹦去。时不时有被它抖下的几片树叶掉落在我们身旁。我常常想，说不定松鼠是故意瞄着我们的。

“事实上，”他突然接着说，“恰恰是靠这个，你才能知道自己的木头娃娃是不是个活物。看它能不能再生产出另一个木头娃娃。”

没过几年，在爸爸的病症终于显露出来的那个夏天，我记得自己注意到他变了样的肚子在腰带上面高高隆起。他带我们去了公共游泳池。那时候我已经提前进入了青春期，开始考虑今后到底是上加州理工还是麻省理工（万一出于某种原因，这两所学校都没有注意到我的潜力，说不定我还可以上哈佛或是普林斯顿）。爸爸以前一直都很瘦，简直可以用憔悴来形容。现在，他肚子的轮廓却像极了一道圆滑而连贯的高斯曲线。曲线的下端微微内收，曲率以病灶为中心呈放射状分布。后来我从曼哈顿回家照顾他的时候才知道，他病灶所在的位置叫作脐韧带。他的大肚子腆在游泳裤的裤腰上方，活像一个灌满水的气球。

“我的天，”他在跳板旁边坐下时，我问道，“这是什么玩意儿？”

“统计噪声[1]。”他不假思索地回答。

“去你的，老爸。”

“去你的，儿子。”

他微微一笑。那一年，不知怎么我们就养成了说这种话的习惯。是我先开的头，可我没想到他竟然愿意接下去，也许是因为他预感到这种玩笑能够缓解父子之间即将展开的恶斗吧。

那天下午，我清楚地记得他看起来和其他人到中年的父亲都不一样。他们聚在褪色的太阳伞下，身上的运动衫被肚子撑得圆鼓鼓的，一看就很和蔼可亲。我爸爸新长出的肚腩却没有丝毫可爱之处。那东西没给他带来丝毫容易相处、待人亲切的感觉。尽管他回答得很机智，但他看起来还是一副病恹恹的模样。这么多年来，我眼中的爸爸一直是个高高瘦瘦、风度翩翩的人，可现在

1 Statistical Noise，指可能在统计样本中出现的无法解释的误差。

他的身体里好像突然冒出了另一个毫无身材可言的家伙——一个颤颤巍巍、灌满了水的大块头，一个土灰色的人造人，正在从爸爸的皮肤底下往外钻。从木头娃娃里蹦出来的另一个木头娃娃。

那天跟我一起游泳的还有另一个在学校认识的男孩。我蹲下身正准备往游泳池里跳，他在水中抬起头，看着我说："你老爸的眼睛是黄色的。"

"所有人的眼睛都是这种颜色的，"我说，"你仔细瞧瞧就知道了。"然后我跳进了水里。

现在我自己也是个老师，在高中教几何、三角函数和微积分。工作的时候我碰到过许多麻烦缠身的孩子。有些迹象并不难察觉：整天叽叽呱呱的孩子变得心不在焉、沉默寡言；成绩最好的学生却老是不做家庭作业；哈欠连天的啦啦队队长迟到的时间越拖越长，身上脏兮兮的衬衫一个星期都没换。对这样的孩子我会特别小心。这些孩子能进我带的班，说明他们够聪明、够灵活（因而能够逃过学校辅导员的注意），但他们同样也很脆弱，很容易误入歧途——假如你想这么看待他们的问题的话。

从这个意义上说，老师是一种高尚的职业。你被赋予了干预的机会。

不过我还得告诉你一件事，免得你以为我在其他方面也很高尚：在我当老师之前，我先当上了富人。按照我以前从事的行业的标准，只能算是小富；但如果按照——比方说医生或者律师这些行业的标准，应该算是富豪了。（如果按照教师行业的标准，那就是富得不像话了。）当然了，我应该算是异常值之中的异常值，因为我从费兹克合作资本经营公司退休时还是个没活多少岁的毛头小伙子，许多和我差不多大的年轻人都还在给楼上的老板端咖啡。费兹克公司是一家对冲基金公司。PPCM，LLC[1]。在将近十年的时间里，我一直是该公司高频交易部温文尔雅的天才青年，办公室高踞华尔街 40 号大厦的顶楼（补充一下，这栋楼曾经是全世界最高的建筑）。我刚开始工作的时候，高频交易还是某种秘而不宣的东西，至少对公众来说是这样。我在费兹克公司有单独的办公套间，门上装着密码锁。在这个地方，为了分毫不差地拿下 4.5% 的净收益率——其中还不包括属于我本人的、通常高得吓人的分红，这样的业绩让我的日工资达到了爸爸全年收入的一百倍——我每天都得在灯光耀眼的办公桌前坐上十二个小时，不停地追踪当时世界上几乎所有金融工具的价差。所有国际交易所新发行的债券；芝加哥商业交易所上可交付的玉米；新加坡外汇市场上的三角套汇。说得更准确一点，我追踪的应该是价差的影子。基础资产是什么都无所谓，我的特长是衍生金融工具，它们围绕着基础资产不停地变动，就像一辆疾驰而过的卡车带起的空气，其中充斥着阵风与涡流。这就是我做的事：我要搞清楚哪些阵风和涡流是可以预测的。一旦我找准了一样，公司就能够大快朵颐。就是这样。归根到底，这其实就是数学。正如伟大的费希尔·布莱克喜欢说的那样，市场需要噪声。我们不会长期持有莱格斯袜业或通用电气的股票；不管我们做的是公开交易还是黑池交易都没关系；即使我们一面让客户做多某些股票，一面却自己做空，这也不要紧；我们只不过是从独家的统计曲线上摘取了一些数据点，然后拿它们到银行去换钱罢了。这些曲线可都是我做出来的。

当时，费兹克公司用的每一种算法几乎都是我写出来的。我把费希尔·布莱克、尤金·法玛和罗伯特·莫顿放进搅拌器，打出

1 PPCM 是费兹克合作资本经营（Physico Partners Capital Management）的缩写，LLC 是有限责任公司（Limited Liability Company）的缩写。

了一大杯独出心裁的金钱鲜果奶昔，公司里所有的人都贪婪地抱着杯子唏里呼噜地喝个不停。（顺便说一句，我在费兹克干的那些年，公司的夏普指数[1]从来都没有高到离谱的程度：我们当时正在一点点地朝着拥有微秒级响应速度、采取端对端传输模式的市场数据处理系统前进。到了我华尔街生涯的尾声，这种处理系统已经成了每一位拥有数学博士学位的交易员必备的谋生手段。但我刚开始上班的时候，这一切都还是新鲜事物，我们都觉得自己是开拓者。）快退休时，我仍然坚持的职业道德准则只有一条：任何一笔交易都要速战速决。如果能在电子旋转一周的瞬间得到所需的线索，我们就绝不会浪费任何时间。我们做每一笔业务时，都能比自动收报机快出几毫秒。

我刚上班时只有十七岁。每周工作五天，在别的孩子还在为三角函数作业大伤脑筋的时候，我就已经坐在办公室的广谱日光灯下，追逐着世界各地升起的太阳——从纽约到伦敦，到莫斯科，到东京，再到洛杉矶。我面前是九台排成半个六边形的超高亮度阴极射线管显示器，屏幕上飞速闪动的各种颜色时刻提示着询价和报价情况，就像是准备重新进入大气层的宇宙飞船的仪表板。毫无疑问，计算机可以替任何一位交易员做运算——为了尊重父亲使用全称的习惯，我应该说计算机做的是数学运算——但由于编写程序的人是我，计算机发挥的作用就不可同日而语了。另一个优势在于，如果再算上其他交易员把视线从一个屏幕转向另一个屏幕所需的时间，那么我做起运算来可比计算机还要快。

没错——在十年的时间里，我就是个厄尔·比特曼。

等到我终于离开费兹克公司的时候（在公司惨淡收场之前），我重新进入了正常的大气层。最后一次脱下炭灰色西装的那天，

---

1 Sharpe Ratio，用以衡量基金绩效表现的常用标准化指标。

我还不到三十岁，却已经挣足了钱。我可以从此退休，也可以靠着手里的钱再去追求真正意义上的巨大财富。但问题在于，我想让这一切全都消失。我想让一切重新开始——我妻子也是这么想的——我们要尽可能远离以前的那种生活。

我们最后来到了纽约州的莱瑟维尔。乔治·威斯汀豪斯高中，我们俩现在都在这所学校领工资。

奥德拉帮学生补习阅读和写作，兼职；我教的是数学，全职。我每天要上五节课，要到年级教室做辅导，在学校吃午饭，还有两个可以自行安排的课时，我一般会用来辅导学生，或是批改作业。我带着男孩子们跑越野赛，还参加了数学俱乐部和课程委员会。奥德拉带两个班，每周上三天课。她还是家长教师协会的联络员，外加春季网球队的教练。

野猫队，加油！

我们总是忙忙碌碌。她参加了镇上的绿化委员会，我是幼年童子军的助理领队。她特别会做菜，我做得也还不赖。她负责管账，我清理厨房（我喜欢干这个）。我们有两个孩子，女孩叫艾米，男孩叫尼尔斯。他们都还在上小学，两个人都表现出了安迪特家族的天赋。特别是艾米。

我们不会阻止孩子们发展这方面的天赋。但我们也会想方设法找点其他的事给他们做。

不久前，我帮忙领着一队幼年童子军到附近一带远足。尼尔斯是童子军。不过有活动时我都会把艾米带上，哪怕队伍里只有她一个女孩。我们那儿的幼年女童子军不会组织她喜欢的活动，比如踩着烂泥巴长途步行。

我们去的地方名叫米德尔顿洞穴群，那是一连串狭窄的岩洞，最终通向一个深达五十英尺的巨大洞室。在这个洞室里，童子军们可以集体站在一道金属护栏后面，目瞪口呆地看着我把矿灯的光芒投射到易洛魁印第安人在我们出生前一千多年留下的岩画上。这可是刻在石头上的芝加哥艺术学院。洞穴群本身就很难找，从停车场出发后得在蜿蜒曲折的山路上走三英里，才能抵达岩洞的入口。最近我们那儿一直在下雨，出发当天的早晨，地面一踩上去就会发出咕叽咕叽的声音。还没走出一百码，烂泥就把一只靴子从一个小不点儿的脚上拽掉了。不过，比尔 · 格兰廷先生——童子军的团长——可不会随随便便取消户外活动。等到我终于把陷进泥里的靴子又穿回那孩子的脚上，大家就再次出发了。

那天早晨我们走的小路上有几条小溪横穿而过，还有许多满是泥浆的水坑，水面上蠕动着满满一层幼虫。时值暮春，蠓虫和蚊子都已孵化。植被茂密得跟丛林一样。莱瑟韦尔附近是丘陵地带，树林看起来几乎没什么差别，所以在野外行进可能会异常困难。能让徒步旅行者看到地形全貌的高点并不多，也没有大的河流可以用来辨明方向。这地方并不危险——只要你走得够久，最后总能到达某一座停车场——但即便如此，确实还是会有人迷路。我们走了半个多小时，接着团长在一个路口处拐错了方向。队伍跟着他走上了这条路。我的位置在队尾，虽说我知道团长走错了，但还是打算跟着大家走。兴高采烈的尼尔斯一路蹦蹦跳跳，在拐弯处消失不见了，但艾米一走到其他孩子拐错方向的地方就停了下来，回头朝我看了一眼。她刚过九岁生日没多久。那天早晨我们俩看过地图，只是简单地扫了几眼，不过我能看出她意识到不对头了。我假装没看出来。我挥挥手示意她往前走，队伍里其他的人也都跟了上去。格兰廷先生带着我们一路前进，而我和艾米都知道这条路将会把大家引入歧途。

当然了，后来也没出什么事。我们最终还是找到了洞穴群，只是比计划中多花了一个小时。来到第一个岩洞入口的地标处（两块紧紧挨在一起的巨石）时，大家走了足足五英里，而不是三英里。我们的队伍里有十七个六到十岁大的小男孩，大部分都穿着崭新的靴子，还有一个小女孩，穿着一双红白两色的高帮鞋。格兰廷团长觉得现在这一代都被宠坏了，所以一路上都不准他们吃东西，只休息了一次，让大家喝了点水。

你想想吧。

从那个地方，我们小心翼翼地朝洞穴群下方走去。在地底的昏暗光线之中，我们站在一块水平伸出的裸露页岩上，唯一的照明就是洞壁上那盏发出淡黄色光芒的灯。到达这里之前，我们钻过了十几个狭窄的岩洞，其中几个洞的宽度只能勉强容下我的肩膀。我听到小不点儿们在抽抽搭搭地哭，有几个年纪稍大的孩子则在又哄又劝，他们勇敢的声音在阴暗的洞穴中发出了回响。我打开了自己带来的灯，童子军们抬头朝对面的洞壁望去，那上面刻着易洛魁印第安人的象形文字，还有正在奔跑的红色野牛群，但野牛的颜色已经很淡了。我低下头瞧了瞧他们的脸。有些孩子的脸上能看到干掉的泪痕（不过艾米和尼尔斯的脸上都没有），所有人的脸上都被蚊子叮出了包，还有汗水、污泥和一道道的红印，那是附近到处疯长的荨麻划过皮肤的印记。

一如往常，洞里响起了一片惊叹。容易被打动是幼年童子军们的天性。站在狭窄的页岩平台上，我把灯朝着岩洞底部的地下河探出去，只见一条宽阔的溪流缓缓地流淌着，近乎荧光色的河水就像是从罐头里倒出来的冻柠檬汁。惊叹的声音更大了。这个年纪的孩子最爱看这样的东西。不过在一片真酷、太棒了之中，我还能听到几个小不点儿遏制不住的抽噎，落在队伍后头的他们一直在哼哼唧唧。可能是给新靴子磨出了水泡，也可能是被满身的烂泥弄得奇痒难忍。我想到返回停车场时大家还得照着原路再走一遍，不免有点担心。

走出洞穴群的时候，艾米又转过身，冲着我做了个鬼脸。在小路起点处明亮的阳光下，我们俩都眯起了眼睛。如果我们朝右边走，返程的路就能少走一两英里。但格兰廷先生又带着大家上了左边的那条路，踩着我们自己留下的拖泥带水的脚印再次钻进了森林。

几分钟之后，艾米放慢脚步，故意落到了我前面一点点的位置。

“好吧，”我在她身后悄声说，“你可以换个角度想一想。按照这种进度，我们回到原地得多出多少时间？”

“那得看平均速度。”她侧头瞥了我一眼，“照这样的节奏，呵。”

“这部分因素你也得自己想清楚，”我平静地说，“否则今天的辛苦就毫无意义了。赶紧回到你的位置上去。”

当然了，最后我们都回到了停车场。但是上了车一脱掉靴子，所有人的脚上都是水泡、被荨麻划破的伤痕，还有吓人的红印。回到总部，一看到早早等在那儿的父母，有几个小不点儿又开始哭哭啼啼。奇怪的是，大一点的孩子都默不作声，就像是好不容易撤出战壕的士兵。

但总的说来，结果还算不错。我给艾米和尼尔斯带了替换衣服，我们三个在开车回家的路上还停下来喝了冰沙。那天晚上我们刚把车停到家门口，尼尔斯就冲了下去，肯定是向妈妈报告我们的冒险经历去了。但艾米还坐在我身后的座位上。

我装出一副兴高采烈的样子，开始收拾脚垫上的靴子和衣服。我能听到她的呼吸声。

“五十二分钟，”她在我身后说，“五十二分四十秒，大概。”

“很好。”

我满不在乎地吹起了口哨，同时赶紧把要拿的东西打好包。

但在我故意弄出的种种愉快的声音之下，我仍然能感觉出她还在想着什么。艾米想起事儿来就像我爸爸以前那样——默不作声，持续很长时间，周围有别人也不受影响。

最后我实在没办法了，只好回过头看着她。

“你也能算出来的。”她说。

秋季的一个夜晚，就在我游泳时注意到爸爸的大肚子之后不久，他在餐桌旁往椅子上一靠，对妈妈说：“诱惑出卖一切，逼着它们往前，直到黑鬼拉住。”

“你说什么？”她回应道。那个时候，妈妈的政治态度略有些保守，但爸爸始终是个激进的自由派。他会在车上边听收音机边慷慨陈词，大谈南俄亥俄州地区各个抱有种族偏见的顽固人物。

“所有的卷毛，”他说（也许是其他什么类似的话——他有点口齿不清），“天空，一点草。喂它吃，让全部知道——黑鬼拉住。”

妈妈的视线投向了他的酒杯：是半满的。

他站了起来。他晚上的步态一直都很特别——吃过饭起身之后，他走起路来就像是船上的水手，低垂着头，两眼直盯着要去的地方——通常都是酒柜，或者是阅读椅。现在我们看着他踉踉跄跄地朝厨房门走去。“前，后，前。”他说道，但我觉得没人能搞清楚他是什么意思。

母亲从椅子上欠起身子。他在厨房的门槛边咳了一声，咳得很凶，也没用手遮住嘴巴。过了一会儿，我才把他的这个动作和我随后在门框上看到的东西联系起来——那是一块有我拳头那么大的深紫色污迹，就好像有人把一个石榴砸在了木头上。我看着那东西慢慢朝地上滑去。

后来我们才知道，他因为吃了不干净的海鲜得了肝炎，肝炎加重了他身上的暗疾。当时，这种暗疾肯定已经潜伏了很长一段时间。

他在医院里住了两个晚上，很快就康复了。不过，这次发作让我们全家第一次见识到了今后将缠着他不放的痼疾。

一个星期之后，他又回去教课了，准备帮法布里克斯学院炮制出又一茬本科毕业生，把他们送往中西部北部地区的护理学校、秘书介绍所和房地产公司。他的大肚子就那么渐渐变小了——积分变成了零。但我总会不由自主地想起墙上的深紫色污迹。那天晚上，爸爸住进南俄亥俄州路德教会医院的内科病房之后，我就把它清理干净了。当时，在白色油毡地毯的衬托下，那团东西已经变成了普普通通的褐色，表面干成了一层有弹性的硬皮，很像是用过的油漆桶里结出的漆皮。但我刚开始擦，鲜艳的深红色就从硬皮底下冒了出来——也跟用过的油漆桶一样。我由着血流淌到我的手指上，然后强迫自己盯着血迹仔细看：爸爸正在我的手中分崩离析。

微积分大论战

十一岁那年，我进了北塔平顿高中。当然，那时爸爸已经正儿八经地教了我几年数学，妈妈则鼓励我尝试了英语、公民学和艺术方面的许多课程。不过，在北塔平顿高中的第一年（没有南塔平顿高中，再建一所高中的希望越来越渺茫了）我仍然非常用功。这并不是因为我需要学习，而是因为我不知道除此之外还能干些什么。我们家房子后面也没有森林可供探险。

我们家边上只有一条老布莱尔溪。窄窄的小溪从地势较低的峡谷底部流过，四月的时候水面会随着径流升高，到了七月底就全是泥浆了。我们的后院位于一家十年前关停的福特轻型卡车厂的下游，不过县里还零零散散地开着几家化工厂和制造厂，它们成了我在后院玩耍时主要的乐趣来源。春天的有些日子里我会坐在门廊上，看着溪流中一块块脏兮兮的棕色泡沫塑料从我们家旁边漂过。足有沙发那么大的泡沫塑料块上沾满了落叶，在漩涡之中翻来滚去，直到最后漂过河湾，或者被柳树的枝条拦住。我爱玩的游戏就是猜每块泡沫塑料能漂出多远。这是个复杂的问题，需要考虑很多因素——风、水流、角速度等等——虽说那时我年纪还小，但我已经知道答案并不完全是随机的。

我还得告诉你，我在家附近没有朋友，学校里的朋友也寥寥无几。高一那年过半的时候，塔平顿高中的校长道尔特先生把我喊到了办公室。当时我已经学完了微积分和微分方程，还刚刚报名参加了俄亥俄州立大学关于傅立叶分析的夜间课程。

“好吧，”道尔特校长说，“你叫什么名字？”

“汉斯 · 安迪特。”他肯定知道我叫什么。在北塔平顿这样的一所学校，他怎么可能不知道像我这样的学生的名字？话说回来，刚才他在秘书办公室那儿招手让我过去的时候，还喊我汉斯来着。他只是想看看我能不能开口说话。我当然能说话。而且跟爸爸一样，我也很会说话。

“汉斯 · 欧拉 · 安迪特。”他读出了点名册上的姓名。

“其实，我的中间名和 toiler 押韵。”

他笑了起来。

“真是这样的，道尔特先生。许多人都以为这名字和 ruler 押韵。但跟它押韵的词应该是 oiler。就像莱昂哈德 · 欧拉的姓应该念成 Oyler 一样。”

“这么说，你的名字是照着一位数学家的名字起的。”

“其实是三位数学家。”

“明白了。”他根本没浪费时间去琢磨另外两个名字，“汉斯，跟我说说，白天你得在北塔平顿上课，那你打算怎么去上州立大学的夜校呢？”

他的问题不合逻辑。但我还是回答了：“妈妈开车送我去。”

“哦，她可真是个好妈妈。”

“她也在上课。”

这似乎引起了他的兴趣：“能问问是什么课吗？”

“护理学。”

“这么说她以后想从事医疗方面的工作喽？”

我一时不确定该如何回答。在我看来，妈妈其实并不想做那样的工作。她报名上护理夜校，其实也只是为了能开车送我去上傅立叶分析课。但这种解释似乎也不能完全言之成理，因为我始终觉得妈妈总想尽可能地让我们多接受数学以外的教育。事实上，我暗自揣测妈妈之所以要每周二、周四晚上开车送我去哥伦布，是因为她希望我在那儿学习的时候，还能再选一门艺术史的课程。

“我估计她是这么想的。”我说。

他点了点头：“告诉我，汉斯，你觉得我们这地方怎么样？”

“挺好的啊，道尔特先生。”

“那可太棒了，”他抬起眼睛，揶揄地看了看我，“这儿的其他犯人，”他继续问道，“他们对你怎么样啊？”

“我都没怎么注意这个。”

他拿起办公桌上的黑豹队台历，往后翻了一页。“有一项数学竞赛，我们学校高三的学生每年都会参加，”他说，“科皮斯先生跟你说过没？”

“我不喜欢竞赛。”

“我同意。我同意——不过呢，这可是全州范围的赛事。虽说你年纪还小，但你很有可能拿到奖项。我的意思是，为北塔平顿拿个奖。我觉得这能给咱们这所老学校带来荣誉，哪怕只有几个小时也好。你能赢得荣誉，咱们不知疲倦的科皮斯先生能赢得荣誉，咱们的黑豹队也能赢得荣誉。再说，竞赛就在代顿市举行。”

我没回答。道尔特先生擅长冷幽默是出了名的。奇怪的是，他的幽默竟然和学校里的下三滥爱开的低级玩笑很像——那帮嗑药鬼和翘课党就喜欢冷不防地狠狠挖苦你一下。回敬这种玩笑其实没什么意义。过了一会儿，他放下日历，嗓音里的愉快消失了。

“不管怎么说，按照你的学习速度，”他说，“再过两年你就要离开这地方了。”

“我知道。”

“然后呢？这么些年我们学校都没出过一个能上常青藤名校的学生。我觉得你很有希望上哈佛，或是耶鲁。”

“这两个学校我都不想去。”

“我同意。你可别告诉我你想待在咱们州。”

“那是绝对不可能的，道尔特先生。”

他赞赏地瞧了我一眼。

“我想当个河狸。”我说。

“你想当什么？”

“加州理工。河狸队。河狸是动物王国里的工程师。加州理工是全国最好的工程类学校。”

“我明白了。”

“或者是麻省理工。”我说。

“嗯，这所学校也很好。他们是什么来着？”

“他们是河狸啊。”

他狐疑地盯着我：“你刚才不是说加州理工是河狸吗？”

“是的，校长。”我的脸上看不出丝毫表情，“但麻省理工也是[1]。这两所学校都是河狸。”

他的眼睛眨巴了几下，然后漫不经心地抬起了桌上切纸机的把手。“哦，这可有点奇怪啊。”他说。

“没错，”我回答道，“是挺怪的。”

那年春天，就在我即将跨入后半段高中生涯的时候，我终于

1 河狸是麻省理工学院的吉祥物。

睁开双眼看清了真相。

在一个星期六的早晨，我们全家开车去了梅肯峡谷，那里可能是斯帕坦县全境唯一称得上风景壮观的地方。皮特克特河的大部分河段都从俄亥俄州中南部地势平缓、农田遍布的平原上蜿蜒而过，却在这里拐进了阿勒格尼丘陵地带的石英石岩床（阿勒格尼山脉是美国东部地区的地理边界）。皮特克特河在遭遇第一块岩床的地方就加快了速度，变成了急流。在这段几百码长的河段，汹涌的激流奔腾而过，冲刷着巨石，在空中映出一道道彩虹。这里就是梅肯峡谷。河水在峡谷尽头又拐了一个弯，河道变宽了，突然减缓的河水又恢复了本来面目，犹如一条宽宽的、黄褐色的丝带，弯弯曲曲地朝着俄亥俄州西部普普通通的平原流去。这个地段上有一连串蔚为壮观的陡崖，非常引人注目——至少对我们所在的县而言是这样，从悬崖顶部朝西望去是波澜不惊的河水，朝东边望去则是奔腾咆哮的激流。我妈妈最喜欢在这儿的州立公园散步。

从公园小径的一个拐弯处向下望去，能看到泛着泡沫的急流冲刷着一块块冰箱大小的巨石，她会把我们的野餐毯放在这里。这个地点离停车场没多远，但它的地形却很像远在一千英里之外的西部各州，放眼望去尽是荒野和茂密的森林。小径下方十五英尺汹涌的河水让人心惊。对于孩提时代的我来说，这种景象很吓人——尽管我当然知道河水变成急流的流体动力学原理——开锅般沸腾的景象让人想到我们家后面的小溪也有可能变成这副模样。吃东西的时候，母亲有时会让我们安静，好好听听河水咆哮的声音。你能听出一整支交响乐队在演奏，从立式贝斯到三角铁一应俱全。

如今回想起来，我觉得妈妈对野餐地点的选择反映出了她心底的愿望：她想假装自己并不在南俄亥俄州；假装自己是在其他地方游玩，而不是在阿勒格尼山最西侧的余脉；假装自己生活在别处，而不是这块离印第安纳州东部不远，种着大豆和玉米的平整农田；假装自己嫁给了别人，而不是这个性情阴郁的数学助理教授（没错，还是助理教授），他所在的系除了他自己只剩下两个快要退休的同事，所在的学院其实就是个培养秘书的专科学校，开车去最近的艺术博物馆都得两个小时。有时候她不声不响地坐在那儿吃东西，一坐就是一个下午。

不过那天，她和爸爸一直在吵架。妈妈忘了带上另一只野餐篮，结果在去峡谷的路上，爸爸就只能喝那两提六罐装的莱内库格尔啤酒，那是他在镇外的加油站买的（当时塔平顿还在禁酒）。他们俩在乡绅旅行车的前排吵个不停，说话时压低了声音，眼睛直视前方，就像两个坐在公园长凳上的间谍。两提六罐装的啤酒放在他们中间，占掉了副驾驶座的一大块地方，把妈妈挤得都贴到了车门上。爸爸总会把空啤酒罐放回固定用的塑料环里——那时离塔平顿开始回收垃圾还有许多年——仿佛想把这些轻飘飘的啤酒罐恢复成未拆封的样子，再卖给另一家杂货店。现在一整天的量被他喝掉了三分之二。他已经停了一次车下去撒尿，这会儿又停了下来。

他下车去办事的时候，妈妈直直地望着前方。不过我转过身去看了。我爸爸在这种时刻的行为举止总显得有点野蛮，漫不经心却颇有魅力。他皱着眉若有所思的状态给人一种神秘的、不管不顾的感觉，这对我来说意义重大，虽说在那个年纪我几乎完全不了解他。以前保莉发现我瞅着爸爸尿尿的时候，总会悄悄地说我是变态，现在她早就不这么说了。她当然还在埋头继续看她的小说。

我记得那天挺冷，还刮着风，不过中西部四月末的天空就像是一方亮闪闪的蓝宝石。别的家庭从路上疾驰而过，车外的爸爸站到敞开的车门的下风处，上身后仰，腰部前挺。他的阴茎从裤子拉链里露了出来。这个时候，伯尼总会在后车窗站起来。爸爸停了一会儿，微微晃动着身子，动弹的嘴唇好像吐出了几个字。就在他的小溪开始流淌之前，他向后仰起了脑袋，仿佛天空中的某个地方书写着批准此事进行的暗号。这就是我所等待的时刻。在我看来，这个时刻似乎表明了爸爸不为人知的虔诚心理，尽管他是个坚定不移的无神论者，尽管他对生活中的一切都抱着不带丝毫幻想、纯粹分析批判的态度，在事关此项身体机能的时候，他好像还是觉得有必要承认天堂的存在。我说不好——也许只是觉得爸爸小便时享受的样子有着更深层次的原因吧。我已经意识到，爸爸在那一刻眯起眼睛的快意，也许和他生活中缺乏其他乐趣有关。不管怎么样，我总觉得爸爸虔诚地仰着头的模样让他变得大众化了，让他——至少在那一瞬间——成为了一个普通人。伯尼叫了一声。

“他完事没？”母亲问道。

我打开了我那边的车窗。“快了。”

其实他才进行到一半。我爸爸撒起尿来就跟马一样。他的尿液会连续不断地倾泻，突然开始又突然结束，清澈闪亮的一道弧形能持续很长时间，紧接着在一瞬间消失无踪，仿佛他体内释放出的是一种固体——一根亮闪闪的弧形冰柱，或是一根很粗的银条——而不是一种非粘滞性液体在重力、空气阻力、初速度等因素的综合作用下形成的抛物线型动态平均图，绘制并展示这幅图的是一个刚喝掉几升中西部啤酒的男人。尿流清澈如水，冲击在碎石路肩边缘，发出的声音就像是有人撕裂了床单。伴随着这种响亮的声音，他心满意足地吹出了一声悠长的口哨，哨音以不成调子的喘气声收尾，最后嘴唇还像小号手似的翕动了几下。遍布藤蔓的地表土上出现了一个坑，一缕热气从坑的中央袅袅升起。

接着一道蜿蜒的细流缓缓地漫溢出来，如滑雪运动员开辟出了一条下山的滑道。液体被土地吸收之后，泛着泡沫的小沟边缘还冒着热气，仿佛他尿出来的并非人类的液态排泄物，反倒是某种具有腐蚀性的污水。他抖了抖自己。从我的角度看过去，他似乎一点都不觉得害臊。伯尼激动地在行李座撞来撞去。爸爸走上前，透过挡风玻璃朝车里瞅了瞅，一边拉裤子拉链，一边冲着妈妈微微一笑。我意识到，他尿液中本该有的黄色不知怎的已经沉入了他的眼睛。

“谢天谢地，”车门重新关上时妈妈说了一句，“我在车里坐得可是有点无聊了。”

当时，她说这样的话就算是在发泄怒气了。自从发现第二只野餐篮被丢在家里，我爸爸就数落个不停，而妈妈一路上的绝大多数时间都在想方设法地应付他。面对他没头没尾、唠唠叨叨的指责，她不停地承认错误，用略显滑稽的问题打岔，偶尔还点头表示同意，就像是靠着拳台围绳和对手周旋的拳击手。这并不是认输，而是一种策略。时间站在她这一边——我们大家都心知肚明——而且等爸爸喝下几杯货真价实的鸡尾酒，肚子里再装点午饭，他通常都会不战自退。我和妹妹所看到的，只不过是今天最初几个回合中试探性的交手而已。我们俩都知道这时候不能吭声，否则他就会把怨气撒到我们中的一个身上。

但不知为什么，今天上午的啤酒并没有让他平静下来，妈妈不停地从副驾驶座上递过去的椒盐卷饼也不起作用。十二罐啤酒已经和只放了一块三明治的纸袋一样轻了。

车快开到峡谷时，他转过身说：“我只是觉得，现在总该有人开始研究它了。然后以此为基础再做出点重大的成就。”他慢慢地拽开倒数第二罐啤酒的拉环，让它咝咝地冒了一会儿气，“仅此而已。”

“那是因为它太权威了。”妈妈立刻答道。

保莉正在看《巴斯克维尔的猎犬》和《我知道笼中鸟为何歌唱》（直到今天，她还保持着同时看两本书的习惯），我则在研究从法布里克斯学院图书馆借来的一本崭新的书，内容是马丁·加德纳在《科学美国人》上刊登的数学游戏。伯尼从后面趴到我的肩膀上，把脑袋探出车窗，在风中一上一下地拱着他的嘴巴，爸爸总说他这是在测试他的原理。当然，这里指的是伯努利关于非粘滞流体的原理——不过，伯尼名字的出处其实并不是阐明该原理的物理学家、数学家丹尼尔·伯努利，而是纯粹的数学家雅各布·伯努利，此人曾在微积分大论战中和莱布尼茨一起反对牛顿。（顺便说一句，用微积分大论战时莱布尼茨盟友的名字来给一条狗命名，这无疑反映出了爸爸讽刺挖苦的心理，还有他相当持久的不满情绪。）不管怎么样，我立即意识到父母是在谈马洛什定理，虽然我说不清自己是怎么知道的。在我所见过的他们之间最为严重的冲突中，爸爸这项独一无二的最高成就始终是暗藏的导火索。对我们全家来说，马洛什定理不仅仅是古老而神秘的历史事实，也是个活生生的存在。提起它就好比在其他家庭中提起奴隶制、广岛的原子弹，或是纳粹大屠杀。它会让他大发脾气。他的论文二十年前就发表了，但以这个证明为基础进行其他研究的数学家却寥寥无几。

我放下了手中的数学游戏书。

妈妈回头看看我们，打开了她那一侧的车窗，让车轮的声音掩盖住她的话。

我坐直身子往前凑了凑。

“别多管闲事，聪明的汉斯。”说话的是保莉。她喊我聪明的汉斯倒不是因为觉得我聪明伶俐，而是因为有一匹来自德国农场的马也叫这个名字。这匹马一度非常出名，因为它能用蹄子做数学运算。

“我这不是多管闲事，小莉特。这叫感兴趣。”（我好不容易才给保莉特想出了小莉特这个绰号，而且始终都觉得很不过瘾。）我侧着脑袋，把太阳穴靠在爸爸座位头枕的后面，想让他觉得我是在打瞌睡。

“这么多年它根本无人问津。”我听见他说。

“那是因为他们心存畏惧，”妈妈回答道，“你的证明太精彩了，他们只能望而却步。”

我还记得，那时候妈妈的回答让我非常惊讶。我发现，尽管这场彻底一边倒的婚姻让妈妈不堪重负，她还是立马说出了令人振作的话。有那么一会儿，我还以为僵局已经结束。

可是，爸爸闷声不响地开了一会儿车，又转过头冲着她低声咕哝了一句：“狗屁。”

看到她没回应，他又提高了声音：“狗屁！”

当然，我很清楚他这话指的是什么。连我都觉得妈妈实在太冷静、太善良，简直到了让人恼火的程度——不过，这种感觉也让小小年纪的我大惑不解。

“好吧。”她轻声说。

“我告诉你，”他说，“你他妈的就是个盲目乐观主义者。”

“我说的是事实，你在这个领域的成就让所有数学家都望尘莫及。不管怎么说，他们要想赶上你还得花很长很长时间。有些研究成果一拿出来，争论就彻底结束了。”

他放慢了车速：“我能问个问题吗？你他妈的干吗要这么起劲地为我辩解？”

妈妈转过身看了看后座的我，然后又看了看后方的车流：“亲爱的。”

他又放慢了一点。一辆厢式车呼啸而过。伯尼叫了起来。

“迈洛，这可是高速公路。”

“海伦娜，我他妈的做出了一个无与伦比的证明。但竟然没人去研究它。连他妈的一个数学家都没有。他妈的，二十年来，一个人都没有。”

“这么说太夸张了。”

“没那么夸张。见鬼，这简直是侮辱。”

“亲爱的，这恰恰也表明了你的成就非常伟大。仅此而已。也没有人敢拿牛顿的成就做文章啊。请你稍微开快点吧。”

爸爸一边继续慢悠悠地开着车，一边把第十一个空罐插进塑料环。与此同时，后面有辆车一变道就从我们旁边超了过去，接着又是一辆。我从后车窗往外看去，只见我们后头已经跟着一长串车。

把莱氏啤酒罐归位之后，他抽回手，好整以暇地用手指敲起了方向盘，就像个慢吞吞地开着拖拉机的农民。“顺便说一句，”他抬头朝后视镜瞥了一眼，“你刚才的话简直太荒谬了。牛顿之前有巴罗，牛顿之后有莱布尼茨。对这些事你他妈的一无所知。你他妈的根本不知道自己到底说了些什么鬼东西。”

这几句话都是慢悠悠地说出来的。

“我们可以讨论，”妈妈说，“你想什么时候讨论都行。”接着她又说道，“能不能请你照着限速开车？”

“好吧，”他说着把脚踩到了油门上，“孩子们，妈妈说我们应该照着限速开车。”引擎发出了轰鸣。

我们呼啸着向前冲去，很快赶上了刚才超过我们的一辆车，紧跟在后面。一眨眼的工夫我们就超了过去，车上的引擎抖个不停。然后我们又超过了前方的两辆车。一辆半挂车从对面开了过来，他总算回到了自己的车道上，紧接着又一变道，超了过去。

我从头枕上方看了看：速度表指在八十。

“好吧，”妈妈平静地说道，“接下来怎么办，迈洛？接下来你到底打算做些什么？孩子们，安全带系好了吗？”

“接下来什么也没有！”不过爸爸并没有乱打方向盘或者猛踩油门（不知怎的我倒是有点盼望他这么做），而是悄然把车开回车道，松开油门，直到速度又降到五十五。接着，车上的气氛就这么平静下来。妈妈又递给他一块椒盐卷饼，他从她手上接过来，直接塞进了嘴里。她发现这种有咸味的点心似乎让他平和了一些，便又给他拿了几块。

在那些日子里，妈妈特别擅长让他恢复平静。当然了，多年以后我才明白爸爸究竟是怎么回事，我了解到他得的病可能伴随着认知能力上的变化。我必须得告诉你，在他那座潮湿破败的木屋里，我一边浏览着网上的医学文章（那时候我自己也做了父亲），一边意识到必须得重新审视关于爸爸的许多先入之见。没人喜欢干这种事。如果你的人生中有很长的一段时间都没被当回事，从而心怀怨恨，那你就更不情愿这么做了。然而，这恰恰也是我讲述这段故事的原因之一——去了解关于他的真相，包括弄明白一个道理：虽说爸爸对我们、对他自己有过这样那样的不好，他身上又发生了那么多的事，然而凡此种种并不都是他的错。

不管怎么说，真正的事件是当天下午晚些时候在梅肯峡谷发生的。停车场入口不远处有家卖酒的商店，和往常一样，一见到这种地方他的情绪就好了起来。我们沿着蜿蜒的小径往山崖上走，头顶的悬铃木在路旁刚发芽的嫩草上洒落一片深深浅浅的绿荫，一路上大家都挺开心。到了河边，我们转而向南。下方的河道中出现了一连串巨石，河水的演奏会从这里开始。前面的小径通向峭壁边缘伸出的岩架，我们上到这儿的时候爸爸弯下腰，把保莉扛到肩膀上。她脸上露出了犹疑的微笑。我们沿着狭窄的岩架向前走去，爸爸像一匹踉踉跄跄的马似的摇晃起来。伯尼一边叫一边追在他身后。伸出峭壁的岩架上修着一道铁制的护栏，他的上身歪到了栏杆外面，我妹妹顿时发出了尖叫。我不知道她这么叫是因为害怕还是因为兴奋，可等到爸爸又靠回安全地带，我发现她脸上的笑意更浓了。她用膝盖紧紧夹住了他的腰。

“迈洛。”妈妈说。

他又把身子歪到了栏杆外面，保莉又尖叫起来，这一次她放开了他的肩膀，举起双手在空中乱舞，就好像她坐的过山车停在了轨道顶端。

“迈洛。别这样。”伯尼用鼻子碰了碰爸爸的腿，想让他从崖边退回来，但他假装朝着河水的方向踉跄了一下。

我妈妈猛地吸了一口气。

“妈妈，没事的。”保莉说。她翻了个白眼。

“不，亲爱的，这怎么能叫没事呢？简直太危险了。迈洛，请你把她放下来。”

“没事的。我喜欢这样，妈妈。”

“把她放下来，迈洛。”接着她提高了声音，“迈洛！”

他转过身看着她，摇了摇头。然后他照办了。刚把保莉放到地上，他就朝我们鞠了一躬，还夸张地挥了挥手，活像个人力车夫。

“喔，”我妹妹说着又把眼睛一翻，“真是个扫兴的妈妈。”

“谢谢你，保莉。”

“你小心掉下悬崖摔断脖子。”我说道。

“没人会掉下去的，”我爸爸说，“对不对，伯努？”他又说，“过来，小乖乖。”然后拍了拍伯尼的脑袋。

对话到此结束。我们继续往前走。来到野餐的地方，妈妈把吃的东西摆了出来。火腿沙拉、凉拌卷心菜、甜饼干，都是爸爸喜欢的。我们开吃了。但我能感觉到刚才的小插曲破坏了他的乐观情绪。他侧身坐着，谁也看不到他的脸，他把脸转向奔腾的河水，也不让妻子用一路辛辛苦苦带上来的玻璃杯给他斟酒，而是把装酒的便利店纸袋放在身边，直接拿起来凑到嘴边喝。紧紧裹住酒瓶的包装纸勾勒出了瓶颈的形状。他一吃完三明治就拿起纸袋，朝悬崖边缘走去。我们几个还待在原地，盘腿坐在红色的格子地毯上，那上面放着才吃了一半的三明治。我还记得当时爸爸站在那儿，玻璃纸般明澈的天空映衬出了他的侧影。俄亥俄州没有多少能让人登高望远的地方，不过此时他就在这么做。他凝视着从山脉向西延伸开去的广袤大地，过去十年来他一直在这片土地上慢慢地来来去去。不知为什么，他的身影竟然显得挺雄伟。

“你爸爸好像在思考人生哲理。”妈妈说道。她跪在地毯上，开始收拾各种用具，把他碰都没碰的凉拌卷心菜拨进我的盘子。他的三明治都快被伯尼吃光了。

“他今天挺逗的。”保莉说。

“是啊，”妈妈说，“你爸爸确实挺喜欢来这儿野餐。”

就在此时，他的轮廓弯下了腰，我们在隆隆的水声中听到了一阵断断续续的咳嗽。他用空着的手遮住嘴，展开拿着纸袋的另一只手保持平衡。过了好一会儿他才直起腰，还是背对着我们。然后他举起纸袋凑到了嘴边。

母亲碰了碰我的手：“汉斯。”

她站起身朝他那儿走去。

她小心翼翼地向前走，仿佛是在悄悄接近一只小鸟，我也轻手轻脚地跟在她身后。走到半路时她把胳膊伸向后面，挽住了我的胳膊。他还是没转身。快走到他身边时，妈妈又放慢了脚步，小心地凑上前去。“迈洛？”她先轻轻拍了他一下，然后扶住了他的肩膀。

他转过身来，两眼通红。她是怎么知道的？我觉得很好奇。

“我永远都不会做那种事的，”他一边说一边用纸袋擦了擦脸，“我永远都不会伤害他们。”

“当然啦，我们知道。”妈妈说。

“我永远永远都不会伤害孩子们。”

“你肯定不会，亲爱的。”

他的脸颊上挂着泪水。

我从妈妈后面站到了她身边。当时我应该避开的，应该给他留点隐私，但我却发现自己怎么都做不到。爸爸暂时放下了整天披挂着的伤痕累累的铠甲，我怎么都无法在此刻对他掉头不顾。在那一刻，我看到了藏在铠甲后面的人。

“我永远永远都不会伤害他们。”他说。

“那当然啦。”

“汉斯，快走开。”他抽噎着说道。

“去你的，老爸。”

他身子一缩，仿佛被人扇了一巴掌。

“汉斯！”妈妈说。

“我在开玩笑呢。我们常常这么说。这是个笑话。”

我妹妹从后面走了过来。

“一边去，汉斯，”她嘘了我一声，“你在帮倒忙。”

爸爸转向了她。“你，”他指着她说道，“你也算是一个。”

“啊？”

“你他妈的也是个傻乎乎的、盲目乐观的家伙。”

“什么？”保莉坐到了地上。

“耶稣基督啊，”爸爸说，“你们，你们全他妈离我远点！”

“我们就在这儿，”妈妈说道，“没事的，迈洛。”

“才不是呢。”我说。

“没错，汉斯，你说得没错！”他转向我们，古怪地一笑，接着嗓子里又发出了尖锐的声音，既像是笑又像是打嗝。他用手遮住了嘴。

“咱们不如回去把三明治吃完。”妈妈说。

他又一次转向了水边。有那么一阵子大家都僵在原地，爸爸望着远处，妈妈冲着他的背影露出了执着的微笑。我们身后传来保莉抽抽搭搭的呜咽，还有伯尼呼哧呼哧的喘气声。然后妈妈又轻轻碰了碰他的肩膀。这时他唰地转过身。他挥起手来，像是要赶走一只讨厌的苍蝇似的，反手抽了她一记耳光。

她跌坐在地。

保莉尖叫起来。我把手伸到妈妈腋下，扶她站起来，然后带着她朝崖顶的另一边走去。到了地毯那儿，我松开手，她颓然坐倒在一片狼藉的野餐中间。伯尼叫个不停。我气冲冲地转向父亲，他还在悬崖边保持着同样的姿势；然后又转向妈妈，她像个掉落的提线木偶似的瘫在地上，满脸都是泪水。

保莉抽噎着走了过来。

“快闭嘴，小莉特。你怎么回事？他伤到妈妈了。”

“他也伤到我了呀。你听到他刚才说的话了吗？”

这时妈妈动了动。她站起身，用衣襟擦擦脸，然后朝周围看了看。伯尼在悬崖边和我们坐的地毯之间窜来窜去，就像是在练习直线跑。“好啦，你们两个，”妈妈说，“好啦，我没事。”

“真没事吗？”保莉说，“我们别跟他一起回去了。”

“小莉特，那我们该怎么回去？”

“我们把他丢在这儿好了。”

“好啦，”妈妈又说了一遍，“好啦。”

“你真的没事吗？”保莉说，“跟我们说不要紧的。”

“亲爱的，我没事。我知道他现在肯定特别后悔。”但这两句话似乎和刚才的耳光一样让她难受。她又向前弯下腰，眼泪流个不停。现在她趴在地上，想控制住自己，她的喘息声打断了河水的轰鸣。我看见爸爸循声往这边看了一眼，然后又转向了河水。

他就那么背对着我们，在那儿站了很长时间，直到妈妈的哭泣声渐渐平息。没过多久保莉的抽噎也止住了。带着像浆过的衣服一样硬邦邦的神情，她一本正经地开始收拾野餐留下的垃圾。她挺直身子跪坐在地，把东西一样样收进柳条篮，脸上仿佛戴上了一张坚毅的面具。我觉得我妹妹总爱幻想自己是一名战地护士，现在，我们终于进入了战争状态。

在这场小规模的战斗中，我一直在帮妈妈揉肩膀。她时不时地抬起头来谢我。

过了约莫一刻钟，悬崖边的爸爸终于又转向了我们。他往前倾身，两只手搭在髋部，把纸袋子丢到了地上。

妈妈跪坐起来。

他侧过身抬起头，好让我们看到他的脸——看样子他是在笑，笑容显得很局促。妈妈也对他报以一笑。

接着他又咳嗽了。

在那之后的一瞬间，我们注意到的只有发出鼓声般轰鸣的河水，还有天空映衬下他微微晃动的身躯。接下来的一记咳嗽很短促，但奇怪的是声音非常清脆，仿佛是树枝折断了。他的手移到了胸前的衣袋上。手拿开的时候，我看见了那东西——砸烂的石榴又出现了。他满脸惊惧地抬起头。血块粘在他的衬衣上，宛如子弹射出的一个敞开的紫红色创口。我咽了口吐沫。我还跪在那儿轻轻拍着妈妈的肩膀，她还仰着头看着我，脸上还带着略显困惑的神情，仿佛我是一台提供同情的机器，她打开之后就不知道该怎么关上了。但突然间她推开我的胳膊，唰地站起身。她把毯子抓在手上，我们都飞奔起来。她跑到爸爸身边，把毯子摁在他脸上，扶着他往地上躺。爸爸猛地推开她，举起双手捂住自己的嘴。现在他跪倒了，每隔几秒便抻着脖子浑身抽搐，嘴里发出的每一声清脆的干咳都伴随着一股殷红的血，断断续续的血流很快在他身下汇成了越来越大的一摊。他向前一栽，终于倒在了血泊中。

甘布尔教授

那个月晚些时候，在从南俄亥俄州路德教会医疗中心（爸爸住院的地方）回家的路上，我们在格林韦购物中心停了一下，我父母一起到 A&P 连锁超市买东西去了。爸爸在医院住了三个星期，走路还有点摇摇晃晃的。他脸色苍白，两只手上到处都是颜色古怪的瘀青。A&P 的门关上之后，我看见他撞在一辆购物车上，险些摔倒。

过了一会儿，我在旅行车后排座位上瞄到他独自从商店旁边的出口溜出来，一瘸一拐地走进一条小巷。我不知道他去了哪里，但等到几分钟后他回到车上，我能看出他的外套下面多出了鼓鼓囊囊的一块。

也许他真的尽力尝试过。就此而言我得赞扬他。

刚回到家的几个星期，他天天早晨都睡到很晚，下午还要打个盹儿，晚上早早就休息了。每天上数学课的时候，我就坐在床垫上妈妈睡的那一边。但现在他显然对上课这事兴趣索然，于是我们花了大量时间复习我早已学会的东西。我都搞不清他记不记得都教过我些什么。“汉斯，”出院之后不久的一个下午他对我说，“我觉得这东西其实也没那么重要。”

“啊？为什么？”

他的双眼紧张兮兮地转来转去。“我是说我们现在学的东西。分部积分法。这是启发法，不是数学。而且都是明摆着的。你干吗不到外面去玩玩呢？”

透过窗户，我能看到那棵桑树顶部的枝条，以前上课的时候我一般都会和爸爸坐在树下。这部分内容恰恰就是几年前他在树荫里教过我的。“好吧，首先，”我说，“我不知道该玩些什么。”

“你不知道？”他自己也朝窗外看了一会儿，但很快就把眼光转向了门口。然后他的视线又回到了我身上。我能看出他有点心烦意乱。他的眼睛四处乱转，仿佛拿不定主意该朝哪里看。“我也不知道，”他说，“现在我可真的是不知道了。”

这时他从床上抬起右臂，盯着它仔细看。他在医院住了大半个月，这条手臂看起来简直像是从一棵朽木上掉落下来的什么东西。当时爸爸刚过五十岁，但他胳膊上的肌肉松松垮垮地挂在骨头上，就像衬衫的衣袖。“看看这个，”他说，“看看我的手指。”

他把手指举到空中。手指肤色发白，但除此之外似乎都挺正常：鸡爪般的关节，有一个指节微微向内弯曲，以前它就是这样。

“看什么？”我说。

“你没仔细看。”

“中指是弯的？”

“我比你还小的时候就这样。再看仔细点。”

我往前凑了凑。“你的手在发抖。”我终于说道。

“没错。”

“你能让它停下来吗？”

“也许吧。可我觉得这个现象很吸引人，不是吗？我想做一番理论探索。”

“理论？”

“人类怪异情状的理论。你看啊，汉斯。”

我看了。他的整条胳膊都在颤巍巍地抖动，仿佛肩膀旁边某个地方的皮肉里缝着一台计时电动机。他把另一只手伸到床垫后面，摸出个酒瓶，喝了一大口。“这玩意儿能让它停止，”他说着举起了瓶子，“灵得很。”

“我明白了。”

“不过没剩下多少了。”

他放下胳膊，又喝了一口酒，然后把瓶子收到床头板后面。我们就那么坐了一会儿，眼睛望着窗外。几分钟之后他又举起了胳膊，这回震颤止住了。“汉斯，”他说，“我需要你的帮助。”

“去你的，老爸。”

“去你的，儿子。”

我们俩都笑了。

“你需要我做什么？”

“还是算了。反正你妈妈也不会同意的。”

我看着他。住院的这段时间，他脸上有某种东西发生了变化。某种超越纯粹身体层面的东西。不管这变化究竟是什么，都是在突然间发生的。他揉了揉眉毛，随即把手臂拿开，我看到他的手上沾着汗水。回家以后，他视野的方向不知怎么就颠倒过来了——他一直都是个内向的人，但他的眼睛却总是明确无疑地望着外面的世界。现在这双眼睛是在朝里看。两只瞳孔漫无目的地转来转去。

“老爸，你需要什么？”

“我说过不用了。”

“告诉我吧，我能帮忙的。”

“都是白费功夫，”他说，“你看看我。我被魔鬼附身了。”

他又举起了那只手。颤抖又开始了。

“瞧好了。”他说。

他的手腕突然垮了下来，然后又自己恢复了。

“再看。”他说。

片刻之后那只手腕又塌了下去，紧接着就挺直起来。没过多久，手腕以不太稳定的节奏表演起了莫名其妙的舞蹈——猛然沉落下去，随即自行恢复正常，就像一只啄玉米的小鸡。过了一会儿，他让手臂垂落到床垫上，但即便搁在床单上抖动也没停。最后他嘟哝着翻了个身，用身体的重量止住了抖动。接着他把手伸到枕头后面，又摸出了酒瓶。

克里普先生开车送我们去了代顿。我跟他一起坐在厢式车的前排，我们后面还有四个趿拉着拖鞋的高三学生，都是高级微积分课上的。开车时克里普先生跟我们闲扯了一阵，聊的大都是辛辛那提猛虎队，那一年它的两场比赛都输给了克利夫兰布朗队。我对体育一窍不通，但既然生活在俄亥俄州西南部，别人谈到昆士兰赤焰队和辛辛那提猛虎队的时候你最起码得能接上话。除此之外，一路上大家都没怎么吭声。坐在我后面的男孩在练习单簧管——他没带乐器，而是一边看活页乐谱一边弹动手指，嘴里叼着吹嘴，双脚还打着拍子。车开了一个小时。以前去艺术博物馆的时候，我曾经路过这儿几次。

我们很早就到了代顿大学。克里普先生在一家免下车餐厅给大家买了奶昔，然后把我们放在校园的大礼堂旁边。考场外的走廊上有一大群孩子在晃荡。我不喜欢和其他数学高手待在一起。他们来自全州各地，有的人在中庭踱着步，有的人懒洋洋地坐在考场门口的地上，一边翻学习卡一边互相提问。我比大多数孩子至少要小五岁，但我早已知道，对我们将要参加的考试来说，学习卡和提问起不到任何作用。为了这种考试苦苦学习的孩子连一点机会都没有。

上课铃响的时候大礼堂的门总算开了，所有人都推推搡搡地挤了进去，想抢到前排的位置。考场里估计得有一百五十人，每一个都是全班最聪明的孩子。我朝礼堂后面走去，那儿还剩下几个空位。我找了个位置坐了下来。

考试简单得可笑。

我早猜到可能会是这样。有几个关于概率论的问题，几个关于代数表示论的问题，然后是一连串简单的欧几里得图形。最开始的几个问题的确只是入门级别，试卷过半后问题才略有些复杂。可是每一次我抬起头来，都会看到有许多孩子满脸茫然。我意识到，试卷的第一部分是用来增强大家的信心的，但这样一来，后面提升了难度的题目就会让实力较弱的考生大惊失色。最后的六个问题总算有点棘手了。到了这个部分，有几个孩子若有所思地凝望着远方，其实只不过是在装模作样。我旁边有个穿西装打领带的家伙老是假装在松领带，就是为了偷看我的答题卡。做到倒数第二页，我答出了上面的四个问题，随即一口气涂黑了四个答题框。我眼角的余光瞥到那孩子垂下头，用双手捂住了脸。

关键在于，我知道考试时房间里有些人真的很开心。

我最喜欢的是数论方面的几个问题。那个时候我对数论情有独钟，因为它似乎没有任何实际的用途。对素数这种东西感兴趣的人恐怕只有少数几位密码学家和纯粹的数学家，说不定还有几个正值蜕变期、年龄在十三岁至十七岁之间的少年。现在这个名单还能再加上我周围的五六个孩子。大家在做题的时候，我能感觉到从他们身上散发出的快乐的情绪。即便是在南俄亥俄州，也还是有像我们这样热爱数学的人。

最后一页只有一个问题：

> 甘布尔教授买了一张彩票，按规定他要在 1~46 中选取 6 个不同的整数。他选了 6 个数字，这些数字以 10 为底的对数之和是一个整数。巧合的是，中奖彩票上的数字也符合这一规律——6 个数字以 10 为底的对数之和也是整数。甘布尔教授买到中奖彩票的概率是多少？
>
> (A)1/5 (B)1/4 (C)1/3 (D)1/2 (E)1

我琢磨起来。如果教授所选数字的对数之和是一个整数，那么它们的乘积必然是 10 的整数次方；因为 10 的质因数是 2 和 5，那么彩票上的六个数字必然也只含有 2 和 5 这两个质因数。这样一来只剩下了 1、2、4、5、8、10、16、20、25、32 和 40。这其中最小的六个数字的乘积大于 10 的 3 次方，而且所有数字之中只含有六个质因数 5，因此中奖数字的乘积必然是 10 的 4 次方、5 次方或 6 次方。剩下的就简单了。能产生这几种乘积的数字组合只有四种。甘布尔教授中奖的概率是四分之一。答案为 B。

考试时间还剩下四十五分钟，我已经做完了。我抬眼一看，发现考场里的其他人都在埋头做题，那几个热爱数学的孩子也还没做完。我旁边打领带的家伙还剩下五页。我放下手中的铅笔，抬起了胳膊，笔直地举在身前。我一直让胳膊紧绷着，慢慢感觉它变得越来越沉重。最后，胳膊开始抖动了。我集中注意力，让抖动加剧，成了震颤。礼堂里有几个脑袋抬了起来。等到看的人足够多了，我想着要让震颤更激烈一些，竟然还真的成功了。有那么一两分钟，我的手抖得就像通了电。突然之间，我让抖动停了下来。我放下手，拿起铅笔，涂黑了字母 B 旁边的椭圆形。然后我站起身，慢悠悠地走到礼堂前面交了卷。

第二天中午吃饭时我出了学校，一个人走到格林韦购物中心，靠在七叶树酒水专卖店门口的电话亭旁边。还没过一分钟，一辆锈迹斑斑的旧达特森停到了门口的斜坡上。一个中年妇女边咳嗽边吃力地从驾驶座走下来，嘴里叼着根香烟。她让车子的引擎空转着，慢吞吞地朝店门口走去。我认出了那种上身前倾的步态。当时是中午十二点三十五分。

我压了压棒球帽，让帽檐遮住眼睛。“女士，我来帮您付账，”我说，“您只要帮我捎点东西就行。”

那天晚上在爸爸的房间，他又变得局促不安起来。他的眼睛从窗帘转到天花板，从天花板转到我身上，又从我身上转到门口。“怎么样？”他说。

“什么怎么样？”

他的手指拨弄着床单。“考试啊，汉斯。全州考试你考得怎么样？妈妈跟我说你到代顿去了。”

“哦，那个啊。还行。有的小孩还带了学习卡呢。”

他微微一笑。“学习卡？”

“是哦。”

我们都笑出了声。

我给他的礼物还收在我房间的壁橱，藏在一堆鞋子后面的杂货店纸袋里。我打算第二天早晨再把礼物送给他，那个时候他的心情会比较好。过了傍晚他总有点烦躁不安，但每天早晨刚起床时他通常都精力充沛，情绪高涨得出奇。这会儿我站在他的面前，他渐渐地沉默了。片刻之后，一层阴云蒙上了他的面孔。不知为什么，他的样子显得特别悲哀。

“老爸？”

就在这时，他的眼神突然涣散起来。他的自制力——让人成其为人的自制力——一下子消失了。过了一会儿，房间里弥漫起一股尿骚味。

“去你的，老爸。”

他好像没听见我的话。

刚开始他只是尖着嗓子哼了哼，然后剧烈地痉挛了一下，侧身翻了过来，仿佛有人猛地掀翻了床。一时间他躺在那儿没动，紧接着他的双臂拧到了身体后面。那样子就像有个警察想给他戴上手铐，但他还在抗拒。他的双肩别到了后面，胸部却使劲儿往前顶，然后髋部一挺，打起转来，整个人像齿轮似的在床上转着圈。他紧咬着牙齿，双腿被缠进了床单，紧接着又踢破床单露了出来。现在他全身都在抽搐。他的头转到了床的另一端，碰到了床尾的竖板，我赶紧上前用双手护住。他的皮肤是滚烫的。我想把他按住，但他把床头柜上的东西都踢掉了，接着踹倒了床头柜，在空中乱蹬。台灯撞在墙上摔得粉碎，他的小腿上全是血。

然后，他又同样突如其来地不动了。他侧身蜷成一团，两眼眨了几下。

我拿起一个枕头垫在他脑袋下面。“老爸？”

他的气色恢复了一些，但还是没吭声。最后他低低地喘了口气，发出了一声既短促又难听的尖叫，便呕吐起来。片刻之后，我闻到了粪便的恶臭。

这时我才扯着嗓子喊妈妈上来。

妈妈手里有药。看样子这些药她已经备了一段时间了。那天晚上，她给他吃下了第一片。我妈妈是个善良的女人，宽宏大量到了过分的地步。可她大半辈子都在忠心耿耿地服侍爸爸，束手束脚的羞怯性格像牢笼一般禁锢着她，对此她也深感恼怒。我觉得正是因为这种羞怯，她才没有打电话给医生。我敢肯定她知道爸爸是怎么回事，但她并没有送他去医院，而是开始自己给他治疗。用的是一瓶放了很久的镇静剂，她跟我说是在爸爸的抽屉里找到的。那天晚上睡觉前，她又给他吃了一片。

我想她是觉得难为情了。

镇静剂让他撑到了早晨，第二天我一起床就去看他了。他还活着。事实上，他好像基本恢复了正常，正靠在床头看他的《民族》杂志。他身上古龙水好闻的香味又充满了房间。

“汉斯，”他头也不抬地说，“妈妈说你昨天帮了我大忙。”他翻过一页书，“谢谢你。”

“你感觉好点了吗？”

“挺好。可能稍微有点反应迟钝吧。”他揉了揉脖子，“身上还有点疼。不过我吃药了。”

我站在床边。我能听到妈妈在楼下和保莉低声说话。

等我摸出藏在身后的纸袋，放到床垫上时，他把正在看的书搁到了旁边。一道犹豫不决、微微抖动的皱纹浮现在他的脸上。他碰碰棕色的纸袋，脸上的皱纹扩展开来，从结了痂的、黑乎乎的嘴唇一直延伸到憔悴不堪的眼角。“哦，上帝啊，”他低声说，“你猜出来了，对吧？”

“对啊，老爸。”

他从纸袋里抽出一个酒瓶的瓶颈，转过瓶子看了看贴在后面的标签。“轩尼诗？”他把瓶子放回去，又抽出了另外一瓶，“都是干邑？”

“商店里的那个女人肯定是听错了。”

他脸上闪过一丝困惑，随即又有一种神情一掠而过，我觉得那应该叫作深思熟虑后下定了决心。“没事，汉斯，”他低声说，

“这个也行。”

接着他的五官舒展开来，满脸的笑容只在边缘处有些微颤抖。我觉得爸爸以前从来没有用如此充满感激的眼光凝视过我——后来也再没有过。“哦，汉斯，”他说，“太好了。谢谢你。”他握住我的手捏了一下，“我知道你肯定能明白的。”

顺便说一句，如今我看着自己的两个孩子，我知道能明白这种事的会是尼尔斯。尼尔斯会帮我弄到我所需要的东西。这本身就是一种智慧，而且也像其他的智慧一样说不清道不明。

话说回来，才华究竟是什么呢？自学成才的印度大数学家斯里尼瓦瑟·拉马努金推导出许多重大数学定理的时候，就闲坐在泰米尔纳德邦那座破败小屋的门前。小小年纪的他就精通了伯努利数和欧拉的自然对数。后来拉马努金终于进了大学，可数学之外的几乎每一门课程他都学得糟糕透顶。这又该作何解释？难道说，才华只不过是一种偏执的热爱？

拉马努金这样的人，只会注意到让自己赏心悦目的东西。我觉得我们大多数人也同样如此。爱因斯坦曾说过，上帝是微妙的，但并不恶毒。对此我必须赞成：在很大程度上，数学领域的成功其实只取决于一点——要有极为强烈的观察欲。我得补充一句，观察的对象是人的头脑——像针孔照相机似的，数学在人的头脑之中投射出了宇宙的影像，这种投影甚至可能是左右反转、上下颠倒的。和爱好观察的热切之情相比，观察力的敏锐程度也许倒是次要的了。拉马努金非常热衷观察，又坚信一切事物都是绝对可知的，这两样东西就是关键所在。道金斯说过，他反对宗教主要是因为它教导我们满足于对世界懵然无知的状态。

信念和爱——归根结底就是这两样东西。

那么，人生中的其他闪光点又算什么呢？比方说，我认为我女儿在数学方面的天赋就比我儿子要强得多。今后我们可能会在课本上看到艾米的名字，就像我们已经在上面看到了我父亲的名字一样。问题在于，艾米永远弄不明白其他人心底需要的是什么。相反，尼尔斯对这些事情一清二楚，你甚至都用不着去问他。

那个星期，妈妈和我都在俄亥俄州立大学参加了期中考试。开车回家的路上，她转向副驾驶座上的我，说："你担心你爸爸吗？"

"不怎么担心。"

她还盯着我。"好，"她说，"你把精力集中在学习上就好了。"说完她转回头看着路。

我们经过一段很长的路，两旁都空荡荡的，这地方在从哥伦布市回家路程的四分之三处。每当对面有车驶来，她都会眯起眼睛朝灯光的方向望。我期中考试考的是特征函数，她考的是循环系统。"你考得怎么样？"我问。

"还不错。你呢？"

"我也还不错。"

她微微一笑，从我们中间仪表板上的纸盒里拿起一杯奶昔，递给了我。回家的路上我们总会买杯奶昔分着喝，不过今天晚上她一点都没碰。是我最喜欢的口味：草莓。

"你觉得他到底是怎么了呢？"我问道。

塔平顿镇郊外的交通拥挤起来，正好赶上电器工厂的工人换班，从停车场进进出出的车辆在她脸上映出了猫眼石般的光芒。"我真的不知道，"她说，"但我知道你和妹妹用不着为这个担心。"

"汉斯，"我爸爸说，"告诉我你现在有多大了。"

我瞥了他一眼："这真的是个问题吗？"

“当然。要是你有不止一个孩子的话，这个问题可不好回答，更别说还有个老婆了。数字的变化毫无规律。”

“让我想想——我已经活了三亿九千四百一十八万三千六百八十……”我故意抬起手腕瞟了一眼，“零八秒，老爸。”

“跟我想的一样。”

当时我们也待在他的房间里。现在，重返社会的他已经恢复了以往的大部分能力，但只要上完课回到家，他还是会上楼小睡片刻。我有种感觉，这可能已经成了他雷打不动的习惯。每天下午还不到四点钟，就在我和保莉放学回家之前，他都会上床休息。等他睡着了，其他人在家里都得轻手轻脚的。我做完作业之后会看几页当时刚迷上的科幻小说，然后就该上楼去跟他打招呼了。我会踮着脚走过铺着地毯的走廊，站在他房间的门口。过了一会儿，躺在床上的爸爸就会眨巴着睁开眼睛，头也不回，活像一只蜥蜴。

当然，现在我意识到自己其实是想看看他是不是还活着。

“吵醒你了吧？”我会这么说。

“你这是在暗示我刚才睡着了。”

现在他似乎不怎么活动。他躺在床上，搁在毯子上的胳膊活像两根木头。他的头发乱作一团，脸颊灰扑扑的，以前常挂在额头上的那种蹙眉皱额的古怪表情也不见了。从所有细节上看他一如往常，但不知为什么他却不再像是他自己。仿佛是空有技巧却无神韵的雕刻者依样画葫芦做出的一座雕像。

“顺便告诉你，”他说，“我知道你也知道，这只不过是算术而已。三亿九千四百万秒。你已经十二岁了。这我清楚得很。”

“好吧。”

他叹了口气。“真正的数学应该弄明白的问题是：为什么每一秒都像是最后一秒？”

“抖机灵。”

“也许吧，但不管怎么说这种感觉并不正确。”他似乎思索了片刻，“或许等你再长大一点，你就会发现其实它是正确的。只不过不是数学意义上的正确罢了。”他拍了拍床单，一阵古龙水的香味又飘到了我的鼻端，“不管怎样，十二岁这个年纪差不多也可以听听我接下来要说的话了。”他把手伸向肩后，从床头板上方的书堆下摸出了一瓶轩尼诗。“我一直在慢慢减量，”他说，“接下来你将要见证的，是你老爸这辈子喝的最后一口酒。”他晃晃酒瓶，让我看到瓶子已经快空了。

“你这辈子喝的最后一口酒？”

“没错，我这辈子。”他一仰脖子喝掉了残酒，把瓶子递给我。“顺便告诉你，”他说，“这玩意儿并不像他们说的那么难喝。”

“下回我可以帮你弄点更好的。”

“下回我自己去弄，如果我想喝的话。关键就在这里。我不想喝了。你是我的证人。”他伸出手和我握了握，“愿上帝助我。”

我不知道该说些什么。

“汉斯，我这辈子做过不少难事。这只不过是又一件难事而已。”他现在坐起身，把僵直的双脚垂到床垫边缘，穿上了袜子，“人们也说过，那些难事我肯定是做不成的。但我最终证明是他们错了。”

“都是些什么事呢？”

“举个例子，有的是数学上的难题。我解开过一个曾被视为不可解的难题。”

“我知道，老爸。”

“我还明白了一个道理，才华仅仅是其中的一小部分因素。剩下的都得靠毅力。孩子，你一定得坚守住自己的堡垒，不管别人怎么大呼小叫都不要离开。”他侧身盯住我的眼睛。他的头转到这边，另一边的胳膊就抖动起来。“意志决定一切。”他说。

“好吧。”

他紧紧盯着我：“看着我。”

“干吗？”

“你同意吗？”

“同意什么？”

“意志决定一切。”

“我觉得应该是的吧。”

“那就说出来。”

“说什么？”

“说，意志决定一切。”

“我才不说呢。”

“为什么？”

“我不知道。这话太老土了。我不想说。”

“为什么不想说？难道你不信吗？”

“我没说我不信。也许我信。也许不信。”

“那你就说出来。说，意志决定一切。”

“我不说。”

“汉斯，你就说吧。我，汉斯·欧拉·安迪特将永不放弃。”

“不。”

“汉斯，快说吧。意志决定一切。我将永不放弃。”

“不。”

“说啊！”

“不说！”

他想了一会儿。然后他笑了。“好样的。”他说。

永不放弃

我就知道你肯定会理解的。

爸爸是不是在我身上看到了某种连我自己都一无所知的东西？他是不是在警告我，要小心即将发生的事情？

结果就在那一个星期，我，汉斯·欧拉·安迪特——数学天才、与数学家同名的人、一心想成为河狸的有志青年、一个可悲的酒鬼的儿子——开始吸毒了。

为什么？相信我，我也思考过这个问题——如今我已经思考了许多年——但我仍然不知道答案。为什么要在那个时候？究竟为什么要干那样的事？我曾亲眼目睹爸爸险些在悬崖边流血而死，接着又差点儿在床上因震颤谵妄[1]一命呜呼，后来又当着我的面发誓说从此滴酒不沾。我当然应该把这一切视作一种警告。

可是我没有。

---

1 Delirium tremens，一种短暂的中毒性意识障碍状态，通常发生于长期饮酒突然停饮或减少饮酒量之后，主要表现为植物神经功能紊乱，伴震颤、幻觉、错觉与妄想等。

我觉得吸毒并不是因为我有自我毁灭的愿望，不是因为想得到爸爸一向少得可怜的关注，不是因为害怕让他失去为人父的资格（或试图这么去做），不是因为想和妹妹有所区别，甚至不是因为我想把刚刚飞出炫目轨迹的自己从空中击落——这些解释都是多年以来别人向我提出的，比如我的妻子、朋友、赞助人，以及一大帮心理医生。相反，我认为吸毒只不过是因为与生俱来的某种生理渴求拖延了许久才得到满足。只不过是我的时钟到了时间而已。

现在我会想，不知道爸爸是怎么看待此事的。

塔平顿是个小镇，镇上建了几座教堂，房地产的价格比较低，有一所女子大学，是个很安静的地方，除此之外实在是乏善可陈。不过，我还是发掘出了一大堆可供选择的东西：大麻。快速丸。冰毒。可卡因。强效可卡因。MDA。小罐装的笑气。就更别提各种五花八门的中枢神经系统抑制剂了（这座小镇已经够抑制的了——我们镇上的聚乙烯厂、航空设备厂和福特汽车厂早已关门歇业）。我没尝试可卡因或快速丸。我和数学小组里的另一个孩子抽了一点大麻，然后就直接用了MDA。

美国醇品。[1]

反正我的朋友们是这么解释这几个字母的。有时候他们还把MDA称作道尔特先生特批[2]，我始终没搞清楚这是为什么。（顺便说一句，类似MDA却更易上瘾的摇头丸当时在塔平顿还找不到，至少在北塔平顿高中还找不到——说实话，我能活到现在也许正是因为这个。）毒品贩子看到我站在露天看台和自助餐厅垃圾桶中间的空地上等他们，都觉得我很好欺负。他们把我推来搡去。我

---

1 The *Mellow Drug of America*.

2 Mr. Dowater Agrees。

上学时跳了好几级，早成了所有人关注的对象。当然，我的个头在同级生里也算是小的。我第二次去的时候他们又把我收拾了一顿，下手更狠。不过，自从爸爸住进南俄亥俄州路德医院——第一次住院到现在已经有一年多——我的内心始终很不平静：我感到愤怒、悲伤，还有困惑。不知为什么，我被别人推来搡去时这些情绪竟然得到了纾解，哪怕只是暂时的。后来，毒品也起到了同样的效果。我又去了第三次。

永不放弃。

终于，在一个温暖的星期五下午，三点的钟声敲响过后才几分钟，他们当中有个人卖给了我两小片药：一片绿色，一片黄色。两片药上都印着一只蝴蝶的轮廓。这是个崭新的世界。我对它一无所知。比方说，我不知道这两种不同的颜色是否代表着不同的毒品，或者是不同的剂量。毫无疑问，我没去问那个卖毒品的小伙子。

恰恰相反，我故意装出一副若无其事又半信半疑的态度。我记得当时自己还挖苦了印在药片上的蝴蝶图案——我担心他卖给我的是小孩子吃的维生素——不过他只说了一句："回见。"

刚回到家，我就吃下了第一片。在家里杂草疯长的后院，我独自躺在破烂不堪的工具棚后面的稗草丛中，从那里望出去就是家旁边那条泛着泡沫的小溪。而就在离我不到三十英尺的地方，妈妈和保莉正弯着腰在花栗鼠肆虐的花园里除草。爸爸在楼上小睡。几天前，爸爸可怜兮兮地喝掉了他放任自己在下午喝的最后一杯酒。现在，我似乎取代了他的位置。我们的生命高踞在同一个支点之上。我本打算在星期五尝试绿色药片，把黄色的留到星期六，结果我星期五吃掉了绿色药片，两个小时之后就吃掉了黄色的。

有些人不喜欢毒品。有些人不喜欢让事情失控。

我呢，我可不是他们当中的一员。

当时的整段经历恍如回归原初，仿佛汉斯·欧拉·安迪特在那一刻之前只不过生存在一个蛋壳里——里面是黏稠的、营养丰富的蛋黄，外面包裹着一层厚厚的蛋清——现在他终于一点点啄破蛋壳，要进入外部世界了。我得告诉你，在刚钻出蛋壳的生物体眼中，这个世界明亮得叫人吃惊。

世界的意义似乎也丰富得叫人吃惊，你的生活仿佛被做成了幻灯片。我的父亲，小睡之后犹犹豫豫地走到门廊上，有气无力地抬起手遮住阳光。我的妈妈，拿着扫帚在车库旁的台阶上敲打，身周腾起了一大片灰尘。我的妹妹，弯腰数着一棵蒲公英的绒毛，她没把它拔起来。都包含在一幅幅画面之中。我们这一家实在是太悲哀了。

没过多久，我每个星期就得买七次货了。

起初我的钱是从妈妈那儿要来的，她一向很好说话。很快我就开始从她的钱包里偷钱。被她发现之后（她肯定知道自己皮夹里钱的总数，我早该想到的），我转而偷起了那帮新结交的哥们儿（不用说，他们也都是嗑 MDA 的吸毒鬼），不过想从贼身上偷钱并不容易。没过多久，我们开始偷学校的储物柜。然后是教练的办公室，运动队租来的密码箱就放在那儿——当然了，密码是我猜出来的。

回想起来，那段日子是我这辈子朋友最多的时候。（我觉得这没什么好自怜自艾的——反正我从来都不是很喜欢交朋友。）我们这帮服用 MDA 的家伙都很情绪化，一嗑过甲基安非他命就称兄道弟。那年的四月和五月，我和这帮哥们儿有空时都会待在橄榄球场远端的露天看台下面，观察刚上过肥的草如何生长。有时候草会长成一座座窃窃私语的绿色的塔，或者是一群群啃草的绿色毛毛虫，或者是一根根摇晃不停的绿色铝条。我的伙伴们都是些没前途的孩子，无一例外。在他们眼中我是个贵人，只不过紧急迫降到了他们中间。他们所处的星球一片狼藉。他们在这个星球上四处游荡，寻找黄绿之物。我跟在他们后面，同样寻找着。只要能满足嗑药的渴望，我什么事都做得出来。我帮他们做家庭作业，在他们讲笑话时哈哈大笑，还跟着他们一起挖苦老师（其实我始终很尊重这些老师，甚至非常喜欢其中的几位）。我替优等生高级英语课老师的女儿写了大学课程论文。替镇上卫理公会牧师的儿子写了关于清教徒伦理的学期论文。当然，做这些事都是为了换来毒品。

我得补充一句，在这段时间里，我对爸爸的历史几乎一无所知。

老爸早年生活的大部分情况——显然和我正在做的事有关——我都是后来才知道的，而现在发生在他身上的一切尽管有着再强烈不过的警示或威吓意味，在我看来也毫不相干。

话说回来，反正我也不在乎。

我和老爸彻底放弃了每天下午一起学数学的习惯。我第一次跟老爸说不打算坐下来跟他复习当日必读定理的时候，他只是耸了耸肩，就晃荡到厨房去了。现在他又上班了，看样子根本不想再浪费更多时间。那天下午的晚些时候，我做完了傅立叶分析课上的作业，但第二天早晨，我没用电子邮件把作业发给俄亥俄州立大学的教授。第二天也发生了同样的情况。事实上，那个星期的五个下午我都做了作业，却都没用电子邮件发出去，而是和新交的朋友们一块去了镇子南边刚盖好的一栋房子。爸爸没注意到我正在走下坡路，我并不怪他——他还有自己的烂摊子要操心。

其实，那栋房子的房主是其中一个毒贩的父母。郊野风格的建筑在当时的塔平顿还是新鲜事物，空荡荡的两车位车库和冰箱自带的内置式饮水机都让我们啧啧称奇。塔平顿的那一带俯瞰着早已关门的福特卡车厂，厂里的防盗窗多年来遭到了撬棍和球棒不计其数的攻击，靠着所剩无几的钢丝网才勉强撑到现在，亮闪闪的钢丝网面向小镇散发着不屈的光芒。经过十几个冬季，铺着沥青的屋顶烂出了上百个破洞，生产线四周的砖墙到处是窟窿，原先插在墙上的管子全被捡破烂的偷走了。整座厂房看上去就像被连续不断地轰炸了许多遍。那个星期五的下午，就在我吞下毒品之前，我想象着爸爸站在桑树下四处张望，指望他的天才儿子能改变心意。

福特卡车厂里生活着一座影子般的城市：弯腰曲背的男人们会在每天下午四点左右离开那儿，仿佛是要出门去上小夜班，但一个小时之后他们就会回来，继续守在工厂的屋檐下。他们像破布娃娃似的瘫坐在地，手里抓着棕色的纸袋。其中有个瘦骨嶙峋的家伙被截掉了一只胳膊，模样跟老爸很像——同样眉头紧锁的惊讶表情，同样恍然出神的带着希望的眼神——在毒品的作用下，我毫无征兆地可怜起他来。我指的是我爸爸。

突然间我意识到，爸爸畸形的智慧把他的世界缩小成了一道没有出路、幽暗可怖的窄缝。与他的现在和未来相比，智慧赋予他的过去要伟大得多。从某种意义上说，承受着这些折磨的爸爸其实和这个满身污垢、一只袖筒空荡荡的人很像——这家伙的脑袋晃来晃去，两眼直盯着酒瓶的瓶颈，好像在看印在上面的什么东西。透过厂房周围的铁丝网围栏，我聚精会神地盯着他，就像以前的我专心致志地求解傅立叶逆变换，或是一道棘手的围道积分题一样。MDA 使我心中充满仁慈之念，还有种得了学者症候群[1]的感觉——我能注意到极微小的细节，总爱回想过去，还有点

1 Savantism，指个人存在严重的智力障碍、自闭症或其他心理疾病，却拥有与其障碍全然相对的、不协调且惊人的某种能力。

感情用事。我甚至有可能感觉到了宽恕之心——谁知道呢？我能连续盯上好几个小时。

我还得告诉你，嗑起这种能产生移情作用的安非他命来，我的本领远非常人可比。我的那帮朋友里面有几个也还不错，他们每个星期嗑两三次。这么嗑药很耗体力。

我不知好歹，每天都嗑一次。

我从没尝过药力消退时失魂落魄的滋味，没感受过嗨劲儿过后随之而来的沮丧情绪。我听别人说过无数次嗑药之后会觉得口干舌燥、无精打采、痛苦难当、心神不定，但我从来没有这些反应。上一次嗑药的嗨劲儿刚刚过去，我就想着要再来一次。说真的，许多年以后我住进了一家名叫静水农场的治疗机构，接收入院问询时，我把少年时代的这些习惯告诉了一位拿高薪的药物滥用咨询师。正在本子上做记录的咨询师抬起头说："哇，你的脑化学反应肯定很不同寻常。"

不过问题在于，我的脑化学反应还不够非同寻常。两个月之后，在第二学期傅立叶分析的期末考试中，我第一次拿到了低于A的分数。

我的分数是F。

我们这些人对毒品的渴求无比强烈，就像别人渴求食物和水，渴求爱抚、光明或爱情一样。我在寻求某种东西——消遣也好，能让我忙起来的事情也好，或者是某种坚定不移的力量——它能让我超脱出来，能让我不再郁郁不乐地剖析自己的内心世界，否则这种自我剖析会无情地将我毁掉，就像毁掉爸爸那样。我想飞到自己的头顶——哪怕只有几个小时——平静地俯瞰自己的生活。

我是个瘾君子。他们说我一辈子都别想戒掉。

代笔人的错误

我本人辉煌的数学生涯刚喷着火焰起飞，就被我按下了弹射座椅的按钮；与此同时，爸爸却决定重拾他枯竭多年、余烬行将熄灭的数学事业。我出生之后，他一直都在法布里克斯学院教数学，参加沉闷无聊的教职工会议，一遍遍重复老掉牙的考试和测验，敷衍了事地分发低等的学期成绩，这种成绩最终会让他的学生远离中西部开设兽医学、药剂学和护理学的学校。根据多年来我对爸爸甚为有限的了解——尽管我始终很清楚他早年的声望——他自己再也没进行过任何数学研究。

他在学院的办公室我去过许多次。办公室在科学部大楼顶层走廊的尽头，那条短走廊两边的房间里还坐着物理系的一个老师和数学系的三个老师。门上有一块用螺丝固定的长方形棕色塑料牌，牌子上的白色字母拼出了他的名字。房间里靠墙摆着一张钢制的小办公桌，在我的整个童年时代，桌子上方都挂着同一张褪色的月历，上面印着**林鸭队加油！——1984 年 3 月**。办公桌旁边有块黑板，不过我去的时候黑板上从来都没写过字。事实上，在那间窄小的办公室里，我从没见过任何人表现出在思考数学问题的迹象。粉笔槽里连粉笔都没有。

不知何故，我从来没觉得这有什么好奇怪的。

不过，现在爸爸在我们家的二楼设立了工作室。我见证他的戒酒誓言之后没过多久，一天下午他把乡绅旅行车开进车道，车子的后门敞开着。他从车上抬出一扇木门和两只旧金属文件柜，然后吭哧吭哧地把它们搬进客房。两只文件柜相隔几步摆开，木门往上一架，桌子就做成了。他在桌上放了一盏带折叠臂的台灯，一只装满铅笔的咖啡杯，五六本便笺本，还有一碗玻璃纸包装的饴糖。桌子下面的地毯上，三只配有严丝合缝的盖子的纸板盒一字排开。他用印刷体在几个盒子上写了字。第一个盒子是**正确**，第二个盒子是**错误**，最后一个盒子则是？？。

然后他坐下来，开始干活。

我从来没见过他干活的样子。从小到大，爸爸的工作在我眼中始终都是——早晨开车去上班，下午三点左右回家，抽着烟端起一杯酒（后来我意识到那可能是第二杯。）但现在他只要一回家就会上楼坐到自己的桌前，一直坐到吃晚饭。房门通常都是关着的，但他偶尔也会把门打开，碰到这样的日子，我就会站在过道上看着他干活。他背对着我趴在桌上，头垂得很低，低到我能看见他脖颈处凸起的颈椎骨。每隔几分钟他可能会直直腰，用铅笔在纸上做个标记，有时还画上几笔。每过一段时间，他会从便签本上撕下一页纸，瞅瞅自己写的内容，然后放进桌下的某个分类盒里。当然，他放进每只盒子里的东西都让我好奇得要命。

但不知为什么，即便在当时我就知道，我绝不能擅自打开那些盒子。

也许是因为，虽说我的人生轨迹发生了转变，但那时我毕竟也是个数学家了。倒不是说我以此自诩。这么说也许有些奇怪，但在短暂的人生旅途中，我甚至从未产生过自己是个数学家的念头，虽说我显然非常早慧，而且很喜爱数学这门学科。世界呈现在我面前的，就是我人生的全部。比起过去十多年来的经历，最近几个月世界所呈现的东西似乎也没有对我的未来造成更为深远的影响。（现在我才明白，那时候我一点都不关注自己的心理特征，因此连自己缺乏好奇心都不知道。）当时，星期一到星期五的每天下午我几乎都要嗑一次药，周末时甚至会嗑四五次。

平心而论，与大多数同龄的孩子相比，我对自己父亲的了解也许要多一些——即便这只是因为他虽然性格内向，却有着非常鲜明的个性，或者是因为我曾两次目睹他徘徊在死亡边缘——但当时我仍然没有认识到一个最基本的概念：迈洛·安迪特是个完全独立的人，他和我截然不同。

比如说，他追求过自己的理想。如今他依然心怀抱负。他也经受过失败。他现在所过的生活——有着我母亲、我和我妹妹的生活——也许并不是他最理想的选择。

对于父亲作为一个人的独特性我几乎一无所知，而在这方面我对自己也同样如此。（我妻子觉得这是安迪特家族的一个标志性特征。）但不知为什么，我对父亲相当有限的了解却足以让我明白——这么说是因为我对自己的了解也相当有限——种种未完成的思想是维系他生存的命脉。因此，我离那三只盒子远远的。爸爸的思想就像是一艘船，他站在船头，任由脚下布满浮冰的大海汹涌起伏。这些思想是精心做出的大胆假设，是无比艰辛的勤奋付出，是导弹般精准的预见能力，也是一场永无休止的、关乎其最终价值的任性赌局。它们得经受分支逻辑和渐进式逻辑的无情检验，好几个月的辛劳——说不定还是好几年——换来的回报有可能是令人兴奋不已、惊喜若狂的重大发现，也可能是让人羞愧难当、深受刺激的无用功。关于这一切的认识就像是我体内的遗传信息。我十几岁的时候就知道了——十几岁，还在服用让人产生移情作用的安非他命的时候。说不定我从小就知道。我也很清楚，如今爸爸在家里二楼的新办公室每天重新开始的苦工会带来怎样的风险。尽管到目前为止他平凡的生活看起来安全得很，这种风险随时都有可能将他击溃，在他的身体弱不禁风的状况下更是如此。我知道这些致命的风险在每天晚上都会被隐藏起来，它们会暂时被他放在纸盒上的盖子阻挡，直到第二天下午。

虽说当时我年纪还小，虽说我的生活状态发生了新的改变，我也能意识到这样的工作应该受到尊重。

短短几年之后，我再次意识到了这一点。当时我正在读数学专业的研究生，刚开始写毕业论文（论文始终都没完成）。我打算写的内容是肖尔斯－杜尔班偏微分方程式，在概率论中这是相对而言不太受重视的一个分支，最起码在当时是这样。很快我就发现，这类方程式不受重视是因为它们实在太难，即便是对数学家而言。但在十六岁的时候，也就是我开始从事数学研究的时候，我就打定主意要熟练掌握这些方程式了。我不仅要熟练掌握前人已经形成的研究成果，还要继续推进这些结论，推进到二十世纪一些著名数学家都未能企及的高度。我站在巨人们的肩膀上——其实我是打算踩着他们的肩膀起跳——巴舍利耶[1]、奥斯本[2]、布莱克－斯科尔斯[3]，还有伟大的伯努瓦·曼德尔布罗[4]。

当时我寄宿在哥伦布市一间位于地下室的公寓里，房子霉气扑鼻，有两间卧室，是我跟俄亥俄州立大学主修运动通信和运动

1 Louis Bachelier（1870—1946），法国数学家，现代金融数学领域奠基人。

2 John E. Osborn（1936—2011），美国数学家，对计算数学，特别是偏微分方程的数值解理论、特征值逼近和有限元法做出了巨大贡献。

3 指美国数学家 Black Fisher 和 Myron Scholes，两人创立和发展了布莱克－斯克尔斯期权定价模型。

4 Benoit Mandelbrot（1924—2010），数学家、经济学家，分形理论的创始人。

心理学的两个本科生合租的。这种公寓能有多干净是可想而知的。我的卧室也是起居室，打开前门就是那栋楼的公共走廊。尽管住处其余的一切——地上摊着睡袋，干净衣服和脏衣服分别扔成两堆——都能反映出我少年时代混乱无序的生活状态，我的桌子却始终收拾得清清爽爽——桌上只有茶杯、论文，还有一只碗，放着包装好的饴糖——这样才能集中精力思考问题。我把那三只盒子也放在手边，便于分类整理。当然了，盒子都是关着的。·

我不知道这样的布置究竟是在模仿爸爸，还是仅仅是因为我大脑中某个特定的结构和他的完全相同。读研期间的每个夜晚，我都会收拾好我的纸条和计算结果，标上日期之后整整齐齐地放进**正确**、**错误**或是 ?? 的盒子，就像我看老爸做过的那样。盒盖都是严丝合缝的。盖紧盒盖的感觉，就像是晚上哄着自己的孩子安然入睡。

没过多久，我的室友开始把这些盒子称作银行金库。

实际上，每到星期五或星期六我的室友回到公寓的时候——通常会带着两个满身甜兮兮的玛格丽塔鸡尾酒味的姑娘，校园里到处都能喝到这种十六盎司纸杯装的饮品——他们都得路过我的桌子才能进卧室。当然了，他们会看到我头戴耳机坐在自己的位置上，认真钻研肖尔斯－杜尔班方程式（要不就是在忙活本科生的数学作业，改作业是我在大学的正式工作，同时我还得——临时——替西格玛 · 西和斐 · 德尔塔，两个兄弟会的哥们儿做作业）。两位室友会和气地耸耸肩跟我打个招呼，然后把我介绍给他们花言巧语哄来的姑娘。我并不是个十足的傻瓜——我知道他们俩想干什么。我知道自己是室友眼里的古怪人物，是能够巧妙地帮助他们达成目标的谈资。我看着他们千方百计地哄着猎物往第二道门的方向走，这两扇门才是关键所在。在此过程中他们必定会打断我手头的数学工作——经过桌子的时候拍拍我的肩膀，假装一个踉跄朝纸盒冲过去，不小心碰掉其中的一个盖子。我的室友人挺不错，不过他们都已经二十多岁了，虽然我在学业上遥遥领先，还是被公然当成了他们社交意义上的监护对象。就我个人而言，我觉得这种关系总体来说还不错。回答室友问题的时候，我会不苟言笑地介绍一下自己当时在干的活，甩出几个群的上同调之类的术语或瓦莱普桑之类的名字，就好像他们知道我在说什么似的。他们会点头称是。我的两位室友想让姑娘们看到他俩很关心别人，跟不谙世事的书呆子也能友好相处，而且还聪明过人，虽说一个小时之前在玛格丽塔鸡尾酒缸旁边时，上述特征表现得并不明显。

“汉斯，好哥们儿。”其中一个家伙说着挠挠我的头发，或者翻翻我桌上写满了公式的小本子，“你今天往银行金库里放了什么东西？”

他们约来的姑娘会展颜微笑——即使喝醉了酒，俄亥俄州立大学的女生也肯定会亲亲抱抱小狗，向小孩子问好——卧室的门关上之后，我能听到她们压低的声声轻笑，就像是盒子里的小猫。

我不知道爸爸在研究什么。我估计应该是某个新的问题。那些年在他的研究领域内有许多进展，比如全纯动力学和定向代数拓扑。这个领域诞生于十八世纪，创始人是与我同名的数学家莱昂哈德·欧拉，以他对柯尼斯堡七桥做出的划时代探究为标志。爸爸喜欢画画，而且喜欢用图画进行推理。从种种迹象来判断，我觉得他正在研究非交换代数与纽结理论之间的相似性。

爸爸架起办公桌之后不久的一个星期日，刚过中午的时候我上到二楼，发现门开着，他已经坐在椅子上了。看到他佝偻着腰坐在那儿，我心里突然涌起了一种特别强烈的愿望——我想知道他到底在思考什么。我已经和朋友们在福特工厂混了一个小时，不过那个星期我们嗑的是 Yop[1]（这玩意儿是粉末状的，不是药片），也弄不清到底嗑了多少。那些天我连续不断地嗑了许多药，一走进二楼书房就发现自己好像踩在一根颤悠悠的绳子上，绳子绷得很紧。如果我走向绳子的一端，就能在房间里看到许多无可名状的颜色。如果我走向另一端，就能感觉到自己身上有许多乱七八糟、挥之不去的连接线，这些线把我和地球上的其他所有人连在一起，包括老爸在内。如果我站在绳子中间，就能看到他的内心。放着一张桌子和三只盒子的小房间变成了整个世界。从这些反应来看，我嗑的药可能有点太多了，但我意识到药劲儿还没发挥到极致。等到那个时候，我希望自己在绳子上所处的位置能让我看到老爸秘不示人的东西。

他趴在桌上的一本便签本前，脚趾向下指向地面。他的膝盖曲了起来，一只拳头撑着下巴，活像克利夫兰艺术馆门口台阶前罗丹的《思想者》。（顺便说一句，早在我出生之前，雕塑就被气象员派[2]从底座上炸翻了，后来艺术馆的工作人员未经翻修就把它焊了回去。雕塑是从脚踝处炸断的，小时候我每次看到爆炸在青铜表面留下的斑驳伤痕，就会马上联想到爸爸，原因当时我也说不清。）

他匆匆写了点什么，然后提起铅笔继续思考起来。我知道这种时候不能去打扰他。有一张小纸片掉在了他椅子旁边的地毯上。我被纸片吸引了过去。

他头也没回就说道："你好啊，汉斯。"

他的话把我拽了回来。接着，不断延长的沉默又把我朝那张

---

1 Yop，即 Yoppa，对 Yah-Bah 的俚称，一种甲基苯丙胺和咖啡因混合药物，最早风行于南亚与东南亚地区。

2 Weathermen，二十世纪六十年代美国学生运动中的一个激进派别，在各地袭击警察，制造爆炸事件。

纸拖了过去。他的思绪就像是极性相反的磁铁，一会儿把我拽回来，一会儿又把我拖过去。

“你在想什么呢？”他说。

“没想什么。”

他把手伸到前面，在本子上画了几笔。“那你干吗咬牙切齿的？”

“我咬牙切齿了吗？”

他没回答，又埋头计算去了。我只得放弃去了解他的愿望。我的注意力又一次被那张纸吸引了，现在纸上开始放射出淡蓝色的光，仿佛有一片天空穿透天花板掉进了房间。我晃了晃脑袋，直到眼前的景象形成视差。现在我又站在了绳子的近端，从这个位置看过去，纸上线条的倾角和明暗发散出字词的准确含义。纸上画的是一个旋转的四维超正方体，粗粗的笔画透露出爸爸对妈妈带着怒气的爱意，这情绪偶尔会显露出来。这是个截角超正方体，图案被纸本身精准地分成了几部分——纸先被折成八等分，再展平，然后才画上图案，每个等分中的图案完全相同。

外面传来了什么响声。我的注意力一下子涣散了。那张纸现在不像是一片天空了。只不过是一张纸而已，我发现它刚被从便签本上撕下来。其实纸根本没折叠过。图案上二重折叠的效果是爸爸用铅笔画出来的。他是个非常出色的画家。意识到这一点，我觉得自己仿佛被劈成了两半。

“说我将永不放弃。”

“什么？”

“说啊，汉斯。”

“别再搞这一套了。”

“记住——意志决定一切。汉斯，你可记住了——安迪特家的人都是永不放弃的。”

我站在那儿没动，直到他回头看了我一眼。他身上古龙水的气息飘到了我的鼻端，我循着香气中不同的成分，就像在追逐旗帜上一缕缕东飘西荡的布条，一直来到了远方阳光下的一片柠檬树林。

“你没事吧？”他粗声问道。

“没事。”

“你还在咬牙切齿。”

“没有。我没咬。”

他仍然盯着我。“去吧，”他说着把头一点，“放到盒子里去。”

“什么？”

“把它放回盒子里。”

他指了指我的手。那张纸被我攥在手里。

“去，”他说，“把它放回盒子里。”

“哪个盒子？”

但我已经知道了。标着？？的盒子现在也像刚才那张纸一样，放射着蓝色的光芒，微微荡漾的波光犹如倒映在水中的天空。我走过去，把我那张纸片放到了其他纸片上面。

“这是什么鬼东西？”第二天吃晚饭前，老爸挥舞着手里的信封，“是搞错了吗？”

厨房水槽上方的柜子里原来放着好多瓶他的美格波旁威士忌，现在成了我妈妈收砂锅盘子的地方。她正伸着手去够上面的菜盘。“迈洛。”她说道。

“干吗？”

“你别去烦他。”她把炖菜盘放到台面上。过了一会儿她又说道，“说不定没及格的人是他的爸爸。”

“这是什么鬼东西？”他又说了一遍。他在我面前挥舞着信封，然后把它打开，让信纸掉到我的手上。“但愿是搞错了。”

“哦，这个啊。”我平静地说，打开了信纸，“是我的成绩单。”

“俄亥俄州大学寄来的，”他说，“还有呢？”

“我得了个F。”

“没错，汉斯。你得了个F。”

“只有一个，老爸。”

“嗯，你说得对——只有一个。”他把指节捏得噼啪直响，“但这就等于全部不及格，不是吗？因为你只上了一门课！”他弯下腰把脸凑到我面前。“你是俄亥俄州的数学冠军，”他缓缓地说道，“考试全部不及格你还挺骄傲？”

“是并列数学冠军。（还有个男孩的得分跟我一样。）我也没说我觉得很骄傲。”

“那到底是怎么回事，我能问问吗？”

我知道他想让我说什么。在我的数学生涯之中，计算错误向来都是个现成的借口。我爸爸和许多数学家一样，认为计算这玩意儿几乎毫无价值。他是在给我找台阶下。

可我却说：“你不能强迫我变成你自己理想中的模样。”

我抬起头，想看看他是什么反应。那天下午的药劲儿正在减退，我顿时感觉到自己刚才的话说得太重。但爸爸大发雷霆的样子我已经见识过许多次了，所以丝毫都不觉得担心。这是他赎罪的机会。

可爸爸的眼光似乎穿透了我，他朝后望去，仿佛突然瞥见了自己做出的某个证明。他的脸色恢复了平静。“没错，”他说，“碰巧我也是这么想的。”

接下来那个星期的周末，我从福特工厂晃回家的几个小时之后，爸爸把我和保莉召集起来，让我们坐进旅行车。他拐上林肯路，沿着皮特克特河岸一路往前开。虽说几十年来聚乙烯厂和卡车厂一直在河边倾倒垃圾，这个河段却总能恢复本来面目，如今河边有块湿地上还建起了一个备受塔平顿下岗工人嘲笑的自然保护区。河滩浅水区的柳树丛中铺设着长长的杉木板步道，弯曲的步道在池塘般平静的小水湾上架出了一个越来越复杂的迷宫。从这儿向远处望去，塔平顿郊外一排排烟囱那歪歪扭扭的白色烟柱似乎再也不能直通天际了。老爸把车停进铺着碎石的停车场，说道："我们到啦。"

当时已是傍晚。伯尼特别爱到这儿来，但老爸把它丢在了家里。我和保莉跟着爸爸走进了迷魂阵一般的木板步道。水面上到处都是一大片一大片厚厚的水藻，水边的植物丛中有雨蛙在叫。开车过来时爸爸安静得异乎寻常，现在他又不吭声了，坚定不移地大踏步走在我们前面。捐资建立这片保护区的慈善家来自纽约市，此人并没有为斯帕坦县的失业人员兴建工厂，而是在河边买下了几百英亩绝佳的工业用地，把它们改造成了一块自然保护区。大多数日子里，你在这地方走上一下午都看不到一个人影。

我们在外面晃荡了大约半个小时，一直在码头上到处转悠，还走了许多回头路。老爸突然站住了，说道："汉斯，保莉——你们俩待在这儿。我马上回来。如果二十分钟之后我还没回来，你们就去找我，"他点了下头，"我在车里。"

"什么？"保莉说，"我可不想跟他单独待在外头。"她朝我指了指，皱起了鼻子。

"汉斯，照顾好妹妹。"

说完他就离开了，简直是拔腿就跑。我和保莉都惊呆了。啪嗒啪嗒的脚步声在如墙般矗立的树木后渐渐远去，仿佛一连串掉进水中的石头。最后，蛙鸣声又响了起来。夜色渐浓，它们唧唧呱呱的鸣叫声就像是一支等着人指挥的短笛乐队。

“太棒了。”保莉说着往地上一坐，在水面上晃着双腿。

“这儿有鳄龟，”我说，“小心你的脚。”

“好啊。太好了。困在这片污七八糟的丛林里，还得跟一个有妄想症的吸毒鬼待在一起。”

“你说什么呢？”

她没回答，不过还是把双腿收到了木板上方。然后她站起身，靠到我旁边。“好吧，汉斯，”她说，“老爸生气了，要是你还没猜出来的话。”

“生我的气？”

“是啊，生你的气。”

“为什么？”

“你在开玩笑吧？吸毒鬼，瞧瞧你自己吧。你简直是砸锅大王。”

“就因为我的成绩？”奇怪的是，我突然意识到：爸爸虽然从没提过我去卡车工厂的事，其实却清楚所有情况；而我妹妹虽然整天喊我吸毒鬼，却根本不知道我真的在吸毒。

她弯下腰，拨弄着一块碎木片。有一阵子我们待在原地没动，就那么站在一起，等着太阳沉落。但天空中层云密布，空气又潮湿异常，太阳似乎根本没往下沉。几分钟之后太阳筋疲力尽地放弃了，倏然消失。没过多久，牛蛙开始呱呱地叫起来。蛙鸣很快响成一片，活像一间装满闹钟的简易房，不出几秒就有一只钟从不同的方向响起来。保莉终于开口了：“他觉得在你身上浪费了时间。”

我知道，这句话对她的意义非同一般。我们俩都很清楚，她也有数学方面的天赋，尽管我们的父亲对此视而不见。我把手搭在她肩上。“那些香蒲看起来好像一群牧师。”我指了指周围昏暗中一片白花花的长条形香蒲花。

“别说了，汉斯小子。你这么说只能让我觉得更糟糕。”

“你瞧，保莉，我只想知道他究竟上哪儿去了。真见鬼，他这是要干吗？他离开早就超过二十分钟了。”

“汉斯，他是想看看你能不能自己找到回去的路。”

“什么？”

“回到车那儿。还得摸黑。就像他那样。”

“真是太棒了。”

“好吧，你行吗？”

我四下里看了看。没有月亮。东边是黑沉沉的夜空，西边能远远地看到镇子上的灯光。在我们周围，微弱的光芒黏附在银色的码头和高高的白色香蒲上，但其余的地方都是一片漆黑。“现在可是晚上，保莉。我们走了很长时间。我哪有这种本事？他给你手电筒了吗？”

“我行，”她说，“我知道该怎么回去。”她朝停车场的方向指了指。

当然了，我也知道。爸爸能做到的事情，我也一直都能做到。但我却说道：“那你为什么不来带路呢？”

这时，她的眼睛在黑暗中闪闪发亮。她又坐到木板旁边，我听到了拖鞋划拉水面的声音。“因为我总是候补队员。”她说道。接着她又加了一句，“我已经当够候补队员了。”

“快点，保莉。你来带路。”

“得你来。”

我摇了摇头。“保莉，他就是想把我变成一个缩小版的他。你知道吗？让伟大的迈洛 · 安迪特见鬼去吧。我才不要变得跟他一样呢。绝对不干。”

她脸上绽开的笑容像香蒲花一样。

二十分钟之后我们回到了停车的地方，保莉敲了敲前车窗，老爸在座位上侧身帮我们打开了后门。“干得漂亮。”他把手从靠枕上伸过来，和我握了握。

“是我给他带的路。”我妹妹说。

“真的？真是这样吗，汉斯？”

“没错，就是这样。”我说。

“知道吗？”第二天爸爸说，“其实我并不在乎你将来搞不搞数学。”

“真的？”

“我自己本来也没打算干这行。”

那天我刚出了趟门回来，就被他堵在了卧室。最近我注意到，嗑过药感觉正嗨的时候，无论受到什么打扰——比如匆忙奔上台阶时，坐在门廊上荡秋千的妹妹跟我打了声招呼；或者经过厨房时，妈妈让我把桌上的餐具摆好——我都会唰地一下转过身，活像一只得了狂犬病的狗。就连伯尼，以前我每次快走到家门口时都会跑到栅栏边上来迎接的伯尼，都不会用嘴叼着棍子围着我乱转了。

爸爸审视着我：“有些孩子听到这样的话也许会感到好奇——他们的父亲并不在乎他们以后会做什么。”

“那又怎么样？”

“不怎么样。”他回了我一句。

他走到房间的角落，用手指蹭了蹭无花果盆栽的叶子。我在几英寸深的土层下藏了差不多一百片药，分装在三个胶卷盒里，每个盒子都单独用塑料袋封着。

“该吃饭了。”我说。

“等等。”

“什么？”

“我知道你刚才到哪儿去了。”

我坐了下来。

“这话是什么意思？”

“你听着像什么意思就是什么意思。我知道你想到哪儿去。”

“你说的到底是什么地方？”

“你知道自己该去什么地方，但你就是不往那儿去。”

我望着他。“哦，”我说，“是这个啊。”

“你改变不了自己的宿命。”

“这个想法很有意思。怎么证明呢？”

“这是个公理。”

“请问这到底是哪一条公理？”

“第一条。”

“啊哈。”

他紧紧地盯着我：“汉斯，你是个数学家。”

“你刚才说了，你并不在乎我以后能不能成为数学家。”

“没错，”他说，“我不在乎。”他做了个鬼脸，“但你的确是个数学家。我想表达的就是这个，仅此而已。你没法逃避。这是你的命运。”

“真无聊。”

他的表情变了。“问题在于——”我能看出他的脑海中似乎充斥着各种各样的念头。

“什么？”我说，“在于什么？”

“问题在于，”他的手又移到了无花果旁边，“该怎么说呢，我们做的事——”

“嗯？”

“我说的是数学家，汉斯。”他的声音带着某种情绪，“你知道，我们只不过是傀儡而已。事情早被做过手脚了。我们永远都找不到自己要追寻的东西。”他摇摇头，转向窗户，“我们注定要失败。”

他的脸没对着我，但我还是看到了：他擦了擦脸颊。

这时我从床上爬起来，轻轻拍了拍他的肩膀。等到他转过身，我抱住了他。我可能有好多年都没像现在这样亲近他了。和平常一样，他身上有股柠檬味儿，可是他又微微颤抖起来，活像一只蜂鸟。我抱得更紧了。我侧过头，看着自己抱住爸爸脊背的胳膊和他瘦削的肩胛骨都在一起一伏。说真的，我看不出到底是谁在动。

不过，他很快就平静了。他的手抬了起来，我能感觉出他是在擦眼睛。他站直身子，我抱住他的手只好放松了一点。最后我放开他，扶着他绕过无花果盆栽朝门口走去。这时他转过身，注视着我的眼睛。“谢谢。”他只说了这么一句。

多年以来，我和父亲之间发生过许多事，但若论重要性，很少有哪件比得上那天下午我在卧室给他的拥抱。偶尔回顾人生的时候我不禁会想，自己能活到今天说不定也正是因为那个时刻。以某种后见之明来看，所有的一切都能够追溯回去，犹如一个证明。

我仍旧相信他说的那句话：我们注定要失败。

在那些日子里，我被种种引力拉扯得痛苦不堪——这些黑暗力量的反作用力尚未出现，还无法助我走上正途。当然，我的父亲也还在孤军奋战，那是属于他自己的一场漫长的、没有神灵庇佑的战争。接下来的几个月他又做了几次尝试，想劝我继续跟他一起学习数学。有几次我勉强同意了，坐到了桑树下的长凳上。他放弃了以往系统讲授四门分支学科的方法，转而讲起了各种互不相关的专题，事后看来，这种策略是为了把我重新引回羊圈。他心下指望着某个冷僻的专题能吸引我的注意力。他不再向我介绍逻辑思维条理分明的基础知识，转而开始详细讲述各种伟大的、激动人心的数学难题。对我们这样的人而言，这些当时尚未被解开的难题不啻为充满诱惑力的谜题：黎曼猜想、庞加莱猜想、开普勒著名的球体填充问题。我想，他其实是希望能再和自己的儿子分享点什么。

但我没让他那么做。

无论如何，当时我没让他那么做。有了毒品赐予的新智慧，我觉得爸爸的渴望低下得令人生厌。我的傅立叶分析得了 F，六个星期之后在偏微分方程课上得了 D，接着又在数值方法上得了个 D。那个学期结束时，我每周服用 MDA 的次数已经从九次增加到了十二三次——这个数字对健康的青年男性而言也相当惊人。只要一回到家（肯定都是在深夜时分），我就会直接走到水槽边，喝掉满满三大杯水。否则的话，我就觉得自己会干成一堆廉价的白色粉末。

我们注定要失败。

我觉得，从来没有什么认识能像这句话一样让我如释重负。

顺便说一句，我在俄亥俄州立大学的室友说得没错。这几个盒子真的变成了银行金库。如今我们知道（这在一定程度上也得归功于我没写完的毕业论文），肖尔斯－杜尔班偏微分方程式适用于几乎所有类型的大型多人伺服均衡体系的微波动，包括衍生金融产品市场在内——费兹克合作资本经营公司负责招募技术人才的副总裁马库斯·戴蒙德到哥伦布市招人的时候，就注意到了这一点。

5 猜想

三州奇点

后来，我十四岁那年的夏天，就在高中毕业后不久，关于我们家，我所知的一切再次改变了。在六月间一个和暖的清晨，爸爸把我和妹妹赶上乡绅旅行车，妈妈已经坐在车上等着了。我们没在镇外停车，开过县界时也没停。没有向东开往梅肯峡谷，也没有向西开往水上乐园——塔平顿仅有的一座广告牌就坐落在那儿，**凉快凉快**！几个大字上配了张摇摇晃晃的木质滑道的照片，都已经褪色了。向北开了整整一个小时，我才注意到车子后面放着两只鼓鼓囊囊、用皮带扎着的行李箱。伯尼把脑袋靠在一只箱子上面。

那是个星期六。我嗑药之后已经过了三四个小时。

“妈妈，”最后我问道，“我们到底要上哪儿去？”

“我不知道，亲爱的。”

正在看书的保莉抬起了头：“你怎么会不知道？”

妈妈在座位上朝我们侧过身，不好意思地咧嘴一笑：“因为你爸爸不肯告诉我。”

“那你干吗笑得这么开心？”保莉说。

“因为我知道咱们要去度假。”

“啊？”保莉说，“你可没跟我们说过！”她轻轻拍了拍爸爸的肩膀。“你不能什么都不说就把我们带走，不告诉我们要上哪儿去也不行。”她拍了他一下，接着又是一下，像只啄木鸟，“那可是绑架。”

“我也不会告诉你的。”他说着拍了一下她的手。

“说嘛！”

“我不说。”

“为什么？”我问。

“因为这是个秘密。”

“有意思，老爸，”我说道，“这是唯我论。”

“不是唯我论，聪明的汉斯。唯我论是一种哲学。这只不过是一个自描述语句[1]。”（我妹妹当时十二岁，已经成了库尔特·哥德尔[2]的信徒。）她又加了一句：“人们总是用错这个概念。”

“就是唯我论，小莉特。”

“跟唯我论毫无关系。唯我论指的是人的头脑只能理解它自己创造的概念。这只是个自描述语句。”

“自描述语句就是一种唯我论。”

“够了。”妈妈说道。

沉默。在这片沉默之中，我和家人坐在车上，与此同时我又看着自己和家人坐在车上。有时候我会看着自己在看自己。我知道车子快到达奇点了，地图上的那个点恰好被三个不同的州均分——印第安纳州、俄亥俄州和密歇根州——却不属于其中的任

1 Self-documenting sentence，此类语句的内容即是对语句本身的描述。

2 Kurt Gödel（1906—1978），美籍奥地利裔数学家、哲学家，以及二十世纪最伟大的逻辑学家之一，其最杰出的贡献是哥德尔不完全性定理。

何一个。但车子向东拐了一点点，于是我意识到已经没机会路过它了。很快，我们就从**欢迎来到密歇根州**的告示牌下方驶过。这是块亮闪闪的新牌子，但看起来却像是廉价的贺卡。我转过身，看着牌子渐渐消失。没过多久，前方先后出现了开往底特律和卡拉马祖的岔路口。我们没往岔路上拐。随后车子穿过了一连串狭窄的钢蓝色峡谷，我很快意识到那就是把我们和大地的另一边连接起来的裂隙。另一边的天空同样是白天的颜色。我开始对自己所知的大多数事物产生怀疑。“好吧。”最后我说了句话，打破了漫长的沉默。

“这儿是湖区。”爸爸说着转过头，朝妈妈微微一笑。

“真美。”她回答说。

噢，当然啦，原来是要去湖边。

保莉瞪着我。

“干吗？”我说。

“干吗？”她回了我一句。

话音刚落，我的药劲儿就慢慢消退了。有时候别人说的话会产生这种效果，在转瞬之间把原本光芒四射的以太变成了我们家那种浓厚、滞重、了无生气的氛围。我麻木地坐在车上。绵延数英里的森林在挡风玻璃外扑面而来。伯尼挪到我身后，热乎乎的鼻息吹在我的脖子上。我的药劲儿又恢复了，转到了较为平静的阶段。许多念头在我头骨顶部挥之不去，往后靠靠就能看到它们，像蝙蝠似的扒在那儿不放。各种细节驻留在我的眼中。爸爸的香烟冒出的烟雾，巧妙地朝只开了一道窄缝儿的车窗飘去。妈妈的耳环就像两只同步的钟摆。我们正沿着弯弯曲曲的县高速公路往前开，我能感觉到路面上的许多弯道就像是一个越来越大的圆上的一部分，每个弯道都会延伸开去，融入不断增大的圆周之中。车子经过的一片片水体呈现在我们眼前，偶尔会伴随着路旁针叶林间露出的一道空隙，有时则是湿地中的小溪拐出的一两个弯，溪面上的朵朵睡莲就像是一顶顶随着水流漂远的女式帽子。我能感觉到那些帽子底下的女人，她们踩着滑溜溜的河底小心翼翼地走了过去。

车子继续向前开。黑绿色的松林从窗外掠过。路肩上开放的野花犹如点点血滴。路旁树林的空隙间时不时会冒出一个湖泊——就像是一片令人惊叹的海蓝宝石，其间还装点着高悬在空中的银色云朵。我们把车停在湖岸边，吃了午餐。刚吃完三明治，周围的树冠就被风吹得弯了下来，沙沙作响。

午餐过后我们下水游泳，每个人的姿势都各不相同。老爸扑通一声跳进湖水深处，在水下憋气才几秒钟，就大呼小叫地逃回了岸边。妈妈划出了一道节奏分明的水线，直通向露出水面的一块巨石，然后又返身游了回来。保莉站在水浅的地方，捧起水把身体打湿，就像是在浴缸里洗澡的老女人。我不紧不慢地在湖心深处蛙泳，我的救生员伯尼以狗刨姿势跟在旁边。每次在水中往下看时，我都能看到同一块光芒闪烁的卵石在水底朝我眨眼。

游过泳，我们在微风中擦干身子，又钻进车里。当时已近傍晚，我的药劲儿在渐渐消退。大家默不作声地继续前行。在杰克森西北方向的一个路口，我们驶出平整的高速公路，上了一条窄窄的两车道小路。这条路起初是碎石铺的，接着上坡，穿过一大片草地，翻过山坡之后又进了树林。车子的底盘老是蹭到树根。蚊子出现了——先是在外面，后来又钻到了车里。妈妈侧着身子，在爸爸脖子上拍来拍去。伯尼不停地拱着车窗。

一座老旧的木板桥。一条宽宽的、泥泞的小溪缓缓从桥下流过。爸爸停好车，沿着溪岸下到水边。这一带的土质很松软。他脱掉鞋子踏进芦苇丛，吃力地朝溪水深处走去，使劲往桥底的一根基桩上靠了靠。最后他又爬上溪岸，在桥面上走了个来回。

回到车上时他说道：“挺牢的。”他发动了引擎。

“你确定吗？”妈妈说。

“当然。”

“百分之百确定？”

“不是的。”他说着开车上了桥。

“妈妈，没有什么事情是百分之百的，”我解释道，“连重力都不是。”

这是我近来思考的基石之一：物理学只不过是一种动态平均数，我们所有的人——我们的生活、我们的命运——都只不过是加权的统计学走势而已，的确有可能出现异常值。事实上，异常值是必然会出现的。

桥撑住了。

但车轮下的桥板发出了刺耳的咯吱声，片刻之后——这期间妈妈的手先伸向自己的胸口，接着扶住爸爸的肩膀，最后抓紧了车门把手——我们顺着桥另一头的斜坡开到了树林环抱的空地上。这儿简直是一片丛林。爸爸费力地摇下窗户，吹进来的风中充斥着烂泥和树皮的气味。我们沿着两车道的小路继续往前开，路边窗帘般浓密的植被在有些地方被踩出了一条条低矮的通道，透过它们偶尔能瞥见一片平淡无奇的水面。我们朝岸边的方向拐过去。但即使越开越近，我们还是看不清湖的全貌。只能偶尔看到一小块一小块凝滞不动的棕色水面，懒洋洋地飘着雾气。

我们好不容易开出树林，看到了面前的那座房子，妈妈又朝我们侧过身。然后她把脸整个儿转了过来。她觉得很困惑。

爸爸关掉了引擎。蚊虫飞舞的灼热阳光下，是一座破败不堪的小木屋。

“迈洛？”

“嗯。”

“你确定是这儿吗？”

“没错。”

门前的台阶是开裂的，屋顶蒙着一片片绿色的苔藓，墙上暗灰色的油漆剥落成了一道道长长的竖条，仿佛有头熊在护墙板上磨过爪子。两扇破破烂烂的窗户在大门旁边闪闪发光。我们听到有什么东西在嗡嗡地响。

“那是什么声音？”妈妈说。

“林子里活物的动静。”老爸答道。

“是昆虫。”保莉说。

妈妈僵硬地坐直了身子。“亲爱的，这房子最起码打扫过了吧？人家知道我们要来吗？最起码你让他们把房子打扫干净了吧？”

“这是座湖畔小屋，”爸爸说，“弄得太干净就没意思了。”

等到我们把行李箱拽下车，拖着箱子穿过杂草，来到门口，妈妈已经拿着扫把站在台阶上了。她捏着鼻子走到灌木丛旁边，把簸箕里的灰土倒在地上。我看见了一只动物黑乎乎的尸体，还有一根泛红的长尾巴。然后她接着扫地。

小屋的一楼活像是弃置多年的夏令营食堂。千疮百孔的木头桌子。铁锅里还有油渍，一摞搪瓷盘已经生锈。爸爸踹开通向门廊的木门，屋里老旧的壁炉散发出一股潮湿的烟灰气息。墙上有几只灰蒙蒙的镜框，里面镶着鸭子图案的装饰画。

楼上有两间普普通通的卧室，房间的外墙局促地缩在屋檐之下。妈妈伸出指尖按了按床垫，凹陷处立刻腾起一片浮灰。她又拿起了扫帚。

“咱们要待多久？”她在楼上朝起居室的方向喊道。

“到这个周末。”爸爸得意扬扬地回答说。

我藏在夹克衫内衬里的东西够多，待在这儿的时间延长三倍都可以。

妈妈回头看了看我。

“我没问题。”我说。

“好啊。”她说。然后她又加了一句：“到时候我差不多就能把房子打扫干净了。”

当天晚上，妈妈在码头找到了我。码头架设在湖边的浅水区，下方是狭长泥泞的湖湾。她手里端着杯红酒，这很少见；另一只手里拎着红酒瓶，这可就是前所未有了。她在我身边找个地方坐了下来。我正在提前享受第二天的剂量。

“好吧，”她说，“我看你爸爸找到了全密歇根州唯一一个水底都是烂泥的池塘。”

“好像还真是，妈妈。”

在我们周围，动物们拿出了夜晚使用的各种乐器。蟋蟀的鸣叫标出了节奏分明的拍子，芦苇丛中不知哪儿有只落单的牛蛙反反复复地吹着对位的低音急奏。一大群模样丑陋的昆虫在我们头顶盘旋，撞在彼此身上又弹开，然后又一对对地朝着水面疯狂地飞旋而下。每对虫子落在水面上时都会激起一道乱糟糟的微小轨迹，随后传来轻轻的溅落声。

妈妈抬起头，看着那片由无数翅膀和触角组成的云。“是蜉蝣。”她说。

“它们好像在成双成对地自杀。”

“没错。”她往后一靠，叹了口气，“它们在交配。”

她喝了一口酒，苦着脸笑出了声。

“妈妈，我挺喜欢这地方的。”

她没回答。

“这儿很宁静。”我没话找话。

“有时候我真喜欢喝点红酒，”她说，“真的。”她转过头对我微微一笑。看到我躺在码头的木板地上仰头看天，她也躺了下来。转着圈乱飞的蜉蝣群现在没那么密集了，没过多久，所剩无几的单个雄虫和雌虫都打着旋儿飞向了湖面。很快，连鱼儿都对它们失去了兴趣。紧接着，仿佛有人吹响了换班的口哨，另一群个头更小的昆虫冒了出来。空中出现了成千上万个悄然飞起的黑点，渐渐汇成一大片不停涌动的黑云，像高压电线似的在我们头顶嗡嗡作响。

“汉斯，”她说，“能问你个问题吗？”

“你已经在问啦。”

我等着。

“你要问什么？”我说。

“哦，”她说，“哦。”她朝上指了指。月亮已经升起，借着它的光晕，我们看到有一只捕食性的鸟儿加入了这片喧闹。它闪动着翅膀猛地扎进昆虫群中，忽而俯冲，忽而飞扑，东啄一下，西叼一口，随即从虫群的另一头穿出来，飞进黑夜不见了。很快又飞来了另一只黑乎乎的鸟，像秃鹫似的冲进了乱哄哄的虫群。

“是海鸥吗？”她问。

“我看不像，妈妈。”

“还是燕子？”

“我觉得是蝙蝠。”

“蝙蝠？”她坐了起来，“对，你说得对。肯定是蝙蝠。”我听到她在咕咚咕咚地倒酒，然后是酒瓶放在木板地上的声音。她紧接着说，“知道吗，你爸爸以前有一间很漂亮的公寓。加铅条的窗户，还有石头砌的壁炉。他曾经是讲席教授。”她啜了一口。

“那挺好的。”我说。

“蝙蝠。”

“妈妈，它们是哺乳动物。”

“汉斯，普林斯顿到处都是漂亮的小路。那些乡间小路你走一下午都不觉得累。新泽西州也有许多湖。湖边都修整得很雅致。在那儿的海边你能吃到炸蛤蜊。亲爱的，但愿你有朝一日能在海滩上尝到炸蛤蜊的味道。东部有各种各样的世俗中人，他们做有意思的事，去有意思的地方，努力工作是为了让自己变得更优秀。”

她揉了揉我的头发。

“有时候我还会想起这些事。”她说。

第二天早晨醒来，我听到了浪花拍击湖岸的声音。我在硬邦邦的床垫上坐起身，透过门廊上的纱门朝外望去。在花粉和蛛网的另一边，棕色的湖水平静无波，简直像一片泥滩。我这才意识到刚才的声音是怎么回事：妈妈已经拿着扫帚站在台阶上了。

保莉在我后面坐了起来。“房子是租的，你打扫它干吗？”她喊道。

母亲停了下来。“因为生活就是这样，亲爱的。”

我妹妹呵呵一笑。“这话我不明白。”她低声说。

“想想呗，小莉特。”

“我已经想过了。”

“这是个明喻，”我说，“生活就是打扫一座租来的房子。”

“但它说不通啊。倒是个连贯的句子，但不合逻辑。这是跟你说的，妈妈。至于你，汉斯，这是个暗喻，不是明喻。”

“好了，汉斯。好了，保莉。”妈妈说道。现在她站到了纱门旁边。“咱们都友好点。能做到吗？友好一个星期行不行？”

“没问题，”我说，“到星期六。”

“天哪，”保莉说，“我太开心了。不过他要能做到的话可就能破世界纪录了。”

“你也会开心啊？那才是破了世界纪录呢。”

“好了，你们两个——友好点行不行？”

接下来的几天，我们俩不知怎么还真做到了。休战。吃过早饭，我和保莉一起走到湖边。我们会去捉葡萄柚大小的牛蛙玩，等到太阳升上树梢也就玩够了。再过几个小时，我们俩就坐在深可及腰的草丛里，像佛陀似的等着牛蛙自己蹦到我们手上。这个主意是我在毒品正嗨的时候想出来的。以前嗑过药正嗨时，我几乎都跟朋友们待在一起，于是我发现自己对保莉涌起了一种未曾体验过的敬意。（其实，我吃的量比平时要少——是一片黄色的，而不是绿色的——但到了嗑药生涯的那个阶段，我不用真正吸毒就能凭空召唤出毒品带来的强大观察力。不过，我所渴求的恰恰就是这种亲切友好的体验，这种和全世界亲如一家的感觉。突然间我意识到，我和保莉竟然有可能成为朋友。）

“哇，”我说，“看哪。你看看这些。”

“我看着呢，汉斯小子。”

我们的手掌上满是牛蛙身上黏糊糊的分泌物。我们四周高高的野草丛中飞舞着一只只细长的蓝色豆娘，像电梯似的忽上忽下。凑近了看，草茎的丛林中有无数小虫在爬，钻洞，蹦跳，或是行军。低下头，我能看到整个文明都是在草叶底下建立起来的。再抬起头，我又发现草叶上面还有其他的文明。长翅膀的蚂蚁和枯草色的飞蛾。小小的绿色昆虫，有六条腿，戴着三角形的头盔。生命栖息在每一个斜坡和平地上，有些肆意蔓延，有些悄然藏匿。各种各样的卵囊都有其独特的结构，足可收入《坚忍不拔百科全书》或《乔装打扮百科全书》。生物进化分析出了“散布”和“黏附”孰优孰劣的数据。对树枝而言仅仅是猜想的东西，有蜘蛛网在试图证明。小木屋破破烂烂的烟囱旁边，一只顶着艳红色羽冠的大啄木鸟正笃笃地敲击着屋顶。啄木鸟的下方，妈妈用扫帚柄轻轻敲着天花板。

“天哪，”我说，“你看到这些了吗？”

“看到了，”保莉说，“我看到了。”

我们看着一队红蚂蚁毫不留情地拖着一只扭来扭去的尺蠖穿过了沙地。就像是一部伟大小说的结局。

“我以前觉得自己很重要。”她说。

“我明白你的意思。”

然后她抬头瞥了一眼木屋。“汉斯，”她说着转过头，“他没什么事吧？你觉得呢？”

“你干吗这么问？”

“第一，他不喝酒了。然后他又带我们来度假。他带妈妈来度假。他看起来——我说不准——看起来比以前好。”

“我挺好的。”老爸一边说，一边带着我在林中穿行。天色已晚，他用小手电照着前方的路。他拨开一根树枝，说道：“我好多啦。”然后又加了一句，“别担心，就快到了。”

他站住了，用手电筒指了指。“看见了吗？”

“是以前的厕所吗？”

“不是的，是另一座小棚子。地方很小，但也是房产的一部分。我挑这栋木屋就是为了它。”

棚子非常小。门上有把挂锁，不过他口袋里揣着钥匙。棚子里面的空间和壁橱差不多，没一样值得用挂锁保护的东西。只有一张开裂的小木桌，一把斜靠在桌旁的木头转椅，仿佛正有人用它在图书馆占着座位。透过一扇满是灰尘的菱形窗户能看到外面的树林。棚子里的空间只能容下我们在桌子两头贴墙站着。保莉和妈妈还在木屋那边，没跟过来。

他打开了电灯。“我打算在这儿工作，”我都没问他便主动解释道，“我准备好了，得再干点事情。”

那天傍晚，我在码头边看夕阳。那是个橙色网球，正在把自己慢慢降到球筒里。

“昨天晚上你也站在这儿。”爸爸在我身后说。

“哦，你好。”

“你跑到这儿来干什么？”

“我在聆听宇宙的声音。”

一只猫头鹰咕咕地叫了起来。

“告诉我，”他说，“它在笑吗？”

“你说的是猫头鹰还是宇宙？”

“宇宙。”

“不是在笑。它在哭泣。”

“没错，汉斯。”我听到旁边传来擦亮火柴的声音。“介意我陪你待一会儿吗？”

“随你。”

码头嘎吱嘎吱地响了。现在，湖对岸的太阳宛若翻扣在盘中的半只柚子。夕阳刚沉落到地平线以下，蚊子就飞来了。它们发出的嗡嗡声围住了我们，音调的高低起伏标记出了一圈逐渐缩小的轨道。

“你听听，”老爸说着在木板上捻灭了烟头，“克里斯蒂安·多普勒是描述这种现象的第一人。非常简单的概念。”他又点了一根烟，“但他把自己的名字和它挂在一起，实在很聪明。”

接下来的一阵子我们都没说话，只能听到狠狠吸烟和偶尔拍打蚊子的声音。风停了，香烟散发的烟雾在周围久久不散。他随即说道：“知道吗，接下来咱们就要在这里生活了。也许对大家都有好处。而且还不光是这一个星期。我觉得咱们得住一段时间。”

“一段时间？一段时间是多长？”

“我不知道。也许几个星期吧。或者一个月。但我知道一点：我要重新开始做事了。就在那个小棚子里。”木板嘎吱一响，他手上樱桃般亮闪闪的红点指出了方向。“汉斯，我向来特别适合在森林里工作。我早该意识到这一点了。”

他朝码头的另一端走去，木屋的灯光映出了他身体的轮廓。他抬起双手捂住脸，好像是想遮住双眼，然后又放下手，抬头朝天空望去。过了一会儿他说道：“汉斯，我能感觉到。我还有一件事要干。”

天气凉爽的早晨，我和保莉会沿着森林中还没走过的蜿蜒小径去探险。这些小径往往都通向水边或是高处，但有时它们的终点却出人意料——阳光照耀的林间空地，或者是难得一见的风景。有一条穿过黑莓丛的小径直通到一块突出地面的大石头，我刚站上去就意识到这石头的朝向是正东方。有人来这儿看过日出。

有一天我醒得很早，便自己走到大石头那边看日出去了。我到达时天还没亮，等到天边刚显出一点苍白，我吞下毒品，坐到了石头上。

嗑过甲基安非他命看到的密歇根州日出是什么样的，我觉得我描述不好。

数学至今都无法成功地解释时间。牛顿观测世界，他推断时间的运动是常量。爱因斯坦拒绝观测世界，他推断时间的运动是变量。其他人对此也有贡献。闵可夫斯基[1]提出了四维流形，庞加莱提出了洛伦兹变换（尽管其中有些人自称是物理学家，但他们

1 Hermann Minkowski（1864 — 1909），德国数学家，率先提出由一个时间维和三个空间维组成的时空概念，为广义相对论的建立提供了框架。

做的其实都是数学研究）。原先的时间空间理论都以一个名为光以太的概念为核心，而现在像我爸爸这样的学者说起它时脸上都会露出古怪的笑容。但我自己却很抗拒这种态度。坐在那块石灰岩上看着密歇根州的湖泊越来越亮，神经被甲基安非他命刺激得兴奋不已，而与此同时，太阳像一个五彩斑斓的火球，正从地球另一端冉冉升起，我所看到的景象用光以太来形容是最为贴切的。

我还得补充一句，关于时间不能倒退的问题，数学同样无法做出令人满意的解释。

独自在森林里待了几个小时，我觉得疲惫不堪。我站起身，痛切地意识到在组成宇宙的杂乱无序的粒子运动之中，我只是个毫无意义的存在。天热起来了，我跌跌撞撞地穿过黑莓丛。树叶上积存的最后一点露水滴落在我头顶，荨麻的刺老是剐到我的裤子。在木屋附近，我经过了爸爸的那座小棚子。我拐了个弯正准备朝水边走，棚子的门开了。“汉斯，”他说，“进来。”

他已经备好了自己需要的东西。桌子上放着一摞记事本，一只装铅笔的杯子，还有饴糖。他头顶的椽子上有三只纸盒。他招手让我进来。“你今天起得早啊。”他说。

“Carpe diem.”[1]

他笑了，飞快地瞥了我一眼。他喝了一小口咖啡，把杯子放到吸墨台上。杯子旁边的纸上画着一棵树，视角自下而上。“我们在这儿，”他说，“身处自然之中。”

“你说得对。”

他又看了我一眼，这回看得更仔细了。“你没事吧？”

“我好得很。”

“你又在咬牙了。”

1　拉丁语格言，出自贺拉斯的诗集《颂歌》，意为“把握今朝”。

“没有啊。”

“那你朝窗外看看。看到什么了？”

“光以太。”

“什么？”他隔着玻璃指了指，“汉斯，我是想让你看外面的树。就在那边，空地边上，太阳照着的那棵——樱桃树。是黑樱桃树，我在书上看到过。跟我说说它的树叶是什么样的。”

“树叶很好看。”

“用数学概念来描述。”

我往前凑了凑：“两个相交的椭圆形。”

“还可以怎么说？”

“两根交叉的双曲线。”

“什么样的双曲线？”

“方向相反的。”

“公式都是什么？”

“这不重要。”

“说来听听。”

“TF1+TF2 = K，”我舔了舔嘴唇，“爸爸，我不是小孩子了。”

“没错。那双曲线呢？”

我考虑了一下。“由一组圆形的圆心连成，这些圆形与两个同样大小的圆相外切。”

“太妙了，汉斯。我看你还是很会动脑筋的。”他往窗边凑了凑，“好吧，你再想想这个。想一想推导出这些真理的人。我的意思是，它们可是从宇宙之中推导出来的。两千年前，托勒密。欧几里得。尼科梅德斯[1]。这些真理让帝王的功绩黯然失色。而现在

---

1 Nicomedes（约公元前 280—前 210），古希腊数学家，在研究几何三大作图问题时发现了尼科梅德斯蚌线，还发明了绘制蚌线的仪器。

的九年级学生竟然就把它们写在学习卡上。”说到这儿他微微一笑，回头看了看我，“但是在当年，这些人的发现让整个文明天翻地覆。他们为自己追求的目标献出了一生。”

他停住了，懒洋洋地把一只手伸向屋顶的椽子，摸了摸标着**错误**的纸盒。“你和我，”他轻声说道，“我们俩是一样的。”

我没回答。“不过，你妈妈——她和我们不一样。要是能跟我们一样就好了。但我能看出来，我所拥有的东西你也有。”

“是什么？”

“诅咒。”

“哦。”我说。一只地蜈蚣从桌上的裂缝里钻了出来。“这既无法证明，也无法证伪。”

“你在书上看到过欧几里得的困惑吗？你看到过他是怎么奋斗的吗？”

“没有。”

“佩尔加的阿波罗尼奥斯[1]呢？你在书上看到过他经历了怎样的不幸才写出《圆锥曲线论》吗？”

“也没有。”

“汉斯，这是因为书上从来没记载过。这些事情都没记载下来。但我敢说——我敢向你保证——诅咒是存在的，存在于他们每一个人身上。存在于我们每一个人身上。”

“我觉得我们身上都没有诅咒。”

但我说出的这几个字在空中只发出了可怜兮兮的微光。爸爸冲着它们凄然一笑。

“汉斯，历史是冷酷无情的。你我都明白这个道理。奋斗本身

1 Apollonius of Perga（约公元前 262—前 190），古希腊数学家，与欧几里得、阿基米德齐名。出生于小亚细亚的佩尔加（Perga，今属土耳其）。其《圆锥曲线论》代表了希腊几何的最高水平。

无关紧要。奋斗会消失无踪。只有成果才能留存于世。而成果要么成立，要么就不成立。”

第二天早晨，妈妈在桌子对面开心地边整理东西边吃早饭。直到这时她才问了一句：“亲爱的，这房子是从什么人手上租来的？”

爸爸抬头看了看。“没什么人。”

妈妈拿起咖啡杯喝了一小口，咖啡的怪味儿让她噘起了嘴唇。“我不明白，”她说，“人家又不会白送给我们。”

“是不会。”

“迈洛，咱们该不是未经允许就跑到别人家里来了吧？”

爸爸往前凑了凑，用刀子挑了点黄油抹到烤面包上。

“迈洛，咱们是不是住到别人家的房子里了？”

“不是的，”他说，“不是别人家的房子。”

“哦，那就好。”

“巧了，这是咱们的房子，海伦娜。”

她放下杯子，理了理衬衫的前襟。“你说什么？”

“我们把它买下来了。”

“亲爱的，不是吧？”

“比买辆新车贵不了多少。”

“迈洛，不是吧？”

“我们有的是时间还贷款。”

平面国[1]

我和家人共度的最后一个夏季就这么开始了。

第二天早晨，我发现妈妈坐在纱门前门廊的一把椅子上，盯着屋外乱七八糟的一大堆藤蔓。藤蔓从泥泞的湖边一直长到屋子两旁，还在纱门上穿出了几个窟窿。她旁边的地上放着一杯廉价红酒。整个上午，那杯酒在慢慢地变少。我和妹妹仿佛看到她头顶的空气中悬着一块告示牌，说不定爸爸也能看见。牌子上写着：

别跟我说话

我和保莉自己弄了点东西当午饭。我用有缺口的咖啡杯盛了一杯香脆麦片，还吃了几片博洛尼亚香肠，妹妹烧了点妈妈从塔平顿带来的怪模怪样的蔬菜。我们一到木屋就发现厨房台面上放

1　本章标题为英国神学家、数学家、作家埃德温 · A. 艾勃特（1838—1926）所著科幻小说的书名。这本书描述了不同维度的世界，以及各维世界之间的关系。

着两只长有根须的圆球，活像是外科手术中被摘除的患病器官。保莉切碎一个圆球，扔进了煎锅。

“这是什么玩意儿？”我问。

“芹菜根。”

她在橱柜里翻了半天，好不容易找到一个还剩一点油的瓶子。

“我还以为芹菜就是根呢。”

“你在开玩笑吧？”

“没有。”

“芹菜是茎，汉斯。”她往锅里撒了一小把胡椒，“你不会真的不知道吧？”

“知识和智慧不是一回事。”

“先生，您区分得可真细。”

我坐到她身后摇摇晃晃的桌子上。那年春天，她在学校总跟一帮古怪的家伙混在一起。“保莉，你现在成素食主义者了？”

“嗯，有时候是的。”

烧好菜，我们坐到桌旁就着锅吃起来，边吃边望着窗外妈妈看了一上午的方向。我一直在观察保莉。等到她快吃完的时候，我问道：“你在这儿开心吗？”

“什么？”

“你喜欢这样吗，全家人在一起？”

“我从来不考虑这种事。”

“啊。”这有点出乎意料：我妹妹从来不考虑这种事。我的药劲儿还在蔓延，我又看到了那一大堆复杂无比、纠缠不清的线，它们从她身上放射出来，犹如一张丝织的网。最粗的一根线直接指向妈妈，现在她把椅子挪到了屋外热力渐增的阳光下。妈妈也不会考虑幸福之类的事。不管是她的幸福，还是我们的幸福。她关心的是我们过得好不好，是否健康，还有将来会怎么样。但像幸福这样难以界定的东西并不在她考虑的范围之内。而我呢，从我身上放射出的最粗一根线直接穿出了窗户，顺着灌木丛一路攀升，箭也似的钻进了小棚子窄窄的门，爸爸正沮丧地坐在屋里，琢磨着面前的几张纸。幸福这样的东西，我爸爸一辈子都不会考虑。事实上，他常常对幸福嗤之以鼻，但当时我却无比清晰地看见，幸福其实是他始终在追求的唯一的目标。他对可以解决的难题满怀热情。那就是备受折磨的他能暂时躲藏的庇护所。

对我来说，情况同样如此。

第二天刚吃过早饭，妈妈就把三条长壁纸举到壁炉架上方。公路尽头的菲尔特城有一家百货店，但店里提供的装潢样品不算很多。“喜欢哪一种？”她问我们。

“有鱼的。”爸爸回答说。

“亲爱的，哪一种鱼？这两种壁纸上都有鱼。”她露出小学老师般的微笑，又把壁纸举了起来，“看到了吧？”

她刻意装出一副开心的样子。妈妈受伤特别深的时候，就会采取这种惩罚方式。

“鳟鱼的。”他说。

“这上面印的是鳟鱼吗？”她晃了晃其中一条纸样。

“对。”

“我喜欢另一种鱼，”我说，“是什么鱼来着？鲈鱼？”

“梭子鱼。”爸爸答道。

“你这是瞎猜。”保莉说。

“或者是北美狗鱼，”他说，“那上头还有一条鱼，可能是玻璃梭鲈。”

他想显得和她一样开心。

“你们俩要是不能达成一致，”妈妈说，“那就由我和保莉来决定。你选哪一种，亲爱的？”

“鸭子的，”我妹妹说，“毫无疑问。”

“嗯，我可不想在家里贴得满墙都是鱼，”妈妈说，“二比一，保莉赢了。”

壁纸是妈妈自己贴的。陈年的灰浆墙面粗糙不平，不过她用了许多糨糊。贴好之后还能看出一大块一大块的鼓包，但壁纸上的鸭子都非常醒目：林鸭、秋沙鸭，特别是野鸭。长蹼的鸭脚在淡淡描绘出的水线下划动，高高翘起的鸭头充满期待地朝着真正的湖的方向。妈妈贴完壁纸，又把整间小屋的地面拖了一遍，还摘了许多野花插在杯子里。

“保莉，”我说，“我觉得他的状态没你想得那么好。”

“为什么？”那是个温暖的早晨，我们俩都站在二楼的卧室，从窗户往下看。在我们下方，老爸刚好穿过空地朝小棚子走去。

“他忙得很，”我说，“但他可没在工作。”

“你怎么知道？”

“我去过他的工作室。反正他不是在研究数学。他在画树。”

保莉没作声。窗框上放着她从壁橱里翻出来的老式鱼缸。她在鱼缸里盛了湖水，放了几块石头，还有两只螯虾。她轻轻敲了敲玻璃，其中一只螯虾示威般地弓起身，晃着虾钳迅速向后退去。她又敲了一下。然后她说：“你和他一起去小棚子了？”

“是啊。”

她捡起一根棍子轻轻捅了捅一边的虾钳，逼得螯虾缩进了鱼缸的角落。然后她就那么站着，透进窗户的阳光映出了她头发的轮廓。如果光线合适，她其实还挺好看的。

“保莉，我恰好经过。”

“我也经常从那儿经过。”

“呃，当时他心情挺好。没完没了地说数学就是种诅咒，”我笑了起来，“他说我身上也有。”

她把视线转开了。我能看出她的下巴在微微发抖。“嗯，”最后她说道，“祝你们俩好运。”

骨髓爱好者的盛宴

那个周末，爸爸和我回了趟塔平顿。妈妈列了一张所需物品的清单。爸爸和我开着乡绅旅行车慢慢拐出车道的时候，她和保莉坐在码头上举起冰茶杯子向我们致意，伯尼也抬起了毛发虬结的脑袋。仪表板上，妈妈小本子上的第一页纸被通风口的气流吹得扑扇不停，**谢谢**！和**别忘了**！几个粗体字晃晃悠悠地映入我的眼帘。

爸爸开得飞快，车窗都摇了下来。到了菲尔特城南边的加油站，他把我丢在车上，自己去了洗手间。停车场滚烫的地面蒸腾着柏油味儿，我在座位里缩下身子，嗑了一次药。然后我拿起了妈妈的清单。有好几页。第一页上写着：

舒洁纸巾（整盒的，冰箱旁边）

遮阳帽（保莉的——地下室门上？）

意面锅（最大的那个，别忘了盖子）

沥水器（煮意面用）

水壶盖

护脚霜（白色）

伯尼的指甲钳

好的棉质擦碗巾，黄色那个

遛狗的皮绳，可能在门边架子上

汉斯的短裤（卡其色，第二个抽屉，靠里）

保莉的凉鞋（浅棕色）

修枝刀（车库，钳子可能也在？）

条纹泳装（好多年没穿了——找不到打电话）

等老爸回来，我把小本子放回仪表板上。他系好安全带，说道："比如说我吧。"

"比如什么？"

他从冰盒里拿出一罐凝着水珠的姜汁汽水，举到阳光下。"我年轻时就懂得了意志的重要性，"他说着啪地打开拉环，"我年轻时就学会了如何领教困难。怎样才能做成没人认为你能做成的事。"他喝了一大口汽水，然后转过身仔细打量着我。

我像一个冥顽不灵的罪犯一样望了回去。"哇哦，"我说，"太有意思了，老爸。"

过了一段时间，进入俄亥俄州地界之后，我们驶出高速公路，开上了一条县道。柏油路尽头有家餐厅，在高处俯瞰着一个方方正正的池塘。餐厅门上挂着手写的招牌：

s'MAMA's

折叠椅靠在垃圾桶旁边。停车场上的车五花八门的，有锈迹斑斑的拖拉机，也有一辆米色的凯迪拉克，皮质的软顶敞篷收在座椅后面。餐厅柜台后面的黑人在忙活，白人坐在桌旁吃饭。是一家烧烤餐厅。每次我和母亲开车去芝加哥的时候都会从附近经过，但我根本不知道还有这么个地方。

老爸去了柜台。在晃晃悠悠的车上坐了一路，来到低声说话的人群之中，还闻到了咸香的烤肉味——我能看到烤肉在壁式烤炉里滋滋地冒油——我的药劲儿像排水口一样敞开了。

s’MAMA’s

店名差一点点就完全对称了，我看着难受得要命。

我找了张桌子坐下。活像鱼缸里的一只螯虾，被人们隔着玻璃仔细观察。我挥起了虾钳。

“你说什么？”老爸问道。他站在桌边，捧着一叠泡沫塑料饭盒，神情古怪地盯着我的脸。“我没听清。”

我转身看着门外的池塘。那个学期的生物课上，我们看了一部瞪羚在水边的纪录片。一群瞪羚喝水的时候，总会有一只瞪羚时刻盯着地平线。现在，坐在桌旁的人类也是这么干的。每张桌子上最起码都有一个人——我们这桌就是我——在警惕会不会有狮子出现。

吃东西。

人们吃东西的时候感觉很幸福。

“爱说不说。”他啪地把饭盒往桌上一放，挤进了我旁边的座位。肋排和玉米。他啃干净一份肋排，又拿起一份叠在自己面前的饭盒上。好一阵子我们俩都没说话。我时不时地朝地平线望去。我好不容易让自己清醒了过来。

人们吃东西的时候感觉很幸福。

所以他们容易受到伤害。

池塘里不时有鱼安详地跃出水面，不高不低的频率表明它们在观察我。它们想让我保持平静。谢谢，鱼儿。我回过头，费劲地欣赏着我的父亲。他用牙齿撕扯着烤肉。他嘎嘣嘎嘣地嚼碎软骨，又仔细地把关节处的肉啃干净。他吮吸着手指。吃完了肉，他又啃掉了两截玉米。玉米芯不停地滑动、旋转，他就像是一台专门脱粒的机器。然后他从袋子里拿出一把塑料叉，伸进骨头的空腔里搅了搅，想看看有没有骨髓。最后他拿起一根啃得干干净净的肋排，又放进嘴里吮了一遍。“我的天，”他说，“这肋排。”

“可不是嘛。”

“你妈妈从来不做肋排。”

不知是什么东西让他变了样。

“她有时候会做的。”我说道。

“没有。从来没有。”他用气味刺鼻的湿纸巾把手指擦干净，双手抱头往椅背上一靠。“这才叫好吃的。”他说着从桌子上方朝外望去。

我知道他为什么变样了：她不在这儿。

我就像是那只遥望着地平线的瞪羚。我得负责把我们俩带回安全地带。过了一段时间，我说道：“我知道，老爸。”

“知道什么？”

“我知道什么是好吃的。”

他眯起眼睛，又拿起玉米叉，在盒子里戳来戳去。“你可真好笑。”

“干吗这么说？”

“我知道你知道什么才是好吃的。”

“好吧。”

“我说东西好吃不是因为这个。”

“好吧。”我看着桌子对面的爸爸，“妈妈要是能来尝尝就好了。”

“为什么？”

“我不知道。她应该爱吃。”

“不会的，她肯定不爱吃。你妹妹也不会的，”他疑惑地看着我，“你那份一点都没动呢。介意给我吃吗？”

此刻我体内的药劲儿就像是一只巨大的黑鸟，它突然呱地叫了一声，张开了翅膀。我有点喘不过气来。

他把手伸了过来：“介意给我吗？”

“请便。”

等他吃完我盒子里的东西，我们回到了车上。返程路上他一直盯着挡风玻璃，我一直透过侧窗搜索着地平线。

母亲不在身边，我也不一样了。

到了塔平顿城外不远处，他回过头，用轻松愉快的语气对我说：“你知道克努森·海伊是什么人吗？”

“不知道。”

“他是我在普林斯顿的上司。密歇根大学有个会议，他要来参加。”

“然后呢？”

“会后他打算开车过来，到木屋这儿来转转。”

“那挺好的啊。”

他转过头看路。

“我在想，”他说，“这事该不该告诉你妈妈。”

黄昏时分我们回到了塔平顿，我的药劲儿还像长耳大野兔似的在体内窜来窜去。爸爸打开前门，带着我进了屋。我们孤零零的两个人，就这么走进了陵墓一般阴凉寂静的门厅。

我突然意识到，以前住在这儿的一家人已经死了。

收在狭小壁橱里的冬衣仿佛是他们的木乃伊。父亲是个高个子，脾气粗暴，冷漠，衣服肩膀上沾着头皮屑。母亲的个头儿矮一点，做事勤快，性格开朗，两只红色的雨靴叠放在一起。两个十几岁的孩子，对外面的世界很不适应。女孩的衣袋里装着叠好的舒洁纸巾。男孩的衣袋里有粉末状的痕迹。

门边的地上有一把破雨伞。厨房里的椅子摇摇晃晃。还有其他线索。井然有序的生活已经开始崩溃。我们走过能听到回声的过道，点点滴滴的线索变得越来越清晰。性格开朗的母亲尽管很努力，终究还是于事无补。我们继续前行，穿过一个个窄小的房间。窗帘上有灰尘的气息。地下室的门散发着酸溜溜的霉味儿。起居室的壁炉架上方并排挂着两幅旧油画，一张画的是谷仓，另一张则是波涛汹涌的大海。另外几面墙上挂着早已褪色的名画复制品——弗拉·安吉利科、卡拉瓦乔、莫奈、蒙德里安、埃舍尔、毕加索——按照顺时针方向陈列的西方文明史，中止在烟囱的位置上。

这些可怜的人啊。

爸爸上到二楼，不见了人影。我走进卧室，发现他在壁橱里到处乱翻，把衣服都堆在旁边。然后他放弃了，迈开大步直奔地下室。家具变了位置。盒子砰砰地落在水泥地上。回到卧室的时候，他身后拖着一堆拆开的木梯部件。他拼好梯子，支在天花板上的活动门边，爬进了阁楼。

又传来一阵刺耳的声音。他出现在活动门口，两手捧着一只盒子。“时间去哪儿了？”他问道。

“这取决于方向和速度。”

“啊，”他说着爬下梯子，“我培养出了一个理论家。”

“盒子里是什么？”

“我做的一样东西。”他把盒子放在地毯上，划开胶带，一样样拿出零件，“上学的时候做的。”

“这是什么？”

“四分仪。”

他开始组装四分仪，有些零件显然已经装不上去了。他装好了轮辐和支架上的几个部件，但接合处的榫头和滑槽不是干缩了就是开裂了，他怎么拼辐条也合不上。

“做这东西的时候，”他说，“我正处于人生中前途最光明的阶段，却被一个数学难题折磨得痛苦不堪。那时我觉得不管问题有多难，只要能全身心地投入进去，最终总能揭示出真相。”

“现在呢？”

“我觉得，那个问题才是我得以存在的唯一理由。”

第二天早晨我们天不亮就出发了，带的东西在乡绅旅行车的车顶堆得老高。扎紧的垃圾袋和卷起来的床单里装满了妈妈单子上列出的各种东西。她夏天穿的外套挂在后车门的钩子上，三双鞋子用擦碗布包着塞在意面锅里，意面锅则放在原配的锅盖上，旁边用胶带封好的纸盒里装着各式厨具。纸盒边上是那台四分仪，零件都卷在一张毯子里面。我几乎看不到后车窗了。

老爸心情不错，一路都很健谈。他一边开车，一边说个不停。他告诉我，做四分仪的想法是他读研究生时从一本书上看来的。在丹麦的一座阁楼上，有个名叫第谷·布拉赫的人曾连续多年用四分仪记录天体位置的变化情况。他喝了一口苏打水。“知不知道四分仪后来怎么样了？”

“不知道。”我说。

他扭头看了看我：“没怎么样，汉斯。什么结果也没有。”

太阳刚开始升起。他脸上淡淡的笑意成了思绪的插曲。过了一会儿他说道：“其实，我刚才说的不对。鲁道夫星表就是靠它编制出来的。”

我转过身，看着一辆皮卡拖着黑烟从田地里驶过。“鲁道夫星表是他毕生的研究成果。是他的标志性成就。记录了天空中每一个天体的运行规律。”他又朝我瞥了一眼，“请你听我说。”

“我听着呢。”

“这个星表在各方面都远远超越了阿方索星表。精确度要高出一千倍。”他把手伸到后面，摸了摸卷起来的毯子，“鲁道夫星表是伟大的杰作。它终结了托勒密的天文体系，开启了日心说的新时代。现代天文学就发祥于此。”

我思考了一会儿他说的话:“那我怎么从来没听说过布拉赫呢？”

“因为他只搜集了资料，汉斯。星表并不是他公布的。你知道最后编制星表的人是谁吗？”

“告诉我。”

他转过身来，意味深长地看着我：“开普勒。开普勒公布了布拉赫收集的资料。”

这会儿我们行驶在冰碛平原北部丘陵地带的农田间。我还没嗑药。现在时间还早，我们前方的道路一直向越来越亮的地平线延伸着。爸爸的车速比限速高出了二十英里。

“开普勒本是布拉赫的学生，但后来两人却成了竞争对手。最后，他害死了从前的老师。”老爸摇了摇头，“因为他推翻了第谷的理论体系。”

“哦。”

“就这样，一个人死了，另一个交了好运。布拉赫明知行星是围绕太阳旋转的，可他怎么也无法放弃太阳围绕地球旋转的想法。”

“我觉得他已经接近真相了。地心说在当时是个合情合理的概念。”

他扭头瞥了我一眼。“他弄错了，汉斯。”

“显然错了。但他的研究方向是正确的。”

我能感觉到他的目光。“汉斯，没人会管你是否已经接近真相。布拉赫是一叶障目。所以他没能成功。”

我朝车窗外望去。

“听我说。”

“我在听。”

“其实，他并不是没想到这种可能性。他的确想到了。但他坚称地球不可能环绕太阳运行，因为，”说到这儿他顿了一下，微微一笑，“因为如果地球环绕太阳运行，其他行星的运行轨迹必然会呈现出视差。”

“这么说没有视差？”

他露出了鄙夷的神情：“有，当然有了。怎么可能没有视差呢？”他打开车窗吐了口痰。

“那——”

“布拉赫直接忽略掉了视差的问题。他知道如果地球在运动，那么必然会出现视差。他知道视差在运行周期为六个月的轨道上会表现得最为明显。他自己的学生在羞辱他。两个人都看到了明显的视差迹象，两个人都做了观测，但其中一个人硬是没发现。视差显然是存在的。”

“也许视差太微小，他的仪器测不出来。”

“不是这么回事。就是被忽略了。布拉赫不知怎么说服了自己，让自己以为视差并不存在。”他清了清嗓子，“期望压倒了理性。”

“心怀期望并不是坏事。”

“你最近肯定跟你妈聊天了。”他在座位上侧过身，“汉斯，第谷·布拉赫紧抓不放的概念是错误的。就是这么回事。像我们这样的人——现在你肯定已经意识到了——我们不能这么干。弄对的时候，我们心里太他妈清楚了。别人还没来得及怀疑，我们早就已经知道了。”他清了清嗓子，“搞错的时候也是一样。我们生来如此。到死都不会改变。”

这之后，一路上我们再没说话。到了州界以北不远的地方，我们停车加了油。趁着老爸到加油站上厕所，我摸出了当天早晨从无花果盆栽里挖出来的一个胶卷盒。我吞下了一次的量。手里的药足够我嗑整个夏天。

我们所在的加油站是个乡村加油站——只有一台油泵，一个维修泊位，还有一台嗡嗡作响的可乐售卖机。潮湿的天气让天空泛出了白色。等老爸出来的时候，我拿起身旁轿厢底板上的一摞书翻了翻。最上面一本是若尔当[1]的《分析教程》，那年冬天我看过；下面一本是哈代[2]的《一个数学家的辩白》，这本书的题目至今还吸引着我，尽管小时候我才翻了几页就放弃了。书旁边放着四分仪。我掀开裹着四分仪的毯子，又一次注意到这东西已经陈旧不堪，而且干裂得很严重。

但这时候我看到了老爸裹在毯子里的另一样东西，是一个小盒子。盒子看着要新一点，是用木头做的，上了清漆。我拿出盒子放在腿上，一边等着刚嗑下去的药显露效用，一边低头看着它。然后我打开了盒子。

不知为什么我都已经猜到了：是他的菲尔兹奖章。

虽说我从没见过菲尔兹奖章，但我已经猜到了。虽说直到这一刻之前我都没意识到它是个实实在在的物体，但我还是猜到了。于是我把盒子斜过来，从天鹅绒的内衬里拿出了那枚一美元硬币大小的圆形金牌。我把它举到车窗处，看到了圆牌边缘精心镌刻着的细小文字。他的名字在晨光中闪闪发亮。

老爸上完厕所回来时，我又靠到了后座，假装在翻看他的书。

---

1 Camille Jordan（1838—1922），法国数学家，主要致力于分析和群论，其《分析教程》是十九世纪后期分析学的标准读本。

2 Godfrey Harold Hardy（1877—1947），英国数学家，与李特尔伍德共同建立了二十世纪上半叶具有世界水准的英国剑桥分析学派。《一个数学家的辩白》是哈代的一部经典数学科普著作。

盒子又塞进了毯子里，可是车子刚开上高速公路，他就转头瞥了我一眼，还盯着我不放。我心下盘算着如果他问起的话该怎么回答。我手里仿佛还残留着奖章凉冰冰的质感和轮廓，耳朵里仿佛还能听到潮水般的掌声在黑乎乎的礼堂蔓延开来。

但他回过头，一句话都没说。

那天晚上，等到我们把大包小包拖进小木屋，我的药劲儿终于失去了效力。直到那时，我才想到一个问题：他干吗要大老远地把这东西带来？

那个星期，妈妈开始清理屋子旁边的空地。她最先清理的是紧挨着屋子的区域，用的是我和老爸从塔平顿带回来的园艺剪刀和修枝手锯，还有她在门廊底下找到的一根撬棍。她专门用撬棍来对付树根，把它别进根系下方用力撬动，直到腐殖土层中显露出巨蟒般的轮廓。

“去，该死的血迹，”有一天早晨她摊开双手对我说。她的手套上满是撬棍的铁锈，又和树根的汁液混在了一起，皮子弄得就像是浸透了血。“去吧！”

“听，”我严肃地答道，“她说话了。”

那一年我们学校的英语课选读了《麦克白》。虽然我不爱看这种东西，但还记得内容。妈妈很高兴。她站起身亲了亲我的脸颊。然后她把工具从土里扯出来，沿着根的走向往前挪了几英寸，又用力插了进去。天亮之后她一直在对付这片足有乒乓球桌大的灌木丛。太阳还没升到树顶，可她已经浑身是汗了。她擦了擦额头上的汗水，问道：“你爸爸怎么样？”

“干吗问我？”

“我觉得你可能会知道。”她用身子压住撬棍，一下下地蹦着用力。

“他在研究什么东西，”我说，“想再干件大事。”

“嗯，我知道，”然后她又说，“自从我们搬到俄亥俄州，他总是这么说。”

“哦。”我无精打采地挖了几下树根，便坐下来休息了，“那对你来说很重要，对不对？”

“你说的是什么？”

“从普林斯顿搬走。”

“啊，是的，汉斯——的确很重要。”我用余光看到她在打量我，“恐怕真的是这样。”

我转过身注视着妈妈。她的脸当然是湿漉漉的。汗水直滴。这一次她头顶的告示牌上写着：

问我吧

我放下铁锹：“妈妈，待在这儿你是不是很不开心？我的意思是，其实你并不愿意搬到俄亥俄州？也不愿意跑到这个地方来？”

“根本没有。”她笑起来，但与此同时她脸颊上的汗水似乎更多了。过了好久她才说：“不管怎样，说这些毫无意义。”

我扭开了脸。我无法理解她，特别是在那些日子里。虽然她和我们聊天的时候很坦率，虽说她有时好像把内心深处的想法告诉了我们，但这似乎都是为了保护其他埋藏得更深的秘密，在七拼八凑的碎片堆砌而成的层层掩饰之下，她仿佛已经忘记了自己最初想隐藏的东西。相反，以我的经验，爸爸虽然几乎从来没跟我们说过一句可以称之为亲切的话，他说话的态度却始终是直来直去的。无论是对待自己的痛苦，还是随之而来的怨恨之情，他向来都是就事论事。

她说：“知道吗，你爸爸说得不对。”

“什么事说得不对？”

“说数学是种诅咒。”

“他告诉你的？”

“不是，是保莉。”她朝着小棚子点了点头，“汉斯，你们俩身上都没有任何诅咒。听到了吗？你爸爸那么讲只不过是——我说不好——只不过是在故弄玄虚。他的话你听一半就够了。”

“我就是这么干的。”

她转过身，看了看我——我觉得她的眼神里充满了自豪。我们就那么坐了一会儿。

“就是不知道我选的是不是对的那一半。”我说。

她笑出了声。然后她站起身，把撬棍插到另一条根下。“好了，”她说着弯下腰，把身子压到撬棒的另一头上，“跟我说说他在干什么。”

但我不知道。我从来都不知道。老爸干的活——虽说那是我们全家的生计所在，虽说今后他的两个孩子也都会从事同样的工作——好像仍然是发生在遥远宇宙中的事。爸爸的宇宙如今还包括他在家搭起的桌子和树林里这座爬满苔藓的小棚子，但这个宇宙仍然不允许家里的其他任何人进入。

一到早晨，他就消失了。

到了晚上，他又冒了出来。

从塔平顿开车回来后不久的一个夜晚，我和妹妹坐在门廊上，听到小棚子的门啪地关上了。片刻之后，老爸出现在空地上。但他并没有穿过空地走向木屋，而是转身朝湖边走去。到了岸边，他趴在地上做了十几个俯卧撑。我从来没见过他做哪怕一个俯卧撑。我都想不到他竟然能做得起来。但他能做，而且很轻松。他又恢复了精瘦的身材，站起身时胳膊上闪闪发光。

他脱得只剩游泳裤，迈步走进水中。我觉得自己仿佛看到一只北极熊从动物园的洞里钻出来，步履沉重地走过平台，溜进了游泳池。

“天哪，”我对保莉说，“我没看错吧？真的是他？”

她深深地看了我一眼。“你觉得还能是谁？”

老爸走进了水里。风已经停了——到了晚上一般都是这样——湖湾里一点波浪都没有。他走到水深齐胸的地方就停住了，交叉双臂站着，发出了沉重的呼吸声。

“他在干吗？”

“他在大口呼吸。他觉得自己能一路游过去。”她又深深地看了看我。

“从水下游过去？”

“没错，汉斯。从水下。自从我们来到这儿，他就一直在尝试。你跑到哪儿去了？距离是六十五码。我量过了。”

恰在此时，他溜进了水中。一只脚踢出了水面，然后人就不见了。有那么几秒钟，我透过褐色的湖水看到了他苍白的双腿。

“保莉，这段距离要憋着气游过去可有点太长了。”

“他没事。”

从下水时间推测，老爸游到离湖湾对岸还剩一半路程的时候，我们听到了船只引擎的声音。片刻之后，刚才只闻其声的船驶入了湖湾的入口，突然停了下来。船后面跟着个滑水的人——是一个跟保莉年纪差不多的小姑娘——贴着湖畔树林的边缘飞掠而来。他们离老爸潜泳的地方还有一百英尺远。小女孩拎起牵引绳扔了出去，然后神奇地滑到了水面上和船并排的位置，踩着滑板拐了个小小的 S 形，小腿才沉入水中。响亮的笑声清清楚楚地传了过来，仿佛那家人也和我们一起坐在门廊上。掌舵的男人从船边探出身子，抓住了小姑娘的手。

等小姑娘爬上船尾，他用毛巾裹住她，拥抱了一下。

这时我爸爸从水面上冒了出来。他直起身揉揉眼睛，远远地看着他们。

远处又响起了一阵笑声。这次有个小男孩站到船边，一个猛子扎进水中。坐在前排座位上的女人探出身子，把滑板朝男孩那边拨去。然后船慢慢地掉了个头，发出哗哗的水声。紧接着船轰鸣着开走了，男孩出现在船尾后方，甩着湿漉漉的头发从水中站直身子。就在这家人从我们的视线中消失之前，男孩踩着滑板拐出了很大的一个弯，溅起的水花像钻石似的一直洒到湖滩上。

“哇，”保莉说，“看到了吧？”

“看到了，保莉。”

“别人……”她停住了。“别人……”

“别人家是不是都是这样的？”

“嗯。”

“我觉得是，保莉。”

老爸显然也看到了，最起码看到了船开走时的最后一幕。他站在水里，遮住了眼睛。然后他转过身，我看到他又大口呼吸起来。过了一会儿，他屈起双膝，钻到了水下。他始终没上来换气，就这么一路游回了沙滩边。上了岸，他用毛巾擦干身子，径直朝木屋的前门走去，经过我们身旁时连个招呼都没打。

闷热的夏夜，有个垒球棒大小的活物在水下的木桩旁边嗅来嗅去。我一直在码头上观察它。只要用手电一照，它就会收起摆动的鱼鳍，抬起眼看着我；要是把光束移到别处，一切会暂时消停几秒钟，紧接着水中的鲦鱼群会倏然分开，片刻之后那条鱼苍白的身体又悄无声息地溜进光亮之中，好似夜空中出现的一艘飞艇。

听到妈妈的脚步声，我说：“我看它挺喜欢受到关注的。”

"那当然了。"她弯下腰，把什么东西倒进了湖里。

"哎呀——那是什么？"

"保莉的鳌虾。"她哐当一声把鱼缸放在木板地上，"她只好再去找两只了。"她停住了脚步，"我的天——这是什么东西？"

"我觉得好像是鲫鱼。说不定是变种。我一直在看它呢。"

"天哪，"她说，"蝙蝠。成群的蚊子。现在又是鲫鱼。你觉得我们还能看到什么动物？"

我抬起手电，照亮了屋子旁边那棵松树的中部。枝叶的缝隙间有两双亮闪闪的眼睛朝我们望过来。

"啊，"她说，"看样子我们得弄个有盖子的垃圾桶。"

"妈妈，你怎么还没睡着？"

"太热了。鳌虾也发臭了。"她朝屋子那边点点头，现在我能看到父母卧室敞开的窗户里有台风扇在转，"你再听听。"

"什么啊？"

"你爸爸在野外时的动静。"

在昆虫节奏分明的鸣叫声中，直到那时我才注意到另一种声音。他打起鼾来就像是在树林边上哼哼的猪。

"酷热，臭味，"她说，"还有鼾声。所以我老睡不着。说实话，我这辈子几乎每天晚上都被这声音弄得睡不着。"她在码头边俯下身，朝水中望去，"看起来很像白萝卜，对吧？"

"没错。好大一根可怜兮兮的白萝卜。"

她又把身子往前探了探："背上有道条纹，独自漂浮在黑暗中。"

虽说当时我也许说不出口，但这恰恰就是我喜欢妈妈的原因之一：她对这世界充满了兴趣，我也是这样。我们俩一起看着那条鱼灰色边缘的侧鳍一张一合。

"保莉爱吃白萝卜。"她说。

"我知道，妈妈。她喜欢放点姜煎着吃。你喜欢白煮。"

她凝视着我。过了一会儿她伸出手，轻轻拍了拍我的肩膀。紧接着她清了清嗓子，说道："那次我们聊天的时候，我其实是想告诉你，没有任何人能做出正确的选择。我的意思是完全正确的选择。"

"我还在琢磨你这句话的意思呢。"

"我想说的是，你只能接受自己做出的选择。选择之后能不能有好的结果，那就得靠你自己了。"她叹了口气，"当然了，我在塔平顿过得很开心。那天我说到的普林斯顿的那些事——其实都无关紧要。在那一刻，我只是觉得自己有点可怜。我很喜欢自己的生活。我觉得自己特别幸运。我觉得我们大家都特别幸运。"

她又凑近了些。

"现在好多了，"我说，"对吧？自从他辞职以后。"

"嗯，对，汉斯。"

在我们下方，又有一条鱼从黑暗中溜了出来，跟第一条差不多大，也是同样的惨白色。它慢慢朝同伴游去。

"好啊，"她说，"最起码它不是孤零零一个了。"

"我估计它也不是什么变种。"

我们在昏暗的光线下看着。慢慢地，它们辛辛苦苦地游到了同一根木桩的两边，隔着水下植物的根须彼此相对，构成了轻轻晃动的对称图案。鱼尾巴在水中划出长长的弧线，鱼嘴紧贴在水藻上。仿佛一条苍白的鲫鱼在半夜游出来照镜子。

"你呢，妈妈？"

"我怎么了？"

"你会不会觉得自己很孤独？"

"汉斯，人们都会遇到这种状况。"过了一会儿她又说道，"但有了孩子之后就不同了。"

"我估计也是这么回事。"我拿着手电开开关关，"不过我就要去上大学了。再过一年保莉也得走。”

“那当然。不过，你们俩暂时都还不会走。”她啧了一声，“真要走了我也没事。我会很好的。”

然后，我们在蟋蟀声和猫头鹰偶尔发出的鸣叫声中继续观察这两个大家伙。她又说道：“汉斯，你爸爸是个伟大的数学家。但他的确做过一些有损自己事业的事情。”

“这我知道。”

“你知道？”

“嗯，想想就知道了。”我往水里扔了一颗卵石，发现两条鱼都在盯着它往下沉。等石头沉到水底，两条鱼都扎下去嗅了嗅。“妈妈，”我说，“他在普利斯顿到底出了什么事？”

“你爸爸？他做了一些欠考虑的事。说来话长。”

“没关系的，你不用告诉我。”

“举个例子吧，他和别人合不来。后来他又不管不顾地做了些很不明智的事。但他仍然是个伟大的数学家，始终都是。这一点我很清楚，而且我觉得他们也都清楚。”

“嘘，”我说，“你听。”

“听什么？”

“他不打鼾了。”

“是吗？”她侧过头，“哦，是啊。你说得没错。”

在香蒲丛的那一边，浴室的灯啪地亮了起来。

“那天我看到他的菲尔兹奖章了。”我说。

“真的吗，亲爱的？你和他一起回家的时候？”

“不是的。他把奖章带来了。”

她瞥了我一眼。然后她又碰了碰我的胳膊，朝湖面望去。

“妈妈？”

“嗯？”

“他以前的上司要来看他。”

“什么？”

“老爸以前在普林斯顿的上司。他要到这儿来。”

妈妈抓住我的肩膀，把我转了过去。“你说什么？你说的是克努森·海伊吗？”

“你好像很吃惊。”

“嗯，我的确有点吃惊。”

“他要到安阿伯开会，顺道来看我们。爸爸是在开车回来的路上告诉我的。我不清楚你知不知道这事。”

“不，说真的，我不知道。不过谢谢你提醒我。”她又转过身朝屋子望去，浴室的小窗户上现出了爸爸的侧影。然后灯灭了。她说：“我就是在想，他到底打算什么时候跟我说。”

非协调间隔

于是，我们家罕见的一段时光就此开始。平心而论，我觉得全家人共度的那些日子可以用幸福来形容，最起码在短时间内是这样的。我认为这是出于妈妈的影响——我们家类似的事情好像都是这样。我和妈妈说过克努森·海伊要来之后，她身上有些东西似乎变得不一样了。

在我们生命中的那段日子，在仲夏时节那几个令人兴奋的星期里，妈妈又一次展现出了她那动人心魄、富有感染力的高兴劲儿，这种劲头儿是我童年时代无比鲜明的记忆。每天早晨她都在屋外忙这忙那，边干活边轻声哼着歌。我妹妹也跑到外面跟着一起唱，她向来都是妈妈情绪的晴雨表。

至于我，幸福降临在我身上的感觉是懒洋洋的——仿佛有一种渺远而让人麻木的宁静笼罩住了我的不安，一种在我身上存在已久的不安。奇怪的是，在这种不安减弱之前，我几乎从没注意到它的存在。不安在一天天消退，但它给我的感觉却越来越明显。一天清晨，天还没亮我就醒了，走到了离木屋很远的沼泽边。我看到一窝河狸在水塘里游泳。有只河狸猛地用尾巴拍击水面，发出的声音犹如枪响，转瞬间它们全都潜到水深处不见了。不过它们很快就习惯我了。没过多久，我成了造访它们的常客。每天早晨起床之后，我嗑过药就会走到河狸的巢穴那里去，坐在岸边看着它们修建水坝。那座水坝真是个奇迹：纵横交错的灌木枝条紧密地堆成了一大团，其间用一根根剥掉树皮的树干固定，树干被咬断的那头活像是铅笔。第一次看到水坝的时候，我还以为那是一座废弃的旧铁路桥，但有天早晨我亲眼看到河狸们咬断了一根四十英尺长的桦树，把它加进了木材堆。桦树倒下时砰地拍击在水面上，就像它们在用尾巴打水似的。我坐在岸边，看着这群啮齿类动物在水中熟练地把浮木拖到位。

按理说，看到这样的事我应该会找个人说说。但现在毒品本身就像是我的朋友。它会告诉我许多事，我也能把自己的事告诉它。

那个时候，朝阳刚刚给树丛抹上一层光晕，寂静之中有一群河狸在水面散开，划出道道亮闪闪的银色水波，当时我的感觉——我告诉毒品的那种感觉——是不会错的：我觉得很幸福。

那天回家的路上，药劲儿总算慢慢消退了，我从小棚子后面穿过了树林。我在那儿停了一会儿，透过小小的窗户看着爸爸的后脑勺。他的后脑勺低下去。抬起来。又低下去。我又感到了一阵突如其来的高兴。他和河狸一样，也在干活。

那天傍晚，爸爸在棚子里忙完之后，换上游泳衣信步走到湖岸边。他踢掉夹趾拖鞋，蹚着水走进湖中，站在码头一端的阴影里大口大口地呼吸起来。几英尺开外，我们几个趁着下午天还有点热，躺在码头的木板上。在这个时候，老爸成了让我特别感兴趣的生灵，虽说当时我并没有嗑药——他肤色苍白，紧张兮兮，是我再熟悉不过的人，但与此同时却又显得非常陌生。我觉得，像我这么大的男孩子都会开始注意自己的父亲。他是我的一部分，又不是我的一部分。他是我们大家的一部分，又不是我们大家的一部分。我对他人生的了解琐碎而又失真，除此之外我又能知道些什么呢？他身子一抖，肩膀上结实的肌肉也颤动起来。他捧起湖水扑在脸上，用双手揉了揉头发。然后他蹲下身钻进了水中。

混浊的棕色湖水在老爸头顶合拢，我们三个人看着他排开的水波翻涌向前，像是一只执拗的巨型海洋动物，不知怎么钻进了我们的小湖湾。我朝湖面上的一个点望去，那儿比他上个星期浮出水面的地方要远上几英尺。很快他就会摇晃着脑袋钻出来透气。

水面变得平静了。两只水貂躲在大石头后面偷偷往外张望。趴在不远处湖滩上的伯尼坐了起来，汪汪直叫。

保莉突然说道：“他怎么就不能跟别人一样呢？”

妈妈转过头看着她。

我妹妹抬手遮住眼睛，又在码头上躺下来：“他怎么总得不停地干活？”

这时妈妈把视线转向湖水深处，他的水波又出现了，在水面下不停地向前推进。“因为他只会做这么一件事。”她说。

如果你的父亲和别人的父亲截然不同，如果他从来不带你玩抛接球，如果傍晚他和你一起出去遛狗时从不问你今天在学校怎么样，如果他从来不带你去看曲棍球比赛，下班了也从不跟你在家门口玩捉人游戏，如果他每次去接你时总是迟到，如果他下车时踩在路沿上摔了一跤就会破口大骂，如果他白天为了宇宙的基本原理绞尽脑汁，晚上又得和酒瓶缠斗不休，你也许就能明白我当时的感受——一个正处于易受影响的年纪的孩子，和精力充沛、性情开朗的父亲共同生活了几个月。在那个夏天的森林里，爸爸简直像是变了个人，从另一个人阴郁破败的躯壳中破茧重生。

我根本不知道他的活干得顺不顺利。也许挺顺利的吧。有时候我觉得他似乎很有信心。

有一天下午，我听到灌木丛那边传来了奇怪的声音。我走到小路边，发现爸爸站在车道尽头，身旁是一大堆高高的汽水瓶。汽水瓶的高度几乎和杉树的枝条齐平，好像是刚从自卸车上卸下来的。他正忙着把瓶子分装到垃圾袋里。我躲在树后面看着他。半升装的瓶子放在一个袋子里，一升装的放进另一个袋子，还有个袋子里都是两升装的。一只垃圾袋刚装满，他马上又拽出了一只新袋子。他面前的空瓶子肯定有上千只。

他头也不抬地说道："我觉得你应该知道密歇根州的经济状况。"

我走了出来："说实话，我不知道。"

"很糟糕，"他说，"糟——糕——透——顶。我觉得底特律已经彻底完蛋了。"他拉出胶带，把一只垃圾袋封好，"69 号公路旁边有家菲戈的厂子倒闭了。"

"菲戈的厂子是干吗的？"

"是灌装工厂，汉斯。菲戈生产的是汽水——本地企业。我把他们那儿干净的存货弄来了。至少应该是干净的。"他把一只垃圾袋扔向车道，袋子像沙滩球似的顺着斜坡滚了下去。"十块钱，"他说，"这一大堆瓶子才花了我十块，咱们要用这些瓶子做出一样让人终生难忘的东西。"

站在我面前的这个人，看起来还是和我父亲一样。

"没错，汉斯，"他说，"他们绝对会终生难忘。"

"你说的他们是谁，老爸？"

"你啊。邻居啊。所有的人。这一整个见鬼的世界。甚至包括你妈。"他朝湖湾的方向比画了几下，然后从瓶子堆里抽出两只塑料瓶，用胶带缠在一起，"这就好比是我们的桃花心木。"

“好吧。”

他把缠在一起的塑料瓶用力向内挤压，直到两只瓶子组成的结构砰的一声突然变形。“聚对苯二甲酸乙二醇酯，”他说，“有很明显的波纹结构。耐压能力特别强。”

“明白了。”

“汉斯，这儿有好几百个瓶子。只要把它们捆起来就行。波纹结构是关键所在。我们靠它才能把框架搭起来。排水量你可以自己算算。”

“什么东西的排水量？”

“汉斯，还能是什么？船啊。”

“多少只瓶子才能产生中性浮力？”那天吃晚饭时爸爸问道。

“瓶子有多大？”保莉说。

“两升装的。”

在我们家，我妹妹总是第一个被问到的。如果她答错了，就轮到我来回答。

“船上要坐什么人？”她说。

“我。”老爸回答道。

“在淡水里吗？”

“问得好，保莉。没错，在淡水里。”

“一只瓶子有多重？”

“正好五十二克。”

“空瓶？”

“当然。”

“算上盖子？”

“对。”

“好吧，”我妹妹说，“那你有多重？”

老爸摇了摇头："估算可是一门数学技巧。"

"那当然了，"我补充道，"要不然就纯粹是算术了。"

"太棒了，聪明的汉斯。"

"说得没错，小莉特。"

"缺量怎么算？"她说。

我们俩都瞪着她。

"什么怎么算？"老爸说。

"缺量啊。瓶子的容积是两升，但这并不包括瓶盖下方到液面的空处。"

"缺量忽略不计。"

"对，小莉特，缺量忽略不计。"

"好。"她说。她走到桌子另一头，站到爸爸的椅子前面。他的身体早已恢复正常。他的肚子是平的，皮肤晒得黝黑，头发精心梳理过。他转来转去的双眼闪烁着智慧的光芒，就像我小时候看到的那样。我记得当时自己注意到，这个人看起来和我父亲一模一样。

"一百六十磅？"她小心翼翼地说道。

"小莉特，不会吧！"我故作高深地朝她点了点头，"我都有一百六十磅了。你应该猜一百八。最起码也得有一百七十五吧？"

"一百五十八。"爸爸说。

"那我知道了！三十六个塑料瓶就可以在淡水中产生中性浮力。考虑到塑料本身的重量，还得再加上一个。一共三十七个。"

"是三十五点八三个，小莉特。加上抵消自身重量的零点九三个。总数是三十六点七六个。"

"就你聪明，那你倒是试试能不能把瓶盖拧在零点七六个瓶身上。"

"这可是数学，小莉特，不是造船术。"

“不对，”老爸说，“这就是造船术。”

他转向了我妹妹。

“海水中只需要三十五个，”她得意扬扬地说，“加上一个用来抵消自重的。总共三十六个。”

“保莉，如果要保持三分之二的干舷高呢？”他问道。

“干舷高是什么？”

“船舷吃水线以上的部分，”我没好气地说，“淡水中是一百一十七个！海水中是一百零八个！”

“这都是细枝末节，汉斯！”

“孩子们，咱们根本用不着去买船！”老爸站起身，把妈妈拽过来迅速抱了一下。“这才妙呢！”他说着放开妈妈，伸手朝窗外一指。“水手们！”他的嗓音低沉有力，“开工！”

第二天早晨，阳光驱散浅滩上最后一丝雾气的时候，如果你站在我们那个湖湾的岸边，就会看到三个弯腰曲背的瘦削身影沿着岸边一字排开，正在用身旁一大堆奇形怪状的物体组装出一个长而低矮的亮闪闪的东西。一只毛茸茸的大狗在他们中间转来转去。在你眼中，这四个生灵也许都显得心满意足，甚至有几分兴高采烈。最起码，正在干活的那三个干得特别投入，特别专注。

现在我明白了，这种状态就是数学家所谓的幸福。

我和保莉组装船的一头，老爸组装另一头。我们的手腕上套着厚厚的胶带卷。撕胶带的时候我们很小心，尽量不让长长的胶带粘到一块。（这个活特别有成就感——当然了，我已经服下了平时的药量。我手中一段段的胶带急切地朝有黏性的那一面探身，我觉得这是因为分子层面有某种类似感情的东西在起作用。）我贴胶带的时候，保莉把要粘的东西扶好。然后我们会换手，我帮她按着零件。爸爸喜欢一个人单干——他向来如此——他把要粘的塑料瓶紧紧夹在双膝之间。伯尼老老实实地喘着气，在我们中间来回跑个不停。有几只瓶子里还剩着一点汽水，我们把汽水倒在湖岸边，结果从树林里引来了一列排成纵队、晃动着触角的蚂蚁。伯尼凑上去嗅了嗅。

蚂蚁们也很专注。

妈妈坐在门廊上，开心地看着书。那时候我明白了，她也是一只蚂蚁，她的触角也在出于自己的目的而晃动。我妹妹时不时停下手里的活，抬起头看看她。

太阳还没升到最高处，主船体已经做到了所需的长度。我们退开几步，欣赏自己的成果。我吹了声口哨——爸爸也跟着吹了起来——妈妈闻声抬起头，放下书为我们鼓掌。当时主甲板已经有十二英尺长——恰好是我和妹妹头挨着脚躺平的长度，我们俩中间还能放下一只我的高帮运动鞋——六英尺宽。纵向数有十二个瓶子，横向数是十八个，垂直厚度是两个。四百三十二个杜邦聚酯塑料做的底部有波纹结构的中空截断双锥体，用胶带缠在一起，不论安迪特一家想按照怎样的组合方式出海远航，船的排水量都超出了这几个人体重的总和。船停放在沙滩上，好似一座灰色的冰山。

我们停工去吃午饭。

吃完饭，我和保莉又朝湖边走去。我开始用胶带粘接船身侧面的围栏，保莉却坐到了沙滩上。“嗯，好好歇歇。”我说。

“我正歇着呢。”

我放眼向湖中央望去。昨天夜里湖底有一大团水草被风浪连根掀起，现在湖水正一点点地把水草朝我们这边推。“没事，真的，”我说，“没问题。剩下的活我来干。”

“汉斯，我听到了。”

“好啊。我还正觉得奇怪呢，”我拉出长长的一段胶带，“你要是真听到了，说不定会想来搭把手。”

她望着我轻蔑地一笑。然后她闷闷不乐地说：“知道吗，其实你什么都愿意干。”

“你说什么？”

“你觉得自己好像挺叛逆的，其实却是个唯命是从的家伙。不管他想干什么，你都会乖乖照办。”她朝老爸小棚子的方向一点头，透过窗户我们能看到他的头顶。

“小莉特，你真会胡扯。”

“如果他让你照着自己的胸口插一刀，你会问，插完要不要把刀子放回抽屉里？”

“你怎么了？”

“你没看出这有多徒劳吗？”

“徒劳？你说什么呢？我们刚一起造了一艘船啊。”

“只造了一半。船舷呢？”

“我正在自己做。”

“我不是这个意思。”

“好吧，那你到底是什么意思？你要是肯帮忙，我们今天就能干完。”

“汉斯，我说的是他。他根本不在乎。你没看出来吗？他只关心一件事。”她指了指棚子。

“保莉，一上午他都在帮我们干活。”

她笑了。“好吧，”她说，“咱们瞧瞧他明天还会不会来帮忙。”

那年夏天的我虽说年纪还小，却已经很早慧，不管爸爸在搞什么数学研究，我都能和他探讨一番。可我从来都没问过他这回事。

那样的好奇心——不去探究父亲对我的人生造成了怎样的影

响，而是关注他这个人本身——要再过许多年才会出现。

保莉说得没错：他的确没再来帮我们造船。第二天早晨妈妈给我们俩做早餐时，我们听到门廊上的门啪地关上了，片刻之后就看到他径自朝屋外的小棚子走去。

妈妈朝保莉看了一眼。“真遗憾，”她说着又往保莉的盘子里拨了点鸡蛋，“不过这么说也许你会感觉好一点：他正在做的事有可能非常重要。”

我妹妹连头都没抬。

我和保莉用了一整天才粘好船尾。我们又花了一天做出船头和侧边栏，然后用了整整一星期才把所有的部件拼装完毕。我们先拼好甲板和护栏，再把甲板外缘塑料瓶的瓶颈一个个卡进船舷上留出的菱形缺口。造船完全是爸爸的主意，我们俩这么积极地参与进来，也是因为能跟他一起干活。但最后完成它的却只有我和妹妹两个人。

保莉说得没错：我的确想让他高兴。

但是其他的情况也出现了：我发现自己每天嗑药的分量越来越小。到了那个星期的周末，我已经搞不清自己究竟是不再吸毒了呢，还是和保莉共同承担的重大任务让我进入了和毒品效果相差无几的冥想状态。

后来，一个星期天的下午，我们在紧挨着湖边的一片沙滩上完成了最后的组装。我们用胶带把舷缘和尾板之间的系带粘好，保莉退开几步，两手叉着腰。“看哪。”她轻声说。

我伸出胳膊搂住她的肩膀。“一艘船。”我说。

总共用了七百五十多个瓶子和十几卷胶带。我们还用特大号的塑料壶粘成龙骨，在甲板最高处的下方做了加固。

“我们成功了，汉斯。”

“我看是的，保莉。”

“是我们，”她说，“你和我。”

当天傍晚，老爸走出他的棚子，看着我们把船搬到浅水处。我们抬着船穿过泥泞的湖岸，再小心翼翼地把它推进水中。毫无疑问，它浮起来了。船的横梁高高地露在水面之上。老爸从木屋拿了相机，给挽着胳膊站在船头的我们拍了许多照片。后来他又回了趟木屋，把橡胶软管带了过来。我从他手里接过软管，往龙骨下面的大塑料壶里灌水。随着最后一只水壶灌满，整艘船发出一声叹息般的声响，稳定在了吃水深度上。

现在妈妈从门廊那儿来到了湖边。她像威尔士王妃似的走上码头，跨过船尾侧板时还优雅地提了一下裙子。“妙极了，”她说，“妙极了，妙极了，妙极了。”

她站在甲板上，踢掉凉鞋，晃了晃臀部。船稳稳地没动——这艘船的大小相当于我们的乡绅旅行车，但重量却跟伯尼差不多（当然，那是在龙骨处的大塑料壶不装水的情况下）。仿佛是为了确认这种等同关系，伯尼趴在码头边探出爪子，搭在船上推了推。船舷的栏杆几乎没怎么往下沉。连鲦鱼都从阴影处游过来看。

“咱们给它起个什么名字？”保莉说。

“胜利号怎么样？”妈妈用的是英国口音。她狡黠地瞟了瞟周围。

“胜利，胜了什么？”爸爸说。

“什么都没胜。”保莉说。

“胜利号是纳尔逊的指挥舰，”妈妈说，“它在特拉法尔加海战中可是旗舰。”

“这就是我们的特拉法尔加。”爸爸说。

妈妈笑了：“我们的什么？”

爸爸也笑了。他很少放声大笑，不过一笑起来简直像是在打雷。笑声传遍了整个湖湾。妈妈望着他。

“你说的应该是我们的滑铁卢吧？”

“哦。”他说，接着又补了一句，“也许吧。”

保莉说：“我们还可以再造一艘王权号。”

“好啊，保莉。”母亲说。

“王权号是纳尔逊的二号指挥舰。”保莉说。

“我知道，小莉特。”

“你不知道，汉斯小子。”

妈妈转向了湖面。“那好，我命名，”她说着在船头郑重其事地把手一挥，“此舰为皇家海军胜利号。谨向安迪特一家表示祝贺，你们不光会造船，还很有学问。”

“谢谢，妈妈。”

“谢谢，妈妈。”

爸爸拿着相机站在码头上，矜持地摇摇脑袋，又轻笑了几声。他低下头看着我们三个，脸上带着奇怪的微笑，我可从来没见过他这样。

第二天下午，我和保莉开始建造王权号。保莉坚持要再造一艘船。她想重演特拉法尔加大海战。

我把一袋袋汽水瓶扛到湖边。保莉刚游完泳上岸，正隔着套在身上的运动衫脱泳装上衣。（小时候，在塔平顿的公共游泳池边，我第一次见识到了这种巧妙的把戏，当时觉得非常神奇。不过等到我上了小学，知道了拓扑学方面的知识，这个把戏就显得平平无奇了：在拓扑学的世界里，尺寸大小完全无关紧要，物体可以任意延展或收缩。你只要这么想就行：我妹妹穿着泳装上衣，外面套的运动衫在不断延展或者我妹妹在不断收缩，一直到运动衫和她的身体毫不沾边，这样一来她显然就可以随便换掉里面的任何衣服，而不需要先脱掉罩在外面的干衣服。）她把还滴着水的泳装上衣从运动衫的袖孔里拽出来，挂到一根树枝上，活像是拽出了一条钻进衣袖的雪貂。

“特拉法尔加大海战？”我问道，“这两艘船可都是纳尔逊的船。”

“没错。”

“保莉，这意味着两艘船都是同一方的。我们的海军只有一方，怎么重演海战？你告诉我。”

“这是个暗喻。”

我瞪着她。

“比喻的是我们家，汉斯。”

等老爸出了木屋，经过我们朝小棚子走去时，我们俩已经开工了。第二天傍晚，所有的部件都做好了。到了第三天傍晚，我们已经在甲板周围粘胶带了。我们把最后一只大水壶放进龙骨下方的时候，保莉说：“知道吗，我们现在必须相互支持。”

“你说谁？”

“你和我啊，汉斯。”

我和妹妹的感情很深——那个星期我又意识到了这一点——我和她一起在杉树的树荫下忙活，我嗑的药虽然已经减量，全身还是隐隐约约地充溢着令人兴奋的豁达感。即使我们俩永远都争吵不休，我还是很爱她。“这么说有点夸张了，”我说，“你不觉得吗？”

“我是故意这么说的。”

“保莉，他很忙。他不能整天和两个孩子混在一起。”

“他没那么忙。再说这两个孩子可是他的孩子。他心血来潮出了个主意，然后就甩给我们不管了，”她慢慢地扯出一截胶带，平静地说，“他这人不可靠。就是这么回事。”

“然后呢？”

“然后呢，我永远都搞不清，他是会带着类似这种的主意出来找我们呢，还是会像个混蛋似的缩在棚子里闷闷不乐。”

我吹了声口哨。

“闭嘴。这是事实。”

“也许吧。”

“这个词再合适不过了。”

“保莉，你说的是哪个词？混蛋？还是棚子？”

“不可靠。”

“好了，得了吧。”我碰了碰她的胳膊肘，“这还不算太糟。”

她瞪着我，就好像被抽了一耳光。“不算太糟。还能糟到什么程度？反正对女孩子来说是糟得不能再糟了。你的爸爸是个混蛋，还有什么能比这更糟？”

我扯出一截胶带贴在船舷上缘，她沉着脸把它按紧。我又扯出一截胶带，和保莉一起把它斜着贴在船头上。可是等我把胶带递给她去粘另一侧时，她却没伸手来接。她的眼睛湿了。

“你不明白的，汉斯。就像流沙一样。我拼命想把自己拽出来，但地面却不停地往下陷。他就是流沙。我就生长在他这片流沙上。”

我走进棚子时，老爸抱着个什么东西坐在桌前，正用螺丝刀刮上面的铁锈。妈妈让我送个三明治过来。

“那是什么？”我问道。

“人性。”他回答说。他放下了螺丝刀。“想突破自身局限的人性。还有个名字是发电机。这玩意儿是给灯供电的。”

“好吧。”

“但它只不过是人类与上帝斗争的又一个例证。”他吹掉了吸墨台上的锈渣，“如果有人问起的话，这种斗争恰恰就是生命的意义所在。瞧瞧。”他拿起这个形似手电筒和手枪混合体的东西，它下面还有个底座，就像是玩具屋里的小凳子。他压下手柄，一个金属齿轮转动起来，再压几下，连在发电机一头的小灯泡忽闪着亮了。

“看来上帝要赢了。”

他哈哈大笑：“现在看来好像是的。这玩意儿还锈得厉害。”他弯下腰，又摆弄起了发电机上的齿轮。

“爸，能问你件事吗？”

“你已经在问了。”

“去你的。”

“去你的。你要问什么？”

“你觉得幸福吗？”

“不觉得。谁都不会觉得幸福。”

他回答时连想都没想。

“那你干活的时候呢？”

“干活？”

“研究数学的时候。”

他放下发电机，直直地望着前方，这样我只能看到他的侧脸。我发现棚子的角落里还有另外几样生锈的小器具，和一些旧工具放在一起。“你看我像是在干活吗？”

“不像。”

“我的样子像是很幸福吗？”

“好像不。”

这时我抬头望了一眼，注意到椽子上也多了几个盒子。所有的盒子（至少是我能看到的盒子）上都写着**错误**。

“汉斯，这和幸福没关系。关键是不要放弃。”

说完他又转向发电机，我把盛着三明治的碟子放在了上面。

“其实幸福连真正的概念都算不上，”他说，“就像爱情一样。稍微有点怀疑精神的人甚至都搞不清它究竟是什么意思。”

日落时分，保莉和我为第二艘船揭了幕。我在树荫下等着她回木屋喊爸爸妈妈，他们过来之后在湖滩上找了个位置站好。胜利号和王权号停靠在码头的侧边，船尾处的栏杆紧挨在一起。龙骨很稳当，吃水也不深，两艘船肩并肩地停泊在夕阳下。湖上风平浪静，它们看起来就像是放在玻璃桌子上的展示品。在两艘船的旁边，水中密密麻麻的鲦鱼为船体勾勒出了完美的阴影，时而是银色，时而又变成黑色。

妈妈抬起手捂住了嘴。爸爸站在她身旁，一脸审视的神情。

不情愿的笛卡尔主义者

几天之后的早晨，我们从湖边朝木屋走去。爸爸又朝码头的方向瞥了一眼，两艘船还停在那边。好似大海中的两尊雕像，在阳光下闪闪发亮。“真不错，”他说，“非常不错。”

“谢谢，老爸。”

他转过身朝远方的湖湾望去，从高速公路上分出来的小路就是在那儿拐进草地的。他轻轻拍了拍我的肩膀。“我们的特拉法尔加。”他的语气很亲切。

“我们的特拉法尔加。”我以同样亲切的语气回答道。

今天是克努森·海伊来访的日子。

刚走进木屋，我就发现妈妈已经换上了黄色的连衣裙和可可色的长筒袜。她正在扫地，不过系在裙子上的腰带太宽，她只好挺直身子，好像一边干活一边还得屏住呼吸似的。扫完了地，她又到每个房间转了一圈，把台灯全打开。伯尼身上的毛都被刷过了。

克努森·海伊的车出现时，树丛里亮起了一道银色的闪光，我们都走到了窗前。几分钟之后，车子钻出森林，沿着狭窄的车道慢慢驶来。妈妈对着爸爸微微一笑，那神情活像个女演员。“去吧。”她边说边推着他往门廊走。到了门槛边，她踮起脚，亲了亲他的脸颊。

老爸点点头，打开门走了出去。他兴高采烈的喊声显得很奇怪。“哎呀，真想不到，海伊主任！大老远跑到北部森林里来了！太荣幸了，教授，太荣幸了！特地到北部大森林来看我们！”

“我其实真的无所谓。”妈妈说。

“我们也无所谓。”保莉说。

那是在傍晚时分，我和保莉坐在绿与白卡车司机餐馆靠后的一个卡座里，妈妈坐在我们对面。餐馆在菲尔特城北的州际公路上。爸爸和克努森 · 海伊在离我们二十分钟车程的前方，他们吃饭的地方是美景俱乐部餐厅，离木屋一小时车程的范围内只有这一家餐厅能吃到牛排。

“在塔平顿过日子还凑合。”妈妈说。她穿着收腰的连衣裙，看起来好像还屏着气，“不过我得承认，偶尔要是能去逛逛街也很不错。”

“比方说去罗德与泰勒[1]。”保莉说。

妈妈微微一笑。“是啊——还真是的，对不对？第五大道上有一家，靠近中央车站。我在那儿买过一个钱包。”

保莉若有所思地喝着可乐。“我们离纽约有多远？”她问道。

“嗯，从普林斯顿换乘中心坐火车要七十五分钟。然后你就到了 34 街啦，正好是曼哈顿的中心地带。”她啜了一小口茶，“挺让人激动的，真的。”

“这么说，他来这儿到底想干吗？”保莉说。

1　Lord & Taylor，美国著名奢侈品连锁百货商店。

“我也不清楚，亲爱的。”

“才不是，你很清楚。”我说。

妈妈憋住了没笑：“好吧，第一，他们两个人有十五年没见面了。”

“你干吗不直说？”我转向了保莉，“他们在谈老爸复职的事。”

“我们知道，汉斯。”

“那你干吗不问？”

“我想听听妈妈对这事怎么看。”

“重要的是得记住，”妈妈说，“我们本来生活得挺好。我们所拥有的已经足够，不需要什么别的了。”她从桌子对面意味深长地看着我们，“你们俩都明白了吗？”

那天夜里电话响了，我从床上爬起来，靠在门口。“是他吗？”我说。

“是他，亲爱的。”妈妈端着一杯红酒坐在餐桌旁。台面上的收音机闹钟显示的时间跳到了一点十二分。保莉躺在我身后的门廊上，轻声打着鼾。

“他没事吧？”

“回去睡觉吧，亲爱的。他们还得过一会儿才能结束。还在谈呢，我估计。”她从房间对面瞥了我一眼。

“你没事吧？”

“哦，汉斯。”

我走进厨房，在她对面坐下。

“这些事搞得我有点紧张。”她说。

“你想回普林斯顿，对吧？”

“唉，我其实也不是很确定。”

“回去的话你就有事可做了。”

“我在塔平顿也有许多事可以做。”

“你会交到朋友的。”

她喝了一小口红酒：“我挺喜欢俄亥俄州这边的人。”

“但他们算不上朋友。”

“嗯——也许吧。但他们人都挺好，”然后她加了一句，“还有你爸爸，还有你们俩。有了你们我就心满意足了。话说回来，我们也不知道究竟会怎么样。海伊到这儿来，也许只不过是想跟你爸爸见个面。”

“老爸又不是你的朋友。”

她笑了。“那你就错了，汉斯。”

“你希望能拥有真正的朋友。”

“他就是我真正的朋友。”

湖上有艘船发动了引擎——是个渔夫，打着手电到湖上钓鲇鱼来了。我们看着红色的船头灯在黑暗中朝东划过，转向北方时又变成了绿色。

“你做出决定，”我说话时还望着窗外，“然后想法子让它有个好的结果。”

“没错。”她回答道。

过了一阵子我再次醒来，透过纱门看到了低垂的月亮。我蹑手蹑脚地走进起居室，妈妈正歪在椅子上休息。四周一片漆黑，我能看到老爸随手丢在地上的外套。然后我看到他摊开手脚，躺在妈妈身后长沙发的靠垫上。

后来，车门砰地关上，彻底把我弄醒了，那时候湖上已经天光大亮。银色的小汽车停在车道上，爸爸站在车旁。坐在方向盘后面的克努森·海伊抬起了头。老爸的姿势和往常一样，双手放在身侧，低头盯着地面。车窗内外的两个人握了握手。海伊飞快地敬了个礼，回过脸把车倒了出去。爸爸目送着车子沿着车道开走了。

他回到屋里时，我已经穿好了衣服。

“大家早上好啊。”妈妈一边说，一边弯下腰望了望外面的路。她坐到了长沙发上。“过来吧，亲爱的，”她对老爸说，“坐下跟我们说说情况吧，好不好？”

爸爸站在门口没动。“这一夜可真长。我们聊了好多事。”

保莉揉着眼睛从门廊上走进来。

“好吧，”妈妈说，“他开口了吗？”

“开什么口？”

“邀请你啊，亲爱的。他有没有邀请你回去？”

老爸朝窗外望了望。然后他说道：“海伦娜，你想知道什么？对，他开口了。你猜对了。”

“哦，亲爱的。”她转过脸，冲着我和保莉微微一笑。“真是太好了。”

现在老爸走到窗前弯下腰，这样就能看到远处的水面了。“我还要再花点时间考虑考虑。”他说。

“当然啦。不用着急。”

他抬起手支在额头，朝湖湾望去。“孩子们，瞧瞧这两艘船。你们造出了两艘足以征服海洋的大船。它们可真了不起，对吧？”

“嗯，谢谢，老爸。”保莉说。

我的父母算不上感情特别丰富的人——我爸爸肯定不是——但这时妈妈从长沙发上站起身，理了理上衣的前襟，穿过房间朝他走去。到了窗前，她伸出胳膊揽住他的脖子，侧头在他胸前靠了一会儿。

“有谁想用咱们的船打一场海战？”老爸问。

“我想去。”我说。

“我觉得我们全都想去，”妈妈说，“对不对，保莉？”

“很好，”老爸说，“因为咱们现在需要的就是这个——好好地来一场传统海战。好好地来一场特拉法尔加海战。你们说，怎么样？”

真实事物几乎都是无理性的[1]

第二天晚餐时妈妈做了猪排、苹果酱和焗土豆片，全是爸爸爱吃的。她把菜放在锅里热着，一直等到木棚那边传来关门的声音。看到他从树林的方向走来，我们才坐到餐桌边。他嘴里叼着的烟就快抽完了，脸颊晒得通红，那是我们在湖上玩了一整天的缘故。他身上有些东西似乎和以前大不相同了。妈妈咂咂舌头，低声嘱咐我们："他开吃之前什么都别说。他想说的时候自然会提起这事的。"

爸爸走进屋子，坐了下来。他喝了口水，转头朝棚子的方向望了一眼。

"你好像很苦恼。"保莉说。

"嘘。"妈妈说。

"没有啊。我一点都不苦恼。"

1　本章题名"The Real Are Almost All Irrational"亦可理解为数论中实数（real numbers）和无理数（irrational numbers）的关系，几乎所有实数都是无理数。

妈妈往爸爸的盘子里添了点苹果酱，又从烤炉里端出土豆片。“嗯，今天你的活干得怎么样？”

“挺好的，海伦娜。”

“跟我们说说嘛。”保莉说。

“亲爱的。”妈妈说道。

“你想知道什么？”

“保莉——别说了，好吗？”

“我们到底搬不搬家？”

“保莉！”

“没事，我很愿意谈谈这个。”他侧身在窗台上的烟灰缸里捻灭了烟头，“你们想知道什么？”

“好吧。”妈妈说，她看着保莉，“如果是这样的话，我想知道他是怎么问你的。”

“就是通常的问法，亲爱的。”他咬了一口猪排，慢悠悠地嚼着，“有个空缺的职位，在拓扑学系。”

“哦，迈洛！”妈妈把苹果酱放在桌子中央，坐到自己的座位上，“太好了。”

他又切下了一小块猪排。“没那么好。”

“为什么？”

“因为教的是代数拓扑，海伦娜。”

“那也很接近了。”

“很接近？跟什么很接近？”

“跟你做的研究很接近。”

“差得太远了。”

“呃，那也不要紧。”

“那帮家伙就知道鼓捣公式。”

“如果是这样的话，你只要创造自己的公式就行了。”

“我只要干什么？”他扔下叉子，转向了窗口。然后他说道：“另外，这个位子还有试用期。”

“试用期是什么意思？”

“意思是，”他似乎有点难以启齿，“只是个助理教授的位子。”

一片沉默。妈妈拿起玻璃水瓶给我们加了点水。“哦，亲爱的。”她说。过了一会儿她又说道，“我觉得这肯定只是程序上的问题。”

“程序上？”

“我就是觉得海伊肯定不会真这么干。别忘了，你可是菲尔兹奖得主。”

“那当然，我肯定没忘。”

“这应该是学校方面的某种变通措施。我敢肯定，这只是个技术性细节。”

“海伦娜，这个技术性细节意味着他们用钳子夹住了我的睾丸。”

我笑出了声。老爸瞟了我一眼。

“不会的，他们不会这么干的。”妈妈说。

“我从没想到自己还得这么低声下气地求人。”

“你没有，迈洛。是他们在求你。克努森大老远地跑来，特地请你回去。”

“那又怎么样？如果是讲席教授的话，我可能还会考虑考虑。但不是。只是个助理教授。他妈的——助理——教授。”他推开椅子站起来。然后他走进厨房，弯下腰对着水龙头喝了口水。他回过头大声说道：“不过，至少那只猪也要滚蛋了。”

“迈洛，你说什么？”

“叶夫根尼·迪特迈耶就要滚蛋了。好像要滚到芝加哥去。最起码这件事还挺合我的意。”我在门框外看到他啐了一口。“总算是摆脱这个狗杂种了。”

“亲爱的，我觉得说不定这就是他们突然来找你的原因。”

“突然？海伦娜，我可是十五年前离开的。”

保莉说：“我们到底是搬家呢，还是不搬？妈妈，到底怎么回事？”

“我得跟你爸爸商量商量。”

“不用，用不着商量。”

“当然得商量。我们可以吃完饭再谈。不过孩子们，现在我们想听听你们对这件事的想法，”她转过身，“跟我们说说，听到这个消息你们觉得怎么样？”

“这算不上什么消息，海伦娜。”他大步走回餐桌前，拉出自己的那把椅子，“我挺喜欢这儿的。这才叫消息呢。一个风光不再的专横领导，事到临头才给我开出这么个破条件，他妈的有个屁用？我对自己现在的状态满意得很。”

“我也挺满意的，可是——”

“太晚了，海伦娜。”

“现在肯定不算晚。”

“晚了。”

“迈洛。别这样。”

“海伦娜，我已经拒绝他们了。”接着他坐下来，又咬了一口猪排，说：“孩子们，听到这个消息你们觉得怎么样？”

汤姆生的灯[1]

我循声来到河床边。声音不是从河狸沼泽传来的。我朝上游走去，听到声音越来越大。那是一种沉闷的、连续不断的噼啪声，就像有人在不紧不慢地用锤子敲东西。太阳刚刚升起，离我嗑完药已经过去了半小时。我刚才嗑的药分量很足。

到了山坡的最高处，我爬上了一棵松树。爬到一定高度的时候，我看到了爸爸。他站在我前面不远处的空地上，正拿着根树枝不停地往树上抽。猛抽一记后树枝脱手飞了出去，他走上前又把它捡起来，步子有些踉跄。他换了棵树继续抽打，树枝落在树上时他自己也摔了一跤。树枝又飞进了灌木丛。他爬起来，跌跌撞撞地找树枝去了。

---

1 Thomson’s Lamp，二十世纪英国哲学家詹姆斯·汤姆生（James Thomson，1921—1984）提出的悖论，是芝诺悖论的变种，该悖论主要研究“超任务”现象，具体内容如下：一盏装有开关按钮的灯，利用按钮不停开灯、关灯，每一次开（关）灯动作用时为上一关（开）灯动作用时的一半，那么在某个确定时间内，这盏灯究竟是开着的还是关着的？

那天晚上吃饭时，悬在妈妈头顶的告示牌上写着：

我很受伤

我回头看了看伯尼，它蜷在房间角落的垫子上，不肯跟我对视。我转向保莉，她根本没注意到我。妈妈做了汉堡包。我妹妹吃起汉堡包还是老样子，就好像从来没尝过这种东西似的。每咬一口她就要把圆面包掀开，瞅瞅中间。

“喂，保莉，”我说，“你今天过得怎么样？”

她抬起头，莫名其妙地看了看我。“干吗？”

“你今天过得怎么样？”

“什么意思？”

“我的意思是，你今天过得怎么样？”

她朝妈妈瞥了一眼。“他是不是出什么事了？”

爸爸也在打量我。他坐在桌子对面，一边大口大口地咬着汉堡包，一边盯着我，就像警察在琢磨要不要掏出手铐。

就在这时，妈妈发出了声音——这一声尖厉的哽咽若是夹杂在恸哭或啜泣之中，或者甚至伴着一连串古怪的笑声出现，也许都不会像现在这样令人吃惊。但并不是。这个声音独自悬在空中，一声孤零零的、带着颤音的哽咽，活像潜鸟发出的鸣叫。她啜了一口水后，仍然端着杯子凑在唇边。

“这到底是什么意思？”爸爸说。

“爸爸，你别出声。”保莉说。

他又咬了一大口汉堡包。“是因为普林斯顿吗？”

“行了，爸爸。”

“你哭就是因为这个？因为普林斯顿大学？好，我来告诉你们，”他环视了一圈坐在桌旁的人，“我再说一遍。去他妈的普林斯顿大学。”

妈妈放下杯子。“你真这么想？”

“我恰好就是这么想的。”

“迈洛，为什么？”

“因为这就是事实。全荒废了。”

“迈洛，你在说什么？什么荒废了？”

他把汉堡包往盘子里一丢。溅在桌布上的番茄酱恰好形成一个箭头，像舞台上的指示标记似的指向了我。他低头看着箭头。“比方说，我的儿子。他这辈子都荒废了。”

伯尼叫了起来。听到狗叫声，我的药劲儿缓缓生发出来。“啊，”我说，“真有意思。”

“你，”他说着冲我抬起下巴，“你会把一切都白白浪费掉。”

沉默。我看着他说出的这几个字慢慢飘落，宛如玻璃镇纸中的雪花。

“好吧，”我的语气很温和，“我不知道你这话是什么意思。”

爸爸的脸涨红了。“你的一切我都知道，你这个该死的小懒鬼。听到没有？”

“你说什么？”妈妈说。

“你究竟知道什么，老爸？”

“比如说，我知道你永远都不会有所成就。这一点我他妈的很确定。”

“什么？”妈妈说，“迈洛，你怎么能对自己的儿子说这种话？”

“因为事实如此，海伦娜。因为咱们家里总得有人告诉他这个该死的事实，而不是一辈子瞒着他。他把自己的天赋全荒废掉了。你们都听见了吗？荒废智慧。荒废生命。荒废了我赋予他的一切，全丢进了下水道。”

“迈洛，你到底要干什么？”

“他妈的，我赋予他的一切。见鬼，他拥有的东西全是我给的。”

妈妈站起身：“看在上帝的分儿上，你到底给了他什么？除了你那……哦，你真是个混账。”

“不要紧的，妈妈。”我说。

“这还不要紧？”保莉说。

妈妈说道：“天啊，当初我干吗要……迈洛，你躲在棚子里究竟在干吗？”

“当初你干吗要什么，海伦娜？”

保莉说：“嫁给你。”

“哦，是这个？”爸爸也站了起来，“海伦娜，你刚才想说的是这个吗？”

妈妈没回答。

我的身体迸开了一道裂缝。

“嗯，你说得对，”他说，“你的确不该嫁给我。你应该找个和你同等层次的人。”

“好了，”我说，“你们俩——都别说了好不好？咱们都坐下来，把汉堡包吃完吧。”

“你们俩别掺和。”妈妈说。她使劲儿拽着落地灯的电线，把灯光弄得一亮一灭，“你的意思是，我应该找个有教养的人吧？而不是什么极端利己主义者——”

“好了，你们都停停吧。”我说道。

“别。接着说，海伦娜。我求你，千万别停，接着说。极端利己主义者，然后呢？极端利己主义者，忙了一辈子却他妈的一事无成？你是不是想这么说？”

“孩子们，”妈妈说，“到外面去，去吧，你们都出去。”她转向了爸爸，“你怎么敢这样？”

保莉说：“妈妈，我们就待在这儿，哪儿也不去。”

“你这个小贱货。”爸爸说。

“天哪。”我妹妹说。

“太好了，”妈妈说，“又一句精彩绝伦的话，迈洛。迈洛·安迪特博士。十五年过去了，你就想出来这么一句话？”

“你总是不够聪明，对不对？巴不得普林斯顿大学所有的人都觉得你不同寻常。然后又指望着法布里克斯女子学院的人都这么想。现在又他妈的指望着待在密歇根中部这片鬼树林里的每个人都这么想。心地善良的小可爱，海伦娜·皮尔斯。但你不是。你就是个——”

保莉说：“她嫁给你是觉得你可怜。”

没错，我想，当然是这样。

“觉得我可怜？得了吧，海伦娜，找根尖棍子把你的同情心塞回你的屁眼儿里去吧。”

保莉的脸变得煞白。

“没错，迈洛，”妈妈说道，“觉得你可怜。你不知道吗？你不知道到现在我们都觉得你可怜吗？所以我们都还待在这儿。你跟那些小酒瓶才是好兄弟。干脆再花五块钱去找一个吧，从这个家里滚出去。”

“你这个只值五块钱的臭婊子……”

保莉的靴子砸到了他脑袋旁边的墙壁上。

我站了起来，这时爸爸唰地转过身。“还有你，”他说，“根本就不该把你生出来。”

“妈妈，我觉得你真可怜。”我妹妹说。

“是啊，我也觉得她可怜！生了这么个游手好闲的儿子，”他猛地朝我一指，“我给他的所有天赋，都被他糟蹋光了。”

“迈洛，你给我滚出去。”

“你滚出去。你们三个，都给我滚出去！三个忘恩负义的东西！”

“爸爸，我问你，”保莉说，“我是不是也把自己的天赋糟蹋光了？”

“什么？”他说话时头都没回，“没有，保莉，你没糟蹋。你本来就没什么天赋。”

妈妈握住落地灯挥动起来，可电线却让她脱了手。落地灯没砸到墙壁，反而猛地往后一跳，晃晃悠悠地滚到了踢脚板旁边。爸爸探过身子捡起灯，把它从窗口扔了出去。窗玻璃仿佛犹豫了片刻，接着玻璃就不见了。地毯上洒满了碎片。他走到窗前，用力抬脚去跺。保莉尖叫起来。

爸爸把手伸出空空荡荡的窗框，从门廊上抓起了什么东西。他回过身，我看见他手里握着妈妈用的撬棍。保莉朝他扑过去，大喊："我恨你！我恨你！"爸爸摇摇晃晃地走到墙边，挥舞撬棍猛砸地板，还想把她从背上甩下来。“我恨你！我恨你！”

“迈洛，”妈妈的声音很平静，“把它放下。”

“你们全都给我滚蛋。”

“把它放下。”

“快点给我把她拽开！”

“汉斯。”妈妈说。

“保莉，”我说，“你还是——”

妈妈伸出手想抓住他。爸爸唰地挥起撬棍——我觉得他其实并不想把这东西砸到她身上——可撬棍随着他转动的肩膀挥舞过来的瞬间，她就站在他旁边。我看见一道黑影闪过，心想，这下可——

但妈妈猛地缩身一蹲，撬棍从她的头顶掠了过去。他惊呼道：

“天哪，海伦娜！”墙上迸出一蓬白灰。

“我的天。”妈妈说，颤抖着直起身。保莉也从爸爸背上蹦了下来。“我恨你，”保莉说，“我真的真的恨死你了。”

撬棍的钩子还嵌在墙上的灰泥里，他闷哼一声把它拔了出来。但紧接着他又举起撬棍，用力朝墙上砸去。石膏板裂开了，一片亮闪闪的三角形湖水出现在破洞之中。第二下砸得整座屋子都震动起来，墙角处开了个窟窿。他继续猛砸。一片片厚木板像硬纸板似的被扯开。现在我能看到大半个码头，还有我们的两艘船，在阳光下系在一起。然后是从木屋到湖边的整片土地。伯尼在狂叫。爸爸还在乱砸。一团乱七八糟的藤蔓颤悠悠地钻进了房间。“该死的耶稣基督啊。”他喊道。保莉尖叫：“蠢货！”他喊道：“你们都去死吧！”保莉尖叫：“你这个蠢货，疯子！”他撕扯着藤蔓，又用撬棍钩着板条的缝隙猛拽。拽掉板条之后，他仰面栽倒在地毯上，碎玻璃溅得到处都是，撬棍也脱手飞了出去。

我弯腰捡起撬棍，听到妈妈平静地说了一句：“够了。”

我转过身，只见她趴在地上，伸开双臂抱住了他。

“不！”保莉大吼，“你不能这样！”

“别出声，小莉特。”

“你让我恶心！你让我恶心！妈妈，他疯了！”

“保莉，别说话了，”我说道，“咱们都别说了。”

突然间我妹妹平静了下来。她歪着头，抬起一只手捂住了嘴。妈妈躺在地上用身体护住爸爸，仿佛护着个孩子。她趴在他的胸口，双手捧着他的脸。在爸爸粗重的呼吸声中，我意识到她正在低声跟他说话。保莉站在他们身边，脸色苍白，连伯尼都趴到了地毯上。我很快就听清了妈妈在说什么。她的嘴唇紧贴在他耳边。“我爱你，”她说道，“我爱你，迈洛。没事的。一切都会过去的。”

教育面向公民[1]

那个星期，我等待着灾难降临，等待着宇宙最终承认安迪特一家的生活出现了裂痕。但出事之后的第一天平平静静、悄无声息地过去了。那天局部多云，气候温和。接着又是一天，天气晴朗而湿润。妈妈把乱作一团的屋子清扫干净。我们吃早餐。吃午餐。吃晚餐。在家里碰到对方的时候我们也会交谈，但都有点小心翼翼。白天的时候，妈妈继续到屋外的空地上忙活。老爸到他那间小棚子里去了。

今天总算是星期日了，爸爸在湖边洗刷门厅的地毯。我觉得这好像是他第一次承认那天发生的事，不管是以何种形式。我和妈妈坐在门廊上看着他。他站在码头边缘，把地毯浸入水中，再拎出来平铺在木地板上，然后往毯子上挤了一瓶皂液。

我几乎无法想象他会向别人道歉，不过这也差不多了。

"那天我说的话，"妈妈突然开口了，"我说的那些话。我希望

1 Disciplina in Civitatem，拉丁语，系俄亥俄州立大学校训。

你明白，那些话和你毫无关系。比方说，那天我说到了我为什么还待在你爸爸身边。你肯定知道，当时我气坏了。”

“我知道，妈妈。”

“我真希望那些话我一个字都没说出口。我们要是都没开口就好了。”

“这我也知道。”

“当然啦。有那么一会儿我们都有点失去理智了，”她放下手里的杯子，“除了你。那天你比我们都冷静。谢谢你。”

“还好吧。不客气。”

我们回过脸继续看爸爸。他在地毯前弯下身，把皂液揉出泡沫，用手指一点点挑出嵌在织物里的脏东西。肯定是没扫干净的碎灰泥。

“我觉得他现在好些了，”母亲说，“我觉得他也许能恢复正常。”

我抬头朝湖湾望去。

“怎么了？”

“正常人不会抡起撬棒打老婆。”我说。

“他又不是要打我。”

“那他要打谁？”

她低头看看爸爸，又抬起头望向树林。“他要打的是那个，”她说着伸手指了指，“他要打的，是在那间棚子里发生的事。”

“好吧，但正常人不会因为一个证明进行得不太顺利，就把家里砸得全是窟窿。”我朝另一个方向指去。我们身后的木屋补了一块胶合板，是五金店的人昨天用钉子敲上去的。“或者因为他们把别人给的工作机会视为侮辱。”

“普通人干不了他能干的事。”

“得了吧。”

“汉斯，每天早晨他走进棚子的时候，根本不知道自己能有什么发现。他根本不知道自己付出的努力能不能换来回报。为他，或是为了我们，”她摇了摇头，“我的意思是，为了你和保莉。”

码头那边，爸爸又把地毯拽到木地板上卷起来，挤出里面的水。

“这就是他朝你抡撬棒的原因？”

“他觉得很羞愧。”

“羞愧？那他骂保莉的话呢？”

“你说得对——那些话是不可原谅的。”她转过头，一脸痛苦地望向远处的水面，“但他那时候的状态不正常。真的，”然后她又加了一句，“总有一天你也会明白。”

“难道要等我也当上数学家？”

“等你有了自己的家庭。”

爸爸站起身，拖着沉甸甸、湿漉漉的地毯从码头上走过来。到了台阶边，他铺开地毯，举起它往栏杆上搭。这时候他抬眼看了看门廊，装出一副不堪重负的模样。然后他居然挥了挥手。

妈妈也朝他挥了挥手。

“他故意装得若无其事。”我说。

“不是的。看他的样子你就知道家里出了很糟的事。装得若无其事的人是我。”

老爸微微一笑走下台阶，然后穿过树林朝棚子走去。我们一直看着他。过了一会儿，她说：“知道吗，汉斯，人始终在经受考验。”

“所以你才装得若无其事？”

她又朝湖水望去，然后回头看了看我。透过远处的树林，我们听到棚子的门啪地关上的声音。“不是的。”她说。

“那你干吗要装呢？”

“因为我别无选择。”她说。

老爸的棚子里，装着菲尔兹奖章的盒子就放在桌子的一角。他叫我过去说话。

“知道吗，”他突然开口，“你不可能让时间倒退。”

“你觉得我想让时间倒退？”

他竟然笑出了声。

然后他把手伸进抽屉。“现在我们就别再胡扯了，”他说，“咱们家的规矩得改改。”

他抽出了手。手心里有五六片我嗑的药。

“哦，”我说，“好吧。”

他握起拳头晃了晃。“这是毒品，对吧？”

“我可不知道。”

他厌恶地瞪着我。

“这么说，你从来没见过这玩意儿？”

“说实话，真没见过。”

他打开抽屉，又把药扔了进去。然后他站起身朝我走来，凑得很近。他盯着我的瞳孔。我能看见他嘴唇边缘结的小痂，还有鼻端网状的毛细血管。但在这双离我只有几英寸的悲哀的眼睛里，却没有丝毫识破真相的迹象。反正我是看不出来，虽说当时我的药劲儿正处于顶峰。

“你现在就嗑药了，”他说，“对不对？”

“我都不知道这东西是什么。”

他的笑声就像是尖叫。他把身子往后靠了靠，就那么在原地站了一会儿。然后他又坐到桌前，在椅子上晃悠起来，弄得轮子吱吱直响。“嗯，真有意思，”他说，“这东西可是从你的壁橱里找到的。”

“真的很有意思。”

“我看看啊，”他瞥了一眼日历，“大概三个星期前。”

“我不知道该说些什么。”

“什么都别说，怎么样？”

“挺好。”

他盯着我看了好久。最后他抬手指了指头顶的椽子。“你看看。”他说。

我顺着他手指的方向望去。

“去看看，汉斯。”他往旁边靠了靠，把一只板条箱推到墙边，“去吧。看看我最近干的活。”

他敲了敲板条箱。

我站到箱子上，他的纸盒在椽子上排得整整齐齐。我面前的几个纸盒上都标着**错误**或？？。在这些盒子后面，我看到有个标着**正确**的盒子露出了一只角。

“你要我看什么？”

“搬一个下来就是了。”

我觉得自己知道该搬哪个盒子——因为我是他儿子——甚至无需借助他最近的种种表现，或者我的胳膊碰到椽子上的纸盒时发出的声音来判断，但当时我的思绪已经乱作一团。我伸出手把一个纸盒拖到椽子边缘，小心翼翼地搬了下来。把盒子放到地毯上后，我才意识到我挑了标着**正确**的那一个。

尽管发生了这么多事，我仍然像妈妈一样心怀希望。

“继续啊。”他说。

“干吗？”

“打开它。”

我照办了。

里面是酒瓶。空酒瓶。

即便在那个时候，我还是有一阵子没反应过来。

他抬起手朝椽子上一挥。“每个盒子里都他妈一样。”他说。

他在酒瓶之间塞了纸，但我还是能看到瓶颈处融掉的红色蜡封。我抽了一只瓶子出来。里面一滴都不剩。

“咱们俩是一丘之貉。”他说。

“你没戒酒。”

“你觉得呢？”

“好像是没戒掉。”

“哼，我还真戒掉了。但我没坚持住。”

我坐到了地板上。

“你可以彻底放弃我了。”他说。

“不会的。别这么说。”

“如果你这么做，我会理解的。我已经完蛋了。”

“不会的，你没有。”

“我已经完了。我这样和死了没什么区别——反正从数学家的意义上说是这样。十年了，没干成一样事。也许我这辈子都他妈的一事无成了。”他指着那个盒子，摇了摇头。“永不放弃。”

“你没放弃。”

“我放弃了。很久以前就放弃了。”他的眼睛里有什么东西在闪光。可他随即挥了挥手，那东西似乎又不见了。他又拉开抽屉，瞅了一眼里面的药片，“汉斯，这是什么东西？”

“是 MDA，老爸。”

“我的天。”

“美国醇品。”

他靠在椅背上，一只手从抽屉里扫过，握成拳伸到垃圾桶上方。然后他似乎又觉得这么干不太好。他转过身，打开手掌伸到我面前，我看见了一堆黄色、绿色和淡蓝色的药片：八十毫克的，一百二十毫克的，还有一百六十毫克的。他的汗把药片粘到了一起。

我伸出手，把药片拿了过来。

“真见鬼，”他说，“我看咱们俩是都完蛋了。”

现在我觉得，他始终没把这事告诉妈妈。

起初我心想，爸爸是不是希望我也对他的事保持沉默——作为交换条件。但随着年纪渐长，生活中又有了其他的烦恼，我才意识到原因其实很简单：他真的彻底放弃了。他不仅放弃了自己的研究，放弃了我，也放弃了他曾拥有的全部人际关系——放弃了种种杂糅着不解与痛苦，令人万分沮丧的关系，它们从少年时代就始终困扰着他。在数学界，他连一个朋友都没有——实际上在整个世界中也是如此；在家里，我妹妹已经把他视为路人，而且到了那个时候，妈妈无疑也会离他而去。

那个夏天的晚些时候，我终于明白了他为什么要把菲尔兹奖章带回湖边。到了九月，离开学还有两天，妈妈带上我和妹妹，开着乡绅旅行车回到了俄亥俄州，伯尼像国王似的坐在没人的前座上。爸爸留了下来，他得把木屋封好。他准备下个星期搭灰狗巴士回塔平顿，那时候他教的班级也要开课了。

但等到新学期开学，他仍旧没有出现。那之后没过多久，离我自己去上大学的日子只差几天，妈妈在一个傍晚接到了学校系主任打来的电话。过了一会儿她走到楼上，拿起了卧室的分机。

妈妈终究还是没拿到护理学的学位。我到哥伦布市上大学之后，她又开始上班了，在法布里克斯学院的行政处当全职秘书。

他们的婚姻就这么结束了——悄无声息地走到了尽头。爸爸一直没再回家。

莫莉和萨利[1]

我没想到爸爸是爱写信的那种人——尤其是考虑到当时的情况——但他的确写信给我了：我在俄亥俄州大学的新信箱里出现了他的信，大约每个星期一次。

我知道他也在给塔平顿家里的保莉写信，但保莉连信封都不拆。

也许保莉只是这么跟我说说而已。她说信一寄到就被她扔掉了。

至于我，我把爸爸的信读了一遍又一遍。

没想到他的信写得这么优美。每个句子都仔细斟酌过——寥寥几笔就清晰地描绘出了季节变换的情景，还有天气从凉爽的秋季到真正冷下来的时候，他在森林中见到的各种动物。他碰到过豪猪和鼬鼠。他跟一窝河狸混得很熟，恰好就是我熟识的那一窝。到了冬天，在我把头几封回信寄过去之后，他开始向我报告它们

1 Molly and Sally，分别为 MDMA 和 MDA 的俗称。

的情况。他在信中说，河狸显然知道支点和杠杆能起到什么作用，而且看样子它们早已精通文艺复兴之前人类的大部分数学发明。一等天气暖和了，我就打算把其余的内容教给它们，最起码得教几何和三角函数。不过它们恐怕会跟我的学生一样，只对能用得着的东西感兴趣。

我觉得在与世隔绝的状态下，爸爸开始关注自然景象是顺理成章的事，他小时候就是这样。我觉得我们所有人孤居独处时，都会在自己熟悉的事物中寻求安慰。这么想应该没错吧？

有时候他会抒发一番哲思。他在一封信中写道，有些领域的思想家需要跨越鸿沟。在同样的鸿沟之前，数学家——科学家——迈出的步子最小，也最为谨慎。

我还收到了他的画，有时就画在信纸背后，或者折好了塞在信封里面。秋季来临时小湖的风景跃然纸上。然后是冬天。再后来是春天。

有一次在信封背后，他用手写体绕着邮戳写了一圈小字：我来到静水的面前。[1]

到了哥伦布市，我第一次在书上看到了 MDA 会对人产生哪些影响，这才意识到自己有多么幸运。美国各地都有年轻人因此送命——规律很明显，只要稍加留心就能发现。当时，美国的每一个大学城和大城市里都有一帮躲在地下室鼓捣化学制剂的家伙，他们开发出了新的甲基类毒品，还把 MDA 变成了 MD*M*A。这玩意儿起初被叫作窗户，但没过多久就以摇头丸广为人知。有些年轻人说着胡话就不省人事了。他们在灼热体温的作用下手舞足蹈，

1 *I come into the presence of still water.* 引自美国诗人、作家温德尔 · 贝瑞（Wendell Berry）的诗歌《大自然的安宁》（“The Peace of Wild Things”）。

勾勾搭搭，胡言乱语，完全忘了自己还需要喝水，他们觉得自己与神乎其神的真理息息相通，对着以太表达他们与生俱来的共性，直到血液中浓度不断升高的钾让心脏停止跳动。

不知怎的，我竟然躲过了这种厄运。到俄亥俄州上大学的时候——当时和我同龄的大部分孩子还在上八年级——我不知怎么就下定了决心，要戒掉毒瘾。论起上瘾的年纪我比爸爸要早，因此我觉得自己也可以更早戒掉。

但我还是会不由自主地想起他说的话：我看咱们俩是都完蛋了。

哦，是吗？

来到哥伦布市的第一个星期，我加入了麻醉药品滥用者互助协会。一下子彻底停掉毒品并没有我想象中那么困难，不过后来我跟互助对象说起这事的时候，他特意在聚会结束后留下来陪我聊了一会儿。他和我爸爸的年纪差不多，是个守夜的。跟爸爸一样，他也会让我想起那个住在镇上福特工厂里的人。“像我们这样的瘾君子，”他说着先指指自己，然后放低了声音，“爬起来很容易。再摔倒也很容易。”

说实在的，现在还看不出来。

远离了爸爸的影响，我心中煎熬的愤怒、悲伤和困惑终于有了宣泄之处。入学后的第一个学期，我学了点艺术史和政治学。起码艺术史还是挺有意思的——当然，这门课我比别人起步得要早。有时我会想象妈妈也待在教室里，就站在我身后，脸上一如既往地带着笑意，爸爸则站在她的身后，别过脑袋对我们嗤之以鼻。

但那个秋天过完的时候，我还是选了数学专业。

不管怎么说，是应用数学——在爸爸看来，应用数学就跟喜马拉雅超验主义研究差不多。有许多课程我在高中就学过了，所以直接跳到了高级班。数学 5702：三维欧氏空间中的曲线和曲面理论课程开讲的第一天，教授点完名后走到黑板前，然后转身对着我说："喂，汉斯，大人物现在还好吗？"

6 求和

沙拉

五年之后——当时我还不到十九岁，已经在曼哈顿西村有了一栋四层高的褐砂石房子，在利奇菲尔德还有一处一百英亩的地产——一封信寄到了我的办公室。信封两面都用粗铅笔写着**私人信件**，没留回信地址。

信封里装着一本数学杂志：《北欧计数组合学评论》第 13 卷，第 2 期。1999 年 9 月刊。

就是我离家去上大学的那个秋天。

除了这本杂志什么都没有，连张名片都没找到。胶订的杂志装得不牢，书脊上套了根旧橡皮筋。杂志封面上有一个标题用同样的粗铅笔圈了出来，是贝内德克·福多尔写的一篇论文，此人是我读研究生期间特别崇拜的数学家。但这篇文章和肖尔斯-杜尔班均衡毫无关系——事实上，我扫了一眼就发现它和我的工作毫不相干——所以我根本没细看。况且我也从来没听说过这本杂志。

那段日子我忙得很。

当然，如果我当时已经听说了厄尔·比特曼，我就会认认真真地看完那篇文章，但那时候爸爸还没把当年的故事告诉我。说真的，要不是因为我工作圈子里几乎所有的人都很敬重福多尔，说不定我会直接把杂志扔掉。

但肯定有什么东西阻止了我，也许是因为那根橡皮筋。我并不是拓扑学家，但我对可以延展的曲线形物体仍旧很感兴趣。这根橡皮筋绕了两圈，紧紧地套在杂志的书脊上，都快要绷断了。在杂志的一边，橡皮筋恰好被拧转了两道，这是缩短环形物体所必需的最少次数。寄来杂志的这个人还特意调整过橡皮筋拧转的角度，把交叉处挪到了同一个位置。

有趣。但我有一帮专搞数据分析的同事，他们都爱给我寄各种涉及数据分析的有趣材料，而这些东西我通常连看都不看，根本没工夫。我记得自己把那有弹性的小圆环从书脊上扯下来，套在手指上玩了一会儿。一瞬间我甚至打算再看看那篇文章，但就在此刻，显示南半球行情的电脑终端响了起来，低沉的当当声连响三下，这意味着圣保罗的股票交易所刚开市，于是我把杂志往搁架上一丢，把桌子上的东西清干净，坐下来开始工作。

那一年年底，世贸中心的废墟已经被清理干净，我们的大部分竞争者都忙不迭地跑到了康涅狄格州或是新泽西州。那两个州的低矮建筑大都是用玻璃和砖头造的，停车场周围还有草坪，他们就在这种房子里运行着久经考验的旧公式。但费兹克公司没跑。我们还在华尔街 40 号大厦埋头苦干——自从公司把我从研究生院空运过来的那天上午，我就一直在这栋楼里上班。对我们这样的人而言，那段日子其实很平静。西海岸私募股权市场的盈亏达到了数十亿美元。道琼斯指数回升了。本·拉登在逃命。牌技不精的玩家早已退出游戏，如今我们似乎都在一路高歌猛进。

尤其是那些数据分析师，他们成了驾驭时代浪潮的人物。我当时在费兹克公司研究出了一种交易策略，它利用的是全世界众多货币交易平台中稍纵即逝的卖权 / 买权价差。当然了，市场本身是涨是跌都无关紧要。关键就在这里。

那个时期——最起码是在一开始的时候——估计只有我一个人在这么干。

两年前，我乘坐费兹克公司的一架喷气式飞机降落在新泽西州的泰特波罗机场，随身带了一个用胶带封好的纸箱，里面装着数学书，还有两只磨得起了毛的帆布行李袋。我关于肖尔斯 – 杜尔班方程式的博士论文才写了三分之一，稿子就放在其中一只行李袋里。当天下午，我坐进了自己在特朗普大厦顶层的私人办公室。从这间办公室的窗户望出去，哥伦布市远在西方，我能看到从那个方向渐渐逼近的雨云。我所在的楼层没有其他交易员，主要是因为稍有血性的交易员一旦发现我竟然是个小屁孩，都会忍不住用烤肉钎子把我穿起来，何况人家还不知道我会对他们的生计带来怎样的冲击。我研究出的操作策略从根本上说还是比较保守的——我下的每一笔赌注都有可靠的保值措施——但这种策略仍足以让不少华尔街精英恨不得回炉重造。

我还得告诉你，这种策略其实也不算很保守，因为我差不多刚开始上班，就让老板赚了个盆满钵满。我恰恰是率先拿着独一无二的钻头下井采矿的人。我们以硬件所能提供的最快速度，大肆买卖几乎所有商品的预期判断。我早期运用的一个策略，就是利用芝加哥已交易的证券期货与纽约即将交易的证券期货之间的差价。借助全球最快的计算机组成的光纤网络，在从我办公室朝西的窗户到芝加哥拉萨尔街交易所之间的七百九十英里范围内，我让费兹克公司的合伙人拥有了比整个东海岸地区大大小小的交易所快出一微秒的优势。就像我们这帮数据分析师爱说的那样：

十拿九稳[1]。

从我穿上正装的第一天上午开始，我每个小时的下单交易量就超出了十万笔。入职面试时我只是个十六岁的在读博士生，身穿红灰两色的防风夹克，脚蹬勃肯鞋，却被恭恭敬敬地邀请到公司，给一帮穿着菲拉格慕乐福鞋的男人讲课。我讲的是肖尔斯－杜尔班方程式为什么能预测出存在于任何大规模市场中的几乎所有无效率现象究竟是会加剧还是会减弱——以前这些无效率现象一直都被简单地视为统计噪声。我看得出来，房间里的人谁都没明白我说的到底是什么意思，哪怕是那些搞统计套利的数据分析师。尽管如此，费兹克公司不出一个小时就向我发出了工作邀请，签约金比我爸爸这辈子挣的所有工资还要高得多。我等了几天才接受，不过我刚一表态，公司就把豪华轿车派到了俄亥俄州立大学数学系的门口。

尝尝这个，塞思·科普特。

但工作两年之后，我的系统仍然算不上完美。每天晚上证券市场收盘后我都还得接着编程，还得精心校正程序的执行情况，直到它们渐渐趋近最佳状态。这都是为了我新孕育的交易类型：通过计算机进行的市场微观结构交易。我的交易就像是一群食人鱼，蜂拥在竞争对手颟顸笨拙、跌跌撞撞的蹄子旁边——这个比方也许有点夸张，但非常准确。而且我得承认，我越来越喜欢这样的状态。不论白天黑夜，任何时候我都能保持激光一般集中的专注力、刀锋一般犀利的思维，还能像猪一般贪得无厌。在凌晨时分，我的思维偶尔会凝聚成某种更为纯粹的东西，我会瞟一眼书架上用订书钉钉好的博士论文笔记，在心中想象着瘟疫年代的伊萨克·牛顿——他俯身站在伍尔斯索普庄园的桌前，正在推导

1　Money in the bank. 原意是“存在银行里的钱”，常用来表示稳赚不赔。

微积分方程。但这并没有让我止步不前。我的夏普指数在摩天大楼的最高处对华尔街各大投行组成的实力集团嗤之以鼻。我能够抓住发生在全世界任何地方微小的无效率现象（不管是芝加哥还是香港），而且都用不着使出加杠杆这种不光彩的手段，就可以在纳秒级的时间内赚取大笔利润——铯 133 原子在两个能级之间还没跃迁过几次呢。[1] 简直跟玩儿似的。

说实话，这种事哪怕不给钱我恐怕都愿意干。

真正的驱动力，是我出于本能知晓的一件事——每天，当沉默的电梯把我飞速送到特朗普大厦七十楼的时候，我都意识到：某个地方肯定存在一种更为精确的算法，只不过我还没发现。我明白这一点，就跟爸爸当年一样——当时他盯着旧金山湾的潮滩，明白自己就站在正确的深渊边缘。每天做完一百万单交易之后，我会在玻璃台面的办公桌前坐到凌晨时分，在脑海中翻来覆去地思量每一步运算。

啊，真是屡教不改。美中不足的就是这个。

我生活中显而易见的问题只有一个——也就是说，当时让我担心的问题只有一个——对于像我这样擅长计算的人而言，日常生活中的经济学已经站不住脚了。到炮台公园去散个步意味着收入减少两万五千美元，我又怎么能去呢？到星巴克去喝杯咖啡，得喝掉一辆奔驰车，值吗？

我是学着数学长大的。如今我却对数学的某些定律产生了怀疑。

直到深更半夜，我才会允许自己收工下班。空荡荡的电梯飞快地把我送到大堂，我的司机洛伦佐（他是意大利人，住在阿斯托里亚）会把挂着空挡的林肯城市轿车停在松树街上的大厦入口

---

1 1967 年，国际计量大会决定用原子秒取代天文秒，秒长定义为铯 133 原子基态的两个超精细能级之间跃迁辐射（电磁波）9192631770 个周期所需要的时间。一纳秒为一秒钟的十亿分之一。

处，等着送我回家——我住的褐砂石房子在佩里街，离东河不远。

褐砂石房子的起居室里有一张东非黑黄檀做的咖啡桌，价钱和洛伦佐开的林肯车差不多。这桌子花了我一个小时的薪水。

我第一次在纽约和爸爸吃饭是在画笔餐厅。时值秋季，和暖的夜空中飘荡着银杏的气味，那时我到费兹克公司上班还没多久。我在俄亥俄州立大学的那几年只见过他一次，是在大学二年级的一个周末，当时我坐大巴回了趟密歇根州，想和他谈谈我对肖尔斯－杜尔班偏微分方程式的想法。那两天我们每餐饭都是在绿与白餐馆吃的，他给我提了几个数学方面的好建议。我得承认，要是后来我能认认真真地去写毕业论文，这些建议会很有帮助。

现在他来到了纽约，看起来状态不错。穿得甚至比以前还要讲究。浅色的亚麻西装，还戴着那顶旧的博尔萨利诺软呢帽。他的肚子很平坦，发红的脸上有亮闪闪的晒斑——虽然如今他整天都生活在森林里，脸上还是能看到太阳晒伤的痕迹。他迈着坚定的步子走过餐厅，坐到我对面的椅子上。他是从底特律飞过来的，头等舱。当然，机票钱是我出的。我的办公室就在附近，我是步行过来的。

“晚饭的钱我自己付。”他一上来就说道。

“不用。真的不用。”

他环顾四周，得意地笑了笑。“估计这地方没几个数学教授。”

“反正菲尔兹奖得主是很少。”

这句话让他放松了点。他解开外套的扣子，瞥了一眼菜单。“这儿的苏格兰威士忌挺不错。我想先尝尝拉弗格。你呢？”

“我不喝酒，老爸。”

他挑起眉毛，一边的嘴角上扬，露出了微笑。

开胃菜端上桌的时候，他已经品尝了格兰多纳威士忌；等到侍者用小车把菊苣沙拉推到桌旁，洒上胡椒碎和二十五年陈酿的摩德纳香醋，他已经对圣马格达尼威士忌和格兰花格威士忌发表了看法，这两种酒他都是惬意地眯着眼睛一口喝掉的，那模样活像一条总算吞了老鼠的蛇。主菜他点了野牛排配油炸土豆条，然后往椅背上一靠，又喝了一杯格兰花格。

那天晚上，离我们几英尺远的桌旁有个年轻姑娘在独自吃饭。她不是金融衍生产品交易员。根本不是做金融行业的，我能从她的行头上看出来——经纱印花的面料，色调以褐色为主，这只能让人想到绵羊，而不是猛虎。等老爸来的时候我就注意到她了。长得很漂亮。不过她坐在我身后略偏一点的位置，我只好不断地调整玻璃水杯和餐厅镜子之间的角度，才能偶尔瞥见她的脸。爸爸点第一杯格兰多纳威士忌时，我透过自己设计的反射镜看到她轻轻挑起一侧的眉毛，抬眼看了看我们。看就看呗。她年纪比我大——谁不是呢——但还没大到来这种地方吃晚饭却没人陪的地步，即便是在纽约市。我估计她有二十五六岁，最多不到三十。我整了整领结——深色的爱马仕，是我的一个秘书挑的——然后一本正经地从老爸肩膀上方朝侍者微微颔首，示意他过来。那时候我经常会装出一副比实际年龄老成的派头。

"我没想到她真会这么干。"等着上菜时爸爸突然咕哝了一句。当然了，他说的是妈妈。那一年她终于联系了离婚律师。

"她得考虑自己的将来啊，老爸。"

"以前她也会考虑我的将来。"

"是啊——但后来你离开了她。"

他嗤之以鼻。"好吧，去你的，儿子。"

"好吧，去你的，老爸。"

在我的反射镜里，那姑娘的眉毛又挑了起来。我冲着玻璃水杯微微一笑，示意我们是在开玩笑。

“不管怎么说，她的将来应该挺不错，”他说，“我觉得法官肯定会把她安排得非常妥帖。”

“这是她应得的。”

“哦，这么说你也是他们之中的一员。”

“他们是谁？”

“爱替别人辩护的人。”他沉声说出这几个字，抬手示意再来一杯苏格兰威士忌，“就像她们俩一样。”

一直到吃完甜点，我都在听爸爸半开玩笑地唠叨这些事，他自己的甜点连碰都没碰。最后他总算从桌旁站起身，上洗手间去了。那个时候我已经有点精疲力竭了。我看了一眼玻璃水杯，发现那姑娘正瞧着我。我微微一笑。

侍者又端来一杯格兰多纳威士忌，放在了老爸坐的那一边。我伸过手拿起杯子，一饮而尽。

片刻之后，我听到有人说道：“喝得真快。”

我看了看玻璃杯——她就站在我身后。“哦，”我说，“他不会记得的。我这是为他好。”

“我只是想去上个洗手间。”

我伸手一指：“在那边。”

“好的，谢谢。”

我没想到她说话时带着南方口音，嗓音还出人意料地动听——不过也带着一股出人意料的坚韧意味，仿佛木兰的树干。（当时我就能感觉出来。）她衬衫的纽扣一直扣到领口，里面掖着一方白丝巾。这会儿我还注意到，她鼻子下半部的弧度好看得让人透不过气。她指了指空空如也的酒杯：“但愿你不是真的需要喝那东西。”

“呃，我需要。”

“喝了才敢跟我说话吗？”

“刚才你又不在这儿。”

“严格来说不是这样。”她看着我，眼光很锐利，“那是你父亲，对吧？”她朝餐厅的另一边点点头，我这才看见老爸已经坐在了吧台旁边。侍者又给他倒了一杯酒。

“对啊，”我说，“看来是的。”

“我要是你的话，”她说着转身走开了，“就会更上心一点。”

“顺便说一句，你好像根本不是个爱替别人辩护的人。”她说。

“你在偷听。”

“你在偷瞄。”

“那倒是，”我说，“你看出来了？”

“你要不是在偷瞄，就是觉得那杯水非常有趣。”

“说实话，我真这么觉得，”我笑了，“分子行为的任意性被人们高估了。布朗运动。和我的工作领域有关系。”

她也报以一笑，不过好像并不是因为明白了我说的话，而是因为明白了我为什么会冒出这种念头。“另外，”她说道，“我也没偷听。你父亲的声音传得很远。”

“他是个教授。”

“数学？”

“没错。”听到她说 math，我觉得一阵别扭。“应该说是 mathematics。最起码他以前是。你怎么看出来的？”

“就像我看出你不爱替人辩护一样。”

那是我们俩的第一次约会。那个星期的每天晚上，我都会提前离开特朗普大厦，一个人到画笔餐厅吃晚饭。我被迷住了。心醉神迷，还突然觉得很孤单——对于一个从来不觉得自己需要陪伴的人来说，这是个颇为奇怪的转变。在纽约这么大的一座城市里，怎么样才能找到一个只跟你说过一次话的人？其实，这个数学问题恰恰是久经训练的我最拿手的类型。可能性的交会，每种可能性都很小。我在同一张桌子旁边坐了六个晚上——吃了六次黑椒牛排、六次脆皮薯条，喝了六次寡淡的起泡水——刚要去抓大门把手，准备回费兹克公司参加第六天晚上的头脑风暴时，大门却自己打开了。“Quod erat demonstrandum.”[1] 我低声嘟哝了一句。

“你好像知道我要来。”

没过一会儿，她就答应和我一起吃晚饭了。（有时候我跟爸爸一样，特别会说话。）侍者给我端来当天晚上的第二道黑椒牛排，什么都没说。

得克萨斯。小城市。现在一个人在纽约，做图书出版的。她告诉我这些事实的时候，在铺着白色亚麻桌布的桌子对面坐得笔直，就像个舞蹈家。她的脑袋微微向上昂着，我的视线总是不由自主地被她鼻端小小的弧度[2] 吸引。

“简直是女子监狱。”她说。

“你指什么？”

“图书出版业。”

我指了指窗外，华尔街 40 号大厦石头立面上的灯光从街区的另一端照过来，映在人行道上：“这么说的话，我待的就是男子监狱了。”

“敬狱友一个。”

我们放下矿泉水杯，我问道：“我觉得挺好奇的——做图书出版的女孩子，怎么会经常来画笔餐厅吃饭？”

“我很谨慎，”她回答说，“而且只是偶尔来。还会动用一点小秘密。”

“什么秘密？”

---

1 拉丁语，意为“证明完毕”。

2 如果有人想知道倾角和弯曲度的近似数值，请见公式：$y=0...180,\ x=170e^{-.00016(y-23)2}-9.4e^{-0.0025(y-47)2}$ ——原注

可她只是笑而不语。她又看了看周围，问我想不想去散散步。

想不想?

我打电话叫洛伦佐开车过来（洛伦佐为她关车门时冲着我含蓄地一点头，看样子颇为赞许），让他送我们去中央公园。我们坐在散发着苹果香气的跑马小径边粗糙的石头拱廊上，她一边吃着从推车小贩那儿买来的齁咸的椒盐卷饼，一边跟我说了几件事：（1）她订过婚，又告吹了（那人年纪比她大，是她读大学时的教授）;（2）她在希尔县[1]度过了童年时代（响尾蛇，幻想出来的朋友）;（3）她现在的梦想（想要几个孩子，再开个文学沙龙）;（4）她的家庭（有个哥哥，正在进行第三次戒酒）。

她问了我这些事：（1）我的童年时代（并不是我很愿意讲述的内容）;（2）我的父母（桑树，艺术学院，林中的木屋）;（3）我的妹妹（麻省理工毕业，如今在加州理工当老师）;（4）我的工作（肖尔斯－杜尔班偏微分方程式）;（5）我的梦想（其实我从来都没有什么梦想）。

跟父亲一样，我也不愿意谈起自己的人生。跟父亲一样，我也爱上了第一个想了解我人生的姑娘。

但跟父亲不一样的是，我跟她结婚了。

1　Hill Country，地处美国得克萨斯州中南部。

非布朗灰

爸爸后来又在纽约市露了一次面，那是在我的婚礼之前的几个月。奥德拉觉得我应该单独陪他吃顿晚饭，不过她说她会在上甜点的时候过来。还是画笔餐厅——地方是老爸挑的。同样的五种威士忌，同样的开胃菜，同样的主菜。后来我们在等奥德拉来的时候，又喝了几杯拉弗格威士忌。我见到过他酩酊大醉的样子，见过许多次，但看他喝酒的架势，他似乎在把自己往最后一座要命的山顶上推。

奥德拉到餐厅时，甜点碟子已经摆在桌上了。老爸也已经喝掉了一杯爱尔兰咖啡。还没过五分钟，他正跟她说着自己年轻时在普林斯顿的事，就失手打翻了一杯刚端上来的格兰多纳威士忌。他往前一扑想接住杯子，却差点儿摔倒。侍者很快出现了，但没再端酒过来。

“没关系，”老爸粗声粗气地说，“反正今晚他们总是在酒里兑水。”

在我看来，他仿佛在和什么人搏斗。他的脑袋转来转去。他的下颌耷拉着，眼睛从镜片上方打量着我们。奥德拉问起了菲尔兹奖，这让他激动了一阵子。他生来就有让任何女人着迷的魅力，我意识到我的未婚妻也不例外。不过他刚讲完华沙之行的故事，脑袋就垂了下来。

我附在奥德拉耳边低声说：“抱歉。”

“没什么。又不是你的错。”她摊开手放到桌上，我握住了。

“你真可爱。”老爸突然说了一句，同时握住了她的另一只手。

她没把手抽回来。

“你让我想起了以前认识的一个人，”他说，“瞧瞧她，汉斯。是不是美得像一幅画？”

“没错，老爸。”

“安迪特先生，我让您想起了谁啊？”

他直直地盯着她，两眼凝视着她的脸。她丝毫没有因此而慌乱。

“老爸？”

他一下子转开了眼睛。“没谁。”

然后他沉入了真正的黑暗之中。刚才他总是在拨弄桌子中间的一盘饼干，现在他却推开了盘子，头一直耷拉到了胸口。他嘟嘟囔囔地说了些什么。接着又打起了呼噜。过了一会儿他猛然惊醒，喃喃地骂了一句。

“老爸？”

“干吗？”

“我和奥德拉得走了。我帮你叫辆出租车。”

“巴不得赶紧走人了啊。”

不过他还是和我们一块站了起来，把椅子推到了后面。穿过餐厅的时候他直打晃，我只好搀着他的胳膊。我们好不容易走过吧台，就快走到门口了，他说了最后一句话：“去你的，汉斯。”

“去你的，老爸。”我一边说，一边小心翼翼地拍了拍他的脊背。

但他开玩笑的时候跟以前不一样了。这一次我几乎没听清他说的话。

他在门口站住，想打起点精神。他拽了拽西装上衣，抽出被我搀着的胳膊，笨拙地倚在门上，费了好大劲儿才把门推开。我刚走到门口，他就说："你们该去哪儿去哪儿。我再到吧台坐一会儿，刚才有点事还没想清楚。"

婚礼地点在萨加波纳克镇的温斯顿俱乐部。草坪网球场旁边有石板铺成的露台，其实那是个停机坪。婚礼当天早晨有四架直升机降落在这里：自然是费兹克公司的一帮同事，身穿炭灰色西装，配着色调稍亮的领带。有几个人算得上我的朋友，但其余的人来参加婚礼只不过是因为受我管辖——管着他们的老板是个乳臭未干、腐化堕落的数学家，此人不由自主地注意到，酒吧周围单色着装的分布情况进一步证明了肖尔斯－杜尔班偏微方程式的结论：个体在利益的驱动下会呈现出非任意性。我们这帮人一起从全世界人身上薅了价值数十亿美元的羊毛。

其余参加婚礼的人几乎都来自奥德拉那边，包括牧师在内。女方的人可以这样来形容：文雅、精明，典型的得州佬。他们来自农村却博览群书，聊起各种书的时候滔滔不绝，搞得好像我也读过似的。然而，他们还知道怎么修补牛圈的围栏。我和奥德拉相识还不到一年，他们之中有一半人好像为此担心，另一半却觉得很高兴。

妈妈是一个人来的，保莉则有位年轻男士相伴，可能是她的男朋友，也可能不是——我能看得出来，妈妈很想得出有戏的结论。那时候我妹妹已经成了一个规行矩步的年轻姑娘。她在帕萨迪纳的加州理工学院当助理教授，教的是同调代数。她拥抱了我，亲吻了奥德拉的两颊，可我能看出她再也不是当年那个会赤手空拳捉青蛙的小女孩了。

唉，我自己不还是一样？我也不是会干这种事的小男孩了。

仪式快要开始时，我推导了几个肖尔斯－杜尔班方程，好让自己平静下来。走进前厅之前我最后放纵了一把，接过一个穿炭灰色西装的伙计递给我的黑帮风格扁酒壶，喝药似的灌了一大口。然后我转身出了前厅，朝帐篷走去。几分钟之后，奥德拉挽着她父亲的胳膊走上精心修葺的草坪过道，站到了她的位置上，隔着平台和我遥遥相对。牧师往前凑了凑，盯住我的眼睛，仿佛在问：你没问题吧？接下来我注意到奥德拉朝我微微颔首，也想捕捉我的目光：她慢慢地放低下颌，直到我露出微笑。她眨了眨眼。

我心里一片清明。

我们的婚姻能一直持续到现在，可能有几个原因。首先，奥德拉非常宽容。归根结底，我和父亲一样性情冲动，但我也和他一样，暗自希望能得到别人的指引。

我总能知道问题会在什么时候得到解决，这一点也随我父亲。

你也许都猜到了，老爸没来参加婚礼。我提前一个星期给他打了电话，可他只说了一句："嗯，我觉得这个问题我已经回答过了。"

位相分析

过了五六年，在九月份一个和暖的下午，洛伦佐开车送我到拉瓜迪亚机场去接妈妈。我跟她说过，我可以专程乘费兹克公司的喷气式飞机去接她，不过她只当我是在开玩笑。我不知道她为什么会这么想。前一年冬天我去帮她收拾新房子，乘的也是公司的专机。当时她坐在一辆崭新的福特福克斯的前排座椅上，看着飞机缓缓滑行，把我一直送到停车场的围栏旁边。（我还得告诉你，让她坐上新车就够费劲的了，车行的销售员得向她保证，不会再把乡绅旅行车转卖给某个毫无戒备之心的可怜虫——不过我倒是觉得，那辆老爷车就算拆开卖零件都不会有人要。）

此刻，在拉瓜迪亚机场的 B 航站楼前，洛伦佐推着行李车跟在我们身后，车上装满了妈妈捆好的几只手提箱。他摆出一副有点夸张的那不勒斯风度，拎起箱子放进林肯车的后备箱。洛伦佐放箱子的时候妈妈站到一旁，挑了挑眉毛。“太讲究了，”车子开起来之后她低声说道，“我看啊，你这日子过得就像美第奇家族的人。”

“美第奇家族的哪一位？”

“当然是洛伦佐[1]。”

我哈哈大笑。“知道吗，这名字恰好跟我的司机一样。”我敲了敲玻璃，“洛伦佐，这是我妈妈。”

前排的意大利人谦逊地歪了歪大脑袋。

“嗯，洛伦佐确实是那个家族里的伟人，”妈妈说着凑上前，自己敲了敲玻璃，“美第奇家族其余的人都是些——”她打住了。

“都是些什么啊，妈妈？银行家？”

“你知道我不是这个意思。有几个人当上了教皇，有一个还是法国王后呢。”

“夫人，您说的应该是凯瑟琳[2]。”洛伦佐的声音从前面传了过来。我们的车汇入中央高速公路上的车流之后，他把隔断升了起来，一路上都没再打开。

妈妈笑了。她盯着车流看了一会儿。

“不管怎么说，你总是想回到东部的。”我说。

“是这样吗？”

“没错，妈妈。是这样的。”

她靠到了椅背上。接着她不紧不慢地跟我说了几件关于搬家的具体事情。家里的东西她都留了哪些，卖了哪些，又把什么东西送了人。然后是房子，她总算把房子出手了，还赚了点钱。我问她有没有后悔搬到纽约来生活。

妈妈没回答，只是举起了她的手提包。其实那并不是什么手提包，而是一只法布里克斯学院的旧书包，鼓鼓囊囊的，连拉链

---

1 洛伦佐·德·美第奇（Lorenzo de' Medici，1449—1492），文艺复兴时期佛罗伦萨的实际统治者，集政治家、外交家、学者、艺术家与诗人等身份于一身，同时也是著名的艺术赞助人，被同时代的佛罗伦萨人称为“豪华者洛伦佐”（Lorenzo il Magnifico）。

2 凯瑟琳·德·美第奇（1519—1589，Caterina de' Medici），法国国王亨利二世的妻子，弗朗索瓦二世、查理九世和亨利三世的母亲，对法国政治产生了深远的影响。

都拉不上。我看到里头塞着一大堆礼物。“以后就有时间多陪陪孙子孙女了，我很期待。”她说。

车子过收费站时挂上了空挡，她朝窗外望去。那天下午，空中高悬着一溜翻卷的积云，天气晴朗得出奇，远远望去，下曼哈顿悬崖般陡立的高楼熠熠生辉。在如此吸引人的一个日子里开始她新的生活，真是再合适不过。

“对了，”她说，“我什么时候跟你说过我想回东部？”

“在密歇根州的时候。”

“好吧，我真是不记得了，”她笑了起来，“也可能是因为后来我再没想过这回事。”

透过旁边的车窗，我看到北面的摩根大通大厦遮住了费兹克公司所在的建筑。那天是星期六，我还得回公司再做几个模拟。

她把手搭在我的肩膀上。“在想什么呢？”

“以前你跟我说过，新泽西的景色有多美。你说过，但愿我能吃到海滩上的炸蛤蜊。”

她看着我。

“就在老爸拒绝工作邀请之前。”我说。

“哦，那件事啊。”她的神色变得黯淡了。接着她定了定神，笑了一声，回过头又朝窗外望去。“哎呀，”她说，“我后来再也没想过那件事。”

车子好不容易开到西村，我指了指她手里那一大包胀鼓鼓的礼物：“妈妈，你最近是不是在钻研震慑战术，想一下子把他们打蒙？”

她涨红了脸。“奶奶来纽约了嘛，就是想让他们开心。”过了一会儿她又说道，“我也可以分几次给，如果你觉得这样更好的话。”

“妈妈，你能来纽约他们当然很开心。就算不带礼物也开心。”

“唉，亲爱的。你可真不了解小孩子。”

等我们到了家，艾米和尼尔斯也放学回来了。两个孩子有一阵子没见到奶奶了，因此我刚打开通向厨房的后门时他们有点害羞。妈妈激动得简直要爆炸（她一紧张就会这样），还过于热情地尖叫了一声。她把撑得变了形的书包紧紧地抱在身侧，门口有点窄，结果她一下子撞在了门套上，像钟上弹出来的弹球似的冲进了厨房。孩子们犹犹豫豫地抬起了眼睛。但转眼间妈妈就绕过厨房搂住了他们，在两个干干净净的小脑瓜上亲个没完，尼尔斯举起胳膊抱住了她，艾米还想先吃掉最后一口脆谷乐麦圈。这时候，上个月来我们家干活的厄瓜多尔籍保姆安娜-玛丽亚也从厨房中岛后面走过来，脸上一副欢天喜地的神情，就好像不远千里从天而降的是她自己的妈妈，在亲她的孩子的小脑瓜。

妈妈说得没错。不出一分钟，孩子们就迫不及待地拆起了她带来的礼物。妈妈悄悄缩到了尼尔斯身后，在机场时她也是这么缩到洛伦佐身后的。我别开了脸。

自然，她带的礼物全是书。艺术类的占大多数。

当天晚上，祖孙三人一起坐在沙发上看书。洛伦佐已经把安娜-玛丽亚送回家了。那时候我们的两个孩子几乎能为了任何事吵起来，比如谁的牛奶倒得更满啦，或者谁看到了包里的四重花生饼干，但现在他们俩却一左一右坐在奶奶身边，亲热得很。就像是从前挂历上乔托画作中的两位门徒，从乡绅旅行车的地板上抬眼看着我。尼尔斯坐在右边，妈妈正在捏着他的一只脚，就像画中一样，艾米坐在左边。两个人脑后都有着必不可少的光环。当然，尼尔斯相当于画中的彼得（这倒不是说我对艺术之类的事有多懂）；艾米就是犹大，我突然意识到。并不是因为她今后会背叛任何人，而是因为我能看出有些念头正深深地困扰着她，无论是对她哥哥还是对我们其他任何人来说，这些念头都有点不可思议。

妈妈让艾米感到平静。这很明显。艾米揪在一起的眉头松开了。她是个彻头彻尾的安迪特，但在那个时刻，她身上四分之一的皮尔斯家族血统似乎也发挥了很大作用，就像这种血统在我自己较为平静的状态下能发挥的作用一样——从记事起，我一直被安迪特家族狂暴的基因折磨得痛苦不堪，皮尔斯家族的血统就像是缓冲器。

事实上，当时我明白了一件事，并为此深怀感激——奥德拉也让我感到平静，就像从前我妈妈让爸爸感到平静一样。妈妈来到纽约的时候，我和奥德拉已经在近郊买了座房子，但还没买下我们现在住的这栋远离都市的偏僻房子。不管我想去哪儿，洛伦佐都会开着林肯城市飞速把我送到。坐拥巨资的富豪们每天还会给我打电话。可是在从拉瓜迪亚机场回家的路上，从我坐到妈妈身旁，升起车窗把B航站楼刺耳的喇叭声关在车外的那一刻起，我觉得自己仿佛被紧紧地搂住了，那是一种几乎已经被遗忘的拥抱。真的，那感觉沉甸甸的。我们的车并入中央高速公路时，自动车窗厚厚的玻璃隔绝了窗外所有暴风雪般的噪音。我前面是地中海人洛伦佐光秃秃亮闪闪的后脑勺，兴高采烈地从座椅头枕上方露出来，看着就让人放心，我周围则飘荡着妈妈身上的香皂味，是我从小熟悉的气息。一种多年来从未体验过的宁静之感席卷而来。我真觉得自己有了想哭的冲动。但我却把脸转向了车窗，看着外面的风景（很奇怪，我竟然觉得那仿佛是饱受战争摧残的景象）悄无声息地飞驰而过。妈妈肯定是猜到了我当时的感受。虽说我什么都没问，她熟悉的声音还是以回答问题的语调应了一句：“亲爱的，到这儿来可真好。”

星期一，我们带妈妈去看了她的新公寓。离我们家只有两个街区。周末时妈妈住在我们的客房，尼尔斯和艾米则在她房间里打地铺。妈妈来到纽约的第一个晚上，两个小家伙躺在妈妈床柱旁边的几个沙发靠垫上睡着了，我帮他们掖好了被子。星期一早晨我上班前去瞅了一眼，发现床上有三个鼓起的小块。孩子们像小猪似的紧紧依偎在妈妈身旁。我能听到三个人的呼吸声：尼尔斯的好像在爬山，艾米的仿佛试卷正做到一半，妈妈的则像读到了简·奥斯汀某一部小说的结尾。她依旧躺着，睁开一只眼，微微一笑，又把眼睛闭上了。

但到了第二天傍晚，我们正带着妈妈看她的新公寓，她却说道："这可不行。"

"妈妈，什么不行？"

我们刚进新房子还不到两分钟。我正陪着她看厨房，是在上东区找了家公司重新装修的。奥德拉带着孩子们去了阳台。妈妈指了指大理石台面下方的两台不锈钢洗碗机。"亲爱的，碗碟我都是自己手洗，"她说，"一直都是。"

"这个嘛，现在这活儿有机器替你干了。"

我们捣鼓了半天都没能拧开洗碗机门上的把手，后来我才意识到这机器是抽屉式的。我们好不容易把机器弄开，电子设备奏响了一连串悠扬的琶音，竟然能听出它模仿的是"嗨，你好啊！"的声调。

"哼，"她说着从老花镜片上方瞅了瞅机器，"知道吗，还是手洗的干净。"

"现在你用不着手洗啦。"

"我就想手洗。"

"哦。"

"我还想让孩子们也手洗呢。孩子就得这么教。不能靠从墙壁里拽出来的洗碗机，也不能靠——”她迟疑了一下，“也不能靠一大堆保姆。”她用屁股轻轻撞上洗碗机的门，机器又嘀嘀嘟嘟地响起了同样的轻快旋律，只不过要稍短一些。她摘下眼镜，神情古怪地盯着我，仿佛站在她面前的是一只陌生却并不危险的动物。“当然，这些道理你都懂。”她说。

住进公寓两天之后，妈妈请我们去吃饭。尼尔斯和艾米提前过去了，那是奶奶第一次带他们玩。结果我们发现，奶奶给他们安排的活动竟然还包括准备晚餐。我和奥德拉一进门，尼尔斯就忙不迭地报告说他们在 Pret A Manger 速食店买了昨天剩的面包，放进烤箱把面包皮重新烤脆，再配上从达戈斯蒂诺超市买的上星期剩的西红柿。妈妈让尼尔斯用平底锅把西红柿煎熟，再让艾米配上肉馅和鸡蛋，做成菜肉馅煎蛋饼。盛着煎蛋饼的盘子摆在餐桌中央的一个金属架子上，活像婚礼蛋糕。妈妈指了指厨房的角落，艾米正在水槽里刷平底锅，简直不像是我们家的孩子。奥德拉的嘴巴都合不上了。

妈妈又缩到了尼尔斯的身后，不过我还是没理会她投向我的目光。

我们的日子就这么过了起来，至少持续了挺长一段时间。奥德拉工作向来勤奋，她每天早晨七点钟就出门到出版社去了。四十五分钟之后，我陪着孩子们步行去上学，然后折回公寓。洛伦佐会在公寓门口等我，照例备好了当天要用的东西：一大杯三倍意式特浓咖啡，弗莱基面包店出品的巧克力羊角面包，还有常用的拉链式收纳袋，里面装着德国产的指甲剪和日本产的剃须刀。（车内能转动的小桌子的另一头还放着牙线、薄荷糖、漱口水、剃须镜和四份报纸，所有东西都整整齐齐地摆在托盘里，就像是为精通医术却生活奢靡的牙医准备的工具。）到了下午，安娜-玛丽亚会把孩子们送到妈妈那儿去。晚上八点半或九点，洛伦佐再送我回家。

妈妈改变了一切。倒不是说她与奢华的生活格格不入，她只不过是什么都不愿浪费——无论是信封、茶叶、随便什么面值的钞票、时间，还是人的聪明才智。在她看来，我们这个时代最深重的罪孽就是白白浪费世界赐予的东西（我也逐渐接受了这种观点）。不出几个星期，她就摸清了下曼哈顿区绝大多数的二手商店。她去买东西的时候孩子们也会跟着，就像是到新开辟的土地上去探险。尼尔斯会带上地图。艾米（她根本不需要地图）会带上记者用的笔记本。有一天下午我翻开本子，发现上头密密麻麻地写满了周边地区所有商店里牛奶、冰激凌和奶酪的价格。每样东西都精确到了盎司。

当然，妈妈也带着孩子们好好利用了艺术博物馆。比较著名的几个博物馆——大都会艺术博物馆、现代艺术博物馆、古根海姆博物馆——我自己倒也去过，在这几个博物馆的房间里参加过跟金钱有关的活动。但妈妈比我更进一步。在孙辈们的身上，妈妈实现了以前她无数次开车往返芝加哥时想为我和保莉做的事。而且，孩子们似乎一点都不介意。

头几个月里，孩子们渐渐熟悉了纽约艺术界每一处大大小小的地标，比如惠特尼艺术博物馆、纽约新艺廊和民间艺术博物馆。他们去了切尔西艺术画廊区和鲁宾艺术博物馆，还有一大堆私人开设的画廊。妈妈对私人画廊装着蜂鸣器的大门嗤之以鼻，但还是进去了。弗里克收藏馆不允许儿童参观，不过最终妈妈还是说服了人家。周末时他们会坐地铁去哈莱姆区的非洲艺术博物馆和皇后区的苏格拉底雕塑公园，在公园吃野餐，吃的东西都装在她从推车小贩那儿买来的柳条篮子里。我能想象出这些旅程会是什么样的：孩子们看着画，妈妈看着他们，时刻等待着孩子们流露出感兴趣的模样，就像圣徒一般耐心。

毫无疑问，艾米让妈妈大感振奋。艾米能领会呈现在她面前的任何知识——无论是音乐、艺术还是数学——还能把它们永久地储存起来。尼尔斯则像只小蜜蜂似的到处乱飞。不过这只蜜蜂一旦停到哪朵花上，就能定住不动。

我能想象得出，妈妈正在为孩子们规划未来。

“他们俩可真有意思，”有一天她对我说，“他们和你小的时候不一样。也不像保莉。”

“嗯，其实他们很像奥德拉。”

“对，对，你说得没错，”她点点头，仿佛从来没想到过这回事，“我能看出来。”

“尼尔斯像你，”我接上了话茬，“比较全面。”

她瞟了我一眼。

“我这是在夸你呢。”

“谢谢你，”她微微一笑，但笑意很快就消退了，“艾米——我担心的是艾米。”她摸了摸脑袋，“她可能会——”

“嗯，我知道。”

“但她不会的，”妈妈说，“我们不会让她那样的。”

我们在利奇菲尔德的乡间别墅是一栋修建于十八世纪的殖民地风格建筑，屋后还有占地一百英亩的橡树和枫树林。房前小溪的水道用挖土机修整过，分作两路从车道旁的两座日式人行桥下汩汩流过。小溪拐弯处的河岸边原来有间马车房，现在被改造成了办公室——没错，便签本、铅笔和饴糖一应俱全，只不过没有那些纸箱子。

两年前的一个星期六，电话响起的时候我就待在这间办公室。

“哪位？”我听到电话那头的女人报出了我的名字，便问道。她的声音勾起了我记忆之中的什么东西。

“我是克莱奥帕特拉·比特曼。”她回答说。

“我们认识？”

“我和我丈夫都是你爸爸的老朋友。那时候我还叫克莱·韦尔斯。”她顿了顿，夸张地吸了口气，“你知道吗，你爸爸的情况不是很好。”

“你说什么？”

“他跟我说你们父子俩吵架了。所以我才打电话来。”

“他怎么不好了？”

“最近我和他通过电话，听上去他有点不对头。”

我还在琢磨究竟什么时候听到过她的声音。“是啊，”我说，“有时候他说话就那样。”

“我知道，”她打住了，“汉斯，你爸爸是个非同一般的人。他和我们认识的所有人都不一样。”

“这一点我同意。”

“哦——”她说着猛吸了一口气。

“怎么了？”

“没什么，”她又加了一句，“刚才有那么一瞬间，你让我想起了他。”

我们都沉默了。接着我说道：“嗯，他到底怎么不好了？”

“我觉得你得去看看他。”她说。

7 证明

酒鬼漫步[1]

在费兹克公司的喷气式飞机上，侍者端上了配覆盆子酱汁的干式熟成纽约牛排，还有一碟撒了莳萝籽的芦笋尖。在底特律下飞机后，我坐进了一辆手动挡的奥迪。我本可以降落到离家更近一点的机场，不过我很想开开车。GPS 提示说得开一百一十二分钟。

我只用了九十分钟。

问题是，我差点儿错过了高速公路上的匝道出口。变化竟然这么大。小时候通往长着杉树的沼泽地的碎石路是弯的，还得经过一座摇摇晃晃的木桥，现在这条路已经被拉直，路面也重新铺过了。黑漆漆的柏油路面简直像是当天早晨新铺的。路两旁的白线宛如乒乓球台的边线。十字路口旁边矗立着一家崭新的酒店——湖畔套房酒店，它鲜绿色的三叶草标志在缓缓地旋转。酒店旁边

1 Drunkard's walk，即“随机漫步”（random walk，或译“随机游走”），指的是基于过去的表现，无法预测将来的发展步骤和方向，核心概念是指任何无规则行走者所带的守恒量都各自对应着一个扩散运输定律，是布朗运动理想的数学状态，目前主要应用于互联网链接分析及金融股票市场中。

是一家造型圆咕隆咚的高速加油站，一排油泵被夕阳映成了金色。我恍然觉得，如果沿着亮闪闪的路面继续往前开，说不定还会在尽头看到一个商业区。

后来我实际看到的东西也差不多。

那是一片新开发的住宅区。灰色和米色的盐盒式建筑，带有坡度很陡的绿色屋顶，起居室一扇扇深色的窗户把沉落到树梢下的夕阳映成了十几个闪亮的火球。快到桥的地方有栋盖得特别长的房子，比其他建筑矮一些，顶部还是一样的陡坡式屋顶。房子外头能看到景色的三面都修成了环绕式的停车场。起初我以为这是个体育馆，后来又觉得说不定是保龄球馆，也可能是学校。然后我看到了一块标志牌：

犯罪的人从不祷告——祷告的人从不犯罪。

现在，我爸爸每次到镇上去都得路过一座超大型教堂。

我在快到小溪的地方拐了个急弯，以前从这儿再往前开就是一条坑洼不平的两车道小路。如今这条路也重新铺过了——同样是黑漆漆的沥青路面，亮闪闪的白色路沿。一切都被暮光映成了琥珀色。旧栈桥变成了一座钢桥，桥上有栏杆隔出的人行步道。在桥的另一头，透过树丛可以隐约看到间隔一百英尺左右的一条条车道，车道尽头是各种各样的雕塑形邮箱——小嘴鲈鱼、瞪着眼的猫头鹰，还有张开爪子想拥抱邮递员的熊。一间间小木屋都被主人取了名字：**双人球座。漫漫旅途。远离愤怒**！透过路旁的树枝，我能看到封闭式的门廊和起居室里亮着的灯。突然，一排街灯忽闪着亮了起来。

街灯！

我上一次见到爸爸还是在画笔餐厅，当时奥德拉也在——克莱·比特曼提起的争吵就发生在那天晚上。几年前我也来过小木屋，那时候我还在俄亥俄州立大学念书。如今这里发生的巨大变化我竟然一无所知。棕色的湖水还是老样子，但现在湖面上还点缀着许多小小的白色菱形，仿佛悬浮在黑暗之中——是岸边支架上的一艘艘快艇，在漫长的暮色中闪闪发亮。

那天晚上我们在纽约一块吃过饭，我和奥德拉就先走了，留下老爸一个人喝睡前酒。两个小时之后，他把一只大玻璃杯砸到了画笔餐厅吧台后面的墙壁上。接着又是一个酒瓶。然后他站起身，走到那排装着桃花心木镜框、价值一万美元的镜子前，抄起一把凳子把它们砸得粉碎。后来他瘫倒在地，有人打电话叫了救护车。

我怎么会知道这些细节？因为镜子和救护车的钱是我付的。

在那之后我们又通过几次电话，一次是在婚礼前的一个星期，还有两次是在婚礼之后，聊得都很不愉快。但每次通话时，他都绝口不提那天晚上的事。据我所知，那天晚上老爸是跟一个女人一起坐在吧台边的——她还挺好心的，医务人员把老爸送往纽约长老会医院时，她用老爸的手机给我打了电话。路上的光线越来越暗，我驾着奥迪车一边往前开，一边在路旁的树丛中寻找以前的缺口，与此同时我突然意识到克莱·比特曼的声音怎么会这么熟悉：打电话给我的就是她。她就是那个陪着他坐在吧台旁边的女人。

那以后老爸和我几乎就没怎么联系了。实际上，我记得再跟他说话是在婚礼至少一年后的一个星期天早上，当时他突然打了个电话给我。不知怎的他又认定我是个辩护士，而且觉得我、保莉，还有即将成为他前妻的妈妈，都想彻底把他搞垮。

电话铃声响起的时候，我和奥德拉正在睡觉。“现在他想把整座房子都抢走。”他劈头就说道，连句问候都没有。

“你说谁？”

“那个杀手。”

那是他对妈妈请的律师的称呼。

“好吧，你拿到了木屋。她也得有地方住啊，老爸。天哪，你那边现在是几点？”

“你那几点这边就几点。就是他，汉斯。杀手才干得出这种事。你妈妈绝对不会。”

“她可能会的。”

“什么？”

“我说她可能会的。”

“你可别告诉我，你又站到她们那边去了。”

“我哪边都不站。”

我觉得好像听到了他咽口水的声音。我看了一眼时钟。“老爸，现在是凌晨三点半。你知道的，对吧？”

“嗯，最近我都是这个时间起床。”

我不知道这话该怎么接。他似乎也不知道，于是我就没说话。

“你还在忙吗？”我终于打破了沉默，“在干活吗？”

“说实话，我在干。”

“哦，那好啊。具体是什么活？”

“活儿就是活儿呗。现在我一个人待在这儿就能思考了。我又回到正轨上了。”

“什么正轨？”

他的呼吸声变了。我都能听出他在沉思。最后他说：“是谁想知道？”

“什么？”

“是谁在问？”

“是我。我想知道你现在过得怎么样。老爸，是你给我打的电话。你把我吵醒了。”

沉默。

“东西会被泄露出去。”他说。

“你说的是什么东西？”

“在网上。会被人弄走。”

“你觉得有人想窃取你的研究成果？”

“现在的计算机都有摄像头。”

“摄像头？你觉得有人在用摄像头拍你干的活儿？”

“是你妈。还有那个杀手。他们都在干这个。大家把什么都录下来。我说的是因特网。”

“老爸，我不明白。你觉得有人在监控你？你觉得有人想从因特网上窃取你的研究成果？”

“科普特就这么干过。”

又一阵沉默。我听到了玻璃杯轻轻碰撞的声音。我终于听到了。

挂断电话前他说道：“汉斯，别再让我说自己工作的事了。听到了吗？别再问这个了。”

路的最后五十码终于让我找到了一点似曾相识的感觉。就在车子拐上通往我们家小木屋的路之前，周围的一切恢复了原样：人行道上到处是坑洞和裂缝，以前那种枝条细长的灌木丛直接从柏油路面里长了出来。这一带没有街灯，奥迪车缓缓驶入乡野的黑暗之中。我打开车窗，嗅到了泥土和铁器的气味。车道上横着一棵倒伏的桦树，树干只被人稍微挪开了一点，刚好能过一辆车。石头把底盘硌得咯噔直响。停车的地方以前被妈妈彻底清理过，我也曾站在这里看着爸爸和克努森 · 海伊告别——那年夏天的晚些时候，他也告别了我们——可如今这里已经一片荒芜。疯长的藤蔓宛如重重帷幕，只剩下中间一条狭窄的通道。通道的尽头是那片空地。小木屋就坐落在空地的另一边。屋里连一盏灯都没亮。

前几天我给爸爸打过电话，提醒他我准备过来，但通话时信号不太好。我跟他说了日期和时间。就在电话挂断之前，他细声细气地答道："好啊，到时候见。"那感觉好像是我就在离家不远的街角处打电话，马上就会带着外卖来看他。

现在我坐在车里，又拨通了他的号码。我听到小木屋里响起了电话铃。

我挂断电话，打开远光灯。近处那面墙的护墙板上长满了青苔，还补着一块胶合板——妈妈、妹妹和我离开的那天，这块颜色灰暗的胶合板就已经在墙上了。我把奥迪停到一辆废铁般的破车后面，灯光照亮了车屁股上只剩后两个字母的 Ford 商标露出的窟窿。是一辆旧的金牛座。后备箱上到处是邦多牌修补腻子的痕迹，车窗蒙着厚厚一层灰扑扑的污泥，就好像整个夏季从天而降的不是雨点而是泥球。有人在车身上写了几个字：**快给我洗洗**。

这么看来，最起码他还会开车去镇上。

一百英尺开外的岸边，湖水波光粼粼。车灯照亮了从湖滩尽头的灌木丛中伸出的两个金属支脚：是以前码头临水处的两个部件，倒扣在地上。冬天过后他就没把它们再装回去。

我心想，也不知道是哪一年的冬天。

湖滩近处有一片尖角形的灌木丛，占掉了岸边一半的空地。我盯着昏暗的灌木丛瞅了好久，突然认出了那是什么：胜利号的船体，被一大片藤蔓困在湖岸上。还能看到它后面王权号同样模糊不清的轮廓。

我关掉引擎下了车，走进虫声啁啾的夜色中。"老爸？"我喊道。

我绕过木屋近处的墙角，在灌木丛中找到了一条踩出来的小路。门廊上的隔板后面，两只旧藤椅放在桌子旁边。桌上有一只酒杯。

我又喊了一声，这次是冲着楼上。

木屋后面黑乎乎的，我踩到了一畦罩着薄膜的豆子，还有窄窄的一溜植物，看着像是生菜。另一头的盆子里能看到一簇簇小西红柿的侧影。

看样子他弄了个菜园。这也是个好的迹象。

门廊上的台阶用厚木板修补过——说真的，活干得很不错：脚踩上去感觉很结实，扶手也稳稳当当的。窗户灰蒙蒙的，我什么都看不清。我敲了敲门："老爸？"

我推开房门，却只能听到隔板外传来的湖水拍岸声。我按下开关，但灯没亮。我又按了另一个开关。难道他没交电费？我往屋里走了几步，摸索了半天才找到餐厅角落里的那盏旧落地灯。还放在以前的位置。我在黑暗中摸到了拉线。没想到灯竟然亮了。

我环顾四周。最起码屋里还挺整齐。这又是一个好迹象。

阿尔法

住进静水农场后的第一个星期六，我和奥德拉在治疗中心后面的农田里走了好久。静水农场把名下多余的土地租给了当地的农民。在新罕布什尔州那一带的农村，静水农场似乎是唯一一家能赚到钱的企业，不过我觉得它赚钱靠的可不是种地。事实上，作为一个整天和数字打交道的人，从看到费用清单的那一刻起，我就很佩服静水农场讲究信用的精神。当地的农业似乎也是静水农场治疗理念的一部分，它能让患者以一种平静而又非常务实的态度来看待世界。我得承认，我自己就觉得它能让人变得平静，治疗作用也非常好。特别是在北纬地区凉爽的下午，医院允许我和妻子到农田里散步一小时的时候。

远处有个农民开着深绿色的拖拉机从农田里驶过，扬起了一阵尘土。我看到大团大团的土块从旋耕刀后面飞起来，就像是从农田里往上蹦的老鼠。我在静水农场已经住了六天，我发现我还是觉得自己是那些老鼠中的一员。

奥德拉周末就待在这儿。上午她和我一起参加了小组讨论，下午又陪着我做了一次心理治疗，当天傍晚她和其他患者的家属一起参加了另一场小组讨论，接着还听了晚间的讲座。明天她要飞回纽约。“哦，汉斯，”她说着握住我的手，目不转睛地盯着我，“感谢上帝，幸好我们到这儿来了。”

我来这儿之后，护士们也一直这样目不转睛地盯着我，还得拿笔形手电来照我的眼睛。

“我也很高兴啊。”我说道。

“我觉得我们好像是被拉出了深渊。”

“也许吧。但愿你说得对。”我的视线转向了开拖拉机的农民。我意识到，虽然在农场住了好几天，我最初的想法仍然没有改变：我觉得自己并没有被拉出深渊，反倒是被扔了进去。

不过呢（那个星期我渐渐学会了用这个转折词），我也知道，这是毒品让我冒出的念头。

静水农场鼓励我们彼此分享。这任务对我的室友来说毫无困难——此人很爱唠叨，来自富国银行西海岸地区的某个分部。他跟我算是同行，但做的是零售商那一头，忙着向律师和牙医兜售风险。我则是在以每秒百万次的速度，帮全世界最富有的一部分人买入或卖出对风险做出预判的迹象。

但这些都不过是细节问题。

静水农场与沃尔登·康芒斯中心（我爸爸曾经被塞到那里强制休假）简直有着天壤之别。奥德拉花了整整一个下午才从网上找到这家机构，还有关于餐饮、住宿、健身器材和复发率等情况的好几十条评论。在纽波特机场，一位工作人员开着沃尔沃来接我，车载音响里放的是维瓦尔第轻灵欢快的音乐。一位管理员朝我点点头，帮我办了入住手续。一位助理陪着我来到自己的房间。他并没有搜查我的行李，而是向我介绍了室友——就是富国银行的那个家伙，还介绍了托盘里的薄荷糖、小冰箱里的各种果汁，需要服务时可以使用的内部通话系统（二十四小时随叫随到）。另外，他还指给我看了制冰机在什么地方。

我打开行李的时候，没人在旁边盯着。

事实上，静水农场颇为刻意地表达了一种态度：不去干预那些明摆着的事情。比如说，我们入住时都随身带了些什么东西。我们到底能不能做完整个疗程。农场周边的几扇大门都没上锁，通往各个会议室的门也始终开着。大门口总有几辆沃尔沃随时待命，车载收音机播放着古典音乐电台。上个星期，我躲在佩里街褐砂石房子的衣柜里，把一袋玻利维亚产的毒品分别塞进了一只掏空的U盘和钥匙扣手电的电池仓。我在纽波特降落的时候，裤子口袋里放着手电筒，笔记本电脑上插着U盘。静水农场的人根本就没检查。

我们得自己愿意改变才行。

住进农场的第一个晚上，我关好房门，坐在皮椅上拔出U盘，陷入了沉思。这究竟意味着什么？我真的需要改变吗？在那一刻，我戒毒的决心大概只有一半。确切地说，不到一半。就算隔着盖子，我也能尝到毒品的苦味。

我脑海中浮现出的是奥德拉的形象，她姿态僵硬地站在那儿，后背靠在窗帘上。“求你别这么干。”她说道。

好吧，读者君：我没干。

那是我许久以来第一个没吸毒的夜晚——有多久了？五年？不对，还要久些——我根本想不起来。

后来我才发现，真正的MDA其实是我做数据分析师的那段日子。我已经不再是个哲学家了。我的想法与萨特和加缪再无关系（甚至和哥德尔和弗雷格[1]都毫不相干）。它们通常都和数学纠缠在一起。现代世界中的数学。也就是说：与金钱有关的数学。

谨向各位报告，它几乎成了生活的全部。

那么，为什么突然间我就愿意改变了呢？也许是因为安迪特家族的意志力在我头脑清醒的时候发挥了作用。也许是因为奥德拉木兰树一般坚韧的声音还在我耳边回荡。也许是因为静水农场在入院时给我们开的 β 受体阻滞剂。也许是因为孩子们。但不论是什么原因，它毕竟让我坚持住了，最起码坚持了一段足够长的时间，让如今的我可以讲述当时发生的一切。静水农场给我们安排的活动有听讲座、座谈，每天吃晚饭之前还有一堂体育锻炼课。当天晚上和第二天的活动我都去参加了，没嗑药，不吭声，十分清醒。

我觉得，静水农场的治疗理念是不给病人留出过多的闲暇时间——至少刚入院时是这样——免得我们胡思乱想。

好吧，我会胡思乱想些什么呢？这一切都毫无意义？我注定要失败，注定要走上和老爸同样悲惨的道路？我真的已经完蛋了？

奥德拉坚持说这是胡扯。

前一周的星期四，我下班后很晚才回到家。亚洲市场有时差，星期四的晚上对我来说就相当于周末的前奏。我记得当时我特别想忘掉那些烦心事。我记得我很想再独占鳌头。那天早些时候，我在两个小时之内就为公司挣到了一笔不大不小的财富——大概有两千万吧——在香港外汇市场的一次闪电式袭击中，我瞅准了价格像滚珠轴承一样上蹿下跳的一堆利率期货，大做多空交易。这在我当年的最佳表现中能排到第三名。

---

1 Gottlob Frege（1848—1925），德国数学家、逻辑学家、哲学家，分析哲学和数理逻辑的奠基人。

回到褐砂石房子时，我看到奥德拉就待在厨房。我走进家门时，她和艾米都坐在餐桌旁边。艾米正在吃睡前的香蕉麦片。尼尔斯肯定已经上楼去了。

那天晚上之前，我从来没在家里嗑过药。哪怕是在周末，我都不会在家里干这种事。

不过，我刚走进厨房，就意识到那天晚上会和以前不一样。世界变得模糊了。模糊而阴暗——我说的这种状态已经持续了好几个月——但很快就要变得暗无天日了。也许是因为白天的事吧。我还在为操作过程中出现的偏差耿耿于怀。因为这个偏差，肖尔斯－杜尔班方程式错失了相当多的一部分利润。差不多有两百五十万。我本以为自己的方程式能吞下这笔钱，但它们没有。妈的，它们没吞下这笔钱。

我得找到原因。

我要是能让世界摆脱黑暗就好了。我亲了亲妻子和女儿。紧接着我就迈出厨房朝起居室走去，一点时间都没浪费。

"等一下。"奥德拉说。过了一会儿，她也从厨房那边走了过来。

我俯身倚在东非黑黄檀做的咖啡桌前。

"你在干吗？"她说着靠在窗帘上。

我急不可耐地低着头，同时抬起一只眼看了看她："什么意思？我在干吗？"

"等等。等等。等等。汉斯，这是什么东西？你在逗我吧？"

我噌地站起身，冲进厨房门朝冰箱跑去，那儿有我特别爱喝的冰川矿泉水。我此刻充满活力，身上仿佛有一层光芒闪烁的外壳。坐在餐桌边吃麦片的艾米抬起头，说道："嗨，爸爸。"

"嗨，亲爱的。"我在她额头亲了一口。

回到起居室，我用唇语对奥德拉说："亲爱的，今天我挣了两千多万。"

她还大张着双眼站在窗帘旁边。她低声问道：“你说什么？好了，汉斯——你这是在干吗？”

“奥德拉，今天挣了两千多万！”我简直是在吼叫，“真不错。来吧，亲爱的。坐过来，跟我庆祝一下！”

我还得告诉你，回家路上洛伦佐在一家精品酒店停了一会儿。那家酒店的酒吧富丽堂皇，旁边的洗手间里全是亮闪闪的大理石，我曾经跟一个认识的数据分析师在洗手间亮闪闪的玻璃毛巾架上美美地吸过几口。不过，当时吸一口顶多只能维持一小会儿。

“汉斯，”奥德拉说，“我不知道你这是在干什么。当着我的面，在你自己家里，你的女儿就在隔壁房间。”她指了指墙壁，“你在干吗？这是开玩笑的吗？”

“门关着呢，奥德拉。她什么都看不见。”

我还得补充一下：其实这种事我老婆并不是没见过。她甚至还和我一起吸过一次，那是在我职业生涯的早期——来纽约的第一年，我参加了中城一个中等水平客户（当时此人的投资金额对我来说聊胜于无）在只能算中等豪华的屋顶平台上举行的聚会，我们一起嗑了点稀释过的墨西哥街头毒品。当时我可没装出一副从来没干过这种事的样子。

“别显得这么吃惊，”我说道，“你以为我是怎么挣到这么多钱的？”我喝干了杯子里的最后一点水，把冰块倒在舌头上。我用力嚼着，都弄不清碎掉的究竟是冰块还是牙齿。“你以为咱们这个亮闪闪的小窝是怎么挣来的？你以为我靠的全都是自己吗？”

她退进了厨房。我听到了她打开手机的声音。手机又关上了。“怎么了？”她说着又出现在门口，抬起双手撩了撩头发。她的嘴做出了尖叫的口形，却只发出了一声短促的喘息。我弓着身子趴在桌旁，用舌头舔起上面的粉末。

“你以为我是怎么让全家人住进这座豪华的小金字塔的？”我

说着，抬起颤抖的手指，指了指壁炉上方光芒闪烁的法国水晶灯。现在房间被照得一片通明。我把那几根手指在牙龈上蹭了蹭，然后吸吮起来。

她接下来的那声才算是尖叫。

一个拓扑学家的辩白

我回到屋里，又试了试其他地方的灯。餐厅的角落。楼梯。门廊。所有的灯泡都烧坏了，除了我身后起居室的那一盏。我走进狭窄的走廊，从衣袋里掏出手机举在身前，暗黄色的墙壁和磨损的地板在黑暗中慢慢向前延伸。到了食品储藏室门口，房间里的旧荧光灯终于闪动着亮了起来。

厨房里也干干净净。几只洗过的盘子放在搁架上。洗碗绵竖在水槽里。水龙头还在滴水。我拧紧了水龙头。“老爸？”我看到那把旧扫帚还挂在冰箱旁边的钉子上。我拿起开裂的扫帚柄敲了敲地板，就像以前妈妈喊我们吃早餐的时候那样。“老爸？”我大声喊道，又敲了几下。橱柜门后面有几样食品。植物油。一罐泡菜。一大块全麦面包。冰箱里有一袋热狗，一升牛奶。

我又摸出电话，拨了号码。起居室里响起了吓人的电话铃声。我找到分机，发现自动答录机在闪烁。我知道那上面显示的会是什么，不过还是把手机的灯光凑了上去：**留言已满**。

我走到楼梯下面：“老爸？”

透过屋子侧面的窗户，我的视线又落在他的车上。现在我看到车上有个轮胎瘪了——是左后方的，轮毂几乎贴到了地面。这么说他没开车。肯定有什么人在帮他跑腿办杂事。

是个女人。

我要是在这儿待着，能不能等到他跟那女人一起走进来？我站在窗前，意识到这很可能就是他会干的事。再过五分钟或是一小时，他就会从门口走进来，挽着个衣衫不整的年轻女人。我得为这种情景做好准备。

我也可以直接上车，一路开回旅馆。

但接下来又怎么办？他连答录机上的留言都没听。上次打电话的时候，我跟他说了到达的准确时间。他不可能忘记：日期都是数字。

在食品储藏室后面的一个浅壁橱里，我翻出了自己小时候用过的床单。硬邦邦的，不过还挺干净。

我以前的卧室在二楼，台灯还能用。还是以前的旧窗帘，弯树枝形状的窗帘钩还悬在窗户两边。地板上还铺着那块椭圆形的地毯。保莉画的一幅日出装了框，还靠在镜子旁边。我把床单铺到床垫上。

什么样的女人会选择这种生活？厨房里很整齐，园子也打理过。但你终究无法逃避这种生活背后的真相。

推开爸妈卧室房门的时候，我很小心谨慎。我觉得自己可能会见到第一个透露这个女人身份的迹象。我打开灯，注意到这儿和别的房间截然不同——床上的毯子乱作一团，地板上到处是烟头。她没在照顾他，这个念头在我脑海里一闪而过。这时候我的目光才穿过房间，看到窗户旁边的椅子上坐着一个硕大无朋、满头白发的男人，他直勾勾地盯着窗外黑乎乎的夜空。

“对不起。”一个高亢的声音说道。那人没回头。我看到了玻璃上映出的脸。

“哦，天哪——”我说。

他说话的声音就像个小女孩。简直跟我女儿艾米一模一样。

“汉斯？”他有气无力地说，“是你吗？”

“天哪，老爸。是我。”

我看到过他生病的样子，但从没见过这种情形。他看起来简直像是两个人——一个胖子坐在另一个瘦子身上。他身上的皮肉撑得几乎要爆开，沉重的躯体让他只能弯腰曲背地坐着，两条粗大的胳膊悬在膝盖旁边，活像多长了两条腿。他的胳膊都快碰到地板了。他直喘粗气，眼皮肿得只剩下一道月牙般的细缝，他就在透过这细缝看着我。我看到他一只眼睛的眼角里嵌着什么血红色的东西。我的视线最后就停留在那儿，停留在他眼角处黏糊糊的红色三角形上。不知为什么，透过那东西仿佛能看到他的内里。

“老爸，你怎么了？”

“熵。”

“你会好的。”

“不，不会的。一点都不好。我病了。”他垂下脑袋，又用那古怪的嗓音加了一句，“对不起，汉斯。真的很对不起。”

我用厨房的平底锅煎了一根热狗，配了面包端到楼上。我在家里翻了半天，非瓶装的食物就只有热狗和面包这两样。

“熵总会赢。”他说。

“可能吧。”

“你来干吗？她给你打电话了？”

“嗯，老爸。如果你说的是克莱的话。”

“这不关她的事。”

“好吧，现在这可关我的事了。你怎么不告诉我？”

“有什么好说的？我出毛病了。其他的情况甘达普尔医生明天会告诉你的。”

“妈妈知道吗？”

他慢慢地转向墙壁。然后他低下头，看了看地板上被踩烂的一张报纸。片刻后他说道：“等等——今天该不会是星期二吧？”

“是星期天。”

“嗯，反正明天医生会来。每个星期一和星期三。”他有气无力地笑了笑，然后把视线转向了窗户，“把灯关掉。”

“啊？”

“把灯关了吧。然后到我这边来。”

黑暗之中，气味变得愈发强烈：波旁威士忌酒味、汗味，还有一股甜腥的味道，就像是刚打开的玉米罐头。

“瞧瞧这边，”他说，“能看到路。”我走到他身旁，他吃力地抬起一只胳膊指了指方向。“我能一直看到路的尽头。刚才我看到你开车过来了。看到你在下面到处转悠。”他直喘粗气，“全都变样了，对吧？”

透过窗玻璃，我们看着一辆汽车沿着湖湾往前行驶。开到半路，车拐进了私人车道，停在一栋房子前面。车库门向上升起。一道平直的光延伸到湖面上，随即又收了回去。

过了一会儿，他抬头看了看我。“嗯，”他说道，“不管怎样，还是得谢谢你来看我。”

囚徒困境

“你很惊讶？”马修说道，“没想到妻子会那么难过？”

“是的，这我得承认。”

“我的上帝啊。”奥德拉说。

马修是我的心理治疗师。我不知道他姓什么。静水农场的人向来都直呼其名。他五十多岁，头发又直又硬，肌肉结实得很——也可能是退役军人——脸庞却出人意料地和蔼。这些特征形成了一种强有力的组合。他做起事来自有一套，来农场之后我越来越欣赏这一点。他对我说的第一句话是：“汉斯，欢迎来到佛蒙特州，我们俩都是成瘾者。”可卡因、烈酒和赌博——马修自己的三剑客。别出心裁地把不同的成瘾者安排在一起，这也是静水农场收费如此昂贵的原因之一。

“对了，奥德拉，”他说着转过头，“跟我说说。你的意思是，你并不知道丈夫吸毒有多久——汉斯，有多长时间？”

“我也搞不清。两年吧。”

他瞥了我一眼。

“大概两三年。”我主动说道。

他又瞥了一眼。

“嗯，是的，”奥德拉说，“我不知道。”

“对不起，亲爱的。我只是得靠这玩意儿让自己平静下来。”

“你得靠可卡因才能平静？”

“是的。”

马修微微一笑。他似乎见惯了这种情形。“那么，汉斯，”他又转向我，“你说说，你为什么要那么吸呢？当着妻子的面，而且女儿就在隔壁房间？我认识的大多数成瘾者都会想尽一切办法瞒着家人。对他们来说，隐瞒真相是头等大事。”

“我没当着妻子的面。当时也没想到女儿。就是吸了呗。在我自己家里。不上班的时候。她们俩碰巧就在附近。”

“我们就待在自家厨房。”

“好吧。在厨房。”

奥德拉瞥了马修一眼。马修歪了歪脑袋。

奥德拉说：“汉斯，求你了。”

“没有，”我说道，“真没什么别的原因。气球在往下掉。我只是想让它再飘起来。”

那年冬天我去了一趟塔平顿，帮妈妈收拾房子，准备交由房产经纪人出售。她到斯普林菲尔德机场来接我。（当时她的新车已经开了五个月，里程表上总共只有二百三十五英里，还包括她开车来接我的三十五英里。）到了家，我发现她正在收拾老爸留下来的东西。当时他离家已经快十年了。他几乎什么都没带走，而且看样子，如今这些东西大部分——如果说不是全部的话——都还在家里。她正在把东西分类，放进不同的箱子里。“这些你都不带了，”我说，“对吧？”

“没错，亲爱的。我准备拿去送人。”

“嗯，那好啊，妈妈。”

我觉得她从没真的指望过爸爸能回来。不过，她或许认为有必要留住关于他的记忆，为了我和保莉。

或许是因为她总觉得没有了爸爸，她就变得无足轻重了。也有这个可能。也许我爸爸说得没错。

起居室的架子上还塞满了他的数学书。装着大酒杯的纸盒还占据着食品储藏室的一角。我甚至发现他冬天穿的外套还挂在门厅壁橱的金属杆子上。我拎起外套，衣服散发出了一股淡得不能再淡的香烟味。

家里看起来和从前一模一样。

“保持这个样子都是为了你和保莉，”她说，“万一你们俩有哪个决定回来呢。当然啦，你们都没回来。我可不能怪你们。”

“妈妈，能在这个家里长大我很开心。”

“你这话可真叫我开心。”

我们一个房间一个房间地慢慢收拾。二楼浴室的窗台上放着一排书，其中还有我以前的那本《科学美国人》数学游戏专辑，书脊都褪色了。我抽出游戏专辑旁边的一本硬皮精装书——《浪漫主义时代的女性艺术家》——一个金质吊坠从书里掉了出来。“这是什么？”我问道，“上面刻的好像是个圣徒。”

“哦，那个啊？没错——应该是圣方济各。”

“吊坠是你的吗？”

她脸红了：“嗯，不管怎么说肯定是圣方济各。阿西西的圣方济各。我总觉得把它丢掉不太好。”

“他头上是什么？”

“一只麻雀。”她从我手里接过吊坠。“圣方济各能和鸟儿说话。”她耸了耸肩，“你爸爸肯定会说这人是个疯子。”

“没错。他肯定会这么说。”

她摇了摇头。“知道吗，你爸爸以前从我住的公寓里偷了一样东西。你能相信吗？那时候我们刚认识。”

“是什么东西？”

“一个十字架。他直接从公寓的墙上摘走的。”

“哈。”

“我觉得这说明他很敏感。”

我笑出了声。

“话说回来，因为这事我才会把圣方济各夹在艺术书里，我知道他肯定不会去翻艺术书的。”她拢起吊坠的链子，又把它塞进封面里，“我知道你在想什么。”她说。

“想什么？”

“你肯定在想，我已经不需要再藏着它了。”

“妈妈，我没想这个。不过你说得对，是不需要了。”

她拉起百叶窗，朝屋外的小溪望去。那个季节的小溪只是一条弯弯曲曲的冰带。有一只灰不溜秋的冬季候鸟在冰面上蹦来蹦去，也不知道是什么种类。“你也知道，”她说道，“我现在已经不相信这些东西了。但这并不意味着它们不能给我安慰。”

“妈妈，你在这儿过得怎么样？”

她放下了窗帘。“很冷。不过还不错。”

“我的意思是，你一个人在这儿过得还好吗？”

“哦，这都是陈年旧事啦。”她从浴帘杆上拽下一条干毛巾，把它丢进洗衣槽，“过了一两年后，我谁都不惦记，一个人自在得很。”

“真的？”

“嗯，反正肯定不惦记你爸爸。你们俩呢——恐怕也没有你以为的那么惦记。基本上是这样。基本上过得还好。”她跨进走廊，朝卧室走去，“有时候也挺难受的，你们俩不在身边嘛。”

“妈妈，现在你能跟我在一起了。还有你的孙子孙女。”

“还有奥德拉。还有保莉。保莉会飞过来看我们的。”

我们走进了我以前的卧室。桌上的书、床单的气味、床垫里的压缩弹簧——整个房间活像是保存完好的立体模型。唯一变样的是那棵无花果盆栽，它最起码长高了一英尺半。仿佛是一个好久不见的少年。

妈妈撑起身子坐上盆栽旁边的窗台，鞋跟踢踏踢踏地敲着护墙板。看样子她真的很开心。她身上还保留着某种孩子气的东西。甚至比以前更孩子气了。她今年六十一岁。“无花果长得不错，”她说，“对吧？”

“你平时还给叶子擦灰吧？”

“嗯，没错，”她伸出大拇指，蹭了蹭一片叶子的尖端，“要不然它们没法呼吸。”

“太神奇了。”

“我只是个家庭主妇，”她耸耸肩，“还不算很能干。我连这个都当不好。你爸爸说得没错。也许我跟另一种人过日子会更好一些。”

窗外，两只松鼠把桑树弄得颤动不已。我远远地望着它们。它们弓着背蹲在一根大树枝与树干的相接处，吱吱地叫，时不时还攀住树干爬上爬下。小时候，爸爸第一次给我上微分课就是在那根大树枝下面。“但愿你不是真的这么想。”我说道。

“怎么想？”

“觉得是你自己没做好。觉得你不配和他那样的人生活在一起。”

“嗯，有时候我的确是这么想的。”

“妈妈，老爸那时候生病了。他——我也说不好——”

“我不想聊这些了。”她转过身，抱起胳膊。“你的父亲很令人惊叹，”她说，“你得记住这一点。”她跳下窗台，拿起洗衣篮里的毛巾，一块块叠整齐。我站起身，把垫着托盘的无花果盆栽转了个方向。黑乎乎的泥土还是湿的，表面上散落着一个个小小的白色圆珠。

“你还在给它施肥啊，”我说，“是吧？”

“我还给它转方向呢。这样能照到阳光。”

我看着她。

“亲爱的，我又没什么事好做。”

“妈妈，你有没有在这儿找到过什么东西？”

她挑起了一边的眉毛。“在这儿能找到什么东西？”

“这儿。在无花果的盆里。”一大团一大团湿漉漉的泥土被我用手指挖了起来。

“汉斯，你到底在干吗？”

“老爸没跟你说过吗？”

“说什么？”

“说我的事。”

“我不知道。”她说。她继续叠起了毛巾，但不一会儿又抬起了头。“亲爱的，他会跟我说关于你的什么事？”

“说来话长。”我回答。

“你告诉她了吗？”马修问道。

“没有。我没告诉她。”

“什么？”奥德拉说。

“当时没说。不过后来说了。最后我还是告诉她了。”

“最后？”马修说。

“另外一天。”

“你到现在才告诉她？”奥德拉说。

“嗯，是的，”我勉强一笑，“我跳过了几个步骤。”

“她怎么说？”马修问。

“她大吃一惊。是震惊，我觉得。”

“亲爱的，你觉得她听到这种事还能有什么反应？”

“我总觉得——我说不好——我总觉得她其实早就知道了。反正老爸以前就知道。只不过……”我摇了摇头。

“只不过什么？”这是马修在问。

“只不过我知道老爸不会去跟她说。”

“他一直没说？”

“应该是没有。”

“亲爱的，如果她早就知道，她肯定会找你谈的。她可是你的母亲啊。她要是知道了，头发都会愁得掉光的。”

“当时我没往这方面想。”

“所以你不知怎么就认定她其实早已知道，”马修说，“就是因为你父亲知道——虽说你心里很清楚，你父亲很可能从来没跟她说过。”

“你还自己认定，如果她根本不在乎——”这句是奥德拉说的。

我耸了耸肩。“是啊，那我何必再跟她说呢？”

“你的想法很奇怪，但倒是挺合乎逻辑。”奥德拉说。

马修微微一笑。然后他就不作声了。沉默持续着。他拿起一张纸，揉成一团扔进了房间对面的垃圾桶。

“好球。”

“但这还不是全部。”马修说。他抱起胳膊，把视线投向我。

“什么的全部？”

“你没把全部的事说出来。”

“我说了。”

“你为什么没告诉你母亲？”

“我以为她早就知道了。要么是爸爸告诉她的，要么就是她自己猜出来的。”

“嗯，这些部分是你说过的。”他抱起胳膊，继续盯着我。然后他朝窗外望了望，又团起一张纸，看都没看就扔进了垃圾桶。“还有呢？”

“我是个数学家，医生。”

“的确如此。不过我可不是什么医生。”

“数学家需要证明。”

“你觉得这些事无法证明？”

“是的。”

“但我想知道，数学家会不会利用自己的灵感呢？”

“会，当然会。但他们不会把灵感发表出来。”

“那么，跟我们说说你的灵感怎么样？”马修说，“只是私下里说说。你为什么告诉了父亲，却从没有告诉母亲？”

他又一次抱起双臂，心平气和地注视着我。奥德拉也看着我，她也很平静。奥德拉甚至也抱起了胳膊，仿佛两个人是同一批接受训练的。

最后我说道：“因为我不想背叛她。”

神正论

我听到小木屋的前门咔嗒一响，片刻之后又听到有人把东西放在桌上，接着是厨房里橱柜的开关声。最后，慢吞吞的脚步在楼梯上响了起来。卧室门打开了，一个穿着讲究的高个子男人站在门口，手里拿着医药箱。他看起来吃了一惊，随即露出了愉快的神情。

“是您儿子吧？”他放下箱子，朝我伸出手。他是印度人，也可能是巴基斯坦人，脸上的皮肤看着还很年轻，眼角处却满是皱纹，显得十分和蔼。说不定他的年纪跟老爸差不多。“我是丹尼什·甘达普尔。”他说着一躬身。

“叫他丹尼，”爸爸说道，“甘医生也行。我就是这么称呼他的。这附近的其他人都喊他甘地。”

“嗯，他们错得可太离谱了。”

“幸会，甘达普尔医生。我是汉斯·安迪特。”

“见到你很荣幸。”

老爸摸出一根香烟。“汉斯要在这儿待几天。”

“是吗？那很好啊。瞧，迈洛，有人陪着的感觉挺好，对吧？”

“我跟你说了，我不需要有人陪。不需要任何人为我做任何事。”

医生把他带的东西拿了出来。“连自己的儿子都不需要？”他瞥了我一眼。

“我只想一个人待着。”

甘达普尔医生摇摇头。

“爸爸说您把他照顾得很好。”我主动说道。

“只是在现有情况下做点力所能及的事吧。”他瞅了瞅老爸嘴里叼着的香烟。然后他朝着老爸微微一躬身，又朝我鞠了一躬。“今天小伙子也在，我可以继续吗？”

“丹尼，我估计这小伙子以前见过的情况比这要糟得多。”

“估计是的。”

医生把要用的设备一样样摆在床边，就像是精心归置货物的小贩。老爸叼着香烟看着他，还在吞云吐雾。但这会儿他的眼睛闪闪发亮，仿佛马上有人要给他来一针全世界最惊天动地的毒品。

“迈洛，我得请你把那玩意儿掐掉。”

“你说什么就是什么，丹尼。”他把烟头往地上一扔，随即拖着脚慢慢地踱了过去，就像是在踩一只爬过树叶的鼻涕虫。

“膀胱排空了吗？”

“当然。”

现在有两把椅子靠在床边，医生扶着爸爸坐到了其中一把椅子上。爸爸把衬衣掀了起来。他庞大的上腹部捆着一圈类似束带的东西——是一条亮闪闪的塑料腰带，中间用几根粗带子系在一起。医生刚解开腰带，颤悠悠的大肚子便猛地膨了出来，活像砸中墙壁又滑落而下的沙袋。坠得爸爸直往前倾。他稳住自己，解开裤子，把塑料腰带推到膝盖下方。随着他一点点分开双腿，沙袋般的大肚子也继续往下垂落，直到平摊在第二把椅子上。和十多年前我在塔平顿公共游泳池见到的肚子相比，现在他的肚子简直是一个晃悠悠的庞然大物。沉重的分量让他很吃力。甘达普尔医生从床边伸过手，给肚子上的皮肤消了毒。然后医生用一只手掌在肚皮上一拍，那东西就像果冻似的颤抖起来。他用另一只手飞快地做了个动作，果冻停止颤抖时我才突然发现肚皮中央戳进了一个针头。手又迅速一动，这回针头和一根盘曲的细管连在了一起。医生把管子的另一端插进一个瓶子。我转开了脸。等我回头再看时，液体已经出现了。一股细细的麦秆色液体从他体内流出，犹犹豫豫地沿着盘曲的管子向前推进，就像是一只在屋里逡巡的胆怯小蛇。管子另一端有液体滴滴答答地流淌出来。起初只是几滴，接着越来越多，再过一会儿那声音就像是在往杯子里撒尿。第一个瓶子装满后，甘达普尔医生又换上了第二个。然后是第三个。与此同时，爸爸的脸色也越来越轻松。

针头总算拔掉了，这时候从椅子上站起身的人又和我父亲有些相像了。塑料束带扔在他身后的地板上。他的肚皮轻轻松松地溜进了裤腰。“天哪，哦，天哪，”他说着向前走了几步，“我又能喘气了。”

他穿过房间握住我的手，又跟医生握了握手，然后他拿起梳妆台上波旁威士忌的酒瓶，给每个人斟了一杯。

“你应该注意到我给他做的治疗了吧？”医生说。他把提箱放在厨房台面上，把自己的那杯酒倒进了水槽。我只喝了一小口，也把剩下的酒倒了。我们让老爸在楼上小睡一会儿。“是穿刺排液术，”他说，“疗法一看就明白，没什么别的好说。你插好套管针，体液就会在高差的作用下自行排出。”他微微一笑，两手不停地收拾着工具包，“只有这个法子才能让他舒服一些。”

“谢谢您，医生。我看得出来，他的确舒服多了。”

“能做点事让他减轻痛苦，我就觉得很高兴。知道吗，我已经把你父亲当成朋友了。”

“您真宽容。”

他瞥了我一眼。“别看你父亲病得这么重，他可是证明出马洛什定理的大学者啊。”说这几个字时他似乎微微躬了躬身，“当然，这两个理由中的任何一个都足以让我来看他了。”

“您知道马洛什定理？”

“当然。有件事你父亲肯定不会跟你说——我以前也想当数学家来着。”他抬眼看着我，“不过，没过多久我就放弃了。”

“我和您一样。”

他脸红了。“安迪特先生，就我个人而言，放弃目标是因为它远非我能力所及。”他又打开了工具包，“你的情况我可听你父亲说过。”

“您研究的是什么领域？”

“嗯，我觉得我应该算个几何学者。”他接着摆弄起工具来，“唯一的问题就是上帝没有尽早让我明白一个事实：我根本不擅长研究数学。”他把听诊器放进了衣袋，“不过，能给你父亲这样的人治病仍然是我身为医生的一项殊荣。在这个州的森林里你可碰不到几位菲尔兹奖得主。”

这时他走到厨房台面旁，拿起一只灌满积液的瓶子。“这里面的东西，”他说着把瓶子举到阳光下，“是肝硬化的副产品。积液不断压迫他的肺部，到最后——我说得直白点——会让他生不如死。”他拧紧瓶盖，把瓶子收进提箱，“感觉就像是被塞进了一只胀鼓鼓的箱子，根本喘不过气来。这时候我就得给他排液。每次做完穿刺排液，他都能轻松一阵子。”

“真的？能维持多久？”

“这不一定。也许是一两个星期。也可能是一个月。”

“然后呢？”

“有时候轻松的状态能继续维持下去。你父亲是个令人敬畏的人物。可是他病得很严重，而且和所有患者一样，他的情况也时好时坏。我见过他曾经连续几个星期状态都好得很。”

“可是医生，我能问一下吗——积液总会再冒出来吗？”

“目前看来——是的。”

“他这种情况还能撑多久？”

他轻轻地把另外两个瓶子放进提箱，收好其余几样东西，朝门口走去。我帮他打开屋门。“问得好，”他说着小心翼翼地跨出门，踏上台阶，仿佛担心台阶无法承受他的重量，“可惜我也不知道。病情的确很严重，但他的适应能力也很强——跟许多有类似病史的人一样。医学文献上他这种病的预后确实不太好，但就我本人的从医经历而言，我还没见到哪个病人的情况跟医学文献完全一致呢。”

“我刚到的时候，他的情况可不是很好。”

“嗯，那也许是因为你见惯了他精力充沛的状态。你没发现吗，做完穿刺他看起来就好多了。”

我跟着医生穿过车道。他钻进了停在树下的旧奔驰车，我弯腰凑到车窗前。“问一下，”我说道，“以目前的情况，他还能这么干吗？”

“你指的是什么？”

我指了指二楼的窗户。这会儿我们能看到他站在窗前，嘴里叼着烟，手上端着酒杯。

“啊，安迪特先生，”医生嘎嘎地倒着车说，“他还是有几样乐趣的，对不对？我要是你的话会为他感到高兴，最起码他现在还能从床上爬起来享受这些。”

“保莉，”我说道，“他的情况很糟。”

“没想到啊，没想到。”

“比我们想的还要糟。”

停顿了一下。“汉斯，从我们小时候起他就一直是那种状态。说不定他从小就是那样。”

“呃，这次可不太一样。”

沉默。我在木屋后面的菜园里给她打电话。

“怎么说？”她终于问道。

“什么怎么说？”

“怎么就不一样了？”

“他现在的样子你从来没见过。他得了肝硬化。肿得像个巨人。全身都浮肿了，说话的声音就像个小姑娘。听着跟艾米一模一样。”

“但医生来过之后他就好多了，对吧？”

“保莉，医生说他的病情很严重。他用的是这个词——严重。我觉得你应该来一趟。”

“他病情严重又不是头一回。”

“你怎么知道？”

“我给医生打过电话。”

我看了看小木屋二楼的房间。老爸又坐到了窗前，正低头看着我。

“妈妈呢？”我问道，“你觉得妈妈会不会想要过来？”

“你在开玩笑吧？”

“没有，我没开玩笑。我觉得她要是知道了——”

“汉斯，不会的。妈妈才不想过去呢。她现在有自己的生活。过了这么多年，她好不容易有了自己的生活。”

“好吧，那你呢？”

“你问我？我还活着。”

“我知道。我明白。听我说，保莉——知道我昨天在灌木丛里看到什么了吗？皇家海军胜利号。”

我能听到她平静的呼吸声。

“还有王权号，保莉。都还在呢。我敢打赌，它们肯定还能浮起来。”

又一阵沉默。

“保莉，它们还在这儿。你不记得了吗？在压水井旁边的灌木丛里。就像两条方舟。这些你都还记得，对不对？干舷高？土豆大炮？特拉法尔加海战？”

“不。”

“好了，保莉。别逗我了。你肯定记得。”

“我是说不行，我不会过来的。没错，我还记得。我当然记得。我还记得许多别的事。”

“真的吗？你真的不肯过来？”

“汉斯，”她说道，“你还是不明白啊。他这片流沙还是老样子。”

“老爸，你和保莉，”我说道，“你们俩还在闹别扭？”

“你妹妹什么事都搁在心里，”他又点了一根烟，“跟你妈妈一样。”

“听我说，老爸——”

“别说了。”他冲着我摆了摆手。他倚在窗台边，又转头看向窗外的风景。“汉斯，这些话我都听过了。实际上，为了能听到这些话，我还得付钱给你妈妈请的杀手。”

“妈妈也得为她自己考虑啊。”

“汉斯，她有工作。”

“唉，你要是想去工作不也行吗？”

他凄然一笑。“瞧瞧我。换作是你，会聘请我这样的人吗？”

他拍了拍肚皮。肚皮和我刚来时看到的完全不同了，但还是在他的手掌下发出了回声。“我要是老板，再简单的工作都不会交给这么一个人。”他慢慢坐到椅子上。窗外有辆皮卡从桥上开过，正沿着湖边往前行驶。它拐进了一个停车场。“有人在这一带发现了天然气，”他说，“所以现在才搞得这么热闹。”

“全变样了。”

“嗯，这得感谢那帮投机分子。要是你哪天忘了关门，他们就能在你家的厨房里钻出一口井。路那头还建了个服务中心。就是那一大片房子。说不定我们这破地方还真挺值钱的。”

“老爸，”我说，“你给保莉打过电话吗？”

“没有，好多年没打了。看看那个。现在你可以一直望到桥那边。瞧那些车库。去年他们一口气盖了十座。”他直起腰，吃力地撑着椅子想站起身。不过，站起来之后他就稳当多了。他穿过房间走到窗前。在皮卡停车的地方，屋顶上有个男人支起了滑轮。我们看着他的同伴从皮卡上抱起一包屋顶板，放进吊篮。篮子随着绳索升了上去，没多久湖湾那边就回荡起了射钉枪咔嗒咔嗒的声音。

“老爸，”我说，“你教会了我数学，可我并没有拿它做出什么真正的事业。”

他也看着我。“纽约那几家餐厅我还是挺喜欢的。”

“可是数学呢——大部分都被我荒废掉了。”

他笑出了声。“好啊，”他说，“如果是这样的话，还得再算上我一个。”

我在手机上调出最近的通话记录。才响了一声她就接了。“哦，汉斯，”她说，“你打电话来可太好了。我很担心你父亲。”

“他没事，比特曼夫人。现在看起来好多了。”

“那就好。”停顿了一下，然后她突然笑了，“再说一遍我的名字。”

“什么？”

“我的全名。”

“克莱·比特曼。”

“克莱·韦尔斯，”片刻之后，她又说，“哎呀，哎呀。”

“谢谢你把他的情况告诉我。我回到湖畔木屋了，发现他病得很严重——你说得没错。我现在还待在密歇根州。”

“他现在好些了？”

“昨天医生帮他抽了积液，效果好像还不错。”

“是那个开着破奔驰的印度小伙子吧？”

“是的，甘达普尔医生。”

电话那头又停顿了一下。

“韦尔斯女士？”

“嗯？”

“哦，没什么。”

探望老爸那段日子的最后一天，我被喀嚓喀嚓的响动弄醒了。太阳刚刚升起，我透过纱门向外望去，过了一会儿才意识到那是什么声音。甘达普尔医生站在空地上。他抬起一只穿着拷花皮鞋的脚，用鞋跟把铁锹踩进泥土。

他在给老爸掘墓。

“啊，”看到我走过来，他说了一句，“但愿没把你吵醒。”

“哦，没有没有。只是没想到会这么早见到您。反正我已经醒了。”

我低头看了看：他在种什么东西。

“啊，原来如此。”我轻轻摸了摸地上的几株西红柿苗，就放在他挖出的洞旁边，“我还在纳闷他是怎么打理园子的呢。”

铁锹又插进了地里。他把几锹土堆在旁边，从衣袋里摸出了一把鳞茎。“人可不能光靠面包活着，”他说，“我想栽几棵番红花，秋天的时候给他个惊喜。”

“园子里其他的植物呢？都是您种的吗？”

“不是，不是——不是全部。你父亲自己也种了一些。干点农活能让他出门活动活动。你来看他，恰好是他病情严重的时期，我觉得你是知道的。这样的发作会不时出现。不过他顽强得很。他看起来比你刚到时好多了，对吧？”

“还有厨房里的食品——也是您帮着买的？”

“都是些微不足道的小事。”

“不是的。谢谢您。”

他把一块鳞茎放进挖出的洞里。

“屋子呢？”我问道，“屋子都是您在收拾？”

“他不许我动二楼的东西。”

“我能看出来。”

我打算把钱包摸出来。

可是他不知怎么猜到了我的想法，立即举起一只手。“跟你说，我自己的孩子都长大成人了。儿子在华盛顿，女儿在帕罗奥多。都是好孩子，但现在他们有了自己的生活。”他垂下了眼睛，“我妻子已经不在了。所以说，做这些事其实是为了我自己。我是耶稣会会士——我们始终秉持着这么一种理念。”

“什么理念，医生？”

“帮助别人其实是在帮助自己。”他转过身，从另一只口袋里摸出一把泥铲，递给我。“给，”他说道，“你要是想帮忙我可不会拒绝。我想栽成平齐的两排。”

我从他手里接过工具。园子周围有许多五叶地锦卷曲的藤蔓，它们周围的泥土倒是挺松软，但地锦盘曲虬结的根系四处蔓延。豆子和西红柿能长出来简直是个奇迹。“什么事都由您帮着操持，”我问道，“他没什么意见吗？”

“看样子他一点意见都没有。”

“他不是总说想自己一个人待着吗？”

“这个说法的真实性值得怀疑。我觉得，其实谁都不想真的一个人待着。尤其是到了我们这样的年纪。”

我们接着挖起来。

“真不好意思。”我说道。

“你可别这么想。”

接下来，我们沉默不语地干了一会儿活。他走到我前面，拿着水桶给一排排蔬果浇水。很快他又说道：“我们常常探讨数学问题。当然，我的数学有点生疏了，不过他讲的东西有相当一部分我还听得懂。这么说也许有点不谦虚。和他探讨数学让我非常激动。我觉得他甚至有点喜欢我陪他聊天。他跟我说过自己在做的新研究。”

“我敢肯定，他非常喜欢您陪在身边。”我把泥铲插进土里往前推，给要种下的鳞茎开出一道沟槽，“关于新的研究，他都跟你说了些什么？”

“我可不能说。”他侧头瞧了我一眼，“知道吗，他觉得有些人想窃取他的研究成果。”

“没错，这我知道。”

“嗨，跟你说又怕什么？”他抬头瞟了瞟窗户。“我可以告诉你，是几何学方面的。低维几何。除此之外的内容，他让我发誓要保密。”

“我理解。”

他轻轻拍了拍我的肩膀。“可是说真的，汉斯，”他说着放低了声音，“你觉得他还能做新的研究吗？以他现在的状况？坦白地说，我觉得这有点难以想象。”

“当然。”

“会有影响的，”他又把注意力转向了园子，“我的意思是对大脑。当然了，饮酒是罪魁祸首。还会影响到肝功能。但他身上显然还出现了别的状况。我在其他人身上见过。有些人的才能之中，蕴含着某种近乎……近乎……”他望向了远方的湖面，“我说不好。”

“没事的，您接着说。”

“也许是某种近乎恐怖的东西。你知道，这种现象其实并不罕见。我读大学时就在数学系碰到过类似的情况，连在这儿开的乡下小诊所里都遇见过。似乎是一种很原始的情绪。最直接的表现就是非常真切的妄想症。数学界的许多人不到二十岁就失去了理智。这种情况我也见到过。也许它是种前兆吧。我觉得这是一种心理疾病。”他低头看了看地面，“有时候我觉得它仿佛是上帝的报复。”

“上帝要报复数学家？”

“你可别忘了，数学家可能会被当成间谍。”现在他的脸上露出了笑意。

“您的意思是，被神明当成间谍？”

“没错。顺便说一句，你爸爸的脾气很暴躁——你知道他的问题出在肝脏上，对不对？饮酒当然也是一部分因素——但这种病也与人本身的性格有关。他的情绪非常激烈。”医生放下了水桶。“对你我这样的人而言——怎么说呢，我们有阻尼电路作为保护。打个比方，我们与世界之间隔着一层保护垫。它能让我们安然应对狂暴的情绪。但我觉得他并不是这样的。”

医生凝视着我：“想想看，像你父亲这样绝顶聪明的人会怎么看待生活？我的意思是，人生注定要受到悲剧的限制，对不对？而且人生也充满了悲剧。我是在拉合尔出生的，对这个道理有非常具体的认识。但是你父亲——他对这个道理的认识也同样具体，同样独特。我学会了尽可能不让自己陷进这些念头里面。你也学会了。但对你父亲来说，这些念头他连甩都甩不掉。他无法从上帝的造物之中感受到任何乐趣。阳光也好，水也好，都无法让他心生快乐。美食味同嚼蜡。朋友的陪伴毫无意义。一切都是虚无。没有任何东西能消解这无底洞一般的空虚。他直接承受着像旋风那么狂暴的冲击。我觉得这就是拥有像他这样过人的智慧的后果。他能解开一个如此伟大的难题，就必须付出相应的代价。”

去机场之前，我打扫了一下老爸的房间。空酒瓶。黏糊糊的玻璃杯。到处都是捻灭的烟头。门边的地板上全是乱七八糟的报纸和杂志，堆成了一堆。杂志的书脊弯了，报纸散乱不堪，就好像几个月来他都躺在床上，看完什么东西就往门口一扔。他躺在脏兮兮的毯子上，打着呼噜。我轻手轻脚地把书报一样样放回书架。

这时候我碰巧看到了它。

它翻扣着，躺在书堆之间的空隙里，封面上有几个黑乎乎的圆圈，是玻璃杯留下的印子。《北欧计数组合学评论》，第 13 卷，第 2 期。1999 年 9 月刊。封面上贝内德克 · 福多尔那篇论文的标题用粗铅笔圈了出来，跟我收到的那本杂志一样。

预期之事无益

那天下午暖洋洋的。马修办公室窗外的落叶松上有几只山雀在蹦来蹦去。“汉斯，那天你讲过，”他说道，“你说你不愿意背叛自己的母亲——这话究竟是什么意思？”

“我不愿意背叛她的乐观主义态度。”

“告诉她真相就是背叛吗？”

“乐观主义其实就是尽可能回避真相。”

“哇哦。”奥德拉说。

我瞥了她一眼：“反正我是这么觉得的。”

“难道说，乐观主义就不想尽可能对真相施加影响吗？”她说道。

听到这句话，我转过身看着她。

马修说：“你还觉得，你会对母亲看待事物的乐观态度造成威胁。”

“如果我向她坦白了我的事，我就得把他的事也说出来。”

“你父亲的事她难道还不清楚吗？”

“当然不清楚了。不过她应该是故意装作不知道。当时她还很有信心，总觉得一切都会好起来。”

“没错。”奥德拉说。

“相信我，”马修说道，“这种想法很普遍。”

“之所以会很普遍，”我妻子说，“也许就是因为女人们常常认为自己别无选择。”

这下我们俩都转向了她。她抱住胳膊。

“的确如此，”马修说，“可那又怎么样呢？假如你真的告诉了她，会发生什么事？如果你告诉了她真相？”

“关于我的真相？”

“关于你，还有你父亲。”

“你是说，其实我爸只是抱着酒瓶呆坐在小木棚里？”

“我的意思是全部的真相，它会对你们所有人产生影响。”

“我爸躲在小木棚里喝酒，而且，”说到这儿我的嗓子竟然哽住了，“他其实根本就没在研究任何东西？”

他等了一会儿。“你觉得很难说出口，对吧？”

“你知道，他是个数学家。数学研究对他来说就是一切。”

“汉斯，告诉我。在你们的领域，大家成名都很早吗？”

“你的意思是，我以前的领域。”

“我的意思是数学界。”

我觉得自己好像畏缩了一下。“不太清楚，”我说，“人们总爱这么说。我也不知道是不是真的。”

“但据说是这样？”

“对，许多人都这么说。阿贝尔[1]成名就很早。爱因斯坦也是。还有伽罗华[2]。还有哈代，毫无疑问。高斯十几岁的时候就写出了

---

1 Niels Henrik Abel（1802—1829），挪威数学家，以证明五次方程根式解的不可能性和对椭圆函数论的研究而闻名。

2 Évariste Galois（1811—1832）法国数学家，现代群论的创始人之一，对函数论、方程式论和数论做出了重要贡献。

《算术研究》。不过欧拉可是搞了一辈子数学。”

“至于你——你也非常年轻啊——对于你从事的工作而言，你也年轻得很。”

“这得付出代价。”

“什么代价？”

我指指墙壁，指指马修，又指了指草地对面的酒店式建筑。静水农场共有一百二十间客房，屋顶铺着木头瓦片，宛如英格兰国王狩猎时住的小屋。“我知道的大部分东西都是父亲教的。”

“每个方面都是。”

“没错。”

“如果你泄露了他的秘密？”

“一切都会改变。”

他微微一笑。“到底有哪些东西会改变？”

“好吧，”我说着转向了窗户，“我母亲会明白——明白一件她终于真正弄明白了的事情。”

“什么事情？”奥德拉说。

“明白她把自己的命运和一个智慧超群的男人绑在了一起，但如今他已经完蛋了。他还会把全家人拖下悬崖。”

“究竟是为什么呢？”马修问。那是在第二天，我们在傍晚有一次心理咨询。“这一切为什么突然发生了？你为什么突然跑回家，当着妻子和女儿的面吸毒？”

奥德拉身子一缩。

“你在隐瞒真相方面很有经验，”他说，“你是个老手了，不会犯这种低级错误。”

“我说不清。”

“试试看。”他朝窗外望去。远处的田野上，拖拉机又掀起了一片灰云。

“我真的说不清。”

他起身走到窗前。拖拉机沿着一行田垄慢慢地开着，掉了个头，然后开始耕下一行。“天才其实是一种退行性的精神疾患，”他说道，“是悖德狂[1]的一个类型。”

“你说什么？”奥德拉问道。

“切萨雷·龙勃罗梭[2]。他是个犯罪学家，一百多年前就去世了，但如今神经生物学家却逐渐接受了他的观点。这种病好像和多巴胺受体偏少有关。精神疾病和创造性似乎是一体两面的。”

我说道：“最近我一直在想父亲的事。”

他又坐了下来。“跟我们说说。”

“他开始跟我讲自己的生平。就在我回木屋看望他的时候。他已经病得很重了。”

“我很遗憾。”

“小时候，爸爸压根儿没跟我说过他从前的经历。我估计许多父亲都是这样的吧。后来我去看他，去他住的那片森林里。他告诉了我许多我之前不知道的事。比方说，他说他自己也曾陷入和我一样的处境。”

“你之前根本就不知道？”

“嗯，我不知道。是他在普林斯顿的那个系强迫他去的。他们派了个保安跟着他一起上飞机，确保他去接受治疗，”我笑了笑，“当然了，老爸随身带了一瓶酒。”

---

1 Moral Insanity，一种精神扰乱类型，患者的道德观念和正义原则是高度扭曲的，自控能力也会丧失或产生严重障碍，但智能很少或完全不受损害。该术语主要通用于十九世纪下半叶的欧洲和美国，目前已很少使用，此类症状多被归为反社会型人格障碍（Antisocial Personality Disorder）。

2 切萨雷·龙勃罗梭（Cesare Lombroso，1835—1909），意大利犯罪学家、精神病学家，刑事人类学派的创始人。

“我估计也是。”

“被没收了。”

“这也是常有的事。那是什么时候？”

“就在他丢掉工作，和母亲搬到俄亥俄州之前。大概是我出生前一年。”

“治疗有效果吗？”

“他偷偷溜掉了。”

马修瞥了我一眼：“知道吗，你在这儿可是来去自由的。”

“我知道。”

“跟我们说说后来发生了什么事。”奥德拉说。

“后来的事你知道。”

“马修不知道，”她转向了马修，“他父亲毁掉了自己的事业。然后又抛弃了自己的家庭。再后来他险些把我们家也毁掉。”

“他没毁掉我们家。”

“没有吗？你瞧瞧你自己。”

“我怎么了？”我伸出一只手。

她没理我。

“你不赞同妻子的看法？”马修说，“你不认为父亲险些毁掉了你的家庭？”

“我觉得父亲和我们家后来的事已经没有任何关系了。”

听到这句话，奥德拉竟然笑出了声。“有时候你真的很迟钝。”她说道。

“谢谢夸奖。”

“奥德拉，不如跟我们聊聊你的想法？”

“我的想法是显而易见的。汉斯希望被抓住。对不对？显然，你想让我来阻止你。”

“我为什么想要这样？”

"因为你不能再这么下去了。你需要让自己停下来。"

"呃，我不是——"

"嘘，"她说道，"安静听着。想想吧。你肯定早就明白了——除非做出改变——"说到这儿她闭上了双眼。

马修递给她一盒舒洁纸巾。片刻之后，他又问道："汉斯，你觉得呢？"

"我觉得她的意思是，除非做出改变，否则我就会沦落成爸爸这样。"

"还有呢？"奥德拉说。

"我觉得，我简直无法想象那对孩子们来说意味着什么。"

"我们的孩子从来没见过他，这就是原因之一。"奥德拉说。那是她上午飞回纽约之前，和我共同参加的最后一次心理治疗。

"你们的孩子从来没见过爷爷？"

"倒不是说我们不许他们见面，"我说道，"只不过好像总也见不成。当然，对此他从没表露出一丝一毫的兴趣。"

"不知道汉斯有没有跟你说过，"奥德拉说，"他连我们的婚礼都没来参加。"

"邀请他了吗？"

"当然邀请了，"她答道，"但他肯定是害怕了。"

"害怕？"马修说。

"她的意思是，他害怕见到我母亲。"

"你也这么想吗，汉斯？你觉得你父亲害怕见到她？"

"嗯——是的，我觉得他有点害怕。可能他也害怕见到我和保莉。"

"这我能理解，"奥德拉又开口了，"我能理解他为什么不愿出现在你们大家都会来的场合。也许是太痛苦了。他很可能对自己的所作所为深感羞愧。”

“我妻子说得太委婉了。”

“你不这么看？”

“我觉得他就是这样的人。他害怕得要命。”

“害怕什么呢？”

“难说。也许是害怕和人接触吧。他害怕人，觉得人就像是不可预测的函数。我不知道还能怎么描述。我觉得他其实并不感到羞愧。他的思维方式不是那样的。在我看来，他的反应要原始得多。我觉得他很困惑，这种困惑让他害怕。他不知道该对准备嫁给他儿子的女人说些什么。他不知道该对她的家人说些什么。他可能也不知道该对我们的孩子说些什么。所以他才喝酒。所以他总是躲着我们。”

“你觉得他这样反倒更好？”

“我没这么说。”

“但你是这么想的，”奥德拉说，“你害怕受到他的影响。”

“嗯，难道你不怕吗？”

马修没接话，让奥德拉想了想。

“我说不清，”最后她说道，“当然怕。但他的影响早就产生了，不是吗？我的意思是——亲爱的，你瞧瞧咱们的两个孩子。”她笑了笑，“他们的天分可不是从我这儿遗传的。”

“还有一件事。”我说道。当时奥德拉已经回家了，下午的治疗只有马修和我两个人。那是我在静水农场的最后一个星期，我意识到自己说不定能坚持到底。“住在爸爸木屋的那段时间，”我说道，“我发现了一样有趣的东西——一本数学杂志，跟寄到我纽约办公室的另一本杂志一模一样。”

“我不明白你的意思。”

“几年前有人给我寄了一本数学杂志。我估计他们也给老爸寄了一份。两本杂志都用笔圈出了同一篇文章。但那篇文章跟我们的研究领域没有任何关系。是组合数学。看到他的书架上也放着这本杂志，我大吃了一惊。”

“组合数学？”

“帕斯卡三角。魔方。组合数学研究的是事物排列组合的规律。我对这个领域不太了解，估计爸爸也跟我差不多。文章的作者名叫贝内德克 · 福多尔。文中有一句话。其实都不在正文部分，只是一条脚注。”

“这句话说了什么？”

“我注意到，这一发现与二十世纪拓扑学的一项基础性证明存在冲突。”

马修往椅背上一靠：“看来你记得非常清楚。”

“这样的一句话简直是当头一棒——不管怎么说，对数学家而言就是这样。福多尔说的是我父亲的证明。”

“他对马洛什定理的证明？”

“是的。”

“这么说，你的意思是——证明有问题？”

“呃，人家并没有直接点明。不过有可能。证明本身可能是有问题。像这样的疑问要真去弄清楚，也许得花上很长时间。也许得花上几十年。这种事情就是这样。开普勒猜想许多年前就被证明出来了，但至今都没人能断定它是否正确。有些人想法子证实它，还有一些人则试图找出证明中的瑕疵。马洛什猜想可能比开普勒猜想还要复杂。但是没错，”我说道，“一旦像贝内德克 · 福多尔这样的数学家说出了这样的一句话，确实会让人对爸爸的成果产生怀疑。”

“你父亲有没有跟你说过这个问题——这个潜在的问题？”

“没有。他当然没跟我说过。”

“但是他自己难道不知道吗？”

“有可能。这个说不准。像他这样的证明得花上许多年。全世界能看懂马洛什定理这类文章的人都没多少，更别说去深入探究了。刊登福多尔论文的杂志并不出名，是在欧洲出版的。而且也只不过是一句话。只不过是一位研究其他领域的数学家，在一条脚注中表达的想法。它最多也只能引起一丝疑虑而已。说不定老爸根本没听说过这回事。”

“但那期杂志就放在他的书架上。”

“跟另外一百多本杂志放在一起。”

“不管怎样，”马修说道，“它会引起的疑虑让你担心。”

“我不知道它究竟会不会让我担心。我得花很长时间才能搞清楚，换作其他任何一位数学家也是一样。说不定我花的时间会更长。”

马修闭上了双眼——他似乎在凝神思索。“照这么说，你认为也许是同一个人给你们俩寄了杂志？你怎么会觉得有人想要干这种事呢？”

“我觉得这可能是一种攻击。”

“针对你，还是你父亲？”

“我觉得是针对我们俩吧。”

“哦，这可真叫人心烦。”

“当然。我可不希望像他一样四处树敌。”

“你爸爸有敌人？”

我笑出了声。“爸爸别的没有，就是敌人多。他走到哪儿都招人恨。和他共事过的几乎所有人都成了他的仇人。不是他仇敌的人，数起来要容易得多。”

“能问你件事吗？”

“请问。”

“你自己竭力避免与人为敌，是不是出于这个原因？”

“也许吧。”

他点点头，靠到了椅背上。我们俩默不作声地坐了一会儿。接着他说道：“现在感觉好点了吗？”

“我为什么会感觉好呢？”

“因为你跟我说了这件事。我原本以为，让你难以启齿的或许是其他的事，但你无论谈到什么都似乎毫不费力——不知道到底费不费力，反正我是没感觉出来。而这件事——你对父亲早在你降生之前做出的一个证明产生了怀疑——你动用了全部的意志才把它说出口。我能看得出来。你妻子已经走了，而且你在这儿的治疗也即将结束。”

“对他研究的正确性产生怀疑，还有什么能比这更难开口，对我父亲这样的人而言？没什么比这更难启齿了。”

“我的意思是，对你这样的人而言。”

我笑了。“我不知道怎么会这么难以启齿。按说不应该啊。”

马修微微一笑。“不过，你现在的确感觉好一点了，对不对？”

“说实话，还真是。”

“我们做的主要还是引导人自白，”他说，“有点好笑吧？我们是最先进的治疗机构。我们的医护人员都很专业。可是归根到底，我们所提供的治疗手段其实也就只有自白这一种。”

回到纽约几个月之后，在一个春日的早晨，手机在我上班时响了：甘达普尔医生发现老爸躺在湖畔的长凳上睡着了，身边丢着一个酒瓶。当时是三月，湖面上还严严实实地盖着一层冰。老爸穿着黑色的拷花皮鞋，深色袜子，还有一条平角短裤。除此之外什么都没有。拷花皮鞋还是他在普林斯顿任教时穿过的。他把皮鞋擦得锃亮。

“怎么说呢，好消息是他的生命力非常顽强，”甘达普尔医生说，“说实话，稍弱一点的人这么折腾一下肯定没命了。我觉得他最起码在外头躺了两个小时。”

“他现在没事了？”

“看样子他真的还挺好。”电话线路噼啦作响，我听到他轻声笑了笑，“这会儿他正在喝波旁威士忌呢，冰的。”

“好啊。这倒挺叫人放心的。”

他停顿了一下。

“可我真的很担心，”他说道，“唉，这么说吧，你在那边忙着的事——我的意思是，你在纽约的工作——能不能暂时先放一放？”

慢慢来

妈妈渐渐习惯了曼哈顿的生活，有一阵子她每天都会到我们在佩里街的家来。早晨她和孩子们一起吃早餐，然后陪着他们走到学校。孩子们不在的时候，她就在家里到处忙活。等到下午三点半，两个孩子踢里踏拉地从前门跑进家，她已经帮他们安排好了要做的事。他们先把东西放好，吃过点心、收拾干净厨房就出门了。祖孙三人喜欢一起步行去上城区。逛逛旧居民区里的小杂货店和二手商店。到俄国人开的糕点店喝茶。在公园里锻炼身体。说真的，我们的感觉就像是自己再熟悉不过的孩子有一天出了门，再回来时却突然变成了两个足智多谋的小探险家。

至于我嘛：呃，虽说不久之前刚离开静水农场，但我还是控制住了自己，没再碰毒品。

每天早晨，洛伦佐开车送我去费兹克公司，在那儿我还得跟肖尔斯－杜尔班方程一道忙碌一整天，从全世界最大最肥的金融牛排上切下几小块肉。我觉得自己不像以前那样干劲儿十足了。不过我并不怀念以前的状态——至少暂时还没有。林肯城市轿车晚上把我送回家之后，我就跟奥德拉一起步行去健身房。那时候妈妈还跟孩子们待在一起，要么是在高线公园散步，要么就坐在起居室地毯上读书给他们听。《柳林风声》，或者是《世界艺术史》。她还负责监督他们三天打鱼两天晒网地练钢琴。艾米平时还画点儿画，不过她似乎并没有继承我爸爸在这方面的天赋。至于尼尔斯，他正朝着工程师而非数学家的方向转变。他现在年纪还小，但我能看出来。妈妈也看出来了，看得和我一样清楚，而且她发现这一点之后显然觉得如释重负。她从公共图书馆借了许多关于水坝、引擎和飞机的书回家。奥德拉也许并没有注意到工程与数学之间的区别，但对我和妈妈来说这两者简直有着天差地别。就像板球和棒球一样。

有一天下午，我看着尼尔斯用扫帚柄做了一杆可以发射橡皮筋的长枪。这景象让我深感释然，就像我爸爸当年看到他的儿子时的感觉一样——那时候我的年纪和尼尔斯差不多，正坐在桑树下重新推导欧几里得对素数无穷性的证明。

“瞧瞧这个。”一天夜里妈妈对我说，那时候孩子们已经睡着了。她拿起尼尔斯做的武器，看样子这杆枪相当厉害。他把扫帚柄的一头锉平，在尖端刻出几道槽，然后用胶带粘了一排衣夹当作扳机。妈妈和我待在露台上。那天挺暖和，她给自己倒了杯红酒。她放下酒杯，端起枪管瞄准午夜时分衣衫单薄、从餐厅转场去酒吧的行人。“尼尔斯兴奋坏了。”她说。

“他们生活的世界和以前大不一样了。什么东西在他们眼里都是老掉牙的。但自己做杆枪——这可是个新鲜玩意儿。”

“这可是我小时候男孩子们爱干的事情，”她叹了口气，“现在的孩子什么没见过？”

一帮年轻女郎从我们楼下翩然走过，她们的手机在黑暗中闪闪发亮。我从小就特别喜欢和母亲坐在一起，观察平淡无奇的世间百态。

“我记得你这么大的时候，”她说，“就会在后院里玩。”

“我只能那样嘛。”

“那真是难得的幸运，谢谢你。你的童年就像是一块空白画布。”她放下枪，喝了一小口酒，“画布和油彩——再加上几堂数学课——我们给你的只有这些。”接着她又不那么肯定地加了一句，“说真的，其实还没那么多。这一代孩子啊——有时候我真觉得不可思议。”

“这种话人们说了恐怕有一千年了。”

她蹙起了眉头。妈妈脚边有两份报纸，她解下套在外面的橡皮筋，把其中一根箍在扳机上。她扣动扳机，橡皮筋嗖的一声掠过我们头顶，在街灯的光晕之中颤悠悠地飞了出去。它在抛物线的顶点微微一顿，随即有气无力地坠向街道，正好擦到了路过的一个男人的肩膀。他摸了摸衣袖，抬头朝上一看。

妈妈赶紧俯下身。

我挥了挥手。

“哇，”等她再坐直，我说道，“你好像——我说不好。”

“怎么样？喝醉了？”

“不是的。你好像很开心。”

“我的确很开心。我一直都挺开心的。”她望着人来人往的街道。然后她又说：“汉斯，还不光是来这儿以后。这些年我都挺开心。”

有一阵子我们俩都没再说话。我觉得我和妈妈都想到了同一件事。

“妈妈，”最后我说道，“他病了。情况越来越严重。”

“我知道，亲爱的。”

“你怎么知道的？”

“保莉告诉我了。”

“这事肯定很——我说不好，它肯定让你很担心。”

“当然。我非常担心。”

她拿出另一根橡皮筋，钩到衣夹上。但紧接着她把长枪放到了地上。“我不会到他那儿去的，”她说，“我希望你明白这一点。”

“我们都不想让你去。”

“我不能再去帮他了。”

“我知道，妈妈。”

我们沉默下来。没过多久她又开口了：“不过，这次情况很严重，是不是？”

“恐怕是的，妈妈。”

“见鬼。”

“但你知道，他很坚强。他非常坚强。你知道的，对不对？”

“不是的。他并不坚强。”

妈妈趴在栏杆上，似乎是想换个话题。街角处有辆拖车停到了路边，司机正在往一辆小车的轮胎上装夹钳。他又钻进了驾驶室，小车随即摇晃起来。紧接着小车一下子离开了地面，在钢索上晃晃悠悠地吊着。“这儿的人可不会多给你机会，是吧？”妈妈说。

我点点头。我估计妈妈是想到了以前在塔平顿的日子，我自己也想起了小时候在那儿度过的时光。在拖车旋转警示灯的照耀下，街角处枝繁叶茂的银杏看起来竟然有点像我们原来的那棵桑树。

她说：“我没法再去关心他的事了。”

“我知道。”

“他本来有机会的。他有过许多次机会，”她移开了视线，“好了，亲爱的，我总算说出来了。”

这时，大路另一头传来了清洁车的声音。妈妈的酒杯被震得格格直响，紧接着整张桌子都晃动起来。片刻之后，清洁车出现了：活像一只弓着身子咆哮不停的甲壳虫，顶着两只亮闪闪的大眼睛从小路那边爬了过来。

“你去帮他。”妈妈说。

“好的。我会回去的。他需要我待多久我就待多久。”

她又朝楼下的街道望去。“你的工作怎么办？”

“工作算什么呢？”

她握住了我的手。“天哪，汉斯。真的很对不起。我会帮你的。还要帮奥德拉。尼尔斯和艾米的所有事情都交给我。可是——”

“我会照顾他的，妈妈。别担心。”

她捏了捏我的手。“只能这样了，”她说，“不能让你爸爸再从我身上索取任何东西了。”

真相终于来临

那个月的下旬，我离家再次前往密歇根州，纽约的天气已经有了点入夏的感觉。在拉瓜迪亚机场，豪华轿车滴下的冷凝水在混凝土地面上聚成了水洼。九十分钟之后，机舱门在大溪城机场再次打开，湖畔的冷风倏地灌进机舱，就像是从船壳破洞中汹涌而入的水流。

我坐进另一辆租来的奥迪车，开上了湖畔公路。到了霍兰市的南边，我把车停在蓝星高速公路的路肩上，望着沙丘后面波涛翻卷的湖水。这儿的空气中还残留着冬天的气息。湖水掀起的巨浪里夹杂着白色的泡沫，在陡崖上方飞翔的苍鹰仿佛定在空中。我又上了车。公路再次折而向东，云层在农田投下的阴影仿佛又形成了一串湖泊，和我一起穿过田野向内陆地区驶去。到了密歇根州中部，春天已经来临。我打开车窗，呼吸着熟悉的空气。

到了小木屋那儿，爸爸正待在园子里。

他浑身是汗。不停地挖着土。好像在种什么东西：又是鳞茎类植物。在西红柿旁边，乱七八糟地种了一堆。他倾身向前，坐在一把锈迹斑斑的折叠椅上，收音机里传出的钢琴奏鸣曲响彻了树林。我立刻注意到他看起来很健康。从背后看上去——除了直拖到肩膀的蓬乱白发——他和我记忆中的那个男人几乎没什么区别。

“哎哟！”我在他肩上轻轻一拍，他叫了起来。

“把你拍疼了？”

“疼倒不疼，不过你把我吓得够呛。”

他踢开脚边的水桶站起身，汗水从下颌直往下滴。他的衬衣都湿透了，脸上被泥土弄得黑一道白一道，裤子紧贴着大腿。“老爸，”我说，“你看起来一点不像个病人。你在外头这么干活，可别把自己累着了。”

“那是因为我根本没生病。当医生的就喜欢胡扯。”他抓着手里的泥铲举上举下，就像是在练哑铃，“我正处在上升阶段。控制饮食，锻炼身体；学习知识，调节情绪。”

他的身材依然瘦削。一说起话来，他脖子上的肌腱就跳动不停。

“那是因为我又给他抽了一次积液。”甘达普尔医生说。他跟我们一起吃过晚饭，又和我走到了木屋外的平台上。那天晚上老爸在露台上吃了点牛排，就靠到长沙发上休息了。这会儿他在沙发上睡得正香。

“他瘦下来了，而且很有毅力，”医生说，“在你看来他当然显得很健康。不过，我得告诉你，”他张开了手指，“他可把我们俩都骗了。知道吗，我给他抽了四升积液，这个量很大。可是汉斯，积液还会再冒出来。长远看来，这是一个我们无法解决的难题。”

“我明白了。”

“不过也对，”他说着拍了拍我的肩膀，“你说得对极了。他看起来非常健康，对不对？最近他的状态特别好。我们该觉得庆幸才是。”

“别担心，”爸爸说着推开了盘子，“我会付钱的。”

我带他去菲尔特城吃午饭，可他连插在三明治上的牙签都没拔。餐馆开在一家杂货店后面的角落，我一边吃一边看着他打量两个正在买五金器具的顾客。突然他说道：“年轻的时候，你嗑过药。”

“我已经戒了。”

“嗯，好，”他点点头，“那很好。”

“我好像没跟你说过，最近我去接受过治疗。”

他盯着我。“可别跟我说你相信那种玩意儿。”

“说不定我真有点信呢。”

“说不定？”他挑起一根眉毛，“嗯，最起码留点疑心对你有好处。”

这时女侍者路过了我们的桌子，他指了指自己的咖啡杯。“现在可以给我续杯了。”

她不理不睬地走了过去。

他在她身后叫道：“就从桶里帮我舀一杯呗。”

他撕开几包奶精，一股脑儿倒进了咖啡杯。女侍者再次经过时他举起一根手指，可她又径自走开了。

他朝我这边凑了凑：“跟她滚过一次草堆。现在她老是让我等着。”

“我可不想知道这些。”

“你当然不想。不过那次感觉挺不错的，”他又加了一包奶精，“时至今日，我觉得你也许会有兴趣知道真相。”

“呃，关于这件事，我可没兴趣。”

我意识到，爸爸的病可能对大脑产生了影响。

“那时候我还没跟你妈离婚。”

“我说了，我不想知道。”

他微微一笑。“你瞧瞧她，好不好。我就喜欢这种普普通通的。”

“好了，爸爸。再说我就走了。”

看到女侍者在放馅饼的冷柜前弯下腰，老爸把整个身子都拧了过去。不过他随即回身咕哝了一句：“好吧，你赢了。”他揉揉胳膊，伸了个懒腰。“知道吗，”他说，“我从来都不在乎钱这东西。”

“我也不怎么在乎。”

听到这话，他拍了一下桌子。

“在你这个年纪，”他说，“我已经有了你和你妹妹。因为这个我才想着要挣钱养家。不过你知道，金钱对我来说毫无意义。”他啜了一口咖啡，做了个鬼脸，“说实在的，我也不会说你们俩在我生命中有多么重要。”

“这我知道。我们都知道。”

“当时的情况就是这样。我在搞研究。我们这种人干的就是这个。”他伸出一根小指头，勾勒着桌面上的花纹。“我年轻的时候研究搞得很不错。”他说道。

我吃完三明治，往卡座的椅背上一靠。其实在我这个年纪，他还没遇到妈妈。

这会儿女侍者从一排排桌子中间走过，开始摆餐具。老爸冲着她笑了笑，可她看都不看他。他打了个响指，她连头都没回。

“她肯定喝了几杯。”他说。

“那还用说？”

他噗地把嘴里的咖啡喷了出来，微微一笑，仿佛觉得我总算说了一句有趣的话。但过了一会儿他眉头一皱，笑容也消失了。

他揉了揉肩膀。“该死，”他说，“也不知道是什么鬼毛病，现在还在疼。”

第二天下午，电话响了：是克莱·韦尔斯。

她想过来。

我用手捂住了听筒。在长沙发上打盹的爸爸刚醒过来，还在眨眼。“什么时候？”他用口形示意，“什么时候？”

“估计下个星期吧，”我拿着电话想递给他，“你来说。”

“不用。跟她说可以。让她来之前先打个电话。让她提前一个小时打电话！”他双脚一摆，站了起来。

“他跟我说，请你来之前先打个电话。”

“提前一个小时！”爸爸低声说。

“请你提前一个小时打电话。”

“他还是老样子，”她说，“对吧？”

“我不知道。你上次见到他是什么时候？”

她顿了顿。“有一阵子了。”

“嗯，那他可能变化挺大的。”

“她说什么呢？”爸爸问道。

“没什么。”

“她一个人来吗？”

“我的天。让他自己来接电话，”她提高了嗓门，“迈洛！”

我把分机递了过去。

“你问她就是了，汉斯。”

“韦尔斯女士，他想问你是不是一个人过来。”

“天哪。”她深吸了一口气。然后她说：“他怎么样？”

“我觉得他看起来挺好的。”

“跟他说时间定在星期一。下午两点左右。”

“她有没有说我们？”

“爸，你自己问她不行吗？”

“提醒她，提前一个小时打电话！”

“我说过了，老爸。”

“汉斯，我很期待和你见面。”

“谢谢，韦尔斯女士。”

“拜托，”她说，“叫我克莱就好了。”

第二天早晨我们一起出门散步，去给他理发。湖湾另一头有位女士在房车上开了家理发店。爸爸的步子迈得很稳。他一直走到了路的拐弯处，在那儿我们先看到了一片两层楼的新房子，接着就是停车场后方用木头块架起来的房车理发店。他走上台阶，找了张凳子一屁股坐下来。

她长得挺漂亮，就像个标致的乡村女服务员。她俯身给他系上理发围布，泛红的鬈发晃悠悠地跳动了几下。但他就那么坐在她面前，一言不发。剪刀在他脑后咔嚓咔嚓地响了起来。剪下来的碎发颜色雪白，掉在白色的地毯上就看不见了。

回家时他的步子就没那么稳当了。汗水洇湿了他衬衫的前襟。不过新剪的发型让他显得很精神，他老是抬手去摸。我们俩走在路上，他跟我说起了往事：初到普林斯顿时，在数学系办公室和我妈妈相遇。“我跟她说我是助理教授，”他一边说一边沿着车道慢慢往上走，“然后她回答说，她是助理秘书。”

“老爸，听起来她挺迷人的。”

“是的，”他在木屋的台阶前站定，“可是我并不爱她。”

我搀住他的胳膊，跟他一起朝门口走去。

“汉斯，我是向她求婚了。但我对她从来都没有感觉。我爱的是别人。我们的婚姻就是个错误。”

“妈妈是个好人，你不该这么对她。”

“我说的不是这个。我只是想把自己知道的真相告诉你，”他挣开我的胳膊，把手搭在栏杆上，“汉斯，这是个编程错误。一旦出现了编程错误，它就会自行制造出一大堆新的麻烦。”

第二天早晨他醒来时对我说：“咱们把屋子清理清理。”

我们就清理起来了。你都想不到这样的一座屋子能出现多少毛病——它坐落在偏远潮湿的树林之中，平时只有甘达普尔医生帮着我爸爸收拾。不过我们还是想法子把不少毛病弄好了。小木屋就像费兹克公司的反宇宙。我修剪了树根，铲开纠结成团的藤蔓。我把垃圾袋塞进车子的后备箱，一趟一趟地拉到镇上，还清掉了橱柜里的好几个老鼠窝。我刷洗了每一扇纱门。老爸会帮我干点活，他休息的时候我接着干。每天中午我们都到菲尔特城吃饭，回家后他都要睡个午觉。他睡着了我就到屋外干活。他睡醒后到吃晚饭还有一两个小时，那段时间他会跟我聊天。

他身上的某种束缚好像松开了。他把关于自己的一切都告诉了我。

星期一下午电话响了。他从长沙发上爬起来，套上壁橱里熨好的裤子，到浴室刮胡子去了。“我看起来怎么样？”他喊道。

“还是那么帅。”

他走到窗前坐下来，望着外面的树林。有一阵子他就那么坐着没动。过了一会儿，他终于站起身走了出去。穿着讲究的衣服，剪了新发型，迈着坚定的步子走过空地，他看起来完全是个体面人物。

我站在厨房的窗户旁边看着。他在园子里种的蔬果边坐下来。就是一个星期前我开进车道时他坐的位置。还是那把锈迹斑斑的折叠椅。他的双脚还踏在那片稀稀拉拉的草莓地里。他把泥铲放在脚旁，拿起一把锄头。园子里浇水的软管从他身后一直连到小木屋。他把自己周围的东西精心摆弄一番，朝远处的湖水望去。

汽车终于出现了，它在湖湾的另一头轻巧地拐了个弯，沿着直路飞速驶来。他抓起折叠椅后面的水管，张开手掌接了点水洒到自己身上。

“教授！”从驾驶座那边下车的女人喊道。是一辆法国车——雪铁龙。“安迪特教授！”

是个很引人注目的女人——五官轮廓鲜明，身材苗条而不显瘦削。她微微抬起下巴，白色的头发在脑后揪成了一个发髻。后备箱的盖子弹了起来，与此同时车子一侧的后门打开了一半，又关上了。车门随即又被推开了。有人想开门，但很费劲。

她步履轻快地绕到车后，再出现时双手推着一把轮椅。后门总算打开了，一双脚笨拙地踩在地上。她弯腰放下轮椅的脚蹬，退开几步。一个穿黑西装的男人从车里探出身子，抓住轮椅的扶手，吃力地坐了上去。

“教授！”她又喊了一声。这回语气显得更活泼了。她推起轮椅，咯噔咯噔地走过坑洼不平的路面。她朝着小木屋的后方歪过头，爸爸就倾身坐在屋后的户外折叠椅上。“迈洛！”她兴高采烈地喊道，“迈洛，我们到了！”

“唉，汉斯，”奥德拉说，“太悲哀了。”

“我说不好。我不知道这算不算悲哀。并不是所有人都期盼爱情。他这话可能有许多含义。”

“还能有什么含义？他从没爱过你妈妈？”我听到奥德拉把手机放在了台面上。五点钟：快吃晚饭了。过了一会儿她又拿起手机，说道：“他肯定很害怕，怕你妈妈从来没爱过他。”

我听到电话里传来了节拍器啪嗒啪嗒的摆动声，尼尔斯在钢琴上弹出了一个音阶。

“他在跟我聊天，”我说道，“他跟我说了好多事，我觉得这些事他从来没告诉过任何人。”

“什么事？”

“你才不想听呢。跟他上过床的老情人。他爱过的女人。有好多事连我自己都不想听。”

“他还喝酒吗？”

“当然。”

“我很遗憾。”

“现在酒精已经影响到他的大脑了。”

搅拌器呼呼地转动起来。机器停下后她说道：“既然这样，他说的事你也没必要全信。别太往心里去。听着就是了。你去陪他就是为了这个。别总去想那些事到底是真是假。”

搅拌器又转了起来。接着传来了勺子敲打碗边的声音。煤气灶咔嗒咔嗒地点着了火。

“真的，奥德拉。”

“什么啊？”

“他说的事。我能感觉出来——全是真的。”

布朗姆顿鸡尾酒[1]

老爸要么是没听说，要么就是忘了：厄尔 · 比特曼出过一场车祸。克莱在门口帮比特曼铺开折叠式坡道，刚弄好就让爸爸带她去湖边看看。他们俩朝湖边走去，厄尔自己把轮椅推进了木屋。他在各个房间里转了转，掀掀窗帘，拽拽窗户把手，气呼呼地从狭窄的门口颠簸而过。到了楼梯底下，他把身子往前凑了凑，抬头望向二楼。

湖岸边，爸爸和克莱还站在那儿眺望着湖湾。她的身姿很优雅——宽松袖的毛衣，皮质手袋，灰白色的平跟鞋。就像一位到汉普顿区度周末的上东区主妇。在她身后，爸爸背靠一棵树，指点着风景。

"我可不想到这儿来。"厄尔说着从我身边经过，他在书架前停下来，"如果你还不知道的话。"

---

1 Brompton Mixture，吗啡与可卡因的混合剂，常用作晚期癌症患者的止痛药，因伦敦布朗姆顿胸科医院首次使用而得名。

“委屈你了，抱歉。”

“这个主意很糟糕。我这人从来受不了糟糕的主意。”他摇着轮椅贴着薄薄的板壁往前走，橡胶轮胎吱吱直响，“所以我的工作才干得特别出色。”他来到窗前，摇了摇头，“瞧瞧他们。两个笨蛋。”

“说不定还真是。”

“你父亲跟她在一起的时候始终都是个笨蛋。她呢，她跟他在一起说不定会笨得更离谱。”

空地那边，爸爸正冲着树林里的什么东西做手势。这片地方在克莱眼中肯定非常寒酸——甚至有几分可悲——但她还是站在爸爸身旁，好像看得挺开心的。爸爸说话时她点着头，一只脚别在另一只脚后面。比特曼不停地拨弄着轮椅的刹车。“我得回酒店去。”他说。他的轮椅从壁挂镜前经过，但他根本没注意自己在镜中的形象。我能看出来他目光指向的是什么地方。

虽说出过事故，但他还是个英俊的男人。下颌线条分明，鼻梁犹如刀削斧劈——皮肤晒得黝黑，在湖边光线的映照下显出古铜色。这样的脸我在华尔街见过上千次——就像是贵族出身的骑兵中尉——但他五官的协调感却被眼睛破坏了。那双眼睛看起来很不真实。

他抬头瞟了我一眼。“我可受不了别人的怜悯。”

“我没有怜悯你。”

“我还能到处活动。还能做不少事。”他摇了摇轮椅的扶手，“怜悯是一种不合时宜的情绪。动物没有怜悯之心，它们想要什么就直接去抢。”他把手伸进衣袋掏了掏。“抽根烟你不介意吧？”

“这屋子里好像还没人问过这个问题。”

笑意在他脸上一闪而过。“我倒不是在征求意见。我只是担心你会反感。”

他刚掏出烟盒，我就知道那是什么了：就是三十年前汉斯·博兰的葬礼结束后，比特曼拿给我父母看的那个烟盒，用一整块厚厚的银子雕刻而成。在那之后他可能还给别人看过好多次。他把烟盒放在轮椅扶手上，我认出了雕在盒子前面板上的图案：一排号叫的人。

厄尔瞅着我。“阿根蒂姆银[1]，”他边说边把烟盒朝亮处斜了斜，“在老桥[2]买的。价钱跟我的车差不多。”他一抖手甩开了盒盖，“意大利人偷起钱来比美国人可厉害多了。”

他举起烟盒，我看到了一条条盘曲的毒蛇，还有被诅咒者一张张骇然狂呼的嘴。盒子里的香烟仿佛也是艺术品，都是手工卷制而成，每根香烟之间以红线隔开。

“反正咱们也不遑多让。”我说道。

他难得地呵呵一笑。然后他啪地关上烟盒，把它塞回了口袋。他抬起头，仔细打量了我一番。“你和我干成了你老爸永远干不了的事。”

“什么事？”

“让自己功成名就。他也有同样的天赋，但他从来都没有善加利用。”

“照你这么说，拿到菲尔兹奖也是一事无成喽？”

他迎住了我的目光。“没错。说真的，我就是这么看的。”他往后退了一点，好看到屋外的情形，手指敲着轮椅。我看到爸爸站在码头上，身子前倾，一只手揉着自己的胳膊。他有点累了。比特曼别开了脸。“你能让你的孩子衣食无忧。”他说。

“我爸爸也行。你我所做的事只不过是出卖才华而已。”

---

1 Argentium silver，英国人彼得·约翰斯研制的一种银合金，在传统的银铜合金基础上加入了金属锗。

2 Ponte Vecchio，意大利佛罗伦萨的著名桥梁，桥上有二层楼的建筑，多为出售宝石和贵重金属首饰的商铺。

“不愿意出卖才华的，都是卖不出去的人。”

“他不想干这种事。”

“对此我深表怀疑。”他把轮椅摇到墙边，从书架上抽出几本书瞅了瞅名字，一脸鄙夷的神情，“所有人都想卖。”

“他不想。”

“好吧，瞧瞧他现在沦落到了什么地步。在这么个破地方了却残生。”

我别开了脸。

“怎么了？”他说，“瞧瞧周围吧。你肯定不会住在这种地方的。”

“那又怎么样？”

“刚才是你自己说的——他得了菲尔兹奖。”

“然后呢？”

“还有然后吗？”他说着把轮椅摇近了点，“问题就出在这里，对不对？这个问题他始终都没能解决。然后呢？然后——他都干了些什么？”

“对于这个问题，每个人的回答都不一样。”爸爸在门口说道。他站在坡道的顶端。

比特曼把轮椅转了过去。“胡扯，”他说，“我早该告诉你们了。我从一开始就看得清清楚楚。”

“告诉我们什么？”克莱说。

“最后的结局会是什么样。”他指了指我爸爸，“我早该告诉你们俩，他最后会有什么下场。”

老爸走进了房间。“那你怎么没说呢？”

“我怎么没说？”他用那双奇怪的眼睛审视着我们。过了一会儿，他微微一笑。“因为我不想破坏这个惊喜。”

那天晚上，克莱和爸爸又站到了湖岸边。爸爸一边说话，一边在空中用双手比画着。克莱朝他那边侧着身，一只脚又别到了另一只脚的后面，脑后的白色发髻散开了。吃完晚饭，我开车把厄尔送回酒店，这会儿正在厨房里洗碗。刚才我开灯的时候，克莱转过身朝木屋这边望了望。片刻之后，她挥了挥手。我把灯关了。

现在两个人正沿着湖边慢慢往回走。一位女士挽着我爸爸的胳膊，这让他看起来简直年轻了十岁。不，得有二十岁。即便在月光下，我也能看清他一脸的惬意。他的胳膊肘抬得高高的，肩膀挺得笔直。他们在门廊边的长凳上坐下来，然后她从手袋里摸出一个小本子，递给了他。她往椅背上一靠，眺望着湖水。他拿起本子翻开封面，俯下了身子。

我们住在塔平顿的时候，老爸出院回家之后往往会躲进二楼的工作室，像这样俯身坐在桌旁对着面前的本子，仿佛是在祈祷。他能连续坐上几个小时。我们经常不等他就开饭了，餐桌边异乎寻常地安静。其实我们心里明白，我们都在等着他来打破这种宁静。打破在沉默中心怀期望的感觉，那实在令人难以忍受。我记得自己有时会幻想老爸离家去了别的地方——当时我真的希望他已经离开了。可是每当他回到我们身边，当我听到楼梯上传来他沉重的脚步声，又会觉得如释重负。

过了一阵子，他在长凳上转过身，抬头看了看克莱，我这才意识到他在给她画像。

第二天早晨，比特曼说道："我听说，还真是有其父必有其子。"

"怎么讲？"

爸爸在我们身后的长沙发上睡着了。吃过早饭，他说起了这一带的历史——印第安人、伐木工、天然气——但不知到了什么地方他就说不下去了。他想重新开始，又试着讲起了发明伐木集材车的事，但说着说着就没了声音。这会儿他正在打呼噜。

“有传言说，你也喜欢吸两口。”比特曼说。

“谁说的？”

“咱们可是同行。”

“我没事儿。”我回答道。

他抬起头看着我，又是那种审视的眼神。过了一会儿，他说：“你老爸有没有谈起过她？”

“你是说你妻子？没有。实话告诉你，我从来没听他说过她的事，”我转向了窗户，“就算他说了，那也是因为一时走神。他状态不是很好。”

“显然如此。”他从烟盒里抖出一根烟，在轮椅上敲了敲。“不过我的状态也不好。这就是生活，对不对？我们只能尽力而为。”他关上了烟盒。“抽烟吗？”

“谢谢，不抽。”他啪地打着火，歪了歪下巴，我这才发现他的眼睛有什么问题：瞳孔细得犹如针尖。

“你是不是很疼？”我问道。

“上帝啊。”他只说了这几个字。

整个上午爸爸都在睡觉，厄尔则在木屋靠边的房间里打电话谈生意，透过板壁可以清楚地听见他响亮的声音。他正在和西海岸的一个风险投资人谈什么私募股权交易，那家伙似乎有点举棋不定。

电话打了好几个小时，厄尔一会儿大声咆哮，一会儿百般巴结，一会儿连哄带骗。挂断电话，再打回去。厄尔和他自己在纽约的助理通话时很不耐烦，对西海岸的那个家伙却低声下气。轮椅蹭得护墙板咯吱咯吱地响，还时不时撞在桌子上。克莱去镇上买东西了。我在厨房调大了收音机的音量。

快到中午时，他总算完事了。几分钟之后，他摇着轮椅进了起居室，腿上放着哑铃。他把那东西摆在地毯中央，说道："但我从不允许它阻止我。"

"好吧。"

"我说的是疼痛。"他打开一块健身房用的毛巾，铺在腿上，"对不起，我昨天态度不好。你以前出过问题。但你想法子去解决了。"

"也可以这么看。"

"想不想听听我的猜测？"

"我想不想听？"

"你吸的是可卡因，"他把毛巾掖在双腿下面，"对吧？"

我什么都没说。

"太典型了。"他把两手伸进半指手套，"我的意思是，对你这样的人来说非常典型。"他捏起手套，把它套在手掌上，"其实是老生常谈。我都见过几百次了。你们都会犯同样的错误。"

这时他闭起眼睛坐在轮椅上，深深地呼吸了几次，呼吸节奏渐渐放慢，直至整个人几乎完全静止。过了好久，轮椅总算往前移动了。他抄起地毯中央的哑铃，用力举过头顶，又把它放回地上。这组动作他做了五十次。然后他把轮椅往后退了一点，转了半圈，换另一只手做同样的动作。最后他终于在房间中央坐定不动，汗水顺着鬓角流淌下来。

"你没搞清自己想要的究竟是什么，"他说，"这就是你的问题所在。它是你永远都无法填满的空洞。"

他用毛巾擦干了脸。然后他闭上眼让呼吸平静下来，呼吸声恢复到了几不可闻的状态。再睁开眼睛时，他使劲儿把轮椅往前一摇，又从头做起了整套动作。

那天下午我开车把厄尔送回酒店后，一辆卡车出现在车道上。

后门打开，两个男人开始卸货：一张桌子、几把椅子、一块地毯，还有一张沙发。地毯是波斯地毯，沙发是黑色的真皮沙发。他们先把所有东西搬进木屋，然后又抬了个纸盒进来，里面装的都是镶着镜框的照片——用银版照相法拍摄的黑白照片，拍摄主题是二十世纪美国小镇的中心街道。克莱跟在那两个人后面走来走去，指挥着他们把每一样东西摆放到位。

送货的人刚忙完，爸爸就坐到了新的长沙发上。对这一切他没提出任何反对意见。毡布台面的破桌子和摇摇晃晃的椅子被清了出去。还有窗户下面那张开裂的木头长凳。早已磨破的旧沙发被斜着抬出门口时，老爸的目光追随了它一阵子，不过他什么话都没说。卡车开走后，克莱拆开一盒配有白镴杯托的蜡烛，把它们摆在窗台上。

那天晚上吃晚餐时，她点亮了蜡烛。当时她已经把丈夫接回来了，他坐在餐桌的另一端。比特曼好像根本没注意到屋子里的变化。他眼神呆滞，直愣愣地瞪着窗外。克莱端上菜肴时他别开了脸，盯着一支蜡烛出神。他的嘴唇苍白得很。我爸爸坐在餐桌的这头吃个不停，叉子叮当作响，还一直在和身旁的优雅女士聊天。他时不时把注意力转向比特曼，但后者根本没理会他的目光。

上甜点的时候，克莱和我爸爸的谈话总算告一段落。傍晚时分的沉默随之而来。窗外还闪耀着最后的一线天光，湖边的矮树丛中传来了水鸟啁啾的鸣叫。

老爸吃了大半块牛排、一份沙拉，还有一碟梨子。这会儿他倚在新买来的椅子上，夕阳透过窗户斜斜地照亮了他的脸颊。墙上挂着的一排照片映出了一线紫红色的光焰。他抬起头凝望着照片，随即又把视线转向我们几个人。他的视线在比特曼脸上停留的时间最长。

第二天傍晚克莱走到码头边，问我能不能帮忙去接她的丈夫来吃晚饭。刚才她一直和爸爸坐在长凳上，看着远方群山上空低悬的雷暴云。问过我之后她又走了回去，坐回他身旁。

我开车去镇上接比特曼的时候，车子穿行的空气中仿佛都充满了电荷。天空倒是一片晴朗，但西边总有雷声连续不断地传来，就像是家里有人在远处的房间里搬家具。我故意绕了远路，还在十字路口处的高速加油站停了一会儿，慢悠悠地喝了杯咖啡。

最后我总算走上了湖畔套房酒店门口的坡道，却听到房间里传来了砰砰的响动。窗帘开着。我重重地踩出几声脚步声，敲响了房门。声音停止了。接着又响了起来——一下，两下，三下，连地板都在震动。房门打开了，厄尔站在我面前。

“哦——”

“干吗？”他说，“我老婆呢？”

轮椅靠在床边。

“不好意思。我还以为——”

“你可不是头一个。”他皱起了脸，一只胳膊顶住门框，另一只拳头抵住墙壁，拖着僵直的腿往前一冲，整个人落到了床垫上。他把轮椅拖近了点，双手撑起身体坐了上去。

回小木屋的路上，他跟我说了车祸的事：雨夜，高档的摩托车——手工打造的埃克斯赛车，那天晚上他帮一个朋友试车去了。全护式头盔，凯芙拉材料的赛车服。就在离家几个街区的地方。结果有个十几岁的小孩闯了红灯。

“你以后还能不能再走路了？”我问道。

“没几个人能恢复到那种程度。”

“我很遗憾。我不知道。”

“不知道什么？”

“我不知道你还能像那样站起来。”

“站起来又怎么样？往前栽吗？”

“走路啊。”

“我走不了。”

“好吧。”湖湾黑着灯的一头有一段坑坑洼洼的路，我小心翼翼地把车开了过去。天色已黑，雨还没落下来，但从湖面望过去，闪电照亮了远处的地平线。车开到邮箱旁边时，我按了几下喇叭，这才拐上车道。我有点心神不定。也许是出于这个原因，我没话找话地说道：“好吧，这已经不是最糟糕的结果了。”

他没回答这句话，算是放了我一马。车停在木屋前，我熄掉引擎才注意到车灯照亮了什么：是爸爸和克莱，两个人还一块儿坐在码头旁边。他们还没到屋里准备晚餐。我找不到车灯的开关，便推开了车门。但车灯还亮着。我能听到身旁厄尔平稳的呼吸声。他就那么坐着，两眼不依不饶地盯着那两个人，直到他们的身影随着咔嗒一声轻响又隐没在黑暗之中。

第二天早晨我们坐下来吃早饭时，我往窗外看了一眼，发现坡道被撤掉了。“厄尔呢？”

“回纽约去了，”克莱回答道，“他这个星期都很忙。”

正在吃饭的爸爸抬起头，露出了微笑。

无穷小量的求和

从那年夏初开始，我们的日子就这么过了起来。克莱、老爸和我三个人住在森林中破败的小木屋，不过屋子现在已经布置得焕然一新了。我打电话回纽约续了假。费兹克公司又能说什么呢？想找人取代我可没那么容易。

湖对岸的樱桃园从白色变成了绿色。每天早晨和傍晚，我都得在小壁炉里生火，炉膛的墙壁上全是黑乎乎的烟灰。没过多久，我就只需要在早晨生火了。一阵阵来自南方的暖空气，就像是军队前方吹响的开路喇叭。大雁从上空飞过。爸爸和克莱坐在码头边的长凳上，抬起头望着它们。

每天吃午饭之前，老爸会跟我一起到湖边转转。克莱会利用那段时间开车到镇上买东西。这是我和他共度的时光。我们会坐在码头边，或者沿着小路散步。我得承认，我几乎都已经忘了日子还能过得这么有弹性。大雁。秋沙鸭。还有水貂，趁着阳光好的上午在峭壁上乱扒乱找。起初的一段时间，我每天都要往办公室打个电话。但过了一阵子，我干脆连电话都不打了。

吃饭时我们都很安静——他们两个像在码头上那样并排坐着，不过现在我坐到了餐桌的上首，负责把菜递给他们。爸爸的胃口不错，甘达普尔医生听了很高兴。他能消灭一整块牛排。虽说每天下午他仍然会感到疲劳，但打个盹儿总能恢复，到了傍晚就重新精神起来了。红彤彤的暮色能持续很长时间。杉树的轮廓被湖面衬托得分外鲜明。他会从新买的沙发上撑起身子，目光在我和克莱的脸上转来转去。

有一天早晨，我看着老爸自己穿衣服。我能看出他感觉挺好。从壁橱里翻出了熨好的休闲裤。从抽屉里拿了件毛衣。把拷花皮鞋擦得锃亮。他站在镜子前，仔仔细细地梳好头发，还往衣领上喷了点古龙水。

他注意到我在看他，便说道："帮我闻闻这个？"他朝前走了几步，"这香水怎么了？"

"我不知道，老爸。"

"我就是让你闻闻古龙水是什么味儿。"他把衣领朝我这边扯了扯。

"酸橙味儿，老爸。跟以前一样。"

"啊？"他凑在衣领上嗅了嗅，"臭死了。你没闻出来吗？这香水变质了。"

"什么？没有，我没感觉出来。闻着和以前一样啊。"

他退开了。他站在镜前整理好袖扣，又凑近了点仔细瞅了瞅脖子上的胡茬。我知道他其实是还想再闻闻自己的衣领。过了一会儿，他说道："很奇怪吧？"

"什么？"

"我说不好，"他说，"我就是不知道自己究竟是怎么了。"

现在他每天都要这么打扮一番——活像是花花公子。锃亮的皮鞋。精心梳理的头发。有时他还会穿上在普林斯顿穿过的带油皮袖子的外套。那件衣服以前他穿着总有点偏小，不过现在正合适。克莱把袖口别了起来，免得盖住他的手。那个月中旬，连续好几天早晨都凉飕飕的，他总穿着那件外套。拉链拉到一半，竖起的领子贴在颈后。她会挽起他的胳膊，两个人一起漫步走向湖边。

看他走路的样子，仿佛刚刚迈进迷宫入口处的岔路。

有些日子过得比其他日子要好，究竟是因为什么却很难判断。早晨他们俩会一起去散步，他走在前头，超出她一两步。他时不时地回头看一眼，仿佛是想着万一她在路上摔倒了好伸手去扶。他们的目的地是码头边缘处的长凳。码头中间有几根木板开裂了，他先自己跨过去，再回身去搀她的手。每天他都得表现一番绅士风度。她会搀住他细瘦的胳膊，从木板上跨过去。然后两个人再一直走到终点。

那段日子里，有一个时刻我记得非常清楚。正好是我爸爸精力特别充沛的时候。晴朗的早晨。码头上蒙着一层露水。他和克莱沿着湿乎乎的木板往前走。到了板条开裂的地方，她搀住了他的胳膊。然后他们俩一路朝色泽斑驳的长凳走去，胳膊挽着胳膊。他枯瘦的手指。她苍白的膝盖。她侧过脸望着他。

我正在洗早餐的碗碟。这是妈妈以前干的活。

就在这时：有个小小的动作。她的下巴微微抬了起来，抬得很快。

突然两个人就亲吻在一起了。她抬起手抚摸着他的脖子。

艾米接起电话说："爸爸！"她正在自己准备要带到学校吃的午餐。她跟我说，昨天晚上她用火柴盒堆了个金字塔。每一层用的火柴盒数量是由卢卡斯数列决定的。她问我，知不知道卢卡斯数列是什么？我当然知道。不过她还是把数列的公式背了一遍。她跟我说卢卡斯数列有许多实例，卢卡斯数只不过是其中之一。我说我为她感到骄傲。当然，我心底也掠过了一丝恐惧。

我问她大家过得怎么样。她说："我不知道啊，你等一下。"她放下了电话。换成尼尔斯来接了。他问我过得好不好。他问到了爷爷的情况。还问到了和我们住在一起的那位女士。他跟我说艾米的表现有点不太好，不过只是在快睡觉的时候。他说他想我了，不过还没到盼着我赶快回家的程度。如果我还得再陪爷爷住一阵子，那也没问题。他说他能理解。他能理解。他说他觉得我肯定也很爱自己的爸爸，就像他和艾米爱我一样。我说他真好，能这么为爸爸着想。我说我也非常爱他。他说妈妈挺好的，纽约也不错。他自己做了个花生酱香蕉三明治准备带到学校去吃。要是妈妈让他帮忙的话，他也可以给艾米做一个。她那天有一份读书报告要交。"是社会学，"他压低了嗓门，"她学得不是很好。"我跟他说艾米已经做好自己的午餐了。然后他跟我说再见，下楼收拾书包去了。

奥德拉来听电话了。她问我过得怎么样。我跟她说了。我问她过得怎么样。她说孩子们的学校搞了一场募捐活动，还说有个工程承包商给街区上的一栋褐砂石房子做了喷砂处理，那房子的主人是个阿拉伯酋长。她跟我说帮艾米约了个周末的玩伴，是新搬到我们家附近的一个小姑娘。

等她说完，我问道："妈妈怎么样？"

"哦，她挺好。真的挺好的。看起来精神十足。她到保莉那儿去了。"

"我还不知道她们有这安排呢。"

"是你妹妹提议的。我想你妹妹是觉得应该趁你不在的时候，陪妈妈过些日子，"然后她又加了一句，"说真的，我觉得这对她们俩都有好处。”

奥德拉说话的时候，爸爸出现在窗外，走上了通向湖边的小路。片刻之后，克莱也从后面跟了上去。她走到小路的拐弯处，他回身拉住了她的胳膊。

“呃，妈妈怎么样？”我问道。

电话那头顿住了。

“你还好吧？”奥德拉问。

“嗯，挺好啊。我挺好的。我没事。”

“你刚才已经问过我一遍了。”她说。

阿涅西的女巫[1]

爸爸的手直发抖，但他还是拿起刀顺着木头的纹理削了下去，然后斜过手腕，让卷曲的薄木片盘进自己的掌心。我在他身旁坐下来。“你在刻什么？”

“哨子，”他说着把它举了起来，“给你儿子刻的。来，吹一下。”

哨子同时发出了两个音调，一高一低。

“两个频率，”他说道，“我像尼尔斯这么大的时候学会的。以前我经常在森林里用木头刻这些东西。整天都一个人待在林子里头。他喜不喜欢这样？”

“尼尔斯很喜欢森林。”

爸爸没抬头。他从口袋里掏出一把更小的刀，在哨子尾部刻

1 指意大利数学家玛丽亚 · 阿涅西（Maria Gaetana Agnesi，1718—1799）在其微分学著作《分析讲义》（*Instituzioni analitiche*）中研究的一种平面曲线“箕舌线”。由于该书英文译者误将 versiera（箕舌线）译作 avversiera（女巫），该曲线也被后人称为“阿涅西的女巫”。

起了槽。他剔掉一小块木片，再把开出的口弄平整。“我的意思是一个人待着。”他说。

“不，他不喜欢。他特别合群。”

“他总能知道自己所在的方位吗？”

我朝屋外的湖面望去。“老爸，他没这种本事。不过艾米可以。我担心她把咱们家族的特点全都继承去了。”

“要这么说，你的担心是有道理的。”他把刀刃平贴在木头上，把哨子的管口削光滑，“不管怎么说，他应该会喜欢这个。”他说着又用哨子吹了一声。

突然起了一阵风，刮弯了树梢。紧接着，风又突如其来地停了。

“老爸，艾米呢？”

“艾米怎么了？”

“你能不能也给她做个口哨？”

“生病这回事，”他说，“还真会给人以启示。瞧瞧这颜色。”他掀开衬衣下摆，露出古铜色的肚皮，那肤色就像是涂了美黑霜。“我的肝脏不行啦。蛋白都没了。甘地是这么跟我说的。”他轻轻敲了敲肚子上再次出现的鼓包，“渗透压。简单的数学原理，到这儿找我算账来了。”

“嗨，你的情况比以前要好。”

“都是你以前不当回事的东西。一个零件坏了，其余的全都跟着出问题。你一旦越了界，就不会再有第二次机会。现在我刮胡子弄破点皮，血能淌一个小时。你再瞧瞧我的手。”他举起了一只手，“这模样简直太奇怪了。”

“疼吗？”

“手倒是不疼。不过红得跟甜菜根一样，对不对？疼的是关节。而且有时候我痒得厉害，痒在什么部位都没法给你说。痒是最叫人难受的。其他的大部分症状都不是很让我心烦。最起码没那么烦。”他没好气地看着我，“感觉就像是在看一部僵尸电影，只不过你自己是主演。”

他搔肩膀的时候，我看到了他领口下方的指甲印。他起身解开了衬衫剩下的几个纽扣。“我给你看过这个没有？”

“看什么？”

“我快变成自己最心爱的东西啦。”他说道。这时他分开衬衫的前襟，两只弹性十足的乳房甩了出来。他肩膀一沉，乳房便颤悠悠地直晃。“怎么样，不错吧？”

“我见过更好看的。”

他哈哈大笑。平静下来之后，他靠在椅背上解开皮带，让裤管顺着腿滑下去。他把一侧的睾丸从短裤里掏了出来。它显得很小，光溜溜的，一根毛都没有。“来摸摸这个。”

“还是算了吧，老爸。”

他又掏出另一侧的。“它们都快缩没了，汉斯。”

他打了个颤，又慢慢坐回到椅子上。“连这两个老伙计都要丢下我逃进山里去了。”

现在关节部位的疼痛会在夜里把他弄醒，有一天傍晚甘达普尔医生顺道来了一趟，试着给他用了点吗啡。爸爸吞下药片，躺到长沙发上。几分钟之后，他坐起身吐了。

克莱热了碗汤，他们又试了一次。这回他倒是没把药吐出来，但甘达普尔医生离开之后，他在长沙发上整夜都没睡着。他半坐半躺地靠在皮沙发上不停地舔着嘴唇，我们一去看他，他就会睁大眼睛盯上我们半天，好像是想搞明白究竟是克莱还是我策划了这次袭击。

第二天早晨甘达普尔医生又开车过来看他，老爸说：“千万别再让我吃那种药了。”

“明白了。”甘达普尔医生说。

“不，”爸爸冲着对面的医生眨了眨眼，“你不明白。我得留住思考的能力。”

“夜里也要这样？”

“对，夜里也要这样。”

后来，我在奔驰车旁边对医生说：“对不起。”

“哦，可别为了这个道歉。是我冒昧了。他现在吃的药没问题，晚上睡觉时稍微加点量就行。像他那样的头脑——麻醉药物肯定会让他觉得心烦意乱。”

“说实话，我觉得他现在根本不会在乎烦不烦的事。”

医生笑了。“可你刚才也看到了，他还是挺在乎的。”他坐到驾驶座上，“我们永远都不可能完全理解别人的存在方式，对不对？当然啦，他还是更喜欢自己用惯了的药。”他点了点头，把苍白的手指搭在后视镜上，“那我们就还用以前的药，能撑多久就撑多久。”

克莱烤了一只鸡。我做了沙拉，配料有胡萝卜、生菜，还加了几个滑不溜丢、方头方脑的粉红色的东西，菲尔特城的百货商店把这玩意儿当西红柿卖。那个下午天气挺暖和，但现在湖面上已经黑黢黢一片，刮起的风吹动了树林。

开饭后过了好一会儿，我才注意到爸爸突然停下来不吃了。刚才克莱从厨房走进来站到爸爸身后，一只手给他斟红酒，另一只手揉着他的肩膀。这时老爸把叉子放在餐桌上，抬起了头。然后他又低头看了看自己的盘子。他身旁的克莱慢慢抬起了眼睛。片刻之后，我转过身来。

门廊的窗外有两个人在往屋里张望。是保莉和妈妈。

一统天下的猜想

组合数学会议的会场设在伦敦西区的一家豪华酒店，离我在梅菲尔区住的更豪华的酒店步行只需一刻钟。当时是十月，天冷飕飕的，就在我第一次离家去照顾爸爸之后不久。那天早晨的泰晤士河上，驳船和海鸥随处可见。酒店门前卖希腊烤肉卷的小贩们大声兜售着热气腾腾的美食，大堂的门上沾满了蓝汪汪油乎乎的手掌印。要找出数学家并不难：他们在一辆辆推车中间转来转去，比较哪一家的价格最便宜。

会议的排场比我想象中的要大得多。水晶吊灯高悬的宴会厅，墙壁上装点着十九世纪的油画。会场旁边的桌子上精心摆放着航空公司股票的广告册页。在大厅的角落里还能听到喷泉的潺潺水声。我不禁心想，既然数学家们都宁可待在自己的院系里闭门不出，干吗还要挑这种地方来开会？

关于贝内德克·福多尔，我从网上找到的信息少得可怜。他的维基百科页面上只有一张模糊不清的照片和一句话，介绍了他几个迥然不同的研究方向——拟阵理论、张量理论和黎曼几何。

没提到任何有关个人生活的情况。我自己搜到了一点零星的信息：他是自学成才的，父亲在马特劳山[1]的一个村子里做奶酪。十九岁获得阿贝尔奖，二十九岁获得菲尔兹奖。不过关于这两次获奖的报道寥寥无几，而且还都是以同样的信息为基础写出来的。福多尔甚至没去参加菲尔兹奖的颁奖仪式。没有老婆孩子。现在还跟父母住在一起。我在这几篇报道中看到的引述来源都如出一辙：一位当地辖区的官员、一个小酒馆的店主，还有个警察，看来在他家乡只有这几位居民愿意跟记者聊天。他们都知道贝内德克·福多尔取得了某种重大的成就，但谁也搞不清这成就究竟是什么。

我把在华尔街上班时穿的西装留在了酒店。

找到福多尔的时候，他正站在会场的门外，侧着小脑袋透过门缝往里瞅，看样子关于狄利克雷级数的演讲很无趣。能容纳一百人的会场里只坐着五六个数学家。"福多尔博士？"我说着伸出了手，"自我介绍一下。我叫汉斯·安迪特。"

他抱着胳膊没动。"再说一遍他的名字？"

"汉斯·安迪特。"

"他的名字。"

"您是说迈洛·安迪特？"

"嗯。"他答道。他小心翼翼地伸出了手。掌心很粗糙。衬衫的袖口脏兮兮的。"大概，"他说英语时带着很明显的口音，"我大概知道你是谁。"

我说想请他吃午饭。他低头瞧了瞧地毯，点头同意了。我们没再理会关于狄利克雷级数的新发现，沿着酒店所在的街区走进了广场边上的一家面馆，我来的时候特地留意了一下那个地方。倒不是说东西有多好吃，而是因为那儿看起来很安静。

1　Mátra，匈牙利北部山脉。

他点了两份浓汤。第一份汤刚端上来就被他喝了个底朝天，然后他还举起碗凑到唇边，把剩下的一点儿汤汁吮得干干净净。这时候我们才简单地寒暄了几句。

“你明白？”他总算放下了汤碗，“你明白那是什么吗？”

“你指的是？”

“那个问题。”

侍者端来了第二份浓汤，他又开动了。

“嗯，我明白。”

他做了个鬼脸。

“所以你到这儿来了。”

“对。”

“你是第一个，”他从勺子上挑出一小块碎肉，放在桌布上，“你是第一个来问的。”

“听你这么说，我觉得挺高兴。”

“你和他一样是拓扑学家？”

“不是。我的工作领域完全不同。”

他又在桌布上摆了一小块肉。“不道德的领域吧？”

“什么？”

“是不道德的领域吗？”

“反正不是数学。福多尔教授，你觉得数学以外的领域都不道德？”

“福多尔*兄弟*。”他又埋头吃起了第二碗汤。侍者走到桌边，在我们的杯子里添了水。“像我的同胞埃尔德什一样——所有人都是他的兄弟。”

“嗯。好的。”

“金融？”他举着热气腾腾的勺子问道。

“你是说我的职业？对，是的。”

一时间他显得很高兴。紧接着似乎又有点生气。然后是一脸困惑。他把水倒进汤碗，像品酒师似的搓了搓玻璃杯。“显然你比你父亲要聪明好几倍。”

“显然没有。”我示意侍者再加点水，又要了茶。“是这样的，”我说道，“我看了你的证明。从头到尾仔细看的。你的论文写得非常棒。”

“很有逻辑。”

“嗯，当然。是很有逻辑。我明白它的适用性。明白它的意义。”我努力控制自己的表情，“你的论文和马洛什定理有关，福多尔博士。福多尔兄弟。”我清了清嗓子，“它能驳倒我父亲做出的证明。他可是靠这个拿到的菲尔兹奖。”

他微微一笑，显得很开心。“菲尔兹奖是狗屁。”

“也许吧。”

“说得好，”他冲着汤碗说，“也许吧。我喜欢这个说法。也许吧！”

我挤出一丝笑容。

他说：“我那么做是因为诅咒。”

台布上又多了一块碎肉。

“知识的诅咒。”热气从他的嘴里飘散而出，宛如干衣机排出的蒸汽，“我那么做，是因为知识对人类的诅咒。”

我凝视着他。油乎乎的嘴唇，蒙着水雾的镜片，饥渴的眼神。“啊，明白了，”我说道，“原来如此。都是因为对知识的追求。因为人类对知识的追求。”

“哦，对不起！”他笑了，“追求。Curse 是 Átok。我想说的是 cause。”

福多尔的口误似乎转变了他的态度。

“再来份汤怎么样？”

“好的，谢谢！”

侍者很快端来了第三份汤。福多尔又往汤里倒了一杯水，然后大吃起来。现在亚麻桌布上的碎肉排成了一个湿漉漉的半圆形。喝完了汤，他说道："当然了，我不想损害任何人的声誉。"他把勺子竖着放进玻璃杯，叠起双手，"你父亲是个伟大的人物。他是你的父亲，所以你来为他辩护了。"

"嗯，可以这么说吧。不过，我们俩的想法也许并不完全一致。我有义务为他辩护，但是从其他意义上说我并不觉得我应该这么做。我更有义务去了解真相。就是这么回事。我觉得这么说我父亲应该也会同意的。"

他好奇地打量着我。

"请别见怪，福多尔博士。"

"你父亲，他还好吗？"

"不是很好。说实话，他病得很重。"

"我真的没想去伤害他。不是针对他的。"

"我明白，这不是你的本意。"

"你是他友好的儿子。"

"也许吧。"

"为什么要说也许？"

"嗯，我是的。"

"不过，你弄得明白吗？"

"弄明白什么？证明？"

"是的。"

我喝了口茶："你的证明，还是他的证明？"

"他的。我的不算证明。只是提出了问题。你父亲的文章才叫数学。"

"嗯，我都明白。最起码证明之中的大部分我能弄懂。我觉得我是弄懂了。不过，我并不是拓扑学家。"

又一阵沉默。他狐疑地看着我。

“还想再来份汤吗？”

“不。够了。”

他突然转过头，朝门外望去。

最后还是我先开的口。“福多尔兄弟，能问你个问题吗？”

他说话时没回头。“好。请问。”

“你觉得我父亲知道吗？”

就在这一刻，侍者把茶端了上来。茶倒进了杯子。福多尔回过头，盯着自己的茶杯。他伸出双手放在杯口腾起的热气之中。手背上都是乱七八糟的钢笔印。过了好半天他才抬起头：“他知道什么？”

“知道自己出了错。知道他的逻辑——他证明的逻辑有某个站不住脚的地方。”

他往桌子前面凑了凑，瞪着我。他用手拨动着桌布上的一块碎肉：向左挪一点，再向左挪一点，又往右挪一点。他的眼睛睁得老大，他的视线仿佛穿透了我的脑壳。

接着，他一下子变得严肃起来。“这是复杂的证明，”他说着又抬眼看了看我，“安迪特先生，你知道有多复杂吗？”

“嗯，我知道。我的工作跟概率论有关。我刚才说过，我不是拓扑学家，但我觉得自己能明白。明白他和你所从事的工作。你们俩的工作。”

“非常非常复杂的证明。明白了吗？”他笑得咧开了嘴，深色的牙龈把臼齿都映黑了，“非常。非常。非常。非常。非常。你们英语会用到几个？”

“几个什么？”

“几个非常。”

“五个很够用了。”

“好，同意！非常非常非常非常非常复杂，”这会儿他笑得像个孩子，“没几个人能弄懂。甚至没几个拓扑学家。”然后他垂下了头，“我也不是拓扑学家。我觉得自己是个废物。连废物都算不上。只能说是废物的影子。”他朝我点点头，还是一脸开心的神情，“不过我觉得你其实是的吧？”

“是什么？拓扑学家吗？不是的。”

“哦。”

“我的问题是，福多尔先生——你不介意我这么问吧？我觉得这个问题没几个人能回答，但你就是其中之一，说不定全世界只有你一个人才能回答。”我低下头，想看着他的眼睛，但他一下子移开了视线，“你的论文其实并不是在驳斥我父亲的证明。这我明白。但不管怎么说，文章毕竟还是委婉地指出了一个错误。一个重大的错误。”

“数学上的错误。”

“没错。我想问问你，福多尔先生。我想问的是，你觉得我父亲自己知不知道这个错误？”

“哦。”微笑像关灯一般消失无踪，他看向别处。“你的意思是，当时他知不知道？”

“是的。出现错误的时候他知不知道？”

“你不会再跟别人说起这个吧？”

“当然不会。”

听到我这么说，他想了一会儿。贝内德克·福多尔隔着桌子坐在我对面，别过身子思考起来。换作另一个人，那模样就像是要招呼侍者买单，转身去打电话，或者站起来取车。他闭上眼睛，摆正身子，坐好不动了。在他的下颌上能看到一根跳动的青筋。

过了一刻钟——我正在看钟上的时间——他的下巴微微点了点。“我提个问题。”他说。

“什么问题？”

“你觉得他知道吗？”

我闭上眼睛。我想象着他的模样。放在纸盒里的瓶子。毫无用处的画。

我睁开眼睛。“嗯，”我说，“我觉得他可能是知道的。”

“那么答案就是肯定的，安迪特先生。我同意你的话。伟大的数学家肯定都会知道。”

否认上帝

甘达普尔医生靠在窗前，模棱两可地比画了一个十字。“上帝发挥起作用来还真让人意想不到，对吧？”

“她们来之后他一直都是这样。”

有这几个女人围在身边，爸爸重新振作了起来。园子里，克莱拎着水桶慢慢地浇水，我妈妈挥起生锈的锄头把土块破开。老爸跟在后面，弯着腰一路往前挪动，攥住长长的杂草使劲儿往外拔。他偶尔能成功。菜地旁边靠着一辆手推车，他拔起草就往车里一扔。妈妈弓身把手推车往前推了几步，爸爸抬起头来望着她。

“你母亲呢？”甘达普尔医生问，“这么住在一起，她不介意吗？”

“我母亲是个圣人。”

“哦。”他合上医疗包，转向窗户。老爸正在跟一株杂草较劲，草好不容易拔起来的时候他踉跄了一下，随即站稳身子，把它扔到手推车里一堆杂草的上头。他继续向前挪动，两眼盯着妈妈的小腿肚。过了一会儿，他又侧过脸盯着克莱的腿。

“我恐怕不能赞同。”甘达普尔医生说。

“不能赞同什么？”

他脸红了。“我得先向拉合尔的好神父们道歉，”他说着又比了个十字，“但如果说我这辈子明白了什么道理，那就是圣人这玩意儿根本不存在。”

“但她的确是圣人啊，”保莉说，“如果她还能去关心他，”保莉指了指屋外的码头，爸爸就坐在妈妈和克莱中间。“任何人只要还能去关心他——天哪，你看看那算什么——都比圣人还要伟大。简直可以奉为神灵了。”

我和保莉待在二楼以前的卧室，透过窗户望着他们。

“对了，你气色很不错。”我说。保莉的衬衣和裙子上有两道位置对应的折痕，好像几分钟前刚从干洗店的袋子里取出来的一样。她还穿着高跟鞋——这对我妹妹来说是件新鲜事——头发在脑后扎成一个发髻。“保莉，你这模样简直像是桑给巴尔岛上的女王。”

“哼，汉斯小子，你看起来就像是我手下的土著。”

我抱住了她。

“你能来，我很高兴。”

“好吧，”她说，“可别高兴得太早。”她的视线落在我的手上。

“葡萄汁，”我举起杯子，“能治坏血病，你懂的。”

保莉笑了。她走到墙边，她的床上还铺着以前的黄色毯子。旁边是我的床，铺着原来的绿色毯子。她从两张床中间的小桌上拿起金鱼缸。“我以前用这个养过鳌虾。”她说。

“我记得。以前妈妈每次接到公共卫生部门的电话，都得把缸里的水倒掉。”

她侧过头看着我。“你说什么？”

“你知道的，保莉。鳌虾臭得要命，我们端着鱼缸往湖边走的时候，都得用衣服夹子把鼻子夹住。”

她放下了鱼缸。“我好像有一次梦到它们直接从缸里爬出去了。我忘了养过鳌虾也许就是因为这个。以前我起床上厕所的时候，都生怕踩到它们。”

她弯腰瞅了瞅床底下。

“下面还有鳌虾吗？”

她站起身，勉强笑了笑。“汉斯，小孩子的想法可真奇妙。我记得小时候我会想，我这个妈妈当得不够好。”

“你把鳌虾当成小孩子养？”

“不许笑。”

“保莉，”我说道，“你肯定会是个出色的妈妈。比养鳌虾时更出色。”

“谢谢。”她靠在床垫上，闭上了眼睛，“能问你件事吗？你在不在这个房间睡？”

“我睡在爸妈以前的房间。”

她瞥了我一眼。“那爸爸睡哪儿？”

“门廊上。我不想让他爬楼梯。”

“哦。那么——”

她顿住了。

“保莉，她睡在别的房间。楼下的卧室。她一个人。”

她挑起了眉毛。

“我觉得不至于。”我说。

“好吧，不管怎么说这还算是个好消息。你就知足吧。”她站起身走到壁橱边，“不过这整座房子——你没闻到吗？好像哪儿哪儿都长满了霉菌。”

“好吧，我可是竭尽全力清扫过了。”

“还有那些家具。也是你给他买的？”

“说实话，保莉，不是我买的。”

她的眼睛瞟了过来。

“是克莱买的。”我说。

“不出所料。”

“我知道。不过他好像并不介意。”

“如果还有什么她不愿意帮他做的事，就让妈妈来做？是这意思吗？”

“行了，保莉——你看看他的样子。你觉得凭他现在的精力，家里的各种事情光靠他一个人能打理好吗？”

“好吧，那我们小的时候呢？”

“他有别的事要考虑。”

她冷冷一笑。

“好了，保莉。你不能一辈子都跟他过不去。”

“我知道。但你也不能一辈子都在美化他。”她转过身，又掀开了百叶帘。窗外的码头上，他们三个人还坐在一起，这会儿正开怀大笑。克莱笑得肩膀直抖。妈妈也咧开了嘴。爸爸往旁边弯了弯腰，伸手去拿酒杯。

“天哪，”保莉说，“他现在可真圆满啊，对吧？”

她放下百叶帘，抬起手从发间卸下两只小小的耳环，搁到梳妆台上。她又往床垫上一坐，弹簧发出了嘎吱嘎吱的响声。她挪动着身子靠到床头板上，折起一个枕头撑在背后。然后她闭上眼说道：“汉斯，他的身体怎么样？到底怎么样？”

“看样子他比我刚来时要好得多，”我把自己床上的枕头也递给了她，“但说实在的，情况真的不是很乐观。”

“他痛苦吗？”

“要我说，他肯定是有点痛苦的。但我觉得真正让他难受的反倒是别的事——他得眼睁睁地看着这一切发生在自己身上。他似乎对疾病很好奇，但我觉得他是故意装出来的。”

“他一向都是这样。”

“怎么说呢，也不尽然，”我在她旁边坐下来，“保莉，我觉得现在他已经心里有数了。”

她抬起了眼睛。“天哪。”她说道。她把手伸到颈后解开发髻，让头发披散到肩膀上。被她拿掉的发卡仿佛是阻拦情绪的水坝，突然间她就哭了起来。“天哪，”她说，“我早知道。我早知道事情最后会变成这样。”

她哭起来还跟小时候一样：泪水宛如滴落的焊锡，一颗颗地从眼角涌出。她向后靠到床头板上，哭得浑身发颤。小小的泪珠一颗一颗地形成，变大，随即顺着脸颊蜿蜒而下。

“好吧，”那天晚上我对妈妈说，“你还是来啦。”

“我当然得来啊。”

黑暗中，我听到了红酒渐渐倒满杯子时越来越高的声调，然后是软木塞塞回瓶口的吱吱声。“他这么痛苦，想不来帮忙都难。”

“对你来说肯定特别难。”

她瞥了我一眼。

我指了指小木屋，克莱正站在厨房闪烁不定的灯光下，用毛巾擦干洗好的锅。“我的意思是，她也在这儿。”

“嗨，得了吧。我现在根本没把你爸爸当成丈夫。”木板地上的酒瓶叮当作响，“再说，我都有孙子啦。我像是那种会对别人的老婆心怀嫉妒的女人吗？”

她侧过脸，扬起了头。

“我不知道啊，妈妈。月光太暗了，我看不清。”

她笑了，听起来倒是很像保莉的笑声。过了一会儿，她的脚步声离我而去。脚步声再返回的时候，她把什么东西放在了地上。我听到了刺耳的摩擦声。接着我看到了光亮：是那盏带发电机的旧灯。“喂，”她说，“现在能看清了吗？”她压了几下手柄，把脸凑到灯光下，“我像是那种会对某位大款的老婆心怀嫉妒的女人吗？”

“不像，妈妈。一点都不像。”

“谢谢你。”她松开手，灯泡又忽闪了几秒钟才熄灭。

“保莉心情不好。”我说道。

“那是当然的。”然后她又加了一句，“所以我们才来啊。”她走到我身边，“所以我们才没有事先打电话。保莉都不确定她自己到底能不能来得了。”

“她还在为我们小时候的事生气。”

“她只是觉得伤心吧。”

“嗯，不过当时她可是气得够呛。”

“亲爱的，其实都是一回事，”她轻轻碰了碰我的手，“始终都只有伤心而已。”

木屋里又亮起一盏灯，我妹妹出现在克莱身后的厨房水槽边。克莱抬起手，拉上了百叶帘。

“妈妈，”我说，“你究竟有没有爱过他？”

“我有没有爱过你爸爸？”她叹了口气。“我恐怕是爱上了他的成就吧。爱上了他的智慧。我的意思是，你想想看，他为这世界带来了多大的成就啊！想想他无中生有地创造出了怎样的奇迹。”又是一声叹息。“至于其他的部分，我始终都不知道该怎么去看待。有时候他简直让人无法忍受。但别的时候——”

“我明白。”

她把灯凑近湖面，又按动了手柄。光环之中有一群水黾在湖面上僵立不动，活像是被逮住的小偷。“也许这一切都是个错误。但你又怎么能确定呢？我说不好——好也罢坏也罢——他都是个非同寻常的人。”小木屋那边，楼下的卧室亮起了灯，克莱拉开了卧室的窗帘。接着灯又关掉了。片刻之后克莱再次出现在窗前，双手捧着一根火光跃动的蜡烛。

“你觉得她这人怎么样？”我问妈妈。

“这个问题我真不知道该怎么回答。”

过了一会儿，我说道：“你说得对，妈妈。我不该问的。”

我们坐在那儿，听着湖水轻轻拍击码头支柱的声音。

“汉斯，”她说，“他跟你讲过她的事吗？”

“讲过，妈妈。”

“好吧，我可不想听。”

“你肯定不想听。”

她抬头看着我，脸上带着一种我从未见过的神情。“她很时髦，”她说，“受过良好的教育。似乎也很有钱，钱多得都不知道该怎么花。”她啜了一口红酒，“我猜她手下还有一帮*雇员*。”接着她说道，“呵。”

“你比她优雅得多。”

“呵。”

“嗨，你*真的*比她优雅得多。”

“别担心，汉斯。我知道自己什么样。”

不过这时候她朝我凑了凑，我闻到了一丝淡淡的草叶般的苦味儿，她身上有时候会散发出这种气息。木屋那边的窗帘还开着，借着摇曳的烛光，我看到站在窗边的克莱退开了几步。妈妈站了起来。

我伸手去摸发电机，够到之后便开始使劲儿压手柄。灯丝发出了光芒，就像一只顺着细线攀缘而上的萤火虫。我们面前出现了一小圈被光晕照亮的湖湾：飞蛾，鲦鱼，一丛丛在潜流中摇摆不定的水草，就像湖底有一排挥动的手。“你比她漂亮。”我说。

“*得了吧*，汉斯。”过了一会儿，她又说道，“好吧，谢谢你。”

她把酒杯放在脚边的地上，走进了光圈。在我面前月华似的光亮之中，她理了理自己的裙摆和上衣。我不停地压着发电机的手柄，她象牙般的皮肤在灯光下散发着清辉。她把双手搭在髋部，伸直了脖颈。她向后弯下腰，昂起头，让头发从双肩披散下来，然后像闪光灯下的女明星似的保持姿势不动。在那被灯光照亮的漫长一刻，她仿佛又变成了年轻女郎，站在新英格兰地区装着黄铜护栏的码头边，俯瞰着这片乱石密布的湖泊。

接着传来啪的一声轻响，她身后的夜空中又亮起了点点繁星。

“灵丹妙药。”爸爸说着指了指树丛对面坐在湖岸边的三个女人。保莉穿着百褶裙，妈妈穿的是打了补丁的工装裤，不过母女俩的模样还是惊人地相似。同样挺拔的姿势。同样修长的四肢，尽管两个人的个子都不高。还有坐在旁边椅子上的克莱，说来也怪，她看起来既像是我妈妈的妹妹，又像是我妹妹的姐姐。“你瞧瞧，”他说，“有她们在，什么病治不好？”

他喝了一口酒，把杯子放到桌上。小木棚里的霉味比我之前打扫木屋时闻到的气味还刺鼻。屋顶肯定漏水了。

“我知道你在想什么，”他说，“很显然，你爸爸是个毫无人性的家伙。这一点你妈妈已经告诉过我了。还有你妈妈的律师。还有你妹妹，她跟我说过许多次。但你应该知道——你妈妈和你妹妹其实并不这么认为。她们俩认为自己能拯救我。”他晃了晃手里的酒杯，“还认为我也能拯救她们。”

“好吧。”

“你看到了？”他伸手一指。“你妈妈和克莱都不介意彼此。”

“我觉得妈妈可能会介意。”

“你的意思是，她可能会觉得自己不能再独掌大权了？”

“也可以这么说吧。”

“好吧，是她自己要来的。我可没邀请她。”我站起身，走到地毯上的一堆杂志旁边。我没清理小棚子，显然他自己也根本懒得把杂志捡起来——杂志丢在地上好像都有许多年了。杂志堆上方的书架上摆着一排书，是从图书馆的旧套装书里挑出来的。皮质封面，烫金的书名。我的指尖从书脊上掠过：奥古斯丁、笛卡尔、休谟、洛克、罗素。一排哲学家，以字母顺序排列。“你最近一直在干这个？”我问道，“读哲学？”

“汉斯，我最近一直在想法子理解人类这种生物，如果你想问的是这个的话。”

“这就是你采取的方法？”

“有什么更好的建议吗？”

“呃，你可以走出门去，找几个真实的人类聊一聊。”

“你们这一代人太循规蹈矩，”他说，“人与人的联系是最重要的，对吧？善于联系的人们占到了上风。我们这些孤立主义者就该在山洞里受折磨。相信我，汉斯，我也试过的。”他转过身，坦然地凝视着我，“这个没人性的家伙并不是很擅长闲聊。”

“没人说你是个没人性的家伙。”

“你妈妈和你妹妹都说过，”他又往杯子里添了点酒，“我估计她们也把你说服了。”

“我觉得你自己也控制不了。”

他噗地喷出一口酒，哈哈大笑。“她们就是这么给你洗脑的吗？”

“那不是洗脑。我以前有问题。”

“啊——第一步。”

他注意到我脸上的神情，说道：“嗨，得了，汉斯。放松点。没那么可怕。跟你老爸喝一杯。”他转了转酒瓶。然后他把手伸到桌肚下面掏了半天，总算又摸出了一只杯子。“来吧，这可是老爸在邀请你。我今天感觉好多了。”他把手里的瓶子朝我斜过来。“跟老爸喝一杯，庆祝一下。我的意思是，反正你的问题不在酒上，对不对？你的问题是毒品。”

“毒品只是症状而已。”

“那问题是什么？”

“我还在琢磨呢。”

他挑起一边的眉毛。“这就是你采取的方法？”

“真好笑，老爸。”

“你瞧，”他边说往另一只杯子里倒酒，“你可以绕着问题反反复复地兜圈子，但最终的证明都毫无价值。你手里剩下的只不过是最初的几条原则。”他指了指书架。“奥古斯丁与伯拉纠[1]之争。我支持奥古斯丁。人皆有缺陷。”

他用衬衫擦了擦杯子，又把杯子举到我面前。那段时间我并不是很喜欢波旁威士忌的味道，但是片刻之后，我还是接过了酒杯。

“谢谢你，汉斯。”

“大可不必。”

这时他转过身朝窗外望去，三个女人已经从椅子上站了起来。她们正小心地沿着下方的小路往木屋这边走，犹如山间的三头鹿。他望着她们，我看着他。

“老爸，”我说，“你真觉得自己把事业荒废了吗？”

他把眼神收了回来。

“我跟你说过，我荒废掉了自己的事业，”我说，“我的意思是，荒废了数学。当时你说，还得再算上你一个。”

“你听我说。我都不知道你这话是什么意思。”他摇摇头，又

1 Pelagius（360—420），英国神学家，极力反对奥古斯丁派“命定与原罪”的教义，主张人得到救赎不是靠上帝的恩典，而是凭自己的自由意志。

喝了一口酒。“汉斯，数学家之所以是数学家，并不是因为他们做成了什么事。说真的，大部分数学家都明白，最后他们其实一事无成。”

“但你做了很多啊。”

“是吗？可以说，我们真正弄明白的只有这么一个道理：我们苦苦求索的知识，只不过是无知之梯上更高的一个梯级罢了。”他的眼光又飘飘忽忽地移向了窗户，“数学家始终都很清楚的一件事就是自己一无所知。他之所以还要干下去，主要是因为这种无知让他深感痛苦。他试图去解决的正是他的这种无知。否则，他大可去追求成百上千种更适合自己的志业。”他翻转着手里的酒瓶。“要知道，没有任何答案能让数学家停止研究。显而易见，永远都不会有。艺术家想去描绘世界，因为天地万物的本质在他看来都是难解之谜。哲学家探讨的是人性，因为他对人性的方方面面都茫然无知。对数学家来说，道理也是一样的。全都是无知，汉斯。无知，还有痛苦的尖叫。”他又喝了一口。“但这一切也让人无法抗拒，不是吗？我们生来就是如此。我们追求的恰恰是不愿接纳我们的东西。”

“去你的，老爸。”

他微微一笑——笑得很开心，他好像有许多年都没这么笑过了。“去你的，儿子。”

过了一会儿，我举起了酒杯：“真的，老爸。你还是那么能说会道。”

“嗯，对啊，汉斯。我一向都是这样。”

有一天早晨收拾厨房的时候，我碰巧看到了那个笔记本。被压在一大堆账单和退休杂志底下。封面上有好几个黑乎乎的圆圈。笔记本里还有其他的画，是树林、湖湾和湖面风景的速写，笔法很简单，却自有其动人之处。我不急不忙地从封面一页页往后翻，不过我很清楚自己要找的是什么。才翻过几页，我就找到了。

她就在那儿。很苗条。侧着身，面朝一条河的河岸。这幅画和其他的画截然不同。她的头发全都是一根根画出来的。脸上的每一处阴影都由无数极细的线条交织而成。爸爸仅凭钢笔画出的影线，就分毫不差地表现出了她衣裙上的褶皱，还有远处奔流的河水。

然而，我还是过了好一阵子才意识到眼前这幅画是怎么回事：画中人的确是克莱·韦尔斯，只不过是她年轻时的模样。

“能问你件事吗？”

“那得看是什么事。”克莱说。我们坐在她的雪铁龙上，正从杂货店往回开。她开得很快，后备箱里的几袋东西哐啷啷直响。

“我爸以前有没有去曼哈顿看过你？”

她有一阵子没回答。然后她说道：“嗯，去过几次。”

“这么说，那次他在餐厅打碎镜子的事跟你有关系。”

“呃，那次的事情和他喝醉了更有关系。”

“那他这里呢？你有没有到这里来看过他？”

“来过一次——是我犯傻了。几年之前。”

“能再问点别的事吗？”

她转过头看了看我。“可以啊。”

“厄尔对你们的关系怎么看？”

“这就复杂了。”

“你爱他吗？”

“你说的他应该是你爸爸，对不对？”

“对。”

“好吧，到了我现在的年纪，爱情已经没什么意义了。”

“这么说你是爱他的。”

“我的意思是这个词本身没什么意义。倒也不是说我们年轻时的爱情就多有意义——反正对我而言不是这样。我爱你爸爸吗？我觉得我还爱着他。这个阶段的爱情意味着许多东西，怜悯也算是其中之一。”

“这么说你是可怜他。”

“当然。但我也爱他。我觉得对他负有责任。我对他们俩都心怀怜悯，也都负有责任。”克莱侧头瞧了瞧后视镜中的自己，我觉得她精致的面容仍然美得惊人。“这听起来也许有点残忍。”她说。

“你怜悯你自己吗？”

“我为什么要怜悯自己？”

“因为你嫁错了人。”

她笑了。“我和厄尔挺好的。”

“厄尔跟我说过，他从不相信怜悯之情。”

“他是这么说的？那是因为他不知道该从哪儿开始。”

车开到湖湾边的弯道，她猛踩下油门。路旁车道上有个男人看到我们飞驰而过，摇了摇头。“你总是急匆匆的。”我说。

“生命短暂啊。”

“那你干吗还要一直待在这儿？”

“我能帮上忙。能有点用。”

“可是我妈妈也在，你不觉得这样有点奇怪吗？你们俩难道不觉得难受？”

她又瞥了我一眼，总算在拐进车道的时候放慢了车速。“你知道，其实这样一来事情反而变得轻松了。对我们俩而言都是如此。年轻人可能理解不了。不过你妈妈帮了很大的忙。”

“你呢？”

“我也很能帮忙啊。总能学会的，当然了。我必须得学会。”

我们的车停在屋前，她打开了后备箱，却没下车。她转过身朝湖边望去。“汉斯，你爸爸以前为我做过一件事。”

“哦？什么事？”

“唉，说来话长。不过到了这把年纪，我总算明白了怎样才能报答他。”

“怎样报答？”

她伸出手搭在车门把手上。“让他再一次渴望我。”她说。

“以前硬得像块石头，”爸爸说，“就在这儿，前面的位置。现在变软了。”他戳了戳自己的肋骨。“现在有空间了——你瞧，汉斯。而且我几乎都不觉得痒了。”他扶住我的手，按在他的肋腹部。

“你让我摸什么？”

“我的肝脏。你看它现在变得多小啊。”

他把我的手指拽到肋骨下方，用力按了按。我觉得好像摸到了一个装满碎石的小钱包。

“我早就知道，”他说，“对吧？我从一开始就知道。”

“你早就知道什么了？”

“知道自己什么时候会到达临界点，”他放开了我的手，“节食和锻炼，汉斯。还有身体的自愈能力。现在验血的结果也能显示出来。”

“显示出来什么呢？”

“我的病在好转。”他朝木屋的方向指了指，克莱和我妈妈正在厨房里做饭。“汉斯，我能感觉到。她们俩——她们能把我治好。”

上帝的女儿

回纽约上班的第一个早晨，我很早就去了公司，不过我刚走进办公室，就发现风险投资部的一位高级合伙人已经站在我桌旁了。肯定是公司处理此类情况的常规做法。我跟他们说过我得去一个星期，但我回来时已经过了六个多星期。

我关上办公室的门，他走到墙边的那排窗户前，望着远处的河。早晨的第一缕阳光刚从桥的后方照射过来。

“你回来了，”他的语气还挺客气，“家里有事请的假，对吧？一切都还好吧？”

“都挺好的。谢谢关心。”我坐到椅子上，打开了面前的显示器，“现在我回来啦。”

“呃，他们来上班的时候想找你谈谈。”

“他们是谁？”

“人力。”

“我正准备瞅一眼伦敦的行情。”

他的眼睛还盯着我。“想看行情的话，你恐怕得问一下密码。”

他说。

我并没有意识到，当时已经有十几个数学家掌握了我的本领——而且无一例外，都是以各种方式从我这儿学去的。你以为，念在这个分儿上，公司合伙人最起码也得犹豫一下吧。

但他们一点都没犹豫。

于是我们就到这儿来了，我和奥德拉，还有两个孩子，家里在银行的存款足够孙子辈用的（曾孙子辈也花不完）。我们如今生活在纽约州的莱瑟维尔镇，人口五千八百一十三人，镇上相当一部分公民手里的钱都撑不过一个月。我们离安大略省金斯顿的车程，比去下曼哈顿还要近两个小时。我们离奥尔德里奇河也只有一刻钟的车程。这条河在我们家南边的河道很窄，湍急的流水正适合虹鳟鱼；流经我们家北边的河道则要宽阔得多，睡莲叶子铺满了平静的河面，犹如一张无比平整的地毯。

这张地毯的颜色和台球桌上的台呢分毫不差，艾米非常喜欢，因为她房间里铺的地毯恰巧也是一模一样的色调。她和许多热爱群论的人一样，见到这么多展现出对称性的事物就会激动万分。奥德拉、尼尔斯和我在河畔的枫树下吃午餐的时候，她会跑到岸边站着，一站就是一个小时。

最近我们经常到河边去玩。

我觉得艾米也很喜欢那个地方的神秘感。起伏不定的绿色表面能让她知道河水就在那儿，但她从来都没有真正看到过河水。这种感觉和数学本身带来的快乐很相似，那是我们这一行最为原始的秘密：无需真正见识神灵，就能够崇仰宇宙的奇迹。

我还觉得，艾米说不定在数睡莲的叶子。

有一天吃晚饭的时候，我给孩子们出了道题。当时我们正待在家里装着纱门的门廊上。我把两枚二十五分的硬币放在桌上，让它们的边缘像齿轮一样咬合在一起。“如果你把一枚硬币按住不动，”我问他们，“让另一枚硬币贴着它绕一圈，那么乔治·华盛顿的人头转了几圈？”

奥德拉抬眼看了看我。“汉斯。”她说道。

我妻子不喜欢我像这样考孩子们，尤其不喜欢我照着爸爸以前的规矩，让年纪小的孩子先作答。我觉得她是担心尼尔斯根本捞不着回答的机会。

“谁先答都可以。”我补充道。

顺便说一句，与许多人的想法不同，尼尔斯的名字并非取自丹麦大物理学家尼尔斯·玻尔，而是取自挪威大数学家尼尔斯·阿贝尔。之所以取阿贝尔的名字，是因为阿贝尔在欧拉研究的基础上做出了改进，而且他也是由父亲教育出来的，这可谓无独有偶。艾米的名字（艾米·洛夫莱斯·安迪特）则是奥德拉取的，以纪念两位伟大的女数学家：一位是艾米·诺特[1]，她才华出众，很早就成为了数学领域的行家；另一位是埃达·洛夫莱斯[2]，她很可能是全世界第一个写出计算机算法的人，巧的是，同时她还是一位诗人的女儿。

不过，那天晚上尼尔斯的反应比妹妹要快。他几乎想也没想，就说道：“一圈。”

“为什么？”

“因为两枚硬币的圆周大小相同。轮齿相互咬合在一起。乔治·华盛顿绕着自己转上一圈就行啦，”他瞟了一眼艾米，“这不是明摆着的吗？”

---

1 Emmy Noether（1882—1935），德国女数学家，研究领域为抽象代数和理论物理学。

2 Ada Lovelace（1815—1852），英国诗人拜伦之女，数学家，计算机程序创始人，建立了循环和子程序概念。

大部分喜欢数学的成年人，都会在略加思考后得出同样的结论——就是十岁的尼尔斯一口报出的这个答案。但艾米没吭声。

她的哥哥哈哈大笑——我觉得尼尔斯笑得有点不厚道。“想明白了吗？”他说着就要伸手去摆弄硬币。

但我把他拦住了。“你不能替她回答，”我说道，“得让她自己想出来。”

尼尔斯收回了双手：“快点啊，艾米，你还没想出来吗？”

我等着女儿回答。奥德拉做了辣味炖菜，这是她从得克萨斯州带来的家乡菜，而且她放调料时一如既往地保持着希尔县姑娘的习惯——第一口吃下去，感觉嘴里就像是有条响尾蛇在乱窜。我给每个人都倒了水。等着奥德拉坐到餐桌旁时，我仔细观察着正在思考问题的艾米。

她思考起问题来和我爸爸以前一样——就像是在做体育运动。

等到尼尔斯和奥德拉尝了第一口菜，擦擦嘴，喝了冰水，艾米才开口。她说道：“哇哦。”

“怎么了，亲爱的？”

“真有点不可思议。”她朝我望过来，淡淡地笑了笑。

我也冲她报以淡淡的一笑。

“他转了不止一圈，”艾米说，“是两圈。”

实际上，莱瑟维尔和塔平顿很像。塔平顿有一家破败的福特工厂，莱瑟维尔有一家破败的美泰克工厂。洗衣机和皮卡车不是一回事，但美泰克生产线上把滚筒转子固定到转轴上的工人和福特生产线上把变速箱固定到传动系统上的工人并没有什么两样。两座城镇的区别在于，在塔平顿生活时我周围有一帮被耽误了的聪明人。那些中西部的年轻人从小就在自家车库里鼓捣改装车，长大就进了福特工厂，工厂倒闭后他们又回到了车库——定制发动机，或是制作零部件市场所需的车身部件。当然啦，塔平顿还有法布里克斯学院。

这一切都让塔平顿保留了些许生气。我小时候镇上有个游泳池，还有一座公共图书馆，两个地方都是每周开放七天。但自从莱瑟维尔的洗衣机工厂倒闭后，这儿的男男女女也没做成什么别的事。我们这儿现在开了美黑店、美甲店和宠物美容店，店招牌就插在住房前面的草坪上。镇子已经不景气很长时间了。游泳池整个夏天都开放，但图书馆只有星期六才开。

主要是出于这个原因，我们家成了镇上谈论的对象。华尔街的大人物，来这儿躲避联邦调查局的追捕。做对冲基金的巨头，为妻子抛下了一切。洛克菲勒家族的顾问。博学多识的大学者，为解决数学难题放弃了巨额收入。

这也是别人最常问起的一种说法。

当然，和其他猜测一样，这个说法也毫无真实性可言。

我没给公司机会开掉我。况且说实在的，我也不确定他们到底会不会真的下手。那天早晨我走出大厦，在码头边的推车旁吃了早餐，悠然自得地欣赏了几分钟桥下变幻的光影，这情景只有每天那个时候在曼哈顿的那个地方才能看到。等我乘电梯返回办公室，人力资源部的人已经到了。我带着两杯咖啡下到六十五楼，跟人力说明了我的打算。

我们在这儿的生活：

艾米是早晨第一个起床的。天刚亮她就爬起来，在屋子里转一圈，到其他人的房间瞧一眼，然后就下楼来到厨房，透过窗户眺望我们家后院围栏外的麦田。黎明时分会有许多鹿聚在麦田里，有几天清晨足足来了二十五头。艾米一边看着它们，一边进行她所谓的冥想。

“你都在冥想些什么呢？”有一天我问她。

“哦，”她挺耐心地冲着我笑了笑，“我也说不好。冥想生活吧。”

有时鹿会走到我们家围栏附近啃食杉树的树枝。艾米站在玻璃窗后观察它们，它们也会在院子里回望着她。她跟我说起过一头长着白色斑点、身材瘦长的一岁小鹿，它有一回走到了厨房边修葺过的草坪上，低下头吃起草来，尽管我女儿就站在窗户后面。艾米觉得，这头小鹿知道她是可以信任的。

听说艾米是这么想的，我妻子很高兴。她觉得这表明艾米打算去接触外面的世界了。

我得承认，两个孩子都变了。

艾米现在读六年级，班上其他的孩子都是十一岁，但她刚满九岁。早晨我送她去学校的时候，她总会放开我的手，抬头瞧一眼学校的大楼再往前走，走到一半，她会回过身来看看我。我冲她点点头，就像是目送新选手上场的教练。当然，这并不是说艾米离不开我的鼓励——至少她的课业根本用不着我操心。其实我觉得，她现在已经能做康奈尔大学数学专业学生的大部分习题了，那所大学离我们这儿不远。但她对此从来都不张扬，数学天赋就像是她揣在衣服口袋里的幸运符。上课时她几乎不说话，到了操场上，她更爱玩男孩子们的游戏。不过，像她这样的女孩儿还不止一个，每到周末她就会跟几个兴趣相投的伙伴一起玩——她们都挺害羞，头发油乎乎的，成绩在班上很靠前。尽管如此，她们却喜欢赤手在屋后泥泞的小溪里摸青蛙、蝌蚪，甚至是乌龟。艾米跟我妹妹小的时候一模一样。

艾米还可以直接心算出三个六位数字的乘积，并且在二十五英里开外毫不犹豫地指出我们家房子的准确方位。每次我问她长大了以后想当什么，她都会看看我，然后笑着说：“当大人呗。”

如果是别人问她，她则会回答："当个兽医。"如果人家再追问，则是："专门给小动物看病。"

但愿她真是这么想的。不过我也知道，她这么说只是为了让我放宽心。

如果有什么事得告诉大人，艾米会采取和那些小鹿相同的做法：悄无声息地凑到妈妈或爸爸身旁，就像那只一岁大的小鹿悄悄走到杉树旁边一样。整个过程都小心翼翼的。趁着我在水槽边冲洗盘子准备放进洗碗机，艾米会告诉我她昨天夜里做了个噩梦，或者问我学校里有个男孩子骂她该怎么办。我呢，也必须采取和鹿的观察者相同的做法。不能有突然的动作。不能随口给个答案。

艾米晚上睡觉时的坏习惯，已经让奥德拉无计可施。晚饭后艾米会在十五分钟内写完作业，然后和奥德拉一起烤饼干，或是陪着我在门廊上坐一会儿，到时间了就上楼洗澡。洗过澡她就上床了。艾米的床头柜上摆着一堆书，她得深思熟虑一番才能决定要看哪一本。我们俩总会有一个人上楼去亲亲她，道声晚安，到了凌晨两点钟，去亲她的那个人通常还得从床上爬起来，再走进艾米的房间，拿掉她捧在手里的书。保险起见，我们还会拽掉床头灯的插头，再把床头柜上的那摞书搬到房间的另一头。顺便告诉你，她手里的书可能是杰克·伦敦的《白牙》，也可能是西尔弗曼与泰特合著的《椭圆曲线的有理点》。有时候我觉得艾米这么拼命地看书，只是因为不知道该如何让自己飞转的头脑停歇下来。超越。发现。胜过。这就是我们的女儿。

至于尼尔斯——好吧，他去做康奈尔大学数学专业的作业应该也没问题。但尼尔斯花的时间会比艾米长，完成的时候会满脸通红，手上铅笔的笔尖得断掉两三次，最后干脆从中折断。尼尔斯向来是家里最情绪化的一个，如今他常常体验到的一种情绪就是挫折感。他应对这个问题的法子是无比热切地参与到一切活动之中——不管是生日聚会、学生会的会议、童子军组织的远足活动、拼写比赛，还是他已经拿过几次奖的科学展览。

尼尔斯成功的很大一部分原因，在于他把自己身上的一种本领发展到了远远超过妹妹的程度。那就是他干活的本领。在这方面我的儿子简直像是座发电站——我爸爸以前也是一样。（我还觉得尼尔斯之所以会那么急切地向前冲，是因为他非常想听到在自己身后响起的轻快脚步声。）估计尼尔斯也可以心算出两个六位数字的乘积，但他恐怕没法像艾米那样再乘上第三个。但他渐渐学会了不去为这种差距烦恼。沟通。前进。付出。这是尼尔斯。他向来是全家最擅长社交的人，现在他又成了最努力的一个。每次我问他长大以后想干吗，他总会自信十足地笑着说“我想当机械工程或者电子工程专业的荣誉教授”，如果你继续问，他会说得更详细点：“在一所研究型大学当教授。”要是再问下去，则是“可能是加州理工吧，像保莉姑姑一样”。

上帝保佑，奥德拉一点都不怀念曼哈顿。最起码她从来没跟我说过。她更喜欢这里的生活。在这儿，秋季最轰动的事件是野猫队的返校节游行，而游行中最让人兴奋的时刻，则是本地种玉米的农场主开着他那辆价值五十万美元的约翰·迪尔牌联合收割机，轰隆隆地拐着大弯驶入主街（没错，镇中心的路就叫这个名字）。他会用飘带把收割机装点成野猫队队服的紫色，后面拖着一辆平板挂车，橄榄球队所有高二和高三年级的队员都站在上面，一边挥舞着紫色的头盔，一边大声欢呼。身穿紫色衣服的奥德拉也会高举双手，为他们喝彩加油。我知道队员们很喜欢她。学校里的所有人都对她赞赏有加。奥德拉还保留着得克萨斯南方人那种坦诚率直的魅力。她是威斯汀豪斯高中的兼职老师，每周教三个下午的英语补习课，其余的时间她都可以待在家里带孩子。这两个孩子能心算出 KdV 方程，不过早上整理起床铺来还是费劲得很。

至于我，我教的是两个班的几何、两个班的三角函数，还有一个班的高级微积分。我是课程委员会的成员，还得协助组织每年一度的车库甩卖暨募捐活动（我也是活动中最大的买家）。我的工作职责还有：越野跑队的助理教练、高一新生辅导员和数学俱乐部顾问。顺便说一句，数学俱乐部的成员每周五个工作日的早晨都得开会，这是会员必须遵守的规定。

我喜欢这样的日子吗？嗯，挺喜欢。

通常都还行。

也许你会觉得，这表明唯利是图的华尔街奸商在小镇的教室里变成了乐善好施的大好人——怎么说呢，也不尽然。说实在的，我仍然有点怀念费兹克公司。有时候想得还挺厉害。倒不是因为钱（我现在还是很有钱）——我也不知道还能怎么表述：也许是因为竞争？因为刺激？费兹克时期的日子其实也挺单调的，就像现在我过的这种单调生活一样。但在费兹克时期的单调日子里，有许多可以击拳庆祝的机会。

我怀念击拳庆祝的感觉。

但现在我们来到了莱瑟维尔。直觉告诉我，我们还会在这个地方继续待下去。每当我看到艾米和朋友们穿着浸透溪水的外套晃悠回家，心头都会涌起某种在特朗普大厦七十楼的日子里从未体验过的感觉。每当我看到国庆日游行时，上初中的尼尔斯被校长举到干草拖车上——呃，我能说些什么呢？我宁愿相信我给孩子们注入了某种东西。也许是用来抵御未来的疫苗吧。或者是用来抵御过去的疫苗，对于过去他们还一无所知。有时候我觉得，说不定我那在森林里安家的父亲（他本人对这些事毫无兴趣，但肯定会记得自己的童年）其实也想为我和保莉打同样的预防针。

不管怎么说，我真的很怀念击拳庆祝的感觉。

我还得告诉你，在曼哈顿工作时我击拳庆祝的概率顶多只有百分之六十（肖尔斯－杜尔班方程式推算出的毕竟只是可能性）。但百分之六十的概率就足以让我在这个行业拔得头筹，并且拥有极大的、很可能是无法撼动的优势——无法撼动，是因为大部队刚刚才加入角逐。可是到了莱瑟维尔，我差不多就毫无击拳庆祝的机会了。也许每个学期能有一次吧。去年冬天，我在新英格兰地区的奥数比赛中发现了一个聪明孩子。砰。今年秋天我的高级三角函数课上，最后一排坐着个满脸不高兴的孩子，总穿着一件皱巴巴的褪色衬衫，头发染成了湖蓝色，戴着一副湖蓝色的入耳式耳机，我发现他听的并不是打倒男孩[1]的摇滚乐，而是雅科夫·叶利阿什伯格关于仿射复流形的讲座。

没错，真有这样的事。

砰。砰。

也许我的两个孩子上高中时压根儿不会报名参加数学俱乐部，对此我一点都不在乎。我们家有个心照不宣的传统——这跟久经战场的老兵走路时都格外小心是一个道理——但凡涉及那个领域，我们都会小心翼翼地回避。说实在的，艾米和尼尔斯现在已经把周围所有孩子远远地甩到了后面——我像他们这么大的时候，很可能也会被甩得老远——我真不知道他们进了威斯汀豪斯高中之后会怎么样。他们俩如果加入了数学俱乐部，很可能会让俱乐部的其他成员乐趣尽失，包括那些有实力参加奥数比赛的孩子。

我知道，奥德拉也在替孩子们担心。可能她并不像我那样担心两个孩子的才华过于出众，而是担心可能遗传到他们身上的其他东西。她也许不会直接说出口，但那天晚上发生在佩里街褐砂石房子里的事肯定还在她脑海中挥之不去。现在我每天下班回家后，她会陪着我一起坐在厨房的凳子上，边喝茶边眺望远处的田

1　Fall Out Boy，美国摇滚乐队，2001 年组建于芝加哥。

野。她会跟我讲这天过得怎么样。我也会把自己一天的情况告诉她。不过，每当我偶尔说起数学俱乐部新来的某个孩子，或者课堂上某个精彩的时刻，她聚精会神凝视着我的眼神总是会勾起我的疑虑：此时此刻她说不定正在回想以前发生的事情。

等我们喝完茶，她会利用做晚饭之前的空闲到屋外的花园里忙活一个小时，而我则会去二楼放着睡椅的地方，那儿有我的一张桌子。我会把要批改的作业拿出来。但我不会马上动手去改。我坐在纱门后面什么也不干，什么也不想，就那么望着在花园里挖土的妻子，或者是她身后远处酒红色的暮光中随风摇摆的层层麦浪，那个时候的麦田像极了大海。我心里想的是两个孩子。是我们全家。我的桌子上放着一块精心打磨的木头，是用山毛榉做的护身符，光洁的曲面被我的大拇指摩挲得锃亮。每天开始干活之前我都会用手捻捻它，希望能带来好运。

我们试图去解决的正是这种无知。

我还得告诉你：我和孩子们在一起很开心。

说起这个是因为我记得，这么多年来我父亲跟我们在一起时真正显得开心的时候就只有一次。爸爸对开心这回事不感兴趣。通常说来，我也一样。但如今每个星期六，奥德拉、我和孩子们都会一起出去玩。我们去的往往都是莱瑟维尔附近让人舒心的地方，森林、溪流和草地在这里随处可见。

大多数时候我们都玩得挺开心。

我们特别喜欢到奥尔德里奇河边野餐，宽阔河道那边的一个地方。沿着那段半英里长的河岸，原本在狭窄水道中奔涌的急流变得平缓了，河岸也从陡峭的花岗岩变成了柔软的草地。草地上长满了各种各样的莎草、蕨类植物和野花，河岸边到处都能看到甲虫和蜻蜓，还有一种长着鲜艳翅膀、喜欢在空中闪转腾挪的飞蛾。我们会利用对面的河岸来做椭圆几何练习。我承认这个点子最开始是我想出来的，但艾米现在也渐渐喜欢上了，至于尼尔斯，他不出意外地把练习变成了非得分个高低的比赛。

我会把一截医用橡皮管拴在两根铜质的接地杆上，尼尔斯已经把接地杆敲进了泥土里，两根杆子的间距和他自己的身高差不多。这样我们就做出了一架弹弓。只要往后拉的力量足够大，就能把棒球大小的物体弹射到一百码开外河对岸的树林里。弹弓发射时的响动很像是有人从剑鞘里飞快地拔出了一把剑。然后你能听到弹射物嗖地掠过河面的声音。河对岸会啪地一响，随即传来窸窸窣窣的声音，接着是飘然而下的一阵落叶。奥德拉现在不准我们弹石头，担心会伤到小鸟或松鼠，所以我们把发射物改成了灌水的气球。有一阵子我们试着发射土块，但土块太容易碎。后来又试过我们吃剩的三明治，结果三明治刚飞出皮兜就四分五裂了。没错，我们知道气球是无法生物降解的——回家的路上我们会把车开到对岸，把气球的碎片捡起来。

为什么要说这个呢？原因之一是孩子们特别喜欢。两个人会兴奋得大呼小叫。我也一样。尼尔斯弹得比艾米远，不过为了缩小这方面的差距，我就宣布谁打得最准才算赢。河上通常都会有微风吹拂，风量大小是变化不定的，取决于风离河面的高度。因此，不难看出这个弹射游戏中不仅有数学的成分，还包含了空间的因素。同样不难想象的是，我们的两个孩子玩起游戏来都很拿手。他们俩基本上平分了所有的第一名。

可是说实在的，游戏的目的归根结底也只不过是让大家开心。我觉得说到这个游戏还有另外一个原因：我宁愿相信自己和爸爸并不是同一类人。

至于妈妈——怎么说呢，我们本以为她会跟我们一起搬过来住。可是她留在了曼哈顿。她又独自一人生活了，到现在已经过了三年。不过她还和以前一样精力充沛。一个精力充沛的六十七岁离婚女人，绝不会轻易放弃像这样自由自在的机会。尤其是在如今毫无牵绊的情况下。

她常去听音乐会，参加画展的开幕式和博物馆的午餐会，也会跟几个好朋友在公园里散步，漫无目的地走上很长时间。她注册了推特，开通了脸书，随身还带着一张小小的塑料卡片，想叫车时可以随时取用——是个什么网络公司推出的服务，他们致力于推动全球高碳排放资源的大众化（货币化就更不用说了）。另外，她自己开起车来也毫不犯怵，哪怕是在纽约市。

她还住在我们给她买的公寓里，时不时还会去瞅瞅褐砂石房子的租客（没错，我们还留着那套房子——不过有时候我觉得恐怕留不了多长时间了）。她通常会趁着租客的孩子们从托儿所回家的时候过去，在街对面的星巴克找把凳子坐下，看着忙忙碌碌的父亲接上孩子到附近的某一家高档餐厅吃饭。“他们大多数时候都不在家吃晚饭，”妈妈说，“而且从来不一起吃饭。”片刻的停顿。“那一家人可真是的。”

“妈妈，时代不同啦。”

“我们总会跟你们俩一起吃饭。而且都在家里吃。”

“我知道。”

“也不会玩手机。”

令人惊讶的是，现在她也会自己去高档餐厅吃饭，而且买了个手机。还是挺高级的那种。她用手机跟远在美国另一端的保莉玩拼字游戏。要是你给她发条短信，手机还没揣回口袋就能收到回复。她的脸书页面信息量巨大，我根本看不过来。我感觉她应该没有男朋友，不过我从没开口问过。

我刚才说过，她让我们很惊讶。去年秋天的劳动节[1]她是在这儿过的。当时莱瑟维尔的天气很冷，我们一起去看电影时她穿了件新毛衣。是一件非常奢华的开衫，镶边好像是貂皮的。开车去电影院的路上，我感觉到奥德拉总是在打量那件衣服。

后来我们上床睡觉的时候，奥德拉说："那可是诺悠翩雅的。"

"你说什么？"

"你妈妈今天穿的那件毛衣。是诺悠翩雅的。我敢肯定。你妈妈穿的是诺悠翩雅的羊绒衫。"

"多半是仿品。"

"不是的。"

"哦，那肯定是她从二手商店淘来的。"

"衣服口袋里有尼曼百货的标签。崭新的，那个塑料做的小玩意儿也还拴在上面。"

"你怎么知道的？"

"她把衣服挂在门口的壁橱里了。"

我们俩没再说话。

"那件羊绒衫得要三千美元。"她说。然后她又加了一句，"至少。"

第二天早晨在餐桌旁，我跟妈妈说起了这件事。她放下咖啡杯，从桌子对面看着我。"你想知道那毛衣是不是真货，对吧？"

"嗯，我是挺想知道的，妈妈。"

"没错，是真的。"

"哇。"

她往烤面包上抹了点黄油。"你还想知道我是不是从二手店买的。"

1 美国的劳动节为九月的第一个星期一。

“你跟奥德拉聊过了？”

“那当然。”

“好吧，”我说道，“我敢说这件衣服你买来时肯定很便宜。”

“不是的。我买的是全新的衣服。不过也没错，最起码打了一点折，”她微微一笑，“人是会变的，汉斯。”

“我知道。”

“你也可以改变啊。”

“谢谢，妈妈。”

“不客气。”她从桌子对面把一片涂过黄油的烤面包推了过来。

“关于那件毛衣，”我说道，“我就是有点好奇。”

“我知道。我知道你好奇。另外，用的是你的钱，要是你也对这个感到好奇的话。反正大部分是你的。”

“没问题，妈妈。完全没问题。挣钱不就是为了花吗？”

我们沉默不语地吃了一会儿东西。等我吃完那片烤面包，她又帮我抹了一块。

“对了，”我说，“你刚才说我也能改变，是什么意思呢？”

“你的父亲无法改变，这并不意味着你也无法改变。你知道的，你身上也有我的遗传，”她又露出了微笑，“这是我买毛衣的另一个原因。就是想让你看看，人是能改变的。”

“真的吗？”

“在某种意义上，确实如此。”

“好啊，”我说，“谢谢你。”

“不客气。”

“不过妈妈，以前你跟我们说的那些道理又怎么解释呢？要勤俭，要自制，要节约？我可都相信了啊。”

“所以你现在长大成人了，对不对？”

还有最后一件事，是几个星期前在河边的开阔地发生的。当时是九月中旬的一个下午，天气挺暖和，我们又去河边野餐。那天一直刮着南风，飞蛾和蝴蝶在风中上下翻飞。我们用弹弓瞄准了往北一百二十五码开外的一个山毛榉树桩，让气球借着风势弹射得更远。高悬在头顶的太阳提升了空气的温度，这又增大了我们的射程。

轮到艾米发射了。上一轮尼尔斯射出的气球只偏了四五码，他迫不及待地想再试一次。不过艾米还是不慌不忙。碰到这种事情，她很清楚该怎么让对手心浮气躁。她拔了根莎草往空中一抛，试了试风速。接着她朝河对岸的树丛望去，树冠被风吹得沙沙作响。她又仰头看了看天，我也不知道她这是在干什么。艾米在计算时一向是个快手，不过她性格中也有一点依赖直觉的成分，尤其是在这种时候。我不知道她在观察世界的时候究竟看到了些什么，甚至不知道她想要寻找什么，但她似乎总能捕捉到某些别人无从得知的神秘信息。我爸爸以前也有同样的本领。

她终于出手了。灌水的气球像飞出发射架的导弹一般从皮兜里腾空而起，理想状态下的三角函数轨迹瞬间变成了一道亮闪闪的、倾角向左的椭圆曲线，在微风中斜斜地延伸出去。在水球飞到最高点的那一瞬间，我知道它肯定能命中目标。

但我说这件事并不是因为这个。

两个孩子打得都很准——我几乎都没什么可评论的了。但在那一天下午，随着艾米的水球飞快地攀升到河面中间，越过自身轨迹的顶点，我看到它爆炸开来，在空中变成了上千块闪闪发光、四处飞散的碎片。

奇怪的是，片刻之后我听到水球啪地击中了河对面的树桩。我转过头，只见山毛榉树桩上残留的叶子在簌簌抖动。有几片叶子飘落下来。我眨了眨眼，又朝河面上方的天空望去。在我的眼里，气球爆出的焰火仍在持续。亮闪闪的白色半透明碎片划出的弧线组成了一个颤动的多边形，还滞留在最高点。接着那些碎片又组成了一道起伏不定的正弦曲线——起初还挺暗，然后越来越亮，犹如一台渐渐显示出图像的旧电视机。最后碎片的焰火达到了顶峰。也许有人会希望我用数学概念来描述当时的情景——在我的记忆中那仍然是一个数学般的画面——我看到一个移动的利萨如图形[1]在空中持续了一点五秒左右。图形还在不断地变化，起初是同伦变化，接着是同胚变化，最后完全转换成了一组奇怪的、四处散落的神秘记号，在空中熊熊燃烧起来。那一大团炽热的烈焰一边坠落，一边喷吐着火星，越来越耀眼。

那景象在空中挥之不去，直到我把头转开。

我们把这种感觉称作直觉，因为实在找不到更好的词来描述。

从费兹克公司辞职几天后，白天我还在曼哈顿到处闲逛，就像个刚刚出狱的囚犯。奥德拉建议我再到爸爸那边去看看。当时距离我第二次去探望他还没过一个星期。我搞不清自己心里的感觉究竟是因为爸爸的事，还是因为我没了工作。

“这没什么，”奥德拉说，“你再回去一趟不就知道了吗？”

两天之后，我把车拐进湖湾旁边的小路，远远看到克莱、保莉和妈妈在小木屋里忙活。她们答应过，等我回来会准备一顿大餐。她们三个人都在厨房收拾碗碟，碰到一起便错身让开。爸爸在屋外，站在烟雾腾腾的码头边上，举起两只烧烤用的火钳朝我的车挥了挥。我走到他身边的时候，他举起了酒杯。“浪子回家了。”

“没错，是回来了。”

---

1 Lissajous figure，由在互相垂直的方向上的两个频率成简单整数比的简谐振动所合成的规则的、稳定的闭合曲线。

他挺文雅地喝了一小口波旁威士忌 :“那我得敬你。”

“我也敬你，老爸。”

酒又下去了一大口。“敬我们的奇点！”

“我们有什么奇点？”

“嗯，”他说道，“你辞掉了工作，对不对？你老爸觉得兴高采烈。”

在数学中，奇点指的是逆转——曲线图上发生急剧变化的点。

“祝咱们身体健康。”他说，又是一大口，“庆祝我们刚得到的自由。”

约半个小时后，我在厨房把镀银的餐具装进野餐篮，看着爸爸急匆匆地走过码头去帮克莱和妈妈的忙，她们手上端着盛满美食的大盘子。他站在台阶上伸出手，扶着她们跨上码头（先是妈妈，然后是克莱——这是他们一致认可的先后顺序。）爸爸并不知道我在看——说不定他知道——妈妈和克莱继续往烧烤架那边走的时候，他还站在台阶顶端凝望着她们的背影。我得承认，现在他看起来又是一副精神抖擞的模样，还不停地打量着那两位刚刚让他的生活重新焕发光彩的女人。

这时候保莉从木屋出来了，手里捧着一大罐柠檬汁。她走到沙滩这边的时候，爸爸也站在台阶顶上等着她。她的表情说不上有多开心，但我记得当时她显得还挺乐观的。我好久没看到她这样了。我上次离开后，保莉已经在这儿待了一个星期，她和爸爸的关系似乎也变得友好起来，这可是前所未有的事。她走上几级台阶，爸爸从码头边缘探出身子，伸出了手。她抬头看看他，然后不好意思地咧嘴一笑，握住了他的手。我看到她脸上的神情——其中透露的希望——便低下头继续收拾野餐篮。所以我没瞧见出事时的情况。

我真希望当时和他握手的人不是保莉。

那声音听起来就像是森林里的什么地方有一根树枝折断了。

紧接着，水罐砰的一声摔得粉碎。我抬起头，保莉已经摔倒在沙滩上。站在码头上方的爸爸在踉跄着后退。他低头看着自己的手，那只手以古怪的角度伸在衣袖外面。一时间他好像有点莫名其妙。然后他发出了一声号叫。妈妈朝他飞奔过去。爸爸紧紧抓住自己的胳膊肘，身子往前一冲，惨叫着倒向台阶边缘。他脚下一个踉跄，从栏杆的空隙处直接摔到了沙滩上。

穷举证明

CT 片子上布满了墨渍般的阴影：转移病灶多得数都数不过来。急诊室里，甘达普尔医生扶住了我妈妈。

爸爸的胳膊是在他拉我妹妹上楼梯时断掉的，接着又在他摔倒在地时变成了粉碎性骨折。

他们没给他动手术，而是上了石膏，一直延伸到肩部，只有手指尖露在外面。他的手指是紫色的。医生甚至无法把断骨复位，所以小臂中部的石膏还弯着，就好像凭空多出了一个胳膊肘。

但第二天我们把他送回小木屋之后，他叼着烟端着酒杯往长沙发上一坐，用没受伤的那只手点着了香烟。他深深地吸了一口，放下烟，然后举起了酒杯。

车道上，甘达普尔医生从旧奔驰的车窗里伸出手，递给我一个包。“他现在得用这个了。你知道，我没法天天都过来。”

我看了看标签。“他肯定不喜欢。”

“我知道。但我会尽可能用最小的剂量。”

“谢谢您，医生。”

他扭头看了看小木屋，说道：“不好意思，我想问问，比特曼先生和比特曼夫人现在还来看他吗？”

“比特曼夫人来。”

“比特曼先生——他还待在这儿吗？”

“他回纽约了。”

医生保持着原来的姿势没动，仔细端详了一会儿我的脸。然后他说道：“一定记着把东西放在二楼。”

我知道，奥德拉认为我谈到自己在乎的事情时会觉得比较困难。静水农场的马修也是这么想的。我知道他们都认为我不愿揭露自己的秘密，或者说我并不了解自己的真实感受。

好吧，他们想得没错：我的确不了解。

但这并不是因为我从来都不去思考这些事。我会想的。数学家总会不遗余力地给事物下定义。数学意义上的平面，指的并不仅仅是平整的表面，而是一个厚度无限薄而尺寸无限大的平整表面。你觉得这些都是微不足道的细节吗？对我们而言并非如此。说到平面的时候，我脑海里浮现出的并不是一张桌面、一片玻璃，或是一页纸。你尽可以把任何一样物体指给我看，但其实所有这些物体都只不过是物体本身而已。它们存在于现实世界之中。有了这种客观存在的状态，它们就要被自己的宽度和长度所定义。在数学家看来，一张桌面并不能被称为平面，它就像一块朗姆酒蛋糕一样，和平面大相径庭。事实上，在我们所知的世界里，能够真正被称为平面（或者说平面的一部分）的事物只有一样——阴影。

你明白了？

语言表达不了我们。就连这个世界都不行。

悲伤的形式难道不是千差万别的吗？面对死亡的悲伤，和知道一个孩子今后将饱尝痛苦而产生的悲伤，难道是相同的吗？音乐带来的愁绪呢？它和夏季黄昏时分的愁绪是一回事吗？即将失去父亲让我很难过，那么假如我父亲是个更适应环境、愿意陪我一起玩棒球，或者早晨经常带我去钓鱼的人，我的感觉是否会有所不同？不管是哪一种情况，我们都把丧失亲人的感觉称为哀痛。我觉得我们无法准确地用语言描述自己的感情，正如我们无法准确地用语言表达自己的思想一样。我甚至不觉得我们做的这些能称得上*思考*和*感觉*。我们的确做了一些事情并称之为*思考*，但这个称呼实在太过草率，同样，我们也把自己做的其他一些事称为*感觉*。不过我可以告诉你，如果你能找到公元前三世纪的阿基米德，七世纪的婆罗摩笈多[1]，或者二十世纪的希尔伯特，问问他们最早是怎么意识到自己已经解开了重大难题的，我估计回答都是一样的：当时就是有那么一种*感觉*。

也许这就是数学家喜欢用黑板的原因。先用文字说明，后面基本上都会跟着等式。如果数学的表达方式不再适用，我们就会发明出新的来。欧几里得。丢番图[2]。韦达[3]。笛卡尔。

我常常会想，像我父亲这样的人——也包括我、我的妹妹、我的女儿，很可能还有我的儿子——总是在不停地追逐。追逐下一个问题的时候，我们通常都很熟悉它，因为它就是上一个问题的答案。一切都能累积起来。增加再增加。数学中的任何证明都可以被拆分为许多非常简单的步骤，连刚刚学会推理的小孩子都

---

1 Brahmagupta（598—660），印度数学家、天文学家，早期从事圆内接四边形的研究，并得出了求有理圆内接四边形的方法。此外，他还是印度最早使用负数的数学家。

2 Diophantus（生年约为 200—214，卒年约为 284—298），古希腊学者、数学家，代数学的创始人之一。

3 François Viète（1540—1603），最早系统地引入代数符号，推进了方程论的发展。

能明白。每一个步骤其实都很琐碎，因为只有这样拆分，被我们称为头脑的破玩意儿才能理解得了。关键在于把这些步骤整合起来。关键在于专注，如果你愿意这么叫的话。这是我们仅有的东西。渴望催生出专注。

我总觉得费马猜想、庞加莱猜想（甚至包括马洛什猜想）之类的难题之所以引人瞩目，并不是因为它们最终被解开了，而是因为解答的过程耗费了很长时间。说真的，这些难题都只不过是一堆堆沙子而已。解开它们需要的时间在很大程度上取决于概率：堆放沙子的方式有许多种，但错误的方式比正确的方式要多得多。

在我们家的那棵老桑树下，爸爸第一次给我讲解微分学的时候曾说过，他的大部分思想都受到了一个发现的指引：任何形状都可以用越来越小的形状来表述，任何事物都能够以如此简单的方法估算出来。

现在我又想起了这个观点。

逐渐增加的过程，能让人变聪明吗？把人生分解成碎片，然后再叠加起来？把沙子堆放到一起？一个睡意蒙眬的新生儿必须学会暂时放开这个世界；而成年人则必须学会死亡。两者之间的一切就像是一粒粒沙子。抱负。失败。嫉妒。欲望。憎恨。爱意。柔情。欢乐。羞愧。孤寂。狂喜。痛苦。放弃。

只要活得够久，这些问题你最终都能解决。

然而，我在父亲最后的日子里感受到的悲伤又该如何解决？我们总觉得，悲伤就像我们在这个世界上看到的平面一样，是有边界的。但它真的有吗？出院回家的那天晚上，爸爸面无表情地靠在皮沙发上，没受伤的那只手握着一只酒杯。还是我见惯了的那个父亲。还是那双仿佛蒙着阴翳的眼睛。还是那张略带醉意的脸庞。但我心里也明白，在某个业已开启并即将抵达终点的时间段中，他已经走了。那又怎么样呢？如果你能够跨入另一个维度，你就可以返回任意一个时间点。很长一段时间里，每次看到爸爸靠在沙发上，我仿佛都能看到他已经不在那里了，我看到的不是爸爸，而是他在曾经生活过的地方留下的一片空白，就好像是看见了未来。话说回来，我真的看到了吗？在我们这个世界上，人的灵魂是否也和平面一样，只能呈现出某种残缺的映射？我们给它设定边界和维度，难道只是为了证明自己能够理解它？

任何事物，一旦被形诸语言，就已然发生改变。你用了一个词，却改变了整个世界。诗人明白这个道理。这是他们极力想要避免的事。

我对宗教没什么耐心，对静水农场那帮人所谓的精神生活同样不感兴趣；但尽管如此，身为数学家在某种程度上便意味着决不轻易排除任何可能性，除非它被证明是错误的。想到自己今后生活的世界再没有了父亲，我心中的那种感觉，难道仅仅是一个人终于伸手触及无穷之时所感受到的生平第一次灼痛吗？这不是我们能够看到边界的那种有限的事物，而是另外一类事物，是不是只有抛下所有先入之见，我们才能够了解它的真相？

爸爸听到这样的想法，会不会一笑置之？我觉得他不会的。他和其他人一样，也常常苦苦思索生活的真谛，他只是不愿把自己都还没想明白的道理说给别人听罢了。

很早以前，我就意识到爸爸已经时日无多。从听说他不肯从小木屋搬回塔平顿跟家人一起住的那一天起，我就知道了。那是九月间一个凉爽的下午，再过两个星期我就要去上大学了。透过我们家的窗户，能看到那棵桑树的叶子已经开始凋谢。我待在二楼自己的卧室，正盯着手指间拈着的一颗黄色药片，这时厨房里的电话响了。几分钟之后，我听到楼梯上响起了妈妈慢吞吞的脚步声，我的脑海中突然浮现出了爸爸的脸。脸庞的边缘有些暗淡，又多了几分岁月的痕迹——在我的想象中无比鲜明——仿佛他正坐在小木棚的书桌前，抬起脸看着我。我要是说，当时我就知道我们已经失去了爸爸，肯定会显得很奇怪。但我真的知道。我从来没能自始至终地完成任何一项证明，但在那一刻我瞥见了通向终点的途径，就在它倏然消失之前。

那一天，爸爸打着石膏出院回家，坐在木屋里新买的皮沙发上。那一天，我漫步走到湖边，沿着沙滩一直走到湖湾尽头堆着许多石头的地方。那儿的石头比岸边别的石头都要大，堆放的样子似乎还能看出一点规律。我意识到，从前曾经有人耐心地把石头从野地里挖出来，或是从湖底搬上岸。堆石头究竟是习俗使然还是为了好看，早已无人知晓。我找了块石头坐下，眺望着湖水。

天色已晚，没过多久有两只水貂跑了过来。水貂很喜欢这些石头，不光是因为它们能在石缝中找到爱吃的螯虾和小野鸭，还因为它们能在大石头上蹦来跳去地玩。水貂这种动物非常警觉，看样子也很喜欢玩耍。它们的脸孔戒心十足，短短的耳朵斜向前方，乌溜溜的眼睛时刻留意着各种动静，它们观察世界的时候似乎总带着惊讶的表情。我觉得这应该是智慧的标志。

两只水貂你追我赶地在乱石堆里窜来窜去，还忽上忽下地翻着筋斗，就像两只套着黑色皮毛、在湖岸边弹跳不停的机灵鬼[1]。太阳已经沉落，但西方的天空还能看到暮色。我坐在越来越寂静的湖湾边，看着这两只水貂在大石头堆里嬉戏。它们注意到我之后，一只水貂便藏了起来，另一只却奔到了一块石头上面，直勾勾地瞧着我。我不知道自己怎么会在一只水貂的脸上看到怜悯之情，但我的确看到了。那时候风已经停息，暗紫色的天空慢慢变成一片墨蓝，我终于哭了出来。

1 Slinky，美国海军工程师理查德 · 詹姆斯（Richard James）在二十世纪四十年代早期发明的一种螺旋弹簧玩具。

爸爸一早就得吃东西——天刚亮就要吃一块烤面包——否则每天的第一片药会让他呕吐。刚过中午的时候我会给他吃第二片药，用一小碗汤送服下去。第三片药得在晚饭之后睡觉之前吃。他睡着以后如果再被喊起来吃药就会呕吐不止，所以我学会了注射。甘达普尔医生演示给我看了。我把闹钟定在凌晨两点，摸黑穿过走廊走进浴室。突如其来的灯光，针筒里密密层层的银色气泡——奇怪的是，混乱无序的气泡却显得兴高采烈：那是一种强有力的感觉，因为我知道自己能缓解他的疼痛。

即便是在凌晨的那个时候，门廊上还是暖洋洋的，他常常会踢掉盖在被单上的毛毯。我每次都尽可能轻手轻脚地掀起被单，可他总会睁开眼睛。他会叹着气翻过身，仰面躺好。

“夜班护士来了。”

“别管我了。”

屁股上都没什么肉了。短暂的阻力，接着针头就滑了进去，仿佛穿透了一层丝绸。我拔出针头时他咕哝了一声，翻过身又恢复了侧卧的姿势。这一管药能让他撑到吃早餐的时候。从那之后直到晚上，他可以靠口服药抑制疼痛。

有时候药力会提前消退，不过我已经学会了观察迹象。站着的时候，他会用手紧紧按住石膏，仰着上身喘气；说话的时候，他说出的词句之间会出现空当；坐着的时候，他会扭过脖子，用手在石膏上摸来摸去，仿佛在抚摸躺在臂弯里的小猫。

坐在长沙发上的时候，他的脸偶尔会因为疼痛而抽搐。

不过，他每天还是坚持自己走来走去。走到厨房喝波旁威士忌或是咖啡。走到湖湾呼吸新鲜空气。一日三餐他吃得不多，但每天晚上他都会端着保莉专门做的蛋奶冻靠到床头，用勺子大块大块地舀起来往嘴里送。

有天早晨他一直走到了码头尽处。他坐到长凳上，在石膏的臂弯处支起一个本子，勉强画了几分钟风景。这期间我看到他蹲在平台上，慢慢地从木板边缘探出身子，掬起水往脸上洒了点。

那天晚上有人送来了包裹——是一把轮椅，折叠起来放在盒子里。他看着克莱打开纸盒，组装好零件，把轮椅推到门边的角落。然后他站起身，走到轮椅旁边。“给谁买的？”他问道。

他最清醒的时候还是晚饭之后——这时他已吃过当天的最后一餐，而睡觉前要服下的药则会给他带来最后一丝慰藉。下午打盹儿后刚醒过来，他就会跟我们聊天。克莱会把椅子拖到附近，坐在那儿不说话，只是让他能看到自己。妈妈会站在门口。爸爸说话的时候，连保莉都喜欢待在附近。她从来没说过她喜欢，可我注意到她总是在旁边盘桓不去。有些时候，随着纱门外傍晚时分的天光从琥珀色转成暗蓝色，他会从门廊的躺椅上站起身走到起居室，坐到沙发上，从烟盒里弹出一根烟。香烟已经被保莉扔掉了一整条，但甘达普尔医生又带了一条过来，脸上仍旧挂着彬彬有礼的微笑。

心情好的时候，爸爸会深深地窝进沙发靠垫，点上一根烟。他还是那么能说会道。口才始终没丢。

有一天晚上，他跟我们说了到赫尔辛基参加会议时发生的事。乘玛丽皇后号横渡大西洋。游轮穿过芬兰湾的时候，夜晚亮如白昼。克莱第二天早晨要回芝加哥，她想让我们一家人单独待几天，我发觉她看着老爸的眼神有点不一样，仿佛是想把他永远记住。她坐在他身边的长沙发上，两眼忽闪忽闪地望着他。妈妈站在门口，保莉坐在房间另一头的桌旁，开着笔记本电脑，我往她身边靠了靠，而她假装在看电子邮件。西沉的夕阳映照在湖面的层层碎浪上，看起来就像是在整个湖湾上划亮了许多火柴，又旋即熄灭。

“有个西班牙女郎，”爸爸说着往沙发坐垫上一靠，“刚嫁给一位百万富翁。我是在吃饭时认识那对夫妻的。我们坐在船长那桌——你知道，当时我已经得了菲尔兹奖。那位丈夫是个粗俗的资本家，愚昧透顶，我能看出他的漂亮新娘觉得很无聊。我坐在他们俩中间。”他的目光从我妈妈和克莱的脸上掠过。“美女更爱真理。”他说。

克莱哈哈大笑。

“我的意思是，跟爱财相比。”爸爸说。

“那你可就误会美女了。”克莱说。

他朝她瞥了一眼，脸上的笑意更浓了。“就在她自己的豪华舱房里，刚吃完甜点——”

保莉啪的一声合上了笔记本电脑。“恶心！”

“没什么的，保莉，”我说道，“当时爸妈还没结婚呢。”

“我们不想听这些事！你不明白吗？你们俩都不明白吗？你们一点都不了解我们！”

门砰地关上了，克莱精心挂好的一个画框从墙上掉了下来。

4656534

两天之后，一个晴朗无风的早晨，一辆租来的车停到了车道旁，尼尔斯从车上走下来，接着是奥德拉。过了一会儿，艾米也下车了。她似乎有点茫然失措，贴在车子旁边低头看着脚下的沙地。她以前倒是在这样的森林里待过，但她长这么大还从没见过爷爷。

她的爷爷倚在台阶顶端的门框边，正冲着大家挥手。

尼尔斯也从来没见过爷爷。不过他一溜小跑就朝台阶那边去了。跑到门廊上，他伸出了手。“您是爷爷。”他说道。

“好像是的。”

“我是您的孙子，尼尔斯。”

“我觉得也是。这一位是谁？”爸爸走到门廊边上，低头看着车子，“是不是我最近听说过的另一个小朋友？”

“她是我妹妹。我们迟到是因为她忘了带牙刷，在路上的五金店又买不着。”

“我估计是买不着。”

“那是家百货店，”艾米说，“又不是光卖五金的。而且我也没忘记带牙刷。我得经常换新的。”

“爷爷，您家里有牙刷给她用吗？”

“嗯，应该有，小伙子。应该有。”

奥德拉走上台阶，爸爸弯腰吻了吻她的手背。奥德拉倒是没脸红，但是爸爸行吻手礼的时候，她抬起另一只手摸了摸自己的脖子。

艾米一直站在车道边，这会儿奥德拉招手让她过去。但等到我妈妈出现在门口，艾米才动起来：她快步跑上台阶，从奥德拉和我爸爸身边绕过去，把头埋在奶奶的衬衫里。“小姑娘，”妈妈说，“看到你可太好啦。好了，去跟你爷爷打个招呼。”

但艾米就是不吭声。她只是低下头，行了个屈膝礼。

那天傍晚，睡过午觉的老爸兴致很高，靠在沙发垫子上说个不停。艾米站在厨房门口望着他，不停地转动着套在手指上的椒盐卷饼环。尼尔斯坐在爸爸身边的长沙发上。爸爸朝艾米招了招手，但她还是不愿意过去。他点了根香烟，透过烟雾笑眯眯地望着她。

“迈洛，”我妈妈在房间另一边说道，“把那东西掐掉。”

老爸惬意地深深吸了一大口，慢慢抬起打着石膏的胳膊，架在尼尔斯的膝盖上。“怎么了？小伙子，你不喜欢烟味吗？”

“说实话，”尼尔斯说，“我觉得这烟味还挺好玩的。”

门廊上的保莉哈哈大笑，接着瞟了我一眼。“小伙子脾气真好。”

“那这个呢，小伙子？”爸爸说着从桌子上拿起了酒杯。

“这个也没问题，爷爷。闻着有点像咳嗽药水。”

他咯咯地笑了。“好吧。其实呢，这可是上好的波旁威士忌。”

这时妈妈快步穿过房间，从他手里抢过酒杯，拿到厨房去了。紧接着，她又回来拿走了香烟。

“别人可能会说，现在她这么管他已经有点晚了。”奥德拉低声说。

“好吧，我可不会这么说。”

我和奥德拉都压低了声音，因为这会儿我们待在湖畔套房酒店的房间里，尼尔斯和艾米就在墙壁的另一边装睡。透过石膏板墙，我能听到每一记击球声——电视上放的应该是扬基队比赛的精彩片段。肯定是尼尔斯要看的，不过我也知道艾米会同意跟他一块看。有时候我觉得艾米尽管聪明过人，却宁愿一直当尼尔斯的小跟班。

“我们小的时候，妈妈要操心的事实在太多，”我说，“她已经尽力了。”

“嗯，你说得对。我觉得她是尽力了。”奥德拉躺在我身边的床上，盯着天花板上的吊扇。“不过呢——她本该做点什么的。早点干预的话，可能就不会搞成这样。”

这时候，扬基队肯定是打出了什么好球，我们听到尼尔斯大叫一声，紧接着艾米也发出了欢呼。我敲了敲墙壁。我需要睡觉：再过几个小时我就得摸黑爬起来，开车去小木屋给爸爸打针。下半夜我就在那边睡。

电视机的声音消失了，我们沉默不语地躺了一会儿，仰面望着吊扇。

“你知道吗，对我来说那么做也很艰难，”奥德拉说，“但我还是做了。我拦住了你。”

“怎么说呢，你那时候的情况不一样。”

“是吗？”

“当然啦。”

“我说不好，”她说，“当时我完全不知道以后会怎么样。不知道你、我和这个家会怎么样。”

“你说什么啊，以后会怎么样？你觉得我——你觉得我会抛下你们，一去不回吗？”

她没回答，只是翻过身去，闭上了眼睛。

后半夜，我在木屋突然惊醒。

“你看见了吗？”他哑着嗓子说。

“什么？”我在爸妈以前睡的床上坐起身:凌晨三点五十八分。一个小时之前我才给他打过针。“爸，你上楼来干吗？”

“他来了。”

“谁啊？”

“你知道的。”

“不知道，我不知道。天哪，老爸——你摸黑爬楼梯上来的？”

“你忘记锁门了。”

“我们从来都不锁门。”

他俯下身。“好吧，他进来了。”

“爸，你说谁？”

“埃尔德什。”

“什么？”我站起身，用我盖的毯子裹住他，“我陪你下楼去睡觉。来，快点儿。我扶着你。”

“他不肯走。”

“那咱们就一起去会会他。快点儿，爸爸。他是个好人。”

“汉斯，他把床给占了。他不肯走。”老爸浑身发抖，“你去跟他说。我就待在楼上了。你下去跟他说，不能这样。”

可是到了早晨，他又恢复了正常。他很晚才起床，一觉醒来后似乎把半夜发生的事忘了个一干二净。吃早餐时他甚至显得很开心。吃过鸡蛋和培根，他站起来走到窗前，探出身子望着在岸边玩耍的艾米和尼尔斯，说道："咱们带孩子们到小溪那边去怎么样？"

"爸，你是说咱们走过去？可能有点远吧。"

他转过身。"你的意思是孩子们走不动？"

我瞥了奥德拉一眼。

那个早晨天气特别好。他先是带着我们走到了湖畔小路的拐弯处。然后他捡了根树枝，折而向北，走进草地。我担心他在深深的草丛里会走得很累，不过他倒是没事。他把树枝当作拐杖，径直从长可及膝的草丛中穿过，走得不慌不忙，稳当得很。后来我们上了草坡顶部那条坑洼不平的小路，奥德拉悄悄溜到爸爸身旁，用胳膊挽住了他石膏的弯处。我发现他像小鸟似的鼓起了胸膛。

这条路有一段是铺好的，等我们走到那儿时，树叶的缝隙间已透进缕缕阳光，湖面也有波光在闪动。老爸走路时把脊背挺得笔直。我跟在最后，看着他和奥德拉边走边聊，听得她时不时地点头摇头，偶尔还开怀大笑。她的胳膊还挽着他。紧跟在他们身后的尼尔斯一会儿跑到路这边，一会儿蹦到路那边，到处捡东西往口袋里装。艾米隔开一段距离跟在后面。

我们一路走到桥边，他终于停了下来，眺望着桥下缓缓流动的溪水。平静的水面时不时现出波纹，那是浮上来的游鱼。岸边的野草簌簌作响。远处的水面上冒出了一个小小的黑色三角形，朝着我们顺流而下。等它漂到我们旁边，爸爸问道："孩子们，知道这是什么吗？"

"是河狸。"艾米说。

这很可能是她来之后和爷爷说的第一句话。

爸爸笑了。“没错，小姑娘。你是怎么知道的？”

她没回答，只是耸了耸肩膀，转过身看溪水去了。

“你在这儿他很高兴。”我说。

“见到女人他就开心。”奥德拉答道。她把化妆包放在酒店房间的台面上，对着小小的镜子俯下身。“而我呢，恰好是附近成年女性中最年轻的一个。”

“这两条你说得都没错。何况你还是个漂亮女人。”

“好吧，多谢夸奖，”她说着从镜前回过身，“孩子们见到爷爷是这个模样，你觉得他们会怎么想？”

“我觉得他们以后也不会再有见到爷爷的机会了。”

“尼尔斯也是这么说的，”她握住了我的手，“知道吗，你爸爸在孩子们身上下了不少功夫。他竭尽全力想给他们留下好印象。”

“我知道，奥德拉。可艾米连看都不看他一眼。”

“其实呢，”她说，“我觉得艾米的眼睛始终都在跟着他转。你没注意到吗？今天我瞧见她站在凳子上，偷偷张望窗户外面的爷爷。”

“好吧，看来他比松鼠还有趣。”

“艾米躲在窗帘后面，这样爷爷就看不见她了。当时他待在门廊上，离她只有一英尺远。”

“他看见艾米了吗？”

“没有。他正在专心做事呢。用一只手撕开烟盒的包装可不太容易。”

我笑了。“嗯，最起码艾米和他保持了距离。长远看来，这说不定是件好事。”

“你是这么想的？”

“说实话，我也不知道。我不知道我应该怎么想。”

“好吧，我觉得艾米之所以躲得远远的，恰恰是因为她已经彻底被他迷住了，”奥德拉说，“汉斯，他身上有一种很本真的东西。一种对整个世界来说都特别本真的东西。我觉得艾米看出了这一点。”

第二天早晨，尼尔斯蹦蹦跳跳地跑到了门廊外。他冲着艾米张开手掌，可正在看书的艾米几乎都没抬眼，然后他又跳着跑了过来，张开手给我看。“看看爷爷给我做了什么？”他举起手放到嘴边，吹出了一个颤音。“还能吹响！”

“看来是的。”艾米说。

“你瞧啊，艾米！能吹出两个音调呢！”

“傻瓜。”

“他刻了两个大小不一样的孔！”

“我在看书。”

尼尔斯跑到艾米身旁，凑着她的耳朵吹响了哨子，艾米抬脚就踢，可他早一拧身冲出门口，沿着小路跑掉了。纱门在尼尔斯身后砰然关上，随即又响起了两个音调的口哨声。

我一直在观察艾米。过了一会儿，我说道：“亲爱的，你在看什么书？”

“《海角乐园》。”

“哦。”

“别吵我。”

“艾米，你想看什么书都可以。我不管。”

“谢啦。”

她翻了一页书。

“妈妈跟你说什么了吗？”

“嘘！”

“呃，我想跟你说，没关系的。在我这儿，你随便看什么书都行。”

她眼睛都没抬。我往前凑了凑。还真给我猜对了：齐格蒙德和费弗曼合著的《三角级数》。

“知道吗，”我说，“我小的时候，保莉姑姑总觉得爷爷更关心我，不关心她。”

她把书放下了。“保莉姑姑那时候是这么想的？”

“嗯，没错。我自己可不这么看。我觉得爷爷对我们俩同样关心，只不过他关心人的方式比较特别罢了。但你姑姑就是这么想的。我不知道她有没有跟你说过这些事。”

艾米皱起了脸。“真奇怪啊，保莉姑姑小时候竟然是你妹妹。”

“艾米，她现在还是我妹妹。”

“我知道，爸爸。”

“知道吗，保莉姑姑小时候跟你很像。她数学特别好。”

“我的数学可不好。”

“你说什么？”

“爷爷的数学更好。”

“哦，明白了。”我朝木屋瞥了一眼，看到爸爸躺在起居室的沙发上睡着了，脑袋朝后枕在靠垫上。“知道吗，以后你想做什么都没问题。不管是数学，还是别的什么工作。”

“好的，爸爸。”她又拿起了书。

“艾米，爷爷也很爱你。”

“谢谢。”

“他年轻的时候不是这样的。”

“嗯哼。”

我伸出手，放在她跷起的脚上。“艾米，他也会帮你刻哨子的。你知道的，对不对？”

“你好奇怪啊。”

“他会的。他会给你们俩一人做一个。我会跟他说的。”

她又翻过一页。片刻之后，她头也不抬地把手伸进上衣侧袋，摸出一样东西，举到我面前。“他已经送给我了。”她说。

“甘达普尔医生，能问您件事吗？”

“当然可以。”

我们站在码头上，等待着又一个日落。透过破碎的云层，火红的圆盘渐渐变成了一枚黯淡无光的铜币，从投币口掉了下去。

“我明白，”我说，“任何检查都不可能百分之百准确。特异性、敏感度，这些我都知道。我也知道最后的结果和概率。”

“我敢肯定，全世界像你这么心中有数的寥寥无几，”医生回答说，接着他又加了一句，“不过呢，你的父亲恐怕就是其中之一。”

“但我还是想问。最近您都没安排爸爸去做任何检查，是吧？”

“汉斯，我办不到。他不让。”

“他不让？”

“我也不想这样，你知道，他坚持要这样的。他一向都很有主意。不去检查。不做治疗。从一开始他就什么都不许。不过换作是我，恐怕也不会想做。”他把双手插进口袋，“怎么想起来问这个？”

“也不是特意要问——只是好奇。跟我猜的一样。”

医生不看风景了，转过脸用皱纹密布的双眼凝视着我。“汉斯，你是个好儿子，”他说，“上帝保佑你。”然后他抬起手，拍了拍我的肩膀。“愿上帝也保佑你父亲。”

那天晚上吃过饭，爸爸坐在门廊上，大口吃着保莉做的蛋奶冻。他边吃边吮手指，稀疏的头发被汗水弄得湿乎乎的，显出了头骨的轮廓。“你们全给我滚出去，”他突然说道，“一帮吸血鬼！”

“迈洛——”妈妈说。

“快从我身上滚开！”

“爷爷，怎么了？”尼尔斯问。

当时我们都待在门廊上，看着从湖面升起的月亮。那天天气很好。

“我说了，滚出去。你们——都给我出去！”

“你怎么了，爷爷？”

他直勾勾地盯着尼尔斯。“我告诉你是怎么了，我想跟你妈去滚草堆。”

奥德拉突然笑出了声。保莉的脸涨得通红，赶忙护着尼尔斯和艾米出了门。

妈妈脸色煞白。然后她转开脸，眼睛眨个不停。

我走进厨房时，孩子们好像很吃惊。收音机上正在转播猛虎队的比赛，尼尔斯从座位上蹦起来，调低了音量。艾米转开了视线。“今天天气这么好，你们俩在屋里待着干吗？”

“在听金莺队和猛虎队的比赛。”尼尔斯说。

“嗯，谁会赢？”

“搞不清。”他快步走到窗户旁边，望着外面的湖水。艾米坐在尼尔斯身后的桌子旁边，桌上放着爸爸常用的杯子，旁边还有个塞满烟蒂的烟灰缸。我看了看他们俩：“爷爷刚才和你们一起听的？”

“他睡着了，”艾米说，“又躺到沙发上去了。”

尼尔斯说：“哈佛大学的校长想禁止曲线球。”

“尼尔斯，你说什么？”

“艾略特校长。他说应该禁止哈佛队的投手投曲线球，因为这种球太狡黠。”

“是狡猾。”艾米说。

“快点儿，艾米，”尼尔斯已经到了门口，手指头不安分地敲着，“咱们游泳去。”

门砰地关上，不一会儿尼尔斯就跑到了湖边，但艾米并没有跟他一起去。我收拾桌子的时候，她就待在我身边。我倒掉烟头，把桌上的餐垫擦干净。把碟子全部放到架子上后，我伸手摸了摸她的脑袋。“艾米，”我说，“你刚才没喝那东西吧？”

“什么东西？”

“爷爷杯子里的东西。”

“哦，没有。我当然不会喝的。”

“那就好。”

我收拾好报纸，把椅子摆整齐。刷锅的时候，我和艾米都在看尼尔斯。他在打水漂。很专注，他不论干什么事都是这样——仔细寻找每一块石头，放在掌心掂掂分量，先侧身比画两三次挥胳膊的动作，再把石头扔出去。尽管这样，打过几次水漂之后他总会抬起头，看看艾米是不是还跟我一起待在屋里。

艾米还跟我在一起。她静静地站在我身旁。最后她说道：“不过尼尔斯尝了一小口。”

凌晨两点。他的床空着。在黑暗中，我伸手摸了摸床单。毯子在床垫上堆成一团。我打开灯，发现他的枕头被踢到了墙边。

卫生间没人。轮椅斜靠在门厅的角落里。“老爸？”

到了屋外，借着手电射出的光柱，我总算在码头的边缘处看到了他。他跪在湖边，睡裤褪到了膝盖，打着石膏的胳膊挂在身后长凳的一根立柱上。他转过身来。他的另一只手里握着充血肿胀却仍然软塌塌的阴茎，手臂还在有一搭没一搭地撸动。

“好吧，最起码孩子们没看见。”奥德拉说。

“你倒挺知足。”

她握住了我的手。“汉斯，从某种意义上说这表明他还有活力。”

“也可能恰恰相反。”

外面的门廊上，我们能看到他又靠在了躺椅上，正笨手笨脚地想再点一根烟。

“能问你个事吗？”我说，“那天晚上——就是他说滚草堆的那天——你说他会不会是把你当成了我妈妈？”

“说真的，我不知道。”

“那你觉得，他会不会是把尼尔斯当成我了呢？”

“亲爱的，我不知道。我真的不知道。”

我望了望门廊外的爸爸。“他说那话的时候，当真指的是你吗？”

“我不知道，亲爱的，”过了一会儿，她说道，“以前他家里从来没有过这么多人。他肯定觉得很困惑。他肯定累坏了 。”

“嗯，你说得对。”

她握住了我的手。“汉斯，”她说，“我在想——也许我带着孩子们先回家会好一点。”

我点点头。

她说 ：“我很抱歉。”

“说来好笑，现在我倒觉得应该早点让孩子们来见他。”

“我知道，”她说，“这也是我感到抱歉的原因之一。”

知识的诅咒

有一天早晨，我陪着爸爸到湖边散步，他脚下一滑，坐倒在地。不过我抓住他的肩膀，把他扶了起来。接下来在树林中穿行的时候，我一直都扶着他。走到岸边，我托住了他的胳膊肘。

他甩了甩胳膊。“行了。”

最近在家里的时候，他似乎对什么都感到厌烦。拿起报纸又丢下。啪啪地按开关。他每次去上厕所，我们都能从走廊看到。他根本没想着要随手关门，只是往墙上一靠，弓着脊柱侧凸的后背站在小便池前，过好久才能尿出来。那时候离开了一阵子的克莱又回来了，但奥德拉和孩子们不在，于是爸爸彻底甩掉了斯文的做派。他就那么站在昏黄的灯光下，时不时侧过身耸耸肩。药物对他的肠道也有影响。有时候他坐在马桶上瞪着眼，吐出的烟雾盘旋着向风扇升去。克莱总会起身去关上厕所的门。

有一天早晨，我看到他费了半天劲想把热水关上。他靠在水槽旁边，那模样活像是来自另一个星系的动物。关节凸出的手指笨拙地转动着把手：先是一边，接着是另一边，然后又换回来，可是全都转错了方向，一连串的动作滑稽无比。最后我实在忍不住了，便走过去帮忙。

我走进小棚子，看到保莉坐在爸爸的椅子上，俯身凑在吸墨垫旁边，两手扶着太阳穴。她头也没抬就对我说："你的孩子真可爱。"

"保莉，他们正在可爱的年纪。"

棚子里的气味和我妹妹小时候身上的气味一样：泥巴，还有草药洗发水。她穿着工装裤。

"我在努力想象。"她说。

"想象什么？"

"想象他的存在。我想去理解他是怎么存在的。瞧瞧这个。"保莉身后的地板上堆着好些装文件的纸箱，她伸脚踢掉了其中一只纸箱的盖子，我看见了酒瓶瓶塞上的红色封蜡。成箱的酒瓶竟然还放在棚子里，这简直让人难以置信。"他整天都在酗酒。我甚至都不觉得惊讶了。"

"我知道，保莉。这只是一种表象。"

"什么的表象？"

"他痛苦的表象。"

保莉僵住了。然后她说道："汉斯，从小到大——我们从小到大，妈妈承担了家里所有的事情。"

"嗯，有时候是这样的。"

"你在逗我吧？你觉得我们家的情况仅仅用一句有时候是这样就能概括？妈妈简直是他的奴隶。她一直在照看他。她还想尽办法维护他的事业。她把所有的一切都承担下来，好让他去成就一件大事。而且他本来也有机会成功的。"她踢了盒子一脚，"但他却只知道喝酒。他什么都不干，就知道喝这该死的酒。"她抬起头看着我，"然后他还抛弃了我们。"

"事情不完全是这样的。"

"现在呢，妈妈又想和他重归于好了。"

"什么？"

"她是这么想的，汉斯。我能看出来。她根本控制不住自己。"

她垂下头。我朝她身后看去，发现棚子被翻了个底朝天：桌上的纸张被翻动过；书横躺在架子上；堆在椽子上的纸箱盖子都支棱着。

"保莉？"

"嗯？"

我指了指棚顶。"你以前不知道吗？"

"不知道他躲在这儿干什么？我当然知道。"

这时，窗外有只苍鹭贴着湖湾的水面疾掠而过，降落在岸边水浅的地方。我们俩都转头去看。它收起翅膀站定不动，俨然成了一座雕像。

保莉的眼睛始终盯着它。"实话告诉你，汉斯，我不知道。以前我一点都不知道。"

"好吧，这么说也许能让你好受点：他也骗了我，保莉。"

"哪有他骗我那么狠？"

窗外的湖湾上，那只苍鹭往前倾了倾身，猛地扎进水中。等到它再探出头来时，能看出它的喉部有什么东西在扭动。苍鹭老气横秋的脑袋慢慢地转向我们。然后它拍拍翅膀，飞走了。

"哇。"她说。

"我知道。这世界上没什么慈悲可言，对不对？"

"汉斯，我对他的看法并没有改变——如果你想说的是这个的话。疾病也无法改变事实。"

"你凭什么觉得自己很了解事实呢？"

她眨了眨眼。

然后她站起身，把椅子推到墙边，踩着坐面站了上去。下来的时候她手里多了个纸盒，盖子没盖紧。她把纸盒放在我面前的地板上。“请看。”她说。

我打开盒子，只能看到麻袋的上半部分。即便如此，我也知道里面是什么。“我的上帝啊。”我说。

“汉斯，这到底是什么玩意儿？我从上面翻出来的。算是我见过的最奇怪的东西了。”

“我不知道他还留着这个。”

“留着什么？”

我解开麻袋口的结，拽了一段出来。“保莉，这是他小时候做的一根链条。”

“是他做的？”

“是的——用一整块木头做的。这根链条是他用一个山毛榉树桩刻出来的。我觉得当时他的年纪应该比尼尔斯大不了多少。”

她的脸变得煞白。“天哪。”

然后她又转向我，竭力让自己的表情平静下来。我看着悲伤在她脸上渐渐淡去，又重新凝聚起来，继而消失无踪。“汉斯，我根本不了解他。你明白吗？一点都不了解。”

屋子晃动的时候，我待在楼上的卧室里。接着又晃动了一下。等到我跑到门廊那边时，妈妈、保莉和克莱已经赶过去了。爸爸站在书架旁边。他举起抖动不停的胳膊，转过身把一排书推到了地上。

两天之后，在月末那个闷热潮湿的早晨，一辆出租车开进了林间空地。司机走下车，在台阶前架好斜坡。过了一会儿，厄尔·比特曼摇着轮椅来到门口。那时候克莱的行李已经收拾停当，厄尔拎起第一只箱子搁在腿上，顺着斜坡滑到了克莱的雪铁龙车旁。他把箱子往后备箱里一扔，又摇着轮椅回来搬第二只。

不过，我觉得他专程赶来并不仅仅是为了接老婆：她完全可以把汽车托运回去，自己乘飞机回家。

所有的行李装好之后，他摇着轮椅进了屋，在起居室停了下来。当时我妈妈、克莱和保莉都坐在桌前，欣赏我拿回来的东西。“天哪，”妈妈说道，“这到底是什么？”

克莱说：“上帝啊，迈洛——当然啦，你肯定一直留着它。”

爸爸的眼睛抬了起来。他慢吞吞地从厨房里走出来，一路用石膏撑着墙以保持平衡。他的手先扶住落地灯，又扶住椅背。走到长沙发旁边，他慢慢坐了下来。

妈妈用双手捧起一段链条。“迈洛，我的天哪。”

爸爸的身子陷进了靠垫。木链条做成已有五十年，一节节链环从我妈妈指尖滑过时发出的声音就像是石头在轻轻碰撞。但木头苍白的颜色几乎没怎么变深。

“啊，”爸爸说，“这么说你找到它了。”他难以觉察地点了点头。“我的代表作。”

这几句话他说得含混不清，不一会儿他的脸也变得呆滞起来。然后他睡着了。

这时比特曼摇着轮椅凑了过来。“太疯狂了。”他轻声说。他伸出手，把一段链条放在自己腿上。每一节链环都跟他的拳头差不多大，链环的每个弯曲处都刻出斜面，形成了一个拧转的圆圈。“简直是为拓扑学而生的，”他说着透过链环的孔瞄了瞄沙发，“最起码我得承认他有这点长处。”

“链环只有一面，”保莉说，“你摸摸看。”

“我摸过了。”比特曼把链条放回桌上，摇起轮椅朝长沙发那边去了。“你们知道吗？”我能看出他有点恼火。“即便如此，他还是一事无成——关键在这里。这就是问题所在。跟他做过的所有事情一样——全都是一事无成。”

“好了，别说了。”克莱说。

“就算是他证明出的马洛什定理，最后也没帮上他什么忙。”

我看了看厄尔。他也有他自己的痛苦。

“是你干的，”我说，“对不对？”

他没回答。

“厄尔，对不对？是你把杂志寄给我们的。”

“他控制不住自己，”比特曼说，“本来很快就要成功了。可是他却抱着个馊主意不放。他这辈子都甩不开馊主意。”

“厄尔，是你干的，对不对？找到那篇论文你肯定高兴坏了吧？”

“知道吗，证明出马洛什定理完全是因为他运气好，”他把轮椅转了过来，“你们其实都知道，对不对？纯粹是碰上了好运。”他拍了拍扶手，放声大笑。“他妈的，竟然把菲尔兹奖颁给了一个瞎猫碰上死耗子的家伙。”

“天哪。”我说。

“厄尔，”克莱说，“够了。”

但他又凑近了点。“不过没人能连续两次撞大运，对不对，安迪特？”他摇了摇爸爸的肩膀。“碰到阿本德罗特猜想的时候就不灵了，对吧？”

爸爸的眼睛还闭着。

“够了，厄尔。”

坐在轮椅上的比特曼往后收了收肩膀，就像他拿起哑铃之前的准备动作一样。“花了十年时间跟一个馊主意较劲。要不是因为这十年，谁知道你能做出多少成就？”

“够了。”

“白白浪费掉了自己最后的大好机会。”

这时候，妈妈走到房间中央说：“我丈夫改变了数学。你做过的任何事都无法与之相比。”

比特曼连眼睛都没抬。“他的脑子确实很好使，”他说，“这毫无疑问。但他的脑子也有缺陷。瞧瞧他的样子。你想夸他，随便怎么说都行。但这是事实。”他说完把轮椅直接抵在长沙发上，这时候爸爸的眼睛总算眨巴着睁开了。“白白浪费了才华。头脑始终不清醒，做什么都没法坚持到底。”

克莱朝轮椅这边走来。

“不是吗，迈洛？”

爸爸轻声说：“我都看不见你。”

比特曼向前弯下腰。“那就听我说。我能感觉出来。丹麦国里恐怕有些不可告人的坏事。[1]”

“我还以为你来是道别的。”保莉说。

“我正在向他道别啊，”他在扶手上一拍，“再见了，安迪特。”

这时候克莱抓住轮椅猛然往后一拖，厄尔都没来得及抬起蹭着地板的鞋跟。要是克莱没拖走轮椅，我觉得链条准会抽中厄尔的脑袋。保莉从齐腰的高度用力把链条挥了出去，结果链条没击中目标又荡了回来，砸到了她自己的膝盖。“啊！”她大叫一声，甩开了它。

就像一条在洞里受到惊扰的蛇，整根滑溜溜的链条从桌子边缘溜了下来。起初很慢，接着越来越快，最后伴着令人心悸的哗啦一声，重重地砸落在地板上。“天哪。”保莉说。她跪倒在地。“天哪。”她俯下身去拽链条，用手指捋过一节节链环，用裙摆把它们擦干净。她从桌上拿起麻袋，小心翼翼地一点点把链条收了

1　语出莎士比亚剧作《哈姆雷特》第一幕第四场，朱生豪译本。

进去。“我觉得应该没摔坏。我觉得——”

紧接着她喃喃说道：“天哪，爸爸。对不起。”

地板上多了一块弯弯的碎木片。

一片沉默。

比特曼说道：“哦，保莉，看来结果和你想象的不太一样，对吧？”

“厄尔，去你妈的，”保莉冲着他转过身，“快滚！”

他挑起了眉毛。

妈妈说：“离我丈夫远点。”

“你指的是我们之中的哪一个？”厄尔说。

“你们两个。”

“好吧，海伦娜，我得提醒你一点，”他答道，“他已经不是你丈夫了。”

“别这样，”克莱说，“别这样，我们是来帮忙的。”

保莉唰地转了过来。“来帮忙？你们来是要帮忙？”

“是的。我们想帮忙。”

“好，那就请你们帮个忙，赶紧离开这儿。你们两位。真不敢相信你们竟然还待在这儿。你们俩都让我恶心！”

妈妈从桌子旁边绕过来，张开双臂抱住了保莉，然后她转过身，扶着保莉走进厨房。过了一会儿，妈妈一个人回到了起居室。她走到房间中央捡起碎木片，把它摆在壁炉架上。碎木片是新月形，像她的手指一样又细又长，木片的弯曲处还带着两个弧面。

接着她走到爸爸面前，他又睡着了。“你怎么没告诉我呢？”她说道。她弯下腰，晃了晃他的肩膀。“迈洛。”

刺耳的鼾声响了起来。

“亲爱的，你从来没给我看过这个，”她伸手从背后拽过麻袋，“你给她看过，却不给我看。你要是爱过我的话，早就会拿给我看了。”她在他身旁跪了下来。“太了不起了。真漂亮。”

“海伦娜，”克莱的声音从房间对面清清楚楚地传了过来，“他的确是爱你的。”

“不，他不爱。我知道他从来没爱过我。”

“不是这样的。他爱你。他爱两个孩子。他爱你们每一个人。”

保莉出现在门口。“他从来没爱过任何人。”

“他爱过。”我说。

“是的，”克莱说，“汉斯说得对。海伦娜，他爱你。保莉，他爱你。汉斯，他也爱你。他爱你们每一个人。”

“你凭什么这么说？”我妹妹问道。

“因为他告诉过我。”

妈妈不由得身子一缩。

我上前几步，站到妈妈身旁。她还跪在爸爸旁边，不过这时她往后缩了缩肩膀，说道：“我只知道，他从来没告诉过我们。”

“他什么事都不会主动跟别人说，”克莱说，“他就是这样的。”

“那他怎么又告诉你了呢？”

“海伦娜，那是因为他并不在乎我。”克莱穿过起居室，边走边扎好刚才散开的几缕头发，站在妈妈身旁朝她伸出双手。我没想到妈妈竟然握住了克莱的手。克莱什么都没说，只是轻轻地把妈妈拉了起来。她托起妈妈的手指送到自己唇边，就那么停了几秒钟。

比特曼从酒店房间靠里的地方抬眼看了看我。“你能来可真好。”他说。他坐在有纹理雕饰的镜子前，正往衣袖上别袖扣。“没想到昨天会搞成那样。我很抱歉。”

“嗯，场面是有点难看。”

“估计这是我最后一次跟你说话了——今后我很可能不会再跟

你们家的任何一个人说话——不过昨天闹成那样并不是我的本意。我去你们家是为了别的事。我想去——唉，我真的是想去和你爸爸道别。”他朝我点了点头。“结果却闹得不可收拾。我这人向来争强好胜，他也一样。我们认识许多年了。”

“我知道。”

“我和克莱今天下午回家。”

“这我也知道。”

比特曼住的是全酒店最好的房间，但墙边的空调却咔嗒直响。他伸手使劲儿拍了它一下。他头也不回地说：“知道吗，那些药片不顶事。”

“什么药片？”

“医生给他吃的药啊。医生开的药就跟小孩吃的阿司匹林差不多。”

“可是，到现在为止这些药都还挺管用的。他夜里还有别的药。”

他从墙边转过身，把轮椅推到桌旁。“别的药也不会一直管用的。反正撑不到你急需药物发挥作用的时候。我妻子给我看过你帮他注射的药。”他扯了扯衣袖，袖扣还没扣好。“我想说的就是这些。”

“好吧。”

“你瞧，”他说，“我显然非常明智。我负责的是公司里最赚钱的部门。我可不能马虎大意。”

“那又怎么样？”

他把轮椅摇近了点，抖抖胳膊把袖子抻直。“知道吗，疼痛让我学会了一些东西。你经历过那样的疼痛吗？那可不是一般人能忍受的。不过如果你够坚强，疼痛最终也会让你变得更坚强。”他伸出了手腕。“我学会的就是这个。其他人告诉你的那些道理，都是胡扯。只要你足够自律，就能掌控一切。这是唯一的真理。”他双手用力把轮椅往后一斜，又定住不动，保持了一阵子，直到小臂开始颤抖。然后他才把轮椅放平。“你上次问过我疼不疼。告诉你，我确实非常疼。这种疼痛你从来没经历过。也希望你永远不用经历。”

“好吧，你想跟我说什么？”

这时他把轮椅摇到小冰箱前，打开了门。“这玩意儿得冷藏。”他说。回到我身边时，他手里拿着那个银质烟盒。他往前倾了倾身，把烟盒递给我。“汉斯，这是给你父亲的。”

那天夜里我下楼的时候，他正在轻声打鼾。他身上的被单被蹬掉了半截，于是我掀起被单盖住他的双腿，再帮他掖好。我不知道他需不需要注射，但我还是轻手轻脚地走到窗前，借着月光给他准备了一管药。隔着纱门望过去，湖面显得很平静，不过我能听到湖水轻轻拍击鹅卵石时发出的悦耳声音。

“我怎么还没死？”

我回头看了看。我都搞不清他是不是醒着。

我等了一会儿。

“汉斯？”

“爸爸，因为你很坚强。”

一阵沉默。

“知道吗，”他说，“我以前总会想，到时候会不会害怕？”

我打开灯，放到他的脚边。现在我能看到他胀鼓鼓的肚皮把被单顶得老高。“哦，”我说，“那你害怕吗？”

“怕啊。”

我把椅子拖近了点，握住他的手。

“我什么都抓不住了。全从我手里溜走了。我都不知道为什么，什么时候发生的。”他抬起一条腿，挪动了一下，又把腿放了下来。然后他抬起了另一条腿。我意识到他是想侧身翻过来，好让我给他打针。我弯下腰准备帮忙，他却摇了摇头。“我能行。”

他慢慢地调整着骨盆的位置。一条腿先挪动了一点点，接着是另一条腿。这期间石膏始终撑在墙壁上，最后，他伸出那只没受伤的手，把石膏搬到身侧。“不过呢，”他说，“我得先跳一段芭蕾。”

我忍不住轻轻地笑了一声。

他露出了微笑。“你的孩子都很棒。”他说。

“谢啦，爸爸。”

“他们俩可不一般。”

“谢谢夸奖。”

我意识到他想缓口气，便静静地坐在那儿等着。过了一会儿，他说道：“知道吗，女人都是太阳。男人只不过是月亮而已。”

然后他阖上了眼睛。我给他盖好毯子，听到他发出了鼾声。“他妈的，有那么多活要干。”他突然说了一句。

他嘴边的肌肉在微微颤抖。我又恍然产生了那种感觉，仿佛自己是在另一个时间看着他。但现在他正在倒退。也许在宇宙中的某个地方，他又变成了年轻人。

“你想知道什么？”他说着醒了过来。他朝我转过来，脸上的肌肉在抽搐。

“我要给你打针。”

他想了想。然后他咕哝着说：“好吧。”

他的身子还是没能完全转过来，我把他翻成了侧卧的姿势。

“汉斯，想不想听听我的建议？”

“当然想啦。”我把针头扎了进去。

“疼。”

“我知道。对不起。一会儿就好啦。”

他的手向后伸了伸，想去摸摸针筒。

又是一阵沉默。这次持续的时间更长，他的手指在皮包骨头的身体上慢慢摸索着。他想去摸我早已拔掉的针头。最后他说道：“哪方面的建议？”

“你想说哪方面的都行。”

他考虑了一会儿。然后他说：“你小的时候很孤单。我也是。”

他的眼睛又闭上了。

再次睁开眼睛的时候，他说道：“生活很残酷。”

他望向屋子外面的湖水。“我本该继续走下去。”他说，他的视线回到了我脸上，然后又投向了窗外，“我沉得够深了。我本该继续走下去的。”

已经是半夜了，但电话铃刚响一声奥德拉就接了起来。“他现在怎么样？”她问道。

“不太好。”

“亲爱的，我尽快赶过来。”

“我说不好。也许还不是时候。”

“我明天到。”

“谢谢你，奥德拉。”

我待在门廊上看着睡熟了的爸爸。透过纱门，朝阳慢慢照亮了地平线。

“知道吗，”我说，“我觉得我终于想明白了一件事。是马修跟我说过的，关于自白的事。他可能说对了。”

我听到了她的呼吸声。

“跟我说说你是怎么想的。”她说。

“就是一种直觉。很久以来，我一直认为我们收到的杂志是厄尔寄的。但现在我才明白厄尔对这件事一无所知。他要是知道的话，肯定会说点什么。”我望向窗外不远处的群山，它们刚被天边的晨光勾勒出轮廓。“我觉得是爸爸寄的。”

“亲爱的，对不起——我不明白。”

“奥德拉，我觉得是爸爸给我寄了计数组合学的杂志。就是刊登贝内德克·福多尔论文的那一期。是爸爸自己把杂志寄给我的。”

宇宙秘密

出事的时候，地板几乎都没怎么晃。

我急忙跑到屋外的门廊上，但保莉已经在他身边了。爸爸躺在地毯上，打了石膏的那只胳膊撑在墙边。他的大肚子平摊在身侧的地上，就像一只刚把他绊倒的行李袋。我看到他的胸部在吃力地一起一伏。

“我的天，”保莉说着退开了几步，“他伤到自己了。”

石膏抬起了一点点，又掉了下去。

“天哪。”他低声说。

“爸爸，我们扶你起来。过来，保莉。我们来托着他。爸爸？”

“不行，汉斯。”保莉一直退到了门口。

“爸爸，”我说，“你受伤了吗？”

“起来。”他的声音很微弱。

“我们扶他起来。保莉，快过来帮忙！”

她跑过来，跪在我们身边。我托起爸爸的大肚子，直到肚皮重新平铺在他的肋骨上方。

“上帝啊。”保莉低声说。

“我知道。”借助石膏，我把爸爸沉甸甸的肚子托到髋部，“好了，用力抬。”

“我的天，”保莉说，“那是什么？”

“可能是他的肋骨。爸爸，我们弄疼你了吗？”

他直喘粗气。“把他放下来，保莉。放下来。托住他的肩膀。我来抬腿。爸爸，我们得把你挪一挪。”

她跪在爸爸脑袋旁边的地上。他挣扎着想翻成侧躺的姿势。我用石膏固定住他的肚子，又伸手去托他的髋部，但我的大拇指竟然一下子陷进了骨头里，仿佛那只是一块泡沫塑料。“我的天哪，保莉。”

“不。不行。”她站了起来。

“保莉！看着我！我们得把他扶起来。”我想把他的腿弄直，但他躲开了，“保莉，去拿毯子！把床上的毯子拿来！”

“不行，汉斯。这可不行。我们会把他弄伤的！”

“他已经受伤了！天哪，保莉！去拿毯子！”

“不行。”

“保莉！”

“不行，汉斯。我们不能这么做。”

我只好自己把床垫上的毯子拽过来，铺到爸爸的大腿下面。我抱起他的上半身，想让他完全躺在毯子上，可他的肋骨却发出了啪啪的脆响，听着就像是拽开了一排子母扣。

保莉尖叫起来。

我挪到他的头边，试着拽了拽他的肩膀，但感觉到石膏下面的骨头又断了一处。他现在直发抖。

“海伦娜——”他扯着嗓子说道。

妈妈出现在了门口。

“天哪。上帝啊，帮帮我们，”她跪下来，紧紧抓住他的手，“你哪儿疼？”

“海伦娜——”

“坚强点，亲爱的。汉斯，抓住他的肩膀。”

“妈妈，我们试过了。这样好像不行——”

“能行的，”她蹲了起来，“一、二——我的天，那是什么声音？”

“他的肋骨断了。”

“迈洛，不要紧的。”

我听到保莉吐了。

妈妈又跪倒在地上。“迈洛！”她厉声说。

他睁开了眼睛。

“我们就让你躺在这儿。不要紧的。你就躺在地上别动。没事的。”她把爸爸的肚子往下推了推，这似乎让他轻松了一点。他深深吸了口气。“没事的。”妈妈说道。他又吸了一口气。“没事的。”她托着他沉甸甸的肚子，免得它从髋部滑落。“迈洛，你就在这儿别动，我们会让你躺得舒服点。就在这儿别动，迈洛。就在这儿。”

说完她站起身，把床上的枕头拽了过来。接着她又拿来了椅子的靠垫，撑在他的头部和肩膀下面，还有身体两侧。保莉去了起居室，回来时把长沙发上的靠垫也拿来了。爸爸听凭妈妈挪动自己的身子，把靠垫一个个塞到身体周围。现在他的脸上慢慢恢复了一点血色。与此同时，妈妈一直用力按着他的肚子。他现在的呼吸没那么急促了。“我们能把他照顾好的，”妈妈说，“保莉，亲爱的，不要紧。汉斯，你去把他的药拿来。保莉，给他倒杯水。亲爱的，我们就在这里照顾你。迈洛，我们就在这里照顾你。没事的。”

说也奇怪，还真的是这样——爸爸莫名其妙地就没事了。去世前的那几天，爸爸的状况又好转了一次，和之前的几次好转同样不可思议，但这次是躺在门廊上，身下是靠垫临时拼成的床，和屋外只隔着一道摇摇晃晃的纱门，变幻的阳光能直接照射进来。他睡睡醒醒，吃了点东西，一阵阵地喝水，大小便说来就来，还丝毫不觉得尴尬。他的肚子底下专门摆着个枕头，身体的其余部位也由摆放在四周的一大堆靠垫和毯子撑着，看上去活像是穆斯林女眷内室里的重重帷帐。妈妈把他以前用的床垫靠着墙展开，铺成了自己的床。

甘达普尔医生又给爸爸抽了一次积液，抽过之后他的呼吸平缓了许多。医生一边收拾装积液的瓶子，一边转头对爸爸说："迈洛，我打了个电话。我在兰辛的综合医院上过班，他们能给你提供很好的条件。当然啦，我也会去的。"

爸爸冲着天花板眨了眨眼。他伸出舌头舔了舔牙齿，用尽可能大的声音说道："丹尼，快滚。"

甘达普尔医生的嘴唇翘了起来。

医生走出起居室，又把刚才的建议跟妈妈说了一遍。虽说他们把声音压得很低，我也能猜出她是怎么回答的。

那一次医生来过之后，爸爸过了几天相对舒服的日子。抽烟。喝一点点酒。听收音机。他跟我们说话时声音不大，往往只有零星的几句，但偶尔也会一口气说上很久。他甚至还想再画画，让保莉去把他的本子拿来——她简直是飞奔着去拿的——不过他刚画了一小会儿就松开了手，本子掉了下去。飞蛾在纱门外飞扑。松鼠把铁杉树的枝条弄得晃晃悠悠。有一次，一只母鹿径直走到了门廊旁边。整个世界好像都想来瞧瞧木屋里的情况。

现在他似乎接连几个小时都感觉不到疼痛，仿佛疼痛已经提前完成了任务，干脆甩下他先行离开了。他把身子撑起来一点点，这样就能看到屋外的湖水。我不知道他身上的骨头断了多少处，他的脑袋几乎都抬不起来。他的手肿得厉害，到后来我们想把手从石膏里褪出来都不行。透过石膏上的洞，能看到他的指尖变成了黑色。但他从来没让我们增加过药量。有时候我都把他的注射药准备好了，他还让我减掉一点，或者干脆别打。也许这么想只是一种自我安慰——不过我觉得他很希望在最后的日子里能头脑清醒地陪在家人身边。

我觉得，他最希望陪伴的是保莉。

爸爸睡在地上的第二天，保莉就把楼下起居室的沙发当成了自己的床。每天早晨和傍晚的时候，她都会坐到门廊上陪着他，让妈妈休息一会儿。

妈妈一连几个小时地守在他身边。她用毛巾给他擦脸，按摩他的双脚，还把吸管凑到他嘴边。她给他倒便盆，换掉弄脏的床单。我到门廊外给爸爸打针的时候都是半夜，可躺在他身后床垫上的妈妈总是会醒过来，一言不发地看着我给他打针——我觉得她不说话是怕打扰我们。

至于保莉，我知道这段日子对她而言肯定是一种考验，但个中原因我其实并不是非常理解。我无法想象保莉心中的感受——她现在才尽力去照顾爸爸，显然已为时太晚。就算她看着妈妈照顾爸爸，几十年如一日地照顾他，心里恐怕都不会好受。照顾那个冷酷无情地抛下我们的男人。毫无疑问，当年他抛下的是我们全家，但不知为什么，被这抛弃伤害最深的却是我妹妹——时至今日，她似乎还永远停留在被爸爸抛弃的那个年纪。

有一天晚上我正洗着碗，保莉出现在厨房里。她穿着一件褪色的印花背心裙，跟她十几岁时常穿的那种裙子一样。我已经好些天没见过她这么自在了。

“你和他聊过了吗？”我问。

她在原地飞快地转了一圈，花裙子仿佛燃起了火焰。“聊过了。”她快步走上前抱住我，把脸埋在我的肩头。她退开几步，说道：“他问我做的是什么工作。”

“然后呢？”

“我告诉他了。我跟他说了我的工作。还有我教的课。不过，你知道吗——他好像真的很感兴趣。”

“保莉，他很关心你。我知道。”

“我也问了他以前的事。”

“他跟你说了些什么？”

“他跟我说了一件事，那时我还是个小姑娘。有一次妈妈得了流感，他只好把我们带到办公室去。你还没上学前班，我肯定也才两三岁。他好像有一样工作才刚开头，可我一直吵个不停，就算他抱着我也不行。于是他把我抱起来，架到自己的肩膀上。我觉得骑在上面挺好玩的。看样子那天下午爸爸干活的时候我都骑在他脖子上，举着手在他头顶挥来挥去。”

“后来呢？”

“没有后来了。”她眨了眨眼。

“保莉，这回忆可真美好。”

“觉得自己能记住两岁时的事，这是不是很奇怪？”

“我不知道，保莉。也许没什么奇怪的吧。”

“我能记住。我从小到大都记得这件事。我总觉得它是我自己虚构出来的，是某种因为工作上的焦虑而反复出现的梦境之类的东西。但看来不是这么回事。这的确是一段真实的记忆。我坐得高高的，在爸爸的头顶上看着黑板，觉得好开心。”

那天晚上电话响了。第二天早晨，一辆车停在木屋的车道旁。是克努森·海伊。

我不知道究竟是妈妈给海伊打了电话，还是他自己从哪儿听到了消息。他是从佛罗里达飞过来的，一大早又从底特律开车赶到了这儿。海伊看到爸爸躺在地板上的一堆枕头中间，便脱掉西服外套，坐到了爸爸身旁的地毯上。

“爸爸，”我站在门口说道，“是——”

“海伊主任，”爸爸低声说，“永远都那么守时。”

“你好啊，迈洛。”

爸爸吃力地把一只手抬高了几英寸。海伊握住了他的手。

“你们慢慢聊。”我说。

爸爸瞧了一眼以前的上司，又瞧瞧我，嘴唇翕动了几下。“我说对了。”他慢慢地说道。

我站在门口没动。

“你说的是什么？”海伊温和的声音传了过来。

我能听到爸爸咂了咂嘴。“什么事都无所谓。”他说。

“没事的，迈洛。”

“不是的，”爸爸说，“什么都——我说对了。什么事都无所谓。从来都是这样。”

过了一会儿，海伊脚步沉重地走进厨房。我朝门廊外望去，看到保莉坐在爸爸身旁的椅子上读书。他睡着了，张开的嘴巴就像是枕头上的一道裂口。妈妈热了一壶茶，海伊跟我们一起坐到了桌边。很奇怪，妈妈和海伊待在一块时显得很自在。我必须承认，在密歇根州的那座旧木屋，我坐在他们两个人中间，听他们聊了好一会儿才突然意识到，妈妈在海伊的数学系当过十年秘书。保莉说得没错：我们对自己父母的生活竟然一无所知。这会儿在厨房，她给海伊倒了杯茶，又端出一碟饼干，然后走到台面旁边。她一边和海伊说话，一边给他做了个三明治放进纸袋，让他在返程的飞机上吃。

主要是海伊在说。他详细介绍了他们都熟识的许多人的情况，妈妈一直在听。她起先站在台面那儿，后来又坐到海伊身旁，交叠起双手放在桌布上。海伊已经退休，但还是那么风度翩翩。他的头发精心梳理过，身上夏装西服的肩膀浆洗得笔挺。他谈到了以前系里的所有工作人员，什么事都记得清清楚楚：姓名、日期、谁生了什么病、孩子们都怎么样，还有孙辈的情况。他跟她讲了系里的教师做的事情，有些人后来又去了哪里。他还说到了几个在数学领域功成名就的学生。他跟她讲了自己退休以后都做了什么。

正说着话，门廊上响起的鼾声透过墙壁传了过来。听到这声音，妈妈的脸上掠过了一丝痛苦。

海伊放下了茶杯。“不可否认，”他说，“他这人很难相处。我们都知道。”他若有所思地冲着她微微一笑，然后把目光投向我：“还有你，汉斯——我敢肯定你也知道。”

我点了点头。

“但他身上也有某种东西深深地打动了我们这些人。这种感觉非常强烈。不管怎么说，海伦娜，你跟我都被他打动了。还不仅仅是因为他出众的才华。”

“说也奇怪，”妈妈说道，“也许是因为他很诚实吧。”

海伊慢慢地把两只手放在一起。“我觉得你说得对，”他说，“估计其他人不会用这个词来形容他，但我觉得一点没错。最起码可以说他看得很透。眼光毒辣得很。他非常固执，从来都不愿去纾解任何人的痛苦，包括他自己在内。不对——也许并不是固执。他根本没有纾解痛苦的能力。无论是为了自己，还是为了别人。”

妈妈垂下了眼睛。

海伊掰开一块饼干咬了几口，妈妈又给他加了点茶。“我一直都以为……”她说着把自己的茶杯放到一边，“我一直在想，上次你特意跑到我们家来，还给了他那么大的帮助，总该能唤醒他心底残存的抱负了吧。最起码他也应该振作起来，接受那份工作。”她用餐巾在脸颊上按了按。“或者说，他最起码也应该有点谦卑之心。也许当时他最需要的恰恰是谦卑之心，而不是别的什么东西。”她脸上浮现出一丝淡淡的笑意，也许是因为想到了我爸爸根本不可能变得谦卑。“我知道那是很久以前的事了，”她说，“但我总希望当时会是另外一种结局。我还总想着要好好谢谢你，克努森，感谢你那么宽宏大量。我知道肯定会有人反对。感谢的话许多年前我就该对你说了。”她抬手摸了摸自己的嘴唇。“你的帮助意义重大，对我们全家而言都是这样。”

“没错。”我说道。

海伊抬起了眼睛。

“无论如何，”妈妈接着说下去，“我觉得情况可能本不至于——”海伊站起身，从台面上拿过一盒纸巾，坐到妈妈身旁的椅子上。

“该死，”她说，“我不想——”

墙壁那边又传来一阵鼾声。

海伊听到响动，情不自禁地轻声一笑，我觉得妈妈这才重新平静下来。我必须承认，她还像以前那么美丽动人。她眨了眨眼，擦干脸颊上的泪水，又恢复了平素的坦然神情，仿佛她只不过是暂时把它收进了手袋里。她坐直身子，俨然又成了四十年前第一次走进数学系办公室的年轻女郎。她身旁椅子上的海伊也恢复了正襟危坐的姿势，慢条斯理地抻了抻熨得笔挺的袖口，让人想起了他多年前拘谨刻板的模样。两个人的变化都一望而知。

“我总是想，”妈妈接着说道，“新的机会应该能让他重新燃起热情。应该能激励他再做出新的成就，能配得上他才华的成就。”

她抬起了下巴。“我们应该都会——我们应该都——连孩子们都会——”

她把脸转向了窗户。

“海伦娜，我很遗憾。”

“关键的时候他要是能多一点谦卑之心，那该多好。”她还是没看海伊。

海伊清了清嗓子。

她回过头来，擦了擦眼睛。“克努森，谢谢你的勇气。我们全家永远都感谢你。”

这时海伊伸出手轻轻拍了拍她的肩膀，又把手收了回来。然后他往后靠了靠，慢悠悠地喝了口茶——我能看出他在想事情。他把茶杯放回托盘，抬眼看着妈妈，脸上的表情非常恳切。“我到现在都……”他开口了，“我到现在都觉得重要的事情不能在电话上谈。以前我也是这么想的，海伦娜。所以我专门跑到这儿来看他。”

我觉得，海伊接下来的话真的让妈妈大吃了一惊。他把事情说得清清楚楚，恰如他一丝不苟的性格，而且说话时手里始终举着那盒纸巾。说完之后，他又轻轻拍了一下妈妈的肩膀，随即垂下手，相当温柔地握住了她的手腕。然后他就把手抽回去了。也许是因为这个动作，或者是因为刚才听到的消息，妈妈平静下来了——是发自内心的平静——仿佛海伊从她肩上摘掉了一件浸透毕生烦恼的大氅。

妈妈的眼里都是泪水。她很快转向了我，脸上不由自主地露出了微笑。“汉斯，这事你也知道吗？”

“不知道，”我握住她的手，“妈妈，我不知道。不过我倒也不觉得意外。”

海伊告诉我们，许多年前他大老远地跑到小木屋来，只不过是想提醒我爸爸一件事——海伊听说了贝内德克·福多尔即将发表的那篇论文。他来看爸爸只有这么一个原因。从来没人提出要请爸爸重返普林斯顿。

德雷克

那天夜里，我弯下腰正准备给他打针，他惊醒了。“他们打我。”他说。

他扭过头，想用石膏挡住想象中的拳脚。

“迈洛，没事的。”妈妈说。

他浑身发抖。

“爸爸，没事的。是我们啊——是妈妈和汉斯。我们不会伤害你的。”

早晨，丹尼什·甘达普尔医生又来了。他跪在枕头旁边，用一把小小的电锯切掉了石膏。石膏下面，爸爸青紫的胳膊还是有两处弯曲，皮肤上覆盖着一层异常浓密的体毛。医生用一根悬带兜住他的胳膊，然后把带子收紧。

那天下午，疼痛再度袭来。他弓起背呻吟着。没受伤的那只苍白的手握成了瘦骨嶙峋的拳头，使劲敲着地板。

“好了，爸爸，”我说，“该吃药啦。”

“我不吃。”

他的身子还扭个不停。我等了一会儿，然后轻轻地把针头扎了进去。我不得不暂时抓住他的手，免得他敲地板时弄断骨头。

“他和妈妈以前睡在一张床上。”那天晚上我对奥德拉说。她是几小时之前赶到的。“他们以前一块躺在这儿，为了我和保莉操心。”

她握住了我的手。我刚到楼上看过爸爸的情况。屋外刮着微风，下方的湖水轻轻拍击着岸边的卵石。其实我并没有感到悲伤，只感觉到了一种席卷全身的疲惫。

“有一天艾米会躺在她自己家的床上，”她说，“尼尔斯也会躺在自己家的床上，为他们的孩子操心。想到这个，感觉还真奇怪。”

一阵风吹过高大的松树丛，松针沙沙地拂过房檐。“你知道，”我说，“时间几乎是不可能界定的。还没有人做到过。”

“这很奇怪。”她说。

“我觉得也是。物理学家研究这个难题的日子最长，我想他们的答案应该是最接近的。”

“是什么答案呢？”

“他们说，时间就是你用钟表去计量的东西。”

她哈哈大笑。“有人跟我说过这个，你猜是谁？”

“谁啊？”

“艾米。说得分毫不差。她多半是在哪本书上看到的。”

“肯定是的。”

“但你知道还有一个人也是这么想的，对不对？你的父亲。你父亲，还有你女儿——让他们俩着迷的事物是一样的。”

奥德拉朝床的另一边翻过身，这是她入睡前的习惯。我不想她这样。感觉就像是在海上和她失散了。

“奥德拉？”

“我在呢。”

“我觉得痛苦是和时间类似的东西。我想爸爸并不认为痛苦是真实存在的。最起码和我们想象中的存在方式不一样。也许痛苦的存在是为了衡量磨难——就像钟表是为了衡量时间——但它并没有实质。我觉得，爸爸真的认为痛苦之中有他尚未理解的成分。如果他思考得足够久，也许就可以界定痛苦，甚至有可能改变它。我觉得他在楼下干的就是这个。”

爸爸醒了，眨眨眼，翻成了侧躺的姿势。他从杯子里喝了一小口水，然后抬起脸。看到跟在我身后的奥德拉，他露出了微笑。她走上前跪在他身旁，亲了亲他的脸颊。

即便是现在，我都能看得出他很开心。

等我拔掉针头，他仰面躺好，又伸着脖子看了看奥德拉。过了好久他的脑袋才垂下去。“在林鸭休息的地方。”他说。

他睡了一小会儿。

“在它们休息的地方，”他说，“我躺到了水面上。”

“没事的，爸爸。”

爸爸指了指书架。

“对不起。”保莉说。

她站在门口。

过了一会儿，爸爸问道：“亲爱的，你说什么？”

“爸爸，我想说——我想跟你说声对不起。”

奥德拉起身走开了。

爸爸朝保莉招招手。她穿过房间，站到他面前。

“你感到过歉疚吗？”保莉问。

“因为什么？”

“因为一切。因为你离开了我们。”

保莉用手指不停地摆弄着自己的裙子。看到爸爸抬起胳膊，她跪了下来，好让他握住自己的手。“早在那之前我就感到歉疚了。”他答道。

“预见。”第二天早晨爸爸说。他把脸转向我。“这就是我一直在找的词儿。”

“哇，爸爸。你醒了啊。记性真不错。”

“它们不会，”他慢慢地说道，“因为预见到悲伤……”说到这儿他喘了口气，“而空耗一生。”[1]

“你说什么？”

“我不知道。”

“是一句诗。”站在门口的奥德拉说道。

爸爸抬起了眼睛。

然后他的眼睛又垂了下去。我握住了他的手。手指很凉。爸爸迷迷糊糊地睡着了，冰凉的手指慢慢地捏着我的手，节奏跟刚开始学步的尼尔斯蹒跚着走过房间时一样——小小的手指抓着我的指头，抓紧，放松，又抓紧。“我本该……”爸爸又醒了，冒出半句话。

他的眼睑在微微颤动。

后来他翻了个身。我们一直在门廊上陪着他，但他的头再也没抬起来。妈妈拿枕头撑在他的身下。他睁着眼睛，但目光已经涣散，瞳孔不停地转来转去，仿佛有小虫子在面前乱飞。刚到下午，他咧着嘴巴，把一只手放到自己的肚子上，使劲儿按着胁腹部。

---

1 出自美国诗人贝里（Wendell Berry）的诗作《大自然的安宁》（“The Peace of Wild Things”）。

他呻吟起来。“去告诉厄尔，”他说，“就说我准备好了。”

“爸，厄尔走了。”

他咬紧牙关，抬起眼望着天花板，手有气无力地在身上摸索着。

然后他把胳膊肘撑在沙发上，把整个上身抬了起来。

“去找他，”他说，“跟他说，我准备出发了。”

香烟盒还放在冰箱里，盒子里面有说明书。我从香烟下面的隔层里抽出了两根针管。药已经灌好了。

那天下午，我给爸爸打了第一针。然后我坐下来看着他。我——汉斯·欧拉·安迪特，跟身为数学家的爸爸是同行，都是成瘾者，也同样是孤独却始终满怀希望的人——给爸爸注射了厄尔·比特曼的药，然后坐到他身边的地板上。他的表情变得平静了。身子也不再扭动。那只干枯发黑的手抬起来放在肚子上，好不容易摆脱了石膏，总算能握成拳头了。他终于等到了能够抛却这副形骸的时刻。

透过爸爸紧闭的双眼，我能看出他已经神游到了某个值得他关注的地方。眼皮忽闪了几下。眼睑是阖着的，但他并没有睡着。他在安详地休憩。

不知道他是不是去了数学王国。

不知道他有没有想到数学。我坐在爸爸身旁的地上，盼望着双眼紧闭的他能看到什么让人茅塞顿开的场景。就像凯库勒在梦中见到衔尾蛇[1]那样，或者是发明缝纫机的豪梦到食人族的长矛[2]，或者是在梦中飞奔下山的爱因斯坦，看到星星发生变化。

---

1 Kekulé（1829—1896），德国有机化学家。他称自己在梦中见到一条首尾相接的蛇，从而悟出了苯分子的环状结构。

2 Elias Howe（1819—1867），美国发明家。据说他曾梦到挥舞长矛的食人族，长矛尖端带有贯穿矛柄的小孔，因而解决了缝纫机穿线的难题。

他一直在神游。整个下午，直到傍晚。

天近黄昏时，暮云四合，纱门透进来的风变大了。妈妈、保莉和奥德拉都来过，又走了。我在他身上又加了一条毛毯。

在地球的南北两极，时间不复存在。说得更准确一些，时间失去了意义，因为它同时以各种形式存在着。始终是清晨，始终是黄昏。始终是正午，始终是子夜。之所以会产生这种现象，是因为地球上所有的时区在两极交会到了一起。在这两个点上——福赛思[1]会把它们称作奇点——我们所熟悉的时间概念已不再适用。

傍晚时分，他躺在几层毯子下面，脸庞始终微微颤动着，瘀肿的拳头一会儿松开一会儿抓紧。妈妈陪着他待了好久。保莉也是。

天黑之后没过多久，他睁开了眼睛，急促地喘了一口气。他弓起脊背，疼得叫出了声。妈妈握住了他的手。

过了一会儿，她站起身走出了房间。再回来的时候，她手里抓着二楼剩下的所有药水瓶。“应该够了。”她说。

我抬起眼看着她。

“没事，亲爱的，”她说，“真的没事。我们现在得帮他一把。”

后来妈妈去了起居室，握住了保莉的手。我们一起走到门廊上，坐在他的身旁。我们就那么待在那儿，三个人把他围在中间。

我希望他回到了森林。回到他孩提时代那一片枝繁叶茂的森林，那里是他第一次寻求到安慰的地方。

1　Andrew Forsyth（1858—1942），英国数学家。

特拉法尔加海战

“我将永不放弃！”我站在船舷边高喊，“我将永不放弃！”

“这才像样！”爸爸大吼，“好儿子！”听到这话，保莉别过脸去，我看到爸爸又把目光转向了她。

“好姑娘！”

这下她又抬头看着爸爸了。

我们的船停泊在小木屋以北四分之一英里开外的一个泥泞湖湾里。胜利号和王权号的首航证明它们很适于航行，现在保莉和我把胜利号停在湖湾水浅的地方，就在岸边斜斜探出的一棵垂柳的树荫下。二十码开外有个破破烂烂的码头，王权号在码头水深的那一侧随波起伏。

“女王陛下的海军万岁！”我爸爸喊道。

“帕斯卡万岁！”我大吼着回敬，“帕斯卡定律万岁！”

“英国的命运取决于这一战，”妈妈大喊，“所有人各就各位！

Dei sub numine viget![1]”

紧接着，老爸在他们的甲板上瞄准目标。他长长的胳膊向下一挥，一颗长歪了的黄土豆从大炮的粗炮筒里射出，晃晃悠悠地飞进我们的视野。翻翻滚滚抛洒着水滴的土豆在半空划出一道软绵绵的弧线，最后啪的一声落入水中。

我嗑的药发挥的作用已经在走下坡路了：我觉得，这颗不顶用的土豆炮弹恰恰象征着父亲的关爱。

“开火，汉斯！”我妹妹高喊，“快开火！”

“去他妈的普林斯顿大学！”老爸吼道。他弯下腰重新装弹。

妈妈回头瞟了他一眼：“哎，我觉得这么说可不太——”

“没错！”我高声回应，“去他妈的猛虎队！”我把手伸进我们船上的土豆堆，带着歉意挑了一个最圆的出来。“我们会杀回来的！”我大喊。

“说错战斗啦。”保莉嘘了我一声。

“我知道，小莉特。”

“年代也不对。”她古里古怪地看了看我。

我把削得圆溜溜的土豆炮弹装进炮筒，两眼紧盯着目标，猛地用胳膊压下活塞。当然，老爸事先在炮筒上钻了些排水孔以降低水压，但我精心挑选的这颗土豆还是让这些措施失去了作用。后坐力把我撞到了旁边。我震惊地看着白花花的炮弹嗖的一声飞过湖湾，像击球的门球杆似的狠狠拍在他们的船尾上。一只塑料瓶从船身上蹦了出来，活像一尾跳进海里的鱼。

“我的天！”保莉喊道，“汉斯，你成功了！直接命中！你打伤他啦！”

“天哪，”爸爸颤巍巍的声音传了过来，“我们的船被打破了。”

1　普林斯顿大学校训，意为“她因上帝的力量而繁荣”。

我又装填了一颗炮弹。第二颗土豆的一头长着个奇形怪状的弯芽，活像是克莱因瓶的把手——只缺了瓶颈与瓶身连接处的凹面——但从土豆中部的半径来看，它跟上一颗炮弹一样，简直像专门为我们的炮膛定制的。啊，多么奇妙。我再次开火，发现原来是上帝在推动我的炮弹。王权号船尾顶端又传来一声悠长的巨响，这回听着像靴子在猛踢车门，紧接着就是土豆炮弹斜坠入水的咕咚声。爸爸满脸惧色地抬起头。

“天哪，”他悄声说，“连续两发命中。”

“上帝保佑女王！”保莉高喊。

“我们投降！”站在船尾处的妈妈大喊，边笑边举起了顶在棍子上的遮阳帽。

“胡说，”爸爸从容不迫地回答，“先赢一场算什么？我们才开始呢。我们永不放弃！”

“我们也不会放弃的！”保莉大吼。

“永不放弃。”我冲着天空低声说。

“可我们真得放弃了！”妈妈喊道。“我们必须放弃！”

“天哪，”我听到爸爸说，“我们的船进水了。”

还真是。我朝装土豆的桶弯下腰，再直起身时发现爸爸的脚不知怎么卡在了船尾的缺口里。我把又一颗土豆塞进炮筒——炮弹入膛时发出噗的一声闷响，好像一袋面粉掉在了地上——就在此刻，爸爸滑稽地仰面摔倒，两只胳膊挥得老高，一条腿从另一侧的船舷边伸出，有气无力地掉进了水里。刹那间我仿佛感觉到时间出现了裂隙：我的炮弹还没出膛，就已经把他击倒。

这个发现让我头晕目眩。

我抬头看了一会儿碧蓝如洗的天空。再收回视线时，我看到爸爸的胳膊还挥动个不停，一会儿想抓住这边的船舷，一会儿又想抓住那边的。我可怜的爸爸。王权号的船首左右晃动了几下，就好像水底有只海牛撞到了船上。他抓住龙骨下方一只大塑料壶的把手，想借力撑起身子。只听咕咚一声，一整排塑料瓶从他手里脱落下来，长长的甲板在他周围摇来晃去，就好像有人抽掉了固定折叠椅的销子。

站在船尾高处的妈妈放声大笑。

爸爸挣扎着站起来，紧接着又摔倒了。他好不容易撑起身子，又从另一边溜了下去。

这时我才明白过来：他喝醉了。

难怪。

从另一方面来看，当时也没有任何证据表明时间并没有倒退。

“开火！”我妹妹喊道。

“船舵，”我说，“他们的船舵坏掉了。”

“开火！”

“保莉，我看胜利是咱们的了。战术高超，准备充分——我们胜利了。”

“开火啊，笨蛋！”

“什么？”

“开火！”接着她又说道，“天哪，我觉得他玩得很开心。”

“你们都该死！”爸爸低沉的喝骂声传了过来。他现在跪在船上，好不容易把腿从破洞里抽了出来。他沉下肩膀，左右摆动着脑袋，就像一只面对着长矛准备奋起反抗的水牛。“准备鱼雷！”

“亲爱的，亲爱的，”妈妈说道，“我们投降！我们投降！”她边笑边迈着轻快的步子走到爸爸身后，把他扶起来。

“我们决不——”

“不不不！”她说，“我们要投降，马上就投降！孩子们，我们投降啦！”

“决不！”

他们的船身已经有一半没入水中。爸爸身子一拧，踉踉跄跄地挣开她的手，爬到了倾斜的船尾上。他在船尾摇摇晃晃地站了一会儿，踩得塑料瓶吱吱作响，随即大吼一声，从船尾侧身跳进水中，犹如一头海象。潟湖的水面被砸得粉碎。一个和他差不多大的泥浆色多面体闪烁着飞溅到空中，还像闪光灯似的在我眼前驻留了片刻。“上帝啊。”我呼出了一口气。

“胜利属于我们。”保莉低声说。

“上帝啊。”

“别开火，”妈妈摇晃着帽子大喊，“我们求和。”

我和保莉等着。

我抬头看了看神秘莫测的天空。“我们接受。”我说。

然后我回到了炮位上。这时，爸爸落水时溅起的黑色残影已自行消失，他的踪迹只剩下一圈圈不断扩散的涟漪。涟漪的曲线不慌不忙地朝我们逼近。他跳水处的湖湾只有几英尺深，但深褐色的湖水就像咖啡一样。看起来他简直像是穿越到了地球的另一端。妈妈回到了他们那艘船的高处，继续挥动着帽子，从湖湾对面对我们报以热情的微笑，就好像我们俩是接下来要参加她访谈节目的两位嘉宾。他们那架土豆大炮的塑料炮管在涟漪中慢悠悠地转动。

爸爸跳水的地方离我和保莉藏身的柳树树荫只有二十英尺远，但直到他激起的水波荡漾到我们这边，湖面上都没有他的丝毫踪迹。只能看到这片黑不见底的潟湖在一丝不苟地调整自己的深度。一只苍鹭发出了粗嘎的叫声。一条鲇鱼拱了拱水边的芦苇。他激起的水波又从对岸传了回来，再次经过我们的船底。还是看不到他的踪影。这时候保莉在四处打量，妈妈的笑容也僵住了。我抬头望向天边，一架飞机划出的凝结尾迹好似拉链，将天空整整齐齐地从中豁开。我妹妹抬起手遮住阳光，俯身凑到水面上，妈妈在重新浮出水面的甲板上站起身，犹犹豫豫地喊道：“迈洛？”

香蒲丛晃动了一下。

妈妈立刻低低地说了一句，这回声音抖得更厉害了：“汉斯？”

“妈妈，他肯定没事。”

“妈妈？”保莉说，“汉斯？怎么回事？”

“真不可思议。”我说道。

但并不是这样。其实，我很清楚他藏在哪里。妈妈担心地蹙起了眉毛，我妹妹紧张地回过头朝岸上看，先转向一边，又转向另一边——就好像爸爸变成了一只猎豹，躲在树丛里等着我们——我却还是懒洋洋的，放松得很。我又从桶里摸出一颗土豆，镇定自若地把它放在炮筒旁边，以防万一。

“我将自己托付给上帝，”我说着抬头仰望苍穹，“一并托付的，还有我所肩负的正义事业。”

“你说什么？”保莉问道。

“这是纳尔逊的话。海战前夜写下的。”

这时候，毒品残存的最后一点药劲儿让我打了个颤。随即我意识到，我的父亲是不会死的。现在他潜在水里是不会死的，不管接下来或者今后再发生任何事情，他也会安然无恙。尽管种种迹象并不乐观——父亲的事业一塌糊涂，全家人的日子被搅得乱七八糟，他因为自己过人的才华陷入了与世隔绝的境地，他遗传给我们的天赋注定会带来不幸，像定时炸弹一般滴答作响——我依然相信父亲永远是不可战胜的，哪怕是在记忆之中。思想总是很有逻辑，意志永远一往无前。

他潜到水底只不过是在憋气，整个夏天他都在练习这个。

“不要紧的。”我说道。我能感觉到他正从水下向我们逼近，宛如一颗鱼雷。

“汉斯？”保莉低声说，“汉斯，你快——”

“他没事。”

鱼雷击中了船体，我妹妹尖叫起来。爸爸猛地从水里蹿了出来，拖在他身后乱糟糟的水草活像一件斗篷。他抱住保莉的腰，把她举到了空中。她又尖叫了一声。他举着保莉踏过被搅浑的泥水走到岸边，两条胳膊直打战。他把保莉往沙滩上一放，两个人都大笑起来。

我记得当时感觉很开心。

我看着妈妈把破破烂烂的王权号撑到岸边，然后抱着一只野餐篮走下了船。篮子没沾到水，真是不可思议。她铺开印着玩具风车图案的被单，把篮子里的东西摆出来，奇妙的是被单竟然也是干的。她轻声吹着口哨，一个个地掀开餐盒上的橡胶盖子。

“哇，”爸爸说着跪到地上，“肋排！”

无忧无虑。

当时我们的感觉就是这样。在那一刻，我们一家人都无忧无虑。

“肋排就得用塑料盒装，这你都想到了。”爸爸说。

“谁叫我这么能干呢。”妈妈柔声说。

“没错，你真能干。”

我们吃了起来。

吃过午餐，我们都躺下来休息。很快太阳的光芒就变斜了。向东边望去，森林里的树丛先是被镶上了一圈银边，接着是一层玫瑰色调的闪光，再后来则被染成了墨水般厚重的一片深紫。我们周围的湖岸上出现了夜间活动的鸟儿，然后青蛙开始唱歌了，蛙鸣的旋律打乱了蟋蟀尖厉的鸣叫和湿地苍蝇电流般的嗡嗡声，这些苍蝇现在聚到了我们头顶，活像是大广场上一群坐立不安的外国人。各种嘈杂的和声交织成了一曲咏叹调。在笼罩着湖湾的阴影下，湖水的温度终于压住了地面的温度，芦苇丛中卷起的一阵寒风缓缓吹到了我们身边。我们不假思索地凑到了一起。我能感觉到每个人身上的温度——我的妈妈、爸爸还有妹妹，他们伸开手脚，横七竖八地躺在我周围的被单上。躺在那儿的时候，我们几个人的呼吸慢慢融合成了同一个节奏，起起伏伏。在这种颇不寻常的宁静的庇佑之下，我看着地平线慢慢地朝天空升去。它越升越高，直到最终逼近了太阳，整个世界似乎突然间变得安静了。一只水鸟叫了起来。云朵变暗了，随即在边缘处放射出耀眼的光芒。暮色渐渐蔓延，高悬在天空中的那道火线，一时间成了仅存的光亮。

致谢

本书之成，得益于许多人的帮助。我的朋友乔恩·西蒙是拓扑学家，在爱荷华大学任荣誉教授，他不厌其烦地细读了原稿，并就数学方面的内容详加注释，匡正错误，提出建议。对我鼎力相助的还有身兼诗人、散文家、小说家三职的老友查德·德尼奥德，他直言不讳的品格实属难能可贵。我的经纪人珍妮弗·鲁道夫·沃尔什和兰登书屋董事长、出版人吉娜·森屈罗在热情鼓励我的同时，还冷静客观地提出了意见。一直以来，史蒂夫·塞勒斯、乔·布莱尔和比尔·豪泽也给了我很大的帮助。

企鹅兰登书屋的编辑凯特·梅迪纳究竟审阅了多少次原稿，连我都记不清了，她坚持不懈的指导让书稿日臻完善。她审稿时心细如发，气度宽宏，还始终对我鼓励有加，这于我都是极大的帮助。聪慧过人的安娜·皮托尼亚克可谓有求必应，而且极为负责——我们合作得非常愉快。我也很感谢本书的文字编辑埃米·瑞安和贝茨·苏珊（她们两位堪称无名英雄）和制作编辑史蒂夫·梅西纳，我特别欣赏他一丝不苟的严谨态度。企鹅兰登书屋的玛丽娜·布赖克尔和阿莱娜·瓦格纳为本书成功面市铺平了道路。我还要感谢在兰登书屋工作的阿维德·巴什拉德，以及本杰明·德雷尔、德里尔·哈古德、乔·佩雷斯和西蒙·沙利文。

我的许多好朋友也为这本书付出了极为宝贵的时间，如利雅卡特·艾哈迈德、丹·鲍德温、亚历克斯·巴苏克、德布·布莱尔、纳特·布雷迪、波·布朗森、迈克尔·弗劳姆、亚历克斯·甘萨、丹·盖勒、戴娜·戈德法因、迈克·莱提、乔恩·马克西奇、杨妮克·默里斯、琳达·施佩瓦克、约翰·施佩瓦克、简·范沃里斯、劳伦·怀特、朱迪思·沃尔夫和安妮·伊尔维萨克。我非常感谢我的哥哥阿拉姆·卡宁和嫂子利亚纳·弗尔梅，他们提出的建议非常巧妙。库尔特·安斯特里奇不仅为我讲解了数学史上的几大难题，还帮我引见了普林斯顿大学的鲍勃·范德贝教授。蒙范德贝教授盛情相邀，我有幸参观了闻名遐迩的普林斯顿大学数学系。我要向他们表示感谢。

书中的一些关键细节得益于我的朋友托马斯·科科伦中校，他曾在美国海军服役，不仅深谙海军战史，还是计算机编程方面的行家。有关金融界的专业知识，我请教的则是另外两位朋友，斯科特·拉瑟和格雷·洛里格。威廉·莫里斯经纪公司的埃里克·西蒙洛夫也在百忙之中给了我很大的帮助。再次感谢多年来始终支持我的玛克辛·格罗夫斯基。我还要特别向温德尔·贝里和戴维·布莱克韦尔致以谢意。

哈德利·卡洛韦、丽贝卡·弗鲁姆金、史蒂夫·马克利、法蒂玛·米尔扎、阿里·萨利姆和蒂姆·塔兰托就许多细节问题（从骨科石膏固定材料，到俄亥俄州立大学兄弟会的情节）提出了宝贵建议，在此一并致谢。

感谢我的孩子们，多年来他们对我都那么忍耐、宽容。当然，我对我的父母——斯图尔特·卡宁和弗吉尼娅·卡宁——永远心怀感激之情，他们始终都是我生命中至关重要的人。我还要感谢我的叔祖父马克斯·希弗曼，他是所有这一切的灵感之源。

同样要感谢的还有约翰·西蒙·古根海姆纪念基金会、爱荷华大学，以及爱荷华市、科勒尔维尔市和密歇根州美丽的埃尔克拉皮兹小镇上的公共图书馆。

我把最重要的事情放到最后，向我的妻子芭芭拉致以迄今为止最深切的谢意。有了她的关爱、鼓励、洞见、热忱与包容，一切都变得大不相同。

伊桑·卡宁

图书在版编目(CIP)数据

怀疑者年鉴 / (美) 伊桑·卡宁著；张鲲译. —郑州：河南文艺出版社，2021.10

ISBN 978-7-5559-1212-5

Ⅰ. ①怀… Ⅱ. ①伊… ②张… Ⅲ. ①长篇小说—美国—现代 Ⅳ. ① I712.45

中国版本图书馆 CIP 数据核字 (2021) 第 186404 号

A Doubter's Almanac
by Ethan Canin

豫著许可备字 -2021-A-0104

怀疑者年鉴

[美] 伊桑·卡宁 著　张鲲 译

选题策划　陈　静
特约策划　张亦非
责任编辑　李建新
特约编辑　徐　恬　冯　婧
责任校对　赵红宙
装帧设计　周伟伟
内文制作　陈基胜

出版发行　河南文艺出版社
本社地址　郑州市郑东新区祥盛街27号 C座 5楼
邮政编码　450018
承印单位　山东新华印务有限公司
开　　本　1168毫米×850毫米　1/32
印　　张　19.25
印　　数　1—8,000
字　　数　466 000
版　　次　2021 年 10 月第 1 版
印　　次　2021 年 10 月第 1 次印刷
定　　价　92.00元